KB252899

해체론의 시대

해체론의 시대

지은이 이만식
인쇄일 초판 1쇄 2009년 2월 3일
발행일 초판 1쇄 2009년 2월 8일
펴낸이 정진이
 편집 박지연 한미애
마케팅 정찬용 한창남
디자인 김숙희 노재영 강정수
 관리 이은미 박종일
펴낸곳 새미
　　　 등록일 2005 03 15 제17-423호
　　　 서울시 강동구 성내동 447-11 현영빌딩 2층
　　　 Tel 442-4623 Fax 442-4625
　　　 www.kookhak.co.kr
　　　 kookhak2001@hanmail.net

ISBN 978-89-5628-297-8 *93800

가격 43,000원

* 저자와의 협의하에 인지는 생략합니다.
새미는 **국학자료원**의 자회사입니다.

해체론의 시대

이만식 지음

새미

책머리에

1987년 시드니 대학교에서 영문학을 공부하기 시작하면서 데리다의 해체론을 만났다. 해체론은 70년대 초 독재시대에 대학 생활을 하면서도 운동권에 적극 동조할 수 없었던 나의 본능적 방향성을 옹호해주었다. 그래서인지 시가 다시 터져 나왔다. 그 이후 『시론』(세계사, 1994년), 『하느님의 야구장 입장권』(세계사, 1997년)과 『나는 정말 아주 다르다』(민음사, 2005년) 등 3권의 시집을 냈다. 그리고 『T. S. 엘리엇과 쟈크 데리다』(새미, 2003년), 『해체론의 문학과 정치』(태학사, 2007년)와 『영문학과 해체비평』(L.I.E., 2007년) 등 3권의 연구서를 냈다. 그리고 1993년 이후 해체론을 문학비평에 적용하기 위해 노력해왔다.

김현의 새것 콤플렉스라는 개념은 내게 있어서 시 창작, 학문 연구와 문학 비평의 작업을 반성하기 위한 거울의 이름이다. 새것 콤플렉스가 후진국 지식인의 운명이라고 생각하지 않는다는 점에서 김현과는 다른 입장에 서게 된다. 왜냐하면 이것은 T. S. 엘리엇이 전통 혹은 역사의식이라고 명명했고, 해롤드 블룸이 비평이론의 체계로 만든 시적 영향에 대한 불안의 다른 이름이기 때문이다.

이 텍스트는 해체론을 한국문학에 적용하기 위한 노력의 첫 번째 결과물이다. "해체론의 시대"라는 제목이 연구의 방향성을 뚜렷이 제시하고 있을 것으로 믿는다. 제1부는 해체론의 시대에 한국 문학이 나아갈 방향에 관한 검토이며 제2부에서는 그런 방향성을 모색하는 대표적인 사례로 이승훈의 시세계를 읽어보았다. 제3부는 해체론의 관점에서 동시대 시인들의 시집과 시편을 읽으려는 시도이며 제4부는 총괄적인 관점에서 제시된 비평이다.

 이 자리를 빌어 국학자료원/새미/L.I.E.의 정구형 대표이사에게 감사의 말을 전하지 않을 수 없다. 한국 문학의 발전에 대한 그의 의미 있는 기여가 기억되기 바란다.

2008년 3월
이만식

목차

제4부 문학의 현장

제 1 부

한국문학의 해체비평

1.
해체론의 시대

1. 용어의 문제

'Deconstruction'의 번역어로 다양한 보통 명사가 동원되고 있다. '해체철학'이란 번역어는 '해체'에 첨부되는 '철학'이란 말 때문에 개념의 혼란이 야기될 수 있다. 서양 철학의 핵심 전통인 형이상학이 공격의 목표이기 때문이다. '해체'라는 번역어는 여러가지 다양한 뜻을 갖고 있는 일상언어이기 때문에, 그리고 '파괴'와 확실하게 구별되지 않기 때문에 번역어로 확정짓기 어렵다. '해체론'과 '해체이론'이 비교적 무난해 보인다. 자살'론', 조용필'론' 등 논의의 목표에 '론'(論)만을 붙여서 사용하는 비논리적인 에세이가 많기 때문에 논리적인 면을 강조하는 '해체이론'이란 번역어가 적절해 보이지만, 기존의 논리적 절차에 순응하지 않는 특성을 감안한다면 '해체론'이 가장 적절한 번역어로 여겨진다. 인터넷 서점인 아마존 (http://www.amazon.com)의 베스트셀러 목록에서 '해체주의'(Deconstructionism) 를 만날 수 있는데, '주의'(主義)를 거부하는 것이야말로 '해체론'의 목표이다. 또 하나 해체론과 포스트모더니즘의 관계에 있어서 아직 뚜렷하게 합의된 논리는 없지만, 해체론은 철학적인 측면에서 포스트모더니즘은 건축, 미술 등 문화적인 측면에서 두드러지게 동원되는 경향이 있다. 문학의 분야에서는 해체론과 포스트모더니즘이 둘 다 자주 사용된다. 자크 데리다의 해체론은 포스트모더니즘이 주장하는 것처럼 형이상학이나 근대적 계몽의 기획을 전면적으로 거부하지 않는다. 이창동의 영화, 『오아시스』의 마지막 장면처럼 나무가지 위에 앉아 자신의 나무가지를 자른다는 이미지가 말해주듯이 근대문명의 기반이 되는 계몽철학과 형이상학을 전면적으로 부정할 수 있을만한 대안이 부재하기 때문에 해체론은 계몽철학과 형이상학이란 체제의 내부에서 계몽철학과 형이상학을 부정하는 작업을 하는 수밖에 없다는 주장에 기반을 둔다. "텍스트의 외부는 없다"는 데리다의 유명한 말은 텍스트의 외부에 중심이 존재하지 않는다는 현존의 형이상학에 대한 비판이면서 동시에 형이상학의 대안을 외부에서 찾을 수 없다는 현실 인식의 표현이기도 하다.

해체에는 건물이나 기계 등 물리적인 대상을 분해하여 파괴하는 방법이란 사전적 의미가 있다. 또한 낯설음의 추구라는 근대문학의 형식 혁명을 표현하는 적절한 용어인 것 같아 보인다. 이에 따라 1980년대의 민중시가 압축 성장의 진보 이론과 독재적 정치 체제를 부정하는 저항의 내용을 과격할 정도로 참신한 모더니즘 문학기법을 동원하면서 해체시라는 명칭을 부여받은 바 있다. 하지만 김현이 다음과 같이 한탄한 바 있는 것처럼 새것 컴플렉스의 현상이었을 따름이다.

> 정신의 무국적 상태는 아무 것이라도 괜찮다는 맹신을 부른다. [나는 그것을 새것 컴플렉스라는 개념으로 파악하고 있다.] 그래서 이광수의 톨스토이주의, 김동인의 탐미주의, 염상섭의 자연주의, 황석우·김억의 상징주의…… 등등 수많은 주의·주장이 동시에 쏟아져나온다. 그것은 새것 컴플렉스의 적절한 표현이며, 그것 때문에 후대의 비평가들은 오류 찾아내기의 쾌감을 만끽한다. 새것 컴플렉스는 자기가 속한 상황에 대한 투철한 역사의식이 없기 때문에 생겨난다. 그것은 소년기의 컴플렉스이다. [중략] 이러한 사태는 해방 후에도 계속된다. 시의 예를 들자면, 앙드레 브레똥, 딜란 토마스, 폴 발레리, 릴케, 엘리어트 등등의 시인들이 직수입되어 한국어로 쓰여진다. 외국의 것을 많이 알면 알수록 위대한 문인으로 치부된다. 왜 그러한 것들이 형성되었는지 그 구조의

비밀은 무엇인지 하는 어려운 문제, 발생학적 구조주의적 방법론은 전연 채택
되지 않는다. 다만 외국의 이론이 그대로 '직수입 · 배본'될 따름이다. 서구의
이론들이 그대로 이념형으로 채택될 따름이다. 그 이념형의 肉化과정에서 빚
어지는 실패, 난파는 이론의 견고함을 보장하기 위해 극력 은폐된다. 틀린 것
은 한국어이지 이론이 아닌 것이다. [중략] 그렇다면 오늘날 우리가 세워야 할
이념형은 무엇인가? 이것은 대답하기 매우 어려운 문제이다. 국학계의 리더격
인 사학계와 경제학계에서는 극복해야 할 명제들만 제시할 뿐 뚜렷한 이념형
을 내놓지 못하고 있는 실정이다. 사학계에서는 식민지사관과 민족사관의 극
복을 가장 큰 과제로 삼고 있다.

따라서 소련과 동구권의 정권 해체와 더불어 1980년대의 민중시는 후일
담문학으로 전락해버리고 이제는 서정시와 동맹관계를 맺으려고 하려는
것 같다. 김현은 자신들 세대의 문학비평이 '징검다리'의 역할을 할 뿐이
라고 자주 고백한 바 있었다. 사학계와 경제학계가 새로운 사상의 전개 방
향을 제시할 것으로 여겨지지 않는 요즈음이지만, 김현이 제시하는 '새것
컴플렉스'의 문제점은 아직도 진지하게 검토되어야 한다. 계간 『현대시
사상』의 1993년 여름호의 특집으로 "해체적 글읽기" 그리고 1993년 겨울
호의 특집으로 "저자의 죽음"을 제의했을 때, 이승훈 주간은 "또 다시 해
체를?"이라는 반응이었다. 하지만 아직도 여전히 해체론은 肉化되지 않
은 이론으로 남아 있어서 『시와 세계』의 2003년 여름호에 "다시 생각한
다"는 특집을 형성하게 되었다.
　　한국사회에서 해체비평이나 포스트모더니즘을 반대하는 논리는 역사
발전과정에서 포스트모더니티 이전에 위치하는 모더니티의 옹호나 중세
의 옹호에서 나온다. 모더니즘이 1870년대 이후의 예술 사조라면 포스트
모더니즘은 1960년대 이후의 예술 사조이지만, 사실상 모더니즘은 포스
트모더니즘과의 변별성을 강조하기 위해 1960년대에 생성된 학문적인
신조어이다. 모더니티는 강조되는 관점에 따라 '현대성'이나 '근대성'으
로 번역된다. 당대나 동시대의 세계관에 이어진다는 관점을 강조하면 '현
대성'이라는 역어가 적합하며, 르네상스 이후 계속 이어지면서 중세와 구

분되는 역사적인 관점을 강조하면 '근대성'이란 역어가 적합하다. 근대의 계몽주의적 세계관이 현재까지 계속 이어진다는 관점을 갖고 있는 하버마스 등은 모더니티만 인정하기 때문에 모더니티를 위해서 현대성과 근대성이란 역어를 구별하지 않고 사용한다. 그런데 모더니티를 초월하는 포스트모더니티를 인정하는 관점에 서면, 현대성은 근대성을 초월하는 새로운 세계관의 표현이다. 필자는 모더니티와 포스트모더니티란 용어를 원어 그대로 사용하고자 한다.

　모더니티의 옹호는 한국 같은 개발도상국에서 주류 세력을 형성한다. 즉 아직 근대적 발전과정이 확실하게 완료되거나 정착되지 않았기 때문에 근대적 기획의 추진이 정치적 유효성에 있어서 더욱 쓸모 있다는 논리다. 압축 성장을 경험하여 세계관의 혼재가 두드러진 한국에서 중세적 세계관을 옹호하는 세력도 겉으로 표나게 드러내는 비극적인 제스처에도 불구하고 강한 세력을 형성한다. 아직도 충효사상이 한국의 핵심 사상으로 부활되고 옹호되어야 한다고 주장하는 사람들이 지도층을 장악하고 있으며, 그 문학적 대응방식인 전통서정시가 정신주의 등의 용어로 끊임없이 새롭게 단장되고 포장된다. 이 계열의 논자들은 포스트모더니티에 대한 논의나 논쟁의 전개를 회피하는 것이 그 특징이다. 왜냐하면 대부분의 경우에 포스트모더니티 등 복잡한 현대이론을 이해하는데 어려움이 있기 때문이다. 또 하나는 포스트모더니티 또는 해체론을 공개적으로 주장하는 부류 속에 위장 잠입되어 있는데, 김현 선생이 지적한 새것 컴플렉스의 전형적인 사례다. 이 계열의 논자들의 특징은 단순화의 과정을 거치면서 거의 모든 논리가 왜곡되거나 변형되어 있는 징후를 뚜렷하게 드러내면서 부정직하며 부도덕한 것 같은 뉘앙스를 풍긴다. 따라서 모더니티의 옹호론자들이나 중세수호주의자들의 공격의 손쉬운 목표가 된다. 이로 인해 논쟁은 혼전의 양상을 띠면서 수많은 잡지들이 생기고 "다시 생각한다"는 특집을 자꾸 만들어내야 하는 상황이 된다.

2. 해체론의 공식.

현대의 문학이론, 특히 해체론은 난해하다는 것이 대부분의 문인과 학자들의 반응이다. 워렌 헤지 교수가 제시한 쉬운 '해체론의 공식'을 요약 하면 다음과 같다.(http://www.sou.edu/English/Hedges/Sodashop/RCenter/Theo.../docon.html)

1. 이분법적 대립관계를 규명하라.

  가. 어떤 특정 텍스트나 사상이 자연스럽다, 정상적이다, 자명하다, 독창적이다, 즉각적으로 명백하다, 추구하거나 모방할만한 가치가 있다는 식으로 받아들여지는지 주목하라. (예: 남자가 공격적인 것은 자연스럽다.)
  나. 텍스트에서 두 가지 사이에 신속하고 확고한 구분이 있다고 가장 강조하는 장소들을 주목하라.(예: 흑인과 백인, 남자와 여자)

2. 대립관계를 해체하라.

  가. 어떻게 해서 어떤 것은 근원적이고 완전하며 기원적이고, 어떤 것은 파생적이고 합성적이거나 다른 것의 결과가 되는지 보여줘라.(예: 의식은 실제로 '자아+의식'인 '자의식'이기 때문에 의식은 언제나 이미 분열되어 있어서 결코 단순하게 스스로를 제시할 수 없다.)
  나. 어떻게 해서 다른 것과 완전히 다르다고 제시된 어떤 것이 그 다른 것과 자신을 구별하는 효과에 의해서만 존재한다는 것을 보여줘라. 요컨대 어떻게 해서 그것이 다른 것에 의존하는지 보여줘라.(예: 진리는 오류에 의존한다. 오류의 개념이 없다면, 진리는 존재하지 않는다.)
  다. 어떻게 해서 정상적이라고 제시된 어떤 것이 특별한 경우인지 보여줘라.(예: 백색은 그것이 인종적 특성이라는 사실을 기만하는 하나의 인종적 특성이다.)

일반적으로 조너던 컬러가 설명한 것처럼 해체론은 "대립관계의 내부에서" 작동하지만 "특성의 교환을 산출해냄으로써 위계질서를 붕괴시킨다." 위계질서뿐만 아니라 대립관계 자체를 붕괴시킨다. [중략] 반전(反轉)은 유익한 진행이지만 허체론은 보다 큰 승부를 목표로 한다. 왜냐하면 근저에 있는 위계질서를 '해체'하기 때문이다. [중략] 해체론은 단순히 대립관계를 '반전'시키거나 '파괴'하지 않는다. 그 대신 대립관계 속에 내재하여 있는 불안정성을 증명해낸다.(예: '카우보이 영웅주의'는 '나쁜 인디언'이 없다면 존재할 수 없다.)

3. 해체비평.

조너던 컬러가 『해체비평』에서 "문학연구에 있어서 해체론이 시사하는 바는 결코 명확하지 않다"고 정리하면서, "데리다가 문학작품에 관해서 종종 글을 쓰기는 하지만 문학비평의 임무, 문학적 언어를 분석하는 방법이나 문학에서 의미의 성격 같은 주제를 직접적으로 취급하지는 않았다. 문학연구에 있어서 해체론이 시사하는 바는 추론되어야만 한다. 그러나 그런 추론내용이 어떻게 만들어질 수 있을 것인지는 명확하지 않다"고 주장한다. 데리다 자신이 명확하게 설명하지 않았기 때문이기도 하지만, 아직까지 데리다의 문학이론이 본격적으로 제시된 경우가 많지 않다. 데리다가 폴 드만의 문학이론을 적극적으로 옹호하였던 이유도 데리다 자신의 문학이론 작업을 대신하였기 때문이었을 것이다. 데리다 철학의 시제는 아직 현재진행형이다. 해체론이 1980년대 중반까지 미국 문학이론가들의 대표적인 화두(話頭)였음에도 불구하고 문학이론에 있어서 시사하는 바가 명확하지 않기 때문인지, 모호한 정의에 근거한 오독(誤讀)이 제시되는 경우가 많았다. 우선, 해체론은 "본질적으로 정독(精讀)하는 형식주의적인 방법이고, 이러한 이유 때문에 종종 신비평에 비유"될 수 있다는 오해가 있다. 해체비평이 유행 상품처럼 되면서, 감각이 예민하지 못한 독자에게 "신비평의 가장 나쁜 획일적 도그마"인 것처럼 받아들여졌다. 그리하여 문학작품의 해석에 있어서 개별 작품의 변별적인 특징을 고려하지 않고 "언제나 똑 같은 소리를 내는" 실제비평 차원에서의 단조로움이 해체비평의 문제점으로 지적되었다. 또 다른 대표적인 오해는 해체비평이 엄밀한 사상이나 개념적인 비판을 거부하는 "텍스트의 무한한 '자유놀이'"일 뿐이라는 것이다. 로고스중심주의를 일관되게 회피하면서 결론에 도달하는데 실패하는 해체비평의 논리 틀에 "짜증이 나는" 독자가 있을 수 있다. "방법"도 "해석"도 아닌 해체론의 "부정적인 접근 논리"에 대한 비판인 것이다. 하지만 이러한 오해들이 자크 데리다의 이론 자체에서 기인한 것이 아니라 폴 드만이나 힐리스 밀러 등에 의해 문학이론으로 변모되면서, 해체론의 대상이 서구의 철학체계 전체에서 문학적이거나 철학적인 핵심 텍스트로 "좁혀지고 축소되었기" 때문이다.

근대 과학은 "이성의 억압적인 이데올로기와 연계되어 있는 담론"이며, 이러한 담론은 "진리와 논리의 일치"라는 그리스 철학에서 기인한다. '진리와 논리의 일치'는 소피스트들을 압도한 소크라테스가 제시한 당위(當爲)이면서, 근대 이성과 과학의 기반이다. 데리다의 논리는 '논리'가 '진리'와 '일치'해야 한다는 그러한 당위론에 의문을 제기한다. 비록 '논리'를 인정한다 하더라도, 그것이 '진리'와 '일치'해야 한다고 믿는 당위성에 대해 의문을 제기할 수 있으며, 제기해야 한다는 주장의 표현이다. 당위론(當爲論)의 당위성(當爲性)에 대한 의문의 제기다. 사실상 근대 이성과 과학의 기반이 되는 그러한 당위론은 진실이라기보다 간절한 소망의 표현인 것 같아 보인다. 예를 들면 소크라테스의 산파술적인 대화법의 목표도 논리가 언젠가는 진리와 일치할 것이라는 희망에 기반을 두고 있다. 크리스토퍼 노리스는 "논리적 주장의 엄밀성"을 판단의 척도로 삼아 폴 드만을 제오프리 하트만보다 높이 평가하면서 해체론의 "부단히 노력하는 장기간의 과정"을 강조한다. "기반이 되는 철학의 위계적인 체계의 파괴"라는 상황을 받아들이면, 비평이 문학의 "메타언어"라는 일견 당연해 보이는 신비평적 전제에 의문이 제기되지 않을 수 없다. 따라서 비평이 문학의 메타언어가 아니라면 무엇이 되어야 하는지 질문하지 않을 수 없는 상황이 된다. 그러한 질문에 대해 비평의 목적보다는 비평의 과정에 주목해야 한다고 컬러가 다음과 같이 대답한다. "감수성 있는 대부분의 독자들이 알게 된 것처럼, 해체비평의 성취는 비평 에세이가 그것을 가지고 또는 그 속에서 결론을 내리는 자세에 있다기보다 차라리 텍스트의 논리의 묘사에 있다." 컬러는 비평적 텍스트의 결론보다 비평적 과정, 즉 비평적 텍스트의 논리 전개의 과정을 강조한다. "특정 작품의 의미를 밝히는 것이 아니라 독서와 글쓰기 속에서 빈발하는 힘과 구조를 탐구하는 것"이 해체비평의 목표이기 때문이다. 비평의 틀, 즉 메타언어적 특성이 전제된 상태에서라면, 실제 비평의 과정에서는 특정 작품의 의미에 비평적 연구를 집중할 수 있다. 그런데 다음과 같이 데리다가 지적하는 것처럼, 메타언어성 자체에 의문이 제기되는 상황이라면 문학작품 자체의 의미보다는 상호 관련되는 구조적인 특성에 대해 질문하는 것이 더욱 시급한 과제가 된다.

> 내 나름대로 실천하거나 다른 사람들의 문학을 연구한다고 가정할 때, 사적(私的)인 생활의 표현과 정반대되는 것이라는 바로 그 점에서 문학은 나의 흥미를 끈다. 문학은 법의 진화와 관련되어 있는 모든 종류의 관습적인 체계에 의해 지배되는 비교적 짧은 역사를 갖고 있는 최근에 발명된 공적(公的)인 기관이며, 원칙적으로 무엇이든 말할 수 있도록 허락되어 있다. 따라서, 유럽의 역사 속에서 그렇게 문학을 정의하는 것은, 공적으로 무엇이든 말할 수 있다는 원칙이 있는 공인과정, 즉 법과 정치학의 혁명과 철저하게 관련되어 있다.

문학은 사적인 표현이 아니라 공적인 진술이라는 데리다의 논리는 문학의 사적인 특성을 부정하기 위한 것이 아니다. 문학의 사적인 측면을 표나게 강조하여온 유럽의 역사에 대한 교정수단으로 제시된 데리다의 논리 전개일 뿐이다. 법과 정치학의 언어와 구별되지 않는 문학의 공적인 측면이 강조되고 있지만, 얼핏 보기보다 진술되는 내용이 그렇게 순진하지는 않다. 문학의 공적인 측면을 강조하는 데리다의 진술 내용이 문학의 사적인 측면을 강조하여온 유럽 역사의 맥락 속에서 검토되지 않을 수 없기 때문이다. 요컨대, 공(公)과 사(私)의 대립되는 개념 구조 자체에 의문이 제기되고 있다. 공사(公私)의 구분이 생각보다 뚜렷하지 않다는 것이 데리다가 제기하려는 논리적 과정의 목표이다. 문학과 철학의 관계에 있어서도 데리다는 그와 유사한 해체론의 논리를 다음과 같이 제시한다. "문학과 철학을 혼동하거나 철학을 문학으로 환원시키려고 결코 노력하지 않았다." 문학과 철학이 혼동되거나 철학이 문학으로 환원되기도 하는 비평적 현실을 전면적으로 거부하지는 않겠지만, 데리다 자신이 그런 현실을 의도적으로 조장하지는 않았다는 주장이다. 철학의 축자적인 언어가 문학의 은유적인 언어에 비해 우월하다는 기존의 논리가 허구라는 점을 폴드만이 설명한 바 있었다. 그렇다고 리차드 로티처럼 철학적인 언어가 문학적인 언어로 환원되어야 한다고 주장할 수는 없다. 철학이 문학보다 우월한 체제가 해체론의 공격 대상이다. 그렇다고 해서 문학과 철학이 구분되는 체제 자체를 전면적으로 거부할 수는 없는 상황이라는 것이 데리다의 논리이다. 해체비평에서는 비평적 텍스트의 결론보다 논리 전개의 과정이 강조된다. 따라서 해체비평의 문학이론은 '논리'를 중심으로 정리될 수 있다. 여기에서 조심해야 할 점은 단순한 논리체계로 환원시켜 신비평의 아류처럼 만드는 순응주의나 논리의 복잡함을 너무 강조한 나머지 텍스트의 무한한 '자유놀이'일 뿐이라고 포기해버리는 허무주의를 피해야 한다는 것이다. 너무 단순하게 요약해버리지도 너무 복잡하다고 포기하지도 않으면서, 논리적 주장의 엄밀성을 지속적으로 유지하기 위한 부단한 노력이 요구된다. 바로 이것이 니체가 자신의 텍스트에서 '단상'(斷想)의 방식을 사용한 이유일 것이다. '논리'가 '진리'로 단순하게 환원되어버리는 사태를 피하면서도, '논리'의 방식을 지속적으로 사용할 수 있기 때문이다. '논리'들이 계속 중첩되면 서로 대화하기 시작할 것이다. 예를 들면 '끝없이 다시 읽기,' '다른 텍스트 읽기,' '다른 사람들이 읽기' 등의 과정을 통하여 '논리'들의 실제 비평적 적용 가능성이 확인될 것이다.

4. 신비평과 해체비평.

해체비평과 신비평의 차이점은 다음과 같이 요약될 수 있다. "데리다의 논리는 간단하지만 압도적이다. 언어의 발화를 발생시킨 생각에 '전면적이고 즉각적인' 접근을 제공할 때에만 자기 현존하는 의미의 조건을 언어가 만족시킬 수 있다. 그러나 이는 불가능한 요구조건이다." "전면적이고 즉각적"으로 의미를 파악할 수 있다는 주장은 완벽하게 완결된 구조를 발견할 수 있다는 신비평의 기본 인식에서 나오며, 데리다의 비평은 이러한 기본 인식의 성취가 불가능함을 증명하려고 한다. 그러나 해체비평은 신비평의 전통을 전면적으로 부인하지는 않는다.

> 이러한 이중 주석(double commentary)의 순간이 비평적 독서에서 나름대로의 지위를 확보해야 한다. 모든 고전적인 임무를 인식하고 존중하는 일이 쉽지는 않으며 전통적인 비평의 모든 도구를 필요로 한다. 이러한 인식과 이러한 존중이 없다면, 제멋대로의 방향으로 발전 하게 되는 위험에 처하게 될 것이며 거의 아무 말이나 해도 된다고 스스로 인정해버리게 될 뿐이다. 그러나 이러한 필수불가결한 가드레일(guardrail)이 독서를 언제나 '보호하여'왔을 뿐이지 결코 '개방시키지는' 못하여왔다.

언어의 무책임한 놀이로 전락하는 것을 방지하기 위하여 신비평의 전통이라는 가드레일이 필수불가결하다. 물론 신비평이 비평적 독서의 전통을 유지 보호하기만 하였을 뿐 새로운 전망을 개방 전개시키지 못하였다는 한계가 지적될 수 있다. "이중 주석의 순간"을 보다 명확하게 파악하기 위하여 데리다의 『그라마톨로지』를 조금 더 읽어보자.

> 허나 일반언어학을 과학으로 제도화하려는 의도는 이러한 점에서 모순에 봉착한다. 사실 선언된 목적은 말할 필요도 없이 자명한 것을 말하면서, 원초적이며 충만한 말하기의 언어에 복속되는 도구의 수준으로 글쓰기가 환원되는 역사적이며 형이상학적인 상황, 즉 문자학의 종속적 상황을 확인시켜준다.

그러나 다른 제스처(목적의 또 다른 진술이 아니다. 왜냐하면 여기서는 말하기가 없으면 명백해지지 않는 것이 말해지지 않은 채 실천되며, 발화되지 않은 채 쓰여지기 때문이다.)는 그것의 언어학과 음운론이 의존적이며 한정적인 분야일 수밖에 없었을 일반문자학의 미래를 해방시킨다. 이제 소쉬르에서 제스처(gesture)와 진술(statement) 간의 이러한 긴장 관계를 따라가 보자.

데리다가 소쉬르의 『일반언어학 강의』를 분석하면서, 소쉬르의 '선언된 목적'을 부인하지는 않는다. 그것은 글쓰기가 말하기에 복속되어야 한다는 것이다. 그런데 데리다는 이렇게 명백한 '진술'의 이면에서 '제스처'라고 명명할 수 있는 것을 읽어내면서 '이중 주석'을 실천에 옮긴다. 명백하게 진술되었다고 말할 수는 없지만, 소쉬르가 목적하는 완벽하게 완결된 구조로부터 소쉬르 자신의 일반언어학을 빗나가게 하는 다른 작용을 '이중 주석'의 관점에서 읽어내려는 것이 문자학(grammatology)이라는 해체비평의 목적이다. 예를 들면 데리다가 "루소가 그것을 선언하지는 않았지만, 우리는 루소가 그것을 묘사하는 것을 보아왔다" 또는 "루소가 그것을 선언하지 않으면서 그것을 묘사한다"라고 말할 때, 루소의 '선언'이 소쉬르의 '진술'과, 루소의 '묘사'가 소쉬르의 '제스처'와 동일한 용어가 된다. 폴 드만은 '눈멈'과 '통찰'을 사용하여 데리다의 '이중 주석' 체계를 문학에 적용한다.

　　따라서 자신이 무의식적으로 제공하는 통찰의 의미에 의해서 교정되어야
　　하는 눈먼 비전의 역설적 효과에 관해서 숙고하는 것이 비평가에 대해 비판적
　　으로 쓰는 하나의 방법이 된다.

문학작품에서 이러한 "눈먼 진술과 통찰력 있는 의미"의 '긴장 관계'를 읽어내는 것이 해체비평의 해석일 것이다. 명백하게 진술되고 선언된 목적과 명백하게 진술되었다고 말할 수는 없지만 묘사된 제스처를 눈먼 듯한 통찰력의 표현으로 읽어내려는 것이 해체비평의 방법론이다.

5. 실제비평의 사례.

존 던의 「성자가 되다」는 신비평의 대표적인 평론집 중 하나인 클리언드 브룩스의 『잘 빚어진 항아리』에서 취급되는 대표적인 작품이다. "잘 빚어진 항아리"라는 평론집의 제목 자체가 존 던의 시에서 인용된 것이다. 조너던 컬러는 해체론의 문학이론의 대표적인 저작 중 하나인 『해체비평』에서 브룩스의 신비평적인 해석을 언급하면서 해체비평의 실제비평의 사례를 제시한다. 브룩스는 「성자가 되다」의 기본적인 메타포에 역설이 내포되어 있다고 지적한다. 시인이 세속의 사랑을 마치 성스러운 사랑인 양 다루고 있기 때문이다. 서로의 안식처라는 것이 상대방의 육체를 의미하는 것이면서도 속세와 인연을 끊은 것처럼 행세한다. 성자라는 그들의 칭호가 다소 음흉스럽다. 그러나 시를 자세히 읽어보면, 사랑과 종교가 다 같이 진지하게 받아들여지고 있다. 사랑의 메타포 분석이라고 할 수 있는 것이 사용됨으로써 역설적인 어조와 조화를 이룬다. 자기가 하고 있는 일을 시인이 철저하게 의식하고 있음을 보여준다. 생을 거부하는 연인들이 가장 강렬한 생에 도달한다는 역설이 불사조의 메타포에서 암시되었다. 역설이 여기서 힘차게 극화된다. 은자가 되어가는 연인들은 세상을 상실한 것이 아니라, 서로의 안에서 더 강렬하고 더 의미심장한 세계를 얻게 되었음을 깨닫는다. 던은 다음과 같이 이런 깨달음이 수동적으로 그들에게 찾아온 것으로 취급하기보다 그들이 능동적으로 성취하는 것으로 취급한다. 그들은 신의 사도인 성자들과 마찬가지다. "우리의 죽음은 실제로는 더 강렬한 생명이다." "우리는 죽음(즉 사랑)을 위하여 생명(즉 세계)을 바꿀 수 있는 것이다. 왜냐하면 그러한 죽음이야말로 생의 극치이기 때문이다." "결국 인간은 사랑으로 인해 살기를 기대하지 않고, 사랑으로 인해 죽기를 기대하고 또 원한다"라고 시인은 말한다. 이 시는 그것이 주장하는 원칙의 한 본보기이다. 이 시는 자신의 주장과 그 주장의 실현을 다 같이 포괄하고 있다. 시인은 실제로 우리의 눈앞에 "보금자리"를 만들어 놓았으며 그것으로 연인들이 만족할 수 있다고 말하고 있다. 이 시 자

체가 바로 연인들의 재(灰)를 보존할 수 있는 항아리, 왕자의 "반 에이커
의 능"과 비교해 봐도 조금도 모자라지 않은 잘 빚어진 항아리이다. 「성자
가 되다」에서 시인이 말하고자 했던 바는 역설을 통해서만 가능했다. 직
접적인 방법이 시도될 수는 있겠으나, 그것들은 하고자 하는 말을 약화시
키거나 왜곡시킨다. 시인이 말하고자 하는 얼마나 많은 것들이 역설을 통
해 말해졌는가를 생각해 보면 그러한 진술은 그리 놀랄 것도 못 된다. 연
인들의 대개의 말이 그러하고, 「성자가 되다」가 그 좋은 예이듯이 대부분
의 종교의 언어 또한 그러하다. "생명을 구하고자 하는 이는 그것을 잃을
것이요," "끝난다는 것은 시작한다는 것이다" 등이 그것이다.

> 우리가 사랑으로 살 수 없다 하더라도, 사랑으로 죽을 수는 있어요,
>   그리고 무덤과 명정(銘旌)에 적합하지 않다 하더라도
> 우리의 전설은 시(詩)에 적합하게 될 것이어요.
>   그리고 연대기의 일부가 된다고 증명할 수는 없어도,
>   소네트에 아름다운 방들을 건설하겠어요.
>   가장 위대한 재(灰)가 되어 반 에이커의 능(陵)처럼
> 그만큼 좋은 잘 빚어진 항아리가 되겠어요,
>   그리고 이러한 찬송가들에 의해서, 모두가 인정할 것이어요
>   사랑 때문에 우리가 '성자가 되었다는 것을.'

신비평에 있어서 입장의 구체화나 극화가 유기적인 통일성의 중요한
요소다. 주장하거나 묘사하는 것을 상연하거나 실연함으로써 스스로 완
벽하게 되고, 스스로를 설명하며 존재와 행동의 자기충족적인 융합이 된
다. 패러다임 사례인 던의 「성자가 되다」에 관해 브룩스가 "이 시는 자신
이 주장하는 원칙의 실례다"라고 주장한다. "그것은 주장이면서 주장의
실현인 것이다. 시인은 실제로 우리의 눈앞에서 소네트의 내부에 연인들
이 만족할 수 있다고 말하고 있는 '아름다운 방'을 건축하였다." 브룩스의
책은 「성자가 되다」가 정전(正典) 즉 모범이 될 것을 기원한다. 브룩스의
계획은 그러한 모범에 의거하여 다른 시를 읽을 때 무슨 일이 발생하는가

를 알아보려는 시도를 갖고 있다. 이 시의 성자적이며 세속적인 결합, 즉 창조적인 상상력에 의해서 결과 된 결합은 다른 곳에서 재생산될 모범으로 여겨진다. 「성자가 되다」의 "잘 빚어진 항아리"라는 구절은 이 책에 의해 채택되어 다른 시에게도, 그 자신에게도 적용된다. 브룩스 자신의 책 자체가 『잘 빚어진 항아리』라고 명명된다. 던의 항아리와 이에 대한 브룩스의 반응이 자신의 책 속에서 혼합되어 그 자체가 하나의 잘 빚어진 항아리가 된다. 던의 시 속에 있는 자기참조적인 요소는 종결을 산출해내거나 유도해내지 못한다. 자신을 항아리라고 찬양하면서 이 시는 항아리의 찬양을 합체하여 무언가 항아리와는 다른 것이 된다. 만약 항아리가 항아리에 대한 반응을 포함하고 있는 것으로 여겨진다면, 브룩스의 항아리처럼 항아리가 예측하고 있는 반응이 항아리의 일부가 되며 그래서 항아리가 종결이 되는 것을 방해한다. 맑고 투명한 종결이라기보다 반복과 증식의 구조를 갖는다. 자기참조의 구조는 하나의 항아리와 그 항아리에 대한 반응을 포함하는 하나의 항아리를 창조함으로써 자신의 의사에 반하여 시를 분할하기에 이른다. 일련의 표현, 기원과 독서가 자기참조의 순간처럼 시의 내부에 있으면서 동시에 시의 외부에 있게 되는데, 언제나 계속될 수 있으면서 끝이 없는 것이다.

　해체비평은 신비평과 유사한 형식주의적인 방법의 하나라고 비판되기도 한다. 가장 나쁜 종류의 신비평, 획일적인 도그마로 귀착되는 신비평이라는 비판이다. 논리적인 주장의 엄밀성을 망각하고 실제비평에 기계적으로 적용한다면 획일적인 도그마가 될 수밖에 없다. 컬러의 작업은 브룩스의 역설이 '잘 빚어진 항아리'로 완성되지 않는다는 데에 집중되어 있다. 신비평의 유기적인 통일성이 불가능한 꿈이라는 지적이다. 비록 정확한 지적이기는 하지만, 브룩스의 작업이 던의 작품에 대한 이해의 폭과 깊이를 넓히는 데 기여하고 있는 반면, 컬러는 브룩스의 논리적인 허점만을 지적하고 있어서 비평적인 작업의 영역이 좁혀지고 축소된 것 같아 보인다. 컬러의 해체비평이 브룩스의 신비평에 기생하여 있다고 말할 수 있을 지경이다. 문학의 지평을 넓히려고 노력하는 브룩스와 비교할 때, 해체비평은 텍스트의 무한한 '자유놀이'라는 무책임한 허무주의의 혐의를 벗어나기 어렵다. 데리다는 『입장들』에서 다음과 같이 설명한다. "나는 '소쉬르의 작업계획'이 원칙적으로 또는 전면적으로 '로고스중심주의적'이라거나 '음성중심주의적'이라고 말한 바가 결코 없습니다. 나의 글읽기 작업은 그러한 형태를 취하지 않습니다"라고 말한다. 왜냐하면 "다른 텍스트처럼 소쉬르의 텍스트가 균질적이지 않기 때문입니다. 그렇습니다. 나는 (표시되어 있지는 않았지만, 태도가 뚜렷한) '로고스중심적'이며 '음성중심적'인 층위(層位)를 분석하였지만, 소쉬르의 과학적인 작업계획과 모순된다는 것을 즉시 보여주기 위해서 그렇게 하였을 뿐입니다." "우리는 맑스, 엥겔스나 레닌의 텍스트를 그저 현재의 상황에 '적용되어야' 하는 완벽하게 완성된 세공품이라고 생각할 수는 없습니다. 그렇게 말하면서 '맑시즘'에 반대되는 것을 주장하고 있지는 않다고 나는 확신합니다. 이 텍스트들은 텍스트의 표층 바로 밑에 있는 완성된 기의를 추구하는 해석학적이거나 주해적인 방법에 의거하여 읽혀져서는 안 됩니다. 글읽기는 변형적입니다. 나는 이것이 알튀세르의 주장에 의해서 확인될 수 있을 것이라고 믿습니다. 그러나 아무리 소망한다 하더라도 이러한 변형은 수행될 수 없습니다. 독서의 의정서(議定書)가 요구됩니다. 왜 좀 더 퉁명스럽게 말하지 못합니까. 나는 아직 나를 만족시켜주는 것을 발견하지 못하였습니다." 텍스트가 균질적이지 못하기 때문에, 기준에 의거하여 텍스트를 판단하는 글읽기 작업은 불가능하다. 예를 들어 로고스중심주의라는 판단 기준은 텍스트의 하나의 층위와 관련될 수 있으며, 그것도 작가의 세계관 전체를 이해하는 작업과 연관될 때에만 의미가 있을 것이다. 데리다는 텍스트를 읽는 만족스러운 이론의 틀을 아직 발견하지 못하였다고 솔직하게 고백한다. 이곳에서 제시되는 데리다의 '층위'(層位)라는 개념을 동원한다면, 브룩스나 컬러의 논리와는 다른 층위, 즉 다른 기준에 의해서 작품을 이해할 수 있다고 주장할 수 있다. 층위의 판단을 위한 비평적인 기준은 "작가의 세계관 전체를 이해하는 작업과 연관"되는지 여부일 것이다. '잘 빚어진 항아리'가 아름다운 이미지이기는 하지만, 브룩스나 컬러의 논리처럼 '잘 빚어진 항아리'가 「성자가 되다」의 유일한 기준일 수는 없다. 사실, 애인은 성자가 되어야 한다는 것을 목표로 하고 있다고 말할 수 없다. 사랑 때문에 성자가 된다는 시의 표현은 성자가 될 수 있을 만큼 사랑할 수 있다는 역설적인 표현이었다. 브룩스나 컬러는 성자가 사랑보다 높은 위치에 있으며, 성자의 높은 지위를 위해서 낮은 지위의 사랑이 매개체가 되었다는 전제(前提)를 갖고 있다. 그러나 던의 시는 종교적인 사랑의 위치가 세속의 사랑보다 더 높다고 생각할 수는 없다는 발상의 전환을 전제로 하고 있다. 그러한 논리는 브룩스나 컬러의 이론에 대한 단순한 반론의 제기가 아니다. 「성자가 되다」의 대표적인 기교는 형이상파 기상이다. 존 던이 페트라르칸 기상(奇想)의 전통을 벗어나서 새롭고도 독특한 은유의 방식을 사용하는 이유는 포괄적인 조화를 목표로 하였기 때문이 아니었다. 코페르니쿠스, 갈릴레오, 베이컨 등 새로운 과학과 구시대적인 세계관의 분열을 인식하고 있었기 때문이었다. 기이한 이미지가 결합되는 기상은 '논증과 설득'의 수단이었다. 비평가의 관점에 따라 17세기 형이상파의 해석이 달라지기는 하지만, 브룩스나 컬러처럼 '성자가 되는 것' 또는 '잘 빚어진 항아리를 만드는 것'이 존 던의 시세계의 유일한 목표였다고 말할 수는 없다. 그러므로 조너던 컬러의 해체비평에 대한 수정 작업이 필요해진다.

6. 해체론의 정치성.

1986년 미국 영어영문학회의 회장 연설에서 힐리스 밀러가 문학 연구의 경향이 언어적 관점에서 사회정치적 관점으로 바뀌는 경향에 대해 우려를 표시한 바 있다. 밀러가 예일 학파의 일원이기 때문에, 미국 해체론의 정치적 무능력을 고백하는 것처럼 보인다. 그러나 데리다는 정반대되는 입장을 표명하고 있다. "해체론적 글읽기와 글쓰기는… 담론과 관련될 뿐만 아니라, 개념적이고 의미론적인 내용과도 관련된다.… 해체론적 실천은 또한 그리고 무엇보다도 정치적이면서 제도적인 실천이다." "역사, 문화, 사회, 정치학, 제도, 계급 및 성의 상황, 사회적 맥락, 물질적 기반" 등 다양한 정치사회적 관심사에 관한 이론적 논의의 기반에서 해체론의 흔적이 발견된다. 해체론은 맑스와 엥겔이 존재를 선언했던 '유령'과 흡사하다. "유령 하나가 유럽에 출몰하고 있다." 『공산당 선언』의 시작이다. 유럽 지식인 사회를 휩쓴 '공산주의'라는 유령이 있었다. 공산주의자들의 목표가 "모든 기존의 사회적 상황을 강제로 전복하는 것에 의해서만 획득될 수 있다"고 공공연하게 선언되었다. "모든 국가의 노동자들이여, 단결하라!" 20세기말부터 '유령 하나'가 출몰하고 있다. 유럽 지식인 사회뿐만 아니라 전 세계 지식인 사회를 휩쓸고 있다. 새로운 유령의 이름은 해체론이다. 해체론의 목표가 "모든 기존의 철학적 상황을 강제로 전복하는 것에 의해서만 획득될 수 있다"고 데리다에 의해 공연연하게 선언되고 있다. "모든 국가의 지식인들이여, 단결하라!"

가. 포월의 전략.

김진석은 『니체에서 세르까지―초월에서 포월로. 둘째권』이라는 자신의 책 제목에 '포월'(包越)이라는 단어를 사용한다. 차연이 차이와 지연의 합성어인 것처럼, '포월'은 포함(包含)과 초월(超越)의 합성어다. 데리다가 직접 사용하지는 않았으며, '감싸고 넘어가기'라고 번역될 수 있는 신조어다. 차이(差異)라는 공간적 구분 논리가 갖고 있는 로고스중심주의를 벗어나기 위해 지연(遲延)이라는 시간적 구분 논리가 추가되어 차연(差延)이라는 새로운 합성어가 해체론을 위해 형성된 것과 같은 논리가 적용된다. 현재를 부정하며 미래로 초월한다는 로고스중심주의의 공간적 구분 논리만의 한계를 벗어나기 위해 현재 속에 포함된 과거라는 시간적 구분 논리가 추가된 개념이다. 데리다는 『죽음의 선물』에서 이 개념을 다음과 같이 간접적으로 제시한 바 있다. "고대의 플라톤적 종교가 원시의 주신제적(酒神祭的) 종교를 합체(合體)하였고, 중세의 기독교적 종교가 고대의 플라톤적 종교를 억압(抑壓)하는 것이 기독교 역사의 과정이다. 소크라테스의 죽음은 플라톤적 종교의 책임감의 승리이며, 책임감과 신앙이 결합된 결과가 '죽음의 선물'이다. 주신제적 종교가 플라톤적 종교에 의해 합체되고 복속되고 노예화되더라도, 멸절(滅切)되지는 않는다. 내면에 살아남아, 자유의 자극이 된다. 책임감 있는 새로운 자유의 경험 속에, 주신제적 종교가 포장(包裝)된 채 남아 있다면, 고대의 초자연적인 힘이 지속(持續)되고 있다면, 합체되어 지배되고 있다면," 새로운 종교는 "결코 순수하거나, 진정(眞正)한 것이 되거나, 또는 완전하게 새로울 수 없다." 고대가 원시를, 중세가 고대를 포괄하는 과정으로 역사적 진보가 진행되었다. 과거의 합체나 억압이 완벽하게 수행될 수 없기 때문에, 순수하거나 완전한 새로움은 불가능하다. 과거의 잔여물이 언제나 남아 있다. 한국의 경우 기독교와 유사한 수준의 고급종교인 불교의 사찰(寺刹)에 '포월'되어 있는 원시의 주신제적 종교의 상징인 삼신각(三神閣)을 그 예로 들 수 있다.

나. 해체론과 페미니즘.

조너던 컬러는 『해체비평』에서 페미니즘 해체론의 구체적 행동지침을 다음과 같이 제시한다. 페미니즘적 글읽기의 세 가지 수준을 정리하면 다음과 같다.

(1) 차이의 철학.

  (ㄱ) 여성의 생물학적 조건.
  (ㄴ) 여성으로서의 경험이 독자로서의 반응에 있어서 권위의 원천이 된다.
  (ㄷ) 사회와 가정의 여성적 경험과 독자로서의 여성적 경험이 연관된다.
  (ㄹ) 남성 등장인물이나 남성적 주제를 강조하던 비평 전통의 편견을

보상받으려고 하며, 단연코 주제 중심적이다.

(마) 여성 등장인물의 관심사를 자신의 문제와 동일시한다.

(바) 여성(female)과 남성(male)의 차이(difference).

(2) 차이짐의 철학.

(가) 여성의 정치적 조건.

(나) 여성으로서 말하기 위해서 여성인 것만으로 충분하다는 '차이의 철학'에 대한 반성.

(다) 여성이 여성으로서 독서를 하지 않았다는 인식.

(라) 다른 많은 학습된 해석 전략과 마찬가지로 어쩔 수 없이 성에 의해 규제되고 성에 의해 오염된 '학습' 행위이기 때문에, 자신의 독서가 기반을 두고 있는 문학적이며 정치적인 가정들에 대해 의문을 제기한다.

(마) 자신의 이해관계와는 반대되지만 남성 등장인물과 자신을 동일 시하고 있다는 반성.

(바) 단순히 세계를 해석하려는 것이 아니라 읽고 있는 사람들의 의식과 읽고 있는 것의 관계를 변경함으로써 세계를 변화시키려는 정치적 행위다.

(사) 스스로 병신이 되는 경험이며, 인간적 조건의 문제점 때문에 여성을 희생양으로 만들어버리는 데 협조하지 않게 될 것이다.

(아) 동의하는 독자라기보다 거부하는 독자가 되는 것이다. 남성적 오독, 즉 '남근중심주의'의 비판.

(자) 남성적 마음이란 악령을 쫓아내는 과정을 시작하는 것이다.

(차) 정치학에서 '여성의 문제'가 개인의 자유와 사회의 정의에 관한 수많은 본질적인 문제점들에 적용되고 있는 이름인 것처럼 성의 억압이란 비평의 한 부분에 민감한 모든 비평에 적용되어야만 하는 이름이다.

(카) 남성/여성의 대립관계가 이성적/감정적, 진지한/경박한, 사색적/즉흥적이라는 대립관계와 연계되어 있다. 여성의 독서가 남성의 독서보다 더 이성적이고 진지하고 사색적이라는 것을 증명하려고 작업한다.

(타) 여성적인 것(feminine)과 남성적인 것(masculine)의 차이짐(differing).

(3) 차연의 철학.

   ⑦ 여성의 문화적 조건.

   ㉯ 남성과 이성적인 것의 연관관계에 도전하는 '차이짐의 철학'을 반성하며, 이성적인 것에 대한 개념이 남성의 움직임과 연루되거나 공모관계에 있게 되는 방법을 모색한다.

   ㉰ 남성 비평가들이 받아들일 수 있는 용어로 남성 비평적 해석의 한계점들을 증명하려고 한다.

   ㉱ 현행 비평의 절차, 가정 및 목표가 남성의 권위 유지에 부합하는지 여부를 조사하고 대안을 모색한다.

   ㉲ 리얼리즘, 합리성, 지배, 설명 등 수많은 개념과 이론적 범주 자체가 남근중심적 비평에 속해 있다는 것을 보여준다.

   ㉳ 선택의 틀과 비평적이며 이론적인 범주의 유대관계에 의문을 제기하지만, 두 번째 수준보다 더 극단적이지 않다.

   ㉴ 독자의 경험에 호소함으로써 남근 비평의 개념 체계나 절차를 대체하거나 해체하기 위한 지렛대를 제공하게 된다. 그러나 경험은 언제나 분열되어 있고, 표리부동한 성격을 갖고 있다.

   ㉵ 여성성(femininity)과 남성성(masculinity)의 차연(differance).

페미니즘은 여성이 원하는 것, 여성이 느끼는 것 등 여성의 본질적 욕망이나 경험에 대한 호소에 기반을 두고 있다. 하지만, 생물학적 조건, 정치적 조건이나 문화적 조건 등 보는 관점에 따라서 '여성의 본질적 욕망이나 경험', 즉 '여성이 원하는 것'이나 '여성이 느끼는 것'을 전혀 다르게 읽을 수밖에 없었다. 생물학적 조건에 초점을 맞추면, 페미니즘은 남성과 여성의 '차이'를 중시하면서 투쟁적 자세를 취한다. 두 번째 수준의 페미니즘은 남성적인 것과 여성적인 것의 '차이짐'에 관심을 보이면서 정치적인 자세를 취한다. '차이'의 페미니즘에 대한 반성이면서, '차이'의 페미니즘을 감싸고 넘어가는 구조를 갖고 있다. 여성의 문화적 조건에 관심을 보이는 세 번째 수준의 페미니즘은 해체론의 '차연'의 철학을 전용한다. 세 번째 수준의 페미니즘은 두 번째 수준의 페미니즘을 감싸고 넘어가는 구조를 갖고 있다. 두 번째 수준의 페미니즘은 첫 번째 수준의 페미니즘을 감싸고, 세 번째 수준의 페미니즘은 두 번째 수준의 페미니즘을 감싸고 넘어간다. 정치적 조건은 생물학적 조건을 포함하며, 문화적 조건은 정치적 조건을 포함한다. '차이짐의 철학'이 '차이의 철학'을 '포월(胞越)'하며, '차연의 철학'이 '차이짐의 철학'을 '포월'한다. 해체론이 세 번째 단계로 가는 추진력이 되면서, 기존의 이론을 감싸고 넘어가는, 즉 '포월'하는 방식으로 페미니즘의 새로운 이론적 틀이 제시된다.

보다 많은 검토와 설명이 요구되겠지만, 이와 같은 '삼단계 접근법'은 다양한 현대 이론에 확대 적용될 수 있을 것이며, 다음과 같은 도식을 가능하게 할 것이다. 모더니즘과 포스트모더니즘의 이분법적 도식을 제시하고 있는 이합 하산의 단순 논리를 극복할 수 있는 하나의 방안이다.

차이.	차이짐.	차연.
주체(subject)	주체성(subjectivity)	주체화(subjectification)
정책(policy)	정치학(politics)	정치성(the political)
리얼리즘	상징주의	해체비평
책(book)	텍스트(text)	텍스트성(textuality)
타자(alter)	제2의 나(alter ego)	타자성(alterity)
인류의 해방	오만(arrogance)	겸손(humility)

'차이의 철학,' '차이짐의 철학'에 이은 '차연의 철학'을 지향점으로 하는 해체론은 '삼단계 접근법'이란 결론 없는 변증법이다.

다. 해체론과 맑시즘.

테리 이글턴은 "인류의 해방"이라는 속류 맑시즘적 목표에 의거하여, 주체와 타자의 차이에 기반을 두는 정책적 입장에서 포스트모더니즘을 비판하고 있다. 현실을 "반영할 뿐만 아니라 합법화"하는 이데올로기적 입장에서 볼 때, 포스트모더니즘이 "파시즘"의 위협에 적절하게 대처할 수 없다는 것이다. 주체와 전체성을 혐오하는 포스트모던 이데올로기가 "문화적 상대주의와 도덕적 인습주의"를 조장하며, "정치적 행동자에 관한 적절한 이론의 결여"를 초래하기 때문이다. 데리다는 로고스중심주의를 전면적으로 거부할 수 없는 현실로 받아들인다. 데리다의 전략은 로고스중심주의의 내부에서 '받아들이면서 거부하는 방식'을 모색하는 것이다. 서구 형이상학의 '초월' 개념이 전면적으로 거부되어야 한다는 것을 알면서도, '초월' 개념을 논리의 전개에서 배제할 수 없다는 현실을 받아들인다. 이성을 전면 거부한다면, 이성적 논리를 사용하는 글쓰기가 원초적으로 불가능하기 때문이다. 이성의 '억압적 성격'을 기억하면서, 다른 대안이 없기 때문에, 이성을 사용하여 논리를 구축한다는 작전이다. 전체성의 '억압적 성격'을 기억하면서, 다른 대안이 없기 때문에, 전체성을 목표로 하는 것처럼 글을 쓰는 전략이다. '포월'의 방식에 의한 해체이론의 변증법적 전개 과정에 의거하면, 해체이론은 '차이'의 철학이나 '인류 해방'의 정치적 성향을 전면적으로 거부하지 않는다. 단지 현실의 복잡한 상황에 비하여 테리 이글톤 수준의 '정책'적 대처가 너무 단순하다는 것이다. 파시즘의 비이성적 논리에 대응하는 방안에 있어서 '차이'의 철학이 유의미 했었을지 모르지만, 이제는 너무 단순한 논리라는 것이다. 레비스트로스의 구조주의를 설명하면서, 폴 드만은 관찰자와 관찰 대상의 "원초적 거리"가 사라지고 "단일한 주체 속으로 융합되는 경향이 있다"고 설명한다. 이러한 "인류학적 모델"이 "정신분석적이거나 정치적인 모델"로 확대된다. 그리하여 정신분석학의 분야에서 "누가 분석하고 있으며 누가 분석을 당하고 있는지 더 이상 명백하지 않다." 정치학의 수준에서, "누가 누구를 착취하고 있는 것인지" 대답하기 어려워졌다. 주체와 타자의 명확한 구분이 있어야, '인류의 해방'을 목표로 하는 '정책'이 성립된다. 파시즘의 가능성을 제외한다면, '삼단계 접근법'에서 첫 번째 수준의 철학,

'차이'의 철학이 현실을 전부 설명할 수 없다는 것은 명백하다. '차이'는 '주체'와 '타자'의 구분이 명확하다는 것을 전제로 하고 있기 때문이다.

신역사주의는 '삼단계 접근법'에서 두 번째 수준의 맑시즘적 입장에 속한다. 해체론을 수용하는 듯하지만, "문학적 실천"의 측면에서 "특정한 장소와 특정한 시간"의 "역사적 만남"을 포기하지 못한다. '주체'와 '타자'의 '차이'를 정확하게 자리매김할 수 없다는 것을 인정한다 하더라도, '주체성'을 부정할 수 없다는 것이다. '특정한 장소와 특정한 시간'의 '역사적 만남'을 통해서 각자의 '주체성'의 '차이짐'이 형성되는 '텍스트'를 읽는 것이 '문학적 실천'의 방법일 수 밖에 없다는 입장이다. 프레드릭 제임슨은 구조주의가 "궁극적인 모순점"을 갖고 있다고 주장하지만 이글턴과는 달리 "이데올로기적 관점에서 구조주의를 '거부한다'는 것은 현대의 언어학적 발견을 철학적 체계 속에 통합시키는 작업을 거부하는 것이 된다"고 판단한다. 데리다의 논리를 전용하여, 제임슨은 『언어의 감옥』에서 구조주의와 데리다를 '받아들이면서 거부하는 방식'을 모색하고 있다. 데리다의 논리를 받아들인다 하더라도, 데리다 자신의 딜레마는 어쩔 수 없다는 것이다. "처음에 배척하려고 계획하였던 현존의 환상을 영구화하는 도구가 되어버려서" "현존의 형이상학을 부정하는 것이 불가능해지는 상황에" 처하게 된다는 것이다. 형이상학적 현존을 부정한다는 입장에 동조하더라도, 부정하는 '주체'의 '주체성'은 존재해야 하기 때문이다. "부르주아 전통"의 비판이기 때문에 동조적으로 검토할 수는 있겠지만, 해체론의 철학적 언어가 "자신의 개념적 감옥의 벽을 더듬고 있는" 불가능한 상황을 지적하지 않을 수 없다는 것이다. '주체'는 안 되더라도 '주체성'도 구축할 수 없게 된다는 점에서 해체론을 거부한다. 이 지점에서, 제임슨의 논리와 신역사주의의 논리가 만난다.

자본주의는 근대화 프로젝트를 수행하는 계몽의 논리에 기반 한다. 자본주의를 비판하는 맑시즘도 근대화 프로젝트를 부정하지 않으며, 계몽의 논리에 속한다. 맑시즘의 이데올로기 비판과 해체론의 서구 형이상학

비판은 차원을 달리 한다. 해체론이 근대화나 계몽의 논리가 원천으로 삼고 있는 유토피아적 이데아를 목표로 하는 서구 형이상학 자체에 대한 비판이기 때문이다. 유토피아적 이데아를 목표로 하고 있다는 점에서 맑시즘은 자본주의의 형제다. 맑시즘이 자본주의 이데올로기를 비판하는 이데올로기라면, 해체이론에서는 이데올로기를 비판하기 위해서 어쩔 수 없이 이데올로기적 논리가 사용되고 있을 뿐이다. '삼단계 접근법'의 세 번째 수준에서, 제임슨과 신역사주의의 논리는 이렇게 '포월'된다. "경험적이며 초월적인 차이"의 해체론적 작업은 가족, 국가, 세계, 인류 등 공동체의 "우리"라는 개념이 불가능하다, 즉 "우리"에게 "정체성"(identity)이 결여되어 있음을 밝혀준다. "우리"는 "유령"이 되며, 이러한 "유령화의 과정"은 "전지구적"이다. '삼단계 접근법'의 용어에 의하면, '우리'라는 '주체' 또는 '우리'라는 '주체성'은 시간의 흐름 속에서 확정지을 수 없다는 것이다. 주체나 주체성이 되어가는 과정, 즉 '주체화'의 흔적만 읽어낼 수 있을 뿐이다. '주체'나 '주체성'의 "틀짜기"(framing)는 "'인류 해방'이란 폭력적 정치학"을 초래할 뿐이다. 예컨대, '차이'나 '차이짐'을 강화하는 작업은 "정치적으로 눈멀고 무책임한 일이다." 그러나, 해체론이 비정치적이라고 말할 수 없다. '차이'나 '차이짐'은 공간적 개념이다. '차이'와 '지연'의 결합인 '차연'에는 시간적 개념이 추가된다. 인간의 시간적 경험을 고려한다는 점에서 해체론은 "필연적으로 정치적"이다. 해체론의 비정치성을 강조하는 이론은 해체론의 정치적 입장에 반대하고 있는 것이다. 논리의 "환원불가능성"(irreducibility) 때문에 해체론의 '정치학'이 불가능하다는 제임슨의 지적은 정확하다. 그러나 해체이론의 '정치성'을 감안하지 않고 있다는 점에서 문제적이다. 데리다의 이론은 "너무 형식적"인 것처럼 보인다. 그러나 "시간의 '난경'(難境 aporia)을 비조직적으로 경험한다는 것은 보다 적은 폭력의 가능성을 위해서 감수되어야만 한다." '시간의 난경'이란 논리의 환원불가능성의 다른 표현이다. 로고스를 거부하기 때문에, 중심적 개념으로 해체론이 정리되지 않는다. '차이'에 기반을 둔 논리로 '환원'될 수 있어야 로고스중심적 체계가 확립된다. '차이'가 확정되지 않고 시간의 흐름 속에서 계속 변하면서 지연되는 것이 '차연'이다. 시간 속에서 논리가 고정될 수 없는 난처한 곤경, 즉 '난경'에 빠지게 된다. 환원적 논리의 체계로 고정되지 않는다. 경험은 '비조직적'이 된다. 그런데 해체론이 어떻게 정치적일 수 있는가 하는 것이 제임슨의 질문이다. 자신이 만든 '언어의 감옥'에서 빠져나갈 수 없는 상황이라는 것이다. "보다 적은 폭력의 가능성을 위해서 감수되어야만 한다"는 논리로 설명할 수 있다. '차이'는 기본적으로 폭력을 수반한다. '차이'가 성립하려면, 기준이 되는 '중심'과 그보다 못한 '주변'이 있어야 하기 때문에, '차이'는 본질적으로 '억압적 성격'을 갖는다. '차이'가 만들어내는 '폭력의 가능성'을 축소시키는 것이 가장 현실성 있는 정치적 방안이라는 논리다. "민주주의의 약속"이라고 표현할 수도 있다. '차이'는 서구 형이상학의 기반이 되는 근거다. '차이'를 확정짓지 않고 시간의 흐름 속에서 '지연'시키는 '차연'의 사상은 서구 형이상학을 해체하는 작업의 모습이다. 서구 형이상학의 도구인 '차이'를 사용하면서, '받아들이면서 거부하는 방식'으로 형이상학을 해체하려고 한다. 데리다의 말처럼, "윤리학의 비윤리적 열림(the nonethical opening of ethics). 격렬한 열림(A violent opening)"이다. '삼단계 접근법'의 세 번째 수준인 '차연'의 철학이 첫 번째나 두 번째 수준의 '차이'나 '차이짐'의 철학보다 '폭력의 가능성'을 축소하는지, '민주주의의 약속'에 보다 근접하여 있는지, 그리하여 '윤리학의 비윤리적 열림'이 되는지, 구체적이며 실천적으로 확인하는 것이 요구된다.

7. 해체론의 시대.

가. 외국 문학적 측면: 셰익스피어.

셰익스피어 4대 비극의 정치적 해석에 있어 '삼단계 접근법'을 적용할 수 있다면, 해체론의 실천적 측면이 강조될 수 있을 것이다. 『오셀로』와 『맥베스』에서는 남성 주인공이 남편이나 장군이라는 '주체'의 '차이'를 과다하게 강조하면서 '타자'를 극단적 투쟁의 대상으로 삼아 무고한 살인을 하게되는 투쟁적 '정책'이 제시된다. 『햄릿』에서는 '차이짐'을 과시하는 클로디어스의 '오만'의 '정치학'에 대비되어, 자신의 내부에 있는 '타자성'을 읽을 수 있기 때문에 어쩔 수 없는 폭력적 행동을 망설이는 햄릿의 '겸손'의 '정치성'이 돋보인다. 『리어왕』의 폭풍우는 리어왕이 '오만'의 '정치학'에서 벗어나 '겸손'의 '정치성'을 깨닫게 한다. 오셀로와 맥베스는 '오만' 때문에 실수를 하여 비극적 인물이 된다. 리어왕은 '겸손'의 중요성을 깨닫는 비극적 인생을 완수한다. 그리하여 세 번째 수준의 '차연'의 철학에 기초하여 '겸손'하게 받아들이는 패배가 두 번째 수준의 '차이짐'의 철학에 기초한 '오만'에서 기인하는 실수를 '포월'한다. '오만'의 '정치가'인 클로디어스는 '겸손'의 '정치성'의 화신인 햄릿을 절대로 이길 수 없다. 햄릿은 클로디어스를 언제라도 '포월'할 수 있기 때문이다. '포월'의 위협 때문에, 왕의 권력을 갖고 있으면서도 클로디어스는 언제나 햄릿보다 초조하고 불안하다.

나. 한국 문학적 측면: 이상.

"향기로운 MJB의 미각을 잊어버린 지도 20여일이나 됩니다."(「산촌여정」) 물질문명에 대한 동경은 초등학생의 "란도셀"(책가방)이나 "12색 크레용"(「조춘점묘」)을 부러워하거나 의사를 "위대한 마법사나 예언자"(「병상이후」)로 보지 않을 수 없게 만든다. "전기기관차의 미끈한 선, 강철과 유리, 건물 구성, 예각" 등 근대문명의 아름다움을 인식하기에, 다방의 휴식이 "신선한 도락이요 우아한 예의"(「추등잡필」)가 아닐 수 없다. 따라서 MJB 커피의 향기로운 맛에 대한 이상의 기억은 개인적 선호의 표현일 뿐만 아니라 문명적 선택의 선언이다. 이상 수필의 핵심 단어는 도덕성이다. "물질적인 문화에 그저 맹종하자는 게 아니라" 새로운 시대와 생활의 준거가 되는 윤리적 척도를 의식적으로 입증해내야 한다는 것이다(「조춘점묘」). 1936년 9월 죽어가는 몸으로 식민지 근대화의 원천, 동경에 간다. 이상은 「동경」에서 근대화의 양가성(ambivalence)을 인식한다. 자동차는 20세기 근대문명의 상징이다. "택시 속에서," 근대의 생활 속에서, 이상은 자신의 도덕성이 19세기를 극복하지 못하였다는 사실을 깨닫는다. 근대사회의 윤리적 척도를 모색하려는 의도와 달리 중세적 도덕성의 잔존을 확인한다. 사실, 동경에 가기 전에도 시대전환기적 갈등이 이상 문학의 중요한 특징이었다. 동경에서 재확인된 것뿐이다. "절름발이"의 가치관이 시 「지비(紙碑)」에서도 발견된다. 종이 비석이란 제목이야말로 소설 「실화(失花)」의 결론에서 주장된 "억지로라도" 슬퍼하는 "슬픈 포즈"의 문학적 표현이다. "무사한세상이병원이고꼭치료를기다리는무병(無病)이있다"는 「지비」의 결론도 세계관의 혼재를 표현한다. 또한, 「시 제2호」의 "나는왜드디어나와나의아버지와나의아버지의아버지와나의아버지의아버지의아버지노릇을한꺼번에하면서살아야하는것이냐"는 질문도 시대전환기적 갈등의 표현이다. "노릇"을 "하면서 살아야하는" 가치관의 실천이 두 가지로 대별된다. "나의 아버지," "나의 아버지의 아버지"와 "나의 아버지의 아버지의 아버지"가 19세기 중세의 가치관을 대변한다면, "나"는 20세기 근대의 가치관을 갖고 있다.

중세의 가치관을 전면 거부하고 근대의 가치관을 전폭적으로 지지하지 못하는 이유는 이상의 정직성 때문이다. 이광수의 자유연애론이 근대 남녀의 이상적 인간관계를 대변하였다. 사상적인 관점에서 가능하다고 판단되었지만, 이상은 자유연애론이 생활 속의 실천에서 수용하기 어려운 근대의 가치관이라는 사실을 발견한다. "간음한 아내"를 용납하지 못하는 "곰팡내나는" 중세적 도덕성을 자신의 내면에서 인식하면서 근대 지향적 도덕성에 결함이 있음이 판명된다(「19세기식」). 이상은 소설 「동해(東骸)」의 결론 부분에서 새로운 "교재," 즉 "신선한 도덕"이 있어야한다고 주장한다. 도덕적 난관을 "탈피할 수 있을 만한 지식의 구매"를 기대한다. "어느 시대에도 그 현대인은 절망한다. 절망이 기교를 낳고 기교 때문에 또 절망한다." 이상이 수필에서 겪고 있는 절망의 양상은 도덕성이다. 잔존하는 19세기적 가치관 때문에 근대적 진보가 곤란해진다는 것이다. 난관 극복의 대안으로 '지식의 구매'가 제시된다. 근대라는 문명의 선택이 19세기적 생활의 실천 국면에서 좌절되고 있기 때문에, '지식의 구매'만으로 도덕성의 절망이 해결될 수 없다. 근대의 선택이 MJB 커피처럼 구체적이기도 하였기 때문이다. 따라서 생활의 국면이 배제되고 '지식'의 국면만 제시되는 해결방안은 소위 '기교'일 뿐이다. 피식민지의 지식인이며 초기 근대의 생활인이기에 근대의 가치관과 도덕성을 충분히 경험할 수 없었던 이상의 경우, 실패를 예감하면서도 기교적 대안을 제시할 수밖에 없었을 것이다. 이상의 절망은 해결책을 '기교'로밖에 제시할 수 없는 현실에서 시작된다.

「시제1호」는 현재까지 합의된 해석이 없을 만큼 난해하다고 여겨진다. 첫째, "13인의아해"에서 13의 의미, 둘째, "도로로질주하오"와 "도로로질주하지아니하여도좋소" 또는 "막다른골목"과 "뚫린골목"이 공존하는, 패러독스의 극단적 형태인 모순어법(oxymoron)의 사용, 셋째, "무서운아해와무서워하는아해와그렇게뿐이모였소"에서 공포의 주체와 공포의 객체만 존재하는 상황임이 선언되는데, "(다른사정은없는것이차라리나았소)"에서 다시 한 번 공포가 유일하게 의미 있는 문학적 정서라고 강조되는데, 왜 공포인가에 대한 해답이 제시되어 있지 않다. 넷째, 조감도(鳥瞰圖)의 한 획을 임의로 삭제하여 오감도(烏瞰圖)라고 제목을 정한다. 대표단수 새[鳥]에서 까마귀[烏] 한 마리로 총체적 상황 인식의 결함을 미리 고백하고 있는 것일까. 조감도의 틀 짜기(frame-making)에 대한 의도적인 흠집 내기, 틀 부수기(frame-breaking)인가. 네 가지 의문사항이 각기 따로 분석되겠지만 서로 연관되어 있는 질문이라고 여겨질 뿐만 아니라, 이상의 시세계 전체를 대표하는 특징이기도 하다.

가장 문제적인 13의 의미에 대한 설명이 「1931년」의 제10번에 제시된다. 시침과 분침뿐이었던 시계의 침이 "3개"로 바뀌는 사건, "호외"가 발행되어야 하는 탈옥 사건의 기록이다. "나의 탈옥"이며 "나의 내부로 향해서 도덕의 기념비가 무너지"는 사건이기 때문에 세계관의 변화를 의미한다. 시계는 근대문명의 상징이며 12진법에 기반을 두고 있기 때문에 "12+1=13"이란 새로운 공식은 아인슈타인의 $E=mc^2$처럼 새로운 시대, 즉 근대의 초극을 상징한다. 시의 앞부분에서 "나는 아직 한 개의 방정식 무기론의 열렬한 신봉자였다"고 고백하였는데, 유기체 자연의 무기론적 인식이야말로 근대화 과정의 적절한 요약이다. 그런데, 이제 근대화의 "열렬한 신봉자"가 "탈옥"한다. 13은 근대성의 기획을 벗어나야한다는 정언명령의 상징이다. 포스트모더니티의 기획이다. 「오감도」라는 시의 제목 자체도 모더니즘의 형식적 완성을 의미하는 '조감도'에 의도적으로 저항하는 포스트모더니티의 반영이다. 부서진 기록부라는 의미의 「파첩(破帖)」과 정상적인 화학반응에 역행한다는 「이상한 가역반응」이란 제목뿐만 아니라, 「건축무한육면각체」도 근대건축의 통상적 형태인 육면각체가 아니라 모더니즘이 감당할 수 없는 "무한육면각체"를 연구과제로 채택한다. 모더니티의 기획을 전면 폐기할 수 없는 상황이지만, 포스트모더니티의 저항을 목표로 하는 인식의 반영이다. 「시제4호」의 경우, "책임의사 이상"이 "진단"하는 "환자의용태에관한문제"의 결론은 "0:1", 즉 정상적인 "1:0"의 전복적 상황이다. 「3차각설계도」란 제목도 유사한 전략의 산물이다. 설계도는 근대문명의 기획에서 기인하는데, 설계의 대상이 문제적이다. 2차원 평면에서의 1차각, 3차원 입체에서의 2차각을 전제하면, 3차각은 4차원적 상황을 가정한다. 설계도는 3차원 입체를 2차원 평면에 도해한 결과물이다. 따라서 3차각이 전제하는 4차원은 설계도가 상징하는 근대문명의 한계를 드러내게 될 것이다. 「3차각설계도」의 첫 번째 시 「선에관한각서1」의 첫 부분에 1에서 10까지의 숫자가 좌우로 배치되고 그 사이에 100개의 점이 정연하게 찍혀져 있는 도면이 제시된다. 10진법과 점→선→면→입체로 확대되는 유클리트 기하학은 근대문명의 기반이다. "선에 관한 각서"라는 제목의 의미도 선이 상징하는 근대문명에 대한 깨달음의 글[각서]이라는 뜻이다.

(입체에의절망에의한탄생)
(운동에의절망에의한탄생)
(지구는빈집일경우봉건시대는눈물이날이만큼그리워진다)

"입체"와 "운동"의 모더니티에 절망한 의식의 산물이 무엇이 될 것인지 알 수 없기 때문에 시의 결론이 괄호에 싸여서 제시되며, 이상의 수필에서 검토했던 바와 같이 "봉건시대"인 "곰팡내나는" "19세기의 도덕성 밖에 없"다는 최종적 절망에 봉착하게 된다.

이상 문학의 포스트모더니티는 부정확한 가설에 근거하고 있다. 우선, 빛과 시간의 가역적 관계는 설정이 불가능하다. 아인슈타인의 특수상대성이론의 핵심은 "누구라도 빛보다 빨리 여행할 수는 없다"는 것이다. 빛의 속도에 접근하면 거의 나이를 먹지 않게 된다는 것이기 때문에, 광속 30만km/초의 2배인 60만km/초의 속도로 인간이 여행할 수 있다는 이상 문학의 가설은 대단히 비현실적이며 무지한 몽상이다. 1920년대의 한국은 국권회복을 위한 정치적 저항과 식민지 근대화가 공존하는 사회였다. 자신이 처해 있는 열악한 사회 현실이 포스트모더니티의 기획을 환상의 수준에서 벗어나지 못하게 한다는 점을 충분히 인식하여, 소설 「단발」에서 다음과 같이 토로된다.

요컨대 우리들은 숙명적으로 사상, 즉 중심이 있는 사상 생활을 할 수가 없도록 되먹었거든. 지성—흥 지성의 힘으로 세상을 조롱할 수야 얼마든지 있지, 있지만 그게 그 사람의 생활을 리드할 수 있는 근본에 있을 힘이 되지 않는 걸 어떡하나?

이상은 대개 다다 또는 초현실주의, 즉 모더니즘의 선구자로 정의되어 왔다. 서구 문예사조의 기계적 적용의 결과, 능력 부족으로 실패가 예정된 식민지 지식인의 전형을 제시하게 된다. 다다의 허무주의가 이성, 논리, 언어, 부르주아의 편협성에 대한 공격인 것 같아 보이지만, 건설적이며 미래지향적인 측면도 있다. 진보의 개념이 합리적 가설이라는 신념을 포기하지 않기 때문에 다다가 제시하는 현실의 파편성은 근대의 발전에 유효한 교정수단이었다. 따라서 이상의 근대성 비판에서 기인하는 허무주의적 경향과 동질의 것이 아니다. 다다의 해결책 부재에 대한 반성에서 초현실주의가 출발하며, 상상력에 의한 의식혁명으로 무의식의 세계까지 근대의 영역을 확대시키려는 노력의 표현이다. 반면에, 이상 문학은 상상력의 현실 적용 불가능성에서 기인하는 절망감과 허무주의에서 기인하는 공포감의 표현이다. 소설 「동해」에서 아폴리네르의 초현실주의에 관한 정의가 인용된다. "인간이 보행을 모방하려고 하였을 때, 인간은 다리를 닮지 않은 바퀴를 만들었다. 이렇게 알지도 못하고, 초현실주의를 만들었다." 그러나 자살을 심각하게 고려하는 주인공에게 나스미깡(밀감)을 꺼내는 친구의 손가락을 "한 자루 서슬 퍼런 칼"로 착각하는 것을 무의식 세계의 표현이라고 보기 어렵다. 「내과」의 비현실적인 것처럼 보이는 표현들도 대부분 폐결핵 환자가 내과에서 진료 받는 장면의 사실적 묘사일 뿐이다. 환자의 마음속에서 자연발생적으로 완치의 희망이 "복음"처럼 생겨났다가는 예수가 십자가에서 죽으면서 비장하게 외친 것처럼 "주여 왜 나를 버리시나이까"라는 극단적 절망의 감정이 생기기도 할 것이다. 의사가 "하이얀천사"로 묘사되는데, 완치가능성 여부를 묻는 질문에 모른다고 부인하는 의사의 별명은 예수를 세 번 부인한 "성피-타"일 것이다.

포스트모던 시대에도 이상의 문학이 의미 있는가 질문해야 한다. 문학의 당대적 유효성에 대한 질문에 대답할 수 없는 문학작품은 더 이상 살아있는 전통의 일원이 아니기 때문이다. 이상이 현재에도 살아있는 전통인지 질문하는 것이 문학비평의 목적이 되어야 하며, 그 대답이 대단히 긍정적이라고 보고할 수 있을 것 같아 기쁘다. 현재에도 살아있는 전통이기에 이상의 문학은 문학적 감동을 여전히 절실하게 제공한다.

다. 정치사회적 측면.

실천적 해체론의 또 다른 측면은 '삼단계 접근법'을 정치사회적 측면에 적용하는 것이다. 남북문제의 경우, '인류의 해방'을 추구하는 '차이'의 '정책'은 '남'과 '북'의 대립을 유발한다. '남'측 주도의 해방 전략과 '북' 측 주도의 해방 전략은 투쟁의 양상을 띨 수밖에 없다. '차이'의 '정책'에 서는 투쟁의 강도에 따라 매파와 비둘기파, 즉 강경파와 온건파로 정치적 입장이 양분된다. 두 번째 수준은 '대한민국적인 것'과 '북한적인 것'의 '차이짐'의 '정치학'이다. '북한적인 것'을 포용하면서 '차이짐'을 축소하 는 진보적 입장과 '대한민국적인 것'과 '북한적인 것'의 '차이짐'을 확대 하는 보수적 입장이 정치적 측면에서 대립하게 된다. 서로 자신이 '중심' 이고 상대방이 '주변'이라는 '오만의 정치학'에 기반을 두고 있다고 볼 수 있다. 세 번째 수준을 '겸손의 정치성'이라고 명명할 수 있을지 모른다. '남'에서도 자신의 내부에 '북한적인 것'이 있으며, '북'에서도 자신의 내 부에 '대한민국적인 것'이 있다는 정치적 자각의 수준이다. 경제적 측면 에서 '경쟁의 자유'가 '대한민국적인 것,' 즉 자본주의적인 것이라면, '분 배의 평등'은 '북한적인 것'이라고 판단할 수 있다. '남'에서 국민의 복지 를 위해 '분배의 평등'을 추구하는 것이 '경쟁의 자유'만큼이나 중요하다 고 판단하고 정치적으로 실천하는 반면, '북'에서 경제의 발전을 위해 '경 쟁의 자유'를 추구하는 것이 '분배의 평등'만큼이나 중요하다고 판단하여 정치적으로 실천한다면, 남북의 대립을 넘어선 통일의 방안이 정치적으 로 합의될 수 있을 것이다. 한반도 통일은 '포월'의 전략에 의거해야 한다. 요컨대, 북측의 태도가 첫 번째 수준에 국한되어 있다면, 남측의 전략도 '투쟁'일 수밖에 없다. 그러나 두 번째 수준으로 '포월'하는 방안을 강구 해야 할 것이다. 이는 북측의 온건파의 입지를 강화하는 전략이 될 것이다. 만약 북측의 태도가 두 번째 수준까지 도달하여 있다면, 남측의 전략도 '대립'의 방식일 수밖에 없다. 그러나 북측의 진보적 입장을 강화하면서, 북측의 입장을 '포월'하려고 노력해야 할 것이다.

한일관계 등 국제관계에도 적용될 수 있다. 백범 김구의 자서전인 『백범일지』의 주요 내용은 '살인'이다. 21세 되던 1896년 국모(國母)의 원한을 풀기 위해서 안악군 치하포에서 일본의 군사 간첩 토전양량(土田壤亮)을 죽인다.

> 벌레를 잡은 손을 탁 놓아라, 그것이 대장부다. 나는 가슴 속에 한 줄기 광명이 비침을 깨달았다. 그리고 자문자답하였다.
> '저 왜놈을 죽이는 것이 옳으냐?'
> '옳다.'
> '내가 어려서부터 마음 좋은 사람이 되기를 원하였느냐?'
> '그렇다.'
> '의를 보았거든 할 것이요, 일의 성불성을 교계(敎誡)하고 망설이는 것은 몸을 좋아하고 이름을 좋아하는 자의 일이 아니냐?'
> '그렇다. 나는 의를 위하는 자요, 몸이나 이름을 위하는 자는 아니다.'
> 이렇게 자문자답하고 나니 내 마음의 바다에 바람은 자고 물결은 고요하여 모든 계교가 저절로 솟아오른다. 나는 40명 객과 수백 명의 동민을 눈에 안 보이는 줄로 꽁꽁 동여 수족을 못 놀리게 하여 놓고, 다음에는 저 왜놈에게 터럭 끝만한 의심도 일으키지 말아서 안심하고 있게 하여 놓고, 나 혼자 만이 자유자재로 연극을 할 방법을 취하기로 하였다.

'의'를 위해 '살인'했다는 백범의 당당한 고백이다. 백범이 주도한 상해 임시정부의 한인애국단(韓人愛國團)은 테러리스트 조직이었다. 그러나 이봉창의 일황 저격 실패, 윤봉길의 상해 홍구공원 폭탄 투척을 잔인한 테러리스트 행위라고 비난할 수 없다. 일본 제국주의 지배는 '투쟁'이라는 첫 번째 수준의 관계를 한국인에게 강요하고 있었기 때문이다. 『백범일지』는 일본이라는 '타자' 때문에 한국과 한국인이 형성되는 과정을 보여준다. 군사간첩의 살해와 한인애국단의 투쟁은 '조국의 해방'을 목표로 하는 '차이'의 '정책'의 수단이었다. '일본적인 것'에 대한 거부와 수용은 일제시대 지식인의 화두였다. 일제시대의 기억이 남아있었기 때문에, 즉 첫 번째 수준의 '차이'의 관계에 대한 기억이 남아있었기 때문에, '일본적인 것'과 '한국적인 것'의 '차이짐'의 '정치학'에서 언제나 극일(克日)의 구호가 호응을 받아왔다. 현재 실천되고 있는 일본문화의 개방 정책은 세 번째 수준의 '포월' 정책이다. 일본이 한국보다 먼저 받아들인 서구 근대화의 내용과 한국이 내면적으로 간직하고 있는 동양전통적 내용이 서로 대화를 해야 하는 국면이 된 것이다. 일본이 한국보다 더 근대화되어 있는지 또는 한국이 일본보다 더 동양의 전통을 유지하고 있는지 알 수 없다. 따라서 '한국적인 것'과 '일본적인 것'의 뚜렷한 구분이 있을 수 없다. '겸손'하게 자신의 내부에 있는 '타자성'을 '주체화'하는 수밖에 없을 것이다.

라. 해체론의 시대.

21세기는 해체론의 시대이며 자크 데리다는 포스트모던 시대의 대표적 사상가라는 것이 필자의 판단이다. 지면의 부족으로 페미니즘, 신역사주의나 맑시즘만 중점적으로 검토한 바 있지만, 새로운 시대의 서정시, 탈식민주의를 위한 새로운 전략, 한국 영화의 예술적/상업적 성공의 비밀, 생태철학과 문학의 전개 방향, 동양사상의 현대화, 특히 선불교의 현대화 방안 등 서구 주도의 세계관이 쇠퇴하면서 더 이상 새것 컴플렉스로만 버틸 수 없는 한국의 지식인들이 직면하고 있는 거의 모든 문제에 있어서 해체론은 肉化한다면 한국 문화가 주도적 역할을 담당하면서 전략적 해결책을 모색하는데 유용한 도구라고 믿기 때문이다.

2.
우리 문학의 나아갈 방향

1. 새로운 시의 지평을 열기 위한 논쟁

≪문학사상≫의 월평(1996년 10월호)과 그 반론(11월호)으로 시작된 최동호 vs 이승훈 시 논쟁은 이성선 vs 박상배의 지원사격(12월호)으로 확산되다가 김준오의 「새로운 시의 지평을 열기 위한 논쟁」이란 미래지향적 종합(1997년 1월호)으로 일단락되는 듯하다. 그러나 심판관으로 나선 듯한 김준오 교수가 전통주의 계열과 모더니즘 계열이라고 구분한 다음 "더러 인식을 같이 하는 중간 항들도 보이지만 도무지 타협될 수 없는 대조적 입장의 견해가 노출되었다"라고 결론지을 때, 소위 '중간 항'이 구체적으로 어떤 것인지, '도저히 타협될 수 없는 대조적 입장'이 무엇인지 명확하게 설명되어 있지 않다. 이 논쟁이 진정한 새로운 시의 지평을 열기 위한 논쟁이 되기 위해서는, 다시 말해서, 문단 패거리 주의라는 비난을 받지 않기 위해서는, 이 두 입장이 어디에서 만나고 어디에서 대립하는지 밝혀내는 일이 무엇보다 시급한 과제인 것이다. 더군다나 ≪문학사상≫에서 '정신주의/해체주의 시 논쟁 확산'이라고 명명된 다음, 김준오 교수의 전통주의/모더니즘 구분과 호환될 수 있는 개념인 것처럼 사용되고 있는 현상도 논쟁의 초점을 흐리게 하고 있다. 그런데 ≪현대시사상≫(1997

년 봄호)에서 박상배 교수가 고백하듯이 ≪문학사상≫에 게재된 「'시대의 문학'이란 유령과의 투쟁 선언」이란 제목은 잡지사 측의 요청이었고, 자신이 뜻했던 원래의 제목은 '메타시의 매력과 혼합'이었다. 더군다나 '해체 시대의 시 쓰기'라는 특집에 나란히 게재된 「비빔밥 시론」에서 이승훈 시인은 "내가 할 일은 박상배 시인과 함께 이 문학이라는 이름의 유령과 싸우는 일이다"라고 선언하고 있는데, 이 잡지에 게제 된 박상배 교수의 시론 제목은 「메타시의 희극성 · 전인성(全人性)」이다. 요컨대 이 논쟁은 지금까지 정신주의/메타시론의 대립이었다고 판단되며, 이러한 논의가 김준오 교수의 구분인 전통주의/모더니즘과 어떤 편차가 있는지, 곳곳에서 언급되는 해체주의는 도대체 무엇이며 이 논쟁에서 어떤 위상을 갖게 될 것인지 검토하는 과정에서 새로운 시의 지평을 열기 위한 논쟁의 든든한 발판이 마련될 수 있기 바란다.

2. 국립공원 우화

상황을 단순화시키기 위해서 아프리카 초원의 국립공원을 하나 설정한 다음 그 속에서 전개되는 맹수들 간의 대립 양상을 생각해보자. KBS TV 「동물의 왕국」에서 관찰한 바에 의하면, 같은 얼룩말을 공격하여 먹이로 삼고 있더라도 초원의 사자와 주로 강에서 서식하는 악어는 정면 대결하지 않는다. 사자에게 상처를 입고 도망치다 강에 들어온 얼룩말은 당연히 악어의 밥인 것이다. 하늘의 독수리와 초원의 사자의 역할 분담도 비교적 뚜렷하여 사자의 식사 후 독수리의 처리가 있는 듯하다. 말하자면 김준오 교수의 '중간 항'이 없기 때문에 같은 먹이를 대상으로 하고 있더라도 투쟁은 발생하지 않는다. 격렬한 투쟁은 '도저히 타협할 수 없는 대조적 입장'이 '중간 항'을 매개로 하고 있을 때 발생한다. 초식동물 코끼리와 육식동물 사자는 서로 거리를 두고 서식한다. 하지만 같은 초원에서 거주하는 육식동물인 사자와 하이에나는 서로 상대를 적으로 생각하며, 기회가 생기면 상대의 새끼를 물어 죽이고 상대가 상처를 입은 듯하면 격렬한 공격을 가하는 것이 상례다.

내가 시인이나 소설가일 때, 더 나아가서 예술가일 때, 내가 어느 유파에 속하는 작품에 몰두하든 누가 상관할 수 있겠는가. 내가 어떻게 쓰든, 내가 어느 시대에 속하는 시를 쓰든, 그건 어쩌면 나도 어찌할 수 없는 생리적인 일이다. 다시 말해서 내가 독수리같이 하늘을 나는 시인인지 초원을 호령하는 사자 같은 시인인지 강물 속에 몸을 숨기고 있는 위협적인 악어파 시인인지 의지로 선택할 수 있는 문제가 아니라는 것이다. 더군다나 한 유파의 시인이 다른 유파나 시대의 시인을 읽고 즐길 수 없다는 주장은 어불성설이며 분서갱유의 정신일 뿐이다. 이런 개인적인 생리의 문제가 공적인 논의의 자리에 설 때, 시인의 입장이 아니라 지식인의 위치에서 판단하게 되었을 때, 그래서 당대의 문화적 욕구에 대한 해석이나 역사의 발전 방향이 논의될 때, 드디어 논쟁이 가능해지는 것이다. 논쟁 즉 합리적 대화라는 의사소통의 기능은 이 경우 당대라는 역사 속에 있는 문화라는 '중간 항'을 공유하고 있으며 역사의 발전 방향이나 문화적 요구에 대한 '도저히 타협할 수 없는 대조적 입장'이 있을 때 발생한다는 논리 구조는, 현재 자크 데리다를 중심으로 하는 후기구조주의 즉 해체론에 의해 강력히 그 효용성에 대한 의문이 제기되고는 있지만 여전히 주요한 논쟁 수단으로 사용될 수밖에 없는, 헤겔의 변증법적 희망을 반영하고 있다.

3. 문학사의 시대구분 논쟁

소위 《문학사상》 논쟁 당사자들의 시대 인식에서 큰 차이를 발견할 수 없다. 최동호는 "중심이 해체되고 중심과 변방의 경계가 모호해진 1990년대의 혼돈 상황"이라고 묘사하고 있으며, 이를 지원하는 이성선은 정신주의가 "거리에 넘치고 곳곳에 나뒹구는 '나'를, 여기저기서 싸우고 충돌하며 피 흘리는 '나'를 지우는 방법"이라고 정의하고 있다. 이는

"1980년대 중반까지 우리 문학의 전진적 추진력으로 상당 기간을 활기차게 이끌어 오던 리얼리즘 시의 약화와 퇴조"가 그 동인이라고 이성선은 생각한다. 박생배도 "90년대는 '적의 부재' '중심의 부재' 속에서 한국적인 자생의 허무주의가 팽배하게 되었다"고 판단하며, 이를 김준오는 "논쟁에 참여한 시인들이 90년대를 목표(중심)가 상실된 혼돈의 시대로 인식하고 시의 소멸이라는 위기의식을 공유"하고 있다고 설명하고 있다. 요컨대 80년대를 풍미하며 독자와 행복하게 만나던 리얼리즘 계열의 시들이 소련 공산주의의 패배 선언과 더불어 무너지면서 한꺼번에 생긴 공동(空洞)이 형성한 한국문단사적 허무주의 또는 리얼리즘 계열의 위기의식을 공유하고 있다는 사실을 확인할 수 있다. 이제 80년대를 뒤로 하고 90년대에 한국문학이 나아갈 바를 모색해야 하는 시점에 서 있다는 인식인 것이고, 그 방향 설정에 있어서 이견을 보이고 있는 것이라고 판단할 수 있을지도 모른다.

이는 어찌 보면 또 하나의 한국문학사의 시대구분 논쟁이라고 말할 수 있다는 것이 필자의 입장이다. 30년대의 카프와 모더니즘, 60년대의 참여와 순수 논쟁의 기본 구조인 외래문화의 토착화에 대한 입장의 차이가 서구 문명의 변방에 위치한 한국지식인 사이에서는 있을 수밖에 없는데, 이번에야말로 "자생적 시관"(이성선)이 있을 수 있다 아니 있어야만 한다는 입장과 한국의 지적·문화적 상황이 서구의 이론인 "해체주의와 꼭 맞아떨어져서 포스트모더니즘 예술관의 수용에도"(박상배) 이르게 되었다는 입장의 차이인 것이다. 다시 말해서 80년대의 리얼리즘 문학이 퇴조한 다음, 우리 문학의 나아갈 방향이 정신주의라는 소위 "자생적 시관"이냐 서구와 동시대에 서 있게 되는 "포스트모더니즘 예술관"이냐 하는 것으로 양측의 강경한 입장을 추상화할 수 있는데, 이런 골격을 바라보면서 김준오의 "더러 인식을 같이 하는 중간 항들도 보이지만 도무지 타협될 수 없는 대조적 입장의 견해가 도출되었다"는 판단에 동의하고, 중재나 합리적 대화 또는 변증법적 해결책의 모색을 포기해버리고 싶은 유혹에 빠져들

지 않을 수 없을 것이다. 더군다나 30년대의 카프와 모더니즘 논쟁도, 60
년대의 참여와 순수 논쟁도 이런 추상화된 입장의 성채 속에서 상대의 무
조건적 항복을 요구하는 소모적 투쟁으로 귀결된 바 있기 때문에, 또 한
번의 절망으로 끝날 위험이 큰 것이다.

4. 자아의 소멸이란 환상에 대하여

논쟁 당사자들은 시대 인식에 있어서 뿐만 아니라, 놀랍게도 자아의 소
멸이라는 자아관에 있어서도 같은 소리를 하고 있다. 자아의 소멸이야말
로 시 쓰기의 기본자세라는 것이다. 예를 들어 이성선은

> 우주가 와서 쓴다. 이게 무슨 허무맹랑한 관념론이냐. 그러나 필자는 경험
> 한다. 그래서 나름대로 믿는다. 내가 사라진 자리 우주가 와서 언어를 가지고
> 쓰든, 쓰는 그 행위 자체로 쓰든 그는 분명 우주다. 우주의 돌아옴이다. 나를
> 통한 우주의 활동이다.

라고 쓰는데, 이는 자아의 소멸이 시 쓰기의 시작이며, 자아 대신 우주가
시를 쓴다는 주장이다. 그래도 이성선의 시는 이성선 시인 자신이 쓴 것이
고, 그것은 이성선 시인의 문학이므로, 이성선 시인이 주장하는 자아의 관
념론적 소멸은 말하자면 일상적이고 평범한 자아가 소멸되고 시인의 위
대한 자아가 우주를 포함할 만큼 확대된다는 주장으로 해석할 수 있을 것
이다. 우주의 활동에 비견되는 시인의 정신이란 표현에서 플라톤의 이데
아로부터 시작되는 서구 형이상학의 로고스의 현전을 쉽게 발견할 수 있
는데, 이는 정신주의가 "동양 정신을 거름으로" 한 "자생적 시관"이라는
주장과 모순된다. 그러나 이 모순은 스승 김안서의 불란서 상징주의 도입
에서 근대적 '시혼'의 개념을 받아들인 김소월의 전통 서정시에서 크게
성공한 것처럼 실패가 결코 아니다. 따라서 이는 "끈질기고 개방적인 한

국 사고의 특수성이 포괄되어 서구 이성주의와는 다른 새로운 가치관 창출을 전제로 하는 세계관"이 아니라, 서구 이성주의 세계관이 한국 사고의 특수성에 의해 변형된, 그래서 토착화된 가치관이며 세계관이라고 말할 수 있다. 그리고 이러한 이성주의 세계관은 이성적 주체, 과학적 합리성, 역사의 진보에 기반을 두는 서양 근대성의 토대이며, 그 이름은 바로 휴머니즘이다. 이 휴머니즘은 "인간의 인간다움"이라고 해석될 수 있는데

> 인간의 아름다움을 지켜 주는 것이 시적 상상의 힘이요, 그 중심에 자리 잡
> 고 있는 것이 정신주의다.

라는 선언에서 알 수 있듯이, 정신주의의 중심에 휴머니즘 사상이 자리 잡고 있다. 휴머니즘 즉 인간의, 주체의, 자아의 승리는 로고스중심주의 형이상학에 기반을 둔 서구 근대성의 가치관이며 세계관이다. 따라서 자아의 소멸이란 개념은 정신주의에 있어서 환상에 지나지 않는다. 그와 반대로 정신주의는 자아의 소멸이나 주체의 해체에 격렬하게 반대하는 현존의 형이상학에 기반을 두고 있다. 그런데 방해받지 않고 질주하던 서구의 근대성은 제2차 세계대전의 제국주의적 침략이란 모습을 통해서 그 모순과 무모함을 명백하게 드러낸다. 60년대 후반 이후 자크 데리다를 중심으로 한 해체론이 밝혀내고 있는 것처럼, 근대성의 문제는 로고스중심주의적 형이상학에서 기인한다. 따라서 현존의 형이상학에 중심하고 있는 정신주의는 서구 정신사적 발달 과정에 있어서 다소 뒤쳐져 있다고 말할 수 있을 것이다.

자아의 소멸은 이승훈/박상배에게 있어서도 중심 개념이며 시 쓰기의 기본자세라고 주장되고 있다. 김준오는 이를

> 이승훈 시인에게 글쓰기(문학)란 "지금 여기 있는 그동안 있다고 믿어 온 나
> 를 없애기," 곧 나의 부재를 증명하는 작업이다. 여기서 시쓰기의 불가능성이
> 시쓰기의 가능성이라는 역설이 다시 한 번 풀려진다.

라고 해석해내는데, 이승훈/박상배의 메타시론은 자아의 소멸보다 '저자의 소멸'이란 개념에 더욱 의존하고 있는 듯 보인다. 「비빔밥 시론」에서 "다른 분들의 시도 A라는 독자가 읽을 때와 B라는 독자가 읽을 때는 전혀 다른 물건이 된다"는 이승훈의 주장은 박상배의 메타시론의 논리와 정확하게 만난다. 그런데 이러한 자아의 소멸 또는 저자의 소멸은

> 그가 시를 쓰는 나와 시 속의 나를 구분했을 때 그는 정당했다. 그러나 시를 쓸 때 시 속의 나는 탄생되지만 시를 쓰는 나는 사라진다는 근거에서 (새로운) 시쓰기를 "나를 지우기"로 규정한 것은 이치에 맞지 않다. 왜냐하면 시를 쓰는 나, 곧 언술행위의 주체가 없이는 시 속의 나, 곧 언술내용의 주체는 존재할 수 없기 때문이다.

라는 김준오의 날카로운 지적처럼, '무리수'가 아닐 수 없는 것이다. 자아의 소멸이 시 쓰기의 시작이며, 자아 대신 우주가 시를 쓴다는 정신주의자 이성선 시인의 주장에 대해 반박한 것과 똑같은 방식으로, 그래도 이승훈의 시는 이승훈 시인 자신이 쓴 것이고, 그것은 이승훈 시인의 문학이므로, 이승훈 시인이 주장하는 자아의 소멸이나 저자의 소멸은 관념론적이며 환상이라고 말할 수 있다. 이에 대해 이성선 시인은 "나 없애기의 자리에 더 강화된 나가 들어선 것은, 세우는 것은 글쎄 매우 이해하기 어렵다. 나 없애기가 완전한 것인지"라고 비판하고 있는데, 이승훈 시인에 대한 비판일 뿐만 아니라, 자신에 대한 자아비판의 성격도 강한 것을 쉽게 발견할 수 있다. 더군다나 이승훈의 옹호자로 등장한 박상배 교수도 「그녀의 이름은 환상이다」를 해설하면서 "우수의 갖가지 마스크를 쓴 분열된 자아의 가장 행렬"이니

> '그녀'는 좀 속되게 표현하자면 뮤즈의 여신에 해당된다. 시인으로 하여금 시를 쓰도록 촉발시키는 보이지 않는 어떤 힘의 구심점이다.

라는 설명 속에서 자아와 주체의 입지를 강화시키며, 현존의 형이상학적 태도를 드러내고 있다. 자아는 없다 또는 저자는 없다라고 선언한 뒤에도 자아나 주체가 계속 쓴다 또는 계속 써야 한다는 모순에 해결책이 없는 것이다. 서구사상사에 대응되는 위상이라는 점에서, 정신주의가 로고스중심주의의 옹호에 머물고 있다면, 메타시론은 로고스중심주의에 대한 맹목적 반대라는 입장을 고수하고 있지만, 자아나 주체라는 개념에 발이 묶여 있는 상황인 것이다. 다시 말해서 메타시론의 모순은 자아나 주체 또는 저자가 소멸되었다고, 그렇게 현대 서구사상에서 해석되고 있다고 강력히 주장하는데, 그 주장하는, 그렇게 강력하게 주장하는 주어가 바로 소멸의 대상이던 자아나 주체 또는 저자라는 사실인 것이다.

따라서 정신주의와 메타시론은 자아의 소멸이라는 환상을 글쓰기의 기본자세라고, 글쓰기의 시작이라고 맹목적으로 주장하는 자체 모순에서 정답게 만난다.

5. 저자의 죽음

메타시론의 저자의 소멸이란 개념의 근거가 되었던 소위 '저자의 죽음'이란 용어는 롤랑 바르트의 「저자의 죽음」이란 논문에서 유래하는데, 이 논문이 실려 있는 『이미지 음악 텍스트』라는 책은 구조주의자 롤랑 바르트가 후기 구조주의적 즉 해체론적 입장으로 전환하는 지점이기도 한데 「저자의 죽음」이 그 대표 논문 중 하나다.

이 책 『이미지 음악 텍스트』의 표지화도 그런 이중적 입장을 보여준다. 구조주의적 성향을 나타내는 음악의 악보를 배경으로 사과 한 알의 사진이 놓여 있는데, 오선지의 오선이 사과를 관통하고 있는 듯 보인다. 후기 구조주의적 즉 해체론적 입장은 사과 밑에 쓰여 있는 "이것은 사과가 아니다(Ceci n'est pas une pomme)"라는 문장은 실은 미셸 푸코의 『이것은 파이프가 아니다(Ceci n'est pas une pipe)』(김현 옮김, 민음사)의 패러디다. 그리고 "이것은 파이프가 아니다"라는 문장은 미셸 푸코의 창작이 아니라, 르네 마그리트의 그림 두 점에서 나온 것이다. 르네 마그리트의 「이것은 파이프가 아니다」라는 그림은 정교한 파이프 그림 밑에 "이것은 파이프가 아니다"라는 문장이 쓰여 있으며, 또 하나의 그림은 제목이 「두 개의 신비(Les Deux Mysteres)」인 바, 첫 번째 그림은 마루에 세워져 있는 이젤에 받쳐져 있으며 또 하나의 파이프가 이젤의 배경이 되고 있는 벽에 그림 자처럼 그려져 있다. 따라서 르네 마그리트를 패러디한 미셸 푸코를 롤랑 바르트가 패러디하고 있는 것이다. 더욱 놀라운 사실은 미셸 푸코도 이 책에서 구조주의에서 후기 구조주의 즉 해체론으로 전환하고 있다는 사실을 드러내고 있는 것으로 해석할 수도 있다는 것이다.

도대체 파이프 하나와 그 파이프 밑에 있는 "이것은 파이프가 아니다"라는 문장이 드러내는 명백한 모순은 어떤 의미가 있으며, 해체론과 무슨 관계가 있는가 질문하지 않을 수 없다. 그림의 파이프는 실물의 파이프와 1대1 대응하는가? 이것이 그림과 문장의 모순이 제기하는 질문이다. 미셸 푸코 식으로 표현하자마자 유사의 에피스테메에서 예술은 재현이었다. 말하자면 파이프 그림이 정확하게, 사진처럼 정확하게 그려져 있다면 파이프 실물인 것이다. 이것이 리얼리즘 즉 재현 예술의 기본 전제다. 그런데 르네 마그리트의 그림은 이 전제에 의문을 제기하고 있다. 실물과 1대1 대응되는, 아니 대응된다고 지금까지 생각해왔던 이 파이프 그림은 진짜 파이프인가. 아니다. "이것은 파이프가 아니다"라고 선언되고 있는 상황이다. 더 기가 막히는 사실은 르네 마그리트의 두 번째 그림인데 그림자처럼 그려져 있는 제2의 파이프를 소위 소쉬르의 랑그(언어 체계)와 빠롤 (발화 행위) 대립 구조에 기반을 둔 기의(signified)와 기표(signifier)라는 개념을 동원해서 생각해 볼 때, 기의라고 해석할 수 있다. 즉 첫 번째 그림 즉 파이프 그림과 "이것은 파이프가 아니다"라는 모순을 이해하기 위해서는 파이프라는 개념인 기의가 글자인 기표를 읽는 자의 머리 속에 그림 자처럼 선행해 있어야 한다는 것이다. 따라서 "이것은 파이프가 아니다"

라는 문장은 실물의 파이프와 그림의 파이프 간의 재현의 모순뿐만 아니라 언어 개념인 기의의 파이프와 언어 표현인 기표의 파이프 간의 모순도 드러내고 있는데, 바로 이런 점에서 후기 구조주의적 즉 해체론적이라고 말할 수 있는 것이다.

다소 관계없어 보이는 패러디 과정을 설명해 보인 이유는 자아/주체나 저자가 죽음이 선언된다고 자동 소멸되는 존재가 아니라는 사실을 드러내기 위해서였다. 예를 들어 롤랑 바르트의 「저자의 죽음」은 다음과 같이 끝난다.

> 독자의 탄생은 저자의 죽음이란 대가를 치루어야만 하는 것이다(the birth of the reader must be at the cost of the death of the Author).

이는 저자의 죽음 그리고 뒤이은 독자의 탄생이란 단순한 과정을 의미하지 않는다. 저자의 죽음이란 '대가/비용(cost)'이라는 것을 의미한다. 즉 자크 데리다가 해체론을 공식(公式)으로 선언하지 않고, 길고도 긴 작업을 통해서 간접적으로 체험하게 하는 이유는 바로 그 '대가/비용'을 치루게 하는 과정인 것이다.

6. '우울'의 서정에 대한 해석의 문제

최동호 vs 이승훈 시 논쟁의 발단은 이승훈 시인의 '우울'에서 기인하는데, 최동호는 '건강성'이라는 현존의 형이상학적 권위를 동원해서 삶의 태도에 대한 판단의 권리를 독점하겠다는 의도를 노골적으로 드러내면서 이승훈의 글쓰기를 "우울증 환자의 글쓰기"라고 비판하고 있으며, 이에 대해 이승훈은 "부르주아 이데올로기의 희생양"이라고, 박상배는 "예술은 어차피 놀이"라고 반박하고 있는데, 김준오의 "전체에서 분리되고 탈락되어 전체와 관계 없이 뒹구는 파편화의 체험"에서 나온 정서라는 해석이 날카롭다. 지금까지의 논리에서 설명해 보자면, 자아나 주체 또는 저자가 소멸했다고 주장해버리고 난 뒤에도 일상생활 속에서 하루하루 살아 숨 쉬는 자신인 이승훈 시인을 보면, 이승훈 시인이 우울하지 않을 수 없을 것이다. 문제는 이 우울이 자아나 주체의 우주로의 확대나 회복이 불가능하기 때문에 생긴 것이냐 아니면 아직 소멸되지 않은, 말하자면 오랜 '대가'나 '비용'을 지불하면서 현존의 형이상학 내부에서 자아나 주체를 해체해 가야 한다는 사실을 파악하지 못했기 때문에, 부연하자면 자크 데리다의 "텍스트의 외부는 없다"는 주장의 의미를 몰랐기 때문에 생긴 정서인가 시인 자신이 스스로 검토해야 할 것이다. "나도 잘 모르겠다. 모른다는 건 자랑이 아니지만 부끄러움도 아니다. 인간에겐 모를 권리가 있다"고 말하는 「비빔밥 시론」의 이승훈 시인이라면 다소의 모순은 모순이 아니라 도약의 발판일 수 있기 때문이다.

7. 선사상을 바라보는 시선

"기존 관념의 글쓰기가 불가능해진 한 근거로서 선사상을 초월적 개념이 아니라 자아 없음의 깨달음으로 해석하는 무리수"(김준오)를 두고 있는 이승훈과 "선적 사고는 대상을 해체할 뿐만 아니라 여기서 더 나아가 주체까지도 해체한다는 점에서 혁명적"(이성선)이라고 설명하면서 이것이 바로 정신주의의 핵심이라고 주장할 뿐만 아니라, "부분을 종합하고 해체적 요소들을 총체적으로 승화시키는" 것이 정신주의의 세계관이란 모순을 읽고 난 뒤, 바로 그 무리수와 모순에도 불구하고 바라보고 있는 두 시선이 선사상에서 만난다는 사실을 확인하지 않을 수 없다.

과연 선사상은 포스트모더니즘의 사상과 만날 수 있는(메타시론적 입장) 또는 대적할 수 있는(정신주의적 입장) 대단한 것인지 궁금하지 않을 수 없지만, 이에 대한 대답을 위해서는 수많은 우여곡절이 필요할 것이다. 그저 쓰고, 그리고 또 쓸 뿐이다.

3.
한국 현대시의 아방가르드 정신들

1. 아방가르드 예술의 양가성.

최근 타계한 비디오 예술의 선구자, 전위 음악가, 행위 예술가 백남준(白南準)은 자신의 아방가르드 정신, 즉 작가적 실험정신을 다음과 같이 '사기(詐欺)'라고 정의한다.

> 전위 예술은 한 마디로 신화를 파는 예술이지요. 자유를 위한 자유의 추구이며, 무목적한 실험이기도 합니다. 규칙이 없는 게임이기 때문에 객관적 평가란 힘들지요. 어느 시대건 예술가는 자동차로 달린다면 대중은 버스로 가는 속도입니다. 원래 예술이란 반이 사기입니다. 속이고 속는 거지요. 사기 중에서도 고등 사기입니다. 대중을 얼떨떨하게 만드는 것이 예술입니다. ─1984년 6월 35년만에 귀국해 연 기자회견(≪중앙일보≫ 2006년 1월 30일자)

어느 시대이건 예술가가 자동차로 달린다면 대중은 버스로 가는 속도 속에 있다는 표현이야말로 백남준의 아방가르드 정신을 표현한다. 그래서 1996년 뇌졸중으로 쓰러져 반신불수가 되고서도 백남준은 "사람들은 내가 곧 죽을 것이라고 말한다. 하지만 나는 오히려 상승세다. '비디오 아트의 대부'로서 이제는 '비디오 이후의 프로젝트'라고 이름한 레이저 작업으로 다시 한 번 현대미술을 뒤집어 놓겠다"고 장담한다. 필자가 사범대학을 다니면서 깨달은 교육 철학이 한 마디로 말하자면, 바로 '사기(詐欺)'였다. 예를 들어 문용 교수의 시간에 중고등학교 때 금과옥조처럼 암기했던 영문법이 제대로 적용되지 않는 법칙이라는 사실을 깨달았던 것이다. 자동차를 타고 달리는 교사가 버스가 가는 속도 속에 있는 학생들에게 진보의 속도에 관해 '사기'를 치지 않는다면 근대적 교육이 성립될 수 없기 때문이었다.

　M. 칼리니스쿠가 『모더니티의 다섯 얼굴』에서 "논리적으로 말한다면, 모든 문학적 및 예술적 양식은 자신의 아방가르드를 가져야만 한다. 왜냐하면 다수의 다른 예술가들이 사용할 수 있도록 자신들의 시대를 앞서 새로운 표현 형식들을 정복하기 위해 준비하고 있는 존재로 아방가르드 예술가들을 생각하는 것보다 더 자연스러운 일은 없기 때문이다"라고 쓸 때, 그는 아방가르드 정신의 유토피아적 국면을 지적하고 있다. "20세기는 단 하나의 바람을 갖고 있는 듯하다. 그것은 21세기에 가능한 빨리 도달하는 것이다"라는 아방가르드의 역사적 조급성은 공중(公衆)과 전통(傳統)에 대한 적대주의로 표현되는 경향이 있다. 나중에 초현실주의자들의 신조가 되는 "시는 한 사람이 아닌 모든 사람에 의해 창작되어야 한다"는 로트레아몽의 무정부주의적 선언에서처럼, 그리고 1878년 바쿠닌이 창간한 정치적 토론을 주로 하는 정기간행물의 이름이 ≪라방가르드(L'avantgarde)≫였던 것처럼, 정치적 아방가르드와 예술의 독립적이고 혁명적인 잠재력을 주장하는 예술적 아방가르드는 삶은 근본적으로 변해야 한다는 유토피아적 무정부주의에서 만난다. 사실 마르크스조차도 근본적으로는 무정부주의자였다. 이는 일제 말기 조선 지식인들의 사회주의적 경향성을 설명해준다. 마르크스와 바쿠닌의 노선 투쟁은 국가의 전복이란 목표가 아니라 목표를 획득하기 위한 실제적 수단에 있어서였다. 그럼에도 불구하고 아방가르드 예술이 좌파의 비판의 초점이 되는 이유는 레나토 포지올리가 『아방가르드 예술론』에서 정의한 바에 따르면 "정치적

관점에서 볼 때 자유-민주적이라 불리고, 경제사회적 관점에서는 부르주아-자본주의라고 불리는 그러한 유형의 사회에서만 존재"했기 때문이다.

아방가르드가 중요한 이유는 앙드레 말로가 지적한 바와 같이 현대 예술의 첫 무대 또는 기원이 예술가들에 의한 부르주아 문화의 거부와 일치하기 때문이다. 앙드레 말로가 보기에 현대의 미학 이념에서 부르주아는 "프롤레타리아와 대립되는 것도 아니고 귀족층과 대립되는 것도 아니다. 부르주아와 대립하는 것은 예술가다." 그 이미지가 군대적인 내용으로 고착되어 있기는 해도 아방가르드가 적에 대항하는 전위부대의 개념에만 국한되지는 않는다. "이론적 측면에서 볼 때, 어떠한 예술작품이든 간에 어떠한 시대에 있어서도 나름대로는 아방가르드적이다. 왜냐하면 전에는 존재하지 않았던 가치들을 창출하기 때문이다. 또다른 관점에서 어떠한 예술작품도 절대적 의미에서 아방가르드적이지 않다. 왜냐하면 본질적으로 이미 존재하는 가치들 위에 기초하기 때문이다. 이 두 개의 원리들은 모순적이지는 않으나 아방가르드 이념이나 그 비평적 실천에서 무시되는 진실이다."라고 쓸 때, 포지올리는 아방가르드 예술과 부르주아-자본주의의 관계가 본질적으로 양가적(兩價的)이라는 점을 날카롭게 지적하고 있는 셈이다. 백남준의 예술이 한 편으로 부르주아-자본주의 체제에 적대적이라는 점에서 자유를 위한 자유의 추구이며 무목적한 실험이었지만, 다른 한 편으로 상업자본주의 시대에 전자매체의 총아인 TV를 신화로 만들어 파는 전위예술의 제스처를 한 대중예술이었다는 점에서 양가적, 즉 '사기'였다. "예술가의 역할은 미래를 사유하는 것"이라는 아방가르드 정신을 표방했던 백남준이 바로 그 미래를 선취(先取)하여 성공해버렸기 때문에 "다시 한 번 현대미술을 뒤집어 놓겠다"고 반신불수의 몸으로 주장하지 않을 수 없었던 사연을 칼리니스쿠가 다음과 같이 설명한다.

보들레르가 1860년대에 예언자적으로 의식하고 있었던 하나의 문화 개념으로서의 아방가르드의 내적 모순은 한 세기가 지나서야 광범위한 지적 논쟁의 초점이 되었다. 2차 대전 이후의 시기에, 이러한 사건은 예기치 않았던 폭

넓은 대중적 아방가르드 예술의 성공과, 그와 병행하여 용어 자체가 광범위하게 사용되는(그리고 오용되는) 광고 구호로 변형되는 일과 일치해서 일어났다. 아방가르드의 제한된 대중성은 오랫동안 오로지 추문에 의존해 왔는데, 갑작스럽게 아방가르드는 1950년대와 1960년대 중요한 문화적 신화 중의 하나가 되었다. 그것의 공격적이고 무례한 수사학은 단순히 유쾌한 것으로 간주되었고, 그것의 묵시록적 절규는 편안하고 무해한 상투어로 변화되었다. 아이러니컬하게도, 아방가르드는 엄청난, 원하지 않는 성공을 통해 자신이 실패했음을 알았다. 이 상황은 몇몇 예술가들과 비평가들이 아방가르드의 역사적 역할뿐만 아니라 개념 자체의 적합성마저 의문시하게끔 만들었다.

1961년 '플럭서스(Fluxus)' 운동의 창시자 조지 마치우나스와 만나 창립 멤버가 됨으로써 현대 아방가르드 운동의 대표자들 중 하나가 된 백남준이 자신의 예술을 '사기'라고 정의했던 이유는 "엄청난, 원하지 않는 성공을 통해 자신이 실패했음을 알았"기 때문이었다.

원래 예술이란 반이 '고등 사기'라는 자의식이 아방가르드 예술가의 자격증이라면, 그의 예술적 작업을 가치있고 의미있게 만드는 것은 역사가 우리에게 배정하는 미적 상황에 대한 정확한 인식일 것이다. 필자는 한국 현대시의 아방가르드 정신들이 직면하고 있는 양가성의 상황을 대략 네 가지 측면에서 검토하고자 한다.

2. 신서정.

이광호는 「동일성의 시학과 균열의 시학」(≪포에지≫ 2000년 여름호)에서 김준오의 『시론』을 다시 읽으면서 '동일성의 원리'라는 개념을 중심으로 "서정시의 전통적인 정서들과 현대시의 새로운 미학적 경향들 사이의 날카로운 단절을 적극적으로 이론화"하려고 한다. "동일성의 원리가 서정시의 원형적인 형태들을 설명하는데는 비교적 설득력을 발휘하는 반면, 서정시 이후의 모더니즘 텍스트들을 분석하는 데는 그 이론적 한계를 노정하고 있"는데 "실제로 많은 현대시들은 동일성의 원리와 연관될 수 있는 시적 세계관과 서정적 자아들을 부정하거나 해체하는 경향을 보여 준다"고 지적한다. "자아와 대상의 동일성이란 결국 외부세계에 인간적인 관점을 부여하는 미학 원리일 수밖에 없고 이것은 대상에 대한 주체의 전일적 지배로 귀착"되기 때문에, 그리고 "동일성의 원리는 사회적 근대에 대해 비판적인 혹은 그것으로부터 자율적인 미적 근대성의 원리가 아니라, 오히려 사회적 근대성과 상동관계를 이루는 미학 이데올로기"이기 때문에 "현대의 전위적인 시인들이 서정시의 규범적 문법을 전복하면서 강요된 동일화의 미학을 거절"한다고 이광호는 설명한다.

　이만교는 서정시의 규범적 문법이 강요하는 동일화의 미학에 대한 거절의 몸짓을 다음과 같이 단호하게 표현한다. "산다는 게 무엇일까?/ 냄새 지독한 남편의 양말 한 짝을 손에 쥐고/ 그녀는 생각했다.// 물론 그녀조차도 자신이/ 냄새나는 양말짝을 손에 쥐고서 인생을, 생각하게 될 줄은 몰랐다./ 결혼 전만 해도 깊은 생각에 잠기고 싶을 땐/ 모카향 커피를 따라 마시거나 밤기차로/ 겨울바다에 갔었다.// 그러나 이제는 이 좁은 집구석이 그 어느 겨울바다보다도 더 넓고 막막하다.//"(「그녀, 번지점프하러 가다」의 일부) 그런데 이만교의 시가 동일성의 미학에 대비(對比)될 수 있는 거절의 시학을 구현하고 있는 지는 의심스럽다. 실제로 많은 현대시들이 서정적 자아에 대한 부정이나 해체를 표현하고 있기는 하지만 그것이 소위 '균열의 시학'을 표방하고 있다고 해석하기는 어려운 실정이다. 사실 이광호의 논문도 균열의 시학에 대한 수립 작업이라기보다 동일성의 시학에 대한 비판에서 멈추고 있다. 이기인의 「알쏭달쏭 소녀백과사전—백합」(전문) 같은 시는 동일성의 시학을 벗어나야 한다는 부담감에서 가볍게 빗겨 서있다.

　　그 날 동거를 시작했다

　　뒤뜰에 파 놓은 흙 한 입의 어둠 속에 아버지가 좋아하는 백합을 심었다

아무것도 아무것도 피어나지 않는 날에도 햇빛은 한 줄기 백합을 겨냥하였
다

나는 마루에 앉아있다 긴 장총을 든 사냥꾼처럼 꾸벅꾸벅 잠이 들었다
내가 잠든 틈에, 집을 나온 아이 한 쌍이 백합 속에 들어가 살림을 차렸다

어떤 날은 잔채를 한다고 부산하였고 어떤 날은 자정이 넘어 라면을 끓였다,
탕…… 냄비뚜껑 떨어지는 소리가 가슴을 쓸고 갔을 때, 눈을 떴다

조용히 해! 여기는 우리 집이 아니라구,
한 쌍의 아이들이 백합 속에서 나와 국자처럼 생긴, 저녁별을 찌그려뜨렸다

아버지는 시계태엽을 감았다, 태엽이 풀리면서 고장난 가족들이 하나씩 집
으로 돌아왔다
아버지는 가족들을 확인했다

나의 생각은, 호랑나비처럼 젖은 세일러 교복에 앉았다, 마루에 앉았다,
빨래방망이에 앉았다,

백합의 수술을 건드린 아이는 지금 그 아이와 함께…… 동거하고 있다

이광호의 용어를 사용하여 설명하자면, '아버지'는 '대상에 대한 주체
의 전일적 지배'를 기의(記意)하는 단어인 바, "긴 장총을 든 사냥꾼처럼"
노린다 하더라도 아버지에 대한 비판이나 아버지의 해체가 불가능하다는
사실을 이기인은 처음부터 인식하고 있었다. 그래서 이기인은 '균열(龜
裂)의 시학(詩學)'이 아니라 '동거(同居)의 시론(詩論)'을 주장한다. 근친상
간의 규범 때문에 아버지 속에서 동거할 수는 없지만 "아버지가 좋아하는
백합" 속에서는 동거할 수 있기 때문이다. 딸이 아버지와 어쩔 수 없이 동
거한다 또는 동거하고 싶다고 말할 수는 없기 때문에 "백합의 수술을 건
드린 아이," 즉 어머니 또는 아버지의 애인과 동거한다고 말할 수밖에 없

다. 영악한 현대 시인은 동일성의 시학을 포기하고 싶어도 포기할 수 없음을 알고 있으며, 또한 그것 "속에 들어가 살림을 차"리면서 투쟁하는 수밖에 없다는 사실을 알고 있기 때문이다. 이를 '신서정'이라고 명명할 수 있을 지도 모르겠다.

2006년 1월 29일자 ≪뉴욕 타임즈(*The New York Times*)≫의 기사는 한류(韓流)의 위력을 보여준다. 한국 가수 비의 메디슨 스퀘어 가든 공연에 관한 장문의 기사는 비가 미국 대중음악의 영향을 받았지만 그의 해석은 아시아적 여과 장치를 거쳤다고 해석하면서 한류(hallyu)를 "미국적 지배문화에 대한 지역적 대안이 되는 고급문화"라고 정의한다. 비를 발굴하고 길러낸 가수 출신 프로듀서 박진영은 비의 미국 시장 진출을 성공시키기 위한 전략의 일부를 기자회견장에서 설명했다. "많은 아시아 가수들이 미국 시장에서 실패한 것은 미국 가수의 노래 방식을 베끼려 했기 때문"이며 아시아 가수는 지극히 아시아 가수다워야 한다고 강조하면서 "아시아 노래는 미국에 비해 훨씬 더 섬세하고 정확하다(sensitive and delicate)"며 "아시아 팬들은 노래를 듣지만(hear), 미국 팬들은 노래를 느낀다(feel)"고 설명한다(≪중앙일보≫ 2006년 2월 2일자). 필자가 한국 현대시의 아방가르드 정신들이 직면하고 있는 양가성의 상황을 검토하면서 대중음악의 미국 진출 상황을 언급하는 이유는 역사가 우리에게 배정하는 미적 상황에 대해 정확하게 인식한다면 '신서정'의 아방가르드적 실험이 문화적으로 소외된 한국시의 부흥에 큰 영향을 미칠 것이라는 확신이 있기 때문이며, 이에 대한 추후의 검토가 요구된다는 상황 인식 때문이다.

3. 선불교.

백남준은 자신이 현대 아방가르드 운동에 참여하게 된 원인으로 선불교를 언급하면서, 현대음악가 존 케이지(John Cage)와 시인 알랜 긴즈버그(Allen Ginsberg)를 언급한다. 우리에겐 한용운의 위대한 전통이 있다.

고은의 「봄날은 간다」(전문)를 읽으며 느끼는 통쾌한 해방감은 선불교의 전통을 감안하지 않는다면 이해하기 어렵다. "이렇게 다 주어버려라/ 꽃들 지고 있다// 이렇게 다 놓아버려라/ 저녁 바다 아무도 붙들지 않는다// 바다 층층/ 쥐치/ 감성돔/ 멍게/ 우럭/ 광어 농어/ 새꼬시/ 할머니 부채 같은 가자미/ 그 아래층 말미잘의 삶이 있다/ 삶이란 누누이 어느 죽음의 층이라고 말할 나위도 없이// 지상에 더 많은 천벌이 있어야겠다 봄날은 간다" 아방가르드 선과 시를 표방하는 계간지 ≪시와 세계≫의 주간인 송준영의 시, 「습득」이 제6회 박인환문학상을 수상할만큼 선불교적 시세계에 대한 한국 문단의 관심도 높다.

필자는 2006년 1월 14일 개최된 세미나에서 이승훈이 발표한 논문인 "선(禪)과 아방가르드"의 토론자였다. 필자는 "이승훈 '아방가르드 선(禪)'의 한국문학사적 의미"라는 토론문에서 이승훈이 역사적 역동성을 상실하여 삶의 실천과 유리된 제도로서의 예술이 되어 버린 부르주아 사회의 예술을 반성하고 부르주아 예술가들의 모순, 위선을 선(禪)과 관련시켜 비판하고자 하는데, 이는 주로 모더니즘에서 출발한 이승훈의 시작 과정에 대한 성찰을 내용으로 한 것이고 그것은 자아—언어—대상의 관계에서 대상도 없고 자아도 없고 마침내 언어도 헛것이고 따라서 언어도 버려야 한다는 내용을 갖고 한국문학의 방향을 용감하게 개척해나가고 있다고 평가했다. 이승훈의 방향 제시 속에 역사가 우리에게 배정하는 미적 상황에 대한 정확한 인식이 있었기 때문이었다. 필자는 "요컨대 선과 아방가드르는 궁극적으로 노리는 것이 같다는 게 내 생각"이라는 이승훈의 논리에 공감하면서도, '선과 아방가르드는 궁극적으로 노리는 것이 다르다는 관점'에서 이승훈의 용감함에 지혜를 보태는 방안을 모색했다. 이승훈은 "도(道)에 이르기는 어렵지 않다. 다만 분별을 버려라"는 조주 스님의 말씀(至道無難 但嫌揀擇)에서 단혐간택(但嫌揀擇)의 어려움을 강조하면서 지도무난(至道無難)의 기쁨을 잊어버리는 경향이 있는 것 같다는 지적을 하지 않을 수 없었다. 그리하여 이승훈은 만해의 「님의 침묵」을 '사랑의 노래'가 아니라 '침묵의 노래'로 읽어내고, 용수 보살이 "유와 무의 양 극단을 떠나는 중도"를 강조한다고 설명하면서도 체질적으로 "모든 번뇌와 업, 짓는 자와 과보는 모두 환상과 같고 꿈과 같고 햇살 무늬와 같고 메아리와 같다"는 과격한 혁명성에 경도되는 것 같다고 지적했다. 끽다거(喫茶去) 공안(公案)을 갖고 필자의 주장을 요약하자면, 일상적 언어에 대한 치열한 반성에 기반을 둔다 하더라도 '차나 마시라'는 조주의 말씀을 언어적 관점에 국한하여 논의한다면 '공(空)'이 강조되지 않을 수 없다. 그러나 '차나 마시라'는 조주 스님의 말씀에 그냥 차를 마실 수 있는 것이다. 이는 언어의 차원을 넘어선다. 공안이 어려운 이유는 언어의 차원을 넘어서는 경지가 언어의 차원으로 표현되어 있기 때문이다. 스님과 달리 시인은 언어를 포기할 수 없다. 그럼에도 불구하고 시인의 언어도 언어의 차원에 국한되지 않는다. 일상적 언어의 차원에 국한되지 않는, 아니, 일상적 언어를 포월(抱越)하는 시인의 언어는 선적 깨달음의 언어와 행복하게 만날 수 있을 것이며 한국 현대시의 아방가르드 정신들이 직면하고 있는 하나의 측면이다.

그러나 황현산이 황지우와의 대담, 「그대는 모더니스트인가?」에서 지적하는 다음과 같은 비판에 대답할 수 있어야 한다.

시를 쓰고 나이가 들고 어느 경지에 이르면 자신이 지금까지 지니고 있던 패러다임으로는 감당하기 어려운 새로운 전망이랄까 세상에 사람에 대해 새로운 깊이와 폭을 발견하게 될 것입니다. 한 시인의 시가 획기적인 변화를 겪게 되는 것도 이때이고, 새로운 문학이론 내지 시학이 성립되는 것도 이때이지요. 그런데 동양권, 특히 한국 시인들은 많은 경우에 있어서 이 확대된 전망을 조직화하고 논리화하기보다는, 그것을 노장적 도학이나 선불교의 사고체계에 그대로 옮겨놓아 버리는 형식을 취합니다. 그래서 모든 노력들이 한 순간에 도로아미타불이 되어버리는 경향이 있습니다. 확대되어야 할 것들은 느슨해지고, 고뇌의 발들은 판에 박힌 슬기로운 말들이 되고, 명증한 의식 대신 막연한 순리에 기대지요. (≪포에지≫ 2000년 여름호)

황현산은 황지우가 "선을 언급할 때는 늘 선을 말하는 자신을 비판하고 점검하는 방식으로 선을 말"한다고 설명하지만, 이런 사례의 대표적 시인 중 하나는 최승호다. "쓰레기가 우리를 마주치게 했다./ 그믐밤/ 어둠으로 빚은 듯한/ 검은 영물, 고양이는 잔뜩 웅크린 채/ 쓰레기자루 옆에서 나를/ 쏘아보았다./ 마치 썩은 생선 대가리를/ 절대로 빼앗길 수 없다는 듯이 말이다./ 그 눈구멍의 광채,/ 물질로만 말하자면/ 해묵은 가죽자루인 나를 꿰뚫고/ 업으로 말하면/ 불어난 오물덩어리인 나를 꿰뚫으면서 쏘아보던/ 묘한 광채./ 이글거리던 불길,/ 物外의 일은 접어두고/ 말하자면 그렇다./ 비닐이 터지고 국물이 흘러내리는/ 쓰레기자루 옆의 그 섬뜩한 눈빛을 잊을 수 없는 것이다./ 우리가 다시금/ 쓰레기 냄새 속에서 만나리라./ 나는 들고 있던 쓰레기자루를 집어던졌다./ 쫓겨나던 그 검은 영물, 그 뒤의 일에 대해서/ 지금은 별로 말하고 싶지가 않다./ 이를테면 뒷골목 거지새끼들처럼 불어난/ 고양이 가족의 근황,/ 축축한 쓰레기의 힘으로 어린 것들에게 젖을 물리는/ 대도시의 굶주림의 이야기,/ 진척 없는 내 어두운 밤/ 그믐의 진실 따위는/ 글쎄,/ 다음에나 말할 수 있을는지.//" (「검은 고양이」의 전문) 최승호 시인으로 하여금 깨달음의 수준을 반성하게 하기 때문에, 즉 화두 점검을 실시하기 때문에 검은 고양이는 영물(靈物)이다. 물질적 관점에서 말하자면 인간은 '해묵은 가죽자루'일 뿐이며 불교적 업(業)의 관점에서 말하자면 '불어난 오물덩어리'일 뿐이기 때문에, 썩은 생선 대가리를 절대로 빼앗길 수 없다는 듯이 쏘아보는 검은 고양이와 다를 바 없다. 인간이 조금 더 나은 점이 있다면 물외(物外), 즉 추상적 사고를 할 수 있다는 점일 뿐인데, '진척 없는 내 어두운 밤'이란 표현이 시사하는 것처럼 깨달음이 없다면 뒷골목 거지새끼들처럼 불어난 고양이 가족의 굶주린 삶과 인간의 삶이 다르지 않다는 비판적 점검 이외에 더 이상 할 말이 없는 것이다.

4. 언어파.

시는 언어 예술인 바, 예술의 독립적이고 혁명적인 잠재력을 주장하는 아방가르드 시인들이 역사가 우리에게 배정하는 미적 상황에 대한 정확한 인식 작업에 있어서 언어 자체에 대한 반성에 무관심할 리 없다. 한국 현대시의 아방가르드 정신들을 네 가지 측면에서 검토할 때 박상순을 비롯한 '언어파'의 작업을 간과할 수는 없다. '언어파'를 정의하기 위해 필자가 쓴 「내가 읽은 박상순 시인: '언어파'의 전개」의 일부를 다음과 같이 정리한다.

나는 언어의 재현 능력을 신뢰하지 않는다. 그리고 나는 이 지점에서 박상순 시인과 만난다. 1990년대초 어느 날 저녁 ≪작가 세계≫의 최승호 시인을 매개로 나, 이수명과 박상순이 만나 '언어파' 결성을 궁리했었다. 대단한 시작이 아니라 그저 한 번 생각해 보는 정도였는데, 내 경우에는 그때 이론이 아직 명확하게 영글어있지 않아 망설였었다. 그저 그 뿐, 어느 저녁의 몇 시간이었다. 그런데 박상순 시인을 중심으로 한국 시단에 '언어파'가 형성되어가는 모습을 보는 요즈음이다.

박상순의 일견 장난스러워보이는 시작업에 진정성(眞正性)의 의문을 제기할 수도 있을 것이다. 그러나 언어의 재현 능력을 충분히 신뢰할 수 없게 된 현실을 인식하고 고백하는 것이 현대 시인의 진정한 자세라는 점에서 박상순의 시작업을 의심스러운 눈초리로 바라보는 자들의 미래는 암담하다. 제1시집, 『6은 나무 7은 돌고래』에서 (1) 문제점의 인식 작업과 (2) 해결책의 모색 작업이란 두 단계를 다 읽어낼 수 있었다. "나는 내 몸 속에 갇혀 있다. 내 몸 속에서 나는 하루도 빠짐없이 나의 우상과 만난다. 나의 偶像은 나를 만날 때마다 자신의 모습을 바꾸어 왔다."라고 시작되는 「나는 더럽게 존재한다」에서 '나의 偶像'은 언어의 재현 능력에 대한 관습적 신뢰를 표상한다. 정직하고 능력 있는 시인은 언어적 관습에 안주하지 못한다. 시인의 몸은 어쩔 수 없이 관습적 현실 속에 갇혀있지만, 시인의 정신은 관습적 현실에 절대로 순응할 수 없다. 순응할 수 없게 만드는 끔찍한 현실을 두려워하면서도 '나의 우상'과 씩씩하게 싸워나가야 할 것이다. "그때마다 내 몸 속에 갇힌 내 기억의 모든 존재들이 내 두려움을 먹고 일어나 목숨을 건 피의 싸움을 벌였다. 그리고 내 몸 속

곳곳에 쓰러져 나의 몸을 썩어가게 하였다./ 오늘도 나는 썩어가는 내 몸 속에 갇혀 나의 우상을 만날 것이다." 아마 "나는 몸 밖으로 뛰어나갔다"라고 주장하는 수준까지 악착같이 싸워야 할 지도 모른다. 「나는 더럽게 존재한다」는 다음과 같이 끝난다. "나는 여전히 몸 속에 있다. 불타는 내 심장을 뚫고 오늘 나의 우상이었던 큰 쥐는 빠져나갔다. 요동치는 내 몸에서 뒷발을 떼며 큰 쥐는 내게 말했다./ ― 더러운 자식, 더러운 자식." 오늘 하루 '나의 우상'과의 전투는 승리로 끝났다. 하지만 나는 여전히 몸 속에 있으면서 나는 몸 밖으로 뛰어나갔다라고 말하는 극단적인 모순 어법을 사용하는 대가를 치뤄야만 했다. 언어의 재현 능력을 순진하게 신뢰한다면 깨끗하게 존재할 수 있을 지도 모른다. 그러나 현대 시인은 더럽게 존재하겠다는 투지와 용기를 가져야 한다고 박상순이 권고한다.

제1시집, 『6은 나무 7은 돌고래』의 진정성은 해결책의 모색 작업을 포기하지 않는다는 점에서 더욱 빛난다. 시인은 「별이 빛나는 밤」에서 "이제 무덤 파는 사람은 <무덤>이라고 부르고, 묘비명을 새기는 사람은 <묘비>라고 쓴다."라고 제안한다. 이 지점에서 "첫번째는 나/ 2는 자동차/ 3은 늑대, 4는 잠수함"라고 시작되는 「6은 나무 7은 돌고래, 열 번째는 전화기」가 시집의 표제시(表題詩)가 되어야 한다. 제2시집, 『마라나, 포르노 만화의 여주인공』의 「춤―약속」의 제1연에서 해설을 발견한다. 아니, 악착같이, 무리한 작업을 경유하여, 박상순의 '우상'을 구축해내려 한다. 박상순 시세계, 아니 '언어파'의 연구를 활성화하기 위해서이다. "전화―나의 이름―지우고 싶은―바꾼 뒤에도―불리어질―이름―바꾸지 못하고―그―이름에게―온―전화―춤―에 대해―시 한 편―쓸 수 있을까―나는―움직이지 못한다―날으는 물고기―코끼리―흘러가는 구름―하지만―이름을 고치는 대신―나는―움직임을―거부했었다―행동의 죽음." 평자는 이 글을 "나는 언어의 재현 능력을 신뢰하지 않는다. 그리고 나는 이 지점에서 박상순 시인과 만난다."라고 시작했었다. 그럼에도 불구하고 언어의 재현 능력에 의지하여 글을 쓰고 있다. 왜냐하면 박상순 시인과 함께 '더럽게' 존재하지 않을 수 없음을 알기 때문이다. 제1시집에서 "첫번째는 나/ 2는 자동차/ 3은 늑대, 4는 잠수함"라고 시작되는 '새로운 언어'라는 해결책은 "숫자놀이 장난감/ 아홉까지 배운 날" 시작된다. 「춤―약속」은 성인 세계의 상황이다. 아마도 자연스럽게 춤을 춰야 하는 상황인가보다. 그런데 '나'에게 전화가 왔다. 그저 '전화'라고 호명됨으로써 전화가 온 상황에 호출되게된다. 따라서 '전화'는 '나의 이름'이다. 그런데 '나'는 '춤'을 추지 못한다. 아니 춤을 출 엄두가 나지 않는다. '흘러가는 구름'처럼 추고 싶지만, '날으는 물고기'같이 불가능한 일이다. '코끼리'같아 보일 것이다. 그래서 '나'는 '춤'을 거부한다. 그건 '행동의 죽음'이다. 왜냐하면 '전화'라는 공동체 속의 호명을 행동으로 바꿀 수 있는 기회였기 때문이다. 시인은 질문한다. 그대신 춤에 대해 시 한 편을 쓸 수 있을까. '전화'나 '춤'을 포괄하는 '시'의 '이름'을 찾을 수 있을까라는 질문은 '숫자놀이 장난감'의 세계를 포월한다. (《시와 세계》 2005년 가을호)

언어파의 경우에라도 (1) 문제점의 인식 작업 이후에 (2) 해결책의 모색 작업에 관한 고려를 하지 않을 수 없다. 아방가르드 예술과 부르주아-자본주의의 관계가 본질적으로 양가적이기 때문에 내용과 대립되는 형식이란 이분법적 사고는 무의미하다. 박남철은 메니페스토 형식으로 다음과 같이 아방가르드 시적 정신의 양가성을 설명한다.

> 나는 다시 말한다. <나는 말하기 위해서 형식/내용을 창조했다! 그리고 내용/형식을 창조하여, 다시 그 현실을 파괴했노라!>……이라고! 아니, 이대로만 말해서도 안 된다. 다시 한 번만 더 말해보자. <나는 형식/내용을 창조하고 내용/형식을 창조하여, 다시 그 현실을 파괴하여 새로운 현실을 창조한다! → 새로운 내일을 창조한다!>
>
> — 《현대시학》 2005년 11월호

박남철의 시, 「흰머리뫼」가 드러내는 힘은 다음과 같은 형식적 파괴력에만 근거하지 않는다. "내 사랑하는 어머님,/ 의 친정이신 오도2리로, 그리하여/ 한숨에, 단숨에 날아가보면, 그 외롭지도 않은/ 외섬은 거대한 "직,"삼각의 몸통으로/ 막 북방을 향하여 머리를/ 힘차게 바다 속으로, 집어넣으면서,/ 거대하게 거대하게 꼬리를/ 타아아아아아앙, 하고……" 칠포리 오도2리에 있는 직삼각형 모양의 외섬을 묘사하기 위해 창조된 새로운 '형식/내용'은 대자연과 어머님에 대한 그리움이라는 '내용/형식'이 다음과 같이 동시에 창조되어야만 힘을 받는다. "일찍이 대자연이 불러놓은 이 오도송,// "은,"/ 바로 내 어머님이 내게 물려주신 힘,/ "그것 자체이다!"// 타아아아아아아아아아아아앙……"

최승호의 시, 「홍어」는 선불교의 관점에서 '언어/침묵'의 양가성을 천착한다. "칠레 홍어들은 가락동 시장까지 왔다. 죽음 뒤에도 여행은 계속되었던 것이다. 칠레의 바다로 돌아갈 수 없는 여행, 그러면 어디로? 홍어들은 매음의 도시로, 인간들의 아가리 속으로, 내장과 쓰레기와 소음 속으로 여행을 한다.// 들어줄 이도 없는데 혼자 중얼거리는 것은 아닌지. 말은 침묵을 향해 여행을 한다. 그러면 침묵은? 침묵은 말 속으로, 말이 파도라면 바다처럼, 말의 어미처럼 여행을 한다."(「홍어」의 일부) 김영승의 시, 「黨」의 경우에도 '내용/형식'과 '형식/내용'의 '동거의 시론'이 두드러진다. "超人은 '初人'일 뿐 그/ 아무 것도 아니다 한 평생/ 사람들의 존경을 받다가 간 새끼도/ 기실 아무 것도 아닌 새끼들도 많다// 존경도 다 유유상종의 소산/ 성장기의 同一視 현상 웃기는/ 신분상승 의지의 유치한 發露// 칠뜨기들의/ 외설이냐 예술이냐 논쟁처럼//"(「黨」의 일부) 사실 '외설/예술'의 논란은 아방가르드 예술의 양가성을 이해하지 못하는 '칠뜨기'들의 논쟁일 따름이다. 눈밝은 김영승은 한 걸음 더 나아가 근대사회 자체를 구성하고 있는 체제 자체에 의문을 제기한다. '초인(超人)/초인(初人)'이 동음이의어의 말장난(pun)에 근거한 '형식/내용' 차원의 시적 표현이라면 사회적 '존경'의 표현이 (1) 유유상종의 소산, (2) 성장기의 동일시 현상 그리고 (3) 신분상승 의지의 유치한 발로라는 날카로운 비판은 '내용/형식' 차원의 시적 표현이다.

5. 참여의 정신.

필자는 후일담 문학이란 문단적 분류법에 불만이 많다. "오늘 아침을 다소 행복하다고 생각는 것은/ 한 잔 커피와 갑 속의 두둑한 담배,/ 해장을 하고도 버스값이 남았다는 것."(「나의 가난은」의 일부)이라고 진심으로 믿는 순진하기 이를 데 없는 천상 시인, 천상병이라면 "나 하늘로 돌아가 리라/ 아름다운 이 세상 소풍 끝내는 날,/ 가서, 아름다왔더라고 말하리 라……"(「歸天」의 일부)라고 이야기할 수 있는 권리가 있다. 그러나 이데 올로기 투쟁의 뒤끝에 서서 편안하게 회상하는 제스처를 취하는 모습이 진지한 문학적 표현의 대상이 된다고 생각할 수는 없다. 황지우의 다음과 같은 자의식적 반성이야말로 소위 후일담 문학의 시작이 되어야 한다.

> 사실, '아상' 부분에 대해서는, 저도 어느 정도 위험을 느낍니다. 아마 이념
> 의 시절에 저나 우리를 강박했던 생각 중의 하나가 헤겔적인 의미의 동질성이
> 아닌가 생각합니다. 그랬을 때, 다른 타자를 너라고 부르고 모든 너를 나와 동
> 일시했을 때 거기는 뜻밖에 전체주의 위험도 있지 않은가 하고요. 실질적으로
> 그것은 쓰고 나서 느꼈지요.
>
> — ≪포에지≫ 2000년 여름호

후일담 문학에 불만이 많은 또 하나의 이유는 참여의 정신이 지금 더욱 긴박하게 요구되고 있기 때문이다. 이 시점에서 정과리의 「한국 현대시의 개념」의 정확한 분석을 자세히 읽어보아야 한다.

> 언제부턴가 혹은 어디서부턴가 한국의 지식인들은 큰 타자는 결코 동일화
> 될 수 없다는 것을 깨닫고 있었다. 그 각성은 방향의 선회를 요하게 된다. 타자
> 에 대한 무용한 갈애(渴愛)로부터 자기 자신에게로. 그들은 근대의 실제를 한
> 국의 역사적 현실 자체로부터 찾으려 한다. 근대의 실제가 바깥에 있는 게 아
> 니라 내 안에 있는 걸 확인할 수 있을 때 근대가 내 것이 되기 때문이다. 그리
> 하여 비로서 "한국문학은 주변문학을 벗어나," "개별문학"으로서 자신을 세
> 울 수 있다. 그리하여 '발견'은 '발굴'의 고고학으로 바뀐다. 근대의 실제를 한
> 국의 과거사에서 찾아내는 것이다. 자본주의의 맹아를 경영형 부농 혹은 상인
> 자본의 형성에서 찾은 김용섭과 강만길의 작업이 경제사에서의 성과였다면,
> 근대 한국문학의 기점을 영.정조 시대의 한글 저작물에서 찾은 김윤식.김현의
> 작업은 문학에서의 성과였다. 그러나 이러한 발굴 사업이 실증적으로 무리가
> 많다는 것은 오늘날 많은 후속 연구에 의해 밝혀졌다. 사실 이것은 일종의 상

상의 기획에 불과한 것일지도 모른다. 그러나, 그렇다고 해서 이들의 작업을 간단히 폐기할 것인가? 그리하여, 타자를 향한 끝없는 연모의 자세로 다시 돌아갈 것인가? 아니다. 중요한 것은 이 상상의 기획이 있다는 것이고, 이것 자체가 한국인의 역사의 일부를 이룬다는 것이다.

— ≪포에지≫ 2000년 여름호)

정과리의 글에서도 경제적, 정치적, 문화적 근대화의 성취와 함께 찾아온 한국 지식인의 방향상실감이 두드러지게 드러난다.

정과리가 의지하는 '상상의 기획'은 근대화라는 계몽의 기획일 따름인데 이는 데카르트의 이원론과 기독교적 관념론에 의해 뒷받침되는 서양의 인본주의 사상에 기반을 두고 있다. 최재천은 「호랑이는 죽어서 유전자를 남기고 사람도 죽어서 유전자를 남긴다」에서 "이 방대한 우주 전체를 만드신 분이 어찌하여 이 넓은 우주에 떠 있는 수많은 행성들 가운데 그리 대수롭지도 않은 먼지와 같은 지구에 오셔서 그 위에 살고 있는 많은 생물들 중 왜 우리만 당신의 모습대로 만드셨다는 것인가?" 정당하게 질문한다. 이런 논리를 받아들이면 "생명은 언뜻 섬뜩하고 허무해" 보일지 모르지만 "그 약간의 소름 끼침과 허무함을 받아들이면 스스로가 철저하게 겸허해지는 경험을 하게" 되며 "그리곤 자연의 일부로 거듭나게 된다"고 최재천은 설명한다. 이러한 생태주의는 페미니즘, 탈식민주의, 동성애 담론, 소수민족 문학론 등과 더불어 이데올로기 투쟁의 관점이 아닌 소수자, 즉 '타자'의 옹호라는 관점에서 참여의 정신을 계승하고 있다.

6. 아방가르드 정신들.

명민한 독자라면 이미 눈치챘겠지만, 역사적 아방가르드가 하나의 아방가르드 정신을 표방했었다면, 현대의 아방가르드 정신은 양가적(兩價的)이며 복수적(複數的)이어야 한다. 아방가르드 예술과 부르주아-자본주의의 관계가 본질적으로 양가적이라는 사실을 인식하지 못했기 때문에, 아방가르드 예술은 유토피아적 무정부주의같은 적대적 자세에도 불구하고 엄청난, 원하지 않는 성공을 통해 실패해버렸다. 신서정, 선불교, 언어파, 참여의 정신 등 다양한 분야에서 발견되는 한국 현대시의 아방가르드 정신들이 자신의 양가성을 끝까지 잊지 않는다면 이제, 드디어, 아니 벌써, 세계문화에 기여하고 있을 것이다.

4.
매춘 한국

혁명이 아니면 사랑이다. 최인훈의 말이었는지, 김수영의 말이었는지, 아니면 김현의 말이었는지, 기억나지 않는다. 『문학과 의식』의 편집진은 '문학과 에로티시즘'을 계속되는 특집의 주제로 정했다. 지난 호의 개관 (概觀)에 이어, 이번 호의 두 번째 특집에서는 매춘을 생각해보기로 했다. 매춘(賣春)이라? 70년대 후반 음습한 술집 구석에서 술잔을 기울인 적 있었고, 80년대 초반 중동(中東)의 사업가를 대접하며 요정에 드나든 바 있었건만, 아는 바도 없었고 생각나는 바도 없었다. 내 사고도 구획화 (compartmentalization)되어 있었다. 나는 언제나 이쪽의 올바로 사는 길에 있었고, 그런 어쩔 수 없는 한국적 사건들은 칸막이 저쪽에서 있었던 일이다. 올바로 사는 이쪽의 일에 관해서는 공부도 많이 하고 생각도 많이 하였다. 그러나 칸막이 저쪽의 일은 알 필요도 생각할 필요도 없었던 것일까. 위선(僞善)이라고 치부하면 그만일까.

사고의 구획화가 사람을 죽인다. 성수대교, 삼풍백화점 등에 이어 최근 대구의 지하철에서 참사가 벌어졌다. 몇 명이 죽었는지 아직 알지 못한다. 너무 어리숙한 일처리 때문에 결국 알지 못할 것이다. 1080호 기관사는 마스컨 키를 점퍼 주머니에 넣고 불타는 전동차를 떠났단다. 자신의 구획,

자기가 척임지고 있는 구획을 깨끗이 정리하면, 자신의 임무를 완수하는 것이기 때문이다. 칸막이 저쪽의 일은 생각할 필요도 없기 때문이다. 기관사는 기관실 이쪽만 책임지면 그만이기 때문이다. 마스컨 키를 빼면 전동차의 문이 자동으로 닫히고, 그리하여 5분 전에 잠시만 기다려달라고 했던 자신의 방송을 믿고 검은 연기가 차 오르는 객실에서 얌전히 기다리던 승객들이 빠져나올 수 없게 된다는 사실은 생각나는 바 없는 정보가 되어 버린다. 그때 종합상황실에서는 화재경보가 울렸다. 종합상황실의 화재가 아니라 대구 중앙역의 화재였다. 종합상황실 이쪽의 화재가 아니라, 칸막이로 구획되어 있는 저쪽의 화재를 경보하는 정보였다. 화재경보는 가끔 있었던 오작동(誤作動)일 가능성이 높았다. 칸막이 저쪽에서 자주 벌어지는 한국적 사건이기에 생각할 필요도 없었다. 미국 친구가 이메일을 보냈다. 대구가 서울과 가깝지 않다는 것은 알지만, 걱정이 된다고, 염려가 된다고 이메일을 보냈다. 서울에 있는 나는 대구 참사의 TV 중계를 보며 성수대교나 삼풍백화점 같은 한국적 대형 사고라고 혀를 끌끌 차고 있었다. 서울의 지하철에서 화재가 난다면, 내가 자주 타는 4호선에서 화재가 난다면 어떻게 하지 걱정되었을 뿐이었다. 다음날 지하철에서 나는, 다른 사람들처럼, 두리번거렸다. 비상시 문 여는 방법을 익혀두고 있었다. 언론에 따르면 검찰이 신속하게 수사에 착수하여 책임자를 색출해내고 있다. 자신이 책임을 지고 있는 구획(compartment) 내부의 문제였는지 면밀하게 검토되고 있다. 1080호 기관사는 마스컨 키를 뽑았기 때문에, 자신의 구획이 기관실 이쪽뿐만 아니라 방송으로 연결되어 있던 칸막이 저쪽인 객실도 포함된다는 사실을 잊었기 때문에 책임을 면할 수 없을 것이다. 종합상황실 이쪽에서 화재가 난 것은 아니지만, 칸막이 저쪽에 있는 대구 중앙역의 화재도 종합상황실이 책임을 지는 구획(compartment)이기 때문에 책임을 면할 수 없을 것이다. 이렇게 책임 소재가 정확하게 파악되는데도 불구하고, 어찌하여 성수대교나 삼풍백화점 등 후진국적인 대형사고가 자꾸 벌어지는 것인지 아무도 말하지 못한다. 언론은 시끄럽지만, 많은 신문이 똑같은 기사를 반복하지만, 시인들이 나와서 애도하지만, 지식인들이 나와서 분석하지만, 이제 다시는 이 같은 비극이 발생하지 않을 것이라고 아무도 믿지 못한다. 언제나 불안한 한국 사람들이, 불안해서 폭탄주를 마셔버리는 한국 사람들이 지하철에서 서로를 흘깃거리고, 사용법도 제대로 배우지 못하면서 소화기를 사고, 건전지에 녹이 슬어버린 손전등이 집안 구석에 처박혀 있는데도 재수 없으면 만나게 될 암담한 어둠에서 살아남을 수 있을까 희망하면서 또 하나의 손전등을 산다.

매춘(賣春)을 모른다고 말하던 나의 위선(僞善)을 변명하려는 것이 아니다. 사고의 구획화(區劃化)가 사람들을 죽였다. 광화문 촛불 시위로 이어진 여중생 사망 사건에서도 사고의 구획화가 두드러진다. 반미구호로 점철된 촛불 시위에 뒤이어 친미 시위가 이어졌다. 지식인들의 의견도 반미(反美)와 친미(親美)로 구획지어진다. 촛불 시위에 참여했던 수많은 시민들이 반미를 주장했던 것이었을까 질문하지 않는다. 반미가 아니라면 무엇이었을까 질문하지 않는다. 북한 문제의 경우에도 마찬가지의 사태가 벌어진다. 햇볕정책은 친북 정책이고, 보수는 반북 정책인가 질문하지 않는다. 사고의 구획화는 해결책을 만들어내는 생산적인 대화를 막는다. 내부의 대립과 반목은 북한과 미국을 포함하여 세계 속으로 파장을 일으킨다. 사고의 구획화는 한국의 문제만이 아니다. 임박한 미국의 이라크 침공은 미국과 유럽, 서구문명 내부의 갈등을 야기시킨다. 미국이 유럽의 국가들에게 반미인지 친미인지 질문하기 때문이다. 전쟁은 사고의 구획화를 요구한다. 전쟁 상태의 상대는 적이 아니면 아군이기 때문이다. 미국과 유럽이 사고의 구획화를 어떻게 극복할 것인지 궁금하다. 우울증에 걸린 한 남자가 불을 지르는 것은 우연한 사건이다. 우연(偶然)은 예방할 수 없다. 나의 죽음을 비롯하여 우연한 사건은 신(神)의 몫이다. 인간은 필연만 알 수 있고 생각할 수 있다. 우울증에 걸린 사람이 불을 지르고 싶어질 수 있다. 인간은 누구도 우연을 막을 수 없다. 우연에서 기인하지 않은, 우리가 스스로 자초한 문제라면 막을 수 있을 것이다.

미셸 푸코는 『성의 역사: 제1권 앎의 의지』에서 사고의 구획화를 벗어나는 방법을 다음과 같이 제시한다.

한쪽에 권력의 담론이 있고 맞은 편에 그것에 정면으로 대립하는 또 다른 담론이 있는 것은 아니다. 담론은 세력관계의 영역에서 작용하는 전술적 요소 또는 세력권이고, 따라서 같은 전략 내부에서 서로 다르고 심지어 모순되기까지 하는 담론들이 있을 수 있으며, 이와는 반대로 서로 대립하는 전략들 사이에서 모습을 바꾸는 일 없이 서로 유통할 수도 있다. 성에 관한 담론에 대해, 무엇보다도 먼저 어떤 암묵적인 이론에서 유래하는가, 어떤 도덕적 분할을 갱신하는가, 또는 어떤 이데올로기―지배하는 것이든 지배되는 것이든―를 대변하는가를 물을 것이 아니라, 그것들의 전술적 생산성(권력과 앎의 어떤 상호적 효과를 보장하는가)과 전략적 통합(어떤 제휴와 어떤 세력관계가 그때 발생하는 다양한 대결 국면들 가운데 어느 하나의 삽화적인 사건에서 그것들의 활용을 필요하게 만드는가)의 두 가지 위상에서 그것들을 살펴야 한다.

친북/반미라는 권력의 담론 맞은 편에 정면으로 대립하는 반북/친미라는 또 다른 담론이 있는 것은 아니다. 한국의 지식인이 대립적 담론이란 사고의 구획화를 벗어나지 못하면, 순진한 지하철 기관사나 게으른 종합상황실 직원들도 사고의 구획화를 벗어나지 못할 것이기에 후진국형 대형 사고는 여기저기에서 계속될 것이다. 한국의 지식인이 북한과 미국을 비난하는데, 비난의 구호를 외치는데 바쁘면 안 된다. 그들이 어떤 생각을 하든 어떤 행동을 하든, 그것은 그들이 할 일이다. 우리는 우리 자신을 먼저 반성해야 한다. 한국의 지식인이 도덕적 분할의 이데올로기적 대립 구도를 벗어나지 못하면, 북한과 미국은, 아니 어떤 나라이든, 생산적인 미래를 위해 한국과 의미 있는 대화를 할 수 없을 것이다. 왜냐하면 한국인 자신도 스스로를 제대로 이해하고 설명할 수 없기 때문이다. 나는 점잖아서 매춘을 잘 알지 못한다고 위선을 떠는 사고의 구획화가 아니라, 전술적 생산성과 전략적 통합의 입장에서의 매춘에 관한 생산적인 대화가 이번 호 특집의 목표였다.

푸코에 의하면 부르주아 계급의 자기 확인과 주도권 확립을 위해 17세기부터 성에 관한 담론이 본격적으로 전개되었다. "근대 산업사회가 성에 대해 한층 더 억압적인 시대를 열었다는 가설"에 대해 반론을 제기하면서 푸코는 "사실, 근대 사회의 고유한 특징은 사회가 성을 어둠 속으로 몰아넣었다는 것이 아니라, 그것을 '누구나 다 아는' 비밀로 이용함으로써 한없이 그것에 대해 말하는 데 열중한다는 것"이라고 날카롭게 지적한다. 푸코의 질문은 다음과 같다. "어째서 성적 행동이, 그것과 관계된 행위와 쾌락이 도덕적 관심의 대상이 되는가? 어쨌든 어떤 순간, 어떤 사회, 혹은 어떤 그룹들에서는 개인으로서의 혹은 전체로서의 삶에서 음식을 섭취하는 행위나 공민권의 이행과 같은 여러 다른, 본질적인 영역들에 기울이는 도덕적 관심보다 이 윤리적 배려가 더 중요하게 보이는 것은 어쩌된 것인가?" 황진이는 매춘에 종사하지 않았다. 황진이는 창녀가 아니었다. 중세의 기녀(妓女)는 근대의 창녀(娼女)와 달리, 도덕적 비난의 대상이 되지 않는다. 근대인의 과도한 성담론은 TV 프로그램에서도 뚜렷하게 구별된다. 예를 들면 근대 산업사회의 현상을 다루는 TV 드라마는 대부분의 경우 애정물이다. 반면에 중세를 중심으로 하는 TV 사극의 경우 성적 행동의 표현에 있어 뚜렷한 절제를 드러낸다. 그렇다고 해서 "당연히 공평하고 자유로운 과학적 인식의 대상일, 그러나 권력의 경제적 또는 이데올로기적 요청에 의해 금지의 기제가 작용해 온 성적 욕망이라는 어떤 영역이 있다고 생각해서는 안 된다." 근대적 성담론에 관한 푸코의 지적은 다음과 같이 계속된다.

성적 욕망이 인식의 영역으로 정립되었다면, 그것은 오로지 권력 관계가 성적 욕망을 있음직한 대상으로 확립했기 때문이며, 거꾸로 권력이 성적 욕망을 표적으로 삼을 수 있었다면 그것은 앎의 기술과 담론의 절차들이 그것을 둘러쌀 수 있었기 때문이다. 앎의 기술과 권력의 절차 사이에는 그것들이 제각기 특수한 역할을 맡고 상호 간의 차이에 입각하여 서로 결부된다 할지라도 어떠한 외재성도 없다. 그러므로 우리는 권력-앎의 <국지적 발원지>라고 부를 수 있는 것, 예컨대 고해자와 고해를 듣는 신부 또는 신자와 영적 지도자 사이에서 맺어지는 관계―거기에서는 억제해야 할 <육욕>의 영향 아래 갖가지 형태의 담론 곧 자기반성, 심문, 고백, 해석, 대담들이 취하는 일종의 끊임없는 왕복운동에 따라, 예속의 형태와 인식의 도식들이 전달된다―로부터 출발할 것이다.

서구의 제국이 근대 역사의 전개를 여러 세기에 걸쳐 자연스럽게 경험했다면, 후진개발국은 압축 성장의 전략을 취할 수밖에 없었다. 근대화의 기획으로 결국 통일되었기에 세계의 문명은 동일한 궤적(軌跡)을 그린다. 근대적 성담론에 관한 권력-앎의 '국지적 발원지' 및 뒤이은 변화의 도식을 파악하기 위해 푸코는 3부작으로『성의 역사』를 써야 했다. 그러나 압축 성장의 한국에서 근대적 성담론의 '발원지'는 일제에 의해 법령으로 도입된다. 1916년 3월 일제 경무총감부령 제4호 '유곽업 창기 취제규칙'(遊廓業 娼妓 取締規則)이 제정되면서 성에 열중하는 근대 산업사회가 일본 제국주의에 의해 느닷없이 한국 사회에 도입된다. 중세의 기녀(妓女)와 근대의 창녀(娼女)를 혼합한 창기(娼妓)라는 명칭이 느닷없는 문명의 접목(接木, graft) 상황을 폭로한다.

진고개 회현동 등 일본인 거류지역에 '유곽' 형태가 갖춰진 것은 1883년부터, 조선인들은 이 유곽을 '좃또집'이라고 불렀다. '좃또'는 일본말로 '잠깐'이라는 뜻. 1904년 러일전쟁이 발발하자 경위야 어찌됐든 서울 중구 쌍림동 일대에 '신마치'(新町)라는 유곽이 첫공창허가를 받아 영업을 개시한다. 한일합병 후에도 유곽이 얼마나 빠르게 확산됐는지 1919년 12월 16일자 '시카고 트리분'지는 '일본이 한국에서 가장 잘한 일은 유곽 증설'이라며 실태를 꼬집을 정도였다. '접대부'란 용어를 만든 것도 1941년 일본이었다.

'역사 속의 오늘'이라는 2003년 2월 14일자 조신일보의 기사 내용이다. 1948년 2월 14일, 대한민국의 이름으로 '공창(公娼) 폐지법'이 발효됨으로써 공식적으로는 합법적 매매춘이 이 땅에서 사라졌기 때문이다.

"우리나라에서 매춘 현상이 사회의 모순 구조로 정착하게 된 것은 일본 제국주의의 침투 결과이다"라는 전제 하에 김해강의 시작품을 중심으로 연구한 최명표의「매춘의 사회시학적 연구」를 본 호에 재수록 하였다. 이 상의「지주회시」는 일제시대 매춘의 현실을 적나라하게 드러낸다. 이 단 편 소설의 중심 사건은 다음과 같이 요약된다.

> 년왜요렇게빼빼말랐니―아야아야놓세요말좀해봐아야아야놓세요(눈물이 핑돌면서)당신은왜그렇게양돼지모양으로살이쪘소오―뭐이,양돼지?―양돼 지가아니고―에이발칙한것. 그래서 발길로채웠고채워서는층계에서굴러떨어 졌고굴러떨어졌으니분하고―모두분하다.『과히다치지는않았지만그런놈은 버릇을좀가르쳐주어야하느니그래경관은내가불렀소이다』말랑깽이라고그런 점잖은손님의농담에어찌와람히말대꾸를하였으며말대꾸도유분수지양돼지 라니―그래생각해보라아네가말라깽이가아니고무엇이냐

'지주회시'는 "거미가 돼지를 만났다"라고 해석되는데, 사건의 비극적 내 용에도 불구하고 희극적 어조가 뚜렷하다. 양돼지가 A취인점 전무인 손 님이고, 말라깽이가 카페 R회관의 여급이며 '나'의 안해다. 여급은 중세 적 기녀의 저급한 변형이다. 그러나 아직 근대적 창녀로 전락하지는 않은 상태이다. 따라서 "넌 왜 요렇게 빼빼 말랐니"라고 말하는 등 모욕적인 언 사를 사용하면서 손님이 여급의 몸을 만지는 것은 도덕적으로 공인되지 않는다. 또한 공창(公娼)의 창기와 경쟁하는 상황이기에 일제시대의 여급 은 중세적 기녀의 품위 있는 삶의 우아함을 요구할 수 없었다. 기녀는 못 되고 창기로 전락하지는 않은 중간 단계에 속하는 여급의 지위는 사회적 갈등의 원인이 되지 않을 수 없다. 양돼지가 자본주의적 착취관계의 지배 계급을 상징하며, 안해가 식민지시대의 피착취/피지배계급에 속하기 때 문에 "모두 분하다"는 공감대가 형성될 수 있었다. 그러나 정작 남편인 '나'의 태도에서 거리감이 느껴진다. 모두 마땅히 분해하는 사건에 직면 해서, 자신이 분해한다는 사실을 언급하지 않음으로서 희극적인 어조가

형성된다. '나'와 안해는 둘 다 거미이다. '나'와 안해는 수척한 쌍거미이지만, 서로 다른 차원의 세계에 속해 있다. '나'는 친구 R이나 마유미와 다르고, 안해와도 다르다. '나'는 자본주의적 착취관계의 수동적인 피해자라기보다 자본주의 체제의 능동적인 거부자이다. '나'는 "밖에와있는세상—암만기다려도나가지않는다." '나'는 밖의 자본주의 세계와 적극적으로 대치한다. 안해처럼 피착취계급의 일원으로 세상 속에서 사는 것보다, '나'처럼 근대 자본주의의 체제 자체를 거부하는 것이 더 어렵다. 「지주회시」는 '사상'과 '지성'이 '생활' 속에서 무의미해지는 '숙명적'인 현실을 묘사하는 이상의 다른 단편소설, 「단발」과 동일한 주제를 갖는다. '나'는 근대세계를 거부하려고 노력하지만, "방덧문을첩첩닫고일년열두달을수염도안깎고누워있다하더라도세상은그잔인한'관계'를가지고담벼락을뚫고스며"들기 때문에 필연적으로 실패한다. "거미내음새"는 "새큼한지폐내음새"에 의해 처절하게 소멸된다.

> 10원은술값10원은팁. 그래도마유미가웅하지않거든 양돼지라고그래주고
> 그래도그만이면20원은그냥뜨는것이다부탁이다. 안해야 또한번전무귀에다대
> 이고 양돼지 그래라. 걷어차거든두말말고충계에서내리굴러라.

자본주의 체제에 대한 대결자세를 유지하는데 실패하면서 주인공이 '양돼지'의 숭배자가 되는 것처럼, 작품의 형식적 측면에서도 희극적 어조의 상실 현상이 표나게 드러난다. 식민지 시대 속에서도 이상은 근대 자본주의 체제의 궁극적 승리를 부정할 수 없었다. 자신의 '안해'가 품위와 우아함을 잃고 기녀에서 창녀로 바뀌는 비참한 현실을 직시하지 않을 수 없었다.

이번 호에 수록된 「매음굴에서의 한때」에서 김신용은 1948년 2월 14일 '공창 폐지법'이 발표된 이후 "특혜적이고 불철저한 토지개혁과 50년대의 미국의 잉여 농산물의 무분별한 도입으로 농촌 경제가 피폐화되었고, 60년대 이후, 차관에 의한 종속적 공업화 우선 정책으로 도시 부문과

농촌 부문 간의 불균등 발전이 심화되면서 농민층의 분해가 가속화되고, 이로 인해 도시로 유입된 이들 이동 인구들이 도시 제조업 부문의 노동력 수용량을 초과하여 그 유휴 노동력이 대규모 실업자군과 도시 빈민층을 형성시키고, 이러한 경제구조의 취약성에 의해 대거 배출된 빈곤층 여성들이 매춘 여성으로 유입되어 청량리 588, 역 주변, 기지촌 등에 집단적으로 거주하면서 포주와의 관계에 매인 매춘 행위를 하던" 창녀들을 서울역 앞 빈민굴 사창가였던 양동에서의 자신의 삶에 비추어보는 의미 있는 분석을 시작품들과 함께 제시한다. 그리고 김신용은 매춘의 현실을 결론적으로 다음과 같이 정리한다.

> 그리고 지금은 절대적 빈곤 때문에 피폐해진 고향을 떠나 무작정 상경을 하던, 그 전통적 매춘의 사회적 존재 양식도 바뀌었다. 그리고 상대적 빈곤 때문에 보다 쉽게 돈을 벌기 위해 향락 업소를 매개로 하여 호스티스.콜걸.요정.기생.면도사.안마사 등으로 변신하여 성을 파는 소위 '산업형 매춘이나 겸업 매춘'의 시대 또한 지나갔다.
> 지금은 여대생.여사무원.가정주부 할 것 없이 쾌락과 돈을 위해 '아르바이트'나 부업의 개념으로 성을 매매하는 시대가 된 것이다.

한국은 2001년 미국 국무부가 의회에 제출한 인신매매 보고서에서 최하위급인 3등급으로 기록된 나라이다. 여성부가 한국형사정책연구원에 의뢰해 2002년 한 해 동안 서울, 부산, 대구 등 대도시와 읍면 단위 소재 지역까지 모두 5403개 업소에서 면접조사를 했다. 2003년 2월 5일 발표된 '한국의 성매매 규모와 현황'은 김신용이 지적한 한국 성산업의 현재 모습을 고스란히 드러낸다. 『문학과 의식』의 특집인 「문학과 에로티시즘: 매춘」의 시의적절성을 지원해준다는 점에서, 그 이후 계속해서 조선일보와 중앙일보 등 언론 매체에 발표된 충격적인 사실들을 다음과 같이 종합한다. 이번 조사는 성매매 산업에 대한 정부의 첫 보고이며 민간단체를 통틀어서도 전국 규모의 첫 번째 실태 조사이다. 조사에 따르면 성을 사고파는 행위는 일상생활과 너무 가까이 있다. 흔히 보이는 룸살롱.단란주점.호프집.소주방.마사지업소.티켓 다방.이발소.노래방 등에서 쉽게 성 서비스에 접근할 수 있는 아주 독특한 나라임이 조사에서 확인됐다. 또 여관.출장 마사지.전단지 배포.직업소개소 등도 성매매의 고리였다. 성매매 경제 규모(화대)로 추산된 24조원은 2001년 국내총생산(GDP) 545조원의 4.4%에 해당하는 액수이며 같은 해 농임어업 분야 총생산(24조원)과 같고 건설업(44조원) 총생산의 55%에 달한다. 조사에서 일일 평균 성 구매자는 약 35만 8,000여명으로 추정됐다. 20−64세 남자 성인 인구의 20%(2002년 한 해 성구매 경험자)가 월평균 4.5회 정도의 성 서비스를 구매했다는 계산이다. 조사에 나타난 전업으로 종사하는 여성수 33만여명은 20-30대 여성 인구의 4.1%에 이른다. 젊은 여성 25명 가운데 한명이 매매춘 산업에 종사하는 꼴이다. 같은 연령대 취업인구의 8%이다. "우리 업소는 24시간 영업한다. 손님이 찾아오면 밥을 먹다가도, 잠을 자다가도 방으로 들어가야 한다. 손님이 없으면 2−3시간 정도 잘 수 있다."(진모씨.32.경기도 한 기지촌) 이번 여성부 조사에 따르면 윤락여성 하루 평균 수입은 15만원 안팎이다. 조사 대상이 된 매매춘산업 전업 여성은 관련 업소에 소속된 여성만 의미한다. 업소에 속해 있는 게 아니라 실태 조사 자체가 불가능할 만큼 점조직으로 운영되는 일명 '보도방' 등 윤락알선 조직을 통해 윤락을 하는 여성들은 조사에서 제외됐다. 일선 업소에서는 보통 '보도방'과 '소속'을 1대1 비율로 보고 있는데, '보도방' 인원까지 포함한다면 매매춘 산업 종사 여성은 최소한 50만 명을 넘어설 것이라고 여성부는 지적했다. 시장 규모로 환산했을 때에도 일상화한 성매매 추세는 뚜렷이 읽힌다. 사창가 등 이른바 '전통형 매매춘' 업소 2,938곳의 화대 규모(1조 8,318억원)는 전체 성매매 화대의 7.5%에 그친다. 종사 여성수 9,000명은 전체(32만 9,000명)의 2.7%다. 반면 룸살롱.단란주점 등 '산업형 매매춘' 업소에서의 화대 규모(16조 4966억원)는 전체의 68%이고 종사 여성수(24만 1,000명)는 73%에 이른다.

서울 강남의 룸살롱은 2−3년 전부터 대형.기업화 추세가 뚜렷해졌다. 40여개의 방에 200여명의 접대부를 둔 양재동의 A룸살롱은 매일 오후 4시쯤 룸살롱의 지분을 갖고 있는 '부장급'들이 회의를 하고, 오후 5시엔 마담들이 "어젯밤 몇 번 룸 손님들은 양주만 마시다 갔다," "아가씨들의 용모에 대해 투덜거리는 손님들이 많은데 조치를 취하라" 등 일반 회사의 조회와 다름없는 평가를 매일 벌인다. 룸 70여개를 가지고 있는 B룸살롱의 경우 마담.접대부.웨이터를 모두 합쳐 300−400명을 고용해 웬만한 중소기업 규모를 훌쩍 뛰어넘는 것으로 알려져 있다 강남에서 연 매출이 100억을 넘는 룸살롱도 적지 않다. 강남 역삼동의 C룸살롱 김모(36) 사장은"강남에서 남의 건물을 빌려 방 40개짜리 룸살롱으로 개조할 경우 투자비만 70억−80억원 가까이 든다"며 "10명이 분산 투자하더라도 1명이 7억−8억원씩 내야 하는 것"이라고 말했다. 2년 전부터는 인터넷 상에 룸살롱을 소개하고, 종업원 구인.구직을 알선하는 사이트도 10여 개 생겨났다. 이들 사이트에는 전국 1000여 곳의 룸살롱 간부.마담들이 자신의 얼굴 사진과 휴대전화 번호를 공개하는 등 적극적인 홍보에 나서고 있다. 목요일인 13일 오후 10시 서울 강남 A호텔의 유흥주점. 40대 남자 5명이 들이와 12년산(産) 양주와 맥주, 과일 안주를 시키고 접대부 5명을 앉혔다. 이들은 노래반주 연주자를 불러 1시간쯤 노래를 부른 뒤 술자리를 오전 1시쯤 끝냈다. 웨이터는 250만원이라는 숫자만 적힌 전표를 들고 왔다. 항목별 술값 내역을 요구하자, 20분쯤 뒤 전표 뒤에 다음과 같이 적어왔다. '양주 3병 60만원, 과일 등 안주 3개 30만원, 맥주 21병 21만원, 음료 30개 9만원, 세팅비(기본비용) 8만원, 밴드 12만원, 접대부 봉사료 5명 50만원, 2차 화대(2명) 50만원, 호텔비 10만원.' 룸살롱에서는 소매가격 4만-5만원대의 위스키는 20만원, 2000원대의 맥주는 1만원, 500−600원대의 음료수는 3000원이다. 웬만한 회사원의 한달 봉급을 넘는 이 술값은 일행 중 한 사람이 법인 카드로 계산했다. 경찰청에 따르면, 지난 95년 1만 2909곳이던 룸살롱은 주택가.학교 주변에 가리지 않고 침투해 매년 2000

여곳씩 늘었다. 2002년 말 한국의 룸살롱은 2만4048곳으로 7년 전에 비해 정확히 2배 증가했다. 이들 룸살롱을 배부르게 하는 것은 기업들의 '주인 없는' 법인카드이다. 현재 국내 기업들이 쓰는 접대비 규모는 매년 3조－3조5C00억원(96-2000년 국세청 신고 기준)으로, 세법상 접대비 한도를 넘는 비용까지 감안하면 4조-5조원 이상이 접대비로 쓰이는 것으로 추산된다.

2003년 2월 7일 여성부는 보고서의 내용을 토대로 관련 여성단체들과 함께 '한국의 성매매 규모와 현황'이란 정책 토론회를 한국형사정책연구원 주최로 개최했다. 그런데 여성단체연합 등 5개 여성단체들이 성명서를 내고 '실태 조사 전면 재검토'를 욕구했다. 일반인에게 성매매 전업 여성 33만명은 놀라운 숫자이다. 정확한 추산이 힘든 부정기적 종사자까지 합한다면 엄청날 것이다. 그런데도 여성단체들의 입장은 "종사 여성수는 최소 80만경"이라며 강경하다. 거센 반발을 받은 형정원과 여성부는 "33만명은 최소치"라며 조사의 한계와 오류를 일부 인정했다. 업주는 세금 등 이유로 매출을 실제의 절반 이하로 축소하게 마련이다. 공교롭게도 형정원의 조사 결과는 업주 측의 평소 주장과 비슷하게 나왔다는 게 여성계의 주장이다. 또한 피해여성 지원단체 '새움터'의 김현선 대표는 다른 발표 내용을 조목조목 반박했다. "저는 14년 동안 성매매 현장에서 살았습니다. 하지만 문닫은 업소는 한 번도 본 적이 없습니다. 경찰이 단속을 나와도 뒷문에서 손님을 받았습니다. 그런데 보고서는 사창가의 한해 영업 날짜를 3백30일로 하향조정했습니다." "성매매는 불법이다. 성매매 여성은 피해자고 포주는 조직 범죄자다. 하지만 사회의 인식은 그렇지 않다. 성매매 여성을 쉽게 돈 벌러 나온 여자로 생각한다. 룸살롱 언니가 정말로 아르바이트 대학생이라고 믿나? 그렇다면 남자들은 순진하거나 무책임한 거다. 성매매는 치밀하게 조직된 범죄다. 성매매가 판을 치는 건 처참한 실상이 제대로 알려지지 않았기 때문이다." "범죄 집단과 담당 공무원의 연결 고리를 먼저 끊어야 한다. 고리를 끊지 못하면 처벌은커녕 실태 파악도 힘들다. 포주의 협박도 협박이지만 공무원과의 마찰이 더 힘들다. 탈출해 성공한 언니들은 당장 갈 데고 할 일도 없다. 체계적인 지원과 대책이 절실하다. 다시 말하지만 성매매는 범죄이고 성매매 여성은 피해자다. 범죄자는 처벌하고 피해자는 보호해야 한다." 그러나 2000년 서울 미아리 텍사스촌 등지에서 '매매춘과의 전쟁'을 벌였던 김강자 경찰청 여성.청소년과장은 "매매춘이 산업형.기업형으로 바뀌는 추세"라며 "인터넷 등을 통해 한국의 매매춘은 더욱 생활 속으로 파고들고 있다"고 경고했다.

푸코에게서 다시 한 번 해결책의 실마리를 찾는다. "오래 전부터 군주의 권력을 상징하던 죽음에 대한 권리는 이제 육체의 관리와 삶에 대한 타산적인 경영 안으로 조심스럽게 편입된다."

> 생체통제권력(bio-pouvoir)의 이와 같은 발전이 가져온 또 하나의 결과는 규준(norme)의 작용이 법이라는 법률적 체계를 희생시키고 점점 더 중요해졌다는 점이다. 법은 무장하지 않을 수 없으며, 그것의 전형적인 무기는 죽음이다. 법을 위반하는 자에 대해 법은 적어도 최후의 수단으로 그 절대적인 위협을 사용한다. 법은 언제나 칼에 의거한다. 그러나 삶을 떠맡는 것이 임무인 권력은 지속적인 조절과 교정의 기제를 필요로 할 것이다. 주권의 영역에서 죽음을 작용하게 하는 것이 아니라, 살아 있는 사람을 값어치와 유용성의 영역 안에 배분하는 것이 문제된다. 이러한 권력은 살육의 광채 속에서 모습을 드러내기보다는 자격을 정하고 헤아려 보고 평가하고 등급을 두어야 한다.

성매매를 처벌해야 한다고 생각하여 매매춘과의 전쟁을 벌였던 김강자 종로경찰서장은 매춘을 법으로 척결할 수 없다는 사실을 깨닫는다. 푸코가 말한 것처럼, 생체통제권력으로서 근대의 권력은 법에 의해서가 아니라 값어치와 유용성의 영역 안에서 지속적인 조절과 교정의 기제로서 작용해야 한다는 것을 깨달았던 것이다. 자크 데리다는 보다 직설적으로 다음과 같이 설명한다. "이것이 경찰과 경찰이 있는 이유이다. (경찰은 결코 순수하게 육체적이지는 않지만) 난폭하고 차라리 '육체적으로' 억압적인 경찰이 있으며, 그리고 보다 더 '문화적'이거나 '영적'이며, 보다 더 점잖으며 보다 더 세련된 경찰이 있다." 매매춘과의 전쟁을 벌이던 김강자 종로경찰서장이 데리다가 말하는 첫 번째 유형의 경찰이었다면, 인터넷이나 산업형.기업형으로 바뀌는 매매춘의 형태를 인식하고 있는 김강자 경찰청 여성.청소년과장은 데리다가 말하는 두 번째 유형의 경찰이다. 법의 극한적 처벌 가능성이란 사고의 구획화의 한계를 넘어서는 인식의 전환을 보여준다. 첫 번째 유형의 경찰은 해체의 대상이 되어야 한다. "어떤 희생을 치르더라도 정화(淨化)하기를 소망하는 사람들보다 더 무서운 것은 없"기 때문이다. 척결함으로써 정화한다는 이상적 개념 구조는 현실적으로 실현 불가능한 꿈이기 때문이다.

데리다는 "발생할 가능성이 있는 경계선상의 사례, 주변적인 사건, 이례적인 것, 불순한 것, 기생적인 것을 통합하지 못한다면, 예를 들어 약속같이 '정상'이나 '표준'이라고 말해지는 이상적 개념 구조 속에서 그런 일탈적인 것이 어떻게 가능한지 설명하지 못한다면, 일반 이론이나 이상적 개념이란 형식 구조는 불충분하며 빈약하고 경험적일뿐이라고 말해질 수 있다"고 설명한다. 테러리즘이란 정면으로 대립하는 뚜렷하게 규정된 담론이 아니다. 따라서 미국이 테러리즘과의 전쟁에서 승리할 수 있을지 의문이며, 결코 완벽한 승리를 획득할 수는 없을 것이다. 그리하여 미국은 정면으로 대립하는 적이라고 규정될 수 있는 이라크를 전쟁의 상대로 결정하였다. 얼마의 기간이 필요할 것인지 논란의 여지가 있겠지만, 하여튼 전쟁 당사자인 이라크를 포함한 어느 누구도 짐작할 수 있듯이 미국이 전쟁에서 승리를 할 것이다. 그렇지만, 지난번 아버지 부시 대통령의 승리 이후에 논란이 있었던 것처럼, 이번 아들 부시 대통령의 승리 이후에도 승리의 정의, 즉 승리의 일반적 개념 구조에 관한 논란이 재연될 것이다. 미국은 이라크, 아니 어느 나라와의 전쟁에서도 완전한 승리를 획득할 수 없다. 왜냐하면 경계선상에 있으며 주변적이고 이례적이며 불순하고 기생적인 사례들이 발생할 가능성은 언제나 있으며, 어떤 전쟁에서도 이제 더이상 완전한 승리라는 이상적 개념 구조를 획득할 수 없기 때문이다. 여중생 사망 사건은 불행한 일이지만, 한국과 미국이 협력하여 어떤 조치를 취한다 하더라도, 미군이 한국에 주둔하는 한 또 다른 여중생이나 남중생이 사망하는 사건을 완벽하게 방지하는 이상적 체제를 확보할 수 없다. 미군이 없다면, 한국군이 있기 때문에, 국가가 존재하는 한 군대는 있어야 하기 때문에, 장갑차에 의해 또 다른 여중생이나 남중생이 사망하는 사건을 완벽하게 방지할 수 없다는 것이 사실이다. 북한 문제에 있어서도 완벽한 포용정책이나 완전한 보수주의는 실현이 불가능하다.

김강자 종로경찰서장이 깨달았던 것처럼, 매춘과의 전쟁에서도 완벽한 승리는 불가능하다. 매춘(賣春)은 성이 매매의 대상이라는 점을 제외한다면, 동물의 기본적 본능인 성관계를 국가가 관리하는 생체통제권력(bio-power)의 분야이기 때문이다. 어떤 법적 근거로 창녀들이 다시는 자신의 몸을 매도(賣渡)하지 못하도록 처벌할 수 있을까. 어떤 법적 근거로 손님들이 다시는 성을 매수(買收)하지 못하도록 할 수 있을까. 한국의 매매춘은 호주나 미국 등 서구 선진국에서 마리화나를 둘러싼 법적 고뇌와 유사한 상황에 처해 있다. 법적으로 아주 엄격하게 취급되는 한국의 경우와는 달리, 서구에서 마리화나의 사용 자체는 불법이 아니다. 매매(賣買)를 위해 마리화나를 소지(所持)하는 것만이 처벌의 대상이 된다. 매춘의 경우에는 상황이 더욱 미묘하다. 매매를 위해 자신의 몸을 소지하는 것을 처벌의 대상으로 삼을 수 없기 때문이다. 제3자가 매매를 목적으로 매매의 대상을 소지할 수 없기 때문이다. 매매춘과의 전쟁을 포기하자는 주장이 아니다. 테러리즘과의 전쟁을 포기하자는 주장도 아니며, 미국의 이라크 침공을 근본적으로 부정하려는 것도 아니며, 여중생 사망 사건의 재발 방지를 위한 조치를 취하지 말자는 주장도 아니다. 경계선상에 있으며 주변적이고 이례적이며 불순하고 기생적인 사례들이 발생할 가능성은 언제나 있기 때문에, 매매춘과의 전쟁에서 완전한 승리는 실현 불가능하다는 것을 확실히 인식해야 한다는 주장일 뿐이다. 창녀와 손님이 성을 매매(賣買)하지 않는다면, 다시 말해서 창녀가 손님에게 무상(無償)으로 성을 공여(供與)한다면, 어떤 법적 근거로 창녀와 손님을 처벌할 수 있을까. 창녀와 손님이 결혼을 약속하였지만, 정식 결혼의 시기까지 성매매 관계를 유지하기로 결정하였다면 어떤 법적 근거로 누구를 처벌할 수 있을까.

1995년 아카데미 남우주연상을 수상하였던 니콜라스 케이지(Nicolas Cage)의 명연기가 돋보인 영화, 『라스베가스를 떠나며(*Leaving Las Vegas*)』가 생각난다. 죽을 때까지 술을 먹기로 작정한 알콜중독자 벤(Ben)은 라스베가스 길거리의 창녀인 세라(Sera)에게 1시간의 사용료로 500달러를 지급하지만 성관계를 요구하지는 않는다. 죽을 때까지 술을 먹기로 작정한 벤을 간섭하지 않는 세라의 사랑은 일반적인 부부관계와 비교하더라도 역설적으로 아름답다. 세라는 무조건적인 사랑에서 생사의 한계를 뛰어넘는 자유를 발견하고 라스베가스를 떠날 용기를 얻는다. 1991년 골든 글로브(Golden Glove) 여우주연상을 수상하였던 줄리아 로버츠(Julia Roberts) 주연의 영화, 『프리티 우먼(*Pretty Woman*)』이 생각난다. 줄리아 로버츠는 창녀(hooker)였다. 자유로운 의사에 반하여 자신의 몸을 사용해야 한다면 돈을 받아야 한다고 믿는 창녀의 직업윤리에 투철하다. 리처드 기어(Richard Gere)가 할리우드 대로에서 길거리의 창녀에게 호텔로 가는 길을 묻는다. 5달러를 준다면 길을 가르쳐 주겠다고 대답한다. 10달러를 준다면 그곳까지 안내하여 줄 것이다. 사랑에 빠진 줄리아 로버츠에게 동료 창녀가 질문한다. "네가 누구라고 생각해? 망할 놈의 신데렐라(Cinde-fucking-rella)?" 창녀의 성공담인데도 불구하고, 『프리티 우먼』은 순수한 사랑 이야기에 있어서 현대의 대표적인 영화이다. 본 호에 수록된 「우주적 깨달음으로의 성교」에서 이기와 시인은 '일회용 위안부'였던 자신의 자전적 이야기를 용기 있고 아름답게 서술하였다. 이기와 시인의 글을 읽으면서 매춘 한국의 문제점을 생각한 것이 아니라, 엉뚱하게도 여성적 성의 아름다움을 부러워하기 시작하였다. 그러다가 다음과 같은 고대 그리스 최고의 예언자 티레시어스(Tiersias)의 눈먼 사연을 생각하였다.

교접하는 두 마리의 뱀을 보다가 암놈에게 상처를 입혔더니 티레시어스가 여성으로 변했다. 7년이 지난 뒤 똑같은 뱀 두 마리가 교접하는 것을 보고 숫놈에게 상처를 입혔더니 남성으로 되돌아 왔다. 제우스와 헤라가 남자과 여자 중 누가 성(性)을 더 즐기는지 논쟁을 벌이다가, 양쪽의 경험을 한 티레시어스에게 의견을 묻는다. 티레시어스는 다음과 같이 대답한다. "남자가 10분의 1을 즐긴다면, 여자는 10분의 10 전부를 마음껏 즐기지요." 헤라가 티레시어스의 눈을 멀게 하였고, 제우스가 티레시어스에게 신탁을 말하는 권리를 주었다.

성의 용기 있는 아름다움을 깨닫는 과정 속에서 매춘 한국의 문제점에 대한 전술적 생산성과 전략적 통합의 해결책을 이기와 시인이 제시한다는 생각이 들었기 때문이었다.

5.
反詩論의 반시론

1. 죽음의 일상화.

"시는 죽은 것인가, 죽인 것인가." 비극적으로 질문하는 자를 조심하라. '죽음'을 둘러싼 환상을 이용하려는 의도가 숨어 있다. 이별을 습관적으로 언급하는 자를 조심하라. '이별'을 둘러싼 감상적 기분을 이용하려는 의도가 숨어 있다. 감상에 용감할 필요가 있다. 이 바람둥이야, 갈테면 가라. 이런 배짱이 있어야 한다. 그래야 진정한 사랑을 발견하는 눈이 생긴다. 이별에 용감할 필요가 있다. 하지만 죽음에 용감하기는 쉽지 않다. 사람의 죽음도 슬프고, 애완동물의 죽음도 슬프지만, 시의 죽음도 슬프다. 보르헤스가 말했던가. 돌은 계속 돌이려고 하고, 사람은 계속 사람이려 한다. 그래도 죽음에 용감해야 한다. 죽음에 용감한 방법은 감상에 용감한 방법이나 이별에 용감한 방법과 같다. 두려워하지 말고 만나라. "시는 죽은 것인가, 죽인 것인가." 비극이 아니다. 매일 만나는 일상이다. 상업적 죽음의 경우에도 마찬가지다. 왜 안 팔리는가. 오늘 팔린다고, 내일 팔리는 건 아니다. 오늘 팔리면, 생명이고, 오늘 안 팔리면, 죽음이다. 비극이 아니다. 매일 만나는 일상이다. 인간은 죽는다. 시인은 인간이다. 따라서 시인도 죽는다. 무슨 새삼스러운 질문인가. "시는 죽은 것인가, 죽인 것인가.” 질문하지 않는 시인이나 질문하지 않는 시를 경계하라. 어쩌다 만나는 비극이 아니다. 연극의 무대에서, 희귀한 사건에서 만나는 비극이 아니다. 매일 만나는 일상이다.

2. 훈장(勳章)처럼.

배가 부르면, 배고픈 때를 잊는다. 천상병은 「편지」에서 말했다. 배부르면, 배고픈 때를 잊을까. 노심초사한 시인, 천상병. 그는 가난을 훈장처럼 달고 살았다. “배부른 내가/ 그걸 잊을까 걱정이 되어서// 나는 자네한테 편지를 쓴다네.” 배고픈 때를 잊는 연약한 육신으로부터 배고픔의 정신을 지키기 위해서, 그는 전문적 ‘걸인’이었다. “시는 죽은 것인가, 죽인 것인가.” 이 질문을 잊을까, 노심초사하자. 시인이면, 이렇게 노심초사해야 한다. 배고프면, 어쩌겠는가. 밥을 먹어야지. 먹으면서, 잊지 말자, 배고픈 때를. 돌은 계속 돌이려 하고, 사람은 계속 사람이려 한다. “나는 사라진다/ 저 광활한 우주 속으로.” 朴正萬. 그는 죽음을 훈장처럼 소주에 타서 마셨다.

3. 反詩論의 반시론.

김수영은 복잡하다. 그는 ‘죽음’이 조금씩 무디어지는 일상을 본다. 일상의 위험을 안다.

> 빨리 죽는 게 좋은데 이렇게 살고 있다. 나이를 먹으면 주접이 붙는다. 분별이란 것이 그것이다. 몸을 아끼며 먹는다.…… 나이가 먹으면서 거지가 안 된다는 것은 생활이 안정되어가고 있다는 말이다. 불안을 느끼지 않는다. 그리고 불안을 느끼지 않는 눈으로 세상을 바라보고 남을 판단한다. 하다못해 술친구까지도 자기하고 생활 정도가 비슷한 사이를 좋아하게 된다.

「反詩論」의 시작 부분이다. 거창한 제목의 시론을 이렇게 시작한다. 그에 비하면 나의 시작에는 너무 힘이 들어갔다. 아니 아직 자신이 없다. 아니 아직 눈치를 본다. 눈치를 보지 말아야지 하면서 눈치를 보면서 쓴다. '죽음'이니, '비극'이니, '가난'이니, '훈장'이니 온갖 섹시한 단어는 다 동원했다. 그런 나에게 김수영은 약이다. '반시론'의 주장은 '나이를 먹으면 주접이 붙는다'는 것이다. 나이와 함께 찾아온, 생활의 안정과 함께 찾아온, '주접'과 '분별'의 때를 씻는 작업이다. 요즈음 목욕탕에 간다. 아파트에 살기 때문에, 집에 욕조가 있다. 그래서 목욕탕에 가는 사람을 이해하지 못했다. 그런데 요즈음 거의 매일 목욕탕에 간다. '때'를 씻기 위해서다. 사우나에 들어가서 '불안'의 때를 붙이기 위해서다. 사우나에 들어가는 것은 나오기 위해서다. 사우나, 아주 높은 온도, '불안'이 지배하는 사우나, 숨이 막히는 사우나, 하시라도 나갈 준비를 해야 하는 사우나. 至日이면, 무언가 멈추면, 주접과 분별의 브레이크를 만나면, 불안을 놓치면, 김수영은 "지일에는 겨울이면 죽을 쑤어 먹듯이 술을 마시고, 계집을 산다. 아니면 어머니가 계신 농장으로 나간다." 나는 사우나에 간다. 나에게는 거의 매일이 至日이기 때문이다. 그래서 나는 어쩌다 至日이었던 김수영을 읽는다.

> 계집을 정복하고 나오는 새벽의 부푼 기분은 세상에 무엇 하나 부러울 것 없다…… 이럴 때 등교길에 나온 여학생 아이들을 만나면 부끄러울 것 같지만, 천만에! 오히려 이런 때가 그들을 가장 있는 그대로 순결하게 바라볼 수 있는 순간이다. 격의없이 애정으로 바라볼 수 있는 순간. 때묻지 않은 순간. 가식 없는 순간.

사우나를 하고 나오는 대낮의 공기는 새의 지저귐과 얽힌다…… 깨끗한 '反詩論'의 지저분한 '반시론'을 쓴다. 나에게는 "때 묻지 않은 순간"이 없다. 나에게는 불안의 '때'만 남았다.

더 큰 싸움. 더 큰 싸움. 더, 더, 더 큰 싸움…… 반시론의 반어

4. 죽음과 사랑, 그리고 시의 새로움.

"시는 죽은 것인가, 죽인 것인가." 어깨에 힘 들이지 않고 月評의 한 구석에 써 놓았다.

> 모든 시는—마르크스주의의 시가지도 합쳐서—어떻게 자기나름으로 죽음
> 을 완수했느냐의 문제를 검토하는 방법이라고 해도 과언이 아니다. 그리고 모
> 든 詩論은 이 죽음의 고개를 넘어가는 모습과 행방과 그 행방의 거리에 대한
> 해석과 측정의 의견에 지나지 않는다. 죽음과 사랑을 對極에 놓고 詩의 새로움
> 이라는 것을 생각해볼 때 시라는 것이 얼마만큼 새로운 것이고 얼마큼 낡은
> 것인가의 본질적인 黙契를 알 수 있다.

김수영의 이 말에 대해 "너무나 정통파적이고 고루하다고 반박할 사람이
있을지 모른다." 그러나 그의 "갈망은 훨씬 미래의 편에 서 있다." 시의
죽음은 비극이다. 모든 죽음이 비극인 것처럼. 돌은 계속 돌이려 하고, 사
람은 계속 사람이려 한다. 이것을 어떻게 피할 수 있겠는가. 그리하여, 비
극은 일상화되지 않는다. 비극은 일상 속에 툭 불거져 나와 있고, 시도 마
찬가지이다. 아, 일상 속에 빠져서 시를 생각하면 눈물이 난다. 지옥의 불
길 속에서 한 방울의 시원한 생수를 생각하면 눈물이 나는 것처럼. 따라서
시의 죽음은 매일 만나는 비극이면서도, 어쩌다 만나는 비극이다. 죽음과
사랑의 단어는 "너무나 정통파적이고 고루하다." '비극'이란 단어도 '사
랑'만큼 너무 고루하다. 그러나 낡아도 좋은 걸 어떻게 하는가. 그래도 눈
은 '미래'를 보고 있다. 1967년 10월의 글. 1997년 12월의 글. 시의 죽음
에 대한 논의는 김수영의 설명처럼, 시의 새로움에 대한 논의다. 그러나
낡아도 좋은 사랑이 있다. 따라서 시의 죽음을 소리치지 마라. 죽음은 사
랑을 전제로 한다. 사랑이 없는 죽음은 언급할 필요가 없다. 돌의 죽음은

비극이 아니다. 사랑이 있는 죽음만이 비극이다. 시의 죽음에 대한 논의는 시의 새로움에 대한 갈망이다. 그러나 새로움 속에는 낡음이 있다. 죽음은 낡아도 좋은 사랑을 품고 있는 새로움이다. 죽음과 사랑을 '대극'에 놓고 시의 새로움을 생각해야 한다. 그리고 이러한 논의는 얼마나 본질적인지, 얼마나 낡은 것인지, 말할 필요도 없으리라. 오늘 아침 시의 죽음을 발견한 것처럼 소리치지 마라, 이 애송이들아.

5. 시장의 논리.

테리 이글톤은 『포스트모더니즘의 환상』(1997년)에서 이 문제를 시장의 논리와 연결 짓는다.

> 시장의 논리는 쾌락과 다수의 논리이며, 단명함과 단절됨의 논리이며, 탈중심화된 거대한 욕망의 네트워크이며, 개인은 그저 스쳐 지나가는 효과일 뿐이다. 그러나 이러한 무정부상태의 가능성을 억제하기 위해서는 강력한 기반과 견고한 정치적 틀이 요구된다. 시장의 힘이 모든 안정을 전복하려고 위협하면 할수록, 안간 힘을 다해 전통적 가치관의 필요성을 주장하게 될 것이다. 라디오의 상업화를 지지하는 영국의 정치가들이 운율에 맞지 않는 시를 보고 경악해 하는 것은 이상한 일이 아니다. 그러나 이러한 체제가 자신을 정당화하기 위해서 형이상학적 가치관에 호소하면 할수록, 가치관을 합리화하고 세속화하는 행위들이 가치관이 공허하다는 점을 드러내려고 위협한다. 사회제도는 형이상학적 가치관을 포기할 수도 없고, 그것에 적절하게 순응할 수도 없다. 게다가 이러한 가치관은 자기파괴의 가능성을 언제나 갖고 있다.

출판도 시장이다. 그러므로 시의 발표도 시장의 논리에 따른다. 시의 창작은 아직 시장의 논리에 속하지 않는다. 아니다. 시의 창작도 시장의 논리에 소속시키는 시인들이 많다. 그들을 잊어버리자. 오늘 요란하지만, 내일도 요란할 것인지. 딸깍발이처럼 수염을 내리 쓰다듬으며 기다리자.

기다리다 죽자. 테리 이글톤의 말에 의하면, 우리의 시대에, 시의 죽음이 요란한 이유는 시장의 논리 때문이다. 시장은 스쳐 지나가는 욕망의 네트워크다. 무정부상태다. 사회의 전복이다. 사회의 기본 구성 원리인 시장은 자신의 전복을 목표로 한다. 시장에서 욕망은 스쳐 지나간다. 시장에서 개인은 없다. 이미 죽어 있다. 시장은 끊임없이 사회의 전복을 꿈꾼다. 시장에는 '죽음'만 있다. '죽음'으로 살 수는 없다. 그래서 낡은 가치관을 버릴 수 없다. 이미 너무 낡아 너덜거리는 가치관을 안 볼 수도 없는 노릇이다. "시는 죽은 것인가, 죽인 것인가." 아니다. "인간은 죽은 것인가, 죽인 것인가." 인간은 이미 거의 다 죽어 있는데, 우리가 붙들고 있다, 시장 속에서. 그렇다고, 놓아버릴 수 없다. 돌은 계속 돌리려 하고, 사람은 계속 사람이려 한다. 죽음이 그렇게 쉬운 작업은 아니다. 놓아버리기 위해, 고승들은 수십 년 고행을 한다. 그들은 살아 있지도, 죽어 있지도 않다. 아, 시는 죽은 것인가.

6. 시인의 행복.

"문학의 문학성은 시를 고정시키거나 응고시키며 메타포를 표상하는 대리보충적인 부속물일 따름이다." 데리다의 그라마톨로지. 시의 죽음이란 외침에서 대부분의 경우, 시는 시의 문학성을 의미한다. 문학은 관습(convention)이다. 문학을 문학으로 이해하기 위해서는 훈련이 필요하다. 따라서 문학성의 죽음이란 관점에서, 시의 죽음은, 도대체 시를 왜 써야 하는지에 대한 끊임없는 반성이다. 反詩에 대한 투철한 인식이 詩를 성립시킨다. 시의 죽음 또는 죽임에 대한 김수영의 대답은 끊임없는 反詩다. 이러한 메타성, 자기반성이 모든 좋은 문학의 특징이다. 자신을 정의하고, 그 정의를 잊어버리고, 정의를 기억하면서 동시에 잊어버리면서, 김수영은 경험 속에 몰입한다.

나는 농부가 아니다. 그렇기 때문에 부삽질을 한다. 진짜 농부는 부삽질을 하는 게 아니다. 그는 자기의 노동을 모르고 있다. 내가 나의 시를 모르듯이 그는 그의 노동을 모르고 있을 것이다.

시를 쓰는 자신을 보고 있는 시인은 불행하다. 그에게는 비극의 기쁨이 존재하지 않는다. 시를 잊어라. 그저 쓰자. 시의 죽음은 비극이다. 그러나 시의 죽음을 살면, 그것은 시인의 행복이다.

7. 반소설과 아방가르드의 경우.

이제는 세계의 고전이 된 『마담 보바리』에 대해 공꾸르(Goncourt)가 말한다. "어느 때보다도 많은 소설이 팔리고 있지만, 나는 소설이 전부 다 사용된, 죽어가는 장르라고 믿는다. 그것은 자신이 해야 하는 이야기를 전부 다 했다. 모험과 감상에만 관계하는 '로마네스크'를 죽여버리고, 그것을 거의 사건이 일어나지 않는 일종의 자서전, 회고록으로 대체하기 위해 내가 할 수 있는 일은 다 했다." 플로베르가 대답한다. "이야기, 소설의 플롯에 대해서, 나는 아무 관심이 없습니다." 이때가 1860년대. 사르트르가 정리한다. "반소설들은 일반 소설의 모양과 윤곽을 유지한다.…… 그러나 반소설들은 소설의 장르를 보다 효과적으로 훼손시키기 위해서 그렇게 하는 것이다. 반소설들은 소설들을 소설의 용어를 사용하면서 해체하기 시작한다. 소설을 건설하는 척하면서, 반소설들은 우리의 눈앞에서 소설을 파괴시키고 있는 것이다." 반시론을 처음 본 것처럼 놀라는 자가 아직도 있는가. 시의 죽음을 오늘 아침 발견한 것처럼 호들갑을 떠는 시인이나 평론가가 아직도 있는가.

또한, 19세기말 아방가르드의 실패가 있다. 체제 전복의 환상이 있었다. 그러나 그들은 대상의 선정에서 실패했다. 근대의 미래가 아닌 중세의 전통에 저항했다. 중세의 관습은 그때 이미 거의 죽어있었다. 저항 능력이 없는 손쉬운 대상에 대한 비겁한 공격이었을 따름이다. 그리하여 성공이 실패가 된다. 아방가르드의 문인들은 문학과 예술의 죽음을 소리 높이 외치면서, 세계대전을 유발한 근대를 거부한다고 소리 높이 외치면서, 중세적 관습만을 공격했다. 그들은 근대의 문명을 찬양했다. 초현실주의자들을 보라, 미래파를 보라, 그들은 자신들이 소리 높이 비난한 근대의 총아가 되었다. 그들의 성공은 실패다. 그들의 공격이 헛손질이었음을 보여 준다.

8. 사랑을 한다면, 죽음을 사랑할 수 밖에 없다.

근대 자본주의에 대한 공격은 그 자체 아무런 의미가 없다. "시는 죽은 것인가, 죽인 것인가." 외치면서, 근대를 피하는 한 무리. 형이상학의 거부, 논리와 이성의 거부, 자연과의 합일, 단순 소박한 생활, 분석의 포기, 이 모든 것이 지향하는 곳은 어디인가. 고대 원시의 생활이다. 인류의 역사는 고대 원시인의 고난을 벗어나고자 하는 피나는 노력이다. 고대에서 시작하여 중세, 근대를 거치면서 이어온 인류 역사의 발자취에는 수많은 피와 땀이 있다.

"시는 죽은 것인가, 죽인 것인가" 소리치면서 피할 수 있는 또 하나의 장소. 중세의 전통. 신은 상징이다. 신이 없으면, 상징도 없다 근대 서구 형이상학과 문학의 핵심 논리. 서구 문화의 주변국인 한국에 오면, 임이 신을 대신한다. 이때 시의 죽음을 외치는 목소리는 애도의 어조를 띤다.

우리가 어떻게 죽음을 벗어날 수 있을까. 사랑을 하면서, 죽음을 생각하지 않을 수 있을까. 사랑과 죽음의 긴장 속에서 어떻게 매번 새로운 시를 쓰려고 노력하지 않을 수 있을까. 근대의 문명 속에서 근대의 논리를 부정하는 작업은, 누군가가 말했던 것처럼, 마치 나무가지 위에 앉아, 그 나무가지를 톱으로 써는 꼴이겠지만, 사랑을 한다면, 죽음을 사랑할 수밖에 없다.

6.
어떤 몸인가: 몸담론/몸시론의 전망

1.

몸에 대해 말해야 한다, 그것도 공개적으로. 이 문장은 미셸 푸코의 『성의 역사 제1권: 앎의 의지』의 한 구절을 패러디한 것이다. 푸코는 "성에 대해 말해야 한다, 그것도 공개적으로"라는 표현으로 성담론이 본질적으로 부르주아 계급의 주도권 확립을 위한 기술체계의 일부였다는 점을 지적한다. 자본주의가 발전하면서 군주의 권력을 상징하던 죽음에 대한 권리가 대학, 중등학교, 병영, 일터 등 "육체의 관리와 삶에 대한 타산적인 경영 안으로 조심스럽게 편입된다". 이러한 "생물학적 근대성의 문지방"이라고 부를 수 있는 시기가 되면서, "권력은 죽음에 의해 최종적으로 공략당하는 권리의 주체만이 아니라 살아 있는 존재를 다루게" 된다. 따라서 근대적 정치의 의미가 아리스토텔레스의 고대적 정치와 구별된다.

> 수천 년 동안 인간은 아리스토텔레스의 눈에 비친 그대로의 존재, 곧 살아 있고 부수적으로 정치적 삶을 영위할 수 있는 동물이어 왔으나, 근대인은 살아 있는 존재로서의 그의 생존 자체가 문제되는 정치 안의 동물이다.

푸코의 성담론을 참고하는 이유는 근대가 "생체통제권력"의 시대, 즉 몸 담론이 권력과 역사의 핵심 내용이기 때문만은 아니다. 우리의 몸에 관한 논의, 몸담론이나 몸시론이 어떤 전망을 갖고 있는가 질문하지 않을 수 없기 때문이다.

2.

어떤 몸인가. 롤랑 바르트는 「복수의 몸」을 제시하면서 논의를 어렵게 만든다.

> "어떤 몸인가? 우리는 여러 개를 갖고 있다." 나는 소화시키는 몸을 갖고 있다. 나는 구역질나는 몸, 편두통이 있는 세 번째의 몸 등을 갖고 있다. 관능적이며, (필경사의 손가락근육경련으로) 근육적이며, 기질적이며, 특히 감정적이다. 어떤 것도 자명한 종류는 아니지만 감동받고, 자극받고, 낙담하거나, 고조되거나 겁을 먹는다. 더욱이, 나는 사회화된 몸, 신화적인 몸, (일본 의상을 입은 몸 같은) 인공적인 몸, 그리고 (배우의) 매춘하는 몸에 의해 매혹될 정도로 현혹된다. 게다가 (문학적이며, 글로 쓰여진) 공적인 몸을 넘어서서 (민감하며, 피곤한) 파리의 몸과 (휴식하며, 무거운) 시골의 몸 등 두 장소의 몸을 갖고 있다고 말할 수 있을 지도 모른다.

말장난이 아니다. 몸이 하나의 의미로 환원되지 않는다는 설득력 있는 담론이다. 우리는 어떤 몸을 이야기하고 있는가. "구역질나는 몸"에 대한 질문에 "편두통이 있는" 몸의 개념으로 대답하고 있는 것은 아닌가.

3.

푸코나 바르트의 경우와 달리, 한국문학의 담론에서는, 그것이 몸이든,

정신이든, 산이든, 바다든, 소재주의의 차원을 벗어나는 경우가 드물다. 김현의 평론이 통렬하게 지적하였던 "새것 콤플렉스"를 벗어나지 못하여 한국문학은 아직도 혼미를 거듭하고 있다.

> 외국에서는, 그 사회의 한 병폐로서 혹은 자연적인 현상으로서 드러나는 풍속이, 한국사회에서는 그것만이 옳다는 식으로 무조건 수입된다. 새로운 이념을 한국사회의 자연적인 형성 과정에서 유출하여 논리화시켜 한국 사회의 상징적 기호로 만드는 어려운 노력은 모두 포기한 채, 선험적인 이념만이 주어진다. 그것은 한국사회를 샤머니즘화 시키는데 공헌한다. 논리적으로 사고하는 방법을 배우는 대신에, 외국에서 논리적 사고의 결과로 얻어진 성과가 한국에 급속히 이식되어, 믿느냐 안 믿느냐의 양자택일을 강요한다.

한국사회에 뿌리내린, 즉 한국화 된 평론가의 담론이나 시인의 시론이 요구된다. 그렇다고, 시인이 모두 시론을 써야 한다는 주장은 아니다. 시인이 쓰는 시는 의도적 작업의 산물이 아니다. 시론을 쓰지 않는 시인이 시론을 쓰는 시인보다 한국사회에 더 뿌리내린 담론을 만들어낼 수도 있다. 시인에게 많은 학문을 요구하는 것이 아니다. T. S. 엘리엇은 "셰익스피어는 대부분의 사람들이 대영박물관 전체에서 얻어낼 수 있는 것보다 더 많은 역사의 정수를 플루타크[위인전]로부터 얻을 수 있었다"고 지적하고 있다. 단지, 브레히트와 함께 「시인이여 이성을 두려워말라」고 권고하고 싶은 것이다.

> 몇몇 특히 시를 갓 쓰기 시작한 시인들은 그들이 정서에 젖어 무엇인가를 느끼려 할 때 이성적으로 생겨난 것이 이 정서를 망쳐 버릴지도 모른다는 걱정을 하는 것 같다. 이와 같은 태도에 대해 내가 말하고 싶은 것은 바로 이러한 걱정이야말로 정말 어리석은 걱정이라는 점이며 위대한 시인들이 어떻게 작품을 만들어 내는가를 안다면 이러한 걱정은 하지 않게 될 것이다. 이들은 시를 쓸 때 사려 깊고, 명증한 사색을 멀리하지 않으며 또한 이로 인해 이들 시인들의 창작이 방해받을 정도로 이들이 갖고 있는 정서가 피상적이고, 불안정하

며, 쉽게 사라지고 마는 정서가 결코 아니다.

4.

시인의 시는 체질적이다. 독수리 시인이 사슴의 시나 악어의 시를 쓸 수는 없다. 포스트모던 시대에도 중세의 시가 쓰여진다. 성 베네딕도회 수녀 이해인의 시 「나팔꽃」(전문)은 근대의 언어로 중세의 정서를 표현한다.

> 햇살에 눈뜨는 나팔꽃처럼/ 나의 생애는/ 당신을 향해 열린/ 아침입니다// 신선한 뜨락에 피워 올린/ 한 송이 소망 끝에/ 내 안에서 종을 치는/ 하나의 큰 이름은/ 언제나 당신입니다// 順明보다 원망을 드린/ 부끄러운 세월 앞에/ 해를 안고 익은 사랑// 때가 되면 추억도 버리고 떠날/ 나는 한 송이 나팔꽃입니다

나와 '나팔꽃'이 동일시되고 있지만, 그 대신 '도라지꽃'이나 '촛불'로 치환되어도 상징체계에 문제가 발생하지 않는다. 보편적 원칙 앞에서 시인의 사고는 자랑스럽게 '잠든다'. 그러나 호이징가에 의하면 "신에 의해 요구된 거대한 인과 관계의 건물이 하나의 공동묘지에 불과하게" 되어버리면서, 상징체계의 풍성했던 의미가 사라지고 "하나의 정신적 유희"로 전락하였던 것이 『중세의 가을』의 사정이었다.

나팔꽃의 '몸'이나 나의 '몸'에 대한 고려가 전혀 없다. 이런 종류의 몸시, 몸시론이나 몸담론이 현재 쓰여지고 있다. 체질적으로 써야 한다는 사실을 부인하려는 것이 아니다. '정신적 유희'로 전락해버린 상징체계가 한국문학의 유일한 대안인 것처럼 오도하지 말고, 또한 오독하지 않도록 조심해야 한다는 것이다.

5.

마샬 버만은 『현대성의 경험』의 제4장 「페테스부르그: 저개발의 모더니즘」에서 경제적.사회적.기술적 근대화의 과정이 아직 자립적이지 못한 후진국의 모더니즘 문학은 신기루나 꿈을 기반으로 하는 환상적인 특성을 띤다고 설명한다. "혼자 힘으로는 역사를 만들 수 없다는 무능함으로 인해 자신을 고발하고 괴롭히거나 또한 역사라는 부담 전체를 스스로 짊어지기 위한 엄청난 시도에 몰두"하기 때문에 "자기 세계 속에서 훨씬 더 편안한 서구 모더니즘이 거의 따라올 수 없는 절망적인 백열(白熱)을 고취한다"는 것이다. 러시아 근대문학의 매력이다. 도스토예프스키의 『까라마조프가의 형제들』이 1880년 쓰여졌지만, 핵심인물이며 러시아 수도원의 맨 마지막 장로인 조시마의 사상은 중세적 종교 국가의 건립이다. "지금은 아직도 이교적 단체와도 다름없는 이 사회를 전세계에 군림하는 단일 교회로 변모시키려고 여전히 확고한 신념을" 지니고 있었다. 조시마 장로의 시신이 부패하는 냄새로 인한 수도원 내부의 혼란은 중세적 기독교 사회의 붕괴를 의미한다.

> "나는 하느님께 반역을 일으킨 게 아니야, '하느님의 세계를 인정하지 않는다'는 것뿐이지." 알료사는 갑자기 입가에 일그러진 미소를 지었다.

하느님의 세계와 영혼이 합치되는 환희의 경험은 알료사가 "혼자 힘으로" 쓰는 종교개혁의 역사이며, 드미트리의 "내부에 다른 새로운 인간을 부활시키려"는 노력은 계몽철학의 "역사라는 부담 전체를 스스로 짊어지기 위한 엄청난 시도"인 것이다. 포스트모던 시대에도 여전히 의미가 있기 때문에 도스토예프스키의 문학이 위대한 것이겠지만, 현재 검토되고 있는 종교개혁과 계몽철학의 소설적 상황과 작품이 쓰여진 19세기말의 시대적 괴리는 엄청나다.

도스토예프스키가 시대적 격차에도 불구하고 외래사상의 육화(肉化)에 성공하고 있는 반면, 한국 근대문학의 상황은 암울하다. 이광수의 자유연애론은 중세 봉건적 인간관을 극복하려는 근대적 담론으로 당대 사회에서 큰 반응이 있었다. 그러나 담론이 육화되지 못하고 시론(詩論)이 되지 못하였다는 것이 한국문학의 비극이다.

> "미안하오나 당신이야말로 이런 사회 조직을 어째 급속도로 역행하시는 것 같습니다. 정조라는 것은 1대1 확립에 있습니다. 약탈결혼이 지금도 있는 줄 아십니까?'
> "육체에 대한 남자의 권한에서의 질투는 무슨 걸레쪼각 같은 교양 나부랭이가 아니다. 본능이다. 너는 이 본능을 무시하거나 그 치기만만한 교양의 장갑(掌匣)으로 정리하거나 하는 재주가 통용될 줄 아느냐?"
> "그럼 저도 평등하고 온순하게 당신의 정의하시는 '본능'에 의해서 당신의 과실을 질투하겠습니다. 자ㅡ우리 숫자로 따져 보실까요?"
> 평ㅡ여기서부터는 내 교재에는 없다.

이상의 소설, 「동해(童骸)」의 끝부분이다. "신기루나 꿈" 같은 이광수의 자유연애론이라는 '몸담론'이 문학작품 속에서 '몸시론'으로 육화되지 못하고 있다는 인식의 고백이다. 이상의 "내 교재에는 없다"는 절망감이 김현의 "새것 컴플렉스"와 직접 연결된다. 요컨대, 이상 문학에서 본격적으로 시작된 근대문학의 한국 뿌리내리기가 아직까지도 성공적으로 완수되지 못하고 있다는 것이다.

6.

부모와 자식, 부부나 형제로 구성된 가족관계는 몸으로 이어진다. 몸은 근대적 삶의 기본 항이다. 황지우의 『어느 날 나는 흐린 酒店에 앉아 있을 거다』에서 대표적 이미지는 몸이다.

아침에 일어나면 먼저, 어머님 문부터 열어본다./ 어렸을 적에도 눈뜨자마자/ 엄니 코에 귀를 대보고 안도하곤 했었지만,/ 살았는지 죽었는지 아침마다 살며시 열어보는 문;/ 이 조마조마한 문지방에서/ 사랑은 도대체 어디까지 필사적인가?/ 당신은 똥싼 옷을 서랍장에 숨겨놓고/ 자신에서 아직 떠나지 않고 있는/ 생을 부끄러워하고 계셨다./ 나를 이 세상에 밀어놓은 당신의 밑을/ 샤워기로 뿌려 씻긴 다음/ 흐트러진 머리카락을 빗겨드리니까/ 웬 꼬마 계집아이가 콧물 흘리며/ 얌전하게 보료 위에 앉아 계신다./ 그 가벼움에 대해선 우리 말하지 말자.

— 「안부 1」(전문)

옷에다 똥을 쌀 정도로 너무 늙어버린 어머니의 가벼워진 몸이 직접 언급된다. 너무 감정적이다. 그러나 "2미터만 걸어가면 가스 밸브가 있고/3미터만 걸어가도 15층 베란다가 있다"고 끊임없이 "삶이 담긴 연약한 膜"(「거울에 비친 괘종시계」)을 느끼는 시인의 중심 주제와 연관된다. 자신이 「비닐 봉지 속의 금붕어」 같다고 시인은 항상 느낀다/생각한다.

　　제 시의 감정의 수준이라는 게, 이게 너무나 잘 알려져 있고 공감하고 있듯
　　이, 그게…… 말하자면 센티멘털리즘인 것 같아요.

센티멘털리즘, 감상주의는 경멸의 언어다. 따라서 자신의 시세계를 설명하는 용어로 감상주의를 선택한 것이 다소 충격적이다. 일반적으로 과다한 감정의 탐익에 적용된다. 감상적인지 여부의 판단이 문화와 개인에 따라 상대적이지만, 진부하고 상투적인 표현이 사용된다. 황지우는 자신의 시적 표현이 진부하고 상투적이라고 설명하고 있는 셈이다. 진부하고 상투적인 표현으로 불필요하게 과다한 감정에 탐익하고 있는 이유는 무엇일까. 이유 하나가 뚜렷하게 제시되어 있다.

　　유토피아는 우리가 뒤에 두고 지나쳐왔는지도 모른다. 「낮에 나온 별자리」
　　(부분)

후일담 문학이다. 황지우의 감상주의, 과도한 몸담론은 정치적이다. "이성"(「靑銅 마로니에 숲」)과 유토피아의 부재를 진부하고 상투적일 정도로 확인한다.

7.

황지우의 작위적인 과다한 몸담론을 이해하기 위해서, 이성적 유토피아 부재의 의미를 이해하기 위해서, 서구 근대 몸담론의 변천사를 검토해야 한다. (1) 데카르트의 코기토는 몸에서 분리된 이성을 옹호한다. 『방법서설』에서 몸만 갖고 있는 동물과 구별되는 인간의 특성으로 보편적 이성이 제시된다.

> 이성 또는 양식은, 그것이 우리를 인간으로 만들어주며 우리를 금수와 구별 지어주는 유일한 것인 한, 나는 그것이 각자 안에 고스란히 들어 있는 것으로 믿고 싶다.

데카르트의 비육체적 이성의 이원론은 근대성의 기획, 즉 서구 근대화의 원동력이다. (2) 모더니즘 문학은 계몽적 이성의 도식적 객관주의가 드러내는 이해의 편협성에 대한 반발이다. 유토피아적 지향성에 바탕을 둔 근대성의 기획에 동의하지만, 상상력의 구조가 배제되어 있어 더욱 풍부해진 경험을 감당하지 못하고 있다는 반성의 표현이다. 마크 존슨은 이렇게 확대된 근대화의 논리를 『마음 속의 몸』이라고 표현한다. 이 책의 부제는 적절하게도 "의미.상상력.이성의 신체적 기초"다. 사실, 데카르트의 코기토가 현재의 관점에서 이성의 옹호를 위한 몸의 배제로 해석될 뿐이지, 인간의 몸이 전혀 고려되지 않던 중세의 세계관과 비교하면 몸의 해방론이다. 따라서 몸이 마음(이성) 속으로 들어가는 모더니즘 문학의 경향은 몸에 보다 많은 자유가 주어지는 근대사의 진행방향을 반영한다. "정신과

감각의 환희를 노래"하는 보들레르의 시, 「교감(Correspondances)」(일부)
이 대표적인 사례다.

> 자연은 살아있는 기둥들로부터
> 이따금 어렴풋한 말들이 새어나오는 하나의 신전;
> 사람은 다정한 눈길과 그를 바라보는
> 상징의 숲 속을 지난다.

(3) 서구의 몸담론은 최근 극적인 방향 전환을 경험하고 있다. 정화열은
"이원론이나 자기중심주의, 시각중심주의에 만연해 있는" 모더니티와 결
별하는 포스트모던적 사건을 『몸의 정치』라고 명명한다. 드디어 몸이 마
음(이성)으로부터 전면적인 자립을 선언하고 있기 때문이다.

　황지우의 진부한 표현은 독자를 피곤하게 하면서, 시인이 겪는 삶의 피
로에 공감하게 만든다.

> 나는 수락했다, 이것도 삶이며
> 이제는 그것에 개입하지 않겠다는 걸.
> ─「살찐 소파에 대한 日記」(일부)

문제는 화자 '나'의 극심한 피로감에 시인이 진부하고 상투적인 표현으로
적극 동조하고 있다는 데 있다. 이제, 이성적 유토피아 자체가 '신기루'임
이 증명된 포스트모던 시대로 세상이 바뀌었다는 것을 시인이 부정하지
않으면서도, 상상의 인물이며 자신의 글쓰기의 산물인 화자처럼 세계사
의 전개에 대해 무지하다는 거짓 제스처에 안주하고 있다. 몸시론이 성공
적으로 형상화된 시집에서 코스춤이 되어버린 몸담론을 만난다. 감상적
이다.

8.

김춘수의 최근 시 「귀」(전문)도 감상적 정서를 표현하고 있지만, 감상적이지는 않다.

> 1982년
> 西伯林 윤이상의 집이다.
> 앉았다 섰다 또 앉다가
> 막 피어나는 앵초꽃 너머로
> 본다.
> 귓속에 귀가 있다.
> 누군들 이름을 부르지 말아요.
> 테레사 할머니,
> 우리들의 고향은 통영입니다.
> 앵초꽃 피는
> 그때가 4월 초순
> 귓속에서 물새가 운다. 쉬었다가 울고
> 쉬었다가 또 운다.
> 귓속에 귀가 있다.
> 한려수도로 아득히 트인
> 귀가.

젊은 시절, 해방 직후인 1945년 가을, 고향 통영(지금의 충무)에서 유치환을 회장으로 김춘수와 윤이상 등은 통영문화협회를 결성한 바 있었다. 억울한 동백림 사건으로 결국 고향에 못 와보고 죽은 윤이상과 이데올로기의 역사에 대한 피해의식 때문에 관념을 벗어나지 못하는 의미를 포기하려고 노력했던 김춘수 사이에 공감대가 형성될 수 있다고 시인은 믿는다. 메마른 언어, 긴장을 늦추지 않는 리듬, "테레사 할머니"라는 느닷없는 이미지, "누군들 이름을 부르고 싶지 않겠어요, 하지만 부르지 말아요"를 비문법적으로 축약한 "누군들 이름을 부르지 말아요"라는 구절 등이 시가 감상적으로 되는 것을 막는다. 윤이상의 교향악곡 「팡파르와 추억(Fanfare& Memorial)」도 동일한 주제를 갖고 있다. 1979년 서독 뮌스터 시립교향악단 창립 60주년을 기념하여 작곡된 18분 47초의 곡이다. CD를 들으며 "연속해서 이어지는 힘찬 '팡파르' 부분과 엘레지풍의 '추억', 두 개로 나뉘어져 있다"는 해설을 읽는다. 팡파르는 축전 등에서 쓰이는 트럼펫이나 호른 따위의 화려한 취주를 의미하는 바, 대편성의 금관악기와 의식의 행진을 연상케 하는 타악기가 현실적 성공을 축하하는 것 같다. 표제음악이라고 할 수는 없지만 '추억'은 애처롭게 아름답다. 과거의 기억을 플루트가 상기시키면서 바이올린, 하프와 피아노 등이 격정적이기도 영롱하기도 한 '추억'의 감상을 '팡파르'보다 인상적으로 그려낸다. 김춘수의 시에서, 서백림 윤이상의 집에서 우연히 발견한 앵초꽃이 과거의 기억을 상기시킨다. 윤이상과 김춘수, 음악가와 시인으로 현실적 성공에도 불구하고, 고향 통영의 한려수도에서 "쉬었다가 울고 쉬었다가 또" 울던 물새의 격정적이며 영롱한 추억이 압도적이다.

뛰어난 시적 형상화에도 불구하고, 김춘수의 경우에도 담론/시론이 시를 충분히 뒷받침해주지 못한다. 송재학이 선생님의 "은혜"라고 표현한 김춘수의 "언어의 내면성"이 한국문학에 깊게 뿌리내리는 데 어려움을 겪고 있으며, 이 시에서도 '테레사 할머니'라는 육화(肉化)되지 못한 이미지로 문제의 일단을 드러낸다.

9.

새것 컴플렉스, 즉 근대문학의 한국 뿌리내리기 문제를 자각하는 김수영은 '온몸시론'이 몸담론에 기초해야 한다는 정확한 진단을 제시한다.

  이 시에 나타나있는 현대성은 육체에서 나오고 있는 것이다. 그것은 시를 쓰기 전에 준비되어 있는 것이다. 우리 시단에서 가장 아쉬운 것이 이것이다.

진정한 현대성은 생활과 육체 속에 자각되어있는 것이고, 그 때문에 그 가치
는 현대를 넘어선 영원과 접한다.

「반시론」에서도 김수영은 「미인」이나 「성」 같은 자신의 '배부른 시'를 비
롯한 구체적인 사례를 예로 들면서 무엇보다도 먼저 몸시론이 몸담론에
부끄럽지 않은 수준이 되어야 한다는 온몸시론의 논리를 강조하고 있다.

그리고 나의 이런 일련의 배부른 시는 도봉산 밑의 돈사(豚舍) 옆의 날카롭
게 닳은 부삽날의 반어가 돼야 할 것이다. 그럴 때 우리의 시에서는 남과 북이
서로 통일된다.
우리 시단의 참여시의 후진성은, 이미 가슴 속에서 통일된 남북의 통일선언
을 소리높이 외치지 못하고 있는 데 있다. 이것은 우리의 참여시의 종점이 아
니라 시발점이다.

도봉산 밑에 있는 어머니가 계신 농장에서 하는 노동, 부삽질에서 배우는
몸담론과 구체적 삶의 일상적 현실에서 (김현의 용어로) "유출"되는 몸시
론이 서로 잘 들어맞는 반쪽이 되어야 한다는 것이다. 김수영이 설명하고
있는 '참여시'는 정치적 구호의 참여시가 아니라 근대문학의 시형식이 한
국사회의 현실에 깊이 뿌리내린 성취를 말한다. 이런 '참여시'가 진정한
근대문학의 '시발점'이며, 이런 '참여시'가 없었다는 것이 한국근대문학
의 '후진성'을 증명한다는 것이다.

나는 농부가 아니다. 그렇기 때문에 부삽질을 한다. 진짜 농부는 부삽질을
하는 게 아니다. 그는 자기의 노동을 모르고 있다. 내가 나의 시를 모르듯이 그
는 그의 노동을 모르고 있을 것이다.

반어의 형식으로 몸시론이 강조되어 있다. 진짜 농부가 노동이라는 것을
의식하지 않고 부삽질을 하듯이 시가 쓰여져야 한다는 주장이다. "시작
(詩作)은 '머리'로 하는 것이 아니고, '심장'으로 하는 것도 아니고, '몸'

으로 하는 것이다. '온몸'으로 밀고나가는 것이다." 몸담론을 의식적으로 적용하면, 몸시론이 성취될 수 없다. 김현의 논리를 사용하면, "외국에서 논리적 사고의 결과로 얻어진 성과"가 의식적으로 "그것만이 옳다는 식으로 무조건 수입"되는 것이 아니라, "한국사회의 자연적인 형성 과정에서 유출하여 논리화시켜 한국사회의 상징적 기호"가 되어야한다는 것이다.

「반시론」에서 한국사회에 뿌리내린 진정한 한국문학의 사례로 자신의 시 「性」(전문)을 들고 있다.

> 그것하고 하고 와서 첫번째로 여편네와/ 하던 날은 바로 그 이튿날 밤은/ 아니 바로 그 첫날 밤은 반시간도 넘어 했는데도/ 여편네가 만족하지 않는다/ 그년하고 하듯이 헛바닥이 떨어져나가게/ 물어제끼지는 않았지만 그래도/ 어지간히 다부지게 해줬는데도/ 여편네가 만족하지 않는다// 이게 아무래도 내가 저의 섹스를 개관하고/ 있는 것을 아는 모양이다/ 똑똑히는 몰라도 어렴풋이 느껴지는/ 모양이다// 나는 섬찍해서 그전의 둔감한 내 자신으로/ 다시 돌아간다/ 연민의 순간이다 황홀의 순간이 아니라/ 속아 사는 연민의 순간이다// 나는 이것이 쏟고난 뒤에도 보통때보다/ 완연히 한참 더 오래 끌다가 쏟았다/ 한번 더 고비를 넘을 수도 있었는데 그만큼/ 지독하게 속이면 내가 곧 속고 만다

화자가 아내에게 또는 자신에게 느끼는 '연민'의 감정은 황지우의 '감상'이나 김춘수의 '향수'와 달리 두툼한 질감을 갖고 있다. 창녀와 성관계를 갖고 난 뒤 또 갖는 아내와의 성관계 장면, 특히 사정과 관련된 장면의 구체적인 묘사다. 어떤 점에서 의미 있는 것인지 질문하지 않을 수 없다. 구체적인 설명 없이 김수영은 아주 만족스러운 작품이라는, 몸담론에 부끄럽지 않은 몸시론을 갖고 있는 작품이라는 자랑을 하고 있다.

> 「성」이라는 작품은 아내와 그 일을 하고난 이튿날 그것에 대해 쓴 것인데 성묘사를 주제로 한 작품으로는 처음이다. 이 작품을 쓰고 나서 도봉산 밑의 농장에 가서 부삽을 쥐어보았다. 먼첨에는 부삽을 쥔 손이 약간 섬찍했지만

부끄럽지는 않았다. 부끄럽지는 않다는 확신을 가지면서 나는 더욱더 날쌔게
부삽질을 할 수 있었다.

김수영의 자부심을 이해하기 위해, 포스트모던 몸담론의 윤리적 의미
를 검토해야 한다. 이성을 위해 몸이 배제되는 데카르트의 코기토 논리나
몸이 마음 속으로 환원되는 모더니즘 문학의 상징체계와 달리, 포스트모
던 몸담론은 타자의 근본적인 타자성과 환원불가능성을 인정한다. 타자
도 나와 마찬가지로 존재의 공간이 요구되는 몸을 갖고 있다는 인식의 산
물이다. 한나 아렌트가 유태인 말살의 반인륜적 범죄를 저지른 나치전범
아이히만에게서 발견한 것은 악마적 성격이 아니었다. 아무런 생각없이
자신의 직무를 수행했다는 '악의 평범성' 논리는 아이히만이 다른 사람의
입장을 고려할 수 있는 사고의 능력을 결여하고 있었다는 발견에서 나온
다. 단지 열심히 자신의 일만 한 사람이 어떻게 악마적인 양상을 갖게 되
었을까. 아렌트가 하고 싶은 이야기는 마음 속으로 몸이 환원되는, 세계를
나의 관점에서만 생각하는 근대성의 기획에 그러한 악마성이 내재되어
있다는 것이리라. 데리다는 『그라마톨로지』에서 은유가 몸을 마음 속으
로 환원시키는 체제의 원인이라고 간접적으로 지적한다.

루소와는 달리 바르부르통은 기원적 메타포는 "흔히 가정하고 있는 것과는
달리, 결코 시적인 상상력의 불꽃에서 오지 않는다고 생각한다. '은유는 분명
개념의 조악함에 기인한다'"고 생각했다.

루소를 공격하는 것이 데리다의 전략이었으니, 바르부르통의 주장에 동
조하고 있는 셈이다. 은유가 개념의 조악함에 기인하는 것이 분명하다는
것은 무슨 뜻인가. 은유는 보조관념이 원관념에 환원되는 체제를 갖는다.
"왕자의 눈은 독수리다"라는 예에서 '왕자의 눈'이라는 원관념을 풍요롭
게 만들기 위해 원관념의 중요한 요소에 적합한 이미지로서 보조관념인
'독수리'가 동원된다. 데리다가 주장하는 바는 몸이 마음 속으로 환원되

는 근대성의 악마적 기획을 문학적으로 표현한 것이 보조관념을 원관념에 조약하게 환원시키는 은유체계라는 것이다.

　김수영의 시, 「성」에서 '여편네'는 어느 것으로도 환원되지 않는다. 화자가 자신의 관점에서 임의대로 조작할 수 있는 성행위의 종속적 대상이 아닐 뿐만 아니라, 어떤 원관념의 보조관념으로 환원되는 은유적 이미지도 아니다. '여편네'가 존재의 공간을 점유하는 몸을 갖고 있는 타자이기 때문에 배려(care)되어야 한다는 몸담론이 제시되어 있을 뿐만 아니라, 은유적 이미지로 환원되지 않는 완강함을 보여줌으로써 그에 걸맞는 몸시론도 구현되어 있다. 따라서 김수영이 자신의 온몸시론과 반시론이 올바르게 구현된 작품이라고 제시할 수 있었다. 마지막 시 「풀」의 읽기에도 적용될 수 있다. '풀'은 이해인의 '나팔꽃'과 달리 눕고 일어나고 울고 웃는 몸을 갖고 있을 뿐만 아니라, 결국 어떠한 이미지나 상징으로도 환원되지 않는다.

　　부정적인 것이 세력을 떨치는 동안, 지구에서나 혹은 그 다른 세계 둘 중에서 긍정의 작은 한 점을 찾는 것은 헛된 것이다. 우리가 긍정이라고 부르는 것은 부정의 사슬을 흔드는 슬프고 그로테스크한 환영이다.

　니체의 포스트모더니티를 설명하면서 질르 들뢰즈는 자신이 없다. 김수영은 온몸시론이라고 말할 수 있는 「시여, 침을 뱉어라」를 끝내면서 훨씬 당당하다.

　　이 시론도 이제 온몸으로 밀고나갈 수 있는 순간에 오있다. '막상 시를 논하게 되는 때에도' 시인은 '시를 쓰듯이 논해야 할 것'이라는 나의 명제의 이행이 여기 있다. 시도 시인도 시작하는 것이다. 나도 여러분도 시작하는 것이다. 자유의 과잉을, 혼돈을 시작하는 것이다. 모기소리보다도 더 작은 목소리로 시작하는 것이다. 모기소리보다도 더 작은 목소리로 아무도 하지 못한 말을 시작하는 것이다. 아무도 하지 못한 말을. 그것을―.

'시를 논하는' 담론과 '시를 쓰는' 시론이 하나, 즉 '온몸'이 되어야 한다
는 '명제'를 김수영은 명백히 인식하고 있었다. 이 지점에서 진정한 한국
의 근대문학이 시작될 것이기 때문이었다. 모기소리보다 더 작은 목소리
로 시작해도 상관없다. 어차피 이러한 문학만이 남아있게 될 것이니까.

7.

선과 자크 데리다: 새로운 격의불교의 모색

1. 간화선의 위기와 새로운 격의불교의 모색.

가. 간화선의 위기.

대한불교 조계종 교육원이 펴낸 『간화선』의 「편찬사」에 나오는 다음과 같은 상황 판단은 의미심장하다. "그러나 21세기를 맞으면서 간화선이 위기라는 말이 나오고 있습니다. 그만큼 현대인들은 말을 따라가고 이해가 선행되어야 믿는 시대에 살고 있기 때문일 것입니다"(대한불교 조계종 교육원 9). 간화선의 위기가 말을 신봉하는 현대인들 때문인지 아니면 시대의 도전에 대한 불교계 내부의 응전이 미비했기 때문인지에 관해 논란의 여지가 있다.[1] 청담은 "어떤 의미에서 불교의 진경은 승려들에 의해서만이 규명되고 있을 뿐, 그 밖에는 무수한 오해와 이설(異說)이 범람하고 있는 것 같다. 앞으로의 한국 불교가 해내야 할 길은 그런 오해와 이설을 불식시키고 불교의 단일화내지는 대중화를 이루는 일일 것이다. 누차 이

---

[1] 간화선의 위기가 한국 불교의 위기인지 여부에 대해서는 논란의 여지가 있다. 현재 한국 불교의 세계적 위상이 그 어느 때보다도 높기 때문이다. 한국 불교에 주어진 기회를 확실하게 포착하기 위해서 대한불교 조계종 교육원이 '간화선의 위기'라는 화두를 제시한다고 판단할 수 있다.

116 해체론의 시대

야기하는 바이지만 불교정화운동이란 곧 그 대중화 운동의 투쟁적 어휘에 지나지 않는 것이다."(이혜성 68—9)라고 지적한다.

불교학자들도 그러한 문제점에 공감하고 있는 듯하다. 심재관은 『탈식민시대 우리의 불교학』에서 다음과 같이 결론짓는다. "학생들은 선생들 자신도 소화하지 못한 말을 들을 때, 자기가 무슨 말을 한 것인지 모른 채 스스로 도취되었을 때, 자신이 가고 있는 학문의 좌표에 대해 회의하게 된다. 대개의 불교 연구자들이나 승려들은 자신들에게 익숙한 언어로 대중을 설득하려고 한다. 그것은 대개 일반 강연이나 교실에서나 별 차이는 없다. 그리고 학생들은 곧 그러한 악습을 논문에서, 독서법에서, 토론에서 그리고 곧 다시 강단에서 반복한다"(심재관 130). 김호귀는 문제의 원인을 다음과 같이 의미 있게 분석한다.

> 왜냐하면 깨침의 경지란 자내증(自內證)의 경지로 간주하여 감히 이러쿵저러쿵 언급하는 것을 회피해 온 것이 사실이다. 이것은 마치 벙어리가 꿈을 꾸었으나 꿈속에서 본 것을 표현하지 못한 것과 같다. 꿈을 꾸었으면 언설로 표현이 가능해야 한다. 그래서 이 깨침에 대하여 비유나 상징을 통하여 어떤 측면으로든지 논증이 없어서는 안 된다. 그럼에도 불구하고 깨침 자체에 대한 논증을 회피해 온 것은 깨침 그 자체가 지니고 있는 언설불급(言說不及)이라는 특징 때문이기도 하지만, 그것을 논하는 것은 곧 그 경지에 이르러서야 비로소 가능하다는 현애상(懸涯想) 때문이기도 하다. 그러나 언제까지나 그렇게 묻어두어서는 안 된다. 왜냐하면 여타의 종교에서는 절대적인 존재에 대한 논의를 부정하고 있지만 불교에서는 불신(佛身) 자체까지도 문제로 삼아 논하는 것이 그 특징이기 때문이다. 따라서 어떤 방식으로든지 깨침 자체에 대한 논증은 전개되어야 할 필요가 있다.(김호귀 179-80)

깨침 자체에 대한 논증이 전개되어야 할 필요성에 관한 공감이 형성되어 있는데, 이는 바로 간화선의 존립 자체에 대한 위기의식 때문인 것이다. 이러한 위기의식에 적절하게 대처하는데 실패한다면, 가미가제 특공대와 같은 집단 순교를 정당화하기 위해 일본제국주의자들에 의해 이용되었던 자아부정의 선 정신에 대해 공식적으로 반성하는 일본 선불교의 전철을 피하기 어려울 것이다(Jalon 참조). 간화선의 위기가 계속 언급되는 이유는 그만큼 간화선이 중요해졌기 때문이다. "한국의 동양철학 전공자들(100명) 및 인문사회 연구자들(88명)을 대상으로 실시한 설문조사 결과에 의하면(『오늘의 동양사상』 6호 144-66), 동양철학 전공자들과 인문사회 연구자들의 80% 가까이가 동양철학이 현대문명에 대한 대안이 될 수 있다고 응답"하면서도 "타학문과의 대화 부족, 현대적 해석에 있어서의 소극성, 대중과의 호흡 부족, 서구 중심주의 등을" 현안으로 지적하고 있는 등 간화선의 위기에 대한 공감을 드러내고 있다(박경일 2).

나. 불립문자(不立文字)의 문제.

샤프(Sharf)의 다음과 같은 지적에서처럼 간화선의 위기는 불립문자의 문제에 관한 불교 내부의 인식적 혼란과 직결된다. "대부분의 학자들이 많은 중세 불교사상의 학술적 성격에 대해 기꺼이 인정하려고 하지만, 선은 종종 예외라고 표현된다. 선은 변화시킬 수 있는 통찰로 이끄는 엄격한 명상수행을 위해 학술적인 추구를 분명히 피하는 종파로 보이고 있다. 선의 가장 특징적인 문자 형태인 공안은 따라서 학자적인 정신에는 필수적인 추론에 대한 충동을 좌절시키는 시도로 표현되어진다. 그러나 '무정의 불성'에 대한 주의 깊은 재건은 선에 대해 매우 다른 견해를 준다. 가장 순수한 추론적인 논쟁에 선사들이 학적이고 정열적으로 참여했을 뿐 아니라, 우리가 볼 수 있듯이 '무정의 불성' 교리는 공안 중에서 가장 유명한 '조주의 개'에 대한 즉각적인 맥락이다"(Sharf 302-3).

불립문자는 통상적으로 추론의 충동에 대한 거부의 표현으로 해석된다. 송준영은 "어느 날 밤에 정각을 이루고/ 어느 날 밤에 열반에 들지만/ 이 두 중간에서/ 나는 아무 것도 말한 바가 없다// 안으로 몸소 증득한 법으로서/ 나는 이와 같이 말한다/ 시방 부처님과 또한 나의/ 모든 법은 차별이 없다"는 석가모니의 열반 게송을 인용한 다음 "석가모니는 정각을 이루고 열반에 들기까지 45년 동안 팔만사천법문으로 지칭되는 대기설법(對機說法)을 남겼다. 그럼에도 불구하고 '나는 아무것도 말한 바가 없다'고 자신이 말한 바를 부정하고 있는 이 게송은 분명 언어초월 사상을 역설적으로 강조하고 있다"고 설명한다(송준영 50). 성철도 "근기에는 상근기도 있고 중근기도 있고 하근기도 있으니 근기에 따라서 설법을 한다면 자연히 삼승십이분교가 벌어지므로 본분사로서 사람들을 대할 뿐이요, 근기를 따라서 설법을 하지는 않는다는 것이 조주스님의 생명선이고 선가(禪家)의 생명선입니다"라고 정의하면서, "불교의 근본을 이론과 언설을 가지고 이렇게도 설명하고 저렇게도 설명하는 것은 어쩔 수 없어서 그렇게 하는 것"이라고 선불교에서 언어 사용의 근본적인 문제점을 지적한다(퇴옹 성철 14).

그러나 김태완은 "마조(馬祖)나 석두(石頭) 문하에서 편찬된 어록(語錄) 혹은 전등록(傳燈錄)에 기록된" "깨달음의 사례를 조사하여 견성(見性)의 기연(機緣)들을 형태별로" 대개 3가지 유형으로 분류하여, 이를 "① 말을 들은 순간에, ② 행위를 하거나 본 순간에, ③ 자연물의 소리를 듣거나 움직임을 본 순간에 문득 깨달았다"라고 정리한 다음 "이 가운데 선지식(善知識)의 말을 듣고 깨닫는 ①의 경우가 가장 많다"고 지적한다(김태완 116). "어떤 선의 문헌에서도 무념(無念) 또는 무사(無思)가 사고의 부재로 정의되어 있지 않으며, 오히려 그 개념이 의미하는 것은 '얽매이지 않은 사고'라는 것이다"라는 뮬러(Muller)의 주장은 김태완의 실증적 연구를 위한 논리가 된다(Muller 712). 서옹도 '올바른 문자'의 사용이란 관점에서 불립문자의 적극적 해석을 다음과 같이 옹호한다.

불립문자라고 하여 문자를 아예 못쓴다고 부정하는 것이 아니라 문자의 그 이성적, 감성적 문자는 못쓴다는 것입니다. 그 이성과 감각, 감성을 초월한 자기 본래면목, 참다운 인간상, 그 차원에서 문자를 사용하고 그런 초차원적인 경지에서 문자를 사용해야 그게 옳은 문자이지 이성, 감성, 보통 말하는 의식, 알음알이, 지혜로 문자를 사용하면 진리와는 틀리고 우리 본래면목 인간상과도 틀립니다. 그런 의미에서 불립문자입니다. 쉽게 말해서 우리가 올바른 문자도 사용하자는 것이지, 그 문자를 쓰면 못쓴다는 게 참선이 아닙니다. (서옹 대종사 72)

현대적 해석의 관점에서 '이성적, 감성적 문자'와 '올바른 문자'의 구분이 명확하지 않기 때문에, 얽매인 사고와 '얽매이지 않은 사고'의 경계가 모호하기 때문에, '학자적인 정신에는 필수적인 추론에 대한 충동'을 좌절시키는지 옹호하는지 알 수 없다는 점에서 간화선의 위기가 기인한다.

다. 불립문자와 선불교의 역사.

불립문자라는 개념의 형성 과정을 선불교의 역사 속에서 조명해본다면, 불립문자의 문제를 해결할 단서가 발견될 수 있을 것이다. 불립문자에 대한 강조는 의리선(義理禪)에 대한 비판에서 시작된다. "인간이란 언어나 문자를 통하지 않고는 도를 논하거나 진리를 거론할 수 없다."는 점에서 "문자나 경전의 이치를 통해 본분에 향상하고자 하는 것으로 입도득도(入道得道)하기 위한 과정"으로서의 의리선이란 교학적 수업은 타당성을 지닌다(희철 79). 교학이 지극히 기본적이며 타당성을 보유하고 있지만 마음공부와는 거리가 있고 "직지인심하고 견성성불하지 못하기 때문에 불조의 적자가 되지 못한다고 하는" 주장은 선불교의 입장에서 볼 때 타당하다(희철 79).

대한불교 조계종 교육원에서 펴낸 『간화선』은 "불립문자(不立文字)와 불리문자(不離文字), 관조반야(觀照般若)와 문자반야(文字般若)의 미묘한 만남"을 도출하려는 간화선의 교과서를 목표로 하고 있다(대한불교 조계종 교육원 13). "간화선은 조사선의 본래 정신을 회복한 것이다"라는 항목의 다음과 같은 내용은 이 책의 핵심 부분이다.

송나라 시대에는 조사들의 선문답과 법어를 사색을 통해 분별 이해하는 풍토가 짙었다. 그 결과 조사의 연구에 독자적인 해석을 붙이는 송고문학(頌古文學)이 유행하게 된다. 이 당시 사대부들 중에는 선에 관심을 갖거나 참선 수행하는 사람들이 늘어나게 되었는데, 이에 따라 조사들 사이의 선문답을 뜻과 이치로 이해하고 그것을 게송으로 표현하는 경향이 나타났다. 이는 의심을 불러일으켜 깨달음에 이르게 하는 본래의 의미를 상실하고 화두를 사량으로 이해하는 의리선(義理禪)적 경향에 빠진 것이라 하겠다.

대혜 선사는 이러한 시대적 폐단에 맞서 옛 조사들의 말씀인 화두를 깨달음에 이르는 틀로 새롭게 조직하여 '간화'라는 보다 적극적인 선법을 세상에 펼쳤다. 곧 옛 조사들의 이심전심의 선문답을 깨침의 관문이라는 독특한 방식으로 정형화하고 이렇게 정형화된 화두를 철저한 의심으로 참구해 나아가는 선법을 체계화하고 활발하게 정착시켰던 것이다. 따라서 일상 삶의 일이었던 조사선의 선문답이 간화선에 들어오면 자성에 눈을 뜨게 하는 활로인 화두로 정형화된 것이다. 바로 이 점이 조사선과 간화선이 형식적으로나마 갖는 차이이다. (대한불교 조계종 교육원 59-60)

조사선의 공안(公案)은 과거의 사건사례다. 간화선의 화두(話頭)는 공안으로부터 비롯된 것이지만 현재의 시점에서 나에게 적용되는 공부법, 즉 현성공안(現成公案)인 점에서 차이가 난다. 대혜의 간화선에서는 "우리가 공안을 의심함에 의해서, 객관적인 대상으로 우리 앞에 서 있던 공안은, 비로소 개인의 존재의 문제로 다가와서 우리에게 체증된다. 따라서 중요한 것은 공안이 아니라 그 이야기[話]를 지켜보는 것[看]에 있게 된다. 따라서 간화선의 진정한 의의는 공안보다는 간화에 있다. 왜냐하면 조사들의 남겨진 고칙(古則)으로서의 공안은 수행하는 납자의 가슴에서 화두로 자리 잡을 때에 비로소 그 진정한 의미가 생겨나기 때문이다"(이덕진 194).

간화선은 인식론적 변화, 즉 논리적 사고가 발전하여 개념적 합리화에 더욱 능해진 방어벽을 부수려는 대응책이었다. 그래서 대혜 종고(大慧 宗杲 1089-1163)는 사람을 제접하고 시험할 때 문자 없는 도장을 찍는 것에 비유하여 다음과 같이 불립문자에 기반을 둔 삼승법(三乘法)을 사용한다.

상근기가 도를 듣는 것은 공중[空]에 도장을 찍는 것과 같고, 중근기가 도를 듣는 것은 물[水]에 도장을 찍는 것 같으며, 하근기가 도를 듣는 것은 진흙[泥]에 도장을 찍는 것과 같다. 이러한 도장을 공(空)·수(水)·니(泥)에 찍는 것에는 차별이 없으나 상(上)·중(中)·하근기(下根機)의 인연에 따라 차별이 나타날 뿐이다. (희철 68에서 재인용)

영가 현각은 "낮은 지혜로 관찰하는 이는 성문(聲聞)의 결과를 얻고, 보통의 지혜로 관찰하는 이는 연각(緣覺)의 결과를 얻고, 높은 지혜로 관찰하는 이는 보살(菩薩)의 결과를 얻게" 된다고 지혜의 수준과 불립문자 인식의 수준을 연관시킨다(영가 현각 256). 혜능은 불립문자의 삼승법에 최상승법 경지를 더하여 "보고 듣고 마냥 외는 것은 소승이고 법을 깨달아 뜻을 아는 것은 중승이며 법에 의지하여 수행하는 것은 대승이요 만법을 다 통해서 만법을 다 갖추어 일체에 물 안 들고 모든 법상을 여의어 하나의 얻음도 없는 것은 최상승이니라."라고 설명한다(혜능 252-3).

"말 가운데 말이 있는 것은 사구라 하고(言中有語 名爲死句), 말 가운데 말이 없는 것을 활구라 하니(言中無語 名爲活句), 모름지기 말에 떨어지지 말고 활구를 깨쳐야 하는 것이다"(한중광 152)라는 사교입선(捨敎入禪)의 개념은 '말이 있는 것'과 '말이 없는 것'의 구분이 명확하지 않기 때문에, 즉 '말에 떨어지지 않는 것'이 무엇인지 알 수 없기 때문에 문제적이다. 대한불교 조계종 교육원의 『간화선』에서도 "한편, 교학을 이해하고 난 뒤에는 모두 놓아버리고 바로 선 수행에 들어가야 한다. 지도만 보고 산을 올랐다고 할 수는 없듯이 교학에만 집착하다 보면 달을 보지 못하고 손가락만 쳐다보기 십상이다"라고 두루뭉수리하게 설명해버린다(대한불교 조계종 교육원 129). 손가락만 쳐다보는 수준과 달을 보는 수준의 차이, 즉 교학을 이해하는 수준과 교학을 모두 놓아버리는 수준의 차이에 관해 납득할만한 설명이 없다면 교과서가 불친절하다고 비난해야만 한다. 또한 有·無·中이라는 용어를 사용하며 불교적 진실을 설명하려고 시도한 다음, "有·無·中 삼구(三句)는 꼭두각시와 같은 것이니 이것은 가차(假借)

한 것일 뿐 진실이라고 할 것이 없다."(희철 78)는 주장은 독자의 입장에서 무책임하다고 비난할 수 있다. 진실(眞實)과 가차(假借)라는 정반대되는 입장의 차이가 세심하게 고려되지 않은 채 동일한 단어들이 다르게 사용되고 있기 때문이다. 송준영은 지(智)를 설명하면서 아무런 개념 설명 없이 자신의 입장을 다음과 같이 세 번이나 바꾼다.

> (1) "무지역무득"은 반야심경 가운데 가장 핵심이 된다. 여기서 지(智)란 산스크리트어로 jnana인데, 이것은 주관과 객관이 대립에서 벗어나 사물을 투시할 수 있는 직관지(直觀智)다. 반야(般若 prajna)는 지(智)에서 한층 심화된 근본지(根本智)를 말한다. 주관과 객관이 완전히 허물어진, '자/타,' '능/소,' '주/객'이 미분화되기 전의 둘이 아닌 절대경지, 최상의 경지를 말한다. (송준영 33)

> (2) 흔히 지식을 선가에서는 알음알이라 한다. 머리 하나만 이해되고 통달되어 아는 지식과는 달리 선적체험은 정신적 지혜와 육체적 경험, 머리와 마음을 모두 통하여 증장(增長)시킴을 의미한다. (송준영 41)

> (3) 이를테면 지식(knowledge)은 경험을 갖지 않고 얻어진다면, 지혜(wisdom)는 삶의 경험을 통하여 얻어진다. 그러나 반야(prajna)는 존재 자체의 자발광(自發光)으로 '본질에서 솟는 근원적인 예지'다. 곧 분별함이 없는 상태에서 솟는 지혜인 무분별지(無分別智)다. (송준영 44)

송준영 개인의 문제가 아니다. 간화선 언어체계 자체, 즉 불립문자 자체에서 개념의 혼란이 발생한다. 이덕진이 대혜와 지눌을 구분하며 "대혜의 선법은 처음부터 끝까지 의심으로 일관한다. 구자무불성이란 언명으로 대표되는 의심은 용(用)이면서도 체(體)의 위치를 차지한다. 하지만 지눌은 다르다. 구자무불성이란 언명으로 대표되는 의심은 용(用)[방편]이며, 체(體)는 불성(佛性)이기 때문이다."라고 설명하면서도 수단으로서의 언어와 언어 자체에 천착하지 않는 언어를 구분하지 못한다(이덕진 202). 그리하여 "구자무불성(拘者無佛性)은 '영(用)[방법론적 자각]'의 모습을 뛰어넘어서 불성(佛性) 그 자체를 끊임없이 열어놓는 '체(體)'의 성질을 가지게 된다."라는 설명은 힘을 잃는다(이덕진 195). 가장 핵심이 되는 방편이나 방법론적 자각의 모습을 넘어서는 언어가 어떤 것인지 설명되지 않았기 때문이다.

라. 새로운 격의불교의 모색.

현대는 불립문자, 즉 방편이나 방법론적 자각의 언어를 넘어서는 언어가 어떻게 새롭게 획득될 수 있는지 모색해야 하는 시점이다. 인식론적 변화, 즉 논리적 사고가 발전하여 개념적 합리화에 더욱 능해진 방어벽을 부수려는 대응책이었던 간화선 같은 방책이 다시 한 번 강구되어야 하는 시점이다. 순류 스즈끼가 비학문적인 언어로 그 방책의 일환을 다음과 같이 설명한 바 있다. "우리의 인식 방법에서 중요한 점은 부드럽고 자유주의적인 관찰방법을 쓰는 것이다. 사물에 관해 생각하거나 관찰할 때 정체해 머무름이 없어야 한다. 우리의 마음은 연하면서도 활짝 열린 상태여서 사물을 있는 그대로 이해할 수 있어야 한다. 우리의 생각이 굳어있지 않고 연할 때 흔들림이 없는 사고라고 불린다. 이런 종류의 사고방식은 늘 안정감을 유지한다. 이런 상태를 정념(正念)이라고 부른다"(스즈끼 168). 지젝(Zizek)이 『믿음에 대하여』에서 파스칼의 탁월한 모범에 따라 "우리는 어떻게 새로운 상황 하에서 과거의 것에 충실하게 남을 것인가?"라는 까다로운 질문을 던지는 방식으로만 효과적으로 새로운 것을 발생시킬 수 있다고 지적한다(지젝 40). 새로운 상황 하에서 '정념'이란 과거의 것에 어떻게 충실할 수 있는지 스즈끼가 올바르게 질문하고 있는 셈이다.

서웅은 불교계의 소극적인 대응방식을 비판하면서 대단히 과감한 대응책을 세울 것을 다음과 같이 주문하고 있다.

말하자면 과학과 모순이 되는 종교를 절대 복종하고 절대 의지해서 타율적으로 복종해서 살아간다는 것은 저 중세기로 돌아가자는 세계 역사의 역행이라고 말할 수 있습니다. 그러므로 오늘날 과학문명을 밑받침할 수 있는 종교는 어떠한 것이냐, 할 때에 과학문명과 그 이성과 모순이 안 되면서 과학문명을 초월해서 과학문명의 주인공이 될 수 있는 자주적·자율적으로 역사를 창조하는 원리라야 이 과학문명의 막힌 벽을 타개해서 인류를 구제할 수 있다고 생각합니다. (서옹 대종사 96)

'깨침 자체에 대한 논증이 전개되어야 할 필요성'과 '간화선의 존립 자체에 대한 위기의식'이란 두 국면 중 어느 쪽에 중점을 두느냐에 따라 대응책이 전혀 달라질 것이다. 서옹은 '깨침 자체에 대한 논증이 전개되어야 할 필요성'을 강조하는 대한불교 조계종 교육원이 펴낸 『간화선』의 「편찬사」에서 제시된 상황 판단이 미흡하다고 질타하고 있는 셈이다. "그리스도교의 기본 교리를 정식화했던 바울 역시 예수의 친정 집단 소속이 아니었으며, 라캉이 프로이트와는 전적으로 상이한 이론 전통의 수행자를 사용하여 '프로이트로의 복귀'를 완수"하였다는 지젝의 주장은 "외부적 위치에서만이 그 이론의 본래적 충동을 살려내는 것이 가능하다."는 논리에 기반을 둔다(지젝 8-9). 지젝의 논리를 따른다면, '간화선의 존립 자체에 대한 위기의식'에서 출발하여 '간화선으로의 복귀'를 완수하기 위해서는 그 이론의 본래적 충동을 살려낼 수 있는 외부적 위치를 구축하는 것이 무엇보다 중요할 것이다. 필자는 이 길이 새로운 격의불교의 모색에 있다고 본다.

송준영은 격의불교를 다음과 같이 설명한다.

처음 불교가 중국에 들어왔을 때는 격의(格義)라는 방법에 의해 이해되어졌다. 격의불교는 기존의 노자, 장자의 사상을 차용하여 불교를 이해하는 방법이다. 가령 『도덕경』 제40장에 '천하의 모든 만물은 유에서 생하고 유는 무에서 생한다.'(天下萬物於有 有生於無)라는 말은 대승불교의 공사상을 노자의 무라는 용어로 이해하는 계기가 된다. 불교가 중국에 유입되었을 때 불교의 열반(nirvana)을 무위(無爲)로, 보리(bodhi)를 도(道), 진여(tathata)를 본무(本無)라고 격의적으로 수용 번역되었다. 곧 노자 장자의 사상을 빌어 불전을 번역하고 불교를 이해한 것이다.

　인도의 불교와 중국의 불교는 전자가 명상을 통해 현실의 괴로움을 초월하려 했기 때문에 인식론적 논지가 발달하게 되었다면 이와는 반대로 후자는 그 국민성에 기인되는 행동적이고 현실적인 직관이 발달했다. 그런 까닭에 직관적이고 체험하고 실천하는 실제적인 종교정신이 발달하게 된다. 곧 불교의 궁극적인 경지를 어떻게 체득하고 실참실수(實參實修)하느냐 하는 문제가 바로 참선과 같은 수행법으로 발전을 봄으로 선종의 태동을 보게 된다. (송준영 57)

뮬러는 "불교교리가 동아시아에 동화되면서 그 과정에서 어떤 상당한 철학적 전이(轉移)가 있었다."라는 점에 있어서 비판 불교학자들의 의견에 동의하지만, "불교의 개념이 구체화됨에 따라 왜곡되게 변모하였다는 점에 있어서는 동의하지 않는다"(Muller 717). 붓다의 사상과 노자 사상의 교배로 태어난 선은 "위대한 만남이고 일찍이 일어났던 일 중에서 가장 위대한 조우였다."라고 라즈니쉬가 격의불교의 탄생에 찬사를 보낸다(라즈니쉬 14). 샤프는 보다 객관적인 입장에서 "불성이론 자체는 인도의 근원으로 거슬러 올라가지만 (이것은 여래장 사상과 밀접히 관련되어 있다) 무정의 불성으로 확장된 것은 분명히 중국적인 형식"이라고 설명하면서 "이는 편리한 장치이고, 아마도 '중국화 과정(sinification)'의 모범이 되는 한 예이다."라고 정의한다(Sharf 300).

　'간화선의 존립 자체에 대한 위기의식'을 위한 대응책이 '깨침 자체에 대한 논증이 전개되어야 할 필요성'의 인식만으로 필요 충분한 것인지, 아니면 필자의 주장처럼 새로운 격의불교의 모색이 요구되는 상황인지에 관해서는 논란의 여지가 있을 것인데, 필자는 그러한 논란을 촉발시키려는 의도를 갖고 있다. 깨침 자체에 대한 논증을 전개하려면 현대의 논리적 언어를 사용해야 하기 때문이다. 학자적인 정신에는 필수적인 추론에 대한 충동을 좌절시키는 시도로 표현되어온 공안을 논리적 언어인 논증으로 전개하려는 시도가 배태하고 있는 본질적인 모순을 지적하지 않을 수 없기 때문이다. 붓다의 사상과 노자 사상의 교배가 이루어졌던 제1차 격의불교의 탄생과 달리 제2차 격의불교의 탄생은 선사상과 서구사상의 교배로 이루어질 것이다. 제1차 격의불교의 탄생 속에서 반야공관(般若空觀)에 입각한 일군의 불교도들이 생사와 열반, 재가와 출가, 중생과 부처를 이원적으로 보아온 소승불교도의 사고방식과 행동양식을 뛰어넘고자 했던 것처럼, 제2차 격의불교의 탄생 속에서 선사상에 입각한 일군의 불교도들이 주와 객, 유와 무 등 또 하나의 이분법을 뛰어넘어 과학문명을 초월해서 과학문명의 주인공이 될 수 있는 자주적·자율적으로 역사를 창조하는 원리를 탄생시키게 될 것이라는 기대가 간화선의 위기를 타개하는 추동력이 될 것이다.[2]

서구화된 불교에서는 기대할 것이 많지 않다. 르누아르는 서양의 불교 도입 과정을 4단계로 설명하는데, 불교와 서양의 만남의 네 번째 단계에 해당하는 대략 1990년대 초반 즈음에는 "공산주의의 몰락, 기술 발전이라는 위협에 대한 인식 등으로 불안한 사회에서 새로운 도덕적 규범을 찾으려는 움직임이 지구 전역으로 확산되는 분위기 속에서 불교는 마침내 범보편적 가치를 지닌 속세 생활 철학으로서 대중들에게 대량 전파"된다(르누아르 24). 랭카스터(Lancaster)는 서구의 불교연구에 대한 접근을 설명하면서 '청교도적 불교(Protestant Buddhism)'라는 개념을 도입한다. 랭카스터는 청교도적 불교가 "불교의 본질이 문서에서 찾아지는 것이며, 수양행위에서 찾아지는 것이 아니라는 것을 나타내는 개념"이며 "청교도적 불교라는 주장의 두 번째 부분은 불교가 주로 윤리적인 체계이며 윤리적인 것으로 정의되어야 한다는 것"이라고 설명한다(Lancaster 31). 지젝도 같은 논리로 "서구화된 불교의 명상적 거리는 분명 우리가 정신 건강의 외연을 유지하면서 자본주의적 역동성에 전적으로 참여토록 해주는 가장 효율적인 방법"이 되었다고 설명하면서 "만약 막스 베버가 현재까지 살아 있다면, 그는 프로테스탄티즘의 윤리와 자본주의 정신을 보완하는 두

---

2) 본 논문의 논의가 선사상과 서구사상의 교배로 인한 제2차 격의불교의 탄생 가능성 모색에 국한되어 있지만 본 논문의 주제가 본격적으로 발전되어 불교 전반의 변혁을 유도하기를 희망한다.

번째의 저서―『도교 윤리와 세계 자본주의 정신』이라는 이름을―를 지었을 것이 틀림없다.”라고 재치를 부린다(지젝 20).

　서구화된 불교의 문제점은 제2차 격의불교의 모색 노력에 있어서 불교적 본질을 잊지 말아야 한다는 중요한 교훈을 제공한다. 운문(雲門)에게 “무엇이 교(教)의 뜻입니까?”라고 질문하니 “산하대지(山河大地)다”하고는 말을 이었다. “잘 분별해 낸다 해도 그것은 교(教)의 의미를 자세하게 설명하는 정도이며 강령을 밀치는 쪽으로는 아직 멀다 하겠다”(조용성 97에서 재인용). ‘교(教)의 의미를 자세하게 설명하는 정도’(曲說 教意)를 넘어서서 ‘강령을 밀치는’(提綱) 단계를 모색해야 한다는 권고인 것이다, 운문의 제강(提綱)은 깨침 자체에 대한 논증이 전개되어야 할 필요성의 인식만으로 충분하지 않으며 새로운 격의불교의 모색이 요구된다는 필자의 주장을 뒷받침한다. 회산 계현의 『선문단련설(禪門鍛鍊說)』의 13개 항목 중 적어도 다음과 같은 5개의 항목은 간화선의 존립 자체에 대한 위기의식을 위한 대응책 모색에 있어서 유의미하다. “사람이 말법에 이르러서 근기는 더욱 하열해지고 교지(巧智)는 더욱 깊어졌으며, 광란은 더욱 어지럽고 정혜는 더욱 얕아지게” 되는 상황을 감안하여 “2. 근기를 살펴 화두를 일러주어야 한다.”(회산 계현 29)는 항목을 포함하여 “6. 교묘하게 책발하라.”와 “7. 교묘하게 전환하라.” 그리고 “11. 학업을 연마하여야 한다.”는 추론에 대한 충동의 중요성을 강조한다고 해석될 수도 있다. 운문의 제강(提綱)처럼 선문단련설의 9번은 “강종(綱宗, 禪學의 이론적 체계)을 연구하라.”로서 깨침 자체에 대한 논증이 전개되어야 할 필요성의 인식만으로 충분하지 않으며 새로운 격의불교의 모색이 요구된다는 필자의 주장을 또 한 번 뒷받침한다.

　　소위 올바른 선에는 근본이 있고 강종이 있다. 근본을 깨닫지 못하고 갑자기 강종만을 일삼는다면, 지해(知解)가 많아서 깨달음의 문이 막힐 것이니, 필시 저창선(提唱禪)으로 전락하여 올바른 깨달음을 잃게 될 것이다.
　　근본은 이미 깨달았으나 강종을 버린다면, 헛된 그림자만을 좇거나 깡마르고 거친 풍격을 이루게 될 것이니, 필시 막대기 선(禪)으로 전락하여 종지가 멸하게 될 것이다.

　그러므로 깨닫지 못한 강종은 있을 수 없고, 깨닫고 난 후에 강종이 있을 수 없다. (회산 계현 91)

근본을 깨달았다 하더라도 강종을 버리고 깨침 자체에 대한 논증이 전개되어야 할 필요성의 인식만을 강조한다면, 즉 대한불교 조계종 교육원이 펴낸『간화선』의「편찬사」에 제시된 상황 판단과 같이 깨달음의 전달에만 치중한다면 역사의 도전을 외면한 셈이니 간화선의 종지가 멸하게 될 것이다. "깨닫지 못한 강종은 있을 수 없고 깨닫고 난 후에 강종이 있을 수 없다."는 회산 계현의 설명은 강종의 연구가 바로 깨달음의 과정이라는 뜻인데, 바로 그러한 강종의 연구 과정을 필자는 새로운 격의불교의 모색이라는 현대적 해석의 언어로 표현한 것이다.

새로운 격의불교의 모색이 필요하다는 주장으로 논문을 끝낸다면 문제의 심각성을 부각시킴으로써 학문적 연구의 책임을 다했다고 판단한다고 비판받아 마땅하다. 새로운 격의불교를 어느 곳에서 모색할 수 있을 것인가? 필자는 그 대안의 하나로 자크 데리다(Jacques Derrida)의 해체론(deconstruction)을 제시하고자 한다. 위빠사나를 체험한 다음에 고형일 전남대 교수가 "불교의 공사상(空思想)은 데리다의 해체주의와 비슷할 뿐만 아니라 해체주의의 대안으로까지 느껴졌다. 해체주의에는 없는 수행정신이 공사상에는 있기 때문이었다."라는 감상을 남긴다(김열권 273). 이명섭은 해체론에서 다소의 수행정신을 발견해내지만 "대승의 열반은 영원한 생명 또는 '불멸'인데 반하여, 데리다의 열반은 소승의 열반처럼 적멸 또는 사멸도(死滅道)이다."라고 해체론의 한계를 지적한다(이명섭 198). 해체론의 연구가 강종(선학의 이론적 체계)의 연구 과정, 즉 깨달음의 과정이 될 수 있으며 간화선의 한계를 넘어서는 새로운 격의불교의 모색을 위한 검색엔진이 될 수 있는지 여부를 지금부터 구체적으로 검토하기 시작할 것이다.[3]

2. 선과 자크 데리다.

불교의 종교적 핵심은 상구보리(上求菩堤)의 깨달음 후에 하화중생(下化衆生)의 자비, 즉 자리(自利) 후에 이타(利他)에 있다.[4] 새로운 격의불교의 모색을 위한 검색엔진으로 데리다의 해체론을 동원하여 강종, 즉 선학의 이론적 체계를 연구함에 있어서 상구보리와 하화중생의 두 측면이 고려되어야 한다.

가. 해체론에 의한 상구보리(上求菩堤)의 연구.

(1) 해체론에 의한 불립문자의 연구.

불립문자의 개념을 위해 『간화선』에서 "한편, 교학을 이해하고 난 뒤에는 모두 놓아버리고 바로 선 수행에 들어가야 한다. 지도만 보고 산을 올랐다고 할 수는 없듯이 교학에만 집착하다 보면 달을 보지 못하고 손가락만 쳐다보기 십상이다."(대한불교 조계종 교육원 129)라고 두루뭉수리하게 제시한 설명을 비판하면서, 손가락만 쳐다보는 수준과 달을 보는 수준의 차이, 즉 교학을 이해하는 수준과 교학을 모두 놓아버리는 수준의 차이에 관한 납득할만한 설명이 없다는 점에서 대한불교 조계종 교육원의 교과서가 불친절하다고 평가한 바 있다. 데리다는 『죽음의 선물』(*The Gift of Death*)에서 『간화선』에서 시도하는 수행자의 측견이 아니라 언어의 측면에서 다음과 같이 접근하고 있다.

---

3) 해체론의 연구가 간화선의 한계를 넘어서는 새로운 격의불교의 모색을 위한 검색엔진으로 완성되려면 간화선을 포함하는 불교 교리 전반의 이론적 체계에 관한 연구를 위한 도구가 될 수 있어야 할 것이다. 본 논문의 범주는 해체론과 간화선의 비교 연구에 국한된다.

4) 문제 제기의 목적을 갖고 있는 본 논문의 한계로 인해 해체론의 관점에서 불교의 종교적 핵심을 총체적으로 설명하려는 시도를 할 수는 없었다. 해체론과 간화선의 비교 연구 가능성을 제시하는 것이 본 논문의 주요 목적이며, 이를 위해 다소 자의적으로 연기관과 사제 개념이 대립적인 관계인 것처럼 논리를 전개하였다. 그러나 '자비의 연구'에서 자세히 언급하겠지만 깨달음이란 초월의 논리가 연기관이란 적멸상/역관으로 표현된다면 자비라는 포함의 논리가 세간락/순관으로 표현되고 이 두 개의 논리가 포월된다는 것이 불교의 종교적 핵심이다.

But as soon as one speaks, as soon as one enters the medium of language, one loses that very singularity. One therefore loses the possibility of deciding or the right to decide. Thus every decision would, fundamentally, remain at the same time solitary, secret, and silent. Speaking relieves us, Kierkegaard notes, for it 'translates' into the general.

The first effect or first destination of language therefore involves depriving me of, or delivering me from, my singularity. By suspending my absolute singularity in speaking, I renounce at the same time my liberty and my responsibility. Once I speak I am never and no longer myself, alone and unique. It is a very strange contract—both paradoxical and terrifying—that binds infinite responsibility to silence and secrecy. (Derrida: 1995년 60)

그러나 말하자마자, 언어의 매체 속으로 들어가자마자, 바로 자신의 단일성 (單一性)을 잃어버린다. 그러므로 결정할 가능성이나 결정할 권리를 잃어버린 다. 그러므로 본질적으로 모든 결정은 여전히 유일하며 비밀이며 동시에 침묵 일 것이다. 키에르케고르가 지적한 바와 같이 말하기는 일반적인 것 속으로 우리를 해방시킨다.

그러므로 언어의 첫 번째 효과나 첫 번째 목적지는 나에게서 나의 단일성을 박탈하거나 명도하여 버리는 것을 포함한다. 말하기 속에서 나의 절대적인 단 일성이란 특권을 정지시킴으로서, 나는 나의 자유와 나의 책임을 동시에 부인 한다. 일단 내가 말하면 나는 결코 그리고 더 이상 홀로 있으면서 독특한 나 자 신이 아니다. 무한한 책임을 침묵과 비밀에 결속시키는 것은 역설적이면서도 끔찍한 아주 이상한 계약인 것이다.

데리다의 설명에 의거하면 "교학을 이해하고 난 뒤에 모두 놓아버리" 라는 『간화선』의 권고에 긴박성(緊迫性)이 부족한 것을 인식할 수 있다. 교학(敎學)을 이해(理解)하고 난 뒤가 아니라 "언어의 매체 속으로 들어가 자마자" 선 수행의 주체가 되어야 하는 "자신의 단일성(單一性)"을 상실 하게 되기 때문이다. "지도만 보고 산을 올랐다" 또는 "달을 보지 못하고 손가락만 쳐다보기"라는 비유도 너무 느슨하다. "일단 내가 말하면 나는 결코 그리고 더 이상 홀로 있으면서 독특한 나 자신이 아니"기 때문에, 지도를 봄과 동시에 산을 보도록 노력하고 손가락을 봄과 동시에 달을 보도록 노력하는 수밖에 없는 것이다. 라즈니쉬는 수행자의 측면에서 "사고에 대립하는 개념이 들어오게 되면 어떤 것이든 이해할 수 있다. 하지만 대립물을 받아들인 순간, 인간은 존재를 거짓 꾸미게 된다. 왜냐하면 존재에는 대립할 만한 것이 없기 때문이다."라고 설명한다(라즈니쉬 129).

『금강경(金剛經)』 「사구게(四句偈)」의 "만약 제상(諸相)을 비상(非相)이라고 본다면 곧 여래(如來)를 보는 것이다"(若見諸相非相 即見如來)라는 구절은 "제상(諸相)을 비상(非相) 즉 성(性)으로 보는 것이 바로 여래(如來)를 보는 것 즉 견성(見性)이라는 뜻이다."(김태완 123)라고 해석된다. 이는 수행자의 측면에서 본 관조반야의 설명인 바, 이를 해체론적 측면에서 본 문자반야로 해석함으로서 『간화선』의 「치사」에서 희망한 "관조반야와 문자반야의 미묘한 만남"을 달성할 수 있다. 데리다가 "해체되는 것은 내가 아니다. 차라리 내가 '해체'라고 부르는 것은 세계, 문화, 철학적 전통의 경험에서 발생한다."(Derrida and Ferraris 80)라고 쓰면서 문자반야에 의한 관조반야의 가능성을 열어놓는다. 데리다의 문자반야는 분석철학자 오스틴(John Austin)의 발화행위 이론이 전제하는 완결적 행위 개념에 다음과 같이 강력하게 의문을 제기한다.

> The performative of human language is not referred, as in 'speech act' theory, to the grounded agency of a speaker, since the performative itself is both given and traversed, constituted and deconstituted, by an abyss of contexts, agencies, lines of force, points, of course letters, but units themselves impossible without marking, spacing, trace—a sort of 'matreiality without matter.' (Cohen 13)

맥락, 행위자, 세력의 선(線) 그리고 물론 문자 등이 아니라 표지(標識)하기, 간격(間隔) 두기, 흔적(痕迹) 등이 없으면 불가능해지는 단위(單位) 자체, 즉 일종의 '물질 없는 물질성'이란 심연(深淵)에 의해서 그 수행적 특성 자체가 주어지는 동시에 거부되고, 구성되는 동시에 해체되기 때문에, 인간 언어의 수행적 특성은 발화행위 이론에서처럼 기초가 단단한 화자의 행위에 일임(一任)

될 수 없다.

통상적으로 제상(諸相)은 언어적으로 확실하게 규정될 수 있는 현상이라고 여겨져 왔다. 그러나 그러한 현상이 표지하기, 간격 두기, 흔적 등에 의해서만 겨우 가능해지므로 차라리 비상(非相)이라고 언어적으로 정의하는 것이 보다 더 정확하다는 주장으로 해석될 수 있다.

라즈니쉬는 이 문제를 다음과 같이 설명한다. "<삶>은 논리가 아니다. 논리는 <삶>의 일부에 지나지 않는다—물론 윤곽이 아주 뚜렷한, 분류되고 정돈되고 분리된 부분이다—하지만 <삶>이란 혼잡하고 어수선한 것이다. 그럼 어찌해야 좋을까? 그것은 원래가 그런 것이다. <삶>이란 그렇게 정리된 것도 윤곽이 뚜렷하거나 분리된 것도 아니다. 그것은 혼돈이다. 논리는 죽은 것, 그리고 <삶>은 살아 있는 것이다. 그러므로 문제는 일관성을 택하느냐 <삶>을 택하느냐"(라즈니쉬 31).[5] 라즈니쉬가 논리와 <삶>의 이분법을 사용하는데, 데리다는 바로 이러한 이분법적 구분의 무모함을 공들여 피하고 있다. 『금강경』의 "만약 제상(諸相)을 비상(非相)이라고 본다면"(若見諸相非相)이라는 구절에서 '본다'(見)는 개념을 잊지 말아야 한다. 라즈니쉬는 제상(諸相)이 비상(非相)이거나 비상(非相)이 아닌 두 가지 경우밖에 없다고 정의한다. 그러나 여래를 본다면 제상은 비상이면서 비상이 아니며, 또한 비상이 아니면서 비상이 아닌 것도 아니다. 제상은 비상이면서 동시에 성(性)이기 때문에, 제상을 비상이라고 성(性)의 입장에서 볼 수 있어야 여래를 볼 수 있다고 정의된 것이다. 라즈니쉬가 피할 수 없었던 이분법적 논리를 피하기 위해서 데리다는 다음과 같이 언어를 대신하는 흔적(痕迹)이란 개념을 소개한다.

It is a trace of something that can never present itself; it is itself a trace that can

---

5) 본 논문에서 선불교의 관점에서 라즈니쉬가 여러 차례 언급되고 인용되는 이유는 라즈니쉬가 선불교를 대표하기 때문이 아니라 선사상을 일상 언어로 설명하는데 용이한 자료였기 때문이다.

never be presented, that is, can never appear and manifest itself as such in its phenomenon. It is a trace that lies beyond what profoundly ties fundamental ontology to phenomenology. Like differance, the trace is never presented as such. (Derrida: 1973년 154)

그것은 결코 자신을 드러낼 수 없는 무언가의 흔적이다. 그것은 그 자체로 결코 드러낼 수 없는, 즉 현상(現象) 속에서 결코 나타나거나 자신을 그것만으로 보여줄 수 없는 흔적이다. 그것은 본질적 존재론과 현상학을 긴밀하게 연결시키는 것을 넘어선 곳에 놓여 있는 흔적이다. 차연(差延)처럼 흔적은 결코 그것만으로 드러날 수 없다.

흔적이란 개념을 사용하면 제상(諸相)과 비상(非相)의 개념적 혼란을 피할 수 있다. 제상과 비상은 관찰할 수 있는 사물의 형상인 현상으로 나타나거나 자신의 존재 자체만으로 드러내 보여줄 수 없는 흔적일 뿐이기 때문이다. 라즈니쉬는 이러한 개념을 다음과 같이 설명한다. "어떤 진리도 말로는 설명할 수 없다. 그리고 말할 수 있는 것은 모두 항상 비슷하거나 개요에 지나지 않는다. 명심해야 한다. 개요로 설명되는 진리란 존재하지 않는다. 그것은 진리이거나 진리가 아니거나 그 둘 중에 하나다. 그러므로 무엇이든 말로 할 수 있는 것에는 의미가 없다"(라즈니쉬 282). 라즈니쉬가 '흔적'의 개념 없이 '언어'가 '흔적'임을 설명하려고 노력하고 있다. 흔적은 동양사상을 현대적으로 해석할 수 있게 해주는 유용한 도구다.

절대 진리를 묻는 사람에게 "여름의 쌀값은 어떻던가?" 하는 반어적인 대답, 되묻는 대답으로서 선사가 남자를 제접하는 불립문자의 능숙한 솜씨는 "인간의 관념과 개념, 관습으로 뒤덮여 있는 두꺼운 벽을 깨는 줄탁동시(啐啄同時)의 비범하고 매혹적인 수법"(송준영 88)인데, 이의 현대적 해석은 데리다의 고명론(paleonomy)에 의해서 모색해볼 수 있다. "새로운 개념을 진수시키기 위해 예전의 이름[古名]을 예비적으로 유지해야 할 '전략적' 필요성"(Naas xliii)이라고 정의될 수 있는 고명론에 의해, 진실(眞實)과 가차(假借)라는 정반대되는 입장의 차이를 세심하게 고려하지 않은 채 유(有)·무(無)·중(中)이라는 동일한 용어를 다르게 사용하거나 지(智)를 설명하면서 아무런 개념 설명 없이 자신의 입장을 세 번이나 바꾸는 문제점을 해결할 수 있다. 요컨대 유·무·중이나 지(智)가 새로운 개념을 진수시키기 위해 예비적으로 유지되는 예전의 이름[古名]이라는 점을 지적하면 될 것이다.

(2) 해체론에 의한 연기관(緣起觀)의 연구.

양쪽을 동시에 보면 모든 구별이 사라지고 모든 것에 숨겨져 있는 양극이 보이게 된다. 그리고 논리적 경계와 함께, 논리적 명료성과 함께 살아왔기 때문에 약간의 현기증을 느끼게 된다고 라즈니쉬가 설명한다. 그리고 그 현기증을 허용하라고 충고한다. 왜냐하면 "그 현기증은 바로 사라지고 그대는 새로운 지혜에, 새로운 경험에, 진실에 대한 새로운 인식에 다다를 것"이기 때문이다(라즈니쉬 296). 라즈니쉬의 언어적 현기증은 불립문자의 대표적인 특징인 바, 해체론에서는 아포리아(aporia)라는 용어로 제시된다.

Neither monopoly nor dispersion, therefore. This is, of course, an aporia, and we must not hide it from ourselves. I will even venture to say that ethics, politics, and responsibility, if there are any, will only ever have begun with the experience and experiment of the aporia. When the path is clear and given, when a certain knowledge opens up the way in advance, the decision is already made, it might as well be said that there is none to make: irresponsibly, and in good conscience, one simply applies or implements a program. Perhaps, and this would be the objection, one never escapes the program. In that case, one must acknowledge this and stop talking with authority about moral or political responsibility. The condition of possibility of this thing called responsibility is a certain experience and experiment of the possibility of the impossible: the testing of the aporia from which one may invent the only possible invention, the impossible invention.

The aporia here takes the logical form of a contradiction. (Derrida: 1992년 41)

그러므로 독점(獨占)도 산포(散布)도 아니다. 이것은 물론 아포리아인데, 우리 자신은 그것을 피하지 말아야 한다. 나는 윤리학, 정치학과 책임 같은 것이 **조금이라도 있다면** 아포리아의 경험 및 실험과 더불어 시작됐을 수밖에 없을 것이라고까지 감히 말할 것이다. 경로가 뚜렷하게 주어져 있을 때, 얼마간의 지식으로 미리 길이 열려 있을 때, 결정은 이미 내려져 있으며, 결정할 게 없다고 말하는 것이 좋을지도 모른다. 무책임하게 그리고 아주 양심적으로 그저 프로그램을 적용하거나 수행한다. 아마도, 그리고 이게 반대 의견일 터인데, 우리는 결코 프로그램을 벗어날 수 없다. 그런 경우에 우리는 그 사실을 인정하고 도덕적이거나 정치적인 책임에 관해 당국과 이야기하기를 중단해야 한다. 소위 책임이라고 불리는 이런 것이 가능할 수 있는 조건은 유일하게 **가능한 발명품, 불가능한 발명품**을 발명해낼 수 있는 **아포리아를 테스트하기**, 즉 **불가능한 것의 가능성에 관한** 얼마간의 **경험과 실험**인 것이다.

여기서 아포리아는 모순이란 논리적 형태를 갖춘다.

양쪽을 동시에 보는 독점(獨占)도 양쪽을 동시에 보지 않는 산포(散布)도 아닌 차조동시(遮照同時)가 논의의 출발점이다. 이것이야말로 절대 진리를 추구하는 자가 피할 수 없는 정신적 현기증, 즉 논리적 모순의 극단, 즉 난경(難境)인 아포리아다. 이러한 난경과 더불어 윤리학, 정치학과 책임에 관한 논의, 즉 새로운 지혜에, 새로운 경험에, 진실에 대한 새로운 인식이 시작될 수 있을 것이다.

데리다가 『아포리아』(*Aporias*)에서 다음과 같이 설명하는 것처럼, 아포리아는 쌍차쌍조(雙遮雙照), 즉 차조동시(遮照同時)와 유사한 **부정(否定)의 형식**이다.

How to justify the choice of negative form(aporia) to designate a duty that, through the impossible or the impracticable, nonetheless announces itself in an affirmative fashion? Because one must avoid good conscience at all costs. Not only good conscience as the grimace of an indulgent vulgarity, but quite simply the assured form of self-consciousness: good consciousness as subjective certainty is incompatible with the absolute risk that every promise, every engagement, and every responsible decision—if there are such—must run. (Derrida: 1993년 19)

그럼에도 불구하고 불가능한 것과 실행할 수 없는 것을 통해서 확언적인 방식으로 자신을 선언하는 의무를 지칭하기 위한 **부정(否定)의 형식**(아포리아)의 선택을 어떻게 정당화할 수 있을까? 왜냐하면 무슨 수를 써서라도 좋은 양심을 피해야만 하기 때문이다. 세속에 탐닉하는 점잔뺀 얼굴로서의 좋은 양심뿐만 아니라 자의식이라는 뻔뻔스러운 형태는 물론 아니다. 주관적 확실성으로서의 좋은 양심은—만약 그런 것이 있다면—모든 약속, 모든 참여 그리고 모든 책임지는 결정이 감수해야만 하는 절대적인 위험과 양립할 수 없다.

"모든 약속, 모든 참여 그리고 모든 책임지는 결정"이란 표현은 윤리학, 정치학과 책임에 관한 논의에 있어서 진실에 대한 새로운 인식이 시작되어야 한다는 주장이다. 이는 이제까지 주관적 확실성에 기반을 두고 있었던 '좋은 양심'을 무슨 수를 써서라도 피해야 하는 과정이 된다. 이런 부정적 사고, 즉 아포리아는 기존의 사고체계에 대한 절대적인 위험을 감수하는 도전이다. "불가능한 것과 실행할 수 없는 것"이란 표현은 절대적인 부정, 즉 쌍차(雙遮)를 목표로 하지만, 그럼에도 불구하고 "확언적인 방식"이란 절대적인 긍정, 즉 쌍조(雙照)의 형식으로 표현되어야 현 시점에서 정당화될 수 있을 것이다.

언어적 현기증으로 인해 아포리아라는 난경에 도달한다면, 난경이 된 언어의 새로운 이름은 흔적이다. 아포리아는 라즈니쉬가 '진실에 대한 새로운 인식'에 도달하는 길인 바, 새로운 인식의 길을 현대적으로 해석하기 위해 루시(Niall Lucy)의 『데리다 사전』(*A Derrida Dictionary*)을 다음과 같이 찾아본다.

Spectrality, then, as a name or a 'nick-name' (something other than a proper name) for the non-opposition of the real and the unreal, being and non-being, etc., has to be engaged and thought from somewhere outside the difference between scholarly thought and its others (pure fancy, wishful thinking, intuition, ingenious speculation and so on). This takes courage—the courage, perhaps, to risk going mad. (Lucy 113)

그래서 실재와 비실재, 존재와 비존재 등의 **비대립(非對立)**을 위한 (고유명사가 아닌 다른 것으로서) 이름 또는 '별명'이 되는 유령성(幽靈性)이 관계되어야 한다. 그리고 학문적 사상과 (순수한 환상, 희망적인 생각, 직관, 독창적인 추측 등) 그 외의 것 사이의 차이 외부의 어느 곳에서부터 생각되어져야 한다. 이를 위해서 용기, 아마도 미쳐버릴지도 모를 위험을 감수하는 용기가 요구된다.

아포리아에 봉착하여 흔적이 된 불립문자는 "실재와 비실재, 존재와 비존재 등의 **비대립(非對立)**"이라고 정의될 수 있다. 이러한 비대립과 관련되는 유령성이 라즈니쉬가 말하는 '진실에 대한 새로운 인식'을 명명하는 용어다. 유령이란 죽은 이의 혼령이며 이름뿐이고 실체는 없는 것이다. 『금강경』에 의하면 여래를 본다면 제상(諸相)은 비상(非相)이면서 비상이 아니며, 또한 비상이 아니면서 비상이 아닌 것도 아니다. 데리다의 유령성은 비상을 현대적으로 해석하는 용어다. 비상을 실상(實相)인 것으로 여겨 찾으려 한다면 미쳐버릴지도 모른다. 미쳐버리지 않으려면 괴로움이 있을 뿐, 괴로움을 받는 자는 없다는 무집착심(無執着心)이란 유령성에 도달해야 한다.

포스트모더니즘의 선구자인 보르헤스는 단편소설 「보르헤스와 나」("Borges and I")에서 유령성을 다음과 같이 묘사한다.

우리의 관계가 적대적인 관계라고 말한다면 과장일 것이다. 나는 산다. 그리하여 보르헤스가 그의 문학을 궁리해낼 수 있도록 내 자신이 계속 살아가도록 내버려둔다. 그리고 이 문학이 나를 정당화할 것이다. 근거가 확실한 몇 페이지를 그가 달성했다는 것을 고백하는 것은 내게 힘든 일이 아니다. 그러나 그 페이지들이 나를 구원할 수는 없다. 아마도 좋은 것은 누구에게도, 그에게조차도 속하지 않고 차라리 언어와 전통에 속하기 때문이리라. 게다가 내가 괴멸될 운명이라는 것은 확실하다. 몇 순간만 그의 속에서 살아남을 수 있을 것이다. 사물을 왜곡하고 과장하는 그의 심술궂은 버릇을 잘 알고 있지만, 조금씩 나는 그에게 모든 것을 넘겨주고 있다. (Borges 282)

나와 보르헤스는 동일인물이면서도 동일인물이 아니다. 내가 인대설의 시간이라면 보르헤스는 그 존재다. "인대설에 의하면 존재와 시간은 인대한다. 모든 존재는 생멸하기 때문에 시간이 경과하고, 또한 시간이 경과하기 때문에 모든 존재는 생멸한다. 존재와 시간은 서로 인대하여 이이일(異而一)이다. 이(異)의 입장에서 보면 둘은 서로 다르다. 그러나 일(一)의 입장에서 보면 존재와 시간의 구별은 없다"(나가르주나 139). 『보르헤스의 불교강의』까지 썼던 보르헤스의 작품이기 때문에, 이 소설에서 보르헤스와 나의 관계가 인대설의 존재와 시간의 사례라고 해석할 수 있을 것이다.

나가르주나의 이이일(異而一)은 연기관(緣起觀)의 설명이다. 성철은 "흔히 연기를 만물이 어떻게 생겼나를 설명하는 가르침으로 보는 경향이 있는데 그렇게 되면 시간적 해석이 됩니다. 연기는 본래 존재의 모습을 말하는 기본원리였는데, 후대에 오면서 생성의 원리를 말하는 시간적 관계로 보게 된 듯합니다."라고 지적한다(퇴옹 성철 140). 그리하여 "'이것이 있으므로 저것이 있고 이것이 일어나므로 저것이 일어난다.'함은 서로 의지하여 생멸한다는 뜻이니 부처님이 십이연기를 말씀하실 때에는 반드시 이 구절을 전제로 하고 말씀하셨습니다. 그러므로 여기에서 보는 바와 같이 연기란 서로 의지하여 생한다는 것으로서 본래 시간적 관계를 의미하지 않는다는 것이 판명됩니다."라고 연기관이 생사윤회의 법칙이 아니라 강종(선학의 이론적 체계)이라는 점을 강조한다(퇴옹 성철 116).

나가르주나의 이이일(異而一)은 다음과 같은 데리다의 차연 개념에 의해 현대적으로 해석될 수 있다.

In the one case 'to differ' signifies nondentity; in the other case it signifies the order of the same. Yet there must be a common, although entirely different [*differante*], root within the sphere that relates the two movements of differing to one another. We provisionally give the name *differance* to this sameness which is not *identical:* by the silent writing of its a, it has the desired advantage of referring to differing, both as spacing/temporalizing and as a movement that structures every association. (Derrida: 1973년 129-30)

'차이지다'가 한편으로는 비동일성을 의미하지만, 다른 한편으로는 **같은 것** 의 질서를 의미한다. 지금도 차이지는 두 개의 움직임을 서로에게 연결하는 범위 내에서는 완전히 차연되더라도 공통적인 뿌리가 여전히 있음에 틀림없 다. **동일하지 않은** 이러한 **같음**에 **차연(差延)**이란 이름이 잠정적으로 제공된 다. 발음되지 않는 a라는 글자로 인해, 차연은 차이를 지시한다는 바람직한 이 점을 지닌다. 그 차이는 시간화/공간화로써 **그리고** 모든 연관을 조직하는 움 직임으로써의 차이다.

차연은 시간적이며 공간적인 비동일성, 즉 시간화/공간화를 의미한다. 그 런데 "**같은 것**의 질서," "공통적인 뿌리," "**동일하지 않은** 이러한 **같음**"이 나 "모든 연관을 조직하는 움직임"에서 사용된 '같음'의 개념이 무엇을 의미하는지 본문 내에서 명확하게 설명되지 않았다. 이러한 차연의 개념 적 혼란은 나가르주나의 이이일(異而一)에 의해서 정리될 수 있다.

나가르주나의 이이일(異而一)의 실천인 화두참구의 실참실수(實參實 修) 과정은 「보르헤스와 나」에 관한 해설서로 여겨질 수 있다.

화두 참구자가 화두를 참구하는 행위에 있어서도 망상을 제거하고 난 이후 다음 단계로서 화두일념에 들어가는 것이 아니다. 단지 망상이 제거되는 순간 이미 화두일념이 되어 있다. 그래서 간화선에서 화두참구는 화두의 두 가지 방편적 기능과 정기능의 양태를 분별할 뿐이지 화두 자체를 분별할 수는 없 다. 또한 방편적인 기능과 정기능의 측면에서 화두 참구자와 참구되는 화두가 분리될 수도 없다. 화두일념의 상태가 되는 순간 망상은 제거되고 망상이 제 거되는 순간 화두와 화두 참구자와 깨침은 드러난다. (김호귀 194)

실참실수의 측면에 추가하여 강종의 측면에서 백장이 말하는 불매인과
(不昧因果)를 제시할 수 있다. "불락인과(不落因果)는 현상계를 초월하
여 괴로움에 시달리지 않고 정신적으로 초월자가 되어 신통묘용이 자재
하다는 의미로 읽히고, 백장이 말하는 불매인과는 인과법칙에 밝다 혹은
인과를 알아 지혜롭다는 의미로 풀린다. 다시 말해 자성을 본 견성한 사람
은 초월의 불변성과 현상계의 변화성도 한 눈에 간파할 수 있는 반야의 지
혜를 갖춤으로 자재(自在)로운 마음을 갖는다"(송준영 209).

나. 해체론에 의한 하화중생(下化衆生)의 연구.

(1) 해체론에 의한 사제(四諦)의 연구.

사제는 부처님이 깨달은 바를 고(苦)·집(集)·멸(滅)·도(道)의 네 가
지 진리로 집약하여 설명한 것이다. 중생의 삶이 괴로움이며 그 괴로움의
원인이 있다는 것 그리고 괴로움의 소멸이 필요하며 그 괴로움을 소멸하
는 길이 있다는 것이다. 사제는 자세히 알고 보면 십이연기와 별개의 도리
가 아니라고 성철이 다음과 같이 설명한다. "사제 중에서 괴로움을 말하
는 고제(苦諦)와 괴로움이 생기는 것을 뜻하는 집제(集諦)는 괴로움이 생
기는 과정을 말하므로 십이연기의 순관(順觀)에 해당합니다. 또 사제에서
괴로움이 멸하는 멸제(滅諦)와 그 멸하는 도를 말하는 도제(道諦)는 괴로
움이 소멸하는 과정이므로 십이연기의 역관(逆觀)에 해당합니다"(퇴옹 성
철 146-7). 순관에 의하면 무명으로 말미암아 행이 있고 마침내 생이 있고
노사가 있게 되므로 이 세간에 아무것도 없다는 견해는 있을 수 없게 된
다. 또 역관에 의하면 무명이 멸하므로 행이 멸하고 마침내 생이 멸하고
노사가 멸하므로 이 세간에 실제적인 그 무엇이 있다는 견해는 있을 수 없
게 된다. 나가르주나는 "여래는 존재하지 않는가 하는 질문에 대하여, 여
래는 적멸상(寂滅相)이므로 존재한다고 말해서도 안 되지만, 없다고 말하
면 세간락(世間樂)이 없어질 것이므로 존재하지 않는다고 말해서도 안 된
다."라고 자신의 추론을 정리한다(나가르주나 161). 그러나 사제의 논리

가 진리라 하더라도 현대적 해석을 동반하지 않는다면 현대의 영혼을 구원하지 못한다는 점을 인식해야 한다. 사제가 십이연기와 같은 이론이라는 설명, 여래는 존재하지도 동시에 존재하지 않지도 않다는 추론은 언어로 설명 불가능한 아포리아임을 입증하는 논리적 난경의 표현일 뿐이다.

데리다는 전면적이며 끊임없는 자기 거부라는 다음과 같은 사고의 전략에서 선불교와 만난다.

If such Eurocentric biases are not to be repeated, Derrida warns, the question of Europe must be asked in a new way; it must be asked by recalling that 'the other heading' is not a mere metaphor subject to capitalization, but the very condition of our metaphors, our language, and our thought. Derrida argues not only that Europe *must* be responsible for the other, but that its own identity is in fact constituted by the other. (Naas xlvi)

그런 유럽적 편견이 반복되지 않으려면 유럽의 문제가 새로운 방식으로 질문되어야 한다고 데리다는 경고한다. '다른 방향'이라는 것이 자본화에 속해 있는 단순한 은유가 아니라 우리의 은유, 우리의 언어 그리고 우리의 사고의 조건 자체라는 점을 상기하면서 질문되어야 한다. 유럽이 다른 사람들에게 책임이 있어야만 할 뿐 아니라 그 자신의 정체성이 사실 다른 사람들에 의해 구성되어 있다고 데리다가 주장한다.

데리다의 논리에 힘입어 현대적 해석의 관점에서 불교를 설명한다면, 사제(四諦)가 십이연기와 같은 이론이라는 설명이나 여래는 존재하지도 동시에 존재하지 않지도 않다는 추론 등은 단순한 은유(隱喩)의 표현이 아니다. 세속적 삶과 '다른 방향'을 제시하려고 하면서 우리의 사고 체계 자체에 대한 총체적 반성을 요구한다고 해석할 수 있다. 현재의 세속적 삶이 서구 계몽주의에 바탕을 두고 있다는 점을 감안한다면, 데리다의 논리가 "계몽적 가치 속에서의 새로운 혁명뿐만 아니라 혁명과 계몽이라는 그 개념의 혁명의 필요성을 생각하도록 요구한다."는 해석은 유의미하다(Naas ivii).

데리다가 생각하는 우리의 사고 체계 자체에 대한 총체적 반성의 방안, 즉 서구 계몽주의라는 개념 자체의 혁명을 위한 논리는 차연(差延)이다.

> Not only is differance irreducible to every ontological or theological— onto-theological—reappropriation, but it opens up the very space in which onto-theology—philosophy—produces its system and its history. It thus encompasses and irrevocably surpasses onto-theology or philosophy. (Derrida: 1973년 134-5)

> 차연은 모든 존재론적이며 신학적인, 즉 존재신학적인 재전유(再專有)로 환원(還元)될 수 없을 뿐만 아니라 존재신학, 즉 철학이 자신의 체계와 자신의 역사를 산출해내는 바로 그 장소의 비밀을 밝혀낸다. 그리하여 차연은 존재신학 즉 철학을 감싸고 되돌릴 수 없게 넘어가버린다.

차연, 즉 해체론은 계몽주의의 철학인 존재신학을 감싸고 넘어가는 역사적 과정을 목표로 한다. 해체론의 역사적 발전과정은 감싸고 넘어가는 방식을 택한다. '감싸고 넘어가는' 과정을 위한 데리다의 용어가 뚜렷하게 없기 때문에 김진석이 책제목(『니체에서 세르까지: 초월에서 포월로 둘째권』)에서 사용한 포월(包越)이 중요한 용어가 된다. 김진석은 형이상학적 초월에서 포스트모던 포월로의 전이에 초점을 맞추고 있다. 그러나 포월은 토마스 S. 쿤이 『과학 혁명의 구조』에서 설명하고 있는 것과 같은 이론적 발전 과정의 일반적 양상이기도 하다. 해체론은 존재신학이 추구하는 유토피아적 초월을 목표로 하고 있지 않지만 유토피아적 초월을 전면적으로 부인하지도 않는다. 해체론은 존재신학을 포함(包含)하면서 초월(超越), 즉 포월한다는 것이 차연의 기본 논리다. 초월은 여래의 적멸상인 역관을 위한 현대적 해석 논리이며, 포함은 여래의 세간락인 순관을 위한 현대적 해석 논리가 된다. 따라서 사제와 십이연기가 별개의 도리가 아니라는 성철의 설명은 두 개의 도리가 적멸상/역관과 세간락/순관을 포함하는 포월의 논리에서 만난다는 근거에 기인한다. 여래는 초월하기 때문에 존재하지 않지만, 그래도 포함되어 있기 때문에 존재한다는 것이다. 여래는 존재하면서도 초월하는 포월의 과정에서만 볼 수 있다.

기준이 되는 중심과 그보다 못한 주변이 있어야 하기 때문에 차이는 본질적으로 억압적인 성격을 갖게 되면서 기본적으로 폭력을 수반하기 때문에, 차이가 만들어내는 폭력의 가능성을 축소시키는 것이 가장 평화적인 정치적 방안이라고 비어즈워드(Beardsworth)는 해체론의 정치성을 "민주주의의 약속"이라는 관점에서 설명한다(Beardsworth 146). 차이는 서구 형이상학의 기반이 되는 근거다. 차이를 확정짓지 않고 시간의 흐름 속에서 지연시키는 차연의 사상은 서구 형이상학을 해체하는 작업의 모습이다. "서구 형이상학의 도구인 차이를 사용하면서, 받아들이면서 거부하는 방식으로 형이상학을 해체하려고 한다"(이만식 222). 이런 받아들이면서 거부하는 방식에 의거하여 데리다는 기독교와 이슬람을 포월하는 종교적 대안을 다음과 같이 제시한다.

It is not a question of a messianism that one could easily translate in Judaeo-Christian or Islamic terms, but rather of a messianic structure that belongs to all language. There is no language without the performative dimension of the promise, the minute I open my mouth I am in the promise. (Derrida: 1996년 82)

그것은 유대기독교나 이슬람의 용어로 쉽게 번역될 수 있는 메시아주의의 문제가 아니라 차라리 모든 언어에 속해 있는 구세주의적 구조인 것이다. 약속의 수행적 측면이 없는 언어는 없기에, 내가 입을 열자마자 나는 약속 속에 있는 것이다.

불교를 포함한 모든 종교가 언어에 속해 있기 때문에 구세주의적 구조를 갖는다. 따라서 데리다의 존재신학의 본질적 포월 작업은 존재신학과 불교를 위한 본격적인 대화 국면을 열어놓는다.

5조 홍인(弘忍)은 선불교의 전통을 이어갈 제6대조를 뽑기 위해 다음과 같은 질문을 한다. "너희는 각각의 지혜를 스스로 살펴 자기 본심인 반야의 성품으로 게송을 하나씩 지어 나에게 가져오너라. 만약 큰 뜻을 깨친 사람이 있으면 법과 옷을 전하여 제6대조로 삼을 것이다. 지체하지 마라. 생각으로 헤아린다면 핵심을 놓칠 것이고 견성한 사람은 말 아래에 모름지기 볼 것이니, 이런 사람은 칼싸움하는 진중에도 볼 수 있다"(송준영 27에서 재인용). "생각으로 헤아린다면 핵심을 놓칠 것이고 견성한 사람은 말 아래에 모름지기 볼 것이니"(思量 卽不中用 見性之人 言下須見)가 논리의 핵심인 바, 데리다의 다음과 같은 근대 개인주의 비판에서 해석의 실마리를 찾고자한다.

The individualism of technological civilization relies precisely on a misunderstanding of the unique self. It is an individualism relating to a *role* and not a *person*. In other words it might be called the individualism of a masque or *persona*, a character [*personnage*] and not a person. Patocka reminds us of the interpretations—especially that of Burckhardt—according to which modern individualism, as it has developed since the Renaissance, concerns itself with *the role that is played* rather than which this unique person whose secret remains hidden behind the social mask. (Derrida: 1995년 36)

기술 문명의 개인주의는 유일한 자아에 대한 오해에 정확히 의지하고 있다. 그것은 **사람**이 아니라 **역할**과 관련된 개인주의다. 요컨대 변장이나 가면, 즉 사람이 아니라 배역의 개인주의라고 명명될 수 있을 것이다. 페토츠카가 관련 해석들, 특히 부르크하르트의 해석을 우리에게 상기시키는데, 그 해석에 의하면 르네상스 이래 발전되어온 근대의 개인주의는 자신의 비밀이 사회적 변장 뒤에 숨겨져 있는 이러한 유일한 사람이 아니라 차라리 **연기되는 역할**에 관심을 갖는다.

데리다의 의거하면, 근대 개인주의의 문제점은 **사람**이 아니라 **역할**만 중시하는 데에서 기인한다. 선불교의 역사에서 핵심을 놓치고 생각으로 헤아리는 대표적인 인물은 신수(神秀)다. 신수는 수제자라는 **역할**만 중시하고 깨닫는 **사람**이라는 본질을 놓쳐서 5조의 인가를 받는데 실패한다. 라 즈니쉬는 **사람**이 되는 경지를 다음과 같이 설명한다. "선택해서는 안 된 다. <삶>을 있는 그대로, 그 전체성(全體性)으로 받아들이도록 하라. 전 체를 보지 않으면 안 된다. 삶과 죽음을 함께, 사랑과 미움을 함께, 행복과 불행을 함께, 고민과 환희를 함께 보지 않으면 안 되는 것이다. 그 두 가지 와 함께 살아간다면 선택은 어디에 있을까? 그것이 하나라는 점을 깨닫는 다면 어디에서 선택이 들어올까? 만약 고민은 환희와 다를 바 없고, 환희 는 고민과 다를 바 없다는 점을 깨닫는다면—그렇게 된다면 어디에 선택 이 있는 것이고, 어떻게 선택할 수 있는 것일까? 그때 선택이 떨어져나간 다"(라즈니쉬 46-7).

(2) 해체론에 의한 자비(慈悲)의 연구.

소승불교에서는 우리가 세속적 삶에서 접하는 개개의 사물은 고정되어 있는 것이 아니라 생성과 소멸을 거듭하여 변화한다고 보면서도, 그렇게 하도록 하는 어떤 법칙은 존재한다고 보았다[我空法有]. 그러나 대승불교 도들은 그러한 법칙에 고정적이면서도 실체적인 주장이 있다는 주장에 반대하였다[我空法空]. 법칙조차 끊임없이 변화하는 것이 우주만물의 실 제 모습[實相]이며, 그러한 실상을 그대로 보는 것이 바로 공관(空觀)이 다. 그리고 공관을 통하여 깨달음을 얻을 수 있는 지혜, 즉 반야가 완성되 는 것이다. 세속적인 삶을 영위하면서 동시에 불교의 이상을 실현하고자 하는 종교운동이 바로 제가자들이 주축이 된 대승불교였다. 제1차 격의불 교의 탄생 속에서 반야공관(般若空觀)에 입각한 일군의 불교도들이 생사 와 열반, 재가와 출가, 중생과 부처를 이원적으로 보아온 소승불교도의 사 고방식과 행동양식을 뛰어넘고자 했던 것처럼, 제2차 격의불교의 탄생 속 에서 선사상에 입각한 일군의 불교도들이 주와 객, 유와 무 등 또 하나의 이분법을 뛰어넘어 과학문명을 초월해서 과학문명의 주인공이 될 수 있 는 자주적·자율적으로 역사를 창조하는 원리를 탄생시키게 될 것이라는 기대가 간화선의 위기를 타개하는 추동력이 될 것이다.

중도에서 양변을 여읜다는 부정의 면은 보통 상식적으로 알 수 있는데 다시 양변을 살린다고 하여 부정한 후에 다시 그것을 긍정하는 이것을 학자들이 잘 연결시키지 못한다고 성철이 다음과 같이 지적한다. "요즈음 일본에서 좀 많이 연구했다는 사람들의 글을 봐도 양변을 여읜다는 것, 부정하는 것에 대해서는 경(經)에 드러나 있으므로 그것으로써 증거를 대고 있습니다. 그러나 부정한 후 그것을 다시 긍정하는 면에 대해서는, 즉 양변을 살리는 것에 대해서는 부처님의 비밀한 뜻[密意]으로 은밀히 말했다고 말하고 확실히 증거를 잘 대지 못하고 있습니다. 그만큼 이것은 어려운 대목입니다. 사실은 비밀한 뜻으로서 은밀히 말씀하신 것이 아니라, 부정하신 후에 다시 분명하게 '괴로움이 생하면 생한다고 보고 괴로움이 멸하면 멸한다고 보아 다른 것에 연하는 바 없어 이에 지혜가 생하니 이것이 정견이다.'라고 다시 분명하게 긍정하여 말씀하셨는데, 무엇이 비밀한 뜻으로서 은밀히 말씀하신 것입니까, 절대로 그렇지 않습니다"(퇴옹 성철 110).

성철의 비판을 현대적 해석의 용어로 다시 설명한다면 다음과 같다. 불교계가 여래의 적멸상인 역관의 추론, 즉 초월의 논리에는 쉽게 동의하지만 여래의 세간락인 순관의 추론, 즉 포함의 논리는 받아들이기 어려워한다는 것이다. 성철은 사제와 십이연기가 별개의 도리가 아니라고 설명하면서 두 개의 도리가 초월의 논리(적멸상/역관)와 포함의 논리(세간락/순관)를 통합하는 포월의 논리에서 만난다고 주장한다. 여래는 초월하기 때문에 존재하지 않지만, 그래도 세간에 포함되어 있기 때문에 존재한다는 것이다. 여래는 존재하면서도 초월하는 포월의 과정에서만 볼 수 있다. 그런데도 불교계는 순관 즉 세간락의 국면을 중시하지 않는다는 비판인 것이다.

데리다는 적멸상과 세간락의 포월 상황을 현실 속에서 다음과 같이 구체적으로 제시한다.

The event begins by the impossible, is moved and driven by a desire for the *gift* beyond economy, for the *justice* beyond the law, for the *hospitality* beyond proprietorship, for *forgiveness* beyond getting even, for the coming of the *tout autre*, beyond the coming of same, for what Levinas, picking up on an ancient tradition, called excess of the *good* beyond being, which is a lovely idea that lovers of the kingdom can use, if you drop the Neoplatonic metaphysics, which has next to nothing to do with the kingdom and would have left Jesus of Nazareth dumfounded. (Caputo 479)

사건은 불가능한 것에 의해서 시작되며, 경제를 넘어선 **선물**, 법을 넘어선 **정의**, 소유권을 넘어선 **환대**, 앙갚음을 넘어선 **용서**, 동일한 것의 도래를 넘어선 **전혀 다른 것**의 도래, 신플라톤주의 형이상학을 포기한다면 왕국의 연인들이 사용할 수 있는 사랑스러운 생각이면서 왕국과 거의 아무런 관련이 없으며 나사렛 예수의 말문을 막히게 했을 존재를 넘어선 **선(善)**의 과다(過多)라고 레비나스가 고대 전통에서 알아내어 명명했던 것을 위한 욕망에 의해서 움직여지고 몰려나간다.

선물이 경제적 고려를 넘어서려면, 정의가 법에 대한 고려를 넘어서려면, 타인을 위한 환대가 자신의 소유권에 대한 고려를 넘어서려면 근대적 현실을 초월하는 입장에만 머물지 말아야 한다. 근대 계몽주의는 경제적 고려, 법에 대한 고려와 소유권에 대한 고려 등에 기반을 둔다. 선물, 정의나 타인을 위한 환대 등은 경제적 고려, 법에 대한 고려와 소유권에 대한 고려 등을 단순히 초월하지 않고 그러한 고려를 감싸고 넘어서는, 즉 포월의 역사적 과정에 의한 현실 속에서의 실천양상이다.

데리다는 기독교와 이슬람을 포월하는 종교적 대안의 하나로 다음과 같이 환대(歡待)를 제시한다.

Here I might find something that resembles an ethical dimension, because the future is the opening in which the other happens[arrive], and it is the value of the other or of alterity that, ultimately, would be the justification. Ultimately, this is my way of interpreting the messianic. The other may come, or he may not. I don't want to programme him, but rather to leave a place for him to come if he comes. It is the ethic of hospitality. (Derrida and Ferraris 83)

여기서 나는 윤리적 국면과 유사한 것을 발견할 수 있을지도 모른다. 왜냐하면 미래란 타자가 발생하는[찾아오는] 열린 곳이기 때문이다. 그리고 그것이 궁극적으로 정당화의 근거가 될 것인 타자 혹은 타자성의 가치인 것이다. 궁극적으로 이것이 구세주의적 구조를 해석하는 나의 방식이다. 타자가 올 수도 있고 또는 오지 않을 수도 있다. 나는 그를 프로그램화하고 싶지 않고, 차라리 그가 온다면 그가 올 수 있는 장소를 남겨놓고 싶다. 이것이 환대의 윤리다.

불교를 포함한 모든 종교가 언어에 속해 있어 구세주의적 구조를 갖고 있기 때문에, 데리다의 존재신학의 포월 작업은 존재신학과 불교의 본격적인 대화 국면을 열어놓는다. 데리다의 환대의 윤리는 불교적 자비(慈悲)의 현대적 해석으로 읽을 수 있다.[6] 라즈니쉬는 배경의 일부가 되어 개별성을 상실하는 주체와 대상이 아름답다고 다음과 같이 설명한다. "배경에서 따로 떨어진 형태는 존재하지 않는다. 그것은 그것으로서의 개별성을 상실한다. 그러면 그것들은 이미 대상이 아니다. 왜냐하면 거기에서 그대는 이미 주체가 아니기 때문이다. 크리슈나무르티가 정말 아름다운 말을 하고 있다. 그것은 깊은 명상 속에서 보는 자는 관찰당하는 자가 된다는 말이다. 이것은 진실이다"(라즈니쉬 179). 환대의 윤리는 자신의 소유권에 대한 고려를 포월하는 것이다. "보는 자는 관찰당하는 자가 된다."는 말은 주체성의 포월 논리의 표현이다. 따라서 라즈니쉬의 추론과 데리다의 추론은 행복하게 만난다고 말할 수 있다.

---

6) 불교의 자비와 데리다의 환대의 개념이 모두 이미 타자를 내포한 주체, 즉 분열된 주체라는 의미로 유사하게 수용된다는 본 논문의 논리 자체에 의문이 제기될 수 있다. 이는 해체론이 선사상의 분석 도구가 될 수 있는지 여부 자체에 관한, 그리고 본 논문에서 해체론이 대표하는 것으로 제시한 서구사상과 선사상의 교배로 인한 제2차 격의불교의 탄생 모색 작업이 유의미한지에 관한 핵심 질문이다. 본 논문에 이어지는 작업이 될 차기 논문 「불교의 문화적 번역」에서 상호 비교가 보다 세밀한 범주에서 진행될 것이다.

불교적 자비는 환대의 윤리의 궁극적 양상이다. 라즈니쉬는 승찬이라는 **사람**을 다음과 같이 정말 아름답게 묘사한다.

> 승찬과 같은 사람 역시 사랑하지만, 그 사랑은 착취가 아니다. 그가 사랑하는 이유는 너무 많은 것을 갖고 있어 흘러넘치기 때문이다. 그는 어느 누구의 주위에도 꿈을 흩뿌리지 않는다. 길에서 만나는 누구와도 나누어 갖는다. 그 나누어 주는 행위는 아무 조건도 없다. 그는 상대한테서 무엇 하나 기대하지 않는다. 사랑을 기대한다면 있는 것은 실망뿐이다. 사랑을 기대한다면 결코 충족되는 일이 없다. 사랑을 기대한다면 모든 것은 참담하고 광기뿐이다.
>
> "아니다"라고 승찬은 말한다. "사랑도 미움도 아니다. 그저 상대의 진실을 보도록 하라"고. 이것이 붓다의 사랑이다. 상대의 진실을 보는 것이다. 상대를 있는 그대로 보는 것, 오로지 참된 그 모습을 보는 것이다. 투영하는 것도 아니고, 꿈을 꾸는 것도 아니고, 이미지를 만드는 것도 아니고, 그 이미지에 맞춰서 상대를 고정시키려는 것도 아니다. (라즈니쉬 41)

라즈니쉬의 추론이 아름답기는 하지만, 현실 속에서의 실천을 위해서는 현대적 해석이 요구된다. 이 지점에서 데리다의 해체론은 아주 유용한 도구가 된다.

> There is no individual proper outside 'its' relations to others, such that every individual person or thing is always already divided from within. Individuality begins not in presence but in difference. In order to do justice to individuals, then, it is necessary to acknowledge what is im-proper and im-possible about individuals, including 'one's own' individuality. This entails a responsibility ('an ethical and political duty') to account for what Derrida calls the 'impossibility of being one with oneself'(VR, 14). It is this impossibility—or this impropriety—that is the basis of our relations with others. (Lucy 105)

> 타자와의 관계 외부에 본래의 개인은 없다. 그래서 모든 개인적 인간이나 사물은 언제나 이미 내부에서부터 분열되어 있다. 개인이란 특성은 현존이 아니라 차이에서 시작된다. 그러므로 개인에 관해 정당하게 말하려면 '자기 자

신의' 개인적 특성을 포함하여 개인에게 부적절한 것과 불가능한 것을 인정하는 것이 필요하다. 이는 데리다가 '자신과 하나가 되는 것의 불가능성'(「빌라노바 원탁회의」("The Villanova Roundtable") 14)이라고 명명한 것을 해명하는 책임('윤리적이며 정치적인 의무')을 함의(含意)한다. 이러한 불가능성 또는 이러한 부적절성이야말로 타자와의 관계의 기반이다.

데리다에 의거하여 승찬이란 사람을 위한 라즈니쉬의 추론을 현대적으로 다시 해석할 수 있다. 개인은 언제나 이미 내부에서부터 분열되어 있다. 그래서 사람이 사랑을 하더라도 타자에게 개인을 강요하는 폭력을 사용할 수 없다. 승찬의 사랑이 아름다운 이유는 자신이나 상대나 내부에서부터 분열된 개인이라는 진실을 깨달았기 때문이다.

3. 결론.

불교적 깨침 자체에 대한 논증이 전개되어야 할 필요성에 관한 공감이 불교계에 형성되어 있는데, 이는 바로 간화선의 존립 자체에 대한 위기의식 때문이다. 간화선의 위기는 불립문자의 문제에 관한 불교 내부의 인식적 혼란과 직결된다. 현대적 해석의 관점에서 이성적, 감성적 문자와 올바른 문자의 구분이 명확하지 않기 때문에, 얽매인 사고와 얽매이지 않은 사고의 경계가 모호하기 때문에, 학자적인 정신에는 필수적인 추론에 대한 충동을 좌절시키는지 옹호하는지 알 수 없다는 점에서 간화선의 위기가 기인한다.

불립문자라는 개념의 형성 과정을 선불교의 역사 속에서 조명해본다면, 불립문자의 문제를 해결할 단서가 발견될 수 있을 것이다. 불립문자에 대한 강조는 의리선에 대한 비판에서 시작된다. 의리선에서는 가장 핵심이 되는 방편이나 방법론적 자각의 모습을 넘어서는 언어가 어떤 것인지 설명되지 않았기 때문이다. 간화선은 인식론적 변화, 즉 논리적 사고가 발전하여 개념적 합리화에 더욱 능해진 방어벽을 부수려는 대응책이었다. 간화선 같은 방책이 다시 한 번 강구되어야 하는 시점이다. 깨침 자체에 대한 논증이 전개되어야 할 필요성과 간화선의 존립 자체에 대한 위기의 식이란 두 국면 중 어느 쪽에 중점을 두느냐에 따라 대응책이 전혀 달라질 것이다. 간화선의 존립 자체에 대한 위기의식에서 출발하여 간화선으로의 복귀를 완수하기 위해서는 그 이론의 본래적 충동을 살려낼 수 있는 외부적 위치를 구축하는 것이 무엇보다 중요할 것이다. 필자는 이 길이 새로운 격의불교의 모색에 있다고 본다.

간화선의 존립 자체에 대한 위기의식을 위한 대응책이 깨침 자체에 대한 논증이 전개되어야 할 필요성의 인식만으로 필요 충분한 것인지, 아니면 필자의 주장처럼 새로운 격의불교의 모색이 요구되는 상황인지에 관해서는 논란의 여지가 있을 것인데, 필자는 그러한 논란을 촉발시키려는 의도를 갖고 있다. 깨침 자체에 대한 논증을 전개하려면 현대의 논리적 언어를 사용해야 하기 때문이다. 학자적인 정신에는 필수적인 추론에 대한 충동을 좌절시키는 시도로 표현되어온 공안을 논리적 언어인 논증으로 전개하려는 시도가 배태하고 있는 본질적인 모순을 지적하지 않을 수 없기 때문이다. 붓다의 사상과 노자 사상의 교배가 이루어졌던 제1차 격의불교의 탄생과 달리 제2차 격의불교의 탄생은 선사상과 서구사상의 교배로 이루어질 것이다. 제1차 격의불교의 탄생 속에서 반야공관(般若空觀)에 입각한 일군의 불교도들이 생사와 열반, 재가와 출가, 중생과 부처를 이원적으로 보아온 소승불교도의 사고방식과 행동양식을 뛰어넘고자 했던 것처럼, 제2차 격의불교의 탄생 속에서 선사상에 입각한 일군의 불교도들이 주와 객, 유와 무 등 또 하나의 이분법을 뛰어넘어 과학문명을 초월해서 과학문명의 주인공이 될 수 있는 자주적·자율적으로 역사를 창조하는 원리를 탄생시키게 될 것이라는 기대가 간화선의 위기를 타개하는 추동력이 될 것이다.

새로운 격의불교의 모색이 필요하다는 주장으로 논문을 끝낸다면 문제의 심각성을 부각시킴으로써 학문적 연구의 책임을 다했다고 판단한다고 비판받아 마땅하다. 새로운 격의불교를 어느 곳에서 모색할 수 있을 것인가? 필자는 그 대안의 하나로 자크 데리다의 해체론을 제시한다. 해체론의 연구가 강종(선학의 이론적 체계)의 연구 과정, 즉 깨달음의 과정이 될 수 있으며 간화선의 한계를 넘어서는 새로운 격의불교의 모색을 위한 검색엔진이 될 수 있는지 여부를 구체적으로 검토하였다. 불교의 종교적 핵심은 상구보리의 깨달음 후에 하화중생의 자비, 즉 자리 후에 이타에 있다. 새로운 격의불교의 모색을 위한 검색엔진으로 데리다의 해체론을 동원하여 강종, 즉 선학의 이론적 체계를 연구함에 있어서 상구보리와 하화중생의 두 측면이 고려되었다.

인용문헌

김열권. 『보면 사라진다: 체험으로 만나는 붓다의 위빠사나』. 서울: 정신세계사, 2001.

김진석. 『니체에서 세르까지: 초월에서 포월로 둘째권』. 서울: 솔, 1994.

김태완. 「見性의 心性論的 解明─祖師禪의 見性論」. 『한국선학』 제1호(2000): 114-29 쪽.

김호귀. 「간화선에서 화두의 양면적 기능」. 『한국선학』 제8호(2004): 167-94쪽.

나가르주나. 『중론송』. 황산덕 역해. 서울: 서문당, 1996.

대한불교 조계종 교육원. 『간화선』. 서울: 조계종 출판사, 2005.

라즈니쉬. 『信心銘』. 박준영 옮김. 서울: 상아, 1992.

르누아르, 프레데릭. 『불교와 서양의 만남』. 양영란 옮김. 서울: 세종서적, 2002.

박경일. 「동(東)과 서(西)의 발라드: 오리엔탈리즘의 환상을 넘어서」. 박경일 편. 『동양과 서양의 만남: 오리엔탈리즘, 모더니즘, 포스트모더니즘』. 서울: 경희대학교 출판국, 2004. 1-30쪽.

보르헤스, 호르헤 루이스 · 알리시아 후라도 『보르헤스의 불교강의』. 김홍근 편역. 서울: 여시아문, 1998.

서옹 대종사. 『절대 현재의 참사람』. 서울: 불교영상회보사, 1988.

송준영. 『현대 언어로 읽는 선시의 세계』. 서울: 푸른 사상, 2006.

스즈끼, 순류. 『禪』. 전남 순천시: 불일출판사, 1995.

심재관. 『탈식민시대 우리의 불교학』. 서울: 책세상, 2001.

영가 현각. 『禪宗永嘉集』. 혜업 편역. 서울: 불광출판부, 1977.

이덕진. 「看話禪의 '拘子無佛性'에 대한 一考察」. 『한국선학』 제1호(2000): 189-213쪽.

이만식. 「해체이론과 포스트 콜로니얼리즘」. 『비평과 이론』 제4-1호(1999): 211-54쪽.

이명섭. 「불교와 데리다의 연기(緣起/延期)와 시간관」. 박경일 편. 『동양과 서양의 만남: 오리엔탈리즘, 모더니즘, 포스트모더니즘』. 서울: 경희대학교 출판국,

2004. 163-243쪽.

이혜성 찬. 『마음: 이청담 명상록』. 서울: 삼성출판사, 2002.

조용성(원공). 「雲門의 現成公案 考察」. 『한국선학』 제6호(2004): 91-109쪽.

지젝, 슬라보이. 『믿음에 대하여』. 최생열 옮김. 서울: 동문선, 2003.

쿤, 토마스 S. 『과학 혁명의 구조』. 김명자 옮김. 서울: 동아출판사, 1992.

퇴옹 성철. 『百日法門 上』. 경남 합천군: 장경각, 불기 2536.

한중광. 『경허, 길 위의 큰스님』. 서울: 한길사, 1999.

혜능. 『六朝檀經』. 광덕 역주. 서울: 불광출판부, 1975.

회산 계현. 『禪門鍛鍊設』. 연관 역주. 서울: 불광출판부, 1993.

희철(하미경). 「百坡 亘璇의 三種禪 考察」. 『한국선학』 제10호(2005): 49-89쪽.

Beardsworth, Richard. Derrida and the Political. London and New York: Routledge, 1996.

Borges, Jorges Luis. Labyrinths. Harmondsworth: Penguin Books, 1962.

Caputo, John D. "The Poetics of the Impossible and the Kingdom of God." The Blackwell Companion to Postmodern Theology. Ed. Graham Ward. Malden, MA: Blackwell, 2001. 469-81.

Cohen, Tom. "Introduction: Derrida and the future of…" Jacques Derrida and the Humanities. Ed. Tom Cohen. Cambridge: Cambridge UP, 2001.

Derrida, Jacques. Aporias. Tr. Thomas Dutoit. Stanford: Stanford UP, 1993.

_____. The Gift of Death. Tr. David Wills. Chicago: The U of Chicago P, 1995.

_____. The Other Heading. Tr. Pascale-Anne Brault & Michael B. Naas. Bloomington & Indianapolis: Indiana UP, 1992.

_____. "Remarks on Deconstruction and Pragmatism." Deconstruction and Pragmatism. Ed. Chantal Mouffe. London and New York: Routledge, 1996. 77-88.

_____. Speech and Phenomena. Tr. David B. Allison. Evanston: Northwestern UP, 1973.

Derrida, Jacques and Maurizio Ferraris. A Taste for the Secret. Tr. Giacomo Donis. Cambridge: Polity, 2001.

Jalon, Allan M. "Meditating on War and Guilt, Zen Says It's Sorry." The New York Times (January 11, 2003).

Lancaster, Lewis. "The Role and Significance of Korean Son in the Study of East Asian Buddhism." 고불총림 무차선회 조직위원회 편. 『고불총림 무차선회 한국 선

국제학술대회 논문집』. 서울: 인드라넷, 1998. 1-49쪽.

Lucy, Niall. A Derrida Dictionary. Maiden, MA: Blackwell, 2004.

Muller, Charles. "Innate Enlightenment and No-thought: A Response to the Critical Buddhist Position on Zen." 고불총림 무차선회 조직위원회 편. 『고불총림 무차선회 한국선 국제학술대회 논문집』. 서울: 인드라넷, 1998. 681-730쪽.

Naas, Michael B. "Introduction." Jacques Derrida. The Other Heading. Bloomington & Indianapolis: Indiana UP, 1992. pp. vii-lix.

Sharf, Robert H. "On the Buddha-nature of Insentient Things." 고불총림 무차선회 조직위원회 편. 『고불총림 무차선회 한국선 국제학술대회 논문집』. 서울: 인드라넷, 1998. 255-327쪽.

제2부

이승훈의 시세계

1.
나는 누구인가/나는 있는가:
이승훈『밝은 방』

이승훈 교수의 시 세계는 전환점에 서 있다. 시에 대한 이론적 연구를 병행하고 있는 철학적 탐구의 시인 이승훈은 '나는 누구인가'라는 인식론적 질문이 자신의 아홉 번째 시집인『밝은 방』에서 '나는 있는가'라는 존재론적 질문으로 바뀌었다고 설명하고 있다(『문예중앙』 1996년 봄). 등단 이후 30년 이상 지속된 시적 세계관이 격변하는 돌쩌귀^{hinge}에 이 시집이 자리 잡고 있다는 말인데, 그러면 지금까지의 세계관은 어떠하였으며『밝은 방』에서는 그것이 어떻게 그리고 얼마나 바뀌었는지 질문하지 않을 수 없는 것이다.

이러한 변화의 한 흔적이 이번 제9시집「自序」의 첫 문장이다. '그러나 고독하다는 것, 홀로 있다는 것은 과연 무엇인가?' 이 질문은, 즉 고독의 의미에 대한 회의는, 가끔은 심각하게 외로우나 그래도 견딜 만하다고 생각하며 30년 넘게 고독하다고 써오지는 않은 다른 시인들의 경우와는 달리 제법 심각하게 받아들여져야 한다. "나의 몸이 물구나무서서/바라보는 이 열렬한 외로움"(「여름밤」, 제2시집『환상의 다리』)은 사회적일 뿐만 아니라 일상적이다.

나도 구역질나는 밥을 먹는다 너희들만 그렇다고 하지마 나도 그렇다 구역
질나는 인생이다 구역질나는 창고에서 썩은 파를 먹는다 언제나 구역질나는
창고에 틀어박혀 구역질나는 너희들의 시와 평론을 읽는다 그것도 모조리 읽
고 갑자기 화가 나서 버스를 타고 광화문에 내리면 향기로운 빵은 어디 있는
가 향기로운 술은 향기로운 시는 아 향기로운 파는…… 어디 있는가 구역질을
참으며 하루 종일 서울 거리 기웃거린다 너희들만 그렇다고 하지 마
— 「파」의 전문, 제 3시집『사물들』

이토록 끈질기게 오래도록 당연한 것으로, 어쩌면 삶의 당위성으로까지
받아들여 온 고독의 의의에 대해 드디어 질문을 제기하기 시작하고 있는
것이다.

'나'를 찾으려는 노력 또는 '나'를 찾아가는 여행이라고 스스로 규정하
고 있는 이승훈의 시 쓰기는 무척 체계적이다. 예를 들면 이승훈 편저『문
학상징사전』의 다음 부분을 읽으면 이 시집의 제목인 「밝은 방」에 대한
명확한 해석이 가능해진다.

방 : 방은 일반적으로 개인적인 사상이나 개별성을 상징한다…… 따라서「당신의 방」
은 이런 상징적 의미를 거느리는, 외부와 차단된 유토피아를 의미한다.
빛Light : 빛은 전통적으로 정신과 동일시된다…… 필자의 경우 빛은 색채와
관련된다. 그 색은 흰빛이다. 전통적으로 흰빛은 일체의 빛을 종합한다는 의
미를 띤다.

「밝은 방」은 「빛이 많은 방」이므로 「흰빛의 방」이라고 말할 수 있다. 따라
서 「밝은 방」은 『문학상징사전』의 해석에 따른다면 '일체의 정신을 종합
한 시인의 개인적 사상'이라는 의미를 갖고 있다고 해석된다. 그러므로
이제 9시집에서 시인이 노리는 변화는 실로 전면적이다.

「自序」에서 '나'에서 '너'로, '너'에서 '그'로 옮겨 가면서 '오늘도 계속
되는 여행'이라고 자신의 시 쓰기를 종합한 것처럼, 이승훈의 시 세계에
있어서 그 변화의 양상을 구체적으로 이해하기 위해서는 1/2/3인칭대명

사를 작품 속에서 자세히 읽어보아야 할 것이다.

우선 앞에서 '외부와 차단된 유토피아'라고 정의된「당신의 방」(제 4시집『당신의 방』)의 전문을 읽으면서 '당신'이, 즉 '너'가 '유토피아' 또는 새로운 삶을 여는 '문'이 되고 '길'이 되는 '참된 사랑'(『문학상징사전』)의 세계를 발견할 수 있다.

> 당신의 방엔/천개의 의자와/천개의 들판과/천개의 벼락과 기쁨과/천개의 태양이 있습니다/당신의 방엘 가려면/바람을 타고/가야 합니다/나는 죽을 때까지/아마 당신의 방엔/갈 수 없을 것 같습니다/나는 바람을 타고/날아가는 새는/될 수 없기 때문입니다

그러나 이번에 발간된『밝은 방』의「돌아오지 않는 법」에서 만나게 되는 '너'에 대한 화자의 태도에는 큰 변화가 있다. "너를 기다리며 여름이 가고 가을이 온다 너를 기다리며 머리를 빗고 거울을 닦고 커피를 끓이고 책상을 닦고 벽에 다른 그림을 건다"고 시작되는 이 시의 첫 부분에서는「당신의 방」에서 발견되었던 '너'='유토피아'라는 등식이 전제하는 진지하고도 전통적인 '참된 사랑'의 태도가 견지되고 있는데, 다음과 같이 끝 부분에서 제시되고 있는 해학적인 질문은 시인이 종래에 진행되어온 견고한 상징체계 구축작업에 대해 심각하게 회의하고 있음을 드러낸다.

> 빌어먹을 너는 돌아오지 않
> 을 거다 모든 사람들이 그랬다 물론 외출을 했다가 돌아오
> 지 않는 법도 있는 법?

만약 '너'가 '유토피아'나 '길'이라면, 그 '너'의 외출은 상상할 수 없으며, 더군다나 "외출을 했다가 돌아오지 않는" 부재(不在)는 전제할 수 없을 것이다. 따라서 이는 "법"의 변화가, 즉 세계관의 변화가 진행 중이라는 뚜렷한 증거가 아닐 수 없다.

「반달」의 첫 부분도 「돌아오지 않는 법」의 구성 방법과 유사하게 소위 '참된 사랑'의 세계를 제시하고 있다. "거지같은 망상에 시달리며 가을을 보내고 겨울 저녁에 너를 만났지 이젠 네 속에 내가 있는 거야." '유토피아'인 '너' 속에 화자인 '나'가 있는 상황은 아마 '환상' 속에서나 가능할 따름이다. 그런데도 화자는 "모두가 환상이지만 환상이 진리"라고 강변하고 있다. 그런데 「돌아오지 않는 법」의 경우와 유사하게, 「반달」의 경우에도 이 시의 끝 부분에서 다음과 같이 이번 시집 『밝은 방』이전까지의 시세계에서 구축되어 왔던 유토피아적 환상에 대한 날카로운 질문이 제기되고 있다.

> 여기까지 시를 쓰자 문득 시를 쓰고
> 있는 그의 방에 낯선 남자 두 명이
> 들어와 소리친다 집어처! 죽여 버릴
> 거야! 이 자를 묶어! 그는 입을
> 다물고 낯선 두 남자 얼굴을 쳐다본
> 다 두 남자의 얼굴은 그의 얼굴과
> 똑같다 그럼 꿈을 꾸는 건가?

시를 쓰고 있는 시인에게 질문이 제기되고 있기 때문에, 이 부분을 시적 세계관 전체에 대한 의문의 제기라고 해석할 수밖에 없으며, "낯선 남자 두 명"의 등장에서 느껴지듯이 그 시적 효과가 「돌아오지 않는 법」에 비하여 더욱 직접적이고, 더욱 육체적이며, 더욱 과격하다. 그러나 "두 남자의 얼굴은 그의 얼굴과 똑같"기 때문에 「반달」이 말하고자 하는 바는 「돌아오지 않는 법」이 제기하는 문제점과 크게 다르지 않다고 말할 수 있을 것이다.

'너'라는 '환상'이나 '유토피아' 세계의 부재를 어쩔 수 없이 확인하고 있다는 고백이 『밝은 방』을 그 이전 여덟 권의 시집과 뚜렷하게 구분 짓는다. 그 시집들의 제목 속에 「환상의 다리」, 「당신의 초상」, 「당신의 방」,

「너라는 환상」 등이 들어 있을 만큼 '유토피아'인 '너'를 찾아가는 그리고 그 '너'와 '나'가 하나가 되려는 노력이 근 30년간에 걸친 시인의 행적이 었다는 사실을 확인한다면 이 『밝은 방』이 제기하는 '너'에 대한 심각한 의문점은 가히 충격적이지 않을 수 없는 것이다.

그런데 이러한 '너'와 '나'의 '동일성 증명' 노력 및 '너'의 존재에 대해 최근에 제기되는 의혹 등 문제점들을 검토하면서 잊지 말아야 할 사실은 이번 시집에 이르기까지 시적 상징체계의 구축 과정에서 '너'의 존재가 '나'와 유별나게 독립적인 상징으로 발전되어 온 것 같지만, 실은 '나'와 '너'는 구별되지 않는 한 개체의 내부에 공존하고 있었다. 예를 들면 다음 과 같이 일찍이 고백했던 것처럼, '너'는 '나에게서 분리'된, 그것도 밤의 "악몽" 속에서 "망치로 두드"려 분리한 존재인 것이다.

> 허나 밤이 좋다
> 악몽만 있는 밤이
> 창백한 망치로 두드리는 밤이
> 나를 나에게서 분리하는 밤이
> 나는 좋다
> ─「허나 밤이 좋다」, 제 4시집『사물들』

그러므로 '너'가 표상하는 '유토피아'의 부재가 확인되는 충격을 견디지 못해서 '나' 속에 "낯선 남자"가 폭력적으로 등장(「반달」)한다든가, '너' 가 있었는데 "외출을 했다가 돌아오지" 않을 지도 모른다고 투덜대는 행 위(「돌아오지 않는 법」)를 통해, 이승훈의 시 세계가 지금까지 얼마나 '환 상' 속에 굳건하게 자리 잡고 있었는지 그리고 시적 화자가 그 '너'의 부 재의 예감에 얼마나 견딜 수 없어 하는지 확인하면서, 이 앞으로 예상되는 '너'의 부재의 시대를 이승훈 시인이 어떻게 견뎌낼 수 있을 것인지 지금 이 자리에서 질문하지 않을 수 없다,

깊은 밤 나는 정거장에 닿았지
그러나 내가 닿았을 때 정거장은
갑자기 사라졌어
어떻게 된 노릇이야? 정거장이
사라지다니 여보시오 난 지나가는
사람들에게 물었지 마악 화를 내면서
가방과 모자를 던지면서 도대체
정거장이 어디로 갔습니까? 그들은
정거장이 무엇인지 모르는 것 같았다
그들은 대답이 없었다 지나가는 대학생,
신사, 주부, 회사원, 예술가 모두
땅만 보며 지나갔다

위에서 일부 인용된 시 「정거장」에서 정거장은 유토피아인 '너'의 대체물로 등장한다. 악몽의 밤, 망치로 두드려 만든 '나를 나에게서 분리한' 유토피아의 존재가 강력하게 의문시되는 상황 속에서도, 더군다나 '나'의 일부인 '너' 대신 '정거장'이란 객관적 상관물을 사용하는 것으로 미루어 보아도 알 수 있듯이 화자인 '나'가 '정거장'이 부재하다는 사실을 이미 어느 정도는 짐작하고 있으면서도 그런 부재의 사실이 실제로 확인된 순간, '나'는 "가방과 모자를" 구체적으로 집어 던지면서 "마악 화를 내"고 있다. 이 대개 '너'로 표현되었던 그리고 여기서는 '정거장'으로 표상되는 내부적 유토피아 세계의 부재를, 그 '마약' 같은 안온함의 상실을 얼마나 떨쳐버리기 어려운 것인지 미루어 짐작할 수 있을 따름이다.

3인칭 대명사 '그'의 경우, '너'와 '나'의 동일성 증명이 벽에 부딪히면서 다시 '나'를 찾으려는 노력의 일환으로 "산업사회 속에서 사물로 전락한 자아인 '그'를 노래하는 방법을 강구하게 되었다"고 시인은 고백하고 있다.(「自序」, 제 7시집 『길은 없어도 행복하다』) '너'의 경우와 마찬가지로 '그'도 '나'의 일부였으나 독립적인 상징으로 발전되어 왔는데 예를 들면 제 8시집『밤이면 삐노가 그립다』에서 쉽게 발견되는 'S'가 '나'의 일부이면서도 사물화된 '나'의 독립적 상징으로서의 '그'와 동일한 역할을 하고 있다.

> 양수리의 봄 속에/S가 있네/시린 해 비치는/덕소역 앞에/S가 있네/아기를 업고/병원으로 가네/아기가 아파/바람이 부네/버드나무가 흔들리네/흔들리는 나무 아래/S가 있네/양수리를 물들이는/푸른 햇살 속을/S가 걸어가네/버스 유리창에 닿는/파아란 물/파아란 공기/파아란 바람 속에/S가 있네/아기를 업고/병원으로 가는/S가 있네/양수리의 봄 속에/S가 있네/작은 병원 앞에/S가 서 있네/양수리의 바람 속에/S가 서 있네

전문이 인용된 「양수리의 봄」은 '기호(Sign)', '자아(Self)', '주체(Subject)' 등 S로 시작되는 영문자의 첫 부분 또는 '시선' 등을 시옷(ㅅ)으로 시작하는 국문자의 첫 부분일지도 모르는 'S'를 통해서 양수리의 덕소역 앞에 정차한 버스에 타고 있던 화자의 '시선'이 닿았던, 버드나무가 흔들리도록 바람이 부는 어느 대낮 병든 아기를 업고 작은 병원으로 가는 아낙네라는 '기호'를 '자아'나 '주체' 자신의 일처럼 안타깝게 느꼈던 경험의 기록이다. 경험의 과거와 그 경험이 기록되고 있는 현재의 시점이 충돌하면서, 화자 '나'는 이렇게 지극히 일상적인 경험의 주체였던 과거의 사물 같은 '나'를 '그'라고 또는 이 시에서처럼 'S'라고 부를 수도 있다는 것이 『밝은 방』이전까지 이승훈 시 세계의 논리였던 것이다.

'너'나 '그'를 통해서 '나'를 찾으려는 시적 노력이 강화되면서 '너'와 '그'의 상징체계가 발전/전개되었던 것인 바, '너'의 경우와 유사하게, 이 '그'도 제 9시집 『밝은 방』에서는 큰 변화를 겪는다. 예를 들어 「그와 함께 움직이는 나」는 다음과 같이 시작된다.

> 그와 함께 일어나고 그와 함께 산책하고
> 그와 함께 아파트 단지를 한 바퀴 돈다
> 산책이 아니라 방황이리라 그는 아침부터

방황한다 방황에는 목적이 없다 그러므로
방황은 여행이다 그와 함께 여행하고 그와
함께 출근한다 나는 그(이승훈 씨)와 함께

그리고 다음과 같이 끝난다.

허무를 지나 마침내 흰머리가 생긴 그와 함께
내가 오전부터 힘없이 강의를 한다 그를
붙잡기 위해선 그를 피해야 하리라 인간은
누구나 자신과 대립한다지만!

'그'를 이해하기 위해서는 아니 '그'를 포함시켜 상징체계를 구축하기 위해서는 앞에서 읽은 「양수리의 봄」에서 발견했던 '그'와 '나'의 대립 구도가 있어야 할 것 같다고 생각하면서도, 시적 화자인 '나'는 실제로 자신을 '그'인 '이승훈 씨'와 구별할 수 없다는 것이 시대의 현실이라는 사실을 받아들인다.

『밝은 방』의 「自序」는 다음과 같이 끝난다.

결국 '나'는 어디에도 없다는 생각이 든다. 그러나 나는 헤맨다. 1995년 여름. 하야얀 햇살만 무섭게 쏟아지던 아스팔트 위로 기어가던 개미들이 떠오른다. 올 여름은 개미들을 보면서 지낸 게 그래도 행복했다.

왜, 지금 하필이면 '개미'인가? 『문학상징사전』의 풀이에 의하면 "광활한 우주와 대비되는 인간의 고독과 삶에의 정열을 상징"한다지만, 이 시집의 '개미'는 '그와 함께 움직이는 나'의 읽기를 통해서 어느 정도 드러난 것처럼, '나'가 지금까지처럼 고고하게 "산업 사회 속에서 사물로 전락한 자아"인 '그'와 구별될 수 없을 것이라는 자각의 모습인 것이다. 이런 삶의, 또는 일상의 반복적 무의미를 일단 받아들이게 되면, 무엇인가 지금까지 조심스럽게 지켜오던 것을 포기하고, 조심스럽게 디뎌오던 진흙탕에 펄

썩 주저앉아 그 젖음의 느낌을 전적으로 받아들일 때의 '행복감'이 있을
수 있다.

비가 그치고 개미가 기어간다 개미 한 마리 미열에
시달리며 우체국으로 간다 염소(당신 이름)에게
편지를 부치기 위해서다

따라서 위와 같은 「잉크빛 황혼」의 부분은 '그' 또는 '이승훈 씨'가 "미열
에 시달리"면서도 '개미'처럼 무의미하게 또는 자아의식 없이 '유토피아'
인 '너'에 대한 '환상'을 꿈꿀 수 있을지도 모를 '밤'이 오려고 하는 '황혼'
에, 그것도 「잉크빛 황혼」속에서 '무기력과 재난'의 모습으로 존재하고
있다고 설명될 수 있을지 모른다.

내가 아는 그는 오늘도 거리를 걷는다 오늘의
거리가 내일의 거리다 언제나 휩싸는건
룸펜의 황혼 기다림의 마약 그는 거울 속의 그와
거울 밖의 그를 구별할 줄 모르고 거울에 빠져
산다
— 「그에 대해서」

그래서 거울 속의 '그'와 '거울 밖의 그'인 '나'가 뚜렷이 구별되던 이전의
시세계에서는 문제되지 않던 "창문을 열 줄도 모르고 성냥을/켤 줄도 모
르고 밥도 할 줄도 모르고 빨래도 할 줄/모른다"라는 일상적 능력의 부재
가 '그'에게 제기된다.

'유토피아'의 부재가 인식되면서 '너'라는 상징의 독립성이 의문시되
기 시작하였던 것처럼, '그'의 독자적 존재성에 대해서도 의혹의 눈길이
주어지고 있다. 실상 지금까지 '나'는 '너'와 '그'로 구성된 상징체계의 지
원을 받으며 '나는 누구인가' 라는 주체 인식 작업을 수행해 왔던 것인 바,
지금처럼 '너'와 '그'의 존재 여부에 의문이 제기된다는 것은 '나'의 존재

여부를 확신하지 못하고 있다는 증거인 것이다. 이제 '나는 있는가'라고 질문하기 시작한다. 그래서 시인은 「나무에 대한 명상」에서 "남들은 나를 믿을 수/없고/나도 남들을 믿을 수/없고"라면서 '그'에 대한 신뢰의 상실을 고백함과 동시에, "길도 믿을 수/없다/아름다운 길도 믿을 수/없다"고 '너'에 대한 신뢰의 상실감도 드러낸다.

고백의 문체가 『밝은 방』에서 강화된 것은 '너'/'그'와 '나'의 거리가 극도로 축소되어버린 상황에 기인한다. 말하자면 이전의 '너'/'그'는 나름대로 독자적인 상징체계를 구축하고 있었으므로 화자인 '나'의 이야기는 객관적 보고서 같은 형태를 띨 수밖에 없었는데, '너'/'그'가 '나'와 함께 행동하게 됨으로써 『밝은 방』에서는 고백체의 형식을 표 나게 드러내 보이게 되었던 것이다.

이러한 '너'와 '그'에 대한 신뢰감의 상실이 '나는 누구인가'라는 인식론적 세계관에서 '나는 있는가'라는 존재론적 세계관으로의 변화에 기인한다고 시인은 설명하고 있는데, 『밝은 방』이 제시하는 시적 세계관의 변화를 과연 이성 중심주의에 반발하는 해체철학으로 설명할 수 있을까? '너'와 '그'의 상징체계를 통한 '나'의 상징적 건축 작업에 대해 『밝은 방』이 강력한 회의를 드러내고 있다는 것은 지금까지 확인해 온 것처럼 틀림없는 사실이지만, 그리고 이러한 회의가 동시에 시론이기도 한 시 작업을 통해서 본격적으로 전개되고 있으며, 앞으로 화려하게 펼쳐질 것으로 기대할 수 있다고 여겨지지만, '너'라는 '환상'의 유토피아에 대한 객관적 상관물인 「정거장」이 사라졌다고 "가방과 모자를 던지면서" "마악 화를 내"는 모습을 발견했었다는 사실을 기억해내지 않을 수 없는 것이다. 예를 들면 "인생은 언제나 그를 속였다 그가 다가가면 발로 차고 그가 도망가면 팔을 잡았다"고 즐겁게 고백하다가도 "인생이 그를 속이지 않은 건 너를 안을 때 해가 질 때 너의 눈을 볼 때 너와 차를 마실 때 그러나 너와 헤어지면 인생은 그를 속였다"(「인생은 언제나 속였다」)에서처럼 '너'라는 유토피아적 환상과 그 상징체계에 대한 미련을 버리지 못하고 있다. '인생'이 화자인 '나'를 속인 것이 아니라, 아직도 '너'를 버리지 못하는 '나'가 '너'/'그'에 대한 신뢰감을 상실한 '나'를 보면 속은 느낌이 드는 것이다. '너'를 그냥 놓아버리면 자신의 시세계에 무엇이 남을까 시인은 가끔 불안한 것이다.

그리하여 『밝은 방』에서 제시되는 해체적 세계관은 흐릿한 모습을 띠고 있다. 안개 속에 감추어져 있는 '밝은 방'처럼, 어느 때에는 이성 중심주의에 대한 강력한 도전인 해체적 세계관 부분이 밝아지다가도 어느 때에는 '너'라는 상징을 중심으로 한 기존의 세계관에 불이 밝게 들어오기도 한다. 예를 들면 "그동안 난/내가 쫓겨난 거라고 생각했지/인생에서 쫓겨난 거라고//그러나 오늘 문득 그리고 어제/별안간 다른 생각이 떠오른 거야/사는 게 그래도 즐겁다고/난 운이 좋았다고"(「술 마시는 이승훈 씨」)라는 구절이나 "도대체 나는/몇 개나 되는 거야"(「펜」)이라는 구절에서처럼 '나'/'너'/'그'의 우울한 상징체계에 대한 부담을 과감히 떨쳐버린 해체적 희열^{bliss}을 뚜렷하게 보여주다가도, "언제나/너를 보며 나는 이 추운 도시에서 따뜻한/나라로 콘크리트가 없는 나라로 향기의 나라로/초생달이 뜬 밤 빵으로 뒤덮인 길을 달린다"(「너를 위한 초상」)나 "모두가 그녀 덕택이다 그는 그녀의 기둥 서방 이젠/나이 든 늙은 기둥 서방 언젠가 그녀는 그를 버리리라"에서처럼 종래의 음산한 불안감을 생경하게 노출시키기도 하는 것이다. 그래서 이 글의 맨 처음에 "이승훈 교수의 시세계는 전환점에 서 있다"고 쓰고, 또 "등단 이후 30년 이상 지속된 시적 세계관이 격변하는 돌쩌귀^{hinge}에 이 시집이 자리 잡고 있다"고 썼던 것이다.

이런 망설임에도 이유가 있을까? 「떠도는 당신」의 일부를 읽어 본다.

흘러가는 당신 이 밤도 볼펜 하나 들고
떠도는 당신 이 시대의 한량인 당신
처음엔 마약을 하는 줄 알았지 오오
내 기둥 서방인 당신 난 당신이 좋아

누가 뭐래도 난 당신이 좋단 말이야!
당신 가슴에 상처를 내는 년들은
모조리 죽여버릴 거야!

'떠도는' 또는 '흘러가는' 즉 유토피아적인 환상이란 중심추를 상실한 '당신', '너'를 본다. '개미'같은 일상적 무의미의 모습 속에 더 이상 '그'의 객관성을 대입할 수 없는 상황이 되어버린 것을 '나'는 잘 알고 있다. 그러나 '너' 또는 '당신'이 이러한 해체적 인식 또는 존재의 단계에 아직 도달하지 못한 다수가 존재하는 현실 속에서 흔들리거나 떠돌고 있다는 사실에 분노할 수밖에 없다는 점을 인정하자. 이것을 그저 망설임이나 미련이라고 치부해버릴 수 있을까. 자신의 욕망을 벗어버릴 수 없는 한 누구도 이렇게 뒤로 끌려가는 느낌에서 자유로울 수는 없을 것이다.

2.
나르시시즘 시론으로 이승훈의
『너라는 햇빛』 읽기

이승훈의 시세계를 자리매김하는 시금석으로 북측 8.15이산가족상봉
단의 일원으로 서울에 온 계관시인 오영재의 「편지」(전문)를 읽는다.

> 어머니 보내주신 편지
> 그 몇 번 다시 보고 또 읽어본 편지
> 정 깊은 그 눈빛이 비치였고
> 따스한 손길이 스쳐간 편지
> 다심히 마음이 깃들고
> 인자한 목소리가 스민 편지
> 젖은 볼에 대여도 보고
> 가슴에 품어도 봅니다
> 가셨으니
> 아, 가셨으니
> 이제는 이 편지가 어머니입니다

1990년 어머니의 생존을 확인한 후 편지로나마 사연을 전해오다, 95년 9
월 어머니가 세상을 떠나셨다는 비보를 듣고 쓴 것으로 보도되었다. 오영

재의 어머니와 동일시되는 '편지'는 상징이 아니다. 충효의 중세적 가치관에 기반을 둔 유비(analogy)의 표현이다. 이승훈의 「아름다운 계절」(부분)과 대비되는 경험이다.

> 괴롭지만 신나던 계절
> 너를 만난 계절
> 꽃이 피던 계절
> 그러나 꽃이 지고
> 갑자기 슬픔이 찾아왔네

'너'는 오영재의 '어머니'처럼 "관계들이 집중하고 다시 한번 반영되는 중심"(푸코)이 되지 못한다. 르네상스의 유사성의 에피스테메에 속하지 못한다. '너'는 모호하고 흐릿하여, '꽃'의 이미지와 '슬픔'의 감정이 집중하는 상징이 되지도 못한다.

한국 비평이론학회에서 개최하는 2000년 여름 비평이론학교의 『강의록』에 수록된 어도선 교수의 「라캉의 정신분석을 통한 우리 시대의 욕망 읽기」에 심상계(the Imaginary)의 거울 단계에 대한 적절한 요약 설명이 제시되어 있는데, 이승훈의 시세계, 특히 『너라는 햇빛』을 읽는 단서를 제공해 준다.

<자아>(ego)라는 개념은 바로 유아가(스스로의 몸을 볼 수 없기 때문에) 자신의 외부에 있는 타인의 심상(imagos)을 무의식적으로 자신의 것으로 <표상>하면서 자신의 <단일화된>(unified) 몸으로부터 자신의 외부에 있는 <이상자아idealich>(이상화된, 그러나 근본적으로 허구적인 자아)로 대치시킨다. 따라서 그가 자신의 몸에 대해 갖고 있는 자아는 타 자아와의 무의식적 동일화(identification)의 영향 때문에 생기는 하나의 <효과>의 구성에 지나지 않게 된다(샤뮤엘즈 60) 유아가 그의 자아를 제2의 심상인 이상화된 자아에 고정시키면서(『에끄리』307), 유아는 자신의 이상자아를 통해 심상계의 중심적 기능인 나르시시즘을 시작하게 되고, 그 자신을 하나의 단일하고 완전한 외형

적 구조(form)로 인식하게 된다. 나르시시즘이라는 심리적 매커니즘 때문에, <거세, 수족 절단, 난자, 탈골, 탈창, 파열 등>의 심상을 지닌 <분열된 몸의 이메이고우>(imagos of the fragmented body)는 자신의 통일되고 조화되고 완전한 몸에 위해를 가져올 수 있다는 나르시서스적 공포를 일으키게 되며, 이러한 공포는 조각난 몸의 이메이고우를 지닌 대상에게 <공격성>이라는 역반응을 일으키게 되는 것이다(『에끄리』11). 이 결과, 원초적인 형태이기는 하나 유아가 자신을 하나의 구조 또는 자아로서 즉각 인식할 때마다, 또 유아가 자신을 완전하고 단일화된 <조각상>(statue)으로 가정할 때마다, 그의 무의식적 욕망은 그 자신의 외부에 있는 <이상화되고 강화된> 대상에 투사되고 의존적 상태가된다(『세미나 제1권』171 참조).

시집의 표제시, 「너라는 햇빛」(부분)의 '너'가 '나'의 '햇빛', 즉 "이상화된 자아"임을 드러낸다.

나는 네 속에 사라지고 싶었다 바람 부는 세상 너라는 꽃잎 속에 활활 불타고 싶었다 비 오는 세상 너라는 햇빛 속에 너라는 제비 속에 너라는 물결 속에 파묻히고 싶었다 눈 내리는 세상 너라는 봄날 속에 너라는 안개 속에 너라는 거울 속에 잠들고 싶었다 천둥 치는 세상 너라는 감옥에 갇히고 싶었다 네가 피안이었으므로

과거 시제로 표현되어 있지만, '나'라는 '자아'는 '너'와의 "무의식적 동일화의 영향 때문에 생기는 하나의 '효과'의 구성에 지나지 않게" 되었다. 「난 아직도 어린애」(전문)는 이승훈의 나르시시즘 시론이다.

난 아직도 어린애/누가 어린애가 아니런가?/봄날 저녁 어린애가 걸어간다/쉰이 넘었지만/그만큼 유치하다/아마 죽을 때까지 어린애이리/오늘도 어린애인 난/빈방에서 담배도 피우고/엄살도 떨면서 고아인 난/헤맨다/논다/헤매는 게 노는거다/난 떠돌이 어린애/비 내리는 밤이면/당신을 찾아간다//이 시는 허무주의인가?

1942년생 시인이 6~18개월 유아의 "심상계의 중심적 기능인 나르시시즘"을 자신의 시론으로 채택하고 있으니 "유치하다"고 정의할 수 있으나, 그의 시는 '허무주의'라기보다 나르시서스적 환상과 공포의 표현이다. 나르시서스적 공포의 원인이 되는 "분열된 몸의 이메이고우"인 "거세, 수족 절단, 난자, 탈골, 탈창, 파열" 등의 심상이 「닭장 앞에서」(부분)에 노골적으로 드러나 있다.

> 봄날 저녁 햇살이 비치는 닭장 속엔/너무 많은 내가 앉아 있군 처음엔/조는 줄 알았지 아니야 모두 죽은/놈들이야 한 놈은 내가 죽이고 한/놈은 모이를 주러 온 여자가 더운/물을 부어 죽이고 한 놈은 욕을 해/서 죽이고 한 놈은 목소리도 듣기/싫다고 죽이고 한 놈은 갑자기 물/이 넘쳐 그만 닭장이 욕조가 되는/바람에 물에 빠져 죽고 이제 닭장엔/겨우 살아남은 닭 한 마리가 자고/있네

아직 살아남아 있는 '나'는 '자아'의 목소리이며 몸이다. 나르시서스적 공포는 정신적인 측면에서는 우울과 공포로, 육체적인 측면에서는 감기와 두통으로 시 속에서 표현된다. "아주 젊었을 때 그는/ 굉장히 수줍고 우울했"(「한국적 작문」)으며, "불안해/서 버스를 타고 일요일이든 월요일이/든 깊은 밤 추운 광나루 자취방에서/원효로까지"(「목월 선생님 생각」) 박목월 선생님을 찾아갔고, 아직도 불안을 극복하지 못해서 "옆으로 누워 자"는 손자 준이 곁에서 "시체처럼/천정을 보고 반듯이 누워/잔다"(「잠」). 나르시서스적 "공포는 조각난 몸의 이메이고우를 지닌 대상에게 '공격성'이라는 역반응을 일으"킨다. "두통에 시달리"다가 자신을 "곤충", 즉 먹이감으로 볼 지도 모른다고 애꿎은 "두꺼비"(「인간」)에게 욕하거나, 두통약 심부름도 해 줄 조교들이 "자질구레한 심부름만 시키고 조교/들은 속으로 얼마나 나를 욕했겠는가?"(「저무는 봄」)라고 심술을 부린다. "감기로 고생"하던 사연을 엉뚱한 "이상화된 자아"인 춘천 가는 기차의 "빈 좌석"에게 하소연하다가, "중얼댄다 나쁜 놈들!" 이유 없는 공격성이다. 시집의 마지막 시, 「시인」은 '우울'에서 시작하여 제자들에 대한 비합리

적 공격성인 '피해망상'의 감정이 "실제로 어떤 사실에 토대를 두었다고 생각해/도 관계 없"다는 병적인 주장으로 끝난다.

어도선 교수가 "거울 단계에서의 자아의 형성은 동시에(처음부터 자기의 것이 아닌 타자의 심상을 자기 것으로 가정함으로서 생기는 효과에 지나지 않으므로) 자기 존재에 대한 결정권으로부터의 소외를 수반하므로 '자기소외적 정체성'을 지니게"된다고 요약한다. "난 국문과 교수가 아니다"(「언어」), "교수라는 나/는 끝내 외로웠고 지탱할 수/없이 푸르른 하늘 밑에서 당황/했다"(「풍선기 1호」), 또는 "대구에 대한 시를 쓰려다 포기한/건 늦더위 때문이다"(「대구」)는 등 지친(weary) 정서의 표현은 이승훈의 두 가지 핵심적 정체성인 한양대학교 국문과 교수와 중견 시인에 대한 '자기소외'의 폭로다. 이어서, 어도선 교수는 "자아인식은 이미 라깡이 지적한대로 '오인'에 지나지 않"고 "이러한 '오인'은 '망상'의 구조적 뼈대를 이루고 있으므로 인간이 지닌 모든 지식이 '과대망상적 지식'(paranoic knowledge)으로 볼 수 있"다고 정리한다. '과대망상'은 '편집증'으로 번역할 수도 있는데, 허혜정이 이미 지적한 바 있는 이승훈 시세계의 양상인 것을 「쏘파 위치에 대하여」에서 시인 본인이 지적하고 있다.

> 이러한 과대망상적 자기소외로 각인된 자아는 자기도 이해하지 못하면서 외부에 있는 대상과의 계속적인 무의식적 동일화를 반복함으로서 그의 세계를 다양화하려고 하고 있다. 이런 이유로 후에 그의 세계를 다양화시키는 심상계 대상등가물을 찾고 있으며, 또 다른 무의식적 동일화의 대상을 이끌어내고, 다시 또 다른 대상을 구해내면서 끊임없이 원초적 동일화의 대상을 구하게 된다(『세미나 제1권』 69).

"이상화된 자아"라는 "원초적 동일화의 대상"이 '너', '그', S 등 다양한 인칭대명사로 이승훈의 시세계에서 표현되었는데, 『너라는 햇빛』에 수록된 「너를 만나고」, 「너에게 이르는 길」이나 「사랑의 시작」이 "결국 너에게 이르지 못하"는, "모두가 너다 난 사라지"는 경지에 도달하지 못하는 끝없는 여정을 기록하고 있다. 「한용환 교수의 편지에 대한 시」의 다음과 같은 첫 연은 그가 잠시 동안이나마 "심상계 대상등가물"이었음을 증명한다.

> 이 시는 소설가이며 동국대 교수이며 소생이 존경하는 친구이며 옛날 바람만 불던 봄날 저녁 갈 곳이 없어 함께 헤매던 유랑민이며 가을저녁 우리 동네까지 와서 술을 마시던 멋쟁이이며 소설학사전을 낸 교수이며 작년 가을 박사논문 심사때 함께 심사를 한 심사위원이며 은마 아파트에 사시는 한용환 형이 소생의 시집 『나는 사랑한다』(세계사, 1997)를 읽고 보내주신 편지를 기리기 위해 쓴다

심지어 "아들(군의관)"(「맥주 두 병의 밤」)이나 "『시와 반시』에 보낼 계절평을 쓰"(「나의 한 조각에 대해」)거나 "한때는 시 전문지 주간이었던"(「끄노에게」) 자신도, "팔꿈치가 닳아 해어지고, 실밥이/터진, 헐렁한, 펄럭대는, 아마 거지들도 안/입을"(「낡은 스웨터」) 스웨터도 "심상계 대상등가물"이 된다. 따라서 다양한 패러디 작업의 대상 시인들은 이 범주에 당연히 포함된다. 「한국적 작문-프레베르를 모방함」은 자끄 프레베르의 「프랑스어 작문」(전문)을 패러디한 시다.

> 아주 젊을 때 나폴레옹은 말라깽이
> 포병장교였네
> 나중에 그는 황제가 되었네
> 그러자 그는 배가 나오고
> 많은 남의 나라를 삼켰네
> 그가 죽던 날 그는 아직
> 배가 나왔지만
> 그는 더 작아졌다네.

확신을 갖고 약자의 편에 서는 사회비판적인 리얼리즘 반항시와 다음과 같은 이승훈의 시(전문)에서 공통적인 요소를 발견하기 어렵다.

아주 젊었을 때 그는
굉장히 수줍고 우울했다
그때는 결혼하기 전이었다
그후 그는 교수가 되었다
그리고 등이 곱고부터는
여행을 싫어했다
그러나 여행을 떠났을 때
등은 그대로 굽었지만
그는 아주 작은 사람이 되어버렸다

"젊었을 때" "그때 벌써 등은 휘었고"(「끄노에게」)라고 고백한 바 있었으며, 우울과 불안의 문학기행이 문학 청년기부터 시작되었던 것이라는 점을 기억한다면 "여행"이 시사하는 시간의 경과가 있었는지 의심스럽다. 김화영 교수가 조심스럽게 프레베르 시의 리듬과 운율을 살려 번역한 것처럼, 이승훈의 시에서 프레베르의 것과 같은 '모방'이 감지되지만, 너무 단면적인 패러디가 되어 있다. '프랑스어 작문'과 대비되는 '한국적 작문'의 후진성을 지적하고 있다. 현대 서구문학의 관점에서 본 한국문학의 후진성에 대한 자성의 표현이다.

3.

문학적 대화의 현재완료시제, 그리고
현재진행시제, 그런 다음 미래시제 :
이승훈『나는 사랑한다』

1. 우울의 서정

이승훈 교수의 10번째 시집『나는 사랑한다』의 앞부분에 있는「작은방
에 대한 회상」의 첫연은 독자에게 선택을 강요한다.

> 겨울 저녁이면 난 버스를 타고 당신의 방에 간다고 시를 쓴다 언제던가 그
> 해 겨울 저녁에도 난 버스를 타고 당신의 방에 갔다고 시를 썼다 당신은 없고
> 빈 방에 모자를 걸어두고 왔다는 내용이다 그때만 해도 시적이었군! 당신 없
> 는 방에 혼자 앉아 담배를 피우고 밖에는 눈이 내리고 당신 혼자 사는 작은방
> 벽에 모자를 걸어놓고 돌아왔다고

이승훈 시인 특유의 체취, 체질 또는 정서를 흔쾌하게 받아들이든지 아
니면 강력하게 거부하든지 결정할 수 있도록, 명확하게 표현되어 있다. 이
것이 소위 최동호 vs 이승훈, '정신주의와 해체주의' 논쟁의 근인이 된 '우
울의 서정'이다. 비록 바라보는 태도는 극단적으로 갈라지지만, 이 정서

178 해체론의 시대

의 명칭에는 이견이 없다. 시인 자신도 "이승훈 씨의 독특한(?) 쓰라린, 황량한, 부드러운 소생도 뭔가 모르는 꿈"(「기차를 향한 배고픔」)에 기인한다고 정의하면서, 시인의 육체에 겨울이면 자주 찾아오는 감기 또는 시인의 정신과 작품 속에 깃들어 있는 '도둑질'(「이 시대의 시쓰기」)의 원인이라고 진단한다.

> 이승훈 씨가 쓰는 시는 우울증의 산물이다 오오 우울증이 무슨 죄란 말입니까? 그는 불안이라고 하지만 아마 우울증일 것이다 그건 누구보다 내가 잘 안다 우울증은 자랑할 일이 아니다 불안하면 도둑질도 한다 무슨 짓을 못하랴?

다시 어김없이 겨울이 다가오고 있고 시인의 육체는 감기에 시달리겠지만, 그건 "병원/ 우성아파트에 있는 내과"(「운동화」)의 의사와 간호사가 신경을 써야 할 단골손님의 문제이며, 우리는 그저 내내 건강하시기를 빌 따름이다. 그러나 '도둑질'에 이르는 시인의 우울증 또는 불안은 이승훈의 시를 참으며 또는 즐겁게 읽고 있는 독자의 면밀한 관찰을 요하는 문제인 것이다.

2. '비빔밥 시론'과 나

『나는 사랑한다』의 기본 정서가 '우울의 서정'이라면, 첨부되어 있는 「비빔밥 시론」은 이 시집의 '시론'인데, 필자와의 시적 대화를 통과하면서 새로운 시론이 파생되어 나왔다는 것으로 요약할 수 있다.

> 이만식 시인은 내 시집의 서문을 '그러나/ 쓴다는 것/ 계속 쓴다는 것은/ 과연 무엇인가?'라고 패러디했다. 나는 다시 내 글을 패러디한 그의 시를 패러디한 시를 썼다.

이렇게 "일종의 시로 쓴 시론"들인 「이 시대의 글쓰기」, 「시」, 「노예에

대해」 등에 대한 최동호 교수의 비판적인 월평에 이승훈 교수가 본격적인
반론을 제기함으로써 소위 '정신주의와 해체주의' 논쟁이 시작되었다. 따
라서 이번 시집에 수록된 시들이 문학잡지에 발표되는 동안의 경과를, 아
니 그간의 경과 속에서 이승훈 시인에 관해서 했던 필자의 발언을, 아니
이승훈 시인과 필자의 문학적 대화를 현재완료의 시제로, 그리고 현재진
행시제, 그런 다음 미래시제로 요약하는 것이 필자가 택할 수 있는 가장
적합한 시집 해설이며 서평이 될 수 있을 것이다.

3. 「답장」의 탄생

필자는 ≪현대시사상≫(1996년 봄호)의 「3·8선 시론」에서 '우울의 서
정'을 다음과 같이 해석한 바 있다.

> 자아나 인간 주체를 벗어나기가 얼마나 어려운 일인지는 위에서 언급되
> 던 이승훈의 「내 친구 개미」에 가슴 저미게 표현되어 있다.

> 그러나 넌 감상이 무언지 알 거다 벽거울이 있는/ 카페에 앉아 늦은 밤 맥주
> 를 마시는 이승훈 씨는 지친/ 모양이다 넌 지쳤다는 말이 무언지 알 거다 지친
> 다음에/ 지친 다음에 찾아 오던 오한도 웃음도 알 거다 난 지금/ 보도블럭 위에
> 서 만난 너를 생각하며 이 시를 쓴다 넌/ 내 친구니까

> '내 친구'는 '이승훈 씨'다. '내 친구 개미'는 이제, 이 근대 이후의 세계관
> 속에서 해체되어버린 자아 또는 인간 주체인 '이승훈 씨'인 것이다. 이제는 없
> 다는 것이 확인된, 실제하지 않는다는 것이 증명된 자아 또는 인간 주체 외에
> 는 내가 불러 볼 사람이, 친구가 없다.

그런데 1995년 늦은 겨울에 나온 이승훈 시인의 9번째 시집인『밝은
방』을 받고 (그 시집을 축하하던 모임의 분위기도 밝고 따뜻했었다는 기

억이 있다. 그리고 시인은 그날 감기에 시달리지 않았다), 그리고 그의 변화를 직감하고, 그것을 인식하였다고, 그것을 축하한다고 필자가 "쓴다는 것, 계속 쓴다는 것은 과연 무엇인가"라는 시를 써서 보냈던 바 있었는데, 시인이 「윤호병 교수와의 대담」에서 자세히 상황을 묘사하고 있는 ≪시와 사상≫(1996년 봄호)의 신작 시집에서 「답장」을 만나게 된다. 그 「답장」에 대한 해석을 ≪현대시사상≫(1996년 여름호)의 「소음 시론」에서 다음과 같이 제시하였다.

> 같은 잡지에서 만난 이승훈의 「답장」은 필자의 편지에 대한 '답장'이다. 지금 이승훈 시인과 필자는 '예술'을 만들기 위해서 '소음'을 만들고 있다. 아니 어쩌면 '소음'이란 현실을 만들어내기 위해 '예술'을 만들고 있는지도 모른다. 이승훈의 「답장」에 대한 필자의 '답장'은 ≪시와 사상≫(1996년 여름호)을 위해 필자가 쓴 이승훈의 『밝은 방』에 대한 서평인 「나는 누구인가/ 나는 있는가」에 이어져야 한다. 그러므로 조금 기다려야 한다. 이 시끄러운 '소음' 속에서. 이 '소음'이 다시 "한 1초나 2초가량 안 들리는 순간"을 기다리고, 그런 다음 쓰고, 그리고 "다시 또 들릴 때"까지 기다릴 것이다. 그리고 쓸 것이다. 쓰고, 또 쓸 것이다. 어떤 때에는 산문을, 그리고 어떤 때에는 시를.

짐작이 쉽게 되는 것처럼 김수영의 시론에 기대어 「소음 시론」을 썼던 것인데, 시인이 필자의 편지를 받을 때 쓰고 있었다는 「비서」의 마지막 구절에 있는 "글쓰기는 많은 부분을 감추고 왜곡하기이므로!"라는 감탄과 베케트/천상병/김수영을 번갈아 읽는 불안의 묘사인 「황혼의 책읽기」의 마지막 부분인

> 조금씩
> 조금씩 미쳐가나 보다 아니면 계속 무언
> 가(?)에 쫓긴다고 할까?

에서처럼, 이승훈 시세계의 변화가 전면적이라는 사실을 짐작하고, 위에

서 언급된『붉은 방』의 서평에서 그의 시세계를 개관하였는데, "이승훈의 시세계는 전환점에 서 있다"고 결론을 내렸던 것이다.

4. 전환점: 서평의 요약

시에 대한 이론적 연구를 병행하고 있는 철학적 탐구의 시인 이승훈은 '나는 누구인가'라는 인식론적 질문이 자신의 아홉 번째 시집인『밝은 방』에서 '나는 있는가'라는 존재론적 질문으로 바뀌었다고 설명하고 있다. 등단 이후 30년 이상 지속된 시적 세계관이 격변하는 돌쩌귀(hinge)에 이 시집이 자리 잡고 있다는 말[이다]……

'너'라는 '환상'이나 '유토피아' 세계의 부재를 어쩔 수 없이 확인하고 있다는 고백이『밝은 방』을 그 이전 여덟 권의 시집과 뚜렷하게 구분 짓는다. 그 시집의 제목 속에 '환상의 다리,' '당신의 초상,' '당신의 방,' '너라는 환상' 등이 들어 있을 만큼 '유토피아'인 '너'를 찾아가는 그리고 그 '너'와 '나'가 하나가 되려는 노력이 근 30년간에 걸친 시인의 행적이었다는 사실을 확인한다면 이『밝은 방』이 제기하는 '너'에 대한 심각한 의문점은 가히 충격적이지 않을 수 없는 것이다……

이승훈의 시세계가 지금까지 얼마나 '환상' 속에 굳건하게 자리 잡고 있었는지 그리고 시적 화자가 그 '너'의 부재의 예감에 얼마나 견딜 수 없어 하는지 확인하면서, 이 앞으로 예상되는 '너'의 부재의 시대를 이승훈 시인이 어떻게 견뎌낼 수 있을 것인지 지금 이 자리에서 질문하지 않을 수 없다……

'인생'의 화자인 '너'를 속인 것이 아니라, 아직도 '너'를 버리지 못하는 '나'가 '너'/'그'에 대한 신뢰감을 상실한 '나'를 보면 속은 느낌이 드는 것이다. '너'를 그냥 놓아버리면 자신의 시세계에 무엇이 남을까 시인은 가끔 불안한 것이다.

그리하여『밝은 방』에서 제시되는 해체적 세계관은 흐릿한 모습을 띠고 있다. 안개 속에 감추어져 있는 '밝은 방'처럼, 어느 때에는 이성중심주의에 대한 강력한 도전인 해체적 세계관 부분이 밝아지다가도 어느 때에는 '너'라는 상징을 중심으로 한 기존의 세계관에 불이 밝게 들어오기도 한다.

5. 「비빔밥 시론」의 탄생

필자 나름대로 '우울의 서정'의 원인을 규명하여 보았는데, ≪현대시사상≫(1997년 봄호)에서 '해체시대의 시쓰기'라는 특집을 기획하면서, 이승훈 시인은 자아의 소멸보다 저자의 소멸에 관심을 두는 소위 '메타시론'적인 「비빔밥 시론」을 발표한다. 이 부분에서 이승훈 시인과 필자의 문학적 대화가 두 부분으로 나뉘고 있다는 사실을 깨닫는데, 한 부분은 시 작품이며 또 다른 부분은 시론이었다. 따라서 이승훈 시인을 둘러싼 논쟁이 사실 한국문학사의 방향성과 시대구분의 문제와 직결된다는 사실을 깨닫고, 「우리 문학의 나아갈 방향」(≪정신과 표현≫ 1997년 7/8격월간호)을 쓰면서, 소위 '정신주의와 해체주의' 논쟁의 핵심 부분인 이승훈 시인의 서정에 대한 해석을 문학사적 입장에서 제시하였다.

6. '우울'의 서정에 대한 해석의 문제: 인용

최동호 vs 이승훈 시 논쟁의 발단은 이승훈 시인의 '우울'에서 기인하는데, 최동호는 '건강성'이라는 현존의 형이상학적 권위를 동원해서 삶의 태도에 대한 판단의 권리를 독점하겠다는 의도를 노골적으로 드러내면서 이승훈의 글쓰기를 "우울증환자의 글쓰기"라고 비판하고 있으며, 이에 대해 이승훈은 "부르주아 이데올로기의 희생양"이라고, 박생배는 "예술은 어차피 놀이"라고 반박하고 있는데, 김준오의 "전체에서 분리되고 탈락되어 전체와 관련 없이 뒹구는 파편화의 체험"에서 나온 정서라는 해석이 날카롭다. 지금까지의 논리 속에서 설명해보자면, 자아나 주체 또는 저자가 소멸했다고 주장해버리고 난 뒤에도 일상생활 속에서 하루하루 살아 숨 쉬는 자신인 이승훈 시인을 보면, 이승훈 시인이 우울하지 않을 수 없을 것이다. 문제는 이 우울이 자아나 주체의 우주로의 확대나 회복이 불가능하기 때문에 생긴 것이냐 아니면 아직 소멸되지 않은, 말하자면 오랜 '대가'나 '비용'을 지불하면서 현존의 형이상학 내부에서 자아나 주체를 해체해가야 한다는 사실을 파악하지 못했기 때문에, 부연하자면 자크 데리다의 "텍스트의 외부는 없다"는 주장의 의미를 몰랐기 때문에 생긴 정서인가 시인 자신이 스스로 검토해야 할 것이다. "나도 잘 모르겠다. 모른다는 건 자랑이 아니지만 부끄러움도 아니다. 인간에겐 모를 권리가 있다"고 말하는「비빔밥 시론」의 이승훈 시인이라면 다소의 모순은 모순이 아니라 도약의 발판일 수 있기 때문이다.

7. 문학적 대화의 미래시제

그 이후「퍼소나 · 화자 · 주체」(≪현대시≫ 1997년 8월호)에서 김준오 교수는 이승훈 시인이 "화자의 현존성을 거부"하며, "최근 시는 30년대 이상 시처럼 '나'가 끊임없이 분열되는 우울의 서정을 환기한다"고 정의하였다. 그리고 시인은 자신의 10번째 시집의 자서(自序)에서 "시집『밝은 방』을 내면서 깨달은 것은 자아찾기가 자아소멸로 전환된 점이고 마침내 '나는 없다'는 생각이 들고, 이젠 좀 자유롭다"라고 발언한다.

이러한 '자아소멸'의 선언은 시집의 제목인 '나는 사랑한다'가 강력히 주장하는 '나'의 자아/주체의 존재 선언과 모순되고,「작은 방에 대한 회상」이라는 어머니에 대한 따뜻하고 아름다운 시적 성과와「준이」,「준이와 나」,「준이 얼굴을 보며」등 귀여운 손자에게로 향할 때, 이 사랑이 아주 지극하다는 것을 발견하게 된다. 이러한 이승훈 시인의 사랑에 대한 시작품 부분의 필자의 문학적 대답은 「사랑을 노래한다고 생각하지 않습니다」(≪문학예술≫ 1997년 가을호)로 현재 진행 중이다.

그리고 「비빔밥 시론」에서 제시되고 있는 이승훈 시인의 시론이 해체비평이라기보다 독자반응비평에 기대고 있는 것이 아닐까하는 필자의 추측에 기인하는 시론 즉 문학이론 부분의 문학적 대답은 금년말경 발간 예정인 필자 번역의 조너던 컬러(Jonathan Culler) 『해체비평(*On Deconstruction*)』(현대미학사)이다.

따라서 이승훈 교수/시인과 필자의 문학적 대화는 현재완료시제로 쉽게 요약될 수 없는 현재진행시제이며, 미래시제를 포함하고 있다.

8. 자기검열과 위로

제약된 지면 때문에 이 시집에 포함되어 있는 시편들에 대한 자세한 읽기가 부족하였다. 두 가지 점만을 추가하자면, 첫째, 이승훈 시인의 불안/우울이 "보수파/시인들과 평론가들이 이 글을 보면 또 뭐라고/ 하겠는가?"(「개미들」)라는 자기검열 때문이기도 하다는 것이다. 또한

> 난 거짓말 속에서 위로 속에서 산다 서로 위로하고 살아야 하리라 여기 근
> 심 많은 탐구자의 기쁨이 있고 머리 나쁜 인간의 지혜가 있도다

라는 「거짓말의 시」의 마지막 부분은 이승훈 시인이 문제점을 정확하게, 밝은 눈으로 파악하고 있다는 것을 드러내고 있다. 그렇다! 우리 중 어느 누구도 "근심 많은 탐구자의 기쁨"이 되는 "머리 나쁜 인간의 지혜"를 추구하고 있다는 사실을 부인할 수 없을 것이다. 불완전한, 그러나 그럼에도 불구하고 기쁜 탐구 속에서, '거짓말'이 될 수밖에 없는 모순 속에서, 우리는 "서로 위로하고 살아야 하리라."

4.
시를 써서 무엇 하나: 이승훈『비누』

이승훈 선생님의 새로 나온 시집,『비누』(열린시학 시인선 1: 고요아침, 2004년)를 나는 자꾸 '편지'라고 읽는다. 선생님의 유명한「비빔밥 시론」에 언급되어 있듯이 선생님과 나 사이의 문학적 서한 교류의 내력이 제법 깊기 때문이기도 하지만, 선생님께서 나를 서평자로 지목하셨다는『현대시』이재훈 편집장의 전갈을 들으며 내가 보낸 엽서를 기억해내지 않을 수 없었기 때문이다. 나는 그 엽서에 "옷이 몸에 잘 맞게 되는 것처럼, 선생님 특유의 산문시 스타일이 어떤 결절점에 도달한듯하여 기분이 좋았습니다."라고 써 보냈던 것이고, 이제 선생님께서 어떤 결절점인지 묻고 있는 섬이기 때문이다. 사실상 한 마디를 쓸 여유 밖에 없는 엽서에서 왜 느닷없이 결절(結節)이란 단어를 사용하였는지, 내 자신의 직관(直觀)에 대해 시간의 여유나 글쓰기의 강요가 있다면 나도 질문하고 싶었다. "맺혀서 이루어진 마디. 매듭."이라는 국어사전의 정의를 읽는다. 이미 계간 시평에서 다음과 같이 이승훈 시인의 근황을 세 번이나 언급했던 내가 새로 정리되어 나온 시집에서 얼핏 어떤 '매듭'을 읽어냈던 것일까.

(1) '근대시론의 선구자': 이승훈 선생님이 보내신 대표시론,『시적인 것은 없고 시도 없다』(집문당, 2003년)를 읽으며, 김춘수와 이승훈의 무의미나 무의식이야말로 시론을 쓰지 않을 수 없는 현대문학의 인식을 표현

하는 것에 다름이 아니었다는 사실을 확인했다. "비대상은 대상이 존재하지 않는다는 사실을 의미한다. 대상이 없다는 것은 한 편의 시에서 시인이 노래하고 있는 대상이 분명치 않다는 뜻도 되고, 우리가 전통적으로 알고 있는 자연세계나 일상세계가 시 속에 드러나지 않는다는 뜻도 된다"(19쪽). '전통적으로 알고 있는 자연세계나 일상세계'만을 대상으로 취급하는 시는 시론적 고민을 하지 않기 때문에 이승훈은 전근대적이라고 비판한다. (사실, 근대와 현대의 용어는 혼용이 가능하다. 계몽의 기획, 즉 근대성이 계속되기에 중세와 구별된다는 시대 구분의 관점에서는 근대라고 할 수 있고, 근대 부르주아 자본주의를 비판하는 관점을 강조하면 현대라는 용어가 더 적합하다. 이승훈의 비판 대상이 중세적 시세계이기 때문에 전근대적이라고 규정해도 된다.) "대상의 세계가 어떻게 존재할 수 있는가에 대한 인식론적 회의가 한 번도 제대로 제기되지 않았다는 점을 그동안 나는 전통적인 한국시의 한 가지 한계로 생각하고 있었다"(20쪽). 무의미와 무의식은 시론적 고민이 요구되는 문학사적 소명을 강조하는 전략적 비평 용어였던 셈이다. 이승훈은 "감상의 논리에서 말끔히 벗어나기에는 나는 아직도 지나치게 감상적인 데가 많은지 모르겠다"(31쪽)고 반성하는데, 이승훈 시세계의 지배적 정서인 우울, 우수나 불안은 '전통적 한국시'의 진영에서 지적하는 사항이기도 하다.

(2) '불교적 인식 세계': 이런 근대적 자아에 대한 회의는 "아무튼 여기까지 왔다 나는 한 번도 나를 본 적이 없고 하얀 눈이 문득 나를 본다 여름 매미 없고 눈 내린 저녁 여기가 어딘가 늦은 저녁 아무데나 보고 절 한 번 한다"(전문)라고 말하는 「눈 내린 저녁」의 이승훈에게는 문제의 본질입니다. 저는 이승훈의 주장에 동의합니다. 나는 한 번도 나를 본 적이 없습니다. 어쩌다 문득 눈이 내리면, 갑자기 비가 퍼부으면, 그러면, 내면의 세계가 있는 나의 존재를 얼핏 느낍니다. 그래서 누군가에게 감사하고 싶습니다. 이승훈은 아무데나 보고 절을 한 번 하는군요. 그래요. 그렇게 절 한 번 하고, 지나가는 게 삶인가봅니다. 그래서 이승훈은 같은 잡지(『황해문

화』2003년 여름호)에 실린 「無住」에서 삶의 우연한 존재성을 불교적으로 이해하게 되었나봅니다.

> 시절 인연 시절 인연이 있을 뿐 춘천에서 서울 온 게 인연 왕십리에서 밥 먹는 게 인연 바위산에서 아이들 가르치는 게 인연 서초동에서 머무는 것도 인연이다 오늘 우는 매미 소리도 인연 비 그친 저녁 그대 만난 것도 인연 그대와 싸운 것도 인연 지난 가을 팔 다친 것도 인연이다 내가 업이 많아 비 맞고 바람 속을 떠돌지만 세상이 萬緣이다 돌멩이 하나 세울 수 없고 돌멩이 하나 버릴 수 없다 無住여 (전문)

'시절 인연,' 즉 우연한 인연만 가능하기에 '머물지 못하고'(無住) 떠도는 시인의 의식은 무시간적인 깨달음보다 근대적 자아의 불확실성에 기인하겠지요. 불교의 핵심 교리가 해탈이 아니라 연기라고 주장하시는 분도 있지요. 깨달은 자에게는 다 같고 못 깨달은 자에게는 다 다르기 때문에－아니 그 반대인가, 아니면 그 반대의 반대인가－별 의미 없는 주장이지만, 그래도 인연이 현대 불교의 인식 세계에서 그만큼 중요하다는 증거겠지요.

(3) '아방가르드의 시인': 이승훈은 「화려한 당신이 좋아」(『세계의 문학』, 2003년 겨울호)에서 낭만적 상상력의 거부가 절대로 비극적이지 않다는 점을 보여준다. 낭만적 상상력을 포기하더라도 시인은 불쌍한 당신이 되지 않는다. 차라리 "화려한 당신"이다. 나는 없어지고 마침내 당신이 되기 때문이다. 자기 충족적 예술작품의 생산을 위해 인내할 필요가 없기 때문이다. 펑펑 아낌없이 쏟아지는 여름 햇살이 보여주는 것처럼, 낭만적 상상력의 낭비가 차라리 구원이 될 수 있다. 왜냐하면 자기 충족적 완성의 개념이야말로 맨 처음부터 받아들이지 말았어야 했던 터무니없는 인간적 구속이었기 때문이다.

> 이 낭비가 좋아 지금 내리는 여름 햇살이 좋아 펑펑 쏟아지는 햇살이 좋아

화려한 당신이 좋아 이 사치가 좋아 이 시도 낭비 사랑도 낭비 종이 낭비 연필
낭비 시간 낭비 그러나 낭비가 구원이야 생산은 지겨워 낭비는 나비가 아니야
인간은 낭비하려고 태어났다 아낌없이 버리자 내 것은 없으므로

　저 햇살이 좋아 아낌없이 버리는 햇살이 좋아 화려한 당신이 좋아 이 사치
가 좋아 인내는 지겨워 낭비의 희열 낭비의 쾌락 낭비의 외설 신성한 낭비 오
오 언어 너머 언어 너머 낭비가 있다 황홀이 있다 당신의 살이 있다 녹는 물고
기가 있다 마침내 나는 당신이 된다 아낌없이 버리자 나는 없으므로 (전문)

정민 교수의 아름다운 '발문'의 다음 구절에 대한 대답이 나의 '결절점'
이론이다. "시 속에다 뭐든 다 말씀하시기 때문에 뭐든 다 알 수가 있다.
어떤 사람들은 시시콜콜히 다 말하고, 숨기지 않는 선생님의 이런 시작 태
도를 영 못마땅해하기도 한다. 하지만 선생님은 오불관언(吾不關焉) 상관
하지 않는다. 나는 머리로 생각해낸 진정성보다는 선생님의 그런 시가 더
진실해보인다. 어떤 사람들은 시에 진지한 구석이 없다며 타박한다. 이게
말장난이지 무슨 시냐며 시비한다. 하지만 선생님의 언어 속에는 말장난
을 넘어서는 어떤 힘이 있다." 호감이나 애정을 갖고 이승훈의 시세계를
바라보지 않는 사람들에게도 '말장난을 넘어서는 어떤 힘'이 느껴지기 시
작할 수 있으리라는 예감을 이번의 시집, 『비누』에서 읽어냈기 때문이다.
이승훈은 그런 사람들에게 노골적으로 자신감 있게 도전한다. 시를 써서
무엇 하냐고? "시를 써서 무엇 하나 횡설수설 시를 쓰고 잡지에 발표하고
발표해서 무엇 하나 잠이 오면 잠이 들지만 잠이 들어 무엇 하고 공부해서
무엇 하고 무엇이 무엇인가 이 시가 속일 뿐이다 글 없는 글, 말 없는 말,
시 없는 시가 있다면 한줌에 들고 그대 찾아 가리라 문을 닫아도 눈이 오
고 문을 열어도 눈이 오네"(「시」의 전문). 그대가 진정코 시인이라면, 시
란 무엇인가라는 질문은 '눈,' '비,' '바람,' '언어,' '당신,' 그리고 '비누'
등이 되어 쉬지 않고 찾아오리라는 확신의 표현이다. 이승훈에 의하면
"시는 없으므로" "쓰는 건 모두 시다" (「모두가 시다」). 그중에서도 '결절

점'이 뚜렷이 드러나는 시는, 첫 번째이며 표제시(表題詩)인 「비누」다.

　　비누는 가늘게 내리는 가랑비 가랑비 내리던 아침 그대와 길을 떠났지 비누
를 가방에 넣고 떠났던가? 오늘도 가랑비 온다 가늘게 내리는 가랑비 밤이면
하얀 눈발 어둠 속에 비누가 반짝인다 비누는 마루에 있고 거실에 있고 화장
실 거울 앞에 있지만 비누는 과연 어디 있는가? 비누는 씨앗도 아니고 열매도
아니다 아마 추운 밤 깊은 산 속에 앉아 있으리라 (전문)

'비누'를 둘러싼 여러 개의 결절점(매듭)이 보인다. 몇 겹이 보이는가.
이승훈 시인의 날카로운 질문이다. (가). 근대 부르주아 자본주의에 속하
는 실용적 대상의 세계가 있다. 집 안에서 비누는 마루에도 있고 거실에도
있고 화장실 거울 앞에도 있다. 그리고 가랑비 내리던 아침 그대와 길을
떠날 때 가방에 넣고 떠나던 비누도 있었다. (나). 대상의 세계가 어떻게
존재할 수 있는가에 대한 인식론적 회의가 한 번도 제대로 제기되지 않았
던 전통적인 한국시의 자연세계와 일상세계가 있다. 가랑비 내리던 아침
그대와 길을 떠날 때 가방에 넣고 떠나던 비누의 기억이 있다. (가)의 '비
누'가 과거의 '체험'이라면 동일한 사건에 관련된 (나)의 '비누'는 과거의
'기억'이다. 과거의 '체험'을 잊지 못하고 놓아버리지 못하기 때문에, 그
만큼 삶에 대한 사랑이 깊기 때문에, 이승훈의 '기억'에는 우울, 우수나 불
안 같은 정서가 살포시 배어 있다. (다). 사실상 대상은 분명하게 구분되지
않으며 독립 객체로 존재하지 않는다는 것이 현대시의 비밀이다. 그래서
시인이 무슨 메시지를 제시하려는지 알 수 없지만, 비누가 가늘게 내리는
가랑비라는 시적 이미지 또는 밤이면 하얀 눈발 어둠 속에서 반짝이는 상
징이 된다. (라). 그런데 이승훈은 "비누는 씨앗도 아니고 열매도 아니다"
라고 주장한다. 요컨대 비누가 과거의 기억이라는 (나)의 '씨앗'도 아니고,
이미지나 상징이라는 시적 '열매'도 아니라고 이승훈은 주장한다. 이 지
점이 초기 시와 확실히 구별되는 새로운 결절점인데, 해체론이나 불교적
인식 세계를 탐구한 결과물인 것처럼 보인다. 아직 확실한 결론에 도달하

지는 못하였기 때문에, '비누'가 "아마 추운 밤 깊은 산 속에 앉아 있으리라"고 주장하면서 같이 공부하자고 독자의 참여를 유도한다.

또 하나의「비누」는 표제시의 시론적 해설이다. "비누를 보면 보는 것이고 만지면 만지는 것 손을 씻으면 손을 씻는 것 발을 씻으면 발을 씻는 것이다 무슨 말이 필요하랴? 그러나 겨울 저녁 난 시를 쓰네 비누가 하는 말에 귀를 기울이며 앉아 있네 문득 비누가 다가와 나를 만지네 나는 비누 속에 사라지네 나도 물거품 비누도 물거품 벗어날 길은 없네 비누의 길이 삶의 길 비누와 함께 비누를 따라 비누 속에 살자! 비누는 매일 사라진다"(전문). 시를 쓴다는 것은 시란 무엇인가라는 질문을 동반한다. 따라서 일상적 삶의 대상인 '비누'의 경우에도 시인은 보고 만지고 손을 씻고 발을 씻는 (가) 실용적 세계를 벗어날 수밖에 없다. (나), (다)와 (라)의 시적 전개는 '나'라는 주체적 자아가 '비누'라는 객체적 대상과 더불어 '물거품'처럼 사라져가는 과정이다. 그래서 이승훈이 다음과 같이 충고한다. "언어에서 벗어나시오 언어에서 벗어날 때 당신에서 벗어납니다 언어는 감옥입니다 귀를 막고 들으시오 어제도 말 때문에 상처입고 시달리고 병 들었습니다 말이 아니라 말 너머 들리는 저 마음을 들으시오 벌레 소리 차 소리 해 뜨는 소리 구름 지나가는 소리 책상 소리 의자 소리 거울 소리 이 방의 소리 이 방의 소리를 들으시오"(「언어」의 전문). 왜냐하면 "쓰는 행위가 있고 과정이 있을 뿐"이기 때문이다(「이유는 없다」). 왜냐하면 "예술은 결국 작은 놀이이고 망각이고 선과 악 유용성을 벗어"나기 때문이다(「예술은 작은 놀이」).

정민 교수의 아름다운 '발문'을 한 구절 더 읽는다. "'그러나 그러나 그러나 감기엔 맥을 못 춥니다/30년 전부터 어디론가 떠나고 싶었지만!' 그가 가장 무서워 하는 것은 감기다. 나는 이 구절에서 늘 목이 메인다. '30년 전부터 어디론가 떠나고 싶었지만!' 얼마나 눈물나는 표현인가? 그는 결국 어디로도 떠나지 못한 채, 늘 똑같은 일상을 변함없이 되풀이한다." 감기에 심하게 걸린 상태로 이 글을 쓰다 보니, 이승훈 선생님과 같은 감상에 젖는다.

> 가을은 도망가기 좋은 계절 그러나 도망갈 수 없네 여름에도 도망갈 수 없
> 었네 여름에는 비만 맞고 살았네 처마 아래 서서 비만 보며 살았네 가을에도
> 도망갈 수 없네 저 독수리 도망가라 하지만 아직 몸이 무거워 도망갈 수 없네
> 가을은 도망가기 좋은 계절 그러나 도망갈 수 없네
> ——「가을은 도망가기 좋은 계절」의 전문

나도 도망가고 싶지만 도망갈 수 없다. 계절이 철마다 도망가라 하는데도,
도망가기 좋다고 하는 데도 도망갈 수 없다. 도대체 어디로 갈 수 있단 말
인가. '도망'은 이승훈의 초기 출세작 「사물A」에서부터 시작되었다. "사
나이의 팔이 달아나고 한 마리 흰 닭이 구 구 구 잃어버린 목을 좇아 달린
다. 오 나를 부르는 깊은 명령의 겨울 지하실에선 더욱 진지하기 위하여
등불을 켜 놓고 우린 생각의 따스한 닭들을 키운다. 닭들을 키운다. 새벽
마다 쓰라리게 정신의 땅을 판다. 완강한 시간의 사슬이 끊어진 새벽 문지
방에서 소리들은 피를 흘린다. 그리고 그것은 하아얀 액체로 변하더니 이
윽고 목이 없는 한 마리 흰 닭이 되어 저렇게 많은 아침 햇빛 속을 뒤우뚱
거리며 뛰기 시작한다." (전문) 이제 이승훈은 다시 말한다. "닭 한 마리
눈 맞으며 달려간다 겨울 아침 목이 달아난 닭이 아니라 온전한 닭이다 저
닭이 눈 속에 시를 쓰는가 책을 읽는가 모두 눈 맞으며 살아야 하리 오바
도 모자도 구두도 없이 연필도 없이 노트도 없이 흰 눈 맞으며 달려가는
닭이여 하얀 알이나 낳아라 눈 온다 개가 짖는다 누가 개의 마음 알고 닭
의 마음 알랴" (「닭」의 전문). 이제 이승훈은 보다 당당하다. 닭의 마음을
알지 못한다고 거리낌 없이 고백한다. 30년 전부터 도망가고 싶었는데도,
그 도망의 길이 개의 마음이나 닭의 마음 속, 즉 (다) 시적 이미지나 상징
은 아니라는 사실을 확인하고 있다. 마지막 작품인 「시」는 앞으로 전개될
이런 인식의 깊이를 드러낸다. "이 시는 다른 사람이/ 쓰면 좋겠다/ 나 말
고 저 나무가 쓰면/ 좋겠다/ 아니 현관에 있는 구두/ 벽에 걸린 모자/ 나 대

신 시를 써라/ 지금 내리는 비도/ 시를 써라/ 은발의 화가 와홀도/ 이 시를 써라/ 시는 없으므로" (전문). 사실상 이런 인식의 깊이를 드러내는 시가 이번 시집, 『비누』에도 있었다. 나는 그 시가 「당신이라는 텍스트」라고 생각한다. 이승훈은 '당신'이 아니라 '당신이라는 텍스트'가 편지를 쓰고 전화를 준다는 점을 확실히 인식했다고 믿는다. 그래서 나는 그가 어떤 결절점에 도달했다고 생각했던 것이다.

　　고마워요 비 오는 저녁 고마워요 어제 전화 준 당신 고마워요 당신이라는 텍스트 고마워요 올 여름은 또 사는 게 힘들 것 같아요 그러나 당신이 있으므로 당신이 있어요 이건 데칼트적 회의가 아니야요 사유는 정서 너머 사랑 너머 있어요 오늘도 비 오는 저녁 술을 마셔요 어디에도 없으므로 어디에나 있는 당신 당신이라는 텍스트 고마워요 이런 사유도 고마워요 언어가 사유하고 언어가 당신이고 언어가 떠돌아요 비 오는 저녁도 이젠 견딜 수 있어요 이 소리 나도 모르는 소리가 고마워요 낮은 목소리 계속되는 목소리 가라앉고 일어서는 목소리 리듬 휴식 반복 정지 다시 떠나는 목소리 서러운 밤에 먹던 밥 아름다운 당신 고마워요 사랑스런 당신 고마워요 당신의 살 고마워요 다시 두통으로 고생이지만 약을 먹으면 돼요 고마움이 세계 정신이지요 이 비도 고마워요 이 비가 당신 이 비가 당신이라는 텍스틀 적셔요 시작도 끝도 없는 텍스트 그럼 내일 만나요 내일 내일 내일 언제나 내일! (전문)

정민 교수의 지적에 의하면 "세상엔 아예 관심이 없는 소부르주아 시인"이었던 이승훈이 '세계 정신'을 이야기한다. 그것도 "고마움이 세계 정신"이라고 정확하게 지적한다. 편지를 쓰는 자로서 어찌 기분이 좋지 않으랴.

5.
이승훈 '아방가르드 선(禪)'의 한국문학사적 의미

1.

한국 근대문학의 연구에 있어서 이승훈의 시정신의 영향력을 중요시하지 않을 수 없습니다. 이승훈의 분석과 방향 제시가 다음과 같이 정확하기 때문입니다.

> 다다 정신은커녕 21세기 우리시는 고색창연한 서정시로 퇴행하고 점잖은 부르주아 시인들의 위선과 우매와 위장으로 거의 퇴행 상태에 있다. 아무튼 무슨 새로운 미학도 없고 반미학도 없고 실험도 없는 답답한 실정이다. 그렇다고 한물 간 다다 운동을 지금 이 땅에서 다시 전개하자는 게 아니다. 내가 강조하는 것은 다다 정신이다. 다다 운동은 뷔르거가 말하듯 일단 역사적 아방가르드로 정리되었기 때문이다.
> ── 「선과 다다이즘 1」, ≪현대시≫ 2005년 12월호

이승훈은 "역사적 역동성을 상실"하여 "삶의 실천과 유리"된 "제도로서의 예술"이 되어 버린 "부르주아 사회의 예술"을 반성하고 "부르주아 예술가들의 모순, 위선을 선(禪)과 관련시켜 비판"하고자 하는데, 이는 "주로 모더니즘에서 출발한" 이승훈의 "시작 과정에 대한 성찰을 내용으로

한 것이고 그것은 자아—언어—대상의 관계에서 대상도 없고 자아도 없고 마침내 언어도 헛것이고 따라서 언어도 버려야 한다는 내용"을 갖고 한국 근대문학의 방향성을 다음과 같이 용감하게 개척해나가고 있습니다.

> 선과 다다이즘이라? 생각하기에 따라서는 어울리지 않는 주제일 수 있다. 그러나 선이 지향하는 무(無), 공(空), 불이(不二) 사상과 다다가 지향한 무(無)가 결국은 같은 경지를 노린 것 같고 따라서 이 글에서 나는 선과 다다의 공통점과 차이점을 살필 것이고 특히 공통점을 강조하면서 이 시대 예술의 새로운 방향과 방법과 정신을 제시하고자 한다.
>
> — 「선과 다다이즘 1」, 《현대시》 2005년 12월호

본인은 "요컨대 선과 아방가르드는 궁극적으로 노리는 것이 같다는 게 내 생각"이라는 이승훈의 논리에 감격에 가까운 공감을 느끼면서도, '선과 아방가르드는 궁극적으로 노리는 것이 다르다는 관점'에서 이승훈의 용감함에 지혜를 보태는 방안을 모색하고자 합니다. 왜냐하면 이승훈의 방향 제시는 더 이상 개인적 시세계의 방향 제시가 아니라 한국 근대문학의 방향 제시이기 때문입니다. 그리고 이러한 토론 작업이 "이우환의 '관계항'을 읽기 위한 몇 가지 조건들"에 대한 검토인 이번 발표문, "선(禪)과 아방가르드—이우환의 「관계항」 읽기"에 대한 현명한 반성을 유도하여 향후 전개될 "'관계항'의 구체적인 양상들을 해명"하는 작업에 반영될 수 있기를 바라는 바입니다.

2.

이승훈은 이우환의 '관계항' 작업에 관심을 가지는 이유를 다음과 같이 설명하였습니다.

이우환이 강조하는 것은 이런 의미로서의 사물, 곧 일, 사건, 인간, 상황이 부재하는 사물과의 만남이고 물건에 묻은 때를 제거하는 작업이고 그가 다루는 돌, 유리, 철판은 일체의 일, 사건, 의미가 존재하지 않는 사물이고 그런 사물의 의미이고 그런 사물들의 만남이다. 한 마디로 그것은 자아나 주체가 개입하지 않는 상태에서 사물들이 만나는 관계이고 이런 관계를 그는 '관계항'Relatum이라고 부르며 관계항 시리즈를 전개한다.

발표문의 일부를 다시 한 번 읽는 이유는 이승훈이 이우환의 논리를 의도적으로 다르게 읽어냈기 때문입니다. 이우환은 『여백의 예술』에서 "나의 관심은 이미지라든가 물체의 존재성보다 만남의 관계에서 오는 현상학적인 세계에 있다"고 「관계항(stone, gum measuring, space)」을 설명하는데, 이는 "일체의 일, 사건, 의미가 존재하지 않는 사물"이라는 '물체의 존재성'을 보다 더 중시하는 이승훈의 입장과 다르기 때문입니다. 아마도 이승훈은 시인, 이우환은 조각가로서 세상을 읽고 있기 때문일지도 모릅니다. 이우환은 「플래닝과 현장」에서 "조각의 세팅이라는 것은 플래닝에 기초를 둔다고는 하지만, 거드는 사람이나 돌, 철판, 특히 거기에 있는 공간하고의 살아 있는 관계를 탐색하는 작업인 것이다. 그리고 한치라도 빼거나 더할 수 없는 현장성의 자각에서 어느 순간, 시적인 장소가 열릴 때 조각가는 더할 나위 없는 행복의 떨림을 느끼는 것이다."라고 설명하며 '플래닝'보다 '현장성'을 강조합니다. 그런데 "대상의 소멸을 추구"하여 "나의 무의식, 어지러운 실존의 현기"만 남기는 '비대상 시'의 시인이기 때문인지, 이승훈은 '현장성'이란 '행복의 떨림'을 무시하고 "자아나 주체가 개입하지 않는 상태에서 사물들이 만나는 관계"의 "시리즈"(series), 즉 이우환의 '플래닝'적 측면을 더욱 강조합니다.

본인은 ≪시와 세계≫(2003년 겨울호)의 「계간 시평」에서 이우환의 작품을 다음과 같이 분석한 적이 있습니다.

로댕갤러리의 입구에 들어서면서 바로 만나는 「지각과 현상 B」는 크고 작은 자연석 3개가 작은 동산만한 솜더미 속에 파묻혀 있는 1970/2003년도의 작품이다. 작품이 열정적으로 수행하는 강렬한 말걸기 작업에도 불구하고 말문이 막히거나 대답이 궁해진다. 이우환의 말걸기에 나름대로 대답하면서, 독자에게 말을 걸고자 한다. 우리의 산에서 만나는 그런 자연석들이다. 등산을 하면서 발부리에 채이거나 밟고 지나가는 그런 자연석들이다. 그때 자연석들은 흙 속에 파묻혀 있다. 조심하지 않으면 돌부리에 걸려 넘어지면서 등반 중 부상을 당할 수 있기 때문에 조심스럽게 존재를 확인하면서 발걸음을 옮긴다. 이때 우리는 흙 속에 파묻혀 일부만 들어난 자연석의 존재를 인식하지만, 흙은 배경으로만 인식할 뿐이다. 흙과 자연석의 관계망 속에서만 자연석은 존재할 수 있다. 그런데, 우리의 자아와 주체에 위협이 될 수 있는 자연석은 나름대로의 정체성(identity)을 갖는다고 인식하면서도, 그 관계망이라든가 흙의 정체성은 인식하지 못한다. 사실 자연석과 흙의 정체성이란 우리의 자아나 주체가 요구하는 논리틀일 뿐인지도 모른다. 자연석과 흙은 자신의 정체성을 주장하지 않고, 그저 관계망 속에서만 존재하기 때문에 자연일 것이다. 그리고 바로 우리는 그런 자연을 찾아서 힘들여 등산을 하는 것이리라. 흙 대신 하얗게 빛나고 뭉실뭉실한 솜을 사용함으로써 이우환은 어려움을 극복한다. 이런 예외를 제외하고 이우환은 대부분의 경우 자연의 돌과 산업재료의 철판을 사용하여 '관계항' 시리즈를 전개한다.

이승훈은 발표문의 첫 부분에서 이우환이 "지향하는 세계는 물(物)과의 만남이고" "물건은 물건 자체로 존재하지 않고 의미가 개입하고 이 의미는 물건에 묻은 때에 비유할 수 있는데" 이우환의 작업은 바로 그런 "물건에 묻은 때를 제거하는 작업"이라고 정의합니다. 그런데 이우환 자신은 자신의 작업이 "고정된 '물(物)'이 아니라 가변적인 '일(事)'로 환치하는 일이다. 자연물이라든가 공업용재를 그다지 손을 가하지 않고 공간과 보는 자를 함께 관련짓게 하는 방법으로 직접성이 강한 대화를 시도"하는 작업이라고 정의합니다. 요컨대 이우환은 예술적 작업의 한계를 강조합니다.

조각에서는 아무리 기를 써봤자 작가는 반밖에 관여할 수 없다. 태반은 주위의 공간이랄까, 장소가 만들어준다. 그렇기 때문에 조각은 내부와 외부를 지니지 않는 애매한 대상, 반투명한 것이 되지 않을 수 없다.

근대적 자아가 강한 작가는 대상성을 애매하게 만드는 이 관리하기 어려운 불투명한 요소의 개재에 짜증을 낸다. 때로는 미친 것처럼 외부 공간의 배재를 획책했던 일은 주지하는 대로이다. 그런데 자기 존재가 처음부터 바로 장소 그 자체의 마디[結節點]에 지나지 않는다고 생각하는 자에게는 결코 모든 공간은 불투명하지 않다. 온갖 공간은 투명하지도 불투명하지도 않은, 펼쳐져 있는 장소이며 거기 자기가 있다는 것, 작품을 만든다는 일 자체가 하나의 어긋남, 틈새를 만드는 일이라 할 수 있다. 회화와는 다른 의미에서 시선은 어긋나기 시작하여 틈새가 된 대상의 주위에서 예술이 된 장소를 보게 되는 것이다.

이우환이 "내 모티프는 내부와 외부의 마디(결절점)에 상상의 나래를 다는 데 있다"고 주장하는데 반하여, 이승훈은 이우환의 모티프에서 '마디(결절점)'의 중요성을 강조하면서도 '외부'를 부정하고 '내부'의 관점에서만 읽으려고 합니다. 그리고 이승훈은 자신의 비대상 시의 모티프를 다음과 같이 '대상, 사물의 부정'에 기반을 두고 있습니다.

따라서 비대상 회화는 시의 경우 두 가지 유형의 비대상 시와 관계된다. 하나는 발이 생각하는 추상시, 다른 하나는 내가 생각하는 비대상 시이다. 둘 모두 대상, 사물을 부정한다. 그러나 이런 부정에 상응하는 것이 전자는 언어의 부정이고 후자는 언어가 아니라 대상, 사물의 부정이고 전자는 인간이 소멸하는 추상의 공간이고 후자는 의식이 소멸하는 무의식의 공간이다. 그런 점에서 전자는 추상시, 후자는 비대상 시라고 부르는 게 좋다는 입장이다. (「선과 다다이즘 1」, 《현대시》 2005년 12월호)

이승훈이 근본적인 예술관의 차이에도 불구하고 이우환의 '관계항'을 읽으려고 노력하는 이유가 무엇인지 궁금하지 않을 수 없습니다. 왜냐하면 다시 한 번 말씀드리지만, 이승훈의 방향 제시는 개인적 시세계의 방향 제시일 뿐만 아니라 한국 근대문학의 방향 제시이기도 하기 때문입니다.

3.

다다를 비롯한 유럽의 아방가르드 운동이 현재에도 살아 있는 '정신'이 되지 못하고 '역사적 아방가르드'로 정리된 이유는 "부르주아 사회의 예술의 지위에 대한 공격"이라는 목표가 틀렸기 때문이 아닙니다. 이승훈이 설명하는 것처럼 "문제는 이런 행위가 의도적인 게 아니라는 점, 곧 즉흥적이고 자발적이라는 점" 때문입니다. "의도가 없다는 것은 생산 주체에 대한 회의와 부정, 의미에 대한 부정을 암시하고 즉흥적이고 자발적이라는 것은 이른바 다다가 주장하는 자발성과 통한다"고 설명하면서, 이승훈은 자신이 '부르주아 사회의 예술의 지위'를 몸으로 누리고 있다는 사실을 변명하지 못합니다. 발표문에 인용된 시를 다시 읽어봅니다.

> 올 겨울엔 일이 있었다 진눈깨비 치던 오전 난 택시를 타고 공항터미널로 가고 있었다 그날 제주에서 제주대 대학원 박사 논문 심사가 있었기 문이다 나는 기사 옆에 앉고 그는 50대로 보이는 남자 공항터미널로 가면서 그가 힐 끗힐끗 곁눈으로 나를 보더니 조심스럽게 물었다 선생님은 무얼 하십니까? 난 검은 바바리를 걸치고 낡은 밤색 가방을 무릎에 놓고 있었다 글쎄 뭐 하는 사람 같아요? 그랬더니 기사 왈 철학하는 사람 같군요 네? 철학이요? 왜 있잖아요? 풍수도 보고 예언도 하는 철학 말입니다 진눈깨비 치던 겨울 오전이었다

이승훈은 자신의 시를 "일상 세계에 구멍이 뚫리는 순간"이란 관점에서 다음과 같이 해석합니다.

> 기사의 대답, 특히 '풍수도 보고 예언도 하는 철학 말입니다'라는 말에 의해 이런 일상적 언어 세계는 구멍이 뚫리고 금이 가고 찢어진다. 언어를 버리는 마음으로 시를 쓴다는 것은 결국 이런 순간의 구멍을 보는 것이고 이때 내가 체험하는 것이 이른바 선(禪)이 강조하는 공(空)이다.

이승훈은 자신을 부르주아 사회의 예술의 지위에 대한 공격의 대상으로

용감하게 바침으로써 아방가르드 정신을 실현합니다. 그런데 이런 인식이 "선(禪)이 강조하는 공(空)"과 어떻게 연결되는지 뚜렷하게 드러나지 않는 것 같습니다. 이에 대한 검토에 앞서 다음과 같은 두 가지 문제점이 고려되어야 합니다.

(1) 이승훈 자신의 용감한 반성에도 불구하고 이승훈은 풍수도 보고 예언도 하는 철학하는 사람이 아니라는 것, 말하자면 제주대 대학원 박사 학위 논문 심사를 하러 가는 대학교수라는 사실은 변하지 않습니다. 국문과 교수는 부르주아 사회의 예술의 지위의 상징입니다. 따라서 이승훈은 자신의 용감한 반성의 포오즈(pose)에도 불구하고 제대로 반성할 수 없는 사회적 위치에 놓여 있습니다. 이러한 사태를 문학사적으로 해석할 수 있습니다. 다다를 비롯한 아방가르드 운동이 역사적 아방가르드로 정리된 이유는 부르주아 사회의 예술의 지위에 대한 공격이 실패했기 때문이 아니라 이승훈 교수처럼 엄청난 성공을 거두었기 때문입니다. 칸딘스키, 뒤쌍 등은 너무 성공했기 때문에 더 이상 반성의 가슴 아픈 행위가 되지 못하고 있습니다.

(2) "언어를 버리는 마음으로 시를 쓴다"는 설명은 자신의 시가 언어로, 그것도 일상적 언어로 쓰여져 있다는 사실 앞에서 자기모순(oxymoron)이 되어버립니다. 롤랑 바르트의 개념을 이용하여 설명하자면, 일상적 언어가 부르주아 사회의 체제를 옹호하는 신화에 기반을 두고 있다는 사실을 인식하고 있다는 주장으로 해석될 수 있습니다. 그럼에도 불구하고, 인용된 시의 첫 번째 문장, "올 겨울엔 일이 있었다 진눈깨비 치던 오전 난 택시를 타고 공항터미널로 가고 있었다"와 비교할 때 인용된 시의 마지막 문장, "진눈깨비 치던 겨울 오전이었다"에서 두드러지는 반성적 인식을 읽어내기 어렵습니다. 이승훈은 만해 한용운의 「님의 침묵」의 마지막 두 행을 다음과 같이 아름답게 해석합니다.

> 님은 간 것도 아니고 가지 않은 것도 아니다. 그러므로 시의 화자가 부르는 사랑의 노래는 님의 침묵을 휩싸고 돈다. 이때 님은 침묵하는 것도 아니고 침

묵하지 않은 것도 아니다. 나의 노래 소리는 님의 침묵에 스민다.

그런데 이승훈은 결국 "침묵은 말을 하는 것도 아니고 말을 하지 않는 것도 아니다"라는 자기모순(oxymoron)적 설명으로 해석을 정리합니다. 시의 모호성(ambiguity)이 해석의 모호성을 위한 변명이 될 수 없습니다. 이승훈의 일견 아름답게 보이는 해석이 '시'가 아니라 '산문'이라는 점을 감안해야 합니다. 왜냐하면 '일상 세계에 구멍이 뚫리는 순간'이 어떻게 '선(禪)이 강조하는 공(空)'과 해석적으로 연결되는지 이해하는 것은 이승훈의 방향 제시를 이해하는데 있어서 핵심적인 문제이기 때문입니다.

> 아아 님은 갔지마는 나는 님을 보내지 아니하였습니다
> 제 곡조를 못 이기는 사랑의 노래는 님의 침묵을 휩싸고 돕니다

만해는 「군말」에 "연애가 자유라면 님도 자유일 것이다. 그러나 너희는 이름 좋은 자유에 알뜰한 구속을 받지 않느냐. 너에게도 님이 있느냐. 있다면 님이 아니라 너의 그림자니라."라고 써두셨습니다. 요컨대 '님' 그리고 '너의 그림자'일 뿐인 '님', 즉 두 가지 종류의 '님'이 있다는 지적입니다. '달'을 가리키는 '손가락'의 비유를 사용한다면, '달'인 '님'과 '손가락'을 '님'으로 생각하여 '님'을 '너의 그림자'로 만들어버리는 경우의 '님'이 있습니다. 만해의 지적은 깨달음의 유무를 경계선으로 삼습니다. '님'은 선시에 자주 등장하는 '진흙소'와 같이 강을 건너고는 버려야 하는 뗏목과 같은 것이기 때문입니다. 그럼에도 불구하고 만해 선사가 '님'을 버리지 않은 이유는 "나는 아무 것도 말한 바가 없다"고 말씀하신 석가모니께서 수많은 설법을 하신 이유와 같습니다. 만해의 「님의 침묵」은 사랑의 노래입니다. 이승훈은 사랑의 노래를 악착같이 침묵의 노래로 읽어내고 있습니다.

4.

이승훈이 이우환이 중시하는 마티에르(물감, 캔버스, 얼룩, 화구 따위가 만들어내는 대상의 재질감, 질감)를 무시하고, 만해의 '사랑의 노래'를 '침묵의 노래'로 읽는 이유는 '선(禪)이 강조하는 공(空)'이라는 선 인식의 방향성 때문이라고 여겨집니다. 선(禪)이 공(空)만 강조하는 것은 아니기 때문입니다. 선(禪)은 공(空)뿐만 아니라 색(色)도 강조합니다. 이승훈은 "삶 전체가 그대로 구멍이고 이런 삶이 나를 찌른다"라고 고백합니다. 그런데 이는 색즉시공(色卽是空)의 방향성을 중시합니다. 공즉시색(空卽是色)의 방향성도 충분하게 고려되어야 불이(不二) 사상의 균형, 즉 중도(中道)를 성취할 수 있을 것입니다. 청담 선사의 말씀을 짧게 생각해봅니다.

> 마음은 산(生) 것이요, 죽은(死) 것이 아닙니다. 그러므로 이 마음은 생명 없는 허공도 아니요, 또한 생명이 아닌 무기물질도 아닌 것입니다. 물질도 허공도 아닌 이 마음은 우주의 생명입니다. (『마음 속에 부처가 있다』)

이승훈은 "도(道)에 이르기는 어렵지 않다. 다만 분별을 버려라."는 조주 스님의 말씀(至道無難 但嫌揀擇)에서 단혐간택(但嫌揀擇)의 어려움을 강조하면서 지도무난(至道無難)의 기쁨을 잊어버리는 경향이 있는 것 같습니다. 그리하여 이승훈은 이우환을 읽으면서 '플래닝'만 보고 '현장성'이란 조각가의 '행복의 떨림'을 경험하지 못하고 만해의「님의 침묵」을 '사랑의 노래'가 아니라 '침묵의 노래'로 읽어냅니다. 용수 보살이 "유와 무의 양 극단을 떠나는 중도"를 강조한다고 설명하면서도 이승훈은 체질적으로 "모든 번뇌와 업, 짓는 자와 과보는 모두 환상과 같고 꿈과 같고 햇살 무늬와 같고 메아리와 같다"는 과격한 혁명성에 경도되는 것 같습니다.

본인은 이승훈 시인이 이우환을 계속 읽으면서 행복해지기 바랍니다. 이우환의 조각가로서의 '행복의 떨림'을 공유할 수 있게 되기 바랍니다.

그리하여 본인은 행복의 방향성을 이승훈의 시와 산문에서 발견하였습니다. "검은 바바리를 걸치고 낡은 밤색 가방을 무릎에 놓고" 불쌍하게 앉아 있는 이승훈 시인, 택시 기사에게 점쟁이로 치부되는 이승훈 시인은 불행해 보이지 않습니다. 자신이 갖고 있는 부르주아 사회의 예술의 지위를 온몸으로 공격하는 이승훈 시인은 당당해보입니다. "고요함이여 바위에 스며드는 매미 소리"라는 바쇼의 하이꾸를 읽으면서 이승훈 평론가는 '스며드는'에 관심을 표명합니다. 소리와 침묵의 대립보다 '스며드는'의 '관계항'을 주목하고 있기 때문입니다. 노파심, 아니 계속 이어질 토론을 위해 이승훈이 ≪현대시≫2005년 12월호에서 언급한 끽다거(喫茶去) 공안(公案)을 갖고 한 마디 덧붙이고자 합니다. ≪현대시≫2006년 1월호의 「선(禪)과 다다이즘 2」에 제시된 동봉(同峰) 암주(庵主) 공안이 설명하기에 더 적절하게 여겨지지만 인용하기 너무 길어서 다음 기회를 노리겠습니다. 일상적 언어에 대한 치열한 반성에 기반을 둔다 하더라도 '차나 마시라.'는 조주의 말씀을 언어적 관점에 국한하여 논의한다면 다음과 같이 공(空)이 강조되지 않을 수 없을 것입니다.

> 위의 공안에서 조주는 온 적이 있는 중이나 온 적이 없는 중이나 똑같이 차나 마시라 하고 이를 이상하게 여겨 묻는 원주에게도 같은 말을 한다. 요컨대 이런 말은 조주가 누구도 분별하지 않음을 뜻한다. 물론 조주 스님의 말이 차를 마시라는 것인지 마시지 말라는 것인지 알 수 없고 이런 문제는 끽다거 공안에 대한 별도의 연구를 요구한다.
> —「선과 다다이즘 1」, ≪현대시≫ 2005년 12월호

'차나 마시라.'는 조주 스님의 말씀에 그냥 차를 마실 수 있습니다. 이는 언어의 차원을 넘어섭니다. 공안이 어려운 이유는 언어의 차원을 넘어서는 경지가 언어의 차원으로 표현되어 있기 때문입니다. 스님과 달리 시인은 언어를 포기할 수 없습니다. 그럼에도 불구하고 시인의 언어가 언어의 차원에 국한되지 않는다는 사실을 우리는 알고 있습니다. 일상적 언어의

차원에 국한되지 않는, 아니, 일상적 언어를 포월(抱越)하는 시인의 언어는 선적 깨달음의 언어와 행복하게 만날 수 있을 것입니다. 이런 신념이야말로 선과 시의 향연에 초대되고 초대받는 이유일 것입니다.

6.
시와 시론의 중도: 이승훈 『이것은 시가 아니다』

1. "이것은 시가 아니다"라고 주장하는 이유를 생각해보자.

이승훈의 열네 번째 시집은 문제적이도록 의도(意圖)되어 있다. 이러한
의도의 노골성(露骨性)이 『인생』(2002) 및 『비누』(2004)와 다른 점이다.
만에 하나, 문제적이라고 읽히지 않을 수도 있을지 모른다고 우려한 이승
훈은 "이경호 주간에게 부탁을 해서 이번 시집에는 해설 대신" 자신의 시
론인 「누가 코끼리를 보았는가」를 싣는다. 코끼리같이 두드러지게 그리
고 뚜렷하게 차이점이 드러나는 자신의 시집을 보지 않았다고 말할 자 누
구인가 질문하고 있는 셈이다.

표제시(表題詩)「이것은 시가 아니다」는 정말로 시가 아니다. 이것은 필
자의 평가(評價)가 아니다. 이승훈이 자신의 시론에서 하는 주장(主張)이
다. "이 글은 시가 아니다. 제자의 편지, 그것도 정신병에 시달리는 제자의
횡설수설이 어떻게 시가 될 수 있는가? 그리고 나는 솔직하게 '이것은 시
가 아니다'라고 밝혔다. 그러나 지금 이상한 것은 그때나 지금이나 나의
이런 행위에 대해 아무도 이의가 없다는 점이고 이런 상황은 우리 시의 후
진성, 소박성, 무지, 지적 태만과 통한다. 이것은 시가 아니다. 그러나 시
지에 발표되었기 때문에 시로 대접받는다." 이승훈이 '이것은 시가 아니

다'라는 점을 알면서도 「이것은 시가 아니다」라는 시를 쓰고 시지(詩紙)에 발표하는 이유는 우리 시의 후진성을 지적하고 싶기 때문이다. 이승훈의 시도 '우리 시'에 속한다. 그러나 이승훈은 자신의 시가 '우리 시'에 속하지 않는다고 주장하면서 '우리 시'를 비판하는 자세를 취한다. 이승훈은 현재의 '우리'라는 체제에 속하고 싶지 않으며 속해서도 안 된다고 주장하고 있다.

'우리 시'는 대다수가 인정하는 공인된 시의 체제를 의미한다. 이승훈의 비판의 대상을 구체적으로 검토하기 위해서 교과서 성격의 저서 한 권을 무작위로 선정해보자. "문학을 하나의 학문적 대상으로 놓고 체계적으로 공부하기 위한 입문서"를 위해 국문학연구모임이 쓴 『국문학 어떻게 공부할까』(서울: 실천문학사, 1994)를 읽어본다. "개화기에서 1910년대에 이르는 근대전환기는 혼돈과 전환의 시기였던 만큼 시의 교술적 계몽성에서 개인의 서정성으로 비중이 옮아가는 과도기였다고 할 수 있다"(311쪽). 이승훈은 「나는 다른 누구일 뿐이다」에서 서정성이란 근대적 전통의 종말을 선언한다. "현대시는 끝났어 이젠 모두가 시이고 모든 게 가능해 신문 광고 사진 만화 모두가 시야 그러나 우리 시단은 아직도 무슨 순수 서정 정신만 고집하고 내 친구 오세영은 최근에 시조를 쓰네 김수영 이후 우리시는 벌판이야 얼마나 좋아?" 이승훈이 속하고 싶은 '우리시'는 김수영 이후의 우리 시인데, 오세영을 포함하는 공인된 시의 체제는 아직도 김수영 이전의 우리 시, 즉 개인의 서정성을 중심으로 하고 있기 때문이다. 이승훈이 「시론」이란 제목의 시에서 "물론 서정시는 버린 지 오래다 결국 난 시를 쓰지 않으려고 시를 쓴다"라고 쓸 때 '시'라는 단어는 두 가지 종류의 정의를 포함한다. 이승훈은 시인이며 시를 쓴다. 그러나 통상 시라고 말해지는 시, 즉 서정시를 쓰지 않으려고 한다는 것이다.

서울대학교 발전 기금의 지원에 의해 간행되는 영문판 한국학 연구총서 간행사업 연구비로 집필된 한국문학에 관한 전반적인 이해를 제공하는 입문서인 『한국 문학 강의』(서울: 길벗, 1996)에서 오세영은 '근대시가' 부분의 집필을 다음과 같이 시작한다.

> 근대시가 무엇인가 하는 문제는 쉽게 논의하기 힘들다. 그러나 간단히 말하
> 자면 반봉건 근대의식이 문학적으로 표현된 시가 아닐까 한다. '반봉건 근대
> 의식'은 상식적으로 정치에서는 민중, 민주, 민족주의를, 세계관에서는 과학
> 적 계몽주의를, 윤리관에서는 휴머니즘을, 그리고 삶의 양식에서는 개인주의
> 와 자아의 발견을 지향하는 의식이다. 따라서 근대시란 이와 같은 이념의 추
> 구가 형식이나 언어나 내용 등에 반영된 시라고 정의될 수 있을 것이다. (295
> 쪽)

이승훈은 '반봉건 근대의식'이란 개념이 근대의 한국을 이해하는데 필
요충분한지 의문을 제기한다. 이승훈은 그것이 필요(必要)했었는지는 모
르지만 현재의 상태에서는 충분(充分)하지 않다고 판단한다. 그리고 '반
봉건 근대의식'을 문학적으로 표현하는 것이 근대시의 시작이었을지 모
르지만, 김수영 이후의 한국시를 위해서 그것만으로는 부족하다고 주장
하고 있는 셈이다. 예를 들면, 한국의 정치에서 민중이나 민족주의는 비판
적 검토의 대상이 되기 시작하고, 과학적 계몽주의는 그 효용성이 의문시
되고 있다. 이승훈은 필자보다 훨씬 노골적으로 다음과 같이 서정성을 공
격한다. "이 썩어가는, 아름답고 퇴폐적인 자본주의 시대에 일상적 세속
적 삶과 다른 무슨 고상하고 향기로운 정신과 영혼의 세계가 있다고 믿는
시인들은 너무 소박하거나 위선자일 것이다. 소박하다는 것은 이들이 세
계를 물질과 정신, 육체와 영혼, 현상과 본질처럼 2항 대립 체계로 인식하
고 후자를 우위에 두기 때문이고 위선이라는 것은 이들의 경우 대체로 삶
과 시가 모순의 관계에 있기 때문이다. 이들은 자본주의적 삶의 양식에 충
실하게 살면서 시는 순수한 초월의 세계를 노래한다. 쉽게 말하면 쓰레기
통(현실) 속에 살면서 이슬(영혼, 정신)을 노래한다. 그러나 이런 영혼 따
위 허위이고 이 시대엔 무슨 고상한 형이상학도 없다." 이러한 「시론」의
주장이 이승훈의 시에서 직설적일 정도로 표현된다. "웅성거리는 삶 헤매

고 떠도는 삶 술에 취해 주정도 하고 실수도 하는 삶이 세계입니다 고상한 영혼 따위 없죠 형이상학도 없습니다 모두가 언어죠 후회도 언어 기쁨도 언어 모래도 언어 지금 저리는 팔도 언어 어제 들린 카페도 언어 당신도 언어입니다"(「우리가 할 일은 웃는 것이다」의 부분)

2. "시를 쓰는 것은 결국 시에 대해 생각하는 것이고 시론 속에서 시론을 생각하며 시론과 함께 글을 쓰는 행위이다"라는 주장을 분석해보자.

대개 시집이 거의 마무리된 다음에 쓰게 되는「자서」에서「시론」의 일부가 반복된다. 그만큼 이승훈이 중요하다고 생각하는 논리인 것이다. "이런 시쓰기가 노리는 것은 시 따로 인생 따로 노는 이 시대 시인들의 위선과 오만을 미적으로 비판하고 근대 부르주아 예술이 강조한 이른바 자율성 미학을 파괴하고 일상과 예술의 단절을 극복함에 있다. 물론 이런 극복이 현실 환원주의나 거친 리얼리즘으로 퇴행하지 않기 위해서는 不二 사상을 지향해야 한다는 생각이다. 삶에는 무슨 의미도 본질도 없고 그저 흘러가는 과정이 있을 뿐이다. 아방가르드 니힐리즘을 사랑하자." 그리하여 이승훈은 「이런 것에 대해서는 할 말이 전혀 없다」에서 "시 속에 그들은 없고 그들이 바라보는 세계만 있지 그러나 난 달라 거리에 비가 오면 시 속에도 비가 오지 시인들은 감추고 난 드러내는 거야 있는 그대로!"(부분)라고 쓴다.

이승훈의 논리는 김준오의 『시론』(서울: 삼지원, 1999)의 논리와 대척점(對蹠點)에 서 있다. 김준오는 "원래는 이 책에다 '同一性의 詩論'이라는 제목을 붙이고자 했으나 결과는 그냥 『詩論』이라 해버렸다"(6쪽)라고 설명하면서 "서사나 극과 구분되는 시정신은 단적으로 말해서 자아와 세계의 동일성에 있다. 여기서의 동일성이란 자아와 세계의 일체감이다."(34쪽)라고 주장한다. 이승훈은 서정성이란 자율성의 미학이 일상과 예술의 단절을 초래한다고 주장하는 반면, 김준오는 서정시의 시정신이 자아와 세계의 동일성에 기반을 둔다고 주장한다. 이승훈이 서정시에 예술과 일상의 동일성(同一性)이 없다고 주장하는 반면, 김준오는 자아와 세계의 동일성(同一性)이야말로 서정시의 기반이라고 주장한다. '동일성'의 정의(定意)가 문제의 핵심이다.

김준오의 동일성 개념에 대한 정의는 "자아와 세계가 각기 특수한 성격을 '상실'하고 하나의 새로운 동일성의 차원에서 승화되었을 때 미적 체험이 된다"(35쪽)라는 설명에서 발견된다. 이광호는 「동일성의 시학과 균열의 시학: 김준오의 『시론』다시 읽기」(≪포에지≫ 2000년 여름호)에서 "동일성의 원리가 서정시의 원형적인 형태들을 설명하는 데는 비교적 설득력을 발휘하는 반면, 서정시 이후의 모더니즘 텍스트들을 분석하는 데는 그 이론적 한계를 노정하고 있다"(181쪽)라고 지적하면서 "자아와 대상의 동일성이란 결국 외부세계에 인간적인 관점을 부여하는 미학원리일 수밖에 없고 이것은 대상에 대한 주체의 전일적 지배로 귀착될 수 있다"라고 "서정시의 재래적 문법 안에 도사린 이데올로기적 문제들을"(185-6쪽) 드러내 보여준다. 이승훈은 이러한 인식을 「서정시」에서 "순수도 서정도 폭력이다 순수는 불행을 모르고 고통을 모르고 타자를 모르고 서정도 서정도 허위다"라고 표현해낸다.

김준오가 희망하는 '새로운 동일성의 차원'은 더 이상 가능하지 않다 아니 가능하지 않아야 한다는 것이 이승훈의 주장이다. "그러니까 시에 무슨 자성(自性)이 있는 게 아니라 시라는 이름, 언어, 제도가 있다는 인식이 요구되고 이런 인식을 토대로 근대 자율성 미학을 파괴할 필요가" 있기 때문에, 그리하여 서정시 이후의 모더니즘 문학을 무시하는 한국문학의 '후진성, 소박성, 무지, 지적 태만'을 비판해야 한다는 문학사적 인식의 절박성(切迫性) 때문에 "시를 쓰는 것은 결국 시에 대해 생각하는 것이고 시론 속에서 시론을 생각하며 시론과 함께 글을 쓰는 행위이다"라고 이승훈이 주장한다. 이승훈은 「개는 사람을 문다」에서 "이제 시는 끝났다 비가 올 때 끝나고 시의 문제는 철학의 문제로 넘어간다 아슬아슬하게 넘어간다 시와 산문의 전쟁도 끝나고 오늘부터 끝나고 시의 종말은 시의 죽음이 아니야 한 시대가 끝난거야"라고 친절(親切)하게 설명한다. 한때 문학의 죽음을 주장하던 패거리들이 있었다. 그러나 문학의 죽음이 도래했던 것은 아니었다. 마찬가지로 서정시의 시대가 끝난 것이지, 그리하여 그저 한 시대가 끝난 것이지 시의 죽음이 도래한 것은 아니다.

3. "이런 시쓰기가 노리는 것은 시와 삶, 시와 현실의 경계를 해체하는 데 있고"라는 주장을 검토해보자.

디이터 람핑의 『서정시: 이론과 역사』(장영태 옮김, 서울: 문학과 지성사, 1994)는 서정시의 현재적 유효성을 주장하는 유파의 대표적 교과서라고 알려져 있는데, 서정적 발화가 다음과 같이 정의되어 있다.

> 따라서 서정적 발화는 예컨대 서사 문학에서의 발화처럼, 사건 진행의 서술에 대해서 의무를 짊어진 것도 아니며, 극적 발화처럼 상황 변화의 의무를 지고 있는 것도 아니다. 서정적 발화는 그것이 의무로 느낄 만한 어떠한 발화─대상을 근본적으로 지니고 있지 않은 것이다. 이를 넘어서 서정적 발화는 시적 거별 발화로서 통상적인, 특히 대화적인 소통의 규준들에 예속되어 있지 않으며 이러한 자유로부터─경험적으로 볼 때─3가지의 가장 중요한 서정시의 자유가 해명된다. (119쪽: 강조 필자)

이승훈은 『이것은 시가 아니다』에서 디이터 람핑의 정의를 거의 전부 무시하는 방식으로 시와 삶, 시와 현실의 경계를 해체하는 작업을 시도한다. 대부분의 시에 적용이 가능하지만 각각의 항목에 한 편의 시만 실례(實例)로 들면서 설명하고자 한다. (1) 사건 진행의 서술: 「모든 게 잘 되어간다」는 "제자들과 함께 들린 인사동 어느 술집"에서 벌어진 사건 진행의 서술이다. 그 집에도 멸치가 없었다. 이승훈 시인을 위한 안주인 멸치를 구하기 위해 동옥이가 나간다. 시는 그 이후의 사건을 세세하게 묘사(描寫)한다. "그러나 아무리 기다려도 오지 않고 이상하군 동옥이가 강릉으로 간 거 아니야? 아니 멸치 사러 순천으로 갔나?"라고 이승훈 시인이 말한다. 한참 지나 들어온 동옥은 말없이 주머니에서 멸치를 한 주먹 꺼내놓는다. "그리고 낮은 목소리로 말을 꺼낸다 선생님 멸치 파는 가게가 없어 한참 헤매다 어느 술집엘 들렀어요 그 집엔 멸치가 있다는 거야요 그래서 맥주 한 병과 멸치를 달라고 했죠 맥주만 마시고 돌아올 때 멸치를 주머니에 넣고 왔어요 모두들 하하하 즐겁게 웃던 밤" (2) 상황 변화의 의무: 상황 변화의 의무가 대부분의 시에서 추진력(推進力)이 된다. 「기차」는 아방가르드 연극 같은 분위기를 성취한다. 제자들이 들른 봄날 저녁, "기차가 지나가지 않는군 이상해 언제나 의자에서 일어나 창가에 서면 기차가 지나갔지"라고 이승훈 시인이 한양대 인문관 4층의 연구실 창가에 서서 말한다. "언제나 그래 내가 창가로 가면 기차가 지나갔어 그런데 지금은 왜 지나가지 않을까?" "그럼 기차가 철길에 정지해 있다가 선생님이 창가로 가면 움직인다는 거야요"라고 한 제자가 묻는다. "아니 의자에서 일어나 창가로 가면 문득 기차가 지나갔어 그런데 오늘은 지나가지 않는군!" 이승훈 시인은 창가에서 돌아와 의자에 앉는다. 아방가르드 연극이 모순적 충격을 통해 청중들에게 탈근대적 세계관을 펼쳐 보인 것처럼, 이승훈 시인은 제자들에게 선(禪)의 스승들처럼 '아방가르드 니힐리즘'을 통해 탈근대적 세계의 문학적 입구를 열어 보여준다. (3) 발화-대상:「행복」이란 제목의 시 2편은 석준 그리고 호준이라는 발화-대상을 고려하지 않으면 무의미해진다. 초등학교 3학년 석준이가 학교에서 돌아오면 학원에 가고 학원에서 돌아오면 저녁 일곱 시다. "준아 배고프지? 무얼 사줄까?"라고 물으면 "응 자장면이 먹고 싶어 전화해줘"라고 대답한다. 잠시 후 자장면이 오고 준이가 거실 탁자에 앉아 자장면을 먹는다. 물 떠오라면 물 떠다주고 면발이 엉키면 가위로 잘라준다. 이승훈 시인은 준이의 "하인이다."

준이가 남긴 자장면을 신문지에 싸서 현관 앞에 두고 온다. 그리고 "내가 제일 행복한 시간은 준이가 자장면 먹는 시간이다"라고 시의 결론을 맺는다. 다른 사람이 아니라 자신의 손자인 준이가 자장면을 먹기 때문에, 발화-대상이 준이이기 때문에 시인은 '행복'하다고 말한다. 호준이는 유치원 갈 때마다 "매일 준다고 했잖아?"하면서 문을 열고 들어와 돈을 달란다. 일요일 아침에도 문을 열고 들어와 돈을 달란다. "글쎄 어제도 오늘도 돈 때문에 준이가 들른다 누구 말이 옳은가?"라고 두 번째로 배치되어 있는 「행복」이 끝난다. 발화-대상이 무슨 행위를 해도 귀여운 손자인 호준이가 아니라면 '행복'의 기록일 수가 없다는 점을 지적하지 않을 수 없다.

(4) 통상적인, 특히 대화적인 소통의 규준: 「고향 가게」는 통상적인, 특히 대화적인 소통의 수준을 고려하지 않으면 이해(理解)할 수 없다. 시적 화자는 해 지는 가을 저녁 고향 가게에 들른다. 그런데 가게 총각은 인사도 없고 말도 없다. 그런데 "난 감자튀김 두 봉지를 들고 묻는다 하나는 노란 포장 하나는 붉은 포장이다 이 둘은 뭐가 다릅니까? 총각은 여전히 아무 표정도 없이 의자에 앉아 말한다 저도 모릅니다 저는 과자를 좋아하지 않아서 과자에 대해선 잘 몰라요" 시적 화자는 속으로 "그럼 물건을 팔겠다는 거야? 뭐야?"라고 중얼대며 감자튀김 두 봉지를 들고 나온다. 시적 화자는 통상적인, 대화적인 소통의 규준을 적용하면서 해석을 시도하고 있다. 그리고 "물론 악의는 없다 너무 선량해서 문제지"라는 결론을 내린다. 이 시는 "안녕히 계세요 가게를 나오며 인사를 해도 대답이 없는 강원도의 가을 저녁"이라는 구절로 끝나면서 '고향 가게'의 시적 이미지를 완성시킨다.

4. "삶이 구원이다"라는 주장과 "미친 소리가 구원이다"라는 주장을 탐색해보자.

디이터 람펑의 서정시 정의를 격렬하게 격파하는 것으로 시와 삶, 시와 현실의 경계를 해체하는 작업이 완료되었다고 주장할 수는 없을 것이다. 지금부터의 작업이 이승훈의『이것은 시가 아니다』를 본격적으로 평가하는 과정이 되겠지만, 이런 서평(書評)의 원고 매수는 한정되어 있기 때문에 언제나처럼 문제를 제기함과 동시에 해결의 가능성을 암시하면서 글을 끝맺는 수밖에 없다.

가. "삶은 구원이다" 라는 주장은 어디까지가 진실인가.

이승훈은 자신의 시론에서 "아버지라는 이름이 상징계에 통합되지 않고 버려질 때, 구멍이 생길 때 우리가 체험하는 것은 정신병적 삶이다. 신경증 환자들이 상징계를 수용하면서 자아 정체성에 회의한다면 정신병 환자들은 상징계를 거부하고 심한 경우 환각과 망상에 시달리고 내가 현실의 극한에서 발견한 또 하나의 구멍이 그렇다"라고 설명한다.「사물 A」에서 시작된 이승훈의 시세계를 감안한다면 '환상'은 이승훈 시의 분석에 있어서 중요한 요소다. 일상세계의 사소한 행위를 묘사한 시에「난 나를 본 적이 없다」그리고「나도 모르는 이야기」라는 제목이 붙어있다. 이승훈은「내 인생에 대해 난 할 말이 없다」에서 "결국은 모두 환상이야"라고 주장한다. 시론에서도 "오늘도 나는 사는 게 아니라 꿈을 꾸는 것 같다"라고 고백하면서 "이제 현실은 꿈이고 꿈이 현실이고 내가 할 일은 이 꿈을 그대로 옮기는 것"이라고 설명한다.

필자와 이승훈 시인과의 인연은 끈질기다. '선과 모더니즘'이란 취지에 공감하여, 2005년 겨울부터 ≪시와 세계≫의 편집위원으로 참여하여 같이 일하고 있다. 얼마 전에 2006년 가을호 특집을 검토하다가 이승훈 시인이 제시한 환상시 특집을 반대했다. 젊은 시인들의 환상시에 대한 평가를 아직은 유보할 수밖에 없는 상황이기 때문이었다. 이런 일화를 소개하는 이유는 이승훈 시인이 이제 한국문학의 전통(傳統)이 되었기 때문이다. 이승훈의 시적 노력에 대한 평가가 이승훈 개인의 범주를 넘어서 있기 때문이다. 이승훈 시인이 시론에서 "나오는 대로 쓰자. 시든 시론이든 이젠 따지고 분별하고 사유하는 게 지겹다"라는 결론에 도달했다는 것이 문제가 된다. 물론 이승훈 시인 개인의 문제는 아니다. 그러나 김현이 어머니에게서 받았던 질문에 대한 다음과 같은 대답의 수준을 넘어서지 못하고 있다는 것은 한국문학사의 성공적인 전개에 큰 문제가 되기 때문이다.

> 남은 일생 내내 나에게 써먹지 못하는 문학은 해서 무엇하느냐 하는 질문을 던지신 어머니, 이제 나는 당신께 내 나름의 대답을 하지 않으면 안 되겠다. 확실히 문학은 이제 권력의 지름길이 아니며, 그런 의미에서 문학은 써먹는 것이 아니다. 그러나 역설적이게도 문학은 그 써먹지 못한다는 것을 써먹고 있다. 문학을 함으로써 서유럽의 한 위대한 지성이 탄식했듯 배고픈 사람 하나 구하지 못하며, 물론 출세하지도, 큰돈을 벌지도 못한다. 그러나 그것은 바로 그러한 점 때문에 인간을 억압하지 않는다. 인간에게 유용한 것은 대체로 그것이 유용하다는 것 때문에 인간을 억압한다.
> ─ 『한국 문학의 위상/문학사회학』 서울: 문학과 지성사, 1991, 49-50쪽

탈근대의 시대에 더 이상 유의미하지 않은 주장이다. 문학적 상상력은 이제 권력의 지름길이며, 배고픈 사람을 구할 수 있는 방안이며 출세하며 큰 돈을 벌 수 있는 가능성이 될 수 있다. 탈근대 시대의 문학적 상상력은 인간에게 유용하면서도 인간을 억압하지 않는다는데 그 힘이 있다.

나. "미친 소리가 구원이다"라는 주장은 어디까지 전개되는가.

이승훈이 「자서」에서 근대 부르주아 예술의 문제점을 극복하기 위해서 "不二사상을 지향해야 한다"라고 주장하지만, 시론에서 자신의 한계

를 고백한다. "참된 불이 법문은 법문이고 그대로 깨달음이고 침묵이 그대로 언어이다. 아니 법문과 깨달음은 같은 것도 아니고 다른 것도 아니고 침묵과 언어의 관계도 그렇다. 그러므로 이런 법문은 사상이나 철학이 아니다. 그러나 나의 경우 불이 법문은 법문이 아니라 사상이고 철학이고 이런 게 나의 한계이고 내 禪 공부의 한계이다." "상징계 파괴는 상징계를 구성하는 문법을 파괴하고 의미를 구성하는 기표와 기의의 한계를 해체하고 기호, 구조의 세계를 파괴해야 한다. 이런 시쓰기가 禪과 만나기를 기대하지만 아직 기대일 뿐이다."

필자는 선(禪)이 새로운 공동체의 약속을 찾는 중요한 시적 방법론이라는 점에 동의하면서 ≪시와 세계≫의 노력이 문학사적 의의가 있다고 생각했던 것이다. 필자의 인식의 한계가 이승훈이 고백한 한계와 별로 다르지 않을 것이기 때문에 이 지점에서 논의를 후학에게 넘긴다. 단지 선적 깨달음의 중도(中道)와 시와 시론의 중도(中道)가 다르지 않다는데 동의할 수 있을 뿐이다.

제3부

시론

1.
죽음의 고비: 최승호『고비』

1.

'≪시와 세계≫가 선정한 이 계절의 시집'의 첫 번째 시집으로 최승호의『고비』가 선정되었다.

나는 최승호에 관한 평론을 본격적으로 쓴 적이 거의 없다 시집을 받고 시를 써서 보낸 적이 한 번 있지만 그리고 감상의 글을 몇 번 쓴 적이 있겠지만 본격적으로 평론을 쓴 적은 없다. 변명 같아 보이겠지만 최승호에 대한 객관적인 거리가 확보되지 않았기 때문이었다. 정말로 변명 같아 보이겠지만 박정희 정권의 엄혹한 반공정책 속에서도 간첩을 숨겨준 어머니는 처벌되지 않았다. 반정부 투사의 친구는 처벌되었지만 친족은 처벌되지 않았다. 친족은 객관적인 입장이 될 수 없기 때문에 법정의 증인이 될 수 없다. 최승호의 ≪작가세계≫를 통해 시인으로 등단하고 세계사 시인선에서 2권의 시집이 나왔지만, 나는 최승호를 안다고 말할 수 있는 처지가 아니다. 그와 그리 자주 만나는 사이가 아니다. 최승호가 ≪작가세계≫를 통해 등단시킨 시인들의 활약상을 보면 그의 눈이 얼마나 밝은지 알 수 있다. 그는 말하자면 객관적이었다. 그의 객관적인 판단에 의해 나도 선정되었다고 믿는다. 그럼에도 불구하고 최승호는 어찌된 일인지 처음부터 나의 친족이었다. 그냥 친구처럼 느껴지는 정도가 아니라 그는 나의 친족이었다.

최승호에 관한 평론을 써야 하는 기회 앞에서 여러 날 망설였다고 고백해야 한다. 무엇보다도 최승호를 친족처럼 느끼는 이유를 찾아내야 글을 쓰기 시작할 수 있을 것이다. 평론을 쓰다가 가야할 길이 잘 보이지 않으면 나는 버릇처럼 김수영을 생각한다. 그러다가 '죽음의 깊이'가 생각났다. 김수영이 지나가듯 언급했던 '죽음의 깊이'가 내게는 하나의 화두였다. 내가 '죽음의 깊이'를 깊이 생각하면서 살아왔던 것처럼 최승호도 '죽음의 깊이'를 깊이 생각하면서 살아왔기 때문에 최승호가 친족처럼 느껴졌다는 가설이 성립하는지 궁금하다. 이러한 가설을 검토하는 과정 속에서 김수영이 얼핏 시작한 '죽음의 깊이' 시론(詩論)을 보다 다각적으로 전개할 수 있을 것이며, 『고비』에까지 이른 최승호의 시세계를 구체적으로 설명할 수 있을 것이라 전망한다.

2.

김수영의 「생활현실과 시」(1964년 10월)의 끝부분이다. 다소 길지만 인용한다.

> 金珖燮의 「심부름 가는……」이란 시. 나는 金珖燮씨의 작품은 관념의 서술이 너무 많은 게 싫어서 그리 좋아하지 않는 편이었는데, 이번에 병상에서 심한 고통 중에 읽어보고 여지껏 발견하지 못했던 깊은 섬광을 발견하고 반갑게 생각했다.

> 抒情이 萬物을 들추어 노래를 追求한다.
> 꽃이다 새다 露宿한 짐승이여 그 눈에 흐르는 눈물
> 强者의 碑石에 떨어져 때를 지우는데
> 웬 엿장수냐 가위질소리에 모인 아이들

서울이란 델 언제 이렇게 나도 왔나부다

옆을 서로 스치면서 인사 한마디 없이 가는
故鄕과 故鄕 사이의 不幸한 섬 길에서
버러지보다 나은 것을 찾는 한벌의 허전한 옷
누구도 건드리지 못한 至高한 蒼空 그 傳統밑에 서서
나는 어데로 심부름가는 무슨 物體일까

  이것이 그중의 후반 2聯이다. 내가 섬광을 발견한 곳은 <웬 엿장수냐 가위
질소리에 모인 아이들/ 서울이란 델 언제 이렇게 나도 왔나부다>의 귀절. 서
울이 우주의 異鄕으로 느껴지는 새로운 감정. 낡은 것이 새로운 것으로 바뀌어
지는 순간. 이 시에는 **죽음의 깊이**가 있다.
  나쁜 詩를 발견하기는 쉽지만 좋은 시를 발견하기란 참 어렵다. 그 詩와
같이 살 수 있는 순간을 가져야 하기 때문이다. 우리 주위에는 이 詩의 경우와
같이 탐탁하지 않게 생각하던 것 중에서 의외로 기적이 발견되는 수가 있다.
그럴 때의 기쁨은 이중으로 크다. 시를 쓰기도 어렵지만 시의 독자가 되기는
더 어려운 것같다. 진정한 시의 독자는 시인이 아니고서는 되지 않는다고 하
지 않는가. 피상적으로 시의 독자가 있느니 없느니 말할 수도 없고, 詩의 독자
가 없다고 비관할 필요도 없을 것같다. (필자 강조)

  '죽음의 깊이'는 무뚝뚝한 김수영이 드물게 사용한 칭찬의 용어다. 그
것은 낡은 것이 새로운 것으로 바뀌어지는 순간이라고 설명되는데, 탐탁
하지 않게 생각하던 것 중에서 의외로 기적이 발견되는 순간이다. 김수영
은 김광섭의 시에서 서울이 우주의 이향(異鄕)으로 느껴지는 그런 기적의
순간이 발견된다고 주장한다. 서울은 옆을 서로 스치면서 인사 한 마디 없
이 지나가는 그런 대도시다. 그런 속에 살면서도 그런 사정을 제대로 느끼
지 못하고 사는 게 생활현실이며 대부분의 시가 그런 생활현실 속에 함몰
되어 있다고 김수영이 한탄을 하다가 발견한 좋은 시라는 것이다. 엿장수
가위질 소리에 모이는 아이들이 고향에서처럼 서울에도 있다는 발견은
고향이 아닌 서울에 와 있다는 자각을 강화시킨다. 그리하여 서울은 영원

히 고향이 될 수 없는 곳이 된다. 서울은 우주의 이향이다. "서정이 만물을 들추어 노래를 추구한다."라는 너무 심한 관념적 서술도 이에 따라 힘을 받는다. 한 곳에서 낡은 것이 새로운 것으로 느껴지는데 성공하면서, 탐탁하지 않게 생각되던 만물에서 새로운 서정의 노래를 추구할 수 있다는 김광섭의 논리를 부정할 수 없게 되기 때문이다.

비평의 근간으로 사용될 수 있을 것 같은 '죽음의 깊이'라는 용어는 다시 사용되지 않았다. 1967년 10월의 「시 월평」의 끝부분에서 시와 죽음의 문제를 다음과 같이 언급한 것이 김수영에게서 찾을 수 있는 추가적인 단서의 전부였다. 김수영은 "죽음과 사랑의 문제는 말할 필요도 없이 萬人의 萬有의 문제이며, 만인의 궁극의 문제이며, 모든 문학과 시의 드러나 있는 소재인 동시에 숨어있는 소재로 깔려있는 영원한 문제이며, 따라서 무한히 매력 있는 문제"라고 정의하면서 "모든 시는—마르크스주의의 시까지도 합해서—어떻게 자기 나름으로 죽음을 완수했느냐의 문제를 검토하는 방법이라고 해도 과언이 아니다."라고 주장한다. 그리고 "모든 詩論은 이 죽음의 고개를 넘어가는 모습과 행방과 그 행방의 거리에 대한 해석과 측정의 의견에 지나지 않는다."라는 주장에서 '죽음의 깊이'에 관한 시론은 '죽음의 고개'를 넘어가는 모습에 대한 해석이라는 추정을 해볼 수 있을 것이다.

3.

최승호의 시세계는 처음부터 죽음의 문제를 자기 나름으로 검토하는 방법의 모색에 초점을 맞추고 있었다. 따라서 최승호에 관한 시론은 최승호가 죽음의 고개, 즉 **죽음의 고비**를 넘어가는 모습을 추적하는 과정이 되지 않을 수 없다. 최승호에 관한 시론을 통해서 김수영에서 시작된 '죽음의 깊이'에 관한 시론이 구체적으로 영글어가기 시작할 수 있다는 희망을 가질 수 있을 것이다.

제 1시집 『대설주의보』의 대표작은 「北魚」와 「대설주의보」인데, 두 편 다 **죽음의 불가피성**을 강조한다. 최승호는 「北魚」에서 밤의 식료품가게의 케케묵은 먼지 속에 나란히 꼬챙이에 꿰어져 있는 북어들을 묘사한 다음에 "나는 죽음이 꿰뚫은 대가리를 말한 셈이다."라고 강조한다. 김수영이 죽음의 문제라고 정의하지 않고 **죽음과 사랑의 문제**라고 정의한 이유는 죽음만 언급할 수 없기 때문이다. **죽음의 문제가 강력해지면 언제나 반작용처럼 사랑의 문제가 강력해진다.** "빛나지 않는 막대기 같은 사람들이/ 가슴에 싱싱한 지느러미를 달고/ 헤엄쳐 갈 데 없는 사람들이/ 불쌍하다고 생각하는 순간," 즉 불가피한 죽음의 운명 속에 갇혀 있으면서도 정신을 차리고 있는 사람들의 가슴 속에 어디 갈 곳이 없는 희망이 싱싱하게 살아 있다는 것을 깨닫지 않을 수 없는데, 바로 이 순간 최승호는

> 느닷없이
> 북어들이 커다랗게 입을 벌리고
> 거봐, 너도 북어지 너도 북어지 너도 북어지
> 귀가 먹먹하도록 부르짖고 있었다.

라고 죽음의 불가피성을 제대로 깨닫게 된다. 최승호는 죽음의 문제에 어쩔 수 없이 붙잡힌 다음 詩人이 된다. 최승호의 시세계는 '죽음의 깊이'를 추적하지 않을 수 없는 운명을 지닌다. 「北魚」에서 희망의 순간이 죽음의 문제를 뚜렷하게 부각시킨 것처럼, 「대설주의보」에서는 사랑의 시선이 죽음의 시대성을 선명하게 드러내 보여준다.

> 해일처럼 굽이치는 백색의 산들,
> 제설차 한 대 올 리 없는
> 깊은 백색의 골짜기를 메우며
> 굵은 눈발은 휘몰아치고,
> 쬐그마한 숯덩이만한 게 짧은 날개를 파닥이며……
> 굴뚝새가 눈보라 속으로 날아간다.

굵은 눈발이 해일처럼 굽이치는 백색의 산들 속에서 휘몰아치면서 그 깊은 백색의 골짜기를 메우고 있는데 제설차 한 대 올 리 없는 상황이다. 짧은 날개를 파닥이며 백색 눈보라의 배경 속에서 날아가는, 숯덩이만큼 쪼그만 굴뚝새를 바라보는 사랑의 시선 때문에 죽음의 대설주의보가 내려진 시대상이 선명하게 묘사되는 시적 성공이 달성된다.

최승호는 제 2시집 『고슴도치의 마을』에서 죽음의 고비를 만난다. 최승호는 이러한 죽음의 고비를 「무서운 굴비」에서 "나는 왜 굴비를 두려운 존재라고 말해야 하나"라는 질문으로 형상화한다. 굴비는 소금에 절여 통째로 말린 조기라 한다. 사실상 굴비는 석쇠 위에 구워 먹거나 찌개 끓여도 얌전히 있는 무기력하기 짝이 없는 일상적 존재다. 최승호가 "굴비, 나의 敵, 나의 反逆, 나의 비굴/ 비굴한 삶은 통째로/ 굴비를 닮아간다"라고 굴비를 정의하는 이유는 대도시 소시민의 삶이 죽음과 불가피하게 닮아 있음을 인식하였기 때문이다. 죽음의 인식이 대설주의보 같은 일회성 사건(事件)이 아니라 일상(日常)이라는 점을 깨달았기 때문이다. 붐비는 밤 기차 안에서 피투성이 사건으로 얼룩진 신문으로 얼굴을 덮고 눈도 감고 입 다문 채 잠자코 듣고만 있어도 시인의 귓속으로는 죽음의 말들이 마구 쏟아져 들어온다.

　　　　　　　　　　－엄마 나 아퍼
　　　　　　　　　－그래, 울지 말고 참아
　　　　　　　　조금 더 가면 내릴 거야
　　　　　　　　　　「소리의 칵테일」

"조금 더 가면 내릴 거야"라는 엄마의 위로는 이 시대 속에서 헛되고 헛되다는 사실을 부정할 수 없다. 울지 말고 참아 보아야 우리 모두는 고통의 삶을 지나 죽음의 종착역에 내리게 될 것이다. 자동화된 소시민의 삶은 '자동판매기'에 대한 기계적인 반응처럼 죽음의 등가물이 되어버린 지 이미 오래되었다. 고정관념으로 굳어가는 머리의 자욱한 안개를 걷으며 정신 좀 차려야지라고 다짐하더라도, 오렌지 주스를 마신다는 게 커피가 쏟아지는 버튼을 눌러 버리게 되는 습관의 무서움은 없어지지 않을 것이다.

4.

최승호가 제 3시집 『진흙소를 타고』에서 또 하나의 **죽음의 고비**를 만나면서, 최승호의 시세계에 '죽음의 깊이'가 더해지면서 인간은 더 이상 인간이 아니게 된다. 「꽁한 인간 혹은 변기의 생」은 다음과 같이 시작된다.

> 나에게서 인간이란 이름이
> 떨어져나간 지 이미 오래
> 이제 나는 아무것도 아니다
> 흩어지면 여럿이고
> 뭉쳐져 있어 하나인 나는
> 이제 아무것도 아니다
> 왜 날 이렇게 만들어놨어
> 난 널 홈치지 않았는데
> 왜 날 이렇게 똥덩이같이
> 만들어놨어, 그리고도 넌 모자라
> 자꾸 내 몸을 휘젓고 있지

죽음과 동일시되는 인간은 정상적인 인간이 아니다. 사랑의 힘이 없기 때문에, 삶이 없기 때문에, 인간이란 이름이 그에게 더 이상 어울리지 않는다. 최승호의 정의에 의하면 그는 '꽁한 인간'이다. 그리고 그의 삶은 '便器의 生'이라고 정의하는 것이 적당할 것이다. 제 4시집 『세속도시의 즐거움』은 그러한 변기의 생을 다각도로 묘사한다. 「공장지대」는 현실의 공장지대를 묘사하지 않는다. 무뇌아를 낳은 산모의 느낌을 묘사한다. 산모는 "몸 안에 공장지대가 들어선 느낌"을 갖는다. 젖을 짜면 흘러내리는 게 산모에게는 공장지대의 허연 폐수 같아 보인다. 게다가 무뇌아의 배꼽에 매달린 비닐 끈들을 보라.

최승호의 시세계를 '변기의 생'이나 '공장지대'라는 이미지가 암시하는 그로테스크 미학으로 정의하는 손쉬운 방법을 선택할 수는 없다. 왜냐하면 시인 최승호의 목표가 세속도시의 끔찍함이 아니라 세속도시의 '즐거움'이기 때문이다. "저 굴뚝들과 나는 간통한 게 분명해!"라는 문장이 무뇌아를 낳은 산모에게서 터져 나오는 비명소리로 추정되지만, 즐거운 시적 표현이기도 하다는 점을 무시할 수 없다. 「꽁한 인간 혹은 변기의 생」의 나머지 부분은 다음과 같다. 내용(內容)이 아니라 어조(語調)를 읽어 보시라.

조금씩 떠밀려가는 이 느낌
이제 나는 하찮고 더럽다
흩어지는 내 조각들 보면서
끈적하게 붙어 있으려해도
이렇게 강제로 떠밀려가는
便器의 生, 이제 나는
내가 아니다 내가 아니다

이러한 최승호의 시적 작업에 신뢰가 가는 이유는 '변기의 생'이라는 이미지가 뛰어난 시적 표현이기 때문이 아니라 하찮고 더러운 우리와 함께 있기 때문이다. 대도시 소시민의 삶은 불가피하게 죽음과 닮아 있기 때문에 똥 덩어리 같다고 묘사해도 무방하다. 그런 소시민과 함께 최승호도 강제로 떠밀려 내려가고 있다. **죽음의 문제가 강력해지면 언제나 반작용처럼 사랑의 문제가 강력해진다.**"고 앞에서 지적한 바 있다. 최승호가 시의 내용(內容) 속에서 죽음의 문제를 강력하게 제기하면서 시의 형식(形式)은   문제를 반작용처럼 그만큼 강력하게 표현해내고 있다.

5.

제 5시집 『회저의 밤』은 또 하나의 **죽음의 고비**를 보여준다. 이제 죽음의 문제는 더 이상 죽음의 문제에 국한되지 않는다. 죽음의 문제가 **죽음과 사랑의 문제**라는 점이 뚜렷해지면서 새로운 '죽음의 깊이'가 달성된다. 제 2시집 『고슴도치의 마을』의 「내 영혼의 북가시나무」에서 이미 죽음 속에 있는 사랑의 문제가 다음과 같이 아름답게 노래되었다.

> 봄기운에
> 대장간의 낫이 시퍼런 생기를 띠고
> 톱니들이 갈수록 뾰족하게 빛이 나니
> 살벌한 몸통으로 서서 반역하는 내 영혼의 북가시나무여
> 잎사귀 달린 詩를, 과일을 나눠주는 詩를
> 언젠가 나는 쓸 수도 있으리라 초록과 금빛의 향기를 뿌리는 詩를
> 하늘에서 새 한 마리 깃들어
> 지저귀지 않아도

하늘에 새 한 마리 깃들어 지저귀지 않는 죽음의 세상이지만, 아니 바로 그러한 세상이기 때문에 시인의 영혼은 살벌한 몸통으로 서서 반역하려 한다. 이제 『회저의 밤』에는 조주의 잣나무처럼 앵두나무가 서 있다. 「앵두」는 죽음의 문제를 죽음의 문제에 국한해 온 제 2시집 『고슴도치의 마을』, 제 3시집 『진흙소를 타고』와 제 4시집 『세속도시의 즐거움』에 대한 반성문이다. "어떻게 과거의 산들이/ 현재로 흘러들고/ 현재의 푸른 산봉우리들이 과거로 흘러가는가// 모든 존재가 거품덩이며/ 비존재 또한 허구렁이라고/ 생각해 온/ 내/ 앞에/ 앵두나무는 서 있다// 오늘은 유월 육일 현충일이다/ 나는 슬픔 없이 빨간 앵두를 바라본다/ 당당한 햇살/ 적나라한 앵두/ 이 말랑말랑한 보석들로/ 앵두술을 담글 수도 있으리라/ 낮술에 취해/ 생각의 흐린 웅덩이들을/ 발효시킬 수도 있으리라// 그러나 있는 그대로 보는 사람은/ 생각/ 이전에/ 빨갛게/ 익은 앵두를/ 빨갛게 볼 수도

있으리라"(전문) 말랑말랑한 보석 같은 빨간 앵두를 달고 앵두나무가 햇살 아래에 당당하고 적나라하게 서 있다. 이러한 상황은 오늘이 유월 육일 현충일이라고 해서 바뀌지 않는다. 빨간 앵두는 적나라한 생명력의 상징인 것 같아 보인다. 현충일임에도 불구하고 화자는 슬픔 없이 빨간 앵두를 바라본다. 그냥 바라볼 뿐만 아니라 앵두를 발효시켜 앵두 술을 담그는 것이 어떨까 하는 생각도 한다. 빨간 앵두뿐만이 아니라 앵두 술을 생각하면서 입맛을 다시는 화자도 생명력의 상징인 것 같아 보인다. 앵두의 입장에서 바라볼 때「앵두」는 죽음의 문제를 노래한다. 그러나 화자의 입장에서 바라볼 때「앵두」는 사랑과 죽음의 문제를 노래한다.

이제 최승호가 존재뿐만 아니라 비존재도 그저 허무일 수밖에 없다고 주장하는 죽음만의 시대를 벗어나기 시작한다. 최승호가「발효」에서 죽음에 대한 인식, 즉 '죽음의 깊이'는 앵두 술이 되는 과정 속에 있는 앵두처럼 깊어진다고 고백한다.「발효」는 2개의 연(聯)으로 구성되는데 첫 번째 연은 다음과 같이 2개의 행으로 구성되어 있다. "부패해가는 마음 안의 거대한 저수지를/ 나는 발효시키려 한다//" 이 2행은 최승호가 발표하는 새로운 시세계의 메니페스토다. 부패한 죽음의 세계 속에서 발효되듯 생명의 사랑이 거대한 저수지같이 솟아오를 것이며, 자신이 그러한 도덕적 행위의 주체가 될 것이라는 선언이다. 왜냐하면 최승호가 "충분히 썩으면서 살아왔다"고 말할 수 있을 만큼 죽음의 세계를 경험했기 때문이다. 그리하여 "문제는 스스로 마음에 뚜껑을 덮고 오물을 거부할수록/ 오물들이 더 불어났다는 사실이다/ 뒤늦게 나는 그 뚜껑이 성긴 그물이었음을 깨닫는다"고 고백할 수 있게 된다. 이러한 고백에 바로 뒤이어「발효」는 놀랍게도 다음과 같이 아름다운 이미지로 끝난다.

물왕저수지라는 팻말이 내 마음의 한 변두리에 꽂혀있다
나는 그 저수지를 본 적이 없다
긴 가문 날 흙먼지투성이 버스 유리창을 통해
물왕저수지로 가는 길가의 팻말을 얼핏 보았을 뿐이다

그 저수지에
물의 법이 물왕의 도가
아직도 순환하고 있기를 바란다
그 저수지에 왕골을 헤치며 다니는 물뱀들이
춤처럼 살아 있기를 바란다
그리고 물과 진흙의 거대한 반죽에서 흰 갈대꽃이 피고
잉어들은 쩝쩝거리고 물오리떼는 날아올라
발효하는 숨결이 힘차게 움직이고 있음을
내 마음에도 전해 주기 바란다

최승호가 자신의 말처럼 충분히 썩으면서 살아왔다는 사실을 지금까지
확인하여 왔다. 그럼에도 불구하고 그가 마음 속 깊은 곳에서는 오물을 거
부하였다는 사실을 이제 깨닫게 된 것이다. 그리하여 자신의 시세계가 죽
음의 문제로 뒤덮이게 되었던 것이다. 그런데 이제 부패가 바로 발효임을
깨닫는다. 앵두가 발효하여 앵두 술이 되는 것처럼, 오물 같이 부패하는
물과 진흙의 거대한 반죽이야말로 생명의 기반이라는 것이다. 부패이며
발효인 바로 그 거대한 죽음의 반죽 위에서 흰 갈대꽃이 피고 갈대꽃 사이
에서 잉어들이 쩝쩝거리고 갈대의 왕골을 헤치며 물뱀들이 다니고 그것
들을 먹이로 하는 물오리 떼가 날아오르는 저수지의 이름으로 물왕저수
지는 적절하기 이를 데 없다. 물의 법, 물왕의 도야말로 부패이며 발효인,
즉 죽음이며 동시에 생명인 사랑의 중요한 이름인 것이다.

6.

제 6시집 『반딧불 보호구역』에서부터 시작된 최승호의 사랑의 시세계
에 관한 자세한 논의는 본고의 논지를 과도하게 확대할 가능성이 있다. 필
자도 최승호의 삶을 진심으로 축복한다. 그가 이 지상에서 행복한 삶을 살
아야 하리라. 훌륭한 시인이기에 더 더욱 행복한 삶을 살기를 기원한다.

그럼에도 불구하고 필자의 주된 관심은 최승호의 시세계가 전개하는 '죽음의 깊이'에 있다. 왜냐하면 행복은 개인적이지만 죽음은 보편적이기 때문이며, 언어를 통해서는 보편적인 문제를 다루지 않을 수 없기 때문이다. 최승호를 만나면 따뜻하게 손을 잡으며 개인적 행복에 기뻐하겠지만 담론(談論) 속에서는 사랑도 죽음과 연결되는 보편적인 문제로 고려되어야 한다.

제 11시집『아무 것도 아니면서 모든 것인 나』이전까지의 시세계에서 '죽음의 깊이'에 관한 시론의 전개에 필요한 고려 사항을 다음과 같이 두 가지로 정리할 수 있다. (1) 제 6시집『반딧불 보호구역』의「달맞이꽃에 대한 명상」(전문)에서 읽을 수 있는 바와 같이 최승호의 생태 인식은 여타의 유행적 환경운동과 차원을 달리한다.

옥수수밭 너머에 함초롬히 피어 있던 달맞이꽃들이 마른 대궁들로 변해, 묵은 눈 위에 서 있다. 산마루 위로 둥실 떠오르던 달도 초생달로 떴다가 한 조각 그믐달로 지고, 달빛도 적막해져서 흰 눈 위에 서걱이는 마른 대궁의 그림자나 드리울 뿐이다. 묵은 눈 위에 된서리 내리는 겨울, 내 의식의 한 뾰족한 끝이, 달맞이꽃이 사라지고 달맞이꽃을 보던 나도 사라지는, 적멸을 겨눈다.

최승호가 노래하는 달맞이꽃은 보름달 아래에 함초롬히 피어 있는 아름다운 꽃이 아니다. 최승호가 노래하는 달맞이꽃은 사라져버리려고, 즉 죽어버리려고 마른 대궁으로 변해가는 꽃이다. 최승호의 사랑은 죽음에 대한 깊은 인식에 기반하고 있기 때문에 다른 어느 환경운동가나 생태운동가의 주장보다 힘이 있다. 최승호가 자신도 달맞이꽃과 함께 사라지는 '적멸,' 즉 '죽음의 깊이'를 바라보고 있기 때문이다. 죽음의 문제라는 관점에서 깊이를 더해가는 생태 인식을 통해서 최승호의 시세계에 있는 인간(人間)들뿐만 아니라 사물(事物)들에게도 '죽음의 깊이'가 부여될 것이라는 기대가 생긴다. (2) 제 7시집『눈사람』에서는 언어의 불확실성에 대한 인식이 두드러진다. 부패이며 발효인, 죽음이며 동시에 생명인 사랑의 중요한 이름이라는 물왕저수지가 죽음과 사랑의 문제에 대한 해결책으로 제 5시집 『회저의 밤』에서 제시되었는데, 죽음이며 동시에 사랑인 언어가 과연 어떻게 표현될 수 있는지 본격적으로 질문되어지지는 않았다. 물왕저수지는 본 적이 없고, 그저 긴 가문 날 흙 먼지투성이 버스 유리창을 통해 물왕저수지로 가는 길가의 팻말을 얼핏 보았을 뿐이라고 보고되어 있다. 「물렁물렁한 책」은 언어의 문제를 다음과 같이 본격적으로 제기한다. "아직 태어나지 않은 책은 물렁하다 뭐라고 말할 수 없는 반죽덩어리, 그 물렁물렁한 책을 베개 삼아 나는 또 詩想에 잠긴다"(전문) 시인의 시상이 물렁물렁한 언어로 표현될 수밖에 없는 상황이다. 왜냐하면 **죽음과 사랑의 문제**, 즉 죽음의 문제와 사랑의 문제를 동시에 표현하는 언어가 지상(地上)에 존재할 수 있는지 확실하지 않기 때문이다.

7.

제 11시집 『아무 것도 아니면서 모든 것인 나』는 또 하나의 죽음의 고비를 보여준다. 이제 죽음의 문제는 더 이상 개인의 문제에 국한되지 않는다. 죽음의 문제가 개인의 한계를 넘어서는 문제라는 점이 뚜렷해지면서 새로운 '죽음의 깊이'가 달성된다. 그리하여 최승호의 시집 속에 화자를 제외한 다른 존재들이 우글거리기 시작한다.

최승호가 「뭉개구름」을 "나는 구름 숭배자는 아니다"라는 주장으로 시작한다. 요컨대 구름이 화자의 개인적 상징체계에서 나온 단어가 아니라는 주장이다. 그리고 바로 뒤이어 할아버지, 할머니와 어머니가 물렁물렁한 언어로 표현되는 '죽음의 깊이'를 가진 사물, 즉 구름을 이용하여 표현된다. "내 가계엔 구름 숭배자는 없다/ 하지만 할아버지가 구름 아래 방황하다 돌아가셨고/ 할머니는 구름들의 변화 속에 뭉개졌으며 어머니는/ 먹구름들을 이고 힘들게 걷는 동안 늙으셨다//" "흰 머리칼과 들국화 위에 내리던 서리"를 발견하고 "지난해보다 더 이마를 찌는 여름이 오고" 가는 세월 속에서 화자는 "뭉게구름을 보며 걸어간다"고 묘사되는데, 왜냐하면 할아버지, 할머니와 어머니로 이어지는 "뭉쳤다 흩어지는 업의 덩치와 무게를 알지 못한 채" 살아가고 있기 때문이다. 이제 죽음의 문제는 더 이상 화자 개인의 문제에 국한되지 않기 때문에 그리고 개인의 차원을 넘어서는 죽음의 문제를 위한 언어를 아직까지 발견하지 못하였기 때문에, 어느 변두리에서 올해도 이슬 머금은 꽃들이 피었다 지고 매미 울음이 뚝 그치면서 다시 구름 높은 가을이 오더라도 삶의 고통은 "보석으로 결정되지 않는"다. 이제 최승호의 임무는 물렁물렁한 언어가 '보석'이 되는 길을 찾는 것이다.

「뭉게구름」에서는 죽음의 보편성에서 기인하는 업(業)의 무게로 인해 할아버지, 할머니와 어머니가 화자만큼 중요한 인물들이 된다. 「물방울무늬 넥타이를 맨 익사체」에서는 사랑의 보편성에서 기인하는 인생(人生)의 문제로 인해 물땅땅이, 물빈대, 물장군, 물방개와 우렁이새끼가 익사한 인간 주인공만큼 중요한 존재들이 된다. 물방울무늬 넥타이를 맨 익사체가 안고 있던 "난센스 속에서도 진지했던 인생의 문제들은" 익사 사건으로 인해 "통째 해소된 것으로" 보인다. 삶은 더 이상 인간 개인의 문제가 아니다. 삶은 인간의 문제만큼이나 인간 이외의 존재의 문제인 것이다. 이는 최승호가 생태시의 경험을 통해서 획득한 중요한 인식인 것 같아 보인다.

> 콧등에 붙은 우렁이새끼가 고물거린다
> 두 괄은 물 속으로 축 늘어져 있다
> 뜻밖의 공짜먹거리를 만난 것처럼
> 물땅땅이, 물빈대, 물장군, 물방개 등등이
> 오흐의 익사체에 몰려들었다
> 그들은 다리를 움직인다
> 그들은 배를 불리려고 애쓴다
> 몇 시나 되었을까?
> 콧구멍 속으로 우렁이새끼가 들어간다
> 구덩 속에 뭐가 있는지도 모르면서 슬금슬금

『아무 것도 아니면서 모든 것인 나』가 보여주는 또 하나의 **죽음의 고비**를 내용보다는 문학적 언어의 측면에서 접근하는 작품이 「재 위에 들장미」다.

> 들장미는 재 흘러내리는
> 철로변에 있었다
> 그것은 피사체가 아니었다
> 마음은 사진기계가 아니었다
> 나는 잠시 걸음을 멈추었다
> 들장미라는 말이 떠오르기 전에
> 들장미가 있었다
>
> 그것은 분석의 대상이 아니었다
> 나는 향기로운 한 송이 인간이 아니었다
> 우울하게 나는 다시 길을 갔다
> 그 뒤로도 이십 년을 무겁게 나는 걸어왔다

들장미를 문학적으로 묘사하는 이미지나 상징의 체계가 제대로 성립될 수 없음이 고백되어 있다. 이 특정의 들장미는 20년 전에, 즉 말하자면 제1시집 『대설주의보』가 나오던 1983년, 요컨대 최승호 문학이 본격적으로 시작되던 바로 그 시절에 잿가루 흩날리는 철로변에 기우뚱하니 피어 있었다. 이 시의 마지막 세 줄은 다음과 같다. "사실 처음에/ 첫줄은 이것이었다;// 들장미는 중생대의 아침 노을을 연상시킨다//" 최승호에게 20년 전은 들장미를 중생대의 아침노을과 연계시키는 이미지나 상징의 체계에 대한 믿음이 있었던 시절이었다. 이 시의 첫 연은 들장미를 중생대의 아침노을과 연계시키려 노력했던 시절을 위한 변명이며 다음과 같이 전개된다. "해질녘이면 공룡들은 고개를 들고/ 불길한 그 무엇을 바라보고 있었을까/ 저탄장의 석탄더미는 한때/ 양치식물들의 숲이었다/ 중생대의 잿더미/ 무개화차는 수북하게 석탄을 싣고/ 탄광지대의 거무스름한 철길을 지나간다/ 광부의 도시락과/ 술집에서 늙은 여자의 노래와/ 쌍굴다리를 내려오던 코흘리개 아이들을 나는 기억한다//" 석탄은 공룡들의 식사였던 중생대 양치식물들의 시체다. 그러므로 저탄장의 석탄더미, 즉 중생대의 잿더미 위에 있는 들장미를 보고 중생대의 아침노을을 연상하는 것이 어떤 면에서는 자연스러울 수도 있었다는 것이다.

  "황사바람 불고 흙먼지 떨어지는 밤에/ 나는 이 글을 쓰고 있다"라고 화자가 기록하는 이유는 이제 20년이 지나 '들장미'가 아니라 '재 위에 들장미'를 쓰고 있다는 점을 강조하기 위해서이다. 들장미를 묘사하기 위해서라면 중생대의 아침노을이라는 이미지가 어느 정도 적합하다고 주장할 수 있겠지만, 재 위에 있는 들장미를 위해서라면 들장미를 피사체나 분석의 대상으로 여기는 문학적 인식은 부족한 상상력일 뿐이다. 왜냐하면 황사바람 불고 흙먼지 떨어지는 밤에 시를 쓰는 지금의 화자가 자신의 마음을 사진기계라고 그리고 자신을 향기로운 한 송이 인간이라고 주장할 수 없기 때문이다. 최승호가 20년이 지난 지금 자신의 문학적 여정을 돌아보면서 들장미를 중생대의 아침노을이라는 이미지로 고착시킬 수 없다는 우울한 인식이야말로 자신의 문학의 시발점이며 핵심이라는 점을 뚜렷하게 인식해낸다. 왜냐하면 들장미라는 말이 떠오르기 전에 들장미가 있었기 때문이다.

8.

  제 12시집 『고비』는 또 하나의 **죽음의 고비**를 보여준다. 최승호가 『고비』/고비에서 고비를 넘어간다. 그리고 이런 **죽음의 고비**를 넘어가는 노력이 최승호에게 뿐만 아니라 한국문학사에서도 중요한 작업이기 때문에 '≪시와 세계≫가 선정한 이 계절의 시집'의 첫 번째 시집으로 최승호의 『고비』가 선정되었다고 생각한다.

  "그가 고비사막에 간 건 지난해 7월 KBS에서 방영된 다큐멘터리 '고비가 아름다운 이유'에 출현하기 위해서였다. 열흘간 2000km의 고비사막을 횡단했다. 매우 특이하고 충격적인 경험이었지만 6개월간 70편이 넘는 시가 계속 쏟아져 나올 줄은 자신도 몰랐다."(《경향신문》 2007년 1월 25일) 이런 독특한 사연에도 불구하고 『고비』는 제 11시집 『아무 것도 아니면서 모든 것인 나』의 노력을 이어가면서도 나름대로의 성과를 달성한다는데 그 특징이 있다. 『아무 것도 아니면서 모든 것인 나』에서 죽음의 문제가 개인의 한계를 넘어서게 되면서 시집 속에 화자를 제외한 다른 존재들이 우글거리기 시작했다. 그리고 **죽음의 고비**를 넘어가는 모습이 다음과 같은 세 가지 방향성으로 나타난다.「뭉개구름」에서는 죽음의 보편성으로 인해 할아버지, 할머니와 어머니 등 화자만큼 중요한 인물들이 등장한다.「물방울무늬 넥타이를 맨 익사체」에서는 삶의 보편성으로 인해 물땅땅이, 물빈대, 물장군, 물방개와 우렁이새끼 등 인간의 문제만큼이나 인간 이외의 존재의 문제가 중요해진다. 그리고「재 위에 들장미」는 내용보다는 문학적 언어의 측면에서 접근하는 작품이며, 들장미를 문학적으로 묘사하는 이미지나 상징의 체계가 제대로 성립될 수 없음이 고백되어 있다. 왜냐하면 들장미라는 말이 떠오르기 전에 들장미가 있었기 때문이다. 『고비』는 『아무 것도 아니면서 모든 것인 나』, 특히「재 위에 들장미」의 문학적 성취를 바탕으로 『아무 것도 아니면서 모든 것인 나』의 세 가지 방향성을 유지하고 있다.

첫째 인간의 문제만큼이나 인간 이외의 존재의 문제가 중요해진「물방울무늬 넥타이를 맨 익사체」와 같이 생태적 방향성을 갖는 작품으로 "슬프다/ 나는 감정이 북어인 사람인데/ 가슴 속에 해류가 흐르면서/ 북어가 명태로 부활하려고 한다"라는 고백으로 끝나는「기다림」이나 "만약 내가 고비였다면 나에겐 아무런 두려움이 없었을 것이다. 눈도 귀도 코도 없이 나는 늘 삼매(三昧)에 빠져 있었을 것이고 돌의 혀가 있었다 해도 침묵했을 것이다"라는 전망으로 시작되는「고비」를 들 수 있다.「기다림」이 물방울무늬 넥타이를 맨 익사체」의 생태적 방향성을 그대로 이어가고 있다면 「고비」에서는 그 생태적 상상력이 물땅땅이, 물빈대, 물장군, 물방개, 우렁이새끼 등과 같이 살아있는 존재에서 고비사막 같이 죽어있는 존재로 확대되고 있다. 이런 인식은 「고비海」에서 다음과 같이 사막을 바다로 읽을 수 있게 만든다.

> 바닷물이 다 말라버리면 어디에 배를 띄워야 할까. 빈 배들은 사막뿐만 아니라 소금 번쩍거리는 산봉우리 위에도 정박해 있을 것이다. 닻은 녹슬고 돛은 허져서 범선들은 마치 유령선처럼 보일 것이다. 마음은 왜 이렇게 폐허에, 바닥없는 허무에 닻을 내리려고 하는 것일까. 무의(無依)의 붕새처럼 큰 날개를 퍼덕거리지 않고 고작 해골을 관하는 말라빠진 수행자처럼 공의 노예, 무의 짐꾼이 되려는 걸까.

> 샤막뿐인 사막을 달리다보면 지평선 저쪽에 신기루인 강물과 바다가 있고 내 상상의 돛배들이 거기 떠 있다. 전혀 없는 물 위에 전혀 없는 배들이 돛을 펼치고 있는 것이다. 그러나 이 사막도 언젠가는 물로 뒤덮이는 시절이 있을 것이다. 파도가 넘실거리고 물새들이 끼룩거리고 고래들이 물을 뿜어대는 바다. 나는 그 바다의 이름을 고비海라고 불러본다. (전문)

고비사막은 예전에, 아주 오래 전에, 지구 생성 직후에 바다였는데 바닷물이 다 말라버려서 사막이 된 것이리라. 이러한 문학적 상상력은 해골을 관하는 말라빠진 수행자의 경우처럼 사랑이 없는 죽음, 즉 허무(虛無)의 상상력일 뿐이다. 인간의 문제만큼이나 인간 이외의 존재의 문제가 중요해지는 생태적 상상력을 통해서 죽음의 문제가 아니라 **죽음과 사랑의 문제**, 즉 죽음의 어두움을 통과해낸 사랑의 문제가 부각된다. 그리하여 시인의 상상력은 고비사막을 바다로 만든다. 사막이 언젠가는 물로 뒤덮이면서 전혀 없는 물 위에 전혀 없는 배들이 돛을 펼치고 파도가 넘실거리고 물새들이 끼룩거리고 고래들이 물을 뿜어대는 바다가 신기루처럼 펼쳐진다. 시인은 "강물과 바다가 있고 내 상상의 돛배들이 거기 떠 있다"라고 겸손하게 말한다. 그러나 시인은 그 바다의 이름을 고비海라고 명명하는 새로운 형태의 창조주인 것이다.

「물방울무늬 넥타이를 맨 익사체」의 생태적 상상력이 「고비海」에서 살아있는 존재뿐만 아니라 고비사막 같이 죽어있는 존재로 확대되는 이유는 '죽음의 깊이'에 대한 인식이 더욱 깊어졌기 때문이다. "우리는 거대한 증발접시 안에서 속이 타는 물방울 같은 존재들인지 모른다."(「증발」)라는 주장은 추상적인 추론에 근거하지 않는다. '증발'의 과정을 구체적으로 설명하는 다음과 같은 「표면장력」을 읽어보면 왜 21세기의 문학이 이론보다 더 강력한 추론의 힘을 갖는지 알 수 있다. "여기서 나는/ 물방울/ 본능의 표면장력을 느낀다// 피 있는 것들에 들러붙는/ 흡혈귀처럼/ 적막이 찾아오는 사막// 불안한 자아에 표면장력은 있을 것이다/ 표면 없는 자아가 표면을 끌어당기며/ 끈질긴 표면들을 만들어가고 있을 것이다// 폐허의 도살장처럼 텅 빈 사막에서/ 나는 웅크린 물방울// 물방울은 뼈가 없다/ 증발하면 아무것도 남지 않는다"(전문) 고비사막의 적막 속에서 시인은 곧 증발해버릴 위기에 직면한 웅크린 물방울 같은 존재일 뿐이다. **죽음의 문제가 힘 있게 표현되는 이유는 사랑의 문제를 안고 있기 때문이다.** 이곳 고비사막에서, 여기서 시인은 물방울 본능의 표면장력을 추상적으로 짐작하는 것이 아니라 본능적으로, 온몸으로 느낀다. 불안한 자아가 온몸으로 느끼는, 표면 없는 자아가 표면을 끌어당기면서 그리하여 끈질기게 표면을 만들면서 임박한 죽음에 필사적으로 저항하는 사랑의 힘이 없다면, 시인은 폐허의 도살장처럼 텅 빈 사막과 구별되지 않을 것이다. 따라서 詩가, 목숨 같은 詩가 쓰일 수 없을 것이다.

죽음의 문제가 사랑의 문제를 끌어안으며 힘 있게 표현되기 시작하면서 인간 이외의 존재의 문제가 힘 있게 재현되기 시작한다. 들장미를 묘사하기 위해서라면 중생대의 아침노을이라는 이미지가 어느 정도 적합하다고 주장할 수 있겠지만, 재 위에 있는 들장미를 위해서라면 들장미를 피사체나 분석의 대상으로 여기는 문학적 인식은 부족한 상상력일 뿐이라고 주장되었던 「재 위에 들장미」의 문학적 반성에 대한 대답으로 「도마뱀」

이 제시되어 있다.

하늘에는 태양이 있었고 땅에는 돌들이 있었다. 긴 시간이 흘러 하늘에는 익룡의 울음소리와 그 메아리조차 없었고 땅에 더러 공룡의 화석이 있었지만 그것들 또한 부재를 드러내다 지워질 흔적들에 불과했다.

왜 사라졌는지 모르지만 쥐라기의 공룡들은 사라졌다. 그리고 왜 나타났는지 모르지만 긴 시간이 흐른 뒤 도마뱀이 불쑥 나타났다. 절멸의 긴 침묵 뒤에 아주 귀여운 파충류가 출현한 것이다.

축소된 공룡 같은 그놈은 지금 땅바닥에 엎드려 있다. 단절감 사이로는 침묵이 흐르는 법이다. 도마뱀과 나, 돌과 돌, 하늘과 땅 사이에도 침묵이 흐르고 있다. 그 침묵은 쥐라기나 지금이나 미래에도 변하지 않는 침묵이다.

나는 텅 빈 침묵의 껍질에 지나지 않는다. 과연 그런가. 고개를 갸우뚱거리던 도가뱀이 꼬리를 끌며 재빨리 뙤약볕 속으로 달아난다. (전문)

최승호가 「도마뱀」에서 「재 위에 들장미」의 중생대를 다시 읽으면서 왜 사라졌는지 모르지만 사라져버린 쥐라기의 공룡들을 다시 부활시킨다. 도마뱀은 귀여운 파충류이며 축소된 공룡이다. 도마뱀이 20년 전의 들장미와 달리 피사체나 분석의 대상을 넘어서는 이유는 고비사막의 도마뱀이기 때문이다. 이 도마뱀은 최승호가 지금까지 획득한 '죽음의 깊이'를 갖고 있다. 도마뱀과 시인 사이에 대화의 언어가 아니라 죽음의 침묵이 흐르고 있다. 이 침묵은 돌과 돌이나 하늘과 땅 사이에도 흐르고 있다. 이 침묵이 쥐라기나 지금이나 미래에도 변하지 않는 침묵이라는 인식을 최승호가 갖고 있기 때문에 도마뱀은 더 이상 들장미가 보여주었던 문학적 상상력의 문제점을 갖고 있지 않다. 그럼에도 불구하고 이 지점까지는 추상적인 추론을 벗어나지 못하고 있다. 그리하여 시인은 "나는 텅 빈 침묵의 껍질에 지나지 않는다."라고 추상적인 결론을 내리고 있다. 그런데 20년 전의 들장미와 달리 도마뱀이 침묵을 깨고, 죽음의 침묵을 넘어서 사랑의 언어를 말한다. "과연 그런가." 현실 세계에서는 고비사막의 도마뱀이 꼬리를 끌며 재빨리 뙤약볕 속으로 달아나기 전에 고개를 갸우뚱거렸을 뿐이다. 최승호가 도마뱀의 고개 짓으로 인해 들장미의 우울증 중세를 벗어난다. 우울한 들장미에 비하면 고비사막의 도마뱀은 명랑하다.

『고비』에서는 문학적 상상력의 문제가 가장 중요한 과제인 것 같아 보인다. 「별똥별」에서 "우리는 이름 붙일 수 없는 것에 이름을 붙인다/ 의미 없는 것에 의미를 붙이고/ 의미 있는 것에서 의미를 지워버린다/ 사막의 초대는 그렇다/ 이름 붙일 수 없는 것들을 보고/ 이빨이 남아 있을 때 허무를 물어뜯어 보라는 것이다"라고 시인이 질문한다. 요컨대 도마뱀의 고개 짓이 죽음의 침묵을 넘어서는 "과연 그런가."라는 사랑의 언어라고 주장하는 문학적 작업이 유의미한지 질문하고 있다. 도마뱀의 고개 짓이라는 이름 붙일 수 없는 것에 이름을 붙이는 작업이 의미 없는 것에 의미를 붙이는 허무한 작업인지 그리하여 다른 의미 있는 것에서 의미를 지워버리게 되는 것은 아닌지 질문해야 한다. 시인은 「모래분류법」에서 이러한 작업이 추상적 추론의 과정으로 진행되어서는 안 된다고 단호하게 선언한다. "학자는 노력의 흔적을 남기지만/ 바람은 아무런 자취를 남기지 않습니다/ 분류한다는 것을 그냥 어린애 놀이 같은 것으로 여기지요" 최승호의 주장이 이같이 힘 있어진 이유는 고비사막에서 학자의 노력 같은 것은 단숨에 날려버리는 적막의 포효를 직접, 온몸으로 들었기 때문이다.

나는 적막이 포효하는 소리를 들었다. 적막은 사자처럼 포효했고 그 포효에 나는 놀랐다. 나의 말들은 저 적막에 먹힐 것이다. 모든 의미들은 적막의 이빨에 씹힐 것이며 소리들은 적막의 목구멍으로 흘러들 것이다. 적막은 죽지 않았다. 죽기는커녕 적막은 펄펄 살아 있다. 나의 말들, 적막에 예민하게 반응한 것은 나의 말들이었다. 말들은 위협을 느꼈고 어디로 도망치고 싶었으나 갈 곳이 없었다. 왜냐하면 말은 이미 적막의 이빨 틈에, 적막의 커다란 아가리 속에 있었던 것이다. 말은 적막이 두렵다. 말은 적막이 두려워 말을 하고 또 말을

한다. 헛소리, 넌센스, 바닥 없는 농담, 무의 잠꼬대, 말은 무슨 말이라도 해야
한다. 누가 알아들을 수 없을지라도 말은 말을 하고 또 말을 해야 한다.

                                        — 「포효」의 전문

　　「포효」에 제시된 문학적 상상력의 방향성은 침묵과 요설의 동시성이
다. 시인은 이를 적막의 포효라는 이미지로 제시한다. 문학적 언어는 보편
적인 죽음의 적막을 인식하면서도, 아니 그런 죽음의 편재성을 철저하게
인식하기 때문에 사랑의 요설을 시작해야 한다는 것이다. 침묵과 요설이
『고비』의 권두시 「저녁 어스름」에서 다음과 같이 아름답게 공존하고 있
다.

　　　　저녁 어스름이 장엄하다고
　　　　말했던 노시인의 죽음을 넘어서
　　　　저녁 어스름이 찾아온다
　　　　의자 없는 별들에게 자리를 내어주듯이
　　　　산등성이에서 천천히 내려오는
　　　　말들
　　　　고삐가 없어서
　　　　일월(日月)을 고삐로 삼고
　　　　마구간이 없어서
　　　　천하를 다 마구간으로 여기는 말들
　　　　말들은 죽을 때
　　　　바라는 것 없이 그냥 죽는다
　　　　저녁 어스름이 장엄하다고
　　　　말했던 노시인의 죽음을 넘어서
　　　　저녁 어스름이 찾아온다
　　　　말들이 목을 늘어뜨리고
　　　　저녁 어스름에 잠긴다
　　　　나도 저녁 어스름에 잠긴다 (전문)

「재 위에 들장미」에서 어렵게 성취되었던, 들장미라는 말이 떠오르기 전에 들장미가 있었다는 인식이 「저녁 어스름」에서 문학적 완성의 모습을 갖춘다. 저녁 어스름이라는 죽은 노시인의 말 이전에 저녁 어스름이 있었다. "과연 그런가."라고 죽음의 침묵을 넘어서는 사랑의 언어로 질문했던 도마뱀처럼 일월을 고삐로 삼고 천하를 다 마구간으로 여기는 말들이 몸소 "바라는 것 없이 그냥 죽는" 자신의 **죽음과 사랑의 문제**를 보여준다. 그런 말들이 목을 늘어뜨리고 저녁 어스름에 잠겨 있다. 시인도 아무런 심적 장애 없이 저녁 어스름에 잠긴다. 이제 시인은 더 이상 저녁 어스름을 구경하지 않는다. 「재 위에 들장미」에서는 시인이 자신의 마음이 사진기계인 것처럼 들장미를 구경하고 있었다. 그러나 저녁 어스름은 구경할 수 있는 대상이 아니다. 저녁 어스름은 그 속에 참여하느냐 마느냐를 누구나 결정해야 하는, 아니 누구나 참여하겠지만 참여할 수밖에 없지만, 참여하고 있는지 여부를 온몸으로 인식하느냐 마느냐를 추론해내야 하는 질문인 것이다.

『고비』의 시세계는 「황량한 대평원」이 대표하는 것 같아 보인다. 아마도 최승호가 이 한 편을 쓰려고 했다가 6개월간 70편이 넘는 시가 계속 쏟아지는 결과를 맞이했던 것 같아 보인다. 「황량한 대평원」은 (1) 「재 위에 들장미」의 들장미라는 말이 떠오르기 전에 들장미가 있었다는 인식에서 시작하여, (2) 문학적 언어는 죽음의 편재성을 철저하게 인식하기 때문에 사랑의 요설을 시작해야 한다는 「포효」의 인식에 도달하며 끝난다는 점에서 『고비』의 시세계를 대표한다.

(1)
그 풍경과 일치하는 말이 있지 않을까
대평원은 황량하다
이런 말은 황량한 대평원과 일치하지 않는다
막막하다
묘사를 하려 해도 막막하고

진술을 하려 해도 막막하다
그 풍경과 일치하는 말이 없을까
오늘은 이 정도 생각하고 잠을 자야겠다

(2)

대평원은 황량하다
둘러봐도 텅 비어 있을 뿐
눈을 둘 만한 대상이 없다
눈알이 빠진 낙타 두개골
그것이 황량한 대평원에서 그래도
볼 만한 대상이었다고 말해야 할까
대평원은 황량하다
이런 말은 황량한 대평원과 일치하지 않는다
그러나 그렇게라도 말할 수밖에 없다
황량한 대평원
대평원은 막막하다 지루하다 황량하다
그런 말도 모르는 채 침묵하는 황량한 대평원에 해가 진다

「재 위에 들장미」에서 들장미가 피사체나 분석의 대상을 넘어선다고 인식했기 때문에 20여년의 문학적 여정이 시작되었다고 최승호가 고백했던 것과 유사하게, '황량한 대평원'을 보고 황량하다고 묘사하고 진술하는 문학적 상상력의 한계를 고백하면서 이 시는 시작된다. 그리고 이 시는 들장미라는 말이 떠오르기 전에 들장미가 있었다는 「재 위에 들장미」의 문학적 성취를 바탕으로 문학적 언어는 죽음의 편재성을 철저하게 인식하기에 사랑의 요설을 시작해야 한다는 「포효」의 인식을 반영하며 끝난다. 황량한 대평원은 황량하다는 바로 그러한 사실 때문에 볼 수 있는 피사체나 분석의 대상이 될 수 없다. 눈알이 빠진 낙타 두개골은 눈을 둘 만한 대상, 즉 사진의 피사체나 문학의 분석 대상이 될 수 있겠지만 대평원의 황량함에 대해서는 1대1 등가성을 가진 이미지나 언어를 찾아낼 수 없

기 때문에 피사체나 분석의 대상이 될 수 없다. 이 지점에서 최승호가 **죽음과 사랑의 문제**를 해결하는 「포효」의 공식, 즉 죽음의 편재성을 철저하게 인식하기에 사랑의 요설을 시작해야 한다는 인식에 도달한다. 즉 인간의 말도 모르는 채 침묵하는 황량한 대평원을 보고 인간은 막막하다, 지루하다, 황량하다 등 그렇게라도 말할 수밖에 없는 실정이라는 것이다. 이는 인간적 언어의 패배의 기록이 아니다. 이는 인간의 언어가 죽음을 딛고 선 사랑의 언어일 수밖에 없다는 아주 힘 있는 주장인 것이다.

「물방울무늬 넥타이를 맨 익사체」의 생태적 상상력이 '죽음의 깊이'에 대한 더 깊어진 인식 때문에 「고비海」에서 살아있는 존재뿐만 아니라 고비사막 같이 죽어있는 존재로 문학적 상상력의 범위가 확대된 것과 같이, 시인은 「황량한 대평원」에서도 임박한 죽음에 필사적으로 저항하는 사랑의 힘으로 막막하고 지루하고 황량한 대평원을 목숨 같은 詩로 형상해낸다. 그리고 「뭉개구름」에서 죽음의 보편성으로 인해 할아버지, 할머니와 어머니 등 화자만큼 다른 인물들이 중요해진 것처럼, 「황량한 대평원」에서도 운전사 반자이, 길안내인 산지트, 요리사 엇후, 통역을 맡은 어유나, 프로듀서 강해숙, 프로듀서 최동인, 카메라맨 심복서, 사진작가 김중만 등 다른 인물들이 다 중요해진다. 왜냐하면 화자가 "우리 눈동자는 모두 황량하다"라는 말을 할 수 있어야 하기 때문이다.

이제 최승호가 김수영의 '온몸시론'을 본격적으로 실천할 준비가 되어 있다고 판단된다. 김수영의 말을 다시 한 번 기억해보자. "시는 온몸으로, 바로 온몸으로 밀고나가는 것이다. 그것은 그림자를 의식하지 않는다. 그림자에조차도 의지하지 않는다. 시의 형식은 내용에 의지하지 않고 그 내용은 형식에 의지하지 않는다. 시는 그림자에조차도 의지하지 않는다. 시는 문화를 염두에 두지 않고, 민족을 염두에 두지 않고, 인류를 염두에 두지 않는다. 그러면서도 그것은 문화와 민족과 인류에 공헌하고 평화에 공헌한다. 바로 그처럼 형식은 내용이 되고, 내용은 형식이 된다. 시는 온몸으로, 바로 온몸으로 밀고나가는 것이다." 들장미라는 말이 떠오르기 전에 들장미가 있었기 때문에, 들장미라는 내용을 피사체나 분석의 대상으로만 파악하는 형식에 의존할 수 없다. 시인이 시를 온몸으로 밀고나가려면 그림자, 아니 그 그림자조차도 의식하지 말아야 한다. 필자는 김수영이 그림자를 의식하지 않는 방법으로 '죽음의 깊이'라는 개념을 제시했다고 믿는다. '죽음의 깊이'가 없는 사랑의 언어를 사용하는 시인은 바람둥이일 뿐이기 때문이다. '죽음의 깊이'를 한 발자국 씩 더 깊이 인식하는 과정, 즉 **죽음의 고비**를 넘어가는 과정이 너무 숨 가쁘기 때문에 문화, 민족, 인류라는 추상적 개념을 염두에 둘 시간이 없다. 최승호가 자신의 생태적 인식을 화자에서 다른 등장인물들에게로, 인간 존재에서 인간 이외의 존재에게도 확대하며 '죽음의 깊이'를 보다 더 깊이 인식하는 **죽음의 고비** 속에서 문화, 민족, 인류, 평화에 저절로 공헌하게 되었다고 필자는 믿는다.

9.

이제 글의 칼날을 필자에게 돌려 질문할 때가 되었다. 김수영이 뒤이어 말했다. "이 시론도 이제 온몸으로 밀고나갈 수 있는 순간에 와 있다. <막상 詩를 논하게 되는 때에도> 시인은 <詩를 쓰듯이 논해야 할 것>이라는 나의 명제의 이행이 여기에 있다." 이 글을 시작하면서 필자는 "내가 '죽음의 깊이'를 깊이 생각하면서 살아왔던 것처럼 최승호도 '죽음의 깊이'를 깊이 생각하면서 살아왔기 때문에 최승호가 친족처럼 느껴졌다는 가설이 성립하는지 궁금하다. 이러한 가설을 검토하는 과정 속에서 김수영이 얼핏 시작한 '죽음의 깊이' 시론(詩論)을 보다 다각적으로 전개할 수 있을 것이며, 『고비』에까지 이른 최승호의 시세계를 구체적으로 설명할 수 있을 것이라 전망한다."라고 말한 바 있다. '죽음의 깊이'에 대한 인식이 깊어지면서, 즉 **죽음의 고비**들을 성공적으로 넘어가면서 최승호가 『고비』에까지 이르렀다는 지금까지의 설명이 유의미하더라도, 그리하여 김수영이 남겨둔 '죽음의 깊이' 시론이 어느 정도 성립되었다 하더라도, 필자에게는 중요한 질문이 남아있다. 필자가 최승호를 친족처럼 느꼈다는 것이 최승호의 시세계를 옹호하기 때문인지 아니면 그러한 경지를 넘어서서 필자의 문학적 상상력이 최승호의 문학적 상상력의 수준과 진정으로 만났기 때문인지 질문해야 하기 때문이다. 그리고 이러한 질문은 필자에게만 국한된 것이 아니라고 믿는다. 그렇기 때문에 글을 쓰는 것이다.

2.
서정시에 대한 질문과 농담:
박의상『질문과 농담과 시』

　박의상 선생님의 새로 나온 시집,『질문과 농담과 시』(서울: 문학사상사, 2005년)를 나는 자꾸 공격적인 관점에서 질문과 농담'의' 시라고 읽는다. 무엇에 대해 질문하고 농담하는 것일까. 서평자로 지목하셨다는『현대시학』의 전갈을 들으며 보냈던 엽서의 내용을 상기하지 않을 수 없었다. "여전히 감칠맛 나는 한국어의 리듬 밑에 흐르는 따뜻한 시선"을 구체적으로 설명하라고 요구받는 셈이다. 「시인의 말」에 "2005년 2월 25일 저녁에 생맥주나 한 잔 같이 합시다"라고 쓰신 것처럼 2005년 2월 25일 동숭동 비어할레에서 박의상 선생님과 처음으로 대화를 나눴다. 비어할레에서 "부글~"거렸다. 한두 번 스치듯 인사했을 뿐이지만 묘한 동지의식이 교차한다고 착각했는데 착각이 아니었다는 기쁨을 만났다. 쓰기 싫은 「시인의 말」을 쓰려다 '2005년'이 "이리오세요"로 들렸고 '2월 25일'도 "이리오세요"로 들린다고 하셨고, 젊은 시인들에게 "남도 자신도 모르는 시"를 쓰라고 요구하신다고 하셨고, 「사,라,앙,---」에서 '개' 얘기했는데 '애인' 얘기라는 중견 시인도 있다고 하셨다. 이 모든 전제가 머릿속을 맴돌아 잠들 수 없었다. 아니 해설을 이용해서 선전포고(宣戰布告)를 해야 하고 전선(戰線)을 형성해야 한다는 압박감이 있다고 내가 느닷없이 말했기 때문인지도 모른다.

직접적인 인연의 시작은 『현대시학』 1998년 9월호를 위해 「예, 예, 예, −1」를 읽고 「호흡 시론」을 썼기 때문일 것이다. 요약하자면 다음과 같다. 박의상의 파격적 시형식이 문제적인 이유는 다른 시인과 다르기 때문이 아니다. 다른 시인과 같다면 문학사적 존재이유가 없다. 시인은 모름지기 달라야 하며, 그 '다름'이 '제스처'가 아니어야 한다. 당대의 우둔한 감식안을 일시적으로 속일 수 있겠지만, 역사의 지평에서 부는 거센 바람은 '제스처'의 가면을 쉽게 폭로한다. 시인의 '다름'이 '제스처'의 일회성을 벗어나는 방법은 헤롤드 블룸 그리고 그 이전의 T. S. 엘리엇의 충고에 의하면 '문학사적 인식'이다. 박의상의 칸 들여쓰기 시행의 비밀을 설명하기 위해 짧은 평문의 제목을 「호흡 시론」이라 붙였다. 칸 들여쓰기가 없는 제4행과 제16행이 기준이다. 제1행, "고기를 뒤집는 자에게 복이 있나니"는 원고지 2칸만큼 호흡을 멈춘 다음 읽기 시작하면 된다. 제2행, "여름 저녁 숯불 더 뜨거워지고"는 원고지 11칸 지날 때까지 호흡을 멈춘 다음 읽기 시작한다. 원고지의 칸 수를 수학적 정확성으로 계산해 낼 수는 없다. 박의상의 변형된 시행이 '시적 영향의 불안'을 벗어났는지 질문하는 것이 더 중요하다. 대부분의 경우 시행을 원고지의 왼쪽 끝에서 시작하지 않는 이유는 시행이 주는 시각적 효과를 노리기 때문이다. 그런데 박의상의 경우는 읽기, 즉 청각적 효과에 초점을 맞추고 있다는 것이 그의 '문학사적 인식'의 깊이를 반영한다. 큰 소리로 읽으면 적절한 '강세'가 자연스럽게 주어지면서 '시적 리듬'이 생성되는 시형식의 청각적 효과를 느낄 수 있다. 이런 청각적 효과가 흥겨운 시적 상황을 만드는 데 결정적으로 기여한다. 한국 시조의 자수율 원칙이 한국어의 리듬 부재라는 전제에서 제시되었으며 최근의 국문학적 연구 성과가 한국어의 리듬 감각에 기반을 둔다는 점을 기억하면, 박의상이 현대시의 형식 속에 뚜렷하게 표현해 낸 '강세'에 기반을 둔 '시적 리듬'의 생성은 '문학사적 인식'의 깊이를 드러낸다. 문학적 전통이 선배 시인과 후배 시인의 '우정'어린 투쟁 속에서 유지된다고 생각하며 박의상의 '강세'와 '시적 리듬'의 청각적 효과는 한국어의 영역을 확대하기 위해 후배 시인들이 발전시켜야 할 도전의 영역이다. "여전히 감칠맛 나는 한국어의 리듬"이란 엽서의 구절은 「호흡 시론」이 나름대로 『질문과 농담과 시』를 읽는 기준이 된다는 고백이다.

'따뜻한 시선'을 읽어내지 못하는 독자는 없을 것이다. 우리 서로 따뜻한 시선으로 보고 있기 때문이다. "7시 정각"부터 부글거리는 "우리 500cc 생맥주 잔" 사이에서는 특히 그러하다(「비어할레에서 부글~거리다」). "−사,라,앙,을 주어봐!"라고 "어느 개 주인 친구가 한번 내게 말했다." 그렇게 쉽게 사랑을 줄 수 있었다면 "나는 개가 싫다:−"라고 시인이 공들여 고백을 시작할 이유가 없다. (편의상 칸 들여쓰기를 표기하지 않고 시를 인용하기로 한다. 시집의 64쪽을 찾아 칸 들여쓰기를 독자의 호흡에 반영하며 큰 소리로 읽어보시라.) 개가 나를 사랑한다고 쉽게 착각할 수 없기 때문이다. 사랑의 지난(至難)함을 알기 때문이다. 쉽게 사랑하지 않는, 아니 쉽게 사랑하지 못하는 따뜻한 시선이 박의상으로 하여금 시를 쓰게 한다. 그런데도 "나를 노려보더니 그가 말했다;/ −자네,가 더, 개,애, 같네! -알아?"라고 말한다. 누가 더 개 같은가. 쉽게 개와 친해지기 때문에 쉽게 개를 버릴 수도 있는 '개 주인 친구'인가 아니면 박의상인가? 이런 인식은 개를 더 무섭게 만든다. '개 주인 친구'를 대신해서 미안하기 때문이다. 그리고 이런 저간의 사정을 개들도 "아는 것이 분명하다." 그렇다고 해서 박의상이 '개 주인 친구'보다 윤리적으로 우월한 입장에 있지 않다. 「사,라,앙,---」을 읽기 전에 독자가 18쪽의 「다이애나,를 -위하여!」를 읽었기 때문이다. 아름다운 비운의 왕세자비였던 여인의 이름, 다이애나라고 부르면서 개를 쉽게 사랑했던 기억이 있기 때문이다. 쉽게 사랑할 수 있었기 때문에 "그만큼 사랑한다!면, 병원에도 가줘서/ 그럼! 불임수술도 시켜주고,/ 짖지 말라!고, 그럼, 성대도 콱! 따주고," 했던 기억이 있기 때문이다. 그 사랑의 결과는 다음과 같았다. "사랑은 원래 −한 봉지, −검은 쓰레기!라-고/ -----내-던져---버릴 것./ 그저, 어딘가에, -휘익! 또는 털썩!" 이런 끔찍한 경험을 쉽게 잊어버리고 또 다시 쉽게 사랑을 시작한다면 정말로 문제가 아닐까. 그런데, 아, (박의상이기도 하고 박의상이 아니기도 한) 화자는「사,라,앙,---」의 끝부분에서 다음과 같이 또 다시 쉽게, 이번에는 사람을 대상으로, 사랑을 시작하려 한다. "세 번째 만나, 이런 이야기를 하니까,/ 영미가 어제 말했다;/ ----------나는 개,애,가 아주 좋던데./ ---이-때,다! 하고/ 나는 마음 놓고 영미를 끌어당겼다." 화자가 "이-때,다!"라고 속으로 외치는 이유는 영미가 쉽게 사랑하기 때문이다. 아니, 영미가 '개 주인 친구'처럼 쉽게 사랑한다고 화자가 판단하기 때문이다. 영미가 아니라 화자가 문제다. 아니, 누구도 문제가 아니다. 영미나 화자가 정체성을 가진 주체적 인간, 즉 개별적 인간이 아니기 때문이다. 박의상이 쉽게 사랑한다고 생각하는 독자가 있다면, 그가 함정에 빠진 것이다. 바로 그가 정말 중요한 '영미'를 개처럼 쉽게 사랑하는, 쉽게 사랑하려는 태도를 갖고 있다는 사실을 스스로에게 폭로했기 때문이다. 『질문과 농담과 시』에 들어 있는 여러 편의 사랑 노래의 대상이 되는 '영미'는 중요하다. 그럼에도 불구하고 박의상이 "마음 놓고 영미를 끌어당겼다"는 사실 여부의 확인은 중요하지 않다. '영미'가 누구인지도 중요하지 않다. 궁금하기는 하지만 그건 사적인 궁금함일 따름이다. 박의상이 목숨을 걸고 시를 쓰고 있고, 나도 목숨을 걸고 시를 읽고 있기 때문이다. 아, 『내 안에 사랑이』(서울: 미학사, 1993년)에서 그 3년 전에 간 시인의 아내, 송정자를 위해, "하느님, 알고 싶습니다. 그 사람, 잘 있습니까?"라고 노래 부른 시인의 외로움에 가슴이 아플 따름이다. 우리는 외롭다. 아, 외롭다고 말하는 자는 외롭다고 말하지 않는 자보다 더 외롭지 않다. 이런 이야기들이 비어할레의 공간을 맴돌았었다. 아내 없는 삶을 지속하기 위해 할 수 없이 이사하면서 어쩔 수 없이 버려야 했던 다음과 같은 것들 때문에 슬프다. 그것들은 "이제는, 무겁지 않은 것,/ 아무도 등짐 질 필요 없는 것, 질 수도 없는 것"이며 "결혼 20년, 지지리한 옛날 스카프 같은 것,/ 한 스푼 설탕 같은 것,/ 사랑이라는 것,"(「4층에서 던지다」)이었다. 잔인하게 흘러가는 시간 속에서 같이 살고 있기에 나는 시인의 슬픔에 젖어든다. 그리하여 "마음 놓고 영미를 끌어당겼다"라는 행위를 하는, 아니, 그런 행위를 한다고 상상하는 박의상을 바라보는 박의상의 따뜻한 시선이 있다는 것, 그런 외로움을 바라보는 시선을 공들여 기록했다는, 그래서, 한 편의 깊이 있는 시가 완성됐다는 점이 중요할 따름이다. 그래서 시인은 "내가 정말 사랑한 것"이 "누군가 너를, 너만을,/ 사랑한다고, 한다고, 하다가 버린/ 사랑이 아니라/ ―사랑한다,는 말,// 또는 ―사,라는 말과/ ―랑,이라는 말.// 그저, 말, 말, 말……"이라고 한다(「내가 정말 사랑한 것」). 그래서 누군가를, 그게 아무리 '영미'라 하더라도 끌어당기는 행위보다 "나도 유리창 흐르는 빗방울,/ 누군가를 무엇인가를 두근거리며 두근거리며/ 아직 기다리는 사람인 것을" 알게 되는 인식의 중요함을 선언한다(「50년」). 쉽게 사랑하는 '개 주인 친구'는 이런 인식의 깊이를 짐작할 수 없다. 최소한 50년의 적공(積功)이 필요하기 때문이다.

박의상의 시집에 따뜻한 시선이 넘쳐난다. 박의상은 "―우리 엄마가 보고 싶다,고, ―보고 싶다,고" "미국 뉴저어지 쌔들리버 마을 붉은 오두막/ 흐릿한 램프 벽에 기대앉아" 노래하던 '95살 노인 양봉가'와 같은 위치(位置)로 늙어가서 슬퍼하며(「우크라이나」), 엽총을 든 친구들의 허리에 꽂은 갈고리에 머리가 꿰어진 새들의 소리 나지 않고 보이지 않는 울음소리에 동참(同參)하며(「새에게 물었다」), 생갈비 한 대나 냉오이국 한 사발이나 김치 한 접시나 깍두기 한 쪽이란 세계의 유혹이나 "네가 쳐든 파리채"가 "너무 너무 커" 보이는 파리의 시선(視線)을 읽어낸다(「너무 큰 것들」). 박의상의 따뜻한 시선은 일방적(一方的)이 아니다. 권두시, 「채송화꽃에 바치는 3번의 놀람」에서 채송화 꽃을 둘러싼 3개의 시선을 발견하고 시인은 놀란다. 이런 3개의 놀람이 『질문과 농담과 시』가 시집이 되게 만든 힘이다. (1) 화자가 채송화 꽃을 바라보는 객관적 시선: "#/ 하얀 채송화꽃이여, 빨간 채송화꽃이여,// 아니, 노란 채송화꽃이여,/ 아니, 파란 채송화꽃이여./ 아니, 아니, 노랗다가 빨간 채송화꽃이여,/ 노랗다가 빨갛다가 하얀 채송화꽃이여." (2) 채송화 꽃 때문에 생긴 화자의 주관적 시선: "너희가 다/ 그저 그 조그만 채송화꽃이 되고 싶었단 말이냐.// 그저 채송화꽃이 되고도/ 그렇게, 랄랄라, 좋단 말이냐." 화자의 객관적 시선과 주관적 시선의 경계가 명확하지 않기 때문에 '##'를 표시할 수 없었다. (3) 화자의 주관적 시선 때문에 생긴 채송화 꽃의 주관적 시선: "##/ 빨간 채송화꽃은/ 내 소리에/ 이렇게, 놀란 얼굴이다,/ ─너는, 왜, 싫다는 말이냐?" 왜 3개의 '시선'이라고 하지 않고 3번의 '놀람'이라고 정의했는지 중요하다. 3개의 '시선'을 정의할 수 없다는 인식 때문이다. 3번의 '놀람' 같은 깨달음은 있었지만, 3개의 '시선'의 존재를 입증할 수는 없기 때문이다. 얼핏 당연해 보이는 화자의 객관적 시선과 주관적 시선의 구분에 의문이 제기되고 있기 때문인데, 이는 화자의 주관적 시선의 존재를 인정하면 채송화 꽃의 주관적 시선의 존재를 인정해야 하기 때문이다. 이런 일견 복잡해 보이는 철학적 논리보다 더 중요한 문학적 성취는 화자가 조그만 채송화 꽃들을 비롯한 세계의 어떤 존재라도 자신의 시선으로 지배할 수 없다는 놀라운 인식이다. 이런 박의상 시인의 3번의 놀람에 동참하고 나면, 뻘건 피 뚝뚝 흐르는 평창 암소 생갈비와 불고기를 숯불에 지글지글 구워서 먹고 웃고 마시고 떠들다가 나오다가 미국의 이라크 바그다드 야간 공습 뉴스를 보고 "-----미안,하더라,구 -----왜,엔,지, ---무엇,-엔,지,/ ─누구,에겐,지 ----그냥,/ ---우리, ─그,냥, ----마,악, -미안하고,/ -미안,해,지더니, ---마,악! ---겁,나"서 "─어쩌,기,는, ─그,저, ---휘청,휘청, -------휘청,휘청,/ -----비어할레,를 ---갔지"라고 고백하는 마음에 동참하게 된다(「그때, 내가 왜 그랬던지, 알 수 없는 일─3」). 박의상 시인의 이런 초대로 인해 2005년 2월 25일 무엇엔지, 누구에겐지, 그냥, 막, 미안하고, 막, 겁나서, 그저, 휘청, 휘청, 비어할레에 모였던 문인(文人)들이 많아서 마음이 흐뭇했었다고 기록하는 것은 해설자의 중요한 임무일 것이다. 아, 박의상 시인의 더 놀라운 초대장을 방금 읽었다. 그날 (아니, 어제) 비어할레에 가지 못했으면 큰 일 날뻔했다. 칸 띄어쓰기를 '--------' 등으로 친절하게 가끔 표기해주심으로써「호흡 시론」에 대한 답을 주셨던 것이다. 고마워라!

이제 중요한 질문을 시작해야 한다. 나는 왜 악착같이 공격적인 관점에서 '질문과 농담과 시'를 '질문과 농담의 시'로 읽는가. 나는 왜 박의상 시인에게 해설을 이용해서 선전포고(宣戰布告)를 해야 하고 전선(戰線)을 형성해야 한다는 압박감이 있다고 느닷없이 말했던가. 이 전쟁은 한국문학사의 방향성과 관련되기 때문에 쉽게 평화로 바뀔 수 없으리라는 예감이 있다. 그저, 우선, 한 군데에서부터, 묵묵히, 전투를 시작할 따름이다. 문학적 전통은 선배 시인과 후배 시인의 '우정'어린 투쟁 속에서 유지된다고 믿는다. 박의상 시인의 '따뜻한 시선'의 영역을 확대해 나가야 하는 윤리적 · 도덕적 · 정치적 이유가 충분하다. 주관과 객관을 구별하고 주관이 객관을 지배하는 낭만적 환상의 폐해를 알기 때문이다. 그런 낭만적 환상이 늠성의 여성 지배, 인간의 환경 지배, 백인의 유색인종 지배를 정당화 · 합법화했다는 비밀이 이미 폭로됐기 때문이다. 박의상의 '따뜻한 시선'은 개나 파리나 채송화 꽃에게로 향하는 인간적 주체의 억압적 시선을 지적하지만, 박의상의 너무 여리고 따뜻한 마음은 인간적 주체, 남성적 주체나 식민제국주의자에게 선전포고를 하지 않는다.

다이터 람핑의『서정시: 이론과 역사』(장영태 옮김, 서울: 문학과 지성사, 1994년)를 읽었다. 왜냐하면 '소위, 서정시'가 질문과 농담'의' 대상이라고 생각하기 때문이다. 그래서 시집 해설의 제목을「서정시에 대한 질문과 농담」이라 정하고 박의상 시인을 앞세운 작은 전투를 시작한다. 람핑의『서정시: 이론과 역사』가 제시하는 서정시가 본질적으로 문제적이며, 다른 서정시 이론도 유사하게 문제적이라는 주장을 하고 싶기 때문이다. '소위, 서정시'의 낭만적 환상은 신데렐라의 꿈을 꾸면서 남성의 여성 지배를 묵인하게 만들고 유토피아의 환상 때문에 환경의 무분별한 파괴를 용인하게 만들고 민족적 전통의 노스텔지어 때문에 식민제국주의에 효과적으로 대응하지 못하게 만든다. 람핑의 핵심 주장은 "시행 구조(詩

行 構造)와 개별 발화(個別 發話)의 필수적 특징들은 모든 서정시들에서 충족되어야 한다"는 것인데, "왜냐하면 그것들을 통해서 장르의 연관과 모든 서정적 시들의 유사성이 상호 정의되기 때문이다." '시행 구조,' 즉 "어떤 시의 시행들이 오른쪽 가장자리에 완전히 닿도록 씌어지지 않는다는 것은 최근에서야 자리 잡게 된 비교적 근래의 관행"이므로 어떤 텍스트가 시가 아니라는 근거로 "어긋나게 하는 분절이 어떤 시행 조직도 선호하고 있지 않기 때문"이라고 주장할 수는 없다. 왜냐하면 박의상 시인의 형식 실험에서처럼 "전통적인 인쇄 형태의 계속된 해체 현상"이 현대시의 핵심적 특징이기 때문이며, 오른쪽 가장자리에 완전히 닿지 않는 단선적(單線的) 문장 배열이란 '시행 구조'가 불변의 시적 전통이어야 할 이유가 없기 때문이다. 서정시의 보다 심각한 폐해는 '개별 발화'에서 기인한다. "시는 굳이 그것의 언어를 통해서 시적인 것은 아니다"라고 람핑은 설명한다. "시의 특수한 언어의 사용은 어떤 경우도 증명되지 않는다. 분명히 모든 시행 발화에 그리고 오직 시행 발화에게만 효용력을 가지는 자체의 법칙이 부여된 '시어'는 존재하지 않"기 때문이다. 람핑의 서정시 이론을 유지하는 원리는 '개별 발화'뿐이다. 람핑에 의하면 개별 발화라는 서정적 발화의 세 가지 구성적 특징은 (1) 무엇보다도 대화적 발화와는 구분되는 독백적 발화이고, (2) 상황과 결부되어 있는 발화와 구분되는 절대적 발화이며, (3) 구조적으로 복합적인 발화와 구분되는 구조적으로 단순한 발화이다. 권혁웅의 「작품해설」을 이용해서 『질문과 농담과 시』의 뚜렷하게 드러나지 않는 공격적인 면모를 정리하고자 한다. "재래의 시들은 대개 시인/화자의 목소리만을 허락한다. 게다가 시인과 화자를 나누는 막(/)이 아주 헐겁다. 그래서 통상의 시들은 시인/화자의 모노드라마에 가깝다. 재래의 시가 발언하는 공간은 일종의 진공이다. 거기에는 시인/화자만 두드러질 뿐이다. 박의상의 시는 반대쪽에서 시작한다. 상황이 먼저 있고, 그 상황에 있음직한 발언들이 그 다음에 솟아 나온다. 그래서 그의 시는 늘 화용론을 염두에 두고 읽어야 한다. 시인의 시에 여러 명의 화자가 등

장하곤 하는 것도 이 때문이다(심지어는 독백일 때에도 그렇다).”라고 권혁웅이 설명하는데, 박의상의 시가 독백적 발화가 아니라 대화적 발화임을 입증한다. 또 “박의상의 시를 읽으면 저잣거리에서 만나는 수많은 이들의 말이 바로 시이며, 그들의 삶이 바로 시의 실체라는 점을 알게 된다. 시인은 자신의 자리가 체제와 구조 바깥에 있음을 자인했으나, 실은 우리 모두가 그런 방외인(方外人)이었다. 박의상의 시는 방외인이 저잣거리에서 만나게 되는 바로 그 사람이라는 것을 보여”준다고 권혁웅이 설명하는데, 박의상의 시가 절대적 발화가 아니라 상황과 결부되어 있는 발화라는 점을 밝혀낸다. 그리고 박의상의 시가 중견 시인도 오해할 만큼 구조적으로 복합적인 발화라는 점을 앞에서 드러내려고 노력한 바 있다. 요컨대 박의상의 시는 절대로 ‘개별 발화’가 아니다. 따라서 박의상의 시는 람핑이 정의하는 서정시가 아니다.

박의상의 시가 서정시가 아니라는 주장만으로는 선전포고가 되지 않으며 전선이 형성되지 않는다. 너는 네 식대로 살아라 나는 내 식대로 살터이니 말할 수 있기 때문이다. 너의 윤리적 · 도덕적 · 정치적 근거를 박탈하면 나와의 전투가 시작된다. “개별 발화 안에서는 대상이 언제나 호소의 대상으로서, 그러니까 스스로가 어떤 말하는 행위자로 변하지 않는 가운데 머물러 있다. 그 대상은 대답하지 않는다. 그리고 이러한 상황인 한에서 개별 진술은 그것의 독백적 성격을 잃지 않는 것이다.”라고 람핑이 설명하는데, 남성 중심적 남성은 여성을 호소의 대상으로 삼지만 여성이 대답하지 않는다고 생각한다. 그러면 여성은 무엇을 하는가. 남성의 독백적 대상이 되는 신데렐라의 꿈을 꾼다. 환경 지배적 인간은 자연을 호소의 대상으로 삼지만 자연이 대답하지 않는다고 생각한다. 그러면 자연은 무엇을 하는가. 인간의 유토피아적 환상에 동참한다고 생각한다. 식민제국주의자는 피식민지배자를 호소의 대상으로 삼지만 피식민지배자가 대답하지 않는다고 생각한다. 그러면 피식민지배자는 무엇을 하는가. 민족적 전통의 노스텔지어를 꿈꾼다. 람핑의 이어지는 설명은 다음과 같다. “이러한 발화 안에서는 호소의 대상자는 단지 표면상으로 언급되고 있다. 실제에 있어서 화자는 그에게 단지 특정한 표현만을 종속시키고 있는데, 그 표현들이란 제 자신의 사고 또는 감정의 표현 이외에 하등 다르지 아니한 것이다. 요컨대 화자는 자신의 독백을 진정한 대화가 되도록 만들지는 않으면서도 대화화시키고 있는 것이다." 남성 중심적 남자, 자연 파괴적 인간, 식민제국주의자는 진정한 대화를 원하지 않으면서도 대화의 형식을 갖추면서 제 자신의 사고 또는 감정의 표현만 일방적으로 하고 있다.

시인과 지식인의 직무유기 때문에 '소위, 서정시'의 피해자들이 그 체제를 옹호하는데 앞장서고 있다. '소위, 서정시'를 옹호하는 여인들은 '소위, 서정시'의 신데렐라적 꿈의 피해자들이다. 그들은 자격미달이기 때문에 결코 신데렐라가 될 수 없는데도, 자신의 행복을 바쳐서 신데렐라의 꿈을 옹호한다. 우선, 시인의 영역에서 전투를 시작해야 하리라. '소위, 서정시'를 옹호하는 시인들은 '소위, 서정시'의 유토피아, 노스텔지어, 신데렐라적 꿈의 피해자들이다. 그들의 꿈을 깨워야 한다. 그들에게 누가 독백이 대화보다 더 중요한지, 아니 독백만이 유일한 대화의 형식이라는 어처구니없는 논리를 강요했는지 생각해볼 수 있는 기회를 주어야 한다. 그들에게 누가 상황을 고려하지 않는 언어의 세계가 있다고 거짓말을 했는지, 그래서 자신들의 비참한 상황을 잊고 시만 쓰면 된다고 속삭였는지 생각해볼 수 있는 기회를 주어야 한다. 그들에게 누가 단순하게 생각하는 것이 시를 쓰는데 좋다고 말했는지, 그래서 구조적으로 복합적인 사고를 하지 못하여 자본주의 사회의 낙오자가 되게 만들었는지 생각해볼 수 있는 기회를 주어야 한다. 나는 박의상 시인의 『질문과 농담과 시』를 자세히 읽는 것이 보람 있는 전쟁의 시작이라고 생각한다.

3.
호흡 시론: 박의상 「예, 예, 예, ―1」

 박의상의 「예, 예, 예, ―1」(『현대시』 1998년 8월호)의 들쭉날쭉한 시행은 문제적이다. 어떻게 읽어야 하나. 어떻게 옮겨 적을 수 있을까. 최근 간행된 시인의 제8시집 『누군가, 휘파람』(세계사, 1998년 7월)의 대표적 시형식이다.

 글을 어디에 쓰는가, 어떻게 쓰는가 등 매체의 문제가 글의 형식과 내용에 영향을 미친다. 컴퓨터 단말기에 쓰는 아니 찍는 경우도 있고, 원고지에 쓰는 경우도 있다. 화가 이중섭처럼 담배갑 은박지에 빼곡하게 써 갖고 다니면서 퇴고를 거듭하는 시인을 본 적도 있다. 원고지에 쓰더라도 연필로만 글이 써지는 경우도 있다. 병원 시체실 앞 햇볕 잘 드는 양지녘에 대학노트 가득 빼곡하게 복잡하기 이를 데 없는 소설을 쓴 박상륭의 경우도 있다. 책상에 정좌해야 잘 써지는 경우도 있고, 거의 벌거벗은 몰골의 전투적인 모습도 있다. 김수영처럼 넓은 테이블을 시 씨는 부분, 평론 쓰는 부븐, 번역 등 밥벌이 작업하는 부분 등으로 구분하는 경우도 있다. 황동규처럼 멀리 여행을 떠나야 시가 써지는 경우도 있다. 같은 여행족의 경우에도 여행의 과정이나 절차가 다양하다. 호젓한 승용차 속에서 시가 무르익는 경우도 있고, 시외버스나 기차가 필요한 경우도 있다. 주말이면 보따리를 싸들고 어느 낯선 외지에 숙박하면서 시를 써야만 하는 사정을 호

소하는 송재학의 「시작메모」(『문학사상』 1998년 8월호)는 길게 인용할
만하다.

토요일, 시를 쓰기 위해 집을 비울 때

세미나 따위로 먼저 아내를 달래야 한다. 아이에게도 적당한 변명이 필요하
다. 시란 내 식구들에게조차 이해시켜야 되는 항목이다. 우리말 역순사전과
갈래사전, 최근의 젊은 시인들 시집 몇 권, 여유를 위해 바둑 사활집이 챙겨야
할 목록이다. 계절마다 다르긴 하지만 차를 끌고 곧잘 가는 곳은 밀양 근처. 허
름하지만 강이 보이는 여관이 있고, 작업속도가 빠르거나 운이 좋다면 다음
날 밀양강에 발을 담그고 퇴고까지 할 수 있다. 나가봐야 어느 곳도 익숙하지
않은 낯선 곳의 토요일에서 일요일까지가 내 시가 숨긴 풍경이다.

자신의 의식 그리고 바라건데 무의식으로부터 매일의 일상을 절대 차단
해야 소설을 쓸 수 있을 것이라고 판단했기 때문에, 그리 넓지 않은 집의
내부에 다시 굳건한 철문을 설치하여 유폐의 생활을 자초하는 이외수의
경우도 있다. 호사가의 관심사일 수도 있다. 가까운 사람조차 이해가 불가
능한 매체적 환경이 문학 작업에 요구될 수 있다. 시인이나 소설가는 대부
분의 경우 지적, 정서적 능력이 평범의 수준을 넘어서 있기 때문에 원한다
면 지독한 궁핍은 벗어날 수 있다. 시인이나 소설가는 일종의 영매다. 무
당이다. 영매에 적합한 매체적 환경의 요구 때문에 평생 불운과 가난에 속
박되어 있는 경우가 동서양 문학사에 많다.

박의상의 파격적 시행식이 문제적인 이유는 다른 시인과 다르기 때문
이 아니다. 시인은 모름지기 달라야 한다. 선배 시인, 동료 시인 그리고 후
배 시인과 달라야 한다. 헤롤드 블룸이 말한 '시적 영향의 불안'이다. 다른
시인과 같다면 문학사적 존재 이유가 없다. 요컨대, 얼마간의 시간이 지나
면 자신의 문학작품 전부가 재활용품 즉 쓰레기가 되는 위험에 직면한다.
지금 아무리 써보아야 아무것도 남지 않을 것이라는 위협이다. 베스트셀
러나 대중적 인기에 연연하지 않는 이유는 문학사적 시간의 위협을 충분

히 이해하고 있기 때문이다. 그리하여 시인은 모름지기 달라야 하며, 그 '다름'이 '제스처'가 아니어야 한다. 당대의 우둔한 감식안을 일시적으로 속일 수 있겠지만, 역사의 지평에서 부는 거센 바람은 '제스처'의 가면을 쉽게 폭로한다. 시인의 '다름'이 '제스처'의 일회성을 벗어나는 방법은 헤롤드 블룸 그리고 그 이전의 T. S. 엘리엇의 충고에 의하면 '문학사적 인식'이다. T. S. 엘리엇은 25세가 넘어 계속 시인이려면 '문학사적 인식'을 갖고 있어야 한다고「전통과 개인의 재능」에서 경고한다.

> 전통은 보다 광범위한 중요성을 갖고 있는 문제다. 전통은 물려받을 수 없으며, 그것을 원한다면 열심히 노력해서 획득해야 한다. 우선, 전통은 역사적 감각을 포함하는데, 25세가 넘어 계속 시인이려면 거의 필수불가결한 것이다. 그리고 역사적 감각은 과거의 과거성 뿐만 아니라 그 현재성에 대한 인식을 포함한다.

박의상의 파격적 시 형식에 대한 관심은 '문학사적 인식'의 입장에서 출발해야 한다. "열심히 노력해서 획득"한 박의상의 '전통,' 즉 '문학사적 인식'이 무엇인지 질문해야 한다. 이러한 문제 제기는 선배 시인 박의상의 '문학사적 인식'을 이해하려는 하나의 방식이며, 후배 시인, 즉 미래의 시간이 지금 형성되고 있는 문학사에 참여하는 길이다.

『누군가, 휘파람』을 자세히 읽으면,「예, 예, 예, ─1」의 시행 사이에 1행의 간격이 있으며 연은 2행 띄우기로 표현된다는 것을 알 수 있다. 각 행은 원고지 왼쪽 출발점에서 나름대로의 원칙에 따라 몇 칸 들여 쓰여 있다. 인쇄된 시행으로 분석하기 때문에 약간의 오차가 있을 수 있겠지만, 칸 들여쓰기는 ① 등 원 안의 숫자로 행 띄우기는 [ ] 안의 숫자로 표시하면서「예, 예, 예, ─1」를 옮겨 적으면 다음과 같다.

② 고기를 뒤집는 자에게 복이 있나니 [1]
⑪ 여름 저녁 숯불 더 뜨거워지고 [1]

⑫ 가끔 기름 튀어 손 따가워도 [1]
◎ 고기가 혼자 타고 혼자 익도록 두지 않는 [1]
① −마지막을 혼자이게 둘 수 없다는 [1]
③ 그 갸륵함에 끝없는 동행심에 [1]
⑦ 복이 있어 [1]
⑩ 한 점 한 점 고기들 팍 익으니 [2]
④ 주여 [1]
⑦ 우리 가운데 [1]
⑨ 목마른 천사가 누구인지 [1]
⑧ 가르키실 것까지 없습니다 [2]
④ 그저 [1]
⑤ 그의 손에 달린 마지막 고기 한 점으로 [1]
⑧ 지금 한때 [1]
◎ 그가 세상을 지배하게 두소서 [1]
⑦ 지배해보게 두어보소서

한 행을 읽고 표시된 대로 한 행만큼의 시간이 경과하는 동안 호흡을 멈추면 시 읽기에 반영된다. 연은 2행 호흡 중단의 시 읽기로 구분된다. 그런데 칸 들여쓰기는 어떻게 읽어야 하나. 칸 들여쓰기가 없어 (0)으로 표시되어 있는 제4행과 제16행이 기준이다. 행 띄어 읽기와 유사한 방식으로 호흡을 조절할 수 있을 것이다. 단, 원고지의 칸은 띄어쓰기의 공간을 포함하기 때문에 칸 들여쓰기와 호흡 중단의 길이는 완벽하게 일치하지 않는다. 예를 들어 제2행의 ⑪은 원고지 11칸 들여쓰기를 의미하지만, 제4행과 비교할 때 8음절과 3개의 띄어쓰기만큼의 호흡 중단이 요구된다. 9음절과 2개의 띄어쓰기가 생략된 것일 수도 있기 때문에 수학적 정확성으로 호흡 중단의 길이가 계산되지 않는다. 독자에 따라 다소의 변화가 가능하다. 제5행의 경우, −라는 부호는 '끌기'라고 명명할 수 있다. 제4행을 읽은 다음, ①로 표시되어 있는 1칸을 들여 읽고 나서 입을 벌려 읽는 동작을 취하면서도 발화하지 않는 방식으로 '끌기'를 실시하면,

① —마지막을 혼자이게 둘 수 없다는 [1]

에서 "마지막"의 첫음절 '마'에 유별난 강세가 주어진다. 내용적 측면에서 살펴보면, 숯불 위에서 고기가 잘 익고 있는데도 고기를 뒤집는 자의 권위가 개입하는 순간이 '끌기'에 의해서 표나게 강조된다. 식사를 대접하는, 즉 돈을 지불하는 자의 자본주의적 권위가 식탁을 지배하고 있다. 가만히 내버려두어도 잘 익을 고기를 여름 저녁 숯불의 뜨거움과 고기 기름이 뛰는 따가움을 참으며 뒤집는 행위에서 지배자의 양상이 드러난다. 대접받는 자는 "목마른 천사"이기 때문에, 즉 배고프기 때문에 참는다. 어차피 현세는 악마의 지배에 속해 있기 때문에 참을 수밖에 없다는 것을 시집의 제목인 "예, 예, 예,—"는 잘 표현하고 있다. 그러나 지배하는 손의 행위를 읽어내는 피지배자는 내면적으로 자유롭다. 따라서 이 시는 풍자의 정신이 지배하고 있다.

이제 박의상의 파격적 시행 읽기에 포함되어 있는 '문학사적 인식'이 무엇인지, "열심히 노력"한 과정은 어떠했는지, 그리고 미래적 전망에 관해 검토해야 한다.

박의상은 왜 이런 식으로 시를 쓰는가. 그리고 이와 비슷한 시행의 변형을 시도하는 다른 시인과 어떤 점에서 다른가. 대부분의 경우 시행을 원고지의 왼쪽 끝에서 시작하지 않는 이유는 시행이 주는 시각적 효과를 노리기 때문이다. 그런데 박의상의 경우는 읽기, 즉 청각적 효과에 초점을 맞추고 있다는 것이 그의 '문학사적 인식'의 깊이를 반영한다. 위에서 분석한 방식을 시집 『누군가, 휘파람』 전편에 적용해 보면, 박의상이 노리는 바가 무엇인지 깨달을 수 있을 것이다. 제6시집 『내 안에 사랑이』와 긴밀하게 연결되는 「새로운 문제」는 너무 길어 인용하기에 적당하지 않기 때문에 그 대신 제일 마지막에 있는 「어느 날 하느님이」를 읽는다.

① 어느 날 [0]
① 하느님이 물으셨다 [0]

◎ 꽃아 너는 피고 싶으냐 [0]
③ 예 [0]
② 그럼요 [0]
① 하느님이 또 물으셨다 [0]
③ 한 번 피면 [0]
⑦ 져야 하는데도? [1]
⑤ 예 [0]
③ 그래도요 [0]
② 지면 다시 못 피는데도? [1]
◎ 예 [0]
① 그래도요

꽃이 되려는 2개의 존재와 하느님 그리고 해설자로 구성되어 있는 극적 상황의 묘사다. 큰 소리로 읽으면 '리듬'이 있다는 것을 발견하게 된다. 적절한 '강세'가 자연스럽게 주어지면서 '시적 리듬'이 생성되는 시 형식의 청각적 효과를 느낄 수 있다. 이런 청각적 효과가 흥겨운 극적 상황을 만드는데 결정적으로 기여하고 있다. 한국 시조의 자수율 원칙이 한국어의 리듬 부재라는 전제에서 제시되었으며, 최근의 국문학적 연구 성과가 한국어의 리듬 감각에 기반을 두고 있다는 점을 기억한다면, 박의상이 현대시의 형식 속에 뚜렷하게 표현해 낸 '강세'에 기반을 둔 '시적 리듬'의 생성은 '문학사적 인식'의 깊이를 드러낸다.

이러한 '과거의 현재성'을 위해 "열심히 노력"한 과정은 『내 안에 사랑이』에서 발견할 수 있다.

오, 살려주세요, 이 사람을.
오, 살려주세요, 이 세상 사람들을.

「5-4-1-4」에서 발견되는 '강세' 표시는 '시적 리듬'에 대한 시인의 깊은 관심을 보여준다. 사실 『내 안에 사랑이』에 대한 대중적 인기는 죽은 아내를 끝내 못 잊어하는 시인의 사연 때문이라기보다 내용에 걸 맞는 '시적 리듬' 때문일 것이다.『누군가, 휘파람』과 달리 모든 시행은 원고지의 왼쪽 끝에서 시작되며 '강세'는 첫 번째 음절에 표나게 주어진다.「다시 어머님께—기도 · 3」을 읽으면서 슬픈 사연과 '시적 리듬'이 어떻게 부합되는지 파악하고, 그리하여 너무나도 떳떳한 대중적 인기를 부러워하자. 그의 행복한 시 형식에 기뻐하자.

> 어머님
> 태견어미가 거기로 갔는데요
> 간다고 했는데요
> 그 사람 잘 있는지요
> 잘 있겠지요
> 안 왔으면 어떡하지요
> 왜 갑자기 어젯밤 이런 생각으로
> 한숨 못 들고
> 이 새벽에 할 일은
> 저 흐린 겨울하늘에 대고
> 오오 정말 이제 내가 할 수 있는 일은 기도
> 기도뿐

　"열심히 노력"하여 획득한 박의상의 '문학사적 인식'의 깊이가 갖고 있는 미래의 전망에 대해 헤롤드 블룸의 '시적 영향의 불안'을 언급할 수 있다. 그러나 블룸의 이론은 너무 부정적이며 투쟁적이다. 문학적 '전통'은 선배 시인과 후배 시인의 '우정'어린 투쟁 속에서 유지된다고 생각할 수 있다. 박의상의 '강세'와 '시적 리듬'의 청각적 효과는 한국어의 영역을 확대하기 위해 후배 시인들이 발전시켜야 할 도전의 영역이다.

4.

도망, 갈 수 없는: 김상미 『검은, 소나기떼』

산소가 부족해지면 먼저 죽어 광부에게 경고를 보낸다는 아름답고 불쌍한 카나리아처럼, 누구보다 예민한 감수성 때문에 시인은 어떤 식으로든 그 시대의 첨단을 말하고, 쓰고, 행동한다. 어쩌다 가끔 시인이어도 마음이 편한 아마추어들과는 달리, 김상미는 프로페셔널 24시간 시인이다. 서재로 출근해서 8시간 소설을 쓰고, 가끔 야근도 하다, 침실로 퇴근하는 전업작가들과 달리, 시인의 경우는 그 구분이 모호하다. 그럼에도 불구하고, 김상미는 전업시인이다. 하루 중 아주 일부분의 시간만 실제로 시 쓰는 데 사용하고 있더라도, 그 나머지 시간 동안, 어머니에게 편지를 쓰고, 요리를 만들고, 쇼핑을 가고, 남의 결혼식에 참석하고, 전화하고, 편지 읽는 동안에도 김상미는 시인이기를 중단하지 않는다. 첨단의 시인은 많아도, 김상미처럼 24시간 전업시인은 많지 않은 것이 현실이다.

그러니까, 김상미에게 있어서 현실은 '쓸 수 있는 이야기' 아니면 '쓸 수 없는 이야기' 두 가지 중 하나일 따름이다. 여기에는 선택의 여지가 없다. 이런 시인의 태도를 보고 정직하다 또는 솔직하다고 말할 수 있겠지만, 「개죽음」「넋두리」나 「400번의 매」를 쓰는 시인이 서로 죽이고 속는 대도시 정글의 논리 속에서 이런 정직이 순진 또는 바보로 해석될 수 있다는 사실을 모르고 있을 리 없다. 알면서도 시인은 이러한 '죽음'을 선택한다. "나는 죽었다"라는 과거완료형을 사용할 수 있을 만큼 확정적인 생물학적 죽음 이외에, 김상미 시인은 「문자 속의 악마」에서 또 하나의 과거완료형 죽음을 발견하고 있다.

> 폭포처럼 쏟아지는 문자들의 파편 속에서
> 쓰고 지우고 고치고 다시 써내려간
> 무수한 문자들의 무덤 속에서
> 질투하고 적대하고 타협하고 비웃는 음흉한
> 문자들의 시선 속에서
> 나는 죽었다
> 두 번 죽었다
> 어떤 문자로도 이젠 날 난방시킬 수 없다

근대문명의 집합소인 도서관에서 시인은 자신이 그 속에 속해 있을 뿐만 아니라 「즐거운 쇼핑」처럼 "잘 길들여지고" 있어서, 그 논리 속에서의 현실적 좌절로 인해 몸과 마음이 「분열」될 정도로 "그 속으로 자연스럽게/내가 혼합되어 들어갈 수"(「성난 꽃」) 있기를 간절히 바라던 바로 그 대도시의 문화, 그 화려함이 실은 회칠한 '무덤'이라는 엄청난 사실을 발견한다. 이는 절망이다. 그것도 또 한 번의 죽음 같은 확실한 절망이다. 이런 절망적 현실을 정확하게 읽고 있는 시인이기 때문에, 어떤 경우에도 근대적 희망이란 따뜻한 시선을 기대할 수 없다는 것을 알고 있는 예민한 시인이기 때문에, 김상미 시인은 순진 또는 바보라고 해석될 수 있을 정직을 선택할 수밖에 없었던 것이다. 그런데 그의 정직은 여기서 멈추지 않는다.

> 나는 문자들의 환심을 읽은 한 장의 종이
> 그 안에 무엇이 적혀 있는지 잊어버렸다
> 그 안에 남아 있는 잉크의 희미한 푸른 얼룩
> 똑같이 내 가슴에도 적혀 있다는 것만 알 뿐
> 그것이 무슨 의미인지는 잊어버렸다

나는 다만 기다릴 뿐이다
꿈을 모르는 황량한 굶주림에 더욱더 깊어진
문자들의 탐욕 속에서
서서히 튀어나올 세 번째의 죽음,
차디찬 문자 속의 악마를!
— 「문자 속의 악마」 부분

김수영의 주문처럼, 시인은 "온몸으로, 바로 온몸을 밀고 나가"고 있기 때문이다. 근대적 절망을 말하는 시인은 많다. 근대문명의 주검 위에 서서 소리치는 소위 첨단의 시인은 많다. 그러나 그 죽음 같은 확실한 절망을 정확하게 읽고 예민하게 느낀 다음, 그 정직한 경험을 바탕으로, 그 끝에 까지 도달하는 '온몸'의 시인은 결코 흔하지 않다. 그 끝에 가면, 문자들이 의미를 잃고 자크 데리다의 설명처럼 로고스중심주의가 해체된 뒤 '흔적'만 남듯이, "잉크의 희미한 푸른 얼룩"만 가슴에 "찍혀 있"게 된다는 것을 알게 되기가 쉽지 않다. 그 끝에 가면, 문자들이 의미를 잃고 미셸 푸코의 설명처럼 말이 권력이었다는 사실을 깨닫고 "탐욕"의 본모습을 드러낸다는 것을 밝혀내기가 쉽지 않다. 더군다나 그 "세 번째 죽음"의 이름이 "문자 속의 악마"라는 사실을 공표할 수는 없을 것이다, 김상미, 그녀가 정말로 정직하지 않았더라면, 그래서 '온몸'으로 밀고 나갈 수 없었더라면.

소위 첨단의 시인들이 못 미더운 이유는, 그들의 강렬한 외침이 정직해 보이지 않는 이유는, 그들의 기발한 행위가 제스처 같아 보이는 이유는, 그들의 몸이 보이지 않기 때문이다. 정말로(?) 정직한 시인인 김상미의 경우 "나는 죽었다/세 번 죽었다"라고 요약할 수 있을 만큼 시대를 앞서가면 서도, "나는 아직 죽지 않았다" 아니 "나는 살아 있다"는 몸의 「욕망」을 무시하지 못한다.

우리는 바라보기만 하던 두 눈을 꼭 감고
하나의 불타는 육체가 되어

강을 가로질러 헤엄치기 시작했다
그는 오고, 나는 간다
— 「욕망」 부분

"그는 오고, 나는 간다"는 노골적인 육체의 행위는 "그는 70년대 생이고 나는 50년대 생이다"라는 사실을 뛰어넘는다. 이것은 멋진 정신적 초월의 묘사가 아니다. 그저 사랑은 국경도 나이도 초월한다는 너무나도 세속적인 표현일 따름이다. 그러나, 그게 도대체 무슨 상관이람! "부재중이던 사랑이 제 집으로 돌아올 때/피어나는 꽃"은 당연히 "기적"(「그러니」)이고, "일년에 한 번, 혹은 두 번/먼 아메리카, 그곳에서 날아오는 편지."(「편지」)만을 기다리고 살다보면, 그렇게도 외롭게 살다보면, 정말, 나도 모르게 "행복한 결혼식에 가면 눈물 나온다."(「결혼식장에서」)는 것을 체득하게 된다. 아무리 첨단의 세계를 살더라도, "옆집 작은 꽃밭의 채송화" 그 "싱그러운 생 자체"에 「질투」를 느끼는 순간이 있고, 「초혼」같은 "옛 시인의 시구"에서도, "단발머리 소녀" 시절 외웠던 그 오랜 시에서도 "온몸으로 삶 부둥켜안는 사랑의 힘!"을 발견하기도 하는 것이다. 「봄」이 오면 "봄바람"이 나고 싶은 내 몸은, 이 싱싱한 욕망의 육체는 나도 어쩔 수 없는 "봄 귀신"(「최초의 말」) 때문이다. 육체가 사랑에 빠지면, 그런 기억을 갖고 있으면,

어리석게도 한 남자 때문에
삶을 다시 시작하고 싶었던 적 있었다
다 늦은 저녁,
가슴에선 끊임없이 겁에 질린 희망들이 쏟아지고
걸어도 걸어도 언덕길은 끝이 없었다
— 「월광 소나타」 부분

는 고백이 전혀 낯설지 않을 것이다. 어리석게도 한 남자를 사랑하게 되고, 머리와 가슴은 겁에 질려 헛된 희망이라고 소리 지르고, 다 늦은 저녁

집으로 돌아가는 언덕길은 그 말 못할 어리석은 불안 때문에 끝없이 길고, 결국 실패할 것이라는 사실을 너무 잘 알면서도, 우리의 몸, 우리의 육체에 어쩔 수 없이 끌려가게 되는데

> 그때 나는 알았다
> 달빛에 젖는다는 게 어떤 건지
> 왜 둥근달만 보면 그렇게 개들이 짖어대는지를
> 그때 알았다.
> —「월광 소나타」부분

결국 "하얗게 한밤을 꼬박" 새우는 불행한 결과에 봉착하게 되고, 비록 베토벤은 아니더라도 왜 「월광 소나타」인지, 그 곡을 왜 작곡해야 하는지, 왜 사람은 "달빛에 젖는"지 알게 되는 것이다. 이런 육체적 경험이 비록 동물적 짝짓기 본능의 발로일지라도, 구태의연한 정서 때문일지라도, 부부, 가족, 결혼 같은 삶의 실제 모습인 것이고, 그 누구라도 이러한 경험을 피해버릴 수 없을 것이다.

첫 시집 『모자는 인간을 만든다』와 비교할 때 이 두 번째 시집 『검은, 소나기떼』는 뚜렷한 시적 성취를 과시하고 있다. 「화장」을 하며 들여다보던 범상한 평면거울이 "황폐할 대로 황폐해진 내면/서로 서로에게로 반사하며 불붙는 거울"(「거울」)의 역동적 이미지를 확보하게 되었으며,

> 내게 우연이란 없어
> 모든 게 고의적이지

라고 반성하는 한 편의 고딕소설 같은 「드라큘라 백작의 녹음테이프」와 비교할 때, "나는 남자를 적으로 가진 적이 없었"는데 여자를 무시/학대하므로 이제 "그들은 나의 적이다"라고 선언하는 「나의 적」은 너무 단선

적이다. 모녀상봉이란 평범한 「귀향」이 「부산, 겨울 몰운대에서」라는 뛰
어난 시에 와서 내면적 깊이를 획득하고 있다. "고향은 언제나 부동자세
로 서 있다. 고향의 상징은 이미 세월에 녹아, 흘러간 시간들을 아무리 불
러모아도 예전처럼 완전한 그림을 그려내지 못하게 한다." 「귀향」이 대표
하는 중세적 효도의 세계관 속에서, "시집 안 간 딸자식 /친정 오듯 귀향
길 흥이나/돋구어주자고" 꽃술 담그시는 어머니는, 말하자면 그 "고향은
언제나 부동자세로 서 있다"고 믿을 수 있으며, 또 그렇게 믿고 싶다. 그
러나 근대적 인식의 세계관 속에서 볼 때, 그런 "고향"은 상징일 따름이
다. 더근다나 근대세계의 끝을 예민하게 체감하고 있는 시인에게 있어서
"고향의 상징은 이미 세월에 녹아"버렸다. "겨울의 부산, 몰운대", 시인의
고향에 가보아야, 한국의 근대발전의 상징인 아파트들이 "바다를 중심으
로 계속 해서" 들어서고 있어서 절망만 만날 뿐이다. "파도소리는 들리지
않는다." 차라리 "금지된 문자로 쓰여진 지하조직의 암호" 같은 시인들의
시 속에서 "꼼짝 않고 정지한 고향의 목소리"를 가끔 만날 수 있을 따름이
다. 이제 시인은 안다. "새어나가는 것만이 확실한 현실이라는 걸 이제는
안다. 새어나가는 것만이 쓸 수 있는 이야기라는 걸 이제는 안다." 따라서
시인은 "쓸 수 없는 이야기"인 "내 핏속의 고향"을 노래할 수 있는 것이
다. 이건 "상당히 탐욕스러운 느낌"이다. 어쨌든 고향의 "파도소리가 이
젠 뚜렷하게 들린다"고 시인은 "기분좋"게 말할 수 있다.

　이 두 번째 시집의 시적 성취를 뒷받침하는 것은 첫 시집의 순수한 고
백체에 근대문학적 상상력인 이미지와 상징의 구조가 적극 도입되어 있
다는 사실이다. 이제 김상미 시인은 "싱싱한 생선회 생각이 나면 그를 졸
라 장충동 족발집으로" 가서 "생선회를 먹듯 족발을"(「족발」) 먹을 수 있
다. 이러한 근대적 인식체계는 「파랑새」가 아름답게 묘사하고 있듯이 아
버지의 부재라는 문제를 낳는다.

　　…(중략)… 끝내 아버지는 따뜻한 지하에 내려서지 못하고 추운 하늘로 하
　늘로 날아올라갔습니다 나는 아버지가 없습니다 구멍 뚫린 죄의 얼룩만 남은

나무관 곁에서 이제 홀로, 홀로 노래해야 합니다 새야, 새야, 파랑새야……

　중세에서 근대로의 변화에도 불구하고 가부장제도는 더욱 강화되었는데, 여성의 경우 결혼을 통한 가부장제도 속으로의 편입과 근대문명이 계몽시켜준 자아의 주체성이 내면에서 첨예하게 대립할 수밖에 없다. 아버지, 그 부권의 상징을 승계 받는 남성의 경우와는 달리, 여성은 그 부권의 잔재인 "나무관"을 짊어지고 다녀야 한다. 시인이 "나무관을 끌어내리는 데 내 청춘을 다 소비했습니다"라고 고백하듯이, 남성의 경우처럼 그저 밟고 지나가버릴 수 없는 질곡인 것이다. 근대적 자아, 그 주체성의 내면이 확립되면서 "아버지의 나무관"에 반발하게 될 수밖에 없으며, 결국 원죄의식으로 자리 잡게 된다. 근대적 여성의 경우, 하늘의 신에 대한 저항뿐만 아니라, 아버지로 대표되는 결혼의 파트너인 남성에 대한 저항도 동시에 수행해야 하며, 따라서 이중적 원죄의식에 시달릴 수밖에 없는 것이다. 바로 이 이중성이 "하늘의 파랑새"라는 상징으로 묘사되고 있다. 남성 중심주의 사회에서 "백지이거나 침묵으로" 남아 있어야 하는 이 "쓸 수 없는 이야기"를 시인은 "하늘의 파랑새"라는 "그림자" 같은 상징을 통해서 "쓸 수 있는 이야기"(「잠언」)로 만들어낸다. "새야, 새야, 파랑새야……"

　이러한 근대세계는 방과 거리와 사무실에 있는 나를 결국 통합시켜버리는 「사진」같이 "마치 현실의 세계에서 존재하는 나 자신보다/더 실감나고 긍정적인" 것이 "나 자신의 그림자"라는 끔찍한 인식을 내포하고 있다. 어떻게 살든 결국 다 "아줌마"로 통일되어버릴 것이며,

> 음식도 섹스와 같이
> 이 세상의 공허 위에 세워진
> 빛나는 발견의 문 아니겠어요?
> ― 「음식만세 2」부분

할머니가 될 때까지 오래 살아도 "허공"(「아, 고도(Godot)!」)만 남게 될 것이다. 이는 무시무시한 "공포"일 수밖에 없는데, 아무리 도망쳐도 도망칠 수 없는 "깊은 숲속에서 갑자기 맞게 되는 어둠"(「틈입자」)같이 우리를 둘러싸고 있다.

공포, 이름 지어 부를 수 없는 이 공포를 피해 근대인은 도망친다, 달린다, 「마라톤 맨」처럼 "날마다 달리는 꿈 꾼다."

> 달리고 달리는 동안 내 곁에 아무것도
> 아무도 남지 않아도
> 달리는 만큼 내 속의 뇌 정갈해지고 달아지고
> 불꽃처럼 외로워져
> 바람 속의 바람
> 무 속의 무처럼 투명해질 때까지
> 나는 달리고 또 달리고 또 달리고 달린다

달리는 자, "바람 속의 바람/무 속의 무처럼" 달리기만으로 존재하는 자야말로 중세의 신을 대신하는 근대의 상징이다. 나를 결국 통합시켜버리는 무서운 동일화의 폭력이라는 공포 때문에 도망치는 자들은, 놀랍게도 그 도망치는 모습, 그 달리는 모습에서도 통일된 동일한 이미지로 동화되어버리고 있다. 이러한 공포와 달리기의 동일화란 근대의 상징은 13인의 아이를 동원한 이상의 「오감도, 시제1호」와 만난다.

이러한 진퇴양란 속에서 시인은 허클베리 핀을 만난다.

> 같은 땅에 살면서도 타인들과 다른 계절 속에
> 살게 될지라도
> 이렇게 도망치는 건 오만한 비겁, 삶이 아니다.
> 키를 잡고 방향을 돌리는 명쾌한 통찰의 순간,
> 걸리에서 뭉게뭉게 구름들이 밀려온다.

뭉게구름들,
절묘한 희망의 순간임에도 뚜렷한 이유없이 불현듯,
그래도 미래는,
삶은 무섭다는 생각이 번쩍
머리를 때리며 스쳐 지나간다.
도망, 갈 수 없는
　　　　　　—「도망, 갈 수 없는-허클베리 핀에게」부분

　　대도시 삶의 직접경험에서 근대문명의 공포를 경험한 시인은 『허클베리 핀의 모험』같은 간접경험에서 그 "절묘한 희망의 순간"을 발견한다. 결국 다 "아줌마"가 되어버릴 "시집"을 가라고, "얘야, 지금이라도 늦지 않으니" "세세만년 행복하게" 살 생각을 해보라는 「어머니의 편지」라는 압도적인 일상 앞에서, 시인은 "불온한 그림자"인 시인들의 "시집"을 이미 마음속에 들여놓았다고 고백하면서 그 일상의 압력을 넘어선다. 삶의 고뇌를 이겨내는 문학의 힘이다. 이렇게 "명쾌한 통찰의 순간" 때문에 집단으로 도망치던, 공포에 질려 달리던 13인의 아이 중 하나였던 김상미 시인은 "키를 잡고 방향을" 돌린다. "같은 땅에 살면서도 타인들과 다른 계절 속에" 살면 된다는 것이 그 해석이다. 왜냐하면 "이렇게 도망치는" 것은 "오만한 비겁"이지 "삶"이 아니기 때문이다. 아, 이 얼마나 대단한 "통찰"과 "희망"의 순간이란 말인가.
　　그러나 바로 이 순간, 시인은 "멀리에서 뭉게뭉게 구름들이 밀려온다"는 사실을 알고 있다. 이 순간은 해탈이나 초월의 순간이 아니라 도망가고 싶어도 도망갈 수 없는, "도망, 갈 수 없는" 현실의 인식일 따름인 것이다. 따라서 "삶" 쪽으로 방향을 돌리자마자, 그 겉보기에 "조그맣고 착한 것" 같은 일상은, 그저 아무 생각 없이 "방을 훔칠 때마다 젖은 걸레에 묻어나오는 개미들의 시체"같이 아무리 지우려 해도 계속 만날 수밖에 없는 운명적 일상은, "호랑이보다" 더 무서운 것일 수밖에 없다는 사실을 알게 된다. 이러한 일상이 내 삶의, 내 몸의 일부를 구성하고 있기 때문에, "내 삶의 행간 사이사이에 느닷없이 뛰어들어 내 눈과 마음 얼룩지게" 만들어버리기 때문에, "부처를 만나면 부처를 죽이는" "임제종"의 각오가 필요하다. 아니 아무리 그런 지독한 대오각성의 각오가 있더라도 「개미」같은 일상을 잠시라도 지우는 것이 얼마나 "끔찍"한 일인지 시인은 잘 알고 있다.

따라서 시인은 "그를 비추는 깨끗이 닦인 하나의 거울"이며 "인간에 대한 마지막 예의"인 "연민마저" 쏴 죽여 버리는 「테러리스트」가 될 수밖에 없으며, "글자"의 도에 입문하여 수도에 열중하고 있는 창백한 「한 아이」가 될 스밖에 없는 것이다. 한마디만 더 하자. 김상미 시인이 행복한 "시집"을 가서, 그 "시집"을 이겨내며 뛰어난 "시집"이 되는 방식으로 이 존경할 만한 테러행위, 이 수도과정이 진행될 수는 없는 것일까.

5.
몸에 맞는 시, 프롤로그: 김상미의 신작시 6편

　이처럼 험악하고 삭막한 세상에서 대화가 된다는 사실 자체만으로도 얼마나 큰 감격인지. 그대, 친구 있으신가. 가끔 또는 자주, 만나고, 술 마시고, 대화하고, 욕하고, 온갖 짓 같이 하는, 그런 상대 말고, 일 년에 한번이나 두 번, 만날까 말까 해도, 말도 없이, 주로 글로 대화해도, 정말 대화가 되면, 얼마나 큰 기쁨인지, 깨닫는 특권이, 시인에게는 있다. 내게도 그런 시인이 있다.

　김상미의 두 번째 시집의 해설인「도망, 갈 수 없는」에서 "첫 시집『모자는 인간을 만든다』와 비교할 때, 이 두 번째 시집『검은, 소나기떼』는 뚜렷한 시적 성취를 과시하고 있다"라고 주장하면서 "이 두 번째 시집의 시적 성취를 뒷받침하는 것은 첫 시집의 순수한 고백체에 근대문학적 상상력인 이미지와 상징의 구조가 적극 도입되어 있다는" 점을 필자가 지적한 바 있다. 한 걸음 더 나아가 "소위 첨단의 시인들이 못 미더운 이유는, 그들의 강렬한 외침이 정직해보이지 않는 이유는, 그들의 기발한 행위가 제스처 같아 보이는 이유는, 그들의 몸이 보이지 않기 때문이다. 정말로(?) 정직한 시인인 김상미의 경우 '나는 죽었다/ 세번 죽었다'라고 요약할 수 있을 만큼 시대를 앞서가면서도, '나는 아직 죽지 않았다' 아니 '나는 살아 있다'는 몸의「욕망」을 무시하지 못한다"라고 말을 건넨 적 있다. 게재된 신작시 6편을 포함, 두 번째 시집 이후의 작업이 필자가 제기한 명제인 '첨단'과 '몸'의 대화를 알찬 결실과 함께 실천해왔다는 점에서, 성공적인 대화를 자축하며 시인의 성취에 감격한다.

그리하여 시인이 내린 「멋진 결론」은 "서부에서 한 사나이가 왔다/ 누구나 다 갖고 다니는 칼이나 총 대신/ 커다란 지우개를 가진 한 사나이가" 왔다는 것으로 시작된다. 근대적 '칼'과 '총'의 학문적 성취 여부에 관계없이 '온몸'으로 쓰는 시인은 탈근대적 '지우개'의 문학을 독자의 눈앞에서 실천한다. 「This is War!」에서 시인은 전쟁이 "정치와 전쟁이 똑같은 연장선상에 있다고 생각하는 위정자들"의 소산일 뿐만 아니라, "자신의 능력을 의심하지 않는 것," "진보와 건설이라는 명목 아래 자연을 발가벗겨내는 것," "죄의식을 전혀 느끼지 않는 특권층의 부도덕성과 끝없는 탐욕" 등 "인간을 상대로 한 가공할 만한 모든 폐쇄 회로"가 되는 "세계를 하나의 거대한 기계로 바라보는 것," 즉 근대적 세계관 자체에서 기인하는 것임을 명민하게 지적한다. 그리하여 시인은 「한 권의 책」에서 "내 위장은 머리 위에 있"고 "두뇌보다 한 층 더 높은 곳에 있"음을 인식한다. 근대적 책이 '두뇌'의 산물이라면 탈근대적 텍스트, 즉 김상미가 발화(發話)하는 '한 권의 책'은 '위장'의 산물이 돼야만 시인의 삶이 무의미해지지 않는다. '두뇌'가 만들어 왔던 근대적 정신이라고 명명된 영역은 현재 "위장이 불시에 습격하여 아수라장으로 만"들어버릴 수 있을 만큼 빈약한 지경에 이르렀다. "위장은 너무나도 자기 생존에 철저하여/ 조금만 어긋나도 악랄하기가 그지없어" "나는 위장을 위해 날마다 조금씩 두뇌를 뜯어내어" 파는 절박한 현실이 보고된다. 이렇게 명확한 인식은 김상미가 쓰는 '한 권의 책'과 김상미라는 '시인'을 탈근대의 시대에도 유의미하게 만든다: "우주라는 이 광활한 도서관에/ 한 권의 책으로 나를 꽂아둘 수 있기 때문입니다." "조물주나 되는 듯 폼을 잡고, 마음에 바퀴벌레를 키우는, 도서관의 쥐새기 같은"(「시인 앨범 3─도둑맞은 시」) 학자/시인과 비교할 때, 김상미의 학문/시의 깊이가 더 깊다는데 필자는 놀라움을 금치 못한다. 그들의 소위 '첨단'의 지식으로는 "시에 색안경을 끼우고, 망토와 칼을 차게 하고, 유난히 챙이 큰 모자를 씌"(「시인 앨범 3—도둑맞은 시」)우는 것밖에 할 수 없다고 니까노르 빠라가 자신의 시, 「선언문 낭독」에서 고발했었다. 김상미가 니까노르 빠라와 같은 자리에 설 수 있는 이유는 '몸'을 잊지 않았기 때문이다. 시인이 「멋진 결론」에서처럼 '커다란 지우개를 가진 사나이'에게, "첫눈에 그에게 반해 버렸"기 때문이다. 반한다는 것은 '온몸'으로 하는 짓이기 때문이다. 시인은 "매일매일 그 사나이를 기다리며/ 커다란 지우개가 내 몸을 핥고 지나갈 꿈에 부풀어/ 내 몸 속 동사 하나하나/ 부사 하나하나/ 형용사 하나하나까지 빼놓지 않고/ 그 사나이를 기다렸다/ 커다란 지우개를 기다렸다"고 말한다. 왜냐하면 "지우고 싶다는 건 삶을 바꾸고 싶다는 것/ 근본으로부터 아주 더 멀리 나가겠다는 것"임을 알기 때문이다. 온몸을 바칠 수 있을 만큼 첫눈에 반해 버렸지만, 그럼에도 불구하고 온몸을 바치는 의미, 첨단의 인식도 놓치지 않는다. 그것은 근대적 세계관의 "세월이 키워준 근사한 이빨들을 다 뽑아버리겠다는 것"임을 김상미는 확인하고 한국에서 실천하고자 한다.

니까노르 빠라 수준의 '선언문'을 김상미가 쓸 수 있는 이유는 정직하기 때문이며, 정직하려고 최선을 다해 노력하기 때문이며, "(거짓, 게으름, 비겁, 시기, 잔인, 질투, 야망, 야합……에/ 악착같이 반사, 굴절하고 거듭 물드는 언어의 강줄기.)" 속에서 "속까지 새까매진 이미지. 이 페이지 저 페이지 들척이며 잡아내"면서 "짝을 만들고, 단체에 가입하고, 모이고, 뭉치며/ 샌드위치 된 두뇌 동서남북으로 뻗"치는 도둑놈 같은 거짓 시인들이 우굴거리는 한국 문단의 현실을 너무 잘 아는 마당발이기 때문이다(「시인 앨범 2」). 「시인 앨범, 1999」는 다음과 같이 시작한다. "요즘은 시인들을 자주 만나지 않는다. 시를 읽으면 그들이 너무 잘 보이기 때문에 그들의 제스처, 그들의 생각, 그들의 분노까지 알아 맞출 수 있다. 그들은 인간이기보다 자연 쪽에 더 가깝다. 天地에 너무나 예민하여 도덕이나 선의나 인간성이 그 사이에 개입하기에는 너무나도 섬세하다. 예전에는 시인들과 사소한 것에 분개하여 더러 싸우기도 했지만 지금은 아무와도 싸우지 않는다." 그리고 다음과 같이 끝난다. "나는 정말 그들을 사랑한다. 너무나 사랑하여 그들 중 아무와도 연애를 하지 않는다. 예전에는 그들과 더러 감정이 얽힌 적이 있었다. 그러나 나는 그들이 그 추억의 배설물로도 시를 쓴다는 걸 알고는 그들과 절대 연애감정에 휘말리지 말아야지, 맹세했다. 그들은 여자도 남자도 아니다. 그들은 인간이기보다 자연이다. 그러므로 그들이 밖으로 발산하는 감정은 모두 天災地變에 가깝다. 자연은 신이 만든 것 중 가장 아름답다. 악인이 그 앞에서 전율하고 그를 지킨다. 그 흰 길을 창조의 길이라고도 부르고 미지의 세계라고도 부른다. 우리는 모두 그 길 안에 있다. 빛이 있으라, 하고 신이 크게 외치자 빛으로 가득 찼다는 그 길! 그러나 그 길은 누구도 빠져 나온 적이 없는 미로이다. 그곳에는 아직 맛보지 못한 삶과 죽음의 광기가 저 혼자 달콤하게 술 방울로 익어가고 있다." 필자가 『검은, 소나기떼』의 해설을 쓰면서 끝에 다음과 같은 사족을 단 적이 있다. "한마디만 더 하자. 김상미 시인이 행복한 '시집'을 가서, 그 '시집'을 이겨내며 뛰어난 '시집'이 되는 방식으로 이 존경할 만한 테러행위, 이 수도과정이 진행될 수는 없는 것일까." 이제 필자가 생각을 바꿔야겠다. 김상미 시인이 '시집'을 가든 말든 김상미 시인 스스로 결정하는 것이지 필자는 나서서 말 할 자격이 없다. 김상미 시인이 이미 제대로 '시집'이 됐으니까. 어느 곳에 살든, 어떤 모양으로 살든, '도둑맞은 시'가 있을 수 없다는 것을 확신하게 됐으니까. 그리하여 「시인 앨범 3 ─도둑맞은 시」는 다음과 같이 너무나도 당당하게 끝난다.

> 그러나 아무리 훔친 시로 달콤한 황금의 혀를 쌓고 쌓아도
> 도둑들이여, 오래 오래 부싯돌에 부비고 담금질한
> 내 언어의 고통과 자유는 너희들 것이 아님을
> 시 쓰는 즐거움과 읽는 즐거움은 절대 모방할 수 없음을
> 정의와 양심이 부재한 언어로 화덕같이 뜨거운 태양 묘사할 수 없음을
> 사랑받지 못해 공허한 눈동자로 언어의 땅에 핀

신선한 제비꽃 한 송이도 꺾을 수 없음을
도둑들이여, 황금의 혀에 양 갈래 혀를 가진 자들이여!
　　　　　　　　　　　　　—「시인 앨범 3—도둑맞은 시」(일부)

첨단과 몸이 만나 다음과 같이 「연인들」이란 아름다운 이미지를 만든
다.

나는 벌거숭이
너는 꽉 죄는 거들처럼 내 몸에 착 달라붙어 있다
흐느끼면서 온몸 파고드는 환희의 빛가루들은
우리들 내부에서 퍼지는 날개들처럼
안으로 안으로 훨훨 날아오르고 있다
　　　　　　　　　　　　　—「연인들」(일부)

첨단만 중시하던 '새것 컴플렉스'(그리운 김현의 말!)의 한국문학사에서
시를 비롯 소위 고급문화는 대중의, 아니 한국 국민의 '몸에 잘 맞지 않는
옷'이 되어버렸다. 삶의 진정성을 상실하였고, 중고등학교나 대학입시 시
험 범위 속의 암기 대상이 되어버렸다. 그리하여 베스트셀러의 순위를 부
러워하면서도 접근하지 못하게 되어버렸다. 서태지와 힙합의 노래 가사
에 밀려버렸다. 근대의 서양화에서도 처음에는 표현된 인물이 한국인의
모습을 하고 있지 않았다. 그러더니 이중섭, 김환기, 박수근 등의 그림에
서 인물이 한국인의 몸에 딱 맞는다. 김상미의 한국문학사 인식이 그러하
다. 이제부터는 '몸에 맞는 시'를 쓰기 시작해야 한다. '몸에 짝 들어맞는
시'를 쓸 수 있다! 시인이 "벌거숭이"로 서 있으면 시는 "꽉 죄는 거들처
럼" 몸에 착 달라붙는다.

더 가까이, 더 가까이
순환의 잎사귀를 활짝 펼쳐라
우리는 커지고

세상은 작아진다
우리가 승리하는 건
몸과 영혼의 불이 함께 컸기 때문이다
　　　　　　　　　　　—「연인들」(일부)

더욱 기쁜 것은 승리의 프롤로그일 뿐, 아직 에필로그가 멀었다는 점이다. 승리에도 두 가지가 있다. 차오르는 승리와 이울어가는 승리가 있다. 로마의 장군이 검투사가 되어 황제를 죽이게 되는 스토리의『글래디에이터』라는 미국 영화를 수년전에 본 생각이 난다. 근친상간적인 변태임에도 불구하고 황제의 직위를 유지할 수 있었다. 역설적으로 증명되는 막강한 로마의 권력이 인상적이었다. 그럼에도 불구하고, 정점의 권력이었다. 로마는 바로 그 정점의 자리에서 몰락하기 시작하였다. 요즈음 세계적인 반대 여론에도 불구하고 이라크와 전쟁을 시작하려는 미국을 본다. 정점의 자리에 서 있는 막강한 미국의 군사력은 소멸되어 갈 것이다. 그러나『글래디에이터』라는 영화로 이미 반성을 시작한 문화가 군사력에서 잃어가는 미국의 힘을 메꾸어나가지 않을까하는 생각이 든다. 요컨데 김상미가「연인들」에서 하는 보고가 승리의 과거 업적에 관한 것이 아니라, 앞으로 계속될 승리의 전망이라는 점이 더욱 기쁘다. 얼마나 계속될까. 시인은 자신 있게 다음과 같이 말한다. "누구도 이 불을 꺼뜨리진 못하리라/ 우리는 신이 초대한 식탁 위의 빛과 어둠"이라고. '몸'으로 성취하였기에 플라톤의 '영원'은 아니지만, 거의 '영원'이라고 잠정적으로 가정해도 될 만큼 오랜 시간 지속될 승리라는 것이다. 얼마나 대단한 승리인지 다음과 같이 하늘을 나는 기러기들이 시인의 시선을 햇볕처럼 받고 싶어 할 정도인 것이다. "햇볕 아래 서 있으면 지나가는 기러기, 철새 떼의 비행들이 얼마나 내 시선을 받고 싶어했는지……얼마나 내게 말을 걸고 싶어했는지……"(「햇볕 아래 서 있으면」) 그리하여 시인은 "햇볕 아래 서 있으면 비로소 내가 딛고 온 세월이 내가 숨쉰 공기였음을, 내가 밟고 지나온 지도였음을, 뜨거운 눈물 위에 세워진 한 채 집이었음을, 햇볕 한 점 한 점이 다 내 마음이었음을……" 뚜렷하게 확인한다(「햇볕 아래 서 있으면」). 필자는 『올리브 나무 사이로』라는 아주 좋은 이란 영화를 본 적 있는데, 김상미의 「올리브 나무 사이로」라는 시는 반 고흐의 스토리를 갖고 다음과 같이 시작된다. "올리브 나무 사이로 고흐 씨가 지나간다/ 커다란 밀짚모자를 깊숙이 눌러쓰고/ 물감과 붓, 화판과 받침대를 어깨에 둘러메고/ 아를르의 밀밭을 지나 운하를 지나/ 귓불을 간지럽히는 산들바람을 지나/ 그림과 그림들로 이어진 끝없는 길을 지나간다". 현대 한국의 시인, 김상미는 왜 근대 네델란드의 화가, 반 고흐의 삶을 사실적으로 묘사하는가. 그런 묘사를 위해 시를 써야 할 필연적인 이유는 무엇인가 질문해야 한다. 대답은 간단하다. 승리했기 때문이다. 나름대로의 방식으로 몸에 맞는다는 점에서 이란의 영화감독도, 네델란드의 고흐라는 화가도, 한국의 김상미라는 시인도 승리했기 때문이다. 그래서 괜찮다! 그리하여 시인은 "보라, 저 하늘에 총총히 빛나는 무수한 별들……저 별들이 모두 다 내가 꾼 꿈들이다"라고 말할 만큼 교만해진다(「꿈」). 그렇지만 김상미는 교만해도 된다. 왜냐하면 진짜 시인이니까.

> 나는 너무 많은 꿈을 꾸었기에 누구보다도 키가 크고, 광활하다. 한밤중 내리는 폭우보다도 어둡고, 바다를 달리는 바람보다도 사납다. 내 속에는 그칠 줄 모르는 고뇌와 희망의 물결이 소용돌이치며, 갓 태어난 태아의 주먹 쥔 손보다도 무한하고 아름답다. 나는 꿈으로 된, 나보다 더 오래 살아남을 걸작품들을 품속에 품고 산다. 나는 너무나 교만하여 그 교만으로 터질 것 같지만, 내 꿈에 비하면 이 세상 모든 걸작품들은 만물의 부스러기에 불과하다. 내가 꿈꾸는 데 열중하지 않았다면 아마도 나는 그들 부스러기에 묻혀 돌아버렸거나 질식사했을 것이다. 나는 내 꿈 때문에 언제나 그들보다 더 멀리 가거나 한참 뒤로 처질 수 있다. 그러나 그 꿈들은 모두 내게서 나온 것이다. 내게서 나와 나보다 더 높은 곳으로 간다.
> ─ 「꿈」(일부)

시인의 교만이 이 정도는 되어야, 그것도 허풍이 아니면서 이 정도는 되어야, 가난도 외로움도 슬픔도 시인이라면 아무것도 아니라는 듯이 당당하게 말할 수 있지 않을까. 보이지 않는 곳에서는, 마음 속으로는, 슬프고 외롭고 비참하지만.

기쁜 필자가 「몸에 맞는 시, 에필로그」를 쓰고 있지만, 김상미는 「생방송, 에필로그」를 썼다. 왜냐하면 "나는 내가 누구이며 누구의 딸인지도 모른 채, 삶 대신 죽음을 밟고 다녔다. 그 위에 앉아 밥을 먹고, 커피를 마시고, 담배를 피우고, 문예지에 실린 너의 시를 읽고, 사랑을 나누고, 새들이 부르는 노랫소리에 맞춰 일회용 스텝을 익혔다"는 기억이 남아 있기 때문이다. "나는 자유와 평화를 지니고서도 막연한 권태와 우울 속에서 벌어지는 전쟁터를 배회하며 신선한 물처럼 빛나는 미래의 노숙자들을 비웃었다"는 기억이 남아 있기 때문이다. 그리하여 "나는 이제 누구도 읽지 않는 바다 속에서 끝없이 다가왔다 멀어지고 또 다가오는 파도소리를 듣고 있다. 내 마음을 읽고 있다"고 말하며 진정한 시인의 자격 조건인 자발적 고독을 실천하지만, 가슴 저리게 향수어린 기억이 완전히 사라진 것은 아니기 때문이다. 몸을 갖고 있기 때문이다. 몸이 아직 잊지 못하고 있기 때문이다. 시인의 지적처럼 몸이 「아득한 공포—출구, 보이지 않는……」을 산포(散布)된 흔적(痕迹)처럼 안고 있기 때문이다. 예를 들어, 시인의 말처럼 "돌부리에 걸려 넘어진 아이/ 아이가 우는 건 아픔 때문이 아니다/ 넘어지는 순간,/ 아득한 공포가 아이를 덮쳤기/ 때문이다". "깨진 무릎이나 아픔은 금방 낫지만/ 아득한 공포는 오래/ 아이의 두의식에 남게" 되기 때문이다. 돌부리에 넘어지는 어린 몸은 유한한 생명을 만드는 죽음이란 이름의 '아득한 공포'를 '깨진 무릎'의 '아픔'을 통해 잊어버리지 못하게 한다. 그래서 시인은 「웃음 주스」에서처럼 울음 같은 웃음을 웃고, 웃음 같은 울음을 운다.

이제는 아무것도,
정말 아무것도 할 게 없어진
내 방에 걸린

네 사진처럼 웃고
— 「웃음 주스」(일부)

아무것도 할 일 없어진 고독이란 표현으로 '테러행위'의 진척도를 파악할
수 있지만, 사실상 "네 사진처럼" 쓸쓸하게 웃는 모습에서 '수도과정'의
깊이가 더 잘 파악되는 법이다. 그래서 김상미 시인은 몸을 통한 첨단의
깨달음을 위해 다음과 같이 만해처럼 「함정 속의 함정」을 노래할 수 있게
되었다.

들어줄 귀가 없고, 보아줄 눈이 없고, 품어줄 가슴이 없다면 아무도 사귀지
마십시오. 외로움 때문에 누군가의 어깨에 기대는 것이야말로 가장 큰 함정입
니다.
아무리 친한 사람도 당신의 정신적 고통은 결코 함께 하지 않습니다. 겉으
로 드러난 슬픔만을 조금 나눠 가질 뿐, 그 이상도 그 이하도 아닙니다. 그보다
더 많은 걸 요구하는 건 함정입니다.
당신의 마음에 꽃이 피고 꽃이 지는 것도 함정입니다.
함정인 줄 알면서 그곳에 아낌없이 뇌를 빠뜨리는 것도 함정입니다.
함정들로 가득 찬 당신 머리 속 서재에 앉아 좌절한 손으로 쓰는 사랑과 미
움, 파멸의 書 또한 함정입니다.

당신과 나, 우리 모두는 그 꽃잎 위에 앉아 있습니다. 함정! 그 외 달리 무엇
을 꽃다운 인생이라 부르겠습니까?
천변 지이(天變 地異)가 모두 그 꽃잎 하나에서부터 시작되는 것을!
— 「함정 속의 함정」(일부)

"천변 지이," 즉 하늘이 바뀌고 땅이 달라진다는 김상미의 신조어(新造
語)는 시간의 변화라는 지연(遲延)과 공간의 변화라는 차이(差異)로 구성
된 해체론의 차연(差延)과 맘먹는다. 아니 그보다 더 재미있다! 「기차는
떠나고」는 이러한 "천변 지이"의 첨단적 인식이 우연한 결과가 아님을 증
명한다. 오래 기억에 남을 시(詩)일 것이기에 다음에 전문(全文)을 인용한

다. 그리고 더 이상 해설을 붙일 필요가 없으리라. 그리고 시인과 더불어
조금 쓸쓸해하리라.

　　　　기차는 떠나고
　　　　기차는 떠나고

　　　　강처럼 흐르는 레일 위로
　　　　꿈 같은 기차는 떠나고

　　　　꽃피는 걸 보려고
　　　　꽃밭에 앉아

　　　　거리, 저 멀리서 들려오는
　　　　혼잡한 발소리
　　　　그리운 듯 막연한
　　　　사람들의 체취에

　　　　조금씩 더 쓸쓸해 오는 오후

　　　　아무것도 아니에요, 아무것도 아니에요

　　　　기차는 떠나고
　　　　기차는 떠나고

6.
박상배 시인의 립스틱을 짙게 바르고:
박상배『시와 하늘』

시인은 아프면 시 쓴다. 연구만 하는 교수가 흉내 낼 수 없는 부러운 경지다. 박상배 시인이 아프다. 그래서 연전에 출판행사에서 만났을 때 시 쓰시라고, 이제 정말로 시 쓰시라고 말씀드린 적이 있는데, 그의 새로운 시집이 내 앞에 놓여 있다. 그가 「自序」에서 안타깝게 말한다.

> 시를 만지기 시작한 지 어언 반세기가 넘었다. 고작 세번째 시집을 가까스로 낸다. 남은 세월에 막판 스퍼트를 낼 참인데, 하늘이여, 시여……

그리고 이 「자서」의 마지막 구절이 그의 세 번째 시집의 제목인 『시와 하늘』이 된다. 자서전적 사실을 아는 것이 시를 이해하는 데 꼭 필요한 조건은 아니지만, 시집의 대부분을 점유하고 있는 연작시의 제목이 戲詩, 虛空, 컬트詩 등인 바 언어의 재치만 강조하는 것으로 오해될 수도 있기 때문이다. 반세기가 넘도록 시를 생각하는 시인이, "하늘이여, 시여" 축원하며 시를 쓰는 시인이 언어의 재치만으로 시를 썼다고 판단할 수 없다는 것을 강조하고 싶었기 때문이다.

소위 시의 서정성의 부재에 대한 의혹이다. 해체론과 정신주의 논란에서 박상배 교수가 이승훈 교수의 해체시론을 옹호하는 입장을 확고히 표명한 바 있었기 때문이다. 그러나 서정성이 소위 정신주의 계통의 시의 전유물이 아닌 것만은 분명한 것이 시집의 첫 번째 시「꽃-戱詩 · 2」를 읽어보라. "어둠에 구멍이/ 천 개나 만 개나/ 나 있다면," 구멍마다 "하늘 한 묶음/ 바다 한 묶음/ 넣어"두겠다는 작업의 목표는 "꽃/ 하나씩/ 봉오리지도록" 하는 것이다. 이토록 서정적이기 이를 데 없는 시가 시집의 첫 번째 시라는 사실은 내 시에 서정성이 없다고 말하는 자는 누구냐 하는 박상배 시인의 공개 질문과 다르지 않다. 박상배 시인의 시는 읽기에 재미있다. 독자에게 정신 바짝 차리라고 주문하고 있다.

사랑하는 사람의 "속바지 끝의 실올 하나와 천사의 계약을 맺"어, 그 당신과 "풀처럼 흙처럼 함께 살 부비며 살고저" 한다는「긴 바람소리」는 서정시다.「좋다 만 일」에서 시인은 친구 정평, 용호와 함께 등교하던 영주동 언덕길에서 "남성여고 그 여학생"을 만나면 "홍당무"가 되던 추억을 기억한다. 그러나 박상배 시인의 서정시는 구태의연하고 식상해진 이미지를 사용하지 않는다.

> 콧구멍엔 네가 흉내낸 프랑스제 콧소리를, 귓구멍엔 네가 흉내낸 독일제 마
> 찰음 소리를, 입구멍엔 네가 흉내낸 유고슬라비아의 입막음 소리를, 눈구멍엔
> 네가 흉내낸 콩고의 상아 안경 부딪침소리를
> 내며 튕기며 넣으며 밟으며, 중립의 마을을 너와 함께 살았다
>   ―「함께, 中立의 마을을」 중에서

1972-83년간 비엔나 대학교 유학 기간의 친구 페터 캄플을 추억하는데, 음성학의 학문적 지식과 "잊을 수 없는 친구"의 기억이 어우러져 보다 구체적이며, 보다 공감의 가능성이 넓어진 서정시가 된다.

「재회-戱詩 · 3」은 서정성이 인간의 현실 세계 속에서 어떻게 뒤틀리는지, 문학적으로 연역하면 소위 서정의 시세계가 어떻게 변질되어 표현되

어야만 정직한 것인지 제시하고 있다. 순수의 서정이 어떻게 변질되지 않을 수 있을까. 현실 세계의 오염된 언어를 사용하면서 100퍼센트 순도의 순수를 소유하고 있는 것처럼 가장할 수 있을까. 만약, 그런 일이 있다면, 위선이 아닐 수 없다. 제2시집인『잠언집』의「再會」와 동일한 내용인데, 산문시의 형태에서 독자의 읽는 호흡을 정확하게 하기 위해서 행과 연이 사용되었다. 시의 묘미가 더욱 살아나는 것으로 보아 박상배 시인의 솜씨가 더욱 날카로워진 것을 확인할 수 있다. 성행위를 직접적으로 묘사하고 있지만, 그의 시는 매우 도덕적이다. "사랑은 버릴 수 있어도/ 정은 버릴수 없는 것"이라는 유행가수 "송대관의 노랫말"을 시의 언어 속으로 직수입하면서 문학의 언어와 현실의 언어가 어떻게 다를 수 있는지 질문한다. 그런데 이러한 문학적 질문은 한가한 가상의 질문이 아니라 "타는/ 목마름으로// 올라감/ 내려감// 내려감/ 올라감"이라는 남녀의 구체적인 성행위만큼이나 직접적이고 긴박한 질문이다. 박상배 시인의 시를 제대로 읽어내지 못한다면, 그의 시는 정말 우스운(戱) 시(詩)가 되어버린다. 여기에는 시인의 잘못이 없다. 시를 우습게 보는, 시를 하늘에 축원하고 의미심장하게 읽어야 하는 귀한 존재로 보지 않는 세상의 잘못이다.

풍자나 해학이 풍자나 해학으로 읽혀지지 않는 사회는 하나의 공인된 해석만 인정되는 독단의 사회다. 박상배 시인의 시에서 해학이나 풍자를 읽어내지 못하는 독자를 돈만 아는 수전노나 권력 밖에 아무것도 모르는 독재자라고 비난해도, 수전노/독재자의 소질을 갖고 있다고 비난해도 좋다는 점에서 박상배 시인의 시는 정신의 자유로움을 점검하는 리트머스 시험지다.「후기시대-戱詩 · 23」의 "친구"가 수전노/독재자의 소질을 갖고 있는 독자의 한 사례다.

> 며칠 후 그 친구를 또또 만났습니다 그의 말로는 오늘은 아버지 차이니 좀 좀 조심해서 타라는 것입니다 며칠 전에는 어머니 차라고 했잖느냐, 더욱 호되게 퇴박을 주었더니 그 친구 또또 빙그레 웃으며 오늘 아침 어머니가 아버지에게 일부 대금을 영수하고 팔기로 계약을 맺었으니 이젠 아버지 차라는 것

입니다

친구는 소유권이 자기→어머니→아버지로 이전되었다고 설명한다. 그러나 화자는 차의 사용자가 친구라는 점에 변함이 없다는 점을 거의 동일하게 반복되는 3개의 연을 통해 효과적으로 강조하고 있다. "오늘날의 후 · 탈산업사회"(「祝華婚-戲詩 · 30」)의 보편적 현상이라는 것이 시인의 시대진단이다. 친구가 수전노/독재자의 소질을 갖고 있다고 비난하는 것으로 끝나지 않는다. 화자가 친구에게 "호되게 퇴박을" 주지만, 친구는 "빙그레 웃"는다. 친구는 조심스러운 부모의 차를 빌려서라도 자신의 친구인 화자를 태우고 다니는 것이 기쁜 것이다. 그렇다고, 자신의 차를 사용하도록 허락하는 친구의 아버지나 어머니가 수전노라고 말할 수 없다. 개인의 문제가 아니라 시대의 문제로 제기된다는 점에서 박상배 시인의 풍자와 해학의 깊이가 느껴진다.

풍자와 해학에 있어서 독자의 반응을 염두에 두지 않을 수 없다. 그런데 타인은 내가 아니니까, 언제나 변덕이다. 타인은 달면 삼키고 쓰면 뱉는다. 시인이 아닌 자들, 세속세계의 타인은 이해관계의 관심사에 너무 바빠서 시의 세계에 관심이 없다. 풍자와 해학을 넘어서는 시 자체 고유의 문학적 관습이 있다. 서정성이라고 모호하게 언급되기도 하는 사무사(思無邪)의 정신이다. 시인은, 무릇 예술가는 나름대로 타인의 반응을 무시할 수 있어야 한다. 그들이 나를 알아주지 않더라도 나는 작업을 한다. 작업의 성패가 동시대인의 평가에만 달려있지 않기 때문이다. 내가 미래의 독자를 정면에서 바라보고 있다고 믿는다. 이런 기개와 선비정신이 요구된다. 이것과 풍자/해학의 정신이 어느 면에서 대립되는 바가 있고, 그래서 정신주의와 해체론의 논전이 있었던 것인데, 한국문학사의 방향성 논쟁이라면 소위 정신주의가 퇴행적 중세주의일 따름이라는 박상배 교수의 주장에 전적으로 지지를 보내지만, 시인의 작업현실에 관한 한 그 둘은 공존해야 한다. 가끔 박상배 시인은 풍자와 해학에 바빠서 시 정신을 억압한다. 시에 정신의 자유로움을 점검하는 리트머스 시험지의 기능이 있기는 하지만, 리트머스 시험지라는 내용이 시의 전부는 아니다. 내용이 형식을 억압하는 경우다. 김수영의 용어를 사용하면, 내용이 너무 강력하게 자유를 주장하는 바람에 시의 자유가 억압되어버리는 것이다. 하나만 예로 들면, 「戱詩·8-全榮慶 옹께 바침」에서 "한숨, 영혼, 움막, 초가삼간, 역사, 체머리"가 왜 그토록 중요한 것인지 독자가 동의할 수 있는 여지가 발견되지 않는다. "꼬마 딸녀석"도 화자의 논리에 동의할 수 없어 상징이 되는 수염을 가위질해버리는 실정이다. 딸녀석이 아무리 꼬마라지만, 화자가 자기 마음대로 수염을 길러 늙어보이게 되어버렸다는 사실에 분노를 느끼고, 동의할 수 없는 자유의 억압을 느끼게 되어 반항의 행동을 실천에 옮기게 되었던 것인데, 마지막 연에서까지 화자는 반성을 하지 않는다.

　　수염은 그러나 또 기르면 되지 그렇고말고 오늘의 역사 바로 세우기, 시대
　의 마당극을 위하여

화자에 대한 풍자, 즉 화자의 자신에 대한 아이러니가 시인의 의도였을지 모른다. 그러나 그런 해석이 가능하기에는 "한숨, 영혼, 움막, 초가삼간, 역사, 체머리"의 존재(있음)에 대한 제1연의 강조가 너무 지나치다. "있다"나 "있고" 등 현존의 언어가 제1연에서 5개나 발견된다. 반면에 구체적인 성행위, 사정의 장면을 묘사한 「戱詩·17」에서는 오르가즘 희열의 영어식 절규인 "coming(온다)"라는 용어가 집중적으로 사용되면서도 온다와 대칭되는 간다의 개념을 기억하는 상상력의 유연성이 과시되고 있다.

　　올 듯하면서도 정작 오지는 않고 온 듯한데도 정작 온 것
　　같지도 않고 오는가 했더니 정작 가버린 몸아 흐름아

　「戱詩·16」에서 시인은 자신을 "씹는" 평론가 "고현놈" "씹혈놈" 고

현철에 대한 적의에 가까운 분노를 드러낸다. 나는 고현철이 누구인지, 그의 평론 작업의 수준이 어디에 와 있는지 잘 모른다. 아마 박상배 시인에 관한 평론이었고, 그게 아마 박상배 시인의 메타시 이론에 대한 비겁한 공격이었기에 이토록 놀라운 분노를 샀던 것이라고 짐작할 수 있을 뿐이다. (놀라워라, 무서워라, 내가 지금 하고 있는 작업이 아닐까? 박상배 시인/교수는 죽은 제갈량이 산 사마중달을 떨게 한 것처럼, 이 글을 쓰는 이 자리에 없으면서도 나를 떨게 한다?) 이 시는 어떤 점에서 재미있다. 그렇지만 그 재미에 동참할 수 없는 독자가 있다는 게 문제다. 당사자 평론가 고현철에게는 재미가 없을 것이고, 고현철에게 정서적으로 동조하거나 고현철의 평론적 관점에 동의하는 친구나 독자들에게는 재미가 없을 것이다. 뒤이은 「戲詩 · 20-남송이에게」에서 시인이 분노하고 있는 "남쪽의 송이버섯 송우"의 "삿대질"이나 「戲詩 · 25」에서 시인 자신이 기록하고 있는 고현철의 반론이 그 증거다. 시의 주제가 너무 명백하여, 누구나 동의하기 어려운 공격적 분노만 남는다는 데 문제가 있다. 그런데 시가 독자 대중 전부의 동의를 얻어야 하는 메시지라거나 누구에게나 공감이 되는 정서를 표현해야 한다고 생각할 수는 없다는 주장을 이 시에서 읽어내지 못하면, 이 시는 정말 우스운 시(戲詩)가 된다. 사실, 문학이 독자의 카타르시스만을 목표로 해야 한다는 아리스토텔레스의 효용론이 무조건 신봉해야 하는 금과옥조라고 확언할 수 있는가 이 시는 질문한다. 시인 자신의 카타르시스 배설의 장소로 가끔 시가 사용되는 것이 무어 그리 큰 문제가 될 것인가 하는 생각이 슬며시 들기도 하는데, 이쯤 되면 이 시집을 읽으면서 박상배 시인에게 나도 어지간히 물들어버린 게 아닌가 점검하게 된다. 독자 여러분들의 사정은 어떠하신지 궁금하다. 게다가 불구경, 싸움구경보다 더 재미있는 게 어디 있으랴. 멍청하게 살던 세상에서 갑자기 정신을 바짝 차리게 하는 사건들인 바, 그러니 효용성이 없다고 말할 수 없는 것이다.

더군다나, 고현철에 관한 시가 세 편이나 된다는 점은 분노가 감정적인 배설이라기보다 훨씬 철학적인 양상을 띠고 있다고 판단하게 만든다. 사실, 존재 자체의 불화(不和) 상태에 관한 시가 이 시집에서 많이 발견된다. 「소설 타령-戱詩 · 28」의 마지막 연은 다음과 같다.

> 읽지도 않는 소설 때문에
> 부엌과 어린이 사이에
> 균열이 진다

걸음마로 부엌에 가고 싶어하는 어린이를 우연히 가로막고 있는 소설책에게 분노할 수 없다. 소설책이 어린이의 욕망을 아무리 강력하게 저지하고 있더라도, 소설책의 잘못이 아니다. 존재 자체의 관계 양상은 언제나 불화의 모습을 하지 않을 수 없다는 것이 시인의 철학이다. 『잠언집』의 「잠언집 · 22」와 동일한 내용이지만 다른 이미지를 동원하고 있는 「변경의 벌레가 될 때-戱詩 · 31」을 제자가 스승을 밟고 넘어가야 한다는 식으로 해석하는 것은 단견의 소치다. 스승과 제자의 사이가 아무리 좋더라도, 궁극적인 관점에서 볼 때 스승보다 제자가 훌륭해지는 것이 인류 문명진보의 불가피한 과정이라는 주장이다. 존재 자체에 내재하는 불화의 양상이 사회현실의 국면에 적용된 모습이다. 박상배 시인은 제1시집 『모자 속의 詩들』에서부터 현실의 불화에 대한 철학적 인식을 명확히 표현하여 왔다.

> 현상은 정작 멀리 가고
> 현상의 꿈만이 현상으로 의식에 고여 있다는 걸
> ― 「꽃」(일부)

제2시집 『잠언집』에서도 그의 예술철학은 변하지 않는다.

> 역사는 역사이지 책상물림이 아니기 때문이다 죄없는 책상을 꽝꽝 때리며

오늘의 헤겔은 몬도가네의 일상을 미워하고 사랑할 뿐
— 「잠언집.9」(일부)

　동일한 예술철학이지만 이번의 제3시집 『시와 하늘』에 이르러 시인이 보다 과감해지고 용감해졌다.

　　21세기를 목전에 두고서도 아직도 우리 문화는 경제가 삼겹살인 만큼 그저 삼겹살로 머물 뿐이며 그 맨 위 표피에 립스틱이 쬐금 묻히어 있는 정도일 게라고 폄하하는 버릇이 여전하다 아니다 결코 그렇지가 않다 어느 뿔난 시인처럼 우리도 이젠 큰기침하며 왕왕 소리쳐야 한다 립스틱 짙게 바르고 예쁜 석류들아 석류들아 너희는 이 땅 깊숙이 빠알간 입술을 꽂고 더욱 굳세게 다짐하며 일어서야 할 때다
— 「訟事 · 2-어느 패소의 경우」(일부)

　『모자 속의 詩들』에 수록된 「詩야 침을 뱉지 말아라-故金洙暎님께」는 동일한 주제를 다루면서도 김수영의 "젊은 시인이여" "눈더러 보라고 마음놓고 마음놓고/ 기침을 하자"(「눈」)고 권유하는 과감함과 용감함을 받아들이지 못하고 있었는데, 이제 "큰기침하며 왕왕 소리쳐야 한다"고 주장하고 있다. 황지우의 것인지, 김정환의 것인지 지금 잘 기억이 나지 않지만 한국 사회에 중세, 근대와 현대가 공존하여 있다는 "삼겹살" 논리에 동의하지만, 시인은 문화적 힘이 미약하다고 결코 생각하지 않는다. "삼겹살"의 "맨 위 표피에" "쬐금 묻히어 있는" 것이 사실일지라도, 우리는 박상배 시인의 "립스틱"을 "짙게 바르고" "이 땅"의 문화의 힘을 믿어야 할 것이다.
　蛇足: 「잠언집 · 18」에서 시인이 옹호하는 "진실"은 "육중하게 갈앉아" 있지 않고 "하늘하늘 떠" 있다. 그래도 그것은 "진실"이다. 요컨대 "형이상학의 물고기"(「징역의 술」)라는 점에는 변함이 없다. "저 깊고 깊은 곳에" 있는 진실만이 형이상학적 진실이고, "하늘하늘 떠" 있는 것은 그런 한계를 벗어났다고 시인이 생각하는지 모르지만, "진실"이라는 형

이상학 체계의 용어를 계속 사용하는 한 찻잔 속의 태풍일 뿐이다. 이러한 지적이 "립스틱"의 경우에도 마찬가지로 적용될 수 있다. "표피에" "쬐금 묻히"는 것이 "짙게 바르는" 것과 차이가 있기는 하지만, 양(量)의 차이이지 질(質)의 차이는 아니다. 양의 과감함이나 용감함이 아니라 질의 과감함이나 용감함이 있어야 "이 땅"의 문화가 진정한 힘을 얻게 될 것이다.

7.
박상배 시인의 내려가는 길

　필자가 제일 처음 쓴 평론이 1994년 ≪현대시사상≫ 겨울호의 「내려가
는 길과 올라가는 길」로 박상배 시집 『잠언집』과 이윤택 시집 『밥의 사랑』
에 관한 서평이었다. 그 평론의 제2절인 "박상배의 내려가는 길"은 다음
과 같이 시작된다.

　　시는 쓰는 것이 아니라, 어느 정도까지는 씌어지는 것이다. 1967년 등단 이
　후 오랫동안 침묵하다 어느 날 느닷없이 다시 쓸 수 있게 된, 그래서 본격적으
　로 시인이 된 박상배의 경우, 신(神)의 존재를, 특히 시를 쓸 수 있게 하는 시신
　(詩神)의 존재를 상정/인정하지 않을 수 없었을 것이다. 모자 속에서 느닷없이
　비둘기를 꺼내는 마술사가 된 것처럼, 시가 써진 것이다. 첫 시집 『모자 속의
　詩들』(1988년)은 그런 감격어린 45세 "부활"의 기록이며, 『하늘과 바람과 별
　과 시』를 쓴 윤동주의 「서시」를 기억하여 "마흔다섯 개의 별과 하늘과 바람"
　을 쓴다. 재능이 없는 시인의 최대 목표는 제대로 된 시를 써 보는 것이겠지만,
　자신의 세계를 구축하고 있는 시인의 경우는 최초의 환희, 즉 창조의 세계에
　참여하고 있다는, 아니 참여하도록 선택되었다는 자신의 운명에 대한 감사와
　희열이 있고 난 뒤에도 자신이 여전히 지저분한 일상 속에 머무르고 있다는
　사실을 발견하게 되며, 따라서 이런 현실을 시의 세계 속에서 어떻게 대처할
　것인가가 최대의 문제가 된다. 이것이 개략적으로 본 박상배 시인의 모습인
　바, 『모자 속의 詩들』에서 이번에 발간된 『잠언집』(1994년)에 이르는 변화를

"내려가는 길"이라고 부를 수 있을 것이다.

　이번 ≪시와 사상≫ 2003년 가을호, 박상배 시인의 특집은 시인이 어디에 올라 있었는지에 관한 설명을 교묘하게 생략했다는 마음의 부채를 해결할 좋은 기회가 아닐 수 없다. 1967년 등단 이후 침묵의 기간 동안 박상배 시인은 뛰어난 언어학자의 길을 걸어왔다. 첫 시집의 해설에서 김주연이 "나로서는 이러한 탁월한 세계인식이 시와 삶을 한꺼번에 다시 거머쥐면서, 그 모두를 어울려 바라볼 수 있게 된 이 시인의 능력이라고 보고 싶다"고 지적할 때, 그 '탁월한 세계인식'은 언어학의 학문적 깊이에서 기인한다. 언어학이 필자의 전공은 아니지만, 박상배의 시세계를 총체적으로 이해하기 위한 중요한 도구이기에 우선 언어학이 도달한 인식 수준을 개관하지 않을 수 없다. (가) 우리가 언어(language)를 사용하여 '나무'라고 말하면서 그 언어적 표현이 실제의 대상(referent)과 일치한다고 가정한다. "소나무 한 그루 심어요."라고 말할 때, '소나무'라는 언어와 '소나무'라는 대상의 일치를 가정하지 않는다면, 언어를 통한 의사소통이 불가능해진다. 리얼리즘 소설과 서정시는 이런 언어적 전제를 가정한다. (나) 그런데 실제로 '나무'라는 언어는 '나무'라는 대상을 표현하는 기호(sign)일 뿐이다. 예를 들어 '나무'라고 말할 때, 어떤 나무를 말하는 것인가. '소나무'라고 말할 때, 어떤 소나무를 말하는 것인가. 어떤 것이 '소나무'라고 말할 수 있는 대표적인 소나무인가. '한국인'이라고 말할 때, 누가 '한국인'인가. 한국에 정착하는데 성공한 중국 교포는 '한국인'이고 정착하는데 성공하지 못한 중국 교포는 '한국인'이 아니라 불법체류자인가. '나무'라는 대상을 '나무'라고 부르는 것은 관습일 뿐이며, 언어적 관습을 위한 절대적인 체계가 존재하지 않는다. 롤랑 바르트가 1850년이라고 정확하게 지적하는 이런 충격적인 인식은 19세기말 서구문학의 변화를 결정짓는다. 이 지점에서 프랑스 상징주의로 대표되는 현대문학이 리얼리즘과 서정시라는 근대문학과 결정적으로 결별한다. 여기에서 조심해야 할 점은 리얼리즘과 서정시라는 근대적 문학사조의 종말이 리얼리즘 문학작품이나 서정시 작품의 종말을 의미하지 않는다는 점이다. 예를 들어 영국 낭만주의를 대표하는 윌리엄 워즈워드의 시는 포스트모더니즘의 시대인 현재에도 유의미한 감동을 제공한다. 뛰어난 작품이 자신의 시대적 한계를 뛰어넘는다는 점은 언제나 감안돼야 한다. (다) 페르디난드 드 소쉬르의『일반언어학 강의』에 의해 언어에 관한 전혀 새로운 인식이 도입되면서 구조주의가 시작된다. '나무'라는 언어적 기호(sign)에서 '기의'(signifie)라는 의미적 성향과 '기표'(signifiant)라는 음성적 성향이 구분된다. 실제로 'ㄴ'과 'ㄷ'이란 자의적인 음성적 구분이 '나무'와 '다무'를 구별 짓는다. 이런 음성적 구별은 '나무'라는 단어가 갖는 의미적 구별과 다른 별개의 차원이다. '기표'라는 음성적 구별과 '기의'라는 의미적 구별의 결합과정(signification)을 통해서 기호가 형성된다. (라) 후기구조주의 또는 해체론은 구조주의의 기본 틀을 이어가면서도 구조주의의 학문적 경직성에 반발한다. 예를 들어 롤랑 바르트는 2차적 의미작용(signification)의 구조를 제시하면서 한국에서 문화연구라고 불리는 현대문화의 신화론을 제시한다. 롤랑 바르트가 ≪파리 마치≫라는 잡지의 표지에서 흑인 병사가 프랑스 국기에 경례하는 장면을 본다. '흑인 병사가 프랑스 국기에 대한 경례를 하는 장면'이란 1차적 의미작용(signification)의 결과[sign]를 2차적 차원에서는 '기표'로 취급하여 그 '기표'가 시사하는 숨겨진 문화적 의미라는 '기의'를 파악하려는 2차적 의미과정(signification)을 경유한다면, 현대의 일상적 문화가 전제로 하는 신화를 폭로할 수 있다. 자크 데리다, 미셸 푸코, 질 들뢰즈 등 대표적 현대이론가들은 이런 맥락에 자리 잡고 있다. 박상버의 인식의 깊이를 드러내기 위해서는 현대 언어사상사를 간략하게 개관하는 무리를 하지 않을 수 없었다. 언어학적 측면에서의 후기구조주의 또는 해체론은 조너딘 컬러가『해체비평』에서 다음과 같이 구체적으로 설명한다.

오스틴은 지금까지 주변적이며 문제적이라고 무시되어왔던 경우들에 관심을 기울이고 그것들을 실패한 진술이 아니라 독자적인 형태로 취급할 것을 제안하고 있다. 그는 진술들 사이에서 하나의 구분을 제시하는데, 사건의 상태를 묘사하며 진실이거나 거짓인 '진위문적'(constative) 발화가 있으며, 진실이거나 거짓인 (예를 들어 "내일 귀하에게 돈을 지급할 것을 약속드립니다"라는 문장이 약속의 행위를 성취하는 바와 같이) 자신이 언급하는 행동을 실제로 수행하는 이와 구분되는 다른 종류의 발화가 있다. 오스틴은 이를 '수행문'(performative)이라고 명명한다.

수행문(performative)과 진위문(constative) 사이의 이러한 구분은 언어의 분석에 있어서 매우 쓸모가 있다는 것이 증명되었다. 그러나 오스틴이 수행문의 특수한 양상과 수행문이 선택하는 다양한 형태를 묘사하고 논의를 더욱 진전시키면서 놀라운 결론에 도달하게 된다. "고양이가 매트 위에 있다고 여기서 확인하는 바이다" 등과 같은 발화는 또한 자신이 언급하는 (확인하는) 행위를 성취하게 하는 결정적 양상을 소유하고 있는 것 같아 보인다. "내가 무언가를 약속한다"(I promise X)와 같이 "내가 무언가를 확인한다"(I affirm X)는 진실이거나 거짓이 아니라 그것이 표시하는 행위를 수행할 따름이다. 따라서 이는 수행문이라고 간주될 수 있을 것 같다. 그러나 수행문의 또 다른 중요한 양상이 명시적 수행문(explicit performative)의 동사를 제거할 수 있을 가능성이라는 것을 오스틴은 보여주고 있다. "내일 귀하에게 돈을 지급할 것을 약속드립니다"라고 말하는 대신에 적절한 상황 속에서는 발화수반행위적(illocutionary) 힘이 수행문에 남아 있는 진술인 "내일 귀하에게 돈을 지급하겠습니다"라고 말함으로써 약속하는 행위를 수행할 수 있다. 이와 비슷하게, "여기서 확인하는 바이다"를 삭제하면서도 확인하거나 진술하는 행위를 수행할 수 있는 것이다. "고양이가 메트 위에 있다"는 "고양이가 메트 위에 있다고 여기서 확인하는 바이다"의 축약된 형태라고 여겨질 수도 있으며 따라서 수행문이라고 여겨질 수도 있는 것이다. 그러나 물론 "고양이가 메트 위에 있다"는 진위문적 발화의 고전적 예문인 것이다.

오스틴의 분석은 작동 중인 보충성 논리의 뛰어난 실례를 제공해주고 있다, 거짓이거나 허위인 진술을 언어의 규범으로 만들며 다른 발화들을 결함이 있는 진술이거나 여분의, 즉 보충적인 형태라고 취급하는 철학적 위계질서에서부터 시작하여, 한계적 경우의 특징에 대한 오스틴의 탐구는 위계질서의 해체와 전복에까지 이르게 되었다.

박상배 시인이 올라 있었던 '탁월한 세계인식'을 설명하자니 어려운 논리의 전개과정을 피할 수 없었다. 문제는 이러한 해체적 언어학을 박상배가 자신의 시에서 수행한다는 점이다. 이런 인식의 깊이를 배경으로 하지 않는다면 다음과 같은 「의자의 의자」는 말장난으로 비칠 수밖에 없다. "나 위어/ 너를 앉힌다// 나는/ 그러니까/ 너의 의자이다// 나 위에/ 나를 앉힌 다음// 나나 위에/ 너를 앉힌다// 나는/ 그러니까/ 너의 의자/ 의자의 의자이다// 너 위에/ 나를 앉힌다// 너는/ 그러니까/ 나의 의자이다// 너 위에/ 너를 앉힌 다음// 너너 위에/ 나를 앉힌다// 너는/ 그러니까/ 나의 의자/ 의자의 의자이다"(전문). "나 위에 너를 앉힌다"는 '진위문'은 실제로 수행되는 행위의 묘사이다. 따라서 언어학적 관점에서 '진위문'이라고 정의되는지 모르겠지만, 삶의 세계에서는 나위에 너를 앉히는 행위의 '수행'을 묘사한다. 차라리 "나는 그러니까 너의 의자이다"라고 말한다면 행위의 수행을 배제하고 진실과 거짓만 판단하는 제대로 된 '진위문'이라고 말할 수 있을까. 아니다! 시인은 아니라고 주장한다. 왜냐하면 '너'를 앉히는 '나'라는 삶의 주체 위에 '나'라는 언어의 주체를 앉히게 되기 때문이다. 삶의 세계에서 '너'는 '나' 위에 앉지만, 언어의 세계에서 '너'는 '나나' 위에 앉게 된다. 따라서 언어의 세계 속에 있는 '나'는 '너의 의자'라는 삶의 세계 속에 있는 '나'의 '의자의 의자'가 된다. "나 위에 너를 앉힌다"가 함유한 수행적 양상을 "나는 그러니까 너의 의자이다"라고 진위문적으로 배제한다 하더라도, 사실은 전혀 배제된 게 아니라는 비판이다. 이런 언어학적 비판은 위에서 검토된 해체론적 언어학과 맥락을 같이 한다. 해체론적 비판은 시의 후반부에서 '나'와 '너'의 입장을 바꾼 '차이 있는 반복'으로 강조된다. "ㄱ이 거꾸로앉아 ㄴ을 낳고/ ㄴ이 한수더뜨면 ㄷ을 낳는다"로 시작되는 「자음頌」은 랭보의 "A 黑, E 白, I 赤, U 綠, O 靑: 母音이여"로 시작되는 랭보의 「모음」에 대한 '차이 있는 반복'이다. 박상배가 경험한 언어학적 인식에서 문학적 형상화로의 확산 과정은 「文法」에서 "문법이 곧 詩란 말야/ 드레슬러氏는 말한 적이 있다/ 역겹게 생각하던 의지의 끝에서/ 역겨움은 어느덧 詩로 변했다/ 바람이 몹시 부는 날이었다"라고 기록된다.

「꽃」은 "꽃에 대한 설명/ 꽃은 다름아닌 곧 식물의 생식기"라는 "노 이형기 시인님의 멋들어진 시문학 강연"을 언급한다. 우선 박상배는 "그럼 꽃이 꽃인 꽃은 어느 곳에서/ 꽃자리를 하고 서 있단 말이냐"라고 반박한다. '꽃'이 '생식기'라는 이형기 시인의 은유적 설명은 현실세계를 설명하는 언어적 추상화일 따름이며 현실세계를 무화해버린다는 지적이다. 그런데 뒤이어서 박상배는 "현상은 정작 멀리 가고/ 현상의 꿈만이 현상으로 의식에 고여 있다는 걸" 깨닫는다. "꽃의 생식기의 꽃의 생식기의 꽃의/ 그 파도가 바로 시가 아니겠느냐고// 주먹을 내두르며 열변을 토하시던/ 노 선배님의 육십 분 강연에서// 처음으로 그걸 대오각성 깨달았다"고 고백한다. '꽃의 생식기'라는 현실의 꽃이 '꽃의 생식기'라는 언어의 꽃으로 정의되면서 이형기 시인의 멋들어진 시문학 강연은 시작된다. 현실의 꽃이라는 '현상'보다 언어의 꽃이라는 '현상의 꿈'이 시의 기본이 된다는 사실을 '대오각성'했다는 고백이다. 물론 "노 선배님의 시관은 나하곤/ 좀 같기도 하고 또 따지고 보면/ 워낙 다르기도 하지마는"이라고 토를 달고 있다. 박상배는 그런 시의 기본이 되는 낭만적 자세, 즉 꿈의 '파도'를 전면 부인하지는 않지만, 그런 근대적 세계관의 극복이 자신의 시작업의 목표가 된다는 점을 확인한다. 이런 한국문학사적 인식은 「바다 有無」에서 "金春洙의 詩와/ 金洙暎의 詩가/ 東南에서 西北에서 삿대질하며/ 서로서로 욕질을 한다 싸운다"는 참여/순수 논쟁의 문제점을 지적하며 "바다가 있는 詩와/ 바다가 없는 詩가/ 서로서로 다리를 놓고 의좋게 왔다갔다 하기를/ 바라는 마음에서// 오늘 詩를 한 개 쓴다/ 바다가 있고없고없고있고 하는 詩를/ 딱 마음 놓고 쓴다"고 근대적 세계관의 극복이 전제돼야 한다고 주장하게 한다.

'탁월한 세계인식'의 언어적 국면에서는 한국문학의 문제해결 방향이 뚜렷하게 제시됐지만, "시와 삶을 한꺼번에 다시 거머쥐"는 과정은 지난

하지 않을 수 없다. 「너랑나랑」의 "나는/ 비어 있다// 비어 있는/ 나/ 안으로// 들어온다/ 너는.// 너는/ 비어 있다// 비어 있는/ 너/ 안으로// 들어간다/ 나는.// 우리는/ 이제/ 그렇다// 비어 있지/ 않다/ 살고 있다"(전문)를 「안팎 · 3」의 "너는/ 가득하다// 너는/ 너의 밖으로 나와/ 나의/ 안에서// 기지개를/ 켠다// 나는/ 가득하다// 나는/ 나의 밖으로 나와/ 너의/ 안에서// 기지개를/ 켠다// 우린/ 그렇다// 이젠/ 가득가득하다// 넘치도록/ 살고 있다"(전문)의 논리 전개와 대비하면, 박상배가 근대적 세계관을 비판하면서 근대적 세계관의 이분법적 논리 구조를 답습하는 점을 지적하지 않을 수 없다. 요컨대, 박상배 시인의 핵심 과업은 시를 통해서 삶의 세계로 '내려가는 길'에 있었다. 「物神」에서 시인은 '내려가는 길'의 위험을 자각한다. "당신은/ 너무 몰라/ 사물의 속사정을 너무 몰라/ 큰일이야 참 큰일이야// 사물의 옷자락을 매만지며/ 깊은 불이 튕겨 올라/ 사르락 사르락/ 깊은 불이 튕겨 올라/ 너무 모르는 당신을/ 태우고 태우고/ 도망갈 거야/ 큰일이야 큰일이야// 당신 아닌/ 당신"(전문). 이제 시인은 자신의 언어적 위치에서 '사물'의 삶 속으로 내려가야 한다. 그것은 언어적 '나'아닌 또 다른 '나,' 즉 "당신 아닌/당신"을 창조하는 아주 위험한 작업이 아닐 수 없다. 왜냐하면 아직 "사물의 속사정을 너무" 모르기 때문이다. 하지만 시인은 「避身」에서 피할 수 없는 과업임을 인식하고 다짐한다. "우산이 없다 언어의 비가 엉망으로 쏟아지면 피할 데가 없다 더러는 일상의 언어 더러는 무속의 언어가 구정물이 되어 쏟아지면 우산이 없다 피할 데가 없어 끝내 관념의 옷자락 속에 숨는다 열 개의 유방이 돋아 있는 그 닫힌 사회 속에서 못된 시를 마구 설사한다"(전문). 시 작업의 결과가 비록 '못된 시'의 설사라 할지라도, 박상배가 직면한 한국문학사의 과업이다. 그래서 박상배는 다음과 같이 과감하게 조용필을 노래하며 후학들에게 중요한 시범을 보인다.

좋아좋아좋아 조용필은 조용히 텔레비전 밖으로 걸어나와 성난 사물과 자연을 풀피리 불 듯 노래하고, 꽹과리치며 춤추고 장구잽이도 되고, 신명난 김

에 에에라 MBC 방송국 안테나도 통키타 치듯 두들겨 우리의 관중을 관중 이
상으로 괴물로 만든 다음 싫어싫어싫어 조용필은 조용히 텔레비전 안으로 되
돌아가서 피르륵 사라진다

—「안팎.11」(전문)

≪시와 사상≫의 특집을 위해 박상배 시인의 대표작 10편을 선정하도
록 부탁받았는데, "병자년 초입에 빙그르르/ 뇌에서 물결치는 소리/ 길을
걸어도 좌우로/ 기우뚱 휘둥댄다"(「近業抄·1」)는 사정을 알면서도, 아니
알기 때문에, 시인께서 직접 선정해주시도록 김종미 편집장께 어려운 부
탁을 했다. 시인은 제1시집인 『모자 속의 詩들』에서 4편, 제3시집인 『시
와 하늘』(2001년)에서 6편을 선정하셨고, 제2시집인 『잠언집』은 제외됐
다. '왜 그러셨을까'하는 아주 중요한 질문을 받았다는 망외의 소득이 있
었다. 『잠언집』은 다음과 같은 「잠언집·1」로 시작된다.

적을 많이 만들자 겁을 겁을 집어 먹고 주춤거리지 말자 방아쇠 하날 만들
자 하나만 말고 둘 셋 일곱 열 스물로 자꾸만 뻗어 나가자 숲이 커 나가듯 적을
키우자 그럴수록 겁 많은 자는 스스로 죽지 않기 위해 뒤로 물러서지 않고 그
만큼 그만큼 응고된 안에서 나와 밖으로 밖으로 명쾌히 나서는 법이다 적을
많이 만들자 사랑을 키우듯…… (전문)

적과 아군의 이분법이 뚜렷하게 드러난다. 조용필은 "우리의 관중을 관중
이상으로 괴물로" 만드는 예술적 감동을 제공하면서 텔레비전과 시청자
의 이분법을 극복하게 만들었다. "좋아좋아좋아"라고 외치는 소리, "싫어
싫어싫어"라고 외치는 소리와 더불어 박상배는 잘된 '못된 시'를 만들어
낸다. 그런데 '잠언'을 말하면서 이분법의 '적'이 생긴다. 왜 그렇게 됐을
까. 하나의 이유는 아마도 「앞, 앞으로만」에서 겪은 "아버지를 끝내 묻고
왔다"는 경험 때문일 것이다. 아버지의 죽음 뒤에 자식은 "앞으로 앞으로
만 냅다 달렸다 그 길이 무례한 역사의 길임을 뒤늦게야 깨닫고서"라는
인식을 만나지 않을 수 없기 때문이다. 더 큰 이유는 한국문학의 문제해결

방안으로 '행동자'(agent)를 선택했기 때문이다. 대부분의 정통(?) 맑스주의자들이 해체론을 비판하는 논리이기도 하다. 서구 형이상학의 체계 속에서 그 체계를 비판한다는 것, 이창동의 영화인『오아시스』의 마지막 장면처럼 나무가지 위에 앉아 나무가지를 자르는 비판적 작업은 정치적 허무주의의 표현일 뿐이라는 주장이다. 정치적인 입장을 선택해야 하는 '행동자'의 입장에서 체제 속에서 체제를 비판한다는 입장은 회색분자의 논리일 뿐이다. 현실정치적인 입장에서는 적 아니면 아군일 뿐이기 때문이다. 과연 그럴까.

박상배 시인은 제3시집인『시와 하늘』에서 '행동자'의 문제를 멋들어지게 극복한다.「S 타령」을 읽어보자.

> S와 함께 앉아 있었던 벤치에 오늘 호올로 앉아 없는 S를 포옹한다
> S는 이제 T에게로 마음은 물론 몸마저 기울어 곁을 떠난 지도 오오래이다
>
> T는 그러나 M과 어젯밤 꽤 이슥하도록 데이트를 즐기고 되돌아와
> 지금 늦잠을 자고 있다 꿈속에서 S에게 너만을 사랑한다고 마냥 속삭인다
> M은 그런데 내일 오후 P와 성북구 변두리에 함께 살 셋방을 구하러 다녀야
> 한다
> P는 그러나 모레 저녁 K와 식사를 하고 영화를 보기로 약속되어 있다
> K는 J와 보름 후 부모님들과 친지들의 축복을 받으며 약혼한다
> J는 일 년 전 을지로 입구에서 우연히 S를 만나 여관에 간 적이 있다
> S와 함께 앉아 있었던 벤치에 오늘 호올로 앉아 나는 S를 포옹한다 (전문)

'나'는 '나'에게 충실하지 않다고 S를 비난하지 않는다. 그대신 떠나버린 S를 그리워한다. S, T, M, P, K, J는 '나'와 다를 바 없는 평범한 우리의 일상적 자아의 모습이다.『강원도의 힘』,『질투는 나의 힘』등 최근 젊은 감독들이 만들어내는 우리 한국영화의 성과와도 만나는 지점이다. 요컨대, '행동자'라는 개념이 전제하는 주체의 의지란 무의미한 가정이다. 자크 데리다의 말처럼, 언어가 주체의 기능(function)이 아니라 주체가 언어의

기능이기 때문이다. '나'의 경우에도 사정은 다르지 않다. 다음과 같이 「품바」의 일부만 읽어보자.

　　고향 본적 출생지가 없다 본인은 1940년 1월 22일 경남 고성군 고성읍 죽계리 576번지에서 태어났다 아니다 그건 틀렸다 읍내의 군청에 허위 신고되어 기입된 한낱 사문서일 뿐이다 본인은 1939년 일본 북구슈 어느 탄광철광촌에서 태어났다 아니다 그건 틀렸다 시집의 저자 소개란에 앵무새 소리처럼 적당히 담아놓은 허례허식일 뿐이다 본인의 본적은 분명코 부산시 중구 동광동 5가 16번지이다 아니다 그건 틀렸다 구청 호적계에서 편리상 얹히어 있는 아버지와 어느 공무원의 한판 담합일 뿐이다 본적은 법적으로 적당히 고칠 수 있었기 때문이다 출생지도 법적으로 마냥 고칠 수 있고 고향도 집의 대문짝을 와락 떼어내어 새로 달 수 있듯 화안하게 새로 단장해 놓을 수 있었기 때문이다 아아 본인은 출생지 본적 고향이 없다 그래서 품바품바 하며 내내 구름처럼 떠도는 몸이렸다

독자여, 자신의 주체가 언어의 기능이 되어가는 걸 기뻐하며 춤추는 박상배 시인의 모습을 같이 기뻐하자. 이렇게 '행동자'의 생경한 주장을 포월하는 관점에서 "올 듯하면서도 정작 오지는 않고 온 듯한데도 정착 온 것/같지도 않고 오는가 했더니 정작 가버린 몸아 흐름아"(「戲詩·17」)의 몸 철학과 "서울로 이사를 했다 서울은 서울이되 서울이 아직 아닌 등촌 뒷골목 한강에 등에 댄 채 우리의 집은 숨어 있다"(「등촌부르스」)의 집이 숨어 있는 사정을 이해할 수 있다. 바로 이곳이 박상배 시인이 후배에게 보여주는 순수/참여 논쟁을 극복한 지점이 아닐까 한다.

　하나만 더 이야기 하자. 박상배 시인이 다시 힘을 내시어서 "남은 세월에 막판 스퍼트"를 내시도록 "하늘이여, 시여……"하고 우리 같이 기도해야 하는 정말로 중요한 이유를 하나만 더 들자. 「소설 타령─戲詩·28」은 "어린아이와 부엌 사이에 소설이 있다/ 어린아이가 부엌으로 가려면 소설을 밟고 가거나/ 팔짝 뛰어 소설을 넘거나/ 아무튼 무슨 관계를 맺어야 한다"로 시작된다. 그리고 "부엌은 밟는 발도 아예 없거니와/발이 설령 있다

하더라도 밟거나/ 팔짝 뛸 수 없는 처지이기 때문에/ 소설은 완전 방해지물이 된다/ 소설은 그냥 소설로 있는데도……// 읽지도 않는 소설 때문에/ 부엌과 어린아이 사이에 균열이 진다"로 끝난다. 아무리 '행동자'의 존재 주장을 비판하더라도, 아무리 주체가 언어의 기능일 따름이라는 해체론적 주장에 동조를 하더라도, 타자의 존재를 지워버릴 수는 없다. '읽지도 않는,' 원하지도 않는 '적'의 존재 때문에 생긴 '균열'은 어떻게 해결할 것인가. 브-상배 시인은 아름다운 시, 「어느 수녀의 빵」에서 겸손(humility)을 제시한다. 읽고 또 읽으며, 이런 겸손의 시학이 더욱 풍성하게 전개되기를 어딘가에게 '수녀'와 함께 빈다.

밑라 굳은 빵을 버리려다가 문득 한 추억을 떠올리며 바싹바싹 씹어 넘긴다 이 빵을 안 먹으면 그 대신 다른 빵 하나를 먹어야 하니 그럴 때 빵 한 개 때문에 인생을 망친 장발장이 생각난다 내가 안 먹고 버리면, 그래서 다른 빵 하나를 축내면 아프리카의 어느 한 아이가 한 개 빵을 굶는다 또또 생각나는 게 있다 바로 그것이다 언젠가 오스트리아의 어느 수녀원을 방문했을 때다 청순한 오십 고개의 한 수녀가 정원의 청소를 막 끝내고 내 곁 벤치에 앉아 메마른 빵을 기도와 함께 먹고 있다 딱딱히 굳어 있는 그것을 겨우 쪼개어……. 그래, 그것이다 바로 그것이다 내가 시방 굳은 빵 하나를 버리지 않고 타자의 한 개의 배고픔을 홀연히 깨닫게 된 것은

8.
내려가는 길과 올라가는 길:
박상배『잠언집』과 이윤택『밥의 사랑』

1. 승리나 기쁨, 패배나 슬픔

문학 작품에서는 왜 패배나 슬픔이 강조되는가. 이런 질문 뒤에는 삶에 대한 위안을 갈구하는 태도가 있다. 승리나 기쁨, 더 나아가서 유쾌한 해방감을 왜 쉽게 찾을 수 없는가. 일간신문을 화려하게 장식하는 정치계나 경제계의 소식을, 그런 멋진 성공의 장면을 문학 작품에서 만날 수 없다는 불만이다. 승리와 기쁨에 차 있는 성공의 인물, 이 지저분한 일상의 현실적 속박을 유쾌하게 벗어나 해방감을 안겨 주는 그런 인물을 정말로 만난적이 있는지, 그런 인물이 정말로 존재하는지 질문할 수 있다. 이런 모질지만 피할 수 없는 질문이 성공과 기쁨에 대한 문학적 양식이다. 또한 이런 승리나 기쁨, 패배나 슬픔은 독자의 일방적인 판단일지도 모른다. 문학적 관습과 전통이 흔들리는 현대의 문학 작품 속에서 작가의 일방적인 글쓰기와 독자의 다소곳한 글읽기를 상정하는 것은 더 이상 불가능하기 때문이다. 더군다나 승리와 패배, 기쁨과 슬픔의 구분이 명확하지 않은 것이 바로 이 시대, 현대의 정신적 상황이 아니던가.

누군들 승리나 기쁨이 좋지 않으랴. 그런 순간을 위해 홀로 또는 같이 도시 속에서 일상이라고 부르는 현상을 분주하게 겪어 나가는 것이리라. 승리나 기쁨의 쟁취를 위한 투쟁 앞에 바로 그 승리나 기쁨이란 무엇인가라는 질문이 놓인다. 여기서 승리와 기쁨이란 일상적 현실에 대한 자아의 성공을 말하는 것인 바, 성공의 의미를 탐색하는 것이 그런 성공을 위한 거대한 행동 계획을 시작하는 것보다 더 중요하다는 시대 인식이 있을 수 있다. 이런 더 중요하다고 여겨지는 의미의 탐색에 현대 문학을 포함한 현대 문화의 기반이 놓여 있다. 문화적 전통이나 문학적 관습이 확고한 경우, 이런 의미 탐색은 불필요하여 전통이나 관습의 세련된 표현에 관심을 기울이게 되지만, 불행히도 우리가 살고 있는 당대의 상황은 그렇게 한가하지 않다. 시 장르 속에 내재하여 있는 전통과 관습을 무시할 수는 없겠지만, 정직한 눈을 가진 현대 시인은 의미의 탐색을 하지 않을 수 없다. 박상배와 이윤택은 바로 이런 질문을 하는 현대 시인이다.

이들의 시는 승리나 기쁨, 패배나 슬픔의 의미가 무엇인지 모르겠다고 정직하게 질문한다. 문학적 전통을 체계적으로 연구하는 대학 교수인 박상배와 이윤택의 시를 읽는 즐거움은 그들의 정직한 의미 탐색 과정을 쫓아가면서 더불어 배우는 데에 있다. 지금/여기는 작가의 일방적 글쓰기를 다소곳이 받아들일 수 없는 다소 어려운 상황이지만, 반면에 독자가 자신의 글읽기를 통해 훨씬 더 적극적으로 작가의 글쓰기에 참여할 수 있는 좋은 기회이기도 한 것이다. 더군다나 이런 현대적 상황을 체험하게 하는 이 시인들의 시는 고고한 독백이 아니라 친밀한 대화의 손짓이다. 문화적 작업이 자신의 삶의 중심이라고 굳게 믿고 있는 두 시인이 성취하고자 하는 현대시의 세계를 위에다 놓고, 그런 문화적 작업이 이루어지는 일상적 현실을 아래에다 놓는다면, 박상배의 『잠언집』은 내려가는 길이고 이윤택의 『밭의 사랑』은 올라가는 길이 아닐까 하는 생각으로 이 두 시집을 읽는다.

2. 박상배의 내려가는 길

시는 쓰는 것이 아니라, 어느 정도까지는 쓰이는 것이다. 1967년 등단 이후 오랫동안 침묵하다 어느 날 느닷없이 다시 쓸 수 있게 된, 그래서 본격적으로 시인이 된 박상배의 경우, 신(神)의 존재를, 특히 시를 쓸 수 있게 하는 시신(詩神)의 존재를 상정/인정하지 않을 수 없었을 것이다. 모자 속에서 느닷없이 비둘기를 꺼내는 마술사가 된 것처럼, 시가 써진 것이다. 첫 시집 『모자 속의 詩들』은 그런 감격어린 45세 <부활>의 기록이며, 『하늘과 바람과 별과 시』를 쓴 윤동주의 「서시」를 기억하여 「마흔다섯 개의 별과 하늘과 바람」을 쓴다. 재능이 없는 시인의 최대 목표는 제대로 된 시를 써 보는 것이겠지만, 자신의 세계를 구축하고 있는 시인의 경우는 최초의 환희, 즉 창조의 세계에 참여하고 있다는, 아니 참여하도록 선택되었다는 자신의 운명에 대한 감사와 희열이 있고 난 뒤에도 자신이 여전히 지저분한 일상 속에 머무르고 있다는 사실을 발견하게 되며, 따라서 이런 현실을 시의 세계 속에서 어떻게 대처할 것인가가 최대의 문제가 된다. 이것이 개략적으로 본 박상배 시인의 모습인 바, 『모자 속의 詩들』에서 이번에 발간된 『잠언집』에 이르는 변화를 '내려가는 길'이라고 부를 수 있을 것이다.

시의 힘을 믿고 일상적 현실 속으로 내려가는/내려가야 하는 박상배 시인의 위험한 발자취는 어떤 경로를 따라가는가. "글을 계속 써야 할 텐데/살아야 할 텐데"(「안팎·7」)의 절박감을 벗어나면서, 시인은 그런 감격이 사회적이고 경제적이며 정치적인 현실 문제를 해결해 주지 않는다는 사실을 발견한다. 예를 들면 "하늘님의 집"(「잠언집·4」)을 잘 알고 있음에도 시인은 분당 아파트 추첨에서 떨어져서 집이 없다. 그럼에도 불구하고 시인은 자신과 자신의 동료 시인들에게 시의 힘, 커가는 "사랑"(「잠언집·1」)의 힘을 믿고 당당하게 현실과 맞서라는 주문을 한다. 잠언은 시대를 우화로 이야기하는 결론 부분이다. 이 시대에 절실하게 요구되는 도덕률은 박상배에 의하면 "적을 많이 만들자"는 것인데, 얼핏 상식에 어긋나

보인다. 그런데 "사랑을 키우듯"이란 표현이 바로 뒤를 잇는다. 따라서 적대 관계의 적이 아니다. "사랑"으로 만드는 적은 적이 아니다. 이는 넘쳐나는 사랑의 역설적 표현이다. 사랑이 너무 깊어져 생긴 미워하는 모습이 『잠언집』의 표정이다. 여자 전부를 적으로 묘사하는 「잠언집 · 2」에서도 "방아쇠"에서 나오는 "절반이 아닌 전부를 공략"하는 치명적인 탄환은 "사랑과 미움"이다. 이런 전투의 주관적인 양상은 「잠언집 · 3」의 "이단 옆차기"로 정리된다. "사랑과 미움"이란 관심을 가진 사람인 "너의 적"이 "너를 칭찬하면" 그저 즐거워할 일이 아니라는 경고다. 기쁠수록 겸손하게, 칭찬한다고 날뛰지 말고 그 "칭찬의 후면"을, 즉 들뜰지 모를 너 자신을 "이단 옆차기"로 "박살내는" 것이, 즉 철저하게 반성하는 것이 "곧 나의 예술 우리의 예술"인 것이다. 칭찬의 주체인 "적"을 "박살"내라는 것이 아니라, 칭찬의 대상인 "너," 독자 그리고 나, 그러니까 우리를 "박살"내라, 즉 "숙고하라 거듭 태어나라"는 주문이며, 따라서 이 시대의 현실을 살면서 문학적 작업을 하는 자들에게 필요한 "잠언"이 된다.

『잠언집』의 시론은 아래에 인용된 「잠언집 · 24」다.

> 정리하면 안 된다 불리하다 가만히 내버려둬야 한다 그래야 그 분은 가던 걸음을 잠깐 멈추고 뒤돌아본다 너의 절망의 얼굴에 묻은 밤안개가 어디로 흐르고 있는지, 그 분은 정작 몸을 돌리고선 빠알간 눈으로 헤아려 볼 것이다 정리하면 못쓴다 그대로 가고 또 오도록 너는 균형만 취하고 있으면 된다 그러면 그 분은 이제 파아란 몸으로 너의 입술과 꽃술에 파도되어 오며 너는 종래 아련히 흔들리기 시작할 것이다 어둠 속에서 어둠을 파먹으며 어둠의 빛을 만들 것이다 정리하면 그것으로 그만이다 엉망이 된다 그냥 그대로 살아 있으면 된다 혼돈으로

"그 분"은 첫 시집 『모자 속의 詩들』의 "하늘님," "신(神)"이다. "그 분"은 박상배를 시인으로 만든 다음, "혼돈"의 현실 속에 내버려 두고 간다. 그렇다고 섣불리 상황을 "정리하면 안 된다." 그러면 정말로 "엉망"이 될

것이다. 어떻게 할 것인가. 불리하면 "가만히 내버려둬야 한다." "그냥 그대로 살아 있으면 된다." "혼돈"의 일상과 현실을 받아들여야 한다. 그러면 "그 분은 가던 걸음을 잠깐 멈추고 뒤돌아"볼지도 모르며, 이런 경우, 즉 시신(詩神)의 도움을 받은 경우, 시인은 "정리"되지 않은 "혼돈" 속에 "그냥 그대로 살"면서 진흙 속에서 피워내는 연꽃처럼 "어둠의 빛" 같은 시를 한 편 만들 수 있다.

『잠언집』의 서문(序文)인 「모자, 그 이후」에서도 "모자 속의 시들은/모두 다 팔아먹었다/이젠 남은 건/모자 밖에 팽개쳐 두었던/몇몇 쓸모없는 시들"이라고 이 시집의 성격을 규정짓고 있다. "정리"되어 "모자 속"에 있던 시들이 이젠 남아 있지 않으며, 대부분 일상적 현실의 "혼돈" 속에서 멋대로 자라도록 "가만히 내버려"두었던 "잡초들"이라는 것이다. 박상배의 『잠언집』은 민중시, 연애시, 해체시, 정치시, 사회시, 노동시, 농촌시, "이 모두를 동시에 해나"(「풀잎頌·2」)가려는 "잡초"시다. 아니, 어쩌면 "이단 옆차기"를 넘어서는 "제3단 뒷차기"(「풀잎頌·13」) 같은, "횡설수설"이 "메타논리로 우뚝 기립하게 되"는 "잡언"시인지도 모른다. "잡언"이라고 불러야 진정한 "잡언"이 되는 "잡언," 일상적 현실 속에서 빛나는 "잡언"이다. 「잡언집·13」에서 발견되는 문단적 상황의 감동적인 묘사도 이런 "잡언"의 경지에 다다른 "잡언"의 모습이다. "춤을 잘 추는 사람이 시도 역시 잘 쓴다"는 "김수경(주 : 이상호의 현지처)"의 잡언을 들은 시인은 "장정일의 기막힌 몸놀림"에서 그 말을 확인한다. 1960년 한국일보 신춘문예 이후 30여 년 만에 당도한 박상배(주 : 시인)의 "잡언"은 "춤의 진원지"가 "육체"도 아니요 "정신"도 아니요 "바로 심장이다"라는 것이다. "그날 막판에 박서원과 블루스를 추고" 나서도 "심장"을 체험하지는 못 하고, 시인은 "홀로" "얌전히 집으로 돌아"온다. 그런데 "뒤늦게야 심장이 뛰고 덩달아 시가 뛰었다." 심장과 더불어 뛰는 시는 "잡언"이 아니다. 이건 살아 숨쉬는 "잡언"인 잡언이다. 박상배가 『잠언집』에서 추구하는 시를 "잡초시" 또는 "잡언시"라고 부를 수 있을 것이다.

예를 들어 「어떠리」는 전형적인 "잡초시"이며 "잡언시"다. "전철 속에 붙어 있는 표어 '우리는 젊었거니 서서 간들 어떠리'를 읽고 단숨에 쓴" 시다. "우리는 늙었거니/서서 간들/어떠리/곧 누워/편히 쉴 우리기에/한창 일하는 젊은이들이/앉아 간들/어떠리." 이런 잡초 같은 잡언을 쓰는 박상배의 한국적 삶이 얼마나 고달플 것인지 짐작되지 않는가. 그저 그렇겠지, 치부해 버리는 전철 속의 한국적 표어 하나에도 합리적 사고에 익숙한 시인은 쉽게 적응할 수 없다. 서서 가야 하는 자를 무슨 근거로 구별하고, 또 그렇게 강요할 수 있는가. 서구 합리주의로는 설명 불가능한 주장일 따름이다. 박상배의 잡초시/잡언시는 이렇게 당연한 듯 여겨지고 있는 우리의 일상을 얼핏 뒤집어 보여 주는 위트가 그 특징이다. 그렇다고 그가 일상적 현실을 떠나 있다는 말은 아니다. 차라리 일상과 너무 밀착되어 있는 느낌이다. MBC 텔레비전 방송에 영 나오지 않는 가수 나미의 "방울소리" 같던 유행가를 그리워하는 「널 그리며」를 보라. 이렇게 박상배의 위트는 친근하게 빛난다. 아니, 나뭇가지에 팁으로 돈을 듬뿍 꽂아 두는 습속이 아버지를 "영영" 보내 버리려는 "무례한 역사의 길"(「앞, 앞으로만」)임을 깨달을 때, 박상배의 위트는 또한 잔인하게 빛난다. 스승을 이어받는 제자의 "이단 옆차기"(「잡언집 · 3」)는 친근한 것 같지만 잔인하다.

박상배의 잡언은 전통의 한계를 벗어나 있다. 전통적 잡언이 제공하던 촌철살인의 날카로움은 시대의 변화와 함께 사라져 버리므로 "책은 읽되 모름지기 미련없이 버려야 한다 다 읽고 다 던져 내버려야 한다"(「잡언집 · 8」). 그저 "비움의 알알함"으로 "오늘 뒷산을 몇 번 쳐다" 보아야 한다는 것이, 책 속에 죽어 있는 말을 대신 하는, 살아서 삶에 관여하는 현대적 잡언이다. 간결명료함을 생명으로 하는 잡언을 지탱하기 위해 인공적 우화의 세계가 구축되어야 한다. 그러나 "몬도가네의 일상"(「잡언집 · 9」)은 그런 추상적 세계를 거부한다. 그러므로 "어제의 석학" 헤겔도 "오늘" 이 자리에서는 무능할 뿐이다. "역사"는 더 이상 "그의 말을 믿"지 않고, "그를 전혀 무시한다." 이 "혼돈"의 모습을 직시하는 정직성, 이런 정직성 때문에 박상배의 잠언은 "죄없는 책상을 꽝꽝 때리"는 살아 숨 쉬는 현대적 잠언이 된다.

잠언은 우화의 결론적 요약이기 때문에 간결하다. 거두절미, 설명을 생략하고 독자에게 직접 다가간다. 신화보다 더 단순한 구조인 우화에 기반을 두는 잠언 형식을 가지고 이 복잡다단한 일상적 현실에서 비롯된 감정을 취급해야 하기 때문에 어쩔 수 없이 모호한 중간 입장을 선택하는 경우가 많게 된다. 「잠언집 · 5」의 "발톱만 뽑아버리"는 것으로 "악"의 문제를 해결할 수 있다는 주장이나, 「잠언집 · 15」에서 번역과 여자는 충실함과 아름다움을 겸비하면 된다는 기계적 대비나, 「잠언집 · 18」의 "진실은 금보다 무겁다"는 잠언에 대한 공격 등은 다소 가볍다. 또한 「신나는구나」에서 "맑스의 아이들"과 "코카콜라의 아이들"이 어울리는 대학 축제의 모습이 신화적 구조를 배경으로 갖는 알레고리로 발전하지 못하고 "거, 참 신난다"는 간단한 감상으로 끝나는 것도 잠언의 단순 구조에서 기인하는 것이 아닐까. "우리의 숨겨놓은 신화"(「신월동 그 사람」)가 "파괴"되었는지, "퇴색"되었는지 "재생"되었는지, 우리로서는 알 수가 없다.

산문이 언어의 상식에 순응한다면, 시는 그 상식에 어긋나는 감정의 세계를 다룬다. 어긋남에도 두 가지가 있다. 잠시 어긋나 보이지만, 그 기본 구조에 아무 문제없는 일시적 상태일 경우가 그 하나이고, 별 문제 없는 것처럼 보이지만 실상 기본 골격이 고칠 수 없게 뒤틀려 있는 혁명적 변화의 양상일 수도 있다. 웃음/울음의 경계가 상식적으로 판단하기에 다소 모호할 수 있다. 「울웃음/웃울음」처럼 웃는 뒤 끝에 울음이 오거나, 울다가 배시시 웃는 유별난 경우도 있는 것이고, 「이중주」의 경우처럼, 웃을 수도 울 수도 없는 난처한 경우도 있다. 이런 경우 아무리 웃음과 울음의 경계가 모호해지도록 웃음/울음/웃음/울음/웃음의 변화가 급변하더라도, 웃음과 울음의 경계를 이루고 있는 기본 구조에 문제를 제기하는 것은 아니다. 지금까지 상식적으로 웃어야 했던 경우에 이제부터는 울어야 한다든가 아니면 현대적 일상 속에서 울어야 했던 경우에 알고 보니 웃어야 한다는 혁명적 변화가 있었다는 것은 아니다. 웃으면서도 울음을 잊지 말고, 울면서도 웃음을 잊지는 말자. 그렇게 정직하게 반성하면서 살자는 잠언인 것이다.

3. 이윤택의 올라가는 길

이윤택의 시세계는 일상적 현실의 「뻘밭」에서 시작된다. "깽판"의 시론이다. "뻔뻔"스러운 사람들이 "개처럼" 싸우는, "게임의 규칙"이 무너진 일상적 현실 속에는 아무런 위안도 없다. "하나님은 발이 없"고, "이 세상과 우리 사이 발이 있다"(「춤꾼 이야기」). 따라서 "슬픈 노래"가 세상에 가득 차 있어도, "하나님"을 찾을 수 없다. 그것을 무엇이라 이름 하든 현실을 넘어서는 존재, 예를 들자면 "하나님"이 시인에게 없다면, 현실에 대립되는 또 하나의 세계관을 전제로 하는 상징이나 알레고리의 사용은 불가능하다. 이 험악한 현실을 제대로 보고 있는 시인도 "뻘밭" 속의 "뻔뻔"한 사람들처럼 무작정 살아갈 수밖에 없다. 삶에 대한 합리적 접근이 불가능해진다. 그저 잔인한 현실을 잔인하게 드러낼 수 있을 뿐이다. "일단, 오징어는 맛나게/잘 섞은 誤入詩 날리며 날리며/화투짝 신나게/神도 죽음도/땡 잡는 황홀함 알 턱 없다"(「친구의 屍身 옆에서 불 밝히고」). 기막힌 한국의 현실이 아무런 완화책도 없이 직접 제시되는 충격이 이윤백의 특징이다.

노골적인 현실 묘사가 즉흥적 감정 토로가 아니라, 진지한 논리적 작업을 기반으로 하고 있다는 점을 드러내기 위해 이윤택은 「나의 시론」이란 산문적 작업을 병행하여 온다. "네 번째 시집 『밥의 사랑』을 내면서 이제 시쓰기를 포기하든지 다시 시와 새로운 관계에 돌입하든지 결정을 내려야 한다는 생각을 했다. 더 이상 시에 빌붙어 살지 않으리라. 시는 결코 삶의 변명이 될 수 없다"(『현대시학』, 1994년 9월호)라는 시인 자신의 모색에서 드러나는 것처럼, 이번 『밥의 사랑』은 이윤택의 시세계에서 중요한 전환점이다. "세상이 내게 생트집을 부린다/다시 밖으로 나가고 싶지만/신열 때문에 세상을 제대로 읽어낼지 의문이다"(「現實에게」).

> 그러나, 우리 이제 거리가 필요하다
> 필사적으로 너로부터 나를 떼어내면서
> 다시 너를 보고 싶다

글쓰기에 대한 반성을 동반하는 위와 같은 고백과 "눈병이 들면서/세상이 탈이 난 게 아니라/모든 게 내 눈탓이려니 생각하니까 문득/거리가 생긴다"(「거리의 詩學」)는 관찰은 "깽판"의 시론이 "거리(距離)"의 시론으로 변하게 한다. 즉, 일상적 현실 속에 매몰되어 있던 시인의 시선에 시의 세계를 구축하는 방법론이 접목되었다는 사실을 드러낸다. 『잠언집』이 박상배가 시의 세계에서 일상적 현실로 '내려가는 길'을 보여 준다면, 『밥의 사랑』은 이윤택의 '올라가는 길'을 보여 준다고 말할 수 있을 것이다.

　'의식적'으로 붙들고 '올라가는 길'은 두 가지다. 하나는 서울, 부산, 수원에 "세 채의 집을 가지고"(「존재의 집-짜라시편 · 6」) 있는 시인이 진정으로 추구하는 "존재의 집"은 다음과 같이 제1차 세계대전 이후의 전통파괴자, 다다이즘의 시인, 짜라의 정신이다.

> 나는 울안에 갇히지 않으려고
> 필사적으로 집을 버리면서
> 한 채의 집을 그리워하기 시작했다
> 백발성성한 광인의 집
> 그리움에 미쳐 누이를 부르고 피아노를 두들기던
> 짜라의 집

다른 하나는 어린 시절의 "휘파람" 같은 「맑은 흡에 대한 기억」 등 「기억 시편」들이다. 돌아가신 아버지에게 곡을 하다가 보니, "아버지가 아니다"(「언어의 활법-기억에 대하여」). "식은 몸이다." 그래서 "아버지는 어디로 갔나" 찾는다. 그러다가 "아버지의 일기"를 보고, "舊韓末 언문체 그 낡은 기억의 코드 속에/아버지는 여전히 건재하시다"는 사실을 발견한다. "놀랍게도!" 문체는 이렇게 발견된 아버지의 기억, 즉 아버지의 일기가 놀라울 뿐만 아니라, 슬프기도 하다는 것이다. 아버지의 기억은 아버지를 상실한 슬픔에 대한 위안일 뿐이다. 「짜라시편」의 경우도 사정은 마찬가지여서, 세상에서 "발을 빼고 싶"으면서도, "왜 세상은 튼튼하게 날 물어주지 않는"지(「험한 삐걱이는 세상 다리가 되어-짜라시편·2」) "회의"하고 "흔들리"는 시인에게 짜라는 실질적인 도움이 되지 못한다.

이윤택이 이룩한 성과는 '무의식적'으로 '올라가는 길'에서 발견된다. '의식적' 노력의 결과인 「思鬪-談論을 위한 長詩」가 "모든 색상을 압도하는 강렬한 백색"같은 "그런 和解를 꿈꾸"다 실패한 씁쓸한 기록이라면, 거의 같은 시기에 쓰인 제4부 "서울의 봄 1994"의 「봄소풍·1-움직이는 세계의 느낌」은 절창이다. 이윤택의 "봄소풍"을 가는 "아이들"은 유년의 "기억"이나 "철 지난 역사"나 짜라의 "학문"을 가볍게 넘어서는 시의 세계 속에 살아 있다. "움직이는 세계의 느낌"이 가볍게 "민들레 풀씨처럼" 포착되어 있다.

『밥의 사랑』의 표제시도 같은 성과를 보여 준다. 예를 들면 다음과 같은 구절은 살아 있다.

> 언제 훌쩍 새벽길이 될지 모를 남자에게
> 아침밥을 먹이려고
> 잠이 덜 깬 얼굴로 몇 번 이부자리에 앉았다가 꼬꾸라졌다가
> 아침밥 아침밥 하면서
> 도수 높은 졸보기 안경 주섬주섬 걸쳐 끼고 부엌으로 나가는가 싶더니
> 아이고 아파라 싱크대에 이마를 들이박으면서
> 쫘아-내 머리맡에 냅다 쏟는 물소리
> 姬는 지금 변기통에 궁둥이를 까고 앉은 채
> 돌아온 남자의 아침 밥상을 꿈꾼다

시민실학(市民實學)은 "일상학이며, 일상적 실천의 기록"이라서, 이윤택의 시론은 "구체적 삶의 무조건적 감동"인 "일상성"을 중심으로 하는 "도시 산업사회 속의 새로운 시민문학"을 목표로 한다. 이런 이윤택의 시세계가 "밥"이란 단어에 집약되어 온 것 같다.

> 1) 나에게 밥 사줄 인간이 없다는 느낌이 상상력을 자극한다. 이건 정말이다.
>
> ―「펜 노동자의 일기」
>
> 2) 코피를 쏟고 나니 참을 수 없도록 밥숟갈이 그립다
>
> ―「밥숟갈이 그립다」
>
> 3) 내 밥그릇부터 찾아야겠는데/누가 훔쳐 갔는지 밥통이 안 보인다
>
> ―「나는 누구냐? - 日曜放談」
>
> 4) 죄송스러움은 항상 나의 밥이었습니다
>
> ―「계층론」
>
> 5) 고민은 밥상 앞에서 한다
>
> ―「나의 사랑법」
>
> 6) 체포된 현실 속에서 제 밥그릇을 챙겨야 한다.
>
> ―「막연한 기대와 몽상에 대한 반역-시민K」
>
> 7) 관객은 밥을 떠먹여 주어야 하는 아이가 아니다는 믿음으로 밥상을 차린다
>
> ―「제기되는 문제-아름다운 충격이 담긴 밥상」

이상하게도 "밥"이란 단어가 등장하면서, 시가 활기를 띠는 것을 지속적으로 발견할 수 있었는데, 『밥의 사랑』은 그 종합편의 성격을 갖게 된다. 그런데 "깽판"의 시론에서 "거리"의 시론으로의 변화로 인해 "밥"이란 시어에 대한 의존도가 줄어든다. 예를 들어, "남산 밑 설렁탕 집에서 공복을 채우고 나서야/시인 고정희의 죽음을 생각하기 시작했다"(「죽음과 섹스와 시」)에서처럼 감추어져 있거나, 「아비를 찾아서」의 "빵 먹을래 밥 먹을래"에서처럼 어머니/아내가 지배하는 "집"의 상징인 "밥"에 대항하여 아버지/화자의 대안인 "빵"이 제시되기도 한다. 아마도 「살아 있다, 난」

그리고

> 사랑할 수 없고
> 자살을 꿈꿀 수 없다
> 살아 있다, 는 느낌만 새파랗게 남아
> 여름 별자리만 아득하게 바라본다

라는 「세상살이」의 구절처럼 "살아 있다"는 인식으로 "밥"이란 단어가
바뀌어 가고 있는지도 모른다.

　이윤택의 『밥의 사랑』은 끈질긴 "나의 시론" 작업의 결과다. 그런 작업
을 통해 "거리"를 확보한 "깽판"의 시론이다. 깨어 있으면서도 "뻘밭"같
은 세상에 대해 무조건 나서서 "깽판을 치"거나 "죽을 쑤"지 않고, 아직도
세상이 "생트집을 부"리기 때문에 분노하면서도 "신열 때문에 세상을 제
대로 읽어낼" 수 있을지 반성한다. 그리고 "필사적으로" 일상의 "집을 버
리면서" 현실과의 "거리"를 추구하기 때문에, 현실의 일상성에 대한 예술
적 거리가 이 시집에 확보되어 있다.

9.
상실 시론: 이윤택 「비의 거리, 그리고 비의 속」

시가 되는 순간을 지적해낼 수 있을까. 김수영은 "문갑을 닫을 때 뚜껑이 들어맞는 딸각소리"가 들린다고 말한다.

> 詩. 아아 행동의 개시. 문갑을 닫을 때 뚜껑이 들어맞는 딸각소리가 그대가 만드는 시 속에서 들렸다면 그 작품은 급제한 것이라는 의미의 말을 나는 어느 海外詞華集에서 읽은 일이 있는데, 나의 딸각소리는 역시 행동에의 계시다. 들어맞지 않던 행동의 열쇠가 열릴 때 나의 詩는 완료되고 나의 詩가 끝나는 순간은 행동의 계시를 완료한 순간이다. 이와 같은 나의 전진은 세계사의 전진과 보조를 같이 한다. 내가 움직일 때 世界는 같이 움직인다. 이 얼마나 큰 영광이며 희열 이상의 狂喜냐!

시인은 나름대로 "딸각소리"를 듣는다. 어떤 때에는 한 편의 시를 쓰자마자 듣기도 하지만, 어떤 때에는 오랜 퇴고 끝에도 듣지 못하고 만다. "급제"한 시가 되었다는 의미의 "문갑을 닫을 때 뚜껑이 들어맞는 딸각소리"가 잘 보이는 시 한 편을 읽었다. 이윤택의 「비의 거리, 그리고 비의 속」(『동서문학』 1998년 가을호). 이 시의 전반부 3연은 "딸각소리," 즉 창작과정의 묘사다.

비 오는 날 차를 타고 가다
정지 신호에 걸려 핸들에 턱을 괴고 있노라면
문득, 그런 느낌을 받는다
세상이 한 발 물러서는 느낌

나와 세상 사이
비 내리고
비는 나와 세상 사이
숨가쁜 관심, 기대, 적개심 등을 지워 버린다

그 거리에 대한 인식

　이윤택은 "세상이 한 발 물러서는 느낌"이라고 "딸각소리"를 해석한
다. 세상을 지워 버리거나, 세상에서 도피하거나, 세상을 이겨내려는 감정
이 아니다. 시는 그저 세상에서, 아니 "세상이 한 발 물러서는 느낌" 위에
선다. 그리하여 세상이 지워지는 것이 아니라, 세상 속에서 벗어나지 못하
게 만드는 "숨가쁜 관심, 기대, 적대감"이 지워진다. 세상과 나 사이에, 아
니 "나와 세상 사이" "비"가 내린다. "비"는 이번 여름에 너무 많이 내린
그런 비가 아니다. 집중 폭우, 도깨비 폭우, 양동이 폭우는 세상의 온갖
"숨가쁜 관심, 기대, 적개심"을 불러일으켰다. 시인이 만난 "비"는 "나와
세상 사이"를 반투명하게 차단시킨다. "문득," 아주 잠시 "숨가쁜 관심,
기대, 적개심 등을 지워 버린다." 그리하여 시인과 "세상 사이"에 "거리"
가 생기고, 시인은 그 "거리"를 "인식"한다. 이윤택은 "딸각소리"를 "세
상이 한 발 물러서는 느낌"이라고 해석해냈을 뿐만 아니라, "문갑"이 닫
히는 모습과 과정도 보여주고 있다.
　"딸각소리"에 근거하여 김수영은 두 가지 명제를 제시한다. 하나는 "행
동의 계시"다. "들어맞지 않던 행동의 열쇠가 열릴 때 나의 詩는 완료되고
나의 詩가 끝나는 순간은 행동의 계시를 완료한 순간이다." "딸각소리"가
들린 이윤택의 시에서 "행동의 계시"를 읽어내야 한다. 다른 하나는 "이

와 같은 나의 전진은 세계사의 전진과 보조를 같이 한다. 내가 움직일 때
世界는 같이 움직인다"는 것이다. 요컨대 "딸각소리"가 들리는 "급제"한
시 속에는 "세계사의 전진과 보조를 같이" 하는 "행동의 계시"가 있다는
말이다. 이 대단한 "영광"을 위해, 이윤택의「비의 거리, 그리고 비의 속」
의 후반부 3연을 읽는다.

> 그러나, 비는
> 나와 세상 사이에서만 내리는 건 아니다
>
> 나도 모르는 새
> 비는 내 몸 속으로 떨어져
> 40대 중반을 넘고 있는 한국의 인문주의자
> 그 지독한 회의
> 불투명한 전망을 적시면서
> 소리내어 통곡하는 소낙비가 된다
> 오 소낙비 소낙비
> 한때 아름다운 세상을 꿈꾸면서
> 비 속으로 길 떠났던 아비들의 출정가가
> 시일야방성대곡으로 되돌아오고 있는데
>
> 아는 듯 모르는 듯
> 내리는 비

　시의 전반부 3연이 "비의 거리"라면, 후반부 3연은 "비의 속"을 묘사하
고 있다. 밖에서, 세상의 "거리"에서 내리던 비가 "딸각소리" 때문에 시적
화자와 세상 사이에서 내리기 시작했다. 그러다가, 비가 시적 화자의 속에
서 내리기 시작한다. 그 이유는 "세계사의 전진과 보조를 같이" 하는 "행
동의 계시"가 "딸각소리"로 인해 "완료"되었기 때문이다. 시적 화자가
"세계사"와 "보조를 같이" 하는 지점은 "인문주의"적 "회의"와 "불투명
한 전망"이다. 이 "지독한 회의"의 원인은 "한때 아름다운 세상을 꿈꾸면

서/ 비 속으로 길 떠났던 아비들의 출정가"가 통곡으로 바뀌었기 때문이다. 시적 화자는 "비오는 날 차를 타고 가다/ 정지 신호에 걸려 핸들에 턱을 괴고" 있었다. 무료하게 편안한 동작이다. "문득", 다른 "비오는 날"이 기억난다. "비 속으로 길 떠났던 아비들의 출정가"가 "거리"를, 비오는 거리를 울렸던 기억이다. 잊고 있었던 기억이다. 80년대에 같이 꿈꾸었던 유토피아, 그 생명력의 상실이 아프다. 잊고 있었다는 사실. 그리하여 무료하고 편안한 "느낌"으로 세상을, 비오는 "거리"를 보고 있었다는 사실이 너무 아프다. 이제 "비"는 시적 화자의 "속"에서 내리기 시작한다. 세상은 "한 발 물러"서고, 세상의 온갖 "숨가쁜 관심, 기대, 적개심"은 무의미해진다. "비의 거리"가 있었다. "그리고" 이제는 "비의 속"만 있다. 비 속에서 시적 화자는 "소리내어 통곡하는 소낙비가 된다/ 오 소낙비 소낙비." 이러한 반성과 사실의 감정은 강력하다. 『동서문학』에 같이 발표된 시 「비의 질감」은 상실감이 얼마나 강렬한가 설명하고 있을 뿐이다.

> 이런 비의 색채와 질감은 나를 계곡 속에 처박는 충동을 준다
> 그래서 비에 젖은 도로를 달려본 운전사들은
> 알 수 없는 광기가 자신의 몸 속에서 들끓어 올라
> 질주의 쾌감에 자신을 맡기기 일쑤다

"비에 젖은 도로"를 달리는 운전자는 대부분의 경우 "질주"하지 않는다. 미끄러지기 때문에 질주하고 있다는 "느낌"을 갖게 될 수는 있다. 시적 화자가 읽어내는 "비의 색채와 질감"은 극단적이다. "알 수 없는 광기" 때문에 도로를 질주하여 "계곡에 처박는" 자살 "충동"을 일으킬 정도다. 이러한 "자살 충동," 즉 극단적 상실감이야말로 시적 화자가 도달한 "행동의 계시"인 것이다. "딸각소리"의 결과인 "행동의 계시"가 "자살 충동," 즉 극단적 상실감이라면, "세계사의 전진과 보조"를 같이 한다는 것이 무엇을 의미하는지 질문하지 않을 수 없다.

1905년 을사조약이 강제체결되자 조선 말기의 학자·언론인이었던 張

志淵(1864-1921)은 『황성신문』에 「是日也放聲大哭」이란 제목으로 을사조약이 국권피탈의 조약임을 알리는 동시에 을사5적신을 규탄하는 사설을 실어 전국에 배포하였다. 이 일로 『황성신문』은 압수 및 정간 처분을 받았고, 장지연, 그는 투옥되었다. 1980년대의 "출정가"가 1905년의 통곡인 "시일야방석대곡으로 되돌아오고" 있다는 묘사는 시적 화자의 극단적 상실감이 한국사, 즉 문화사적 인식에 기인한다는 점을 시사한다. 시적 화자의 "자살 충동"을 언급할 만한 극단적 상실감의 경우는 근대한국문학사에서 세 번 발견된다. 우선, "시일야방성대국"으로 표현된 일제의 침략이다.

> 일제침략은 충과 효의 단절을 초래한 것이다. 조국회복이 夫喪失의 회복과 동질적이라는 것은 의식상에서 보면 必至의 현상이 아닐 수 없다. 이 부의식 회복이 한 자연인 이 육사에 있어서 위기의식일 수 있는 것은 이 동양적 原道의 처지에서 보면 무엇보다도 우선하는 덕목이기 때문이다. 이 부의식 회복은 그 원도의 입장에서 볼 때 바로 천명이기 때문이다. 이러한 천명에 따른다는 것은 온 몸으로 하는 행위일 수 있다. 이 행위와 정신의 가열성은 동질적일 수밖에 없게 된다. 역학상으로 본다면 이 양자는 균형을 취한다. 따라서 이 경우에 발생하는 시는 그 총체적 천명수행의 한 파편에 지나지 않는다.
> ― 김윤식, 『한국근대문학사상』, 서문당, 294-5쪽

놀라운 사실은 일제침략으로 인한 주권 상실의 상황이 부의식 회복을 위한 無名火를 밝히게 되어, 시의 창조에 기여하였다는 것이다.

> 을유해방은 이 "聖的인 空間"의 소멸을 한꺼번에 몰고 왔다고 볼 수가 있다. 이 경우 "한꺼번에"라고 한 것은 內發的이 아니라 너무 냉혹한 국제 역학관계에 의했다는 뜻이 된다. 그것은 "도적과도 같이" 온 것으로 표현될 수 있다. 이 해방의 상황은 우익 쪽의 『解放記念詩集』(1945)과 좌익 쪽의 『朝鮮詩集』(1946)에서 여실히 볼 수 있다. 무엇보다도 여기에는 無名火가 사라졌고, 그 聖的 공간이 놓였던 자리에 앞의 지평을 방해하는 연기가 자욱이 채워져 있음을 발견할 수 있다. (같은 책, 312쪽)

민족의 염원인 해방을 성취하였는데도 아니러니하게 겪는 문화적 상실감은 1980년대의 상황과 유사하다. 아마도 1980년대의 상황과 연계되어 있다고 판단하였기 때문에 시에서 생략된 것으로 여겨지는 4·19 혁명 이후의 상황도 검토되어야 할 것이다. 4·19 혁명의 문학적 상실감은 이청준의 단편소설「병신과 머저리」에 잘 드러나 있다.

> 나의 아픔은 어디서 온 것인가. 혜인의 말처럼 6·25의 전상자이지만, 아픔만이 있고 그 아픔이 오는 곳이 없는 나의 환부는 어디인가. 혜인은 아픔이 오는 것이 없으면 아픔도 없어야 할 것처럼 말했지만 그렇다면 지금 나는 엄살을 부리고 있다는 것인가?
> 나의 일은, 그 나의 화폭은 깨어진 거울처럼 산산조각이 나 있었다. 그것을 다시 시작하기 위하여 나는 지금까지보다 더 많은 시간을 망설이며 허비해야 할는지도 모른다.
> 어쩌면 그것은 나의 힘으로는 영영 찾아내지 못하고 말 얼굴일는지도 모를 일이었다. 나의 아픔 가운데에는 형에게서처럼 명료한 얼굴이 없었다.

6·25의 상처를 안고 있는 "형"은 최소한 "아픔"의 원인을 알고 있는 "병신"이다. 그러나 4·19로 인한 예술적 상실감을 안고 있는 "나"는 "아픔"의 원인도 모르는, 그리하여 치유가능성도 없는 "머저리"인 것이다.

"자살 충동"이라는 극단적 절망감이 "행동의 계시"로 표출되는 이유를 "세계사"와 "보조"를 같이 하는 한국사적 맥락에서 검토하여 보았다. 일제침략과 을유해방, 4·19 혁명 그리고 1980년대라는 근대한국사적 전통에서 기인하는 절망감이었다. 이 뿌리깊은 절망감 때문에 "알 수 없는 광기"에 몸을 내맡기는 것이 유일한 방향일까. "세계사의 전진과 보조를" 같이 하면서, 아직 자살해버리지 않은 "세계사" 속에 한국사, 이 경우에는 한국문학을 편입시킬 수는 없는 것일까. 이러한 절박한 질문의 대답을 김수영의「그 밤을 생각하며」에서 만난다. 이 시는 상실의 감정에서 시작한다.

革命은 안 되고 나는 방만 바꾸었다
그 방의 벽에는 싸우라 싸우라 싸우라는 말이
헛소리처럼 아직도 어둠을 지키고 있을 것이다

그런데 4·19의 문학적 절망으로 끝나지 않는다.

革命은 안 되고 나는 방만 바꾸었지만
나의 입 속에는 달콤한 意志의 殘滓 대신에
다시 쓰디쓴 냄새만 되살아났지만

방을 잃고 落書를 잃고 期待를 잃고
노래를 잃고 가벼움마저 잃어도

이제 나는 무엇인지 모르게 기쁘고
나의 가슴은 이유없이 풍성하다

상실은 있었지만, 시인은 기쁨을 노래하고 있다. 이러한 김수영이 도달한
지점의 일부가 이윤택의 시 「비의 거리, 그리고 비의 속」의 마지막 연에
포함되어 있다.

아는 듯 모르는 듯
내리는 비

상실의 절망감을 "아는 듯" "내리는 비"도 있지만, 사실 "모르는 듯" "내
리는 비"도 있는 것이다. "아는 듯" "내리는 비"는 시적 화자의 "속"에서
"소리내어 통곡하는 소낙비"가 되겠지만, "모르는 듯" "내리는 비"는 "이
유없이" 시적 화자의 "가슴"을 "풍성"하게 해줄 뿐만 아니라, 독자로 하
여금 따뜻한 마음으로 읽을 수 있게 한다.

10.
죽음의 선물: 김언 『숨쉬는 무덤』

　　김언 시인의 첫 시집 『숨쉬는 무덤』을 받고 다음과 같은 엽서를 보냈다. "숨쉬는 무덤이 숨쉬는 무덤에게 보내는 인사 같아서 매우 기분이 좋았습니다. 다 읽었지만, 「방명록」이 처음 와 닿았습니다. 그러고 보면 내가 정말 하고 싶은 말은 엽서 밖에 다 있는 지도 모릅니다. 엽서가 없어서, 일부러 우체국에 갈 때에는 엽서 안에 다 넣을 수 있는 줄 알았습니다. 닫히지 않는 글을 닫으면서, 이 시대를 같이 열어 갈 수 있을 것 같은 시인에게 축하의 악수를 열겠습니다." 그 「방명록」은 다음과 같이 시작된다.

　　　(큰 손님이 오셨군요 나는 이 말을 기대했는지도 모른다
　　　(이 말을 기대했던 게 분명하다 새벽에 불쑥 나타나서는,
　　　가까이에 이렇게 좋은 분이 살고 계셨군요 이 말 한마디
　　　에 넘어오길 기다렸는지도 모른다(모른다? 이보다 더 우
　　　유부단한 말이 있을까 나는 썼다가 자꾸 지운다(지우는
　　　버릇이 있다 처음 연애편지 쓸 때도 그랬다 썼다가 지우
　　　기를 몇 번이나 했는지(했었는지 편지를 완성하고서도
　　　종이가 너무 더러워 다시 옮겨 썼던(옮겨 써야 했던 기억
　　　이 있다 글을 쓰는 건 하필이면 나무를 옮겨 심는 것과
　　　같다(분갈이하려고 묘목을 뽑으면서 그런 생각을 했다)

연애편지는 자꾸 다시 쓰여질 수밖에 없다. '사랑한다'는 말의 누추함 때문에 썼다가 지우기를 몇 번이나 했는지 경험이 있는 사람들은 다 안다. 현실이 되면, 현실 속의 언어로 서술하려고 시도하면, '사랑'은 그렇게 영원하지도 순수하지도 않다. 예를 들면, 키스는 침이 배어나오는 서로의 입술이나 혀가 만나는 사랑의 행위다. 키스가 영원하거나 순수한 사랑의 행위라고 말할 수 있을까. 키스의 행위가 아니라 키스의 기억이, 그것도 지워져가는 키스의 기억이 사랑의 영원과 순수를 옹호하는 것이 아닐까. 지워진 다음에야 순수해지거나 영원해지는 것이 사랑의 비밀인 지도 모른다. '지우는 버릇'이 '쓰는 버릇'보다 사랑에 더 중요한 지도 모른다. '모른다?'는 말은 김언 시인의 지적처럼 '우유부단한 말'이다. 그러나 사랑을 '안다'고 자신할 수 없다는 점에서, 사랑을 제대로 서술할 수 없다는 점에서, '모른다'는 말이 더 정직한 말이다. 정직한 고백이야말로 연애편지의 생명이고, 따라서 연애편지는 쓰여진 곳보다 안 쓰여진 곳, 아니 어쩌면 썼다가 지워진 곳에 그 핵심이 있는 지도 모른다. 김언 시인의 괄호는 독자로 하여금 마음 놓고 '모른다'를 계속 열 수 있게 한다는 점에서 자유의 신호다. 「방명록」의 괄호는 닫힐 듯 닫힐 듯 끝까지 계속 열려 있다. 계속 열리기만 하기 때문에, 닫히는 것의 의미를 더욱 애타게 질문한다. 열리듯 닫히고, 닫히듯 열리는 것이 사랑의 열병이며, 시인의 말에 의하면 서술의 열병이다.

　사랑은 연애편지처럼 서술의 문제이면서 동시에 키스처럼 주체의 문제이기도 하다. 서술 차원에서만 문제가 된다면 모르는 척 단순화시켜 버릴 수도 있을지 모른다. 내 사랑하는 여인을 천사의 수준으로, 비인간적으로, 극단적으로 미화시켜 버림으로써 더 이상 서술의 정확성 문제로 골머리를 앓지 않아도 될 지도 모른다. 연애편지를 쓰면서 우리가 많이 하는 짓이다. 이런 극단적 미화가 상대방의 마음에 감동을 불러일으키지 않는다는 사실을 깨닫게 되면서 우리는 연애편지의 시절을 졸업한다. 또는 또 하나의 극단, 즉 동물적 차원에 육박하는 존재로 극단적으로 비하시킴으로

써 서술의 정확성 문제 때문에 더 이상 슬퍼하지 않아도 될 지도 모른다. 나를 버리고 다른 남자나 여자에게 가버린 애인을 육체적 차원에서 몸을 버린 존재로 취급함으로써 첫사랑의 열병에서 벗어나게 된다. 그렇지만 그런 서술적 세계 속으로 도피해버리지 못하게 하는 육체의 기억, 예를 들어, 키스의 기억이 있다. 키스를 했던 기억은 그녀의 아름다운 입술의 존재를 극단적인 미화나 극단적인 비하의 작업을 통해서 무화시켜버릴 수 없게 만든다. 왜냐하면 그녀의 입술과 부인할 수 없이 만났던 나의 입술의 경험은: 내가 천사도 악마도 아니듯이 그녀가 천사도 악마도 아니라는 사실을 인정하지 않을 수 없게 만든다. 시인은 '글을 쓰는 것'이 "나무를 옮겨 심는 것과 같다"고 지적하는데, 서술의 문제가 주체의 문제를 포함하지 않을 수 없다는 말이다.

> 지금도 떨어져나가는 건 대부분이 잔뿌리다 글을 쓴다
> 면서 시를 쓴다면서 언제나 가장 섬세한 부분을 다친다
> (다치는 것이다 내 배려의 눈길이 죽음의 눈길이기도 하
> 다는 걸 많은 시인들이 모르고 있다)모르거나 무시하그
> 있다 그런 점에서 나는 내 시에 내가 개입하는 것을 아주
> 싫어한다(싫어하는데도 자꾸 개입한다 혹자는)앙리 메
> 쇼닉은 이걸 현대성의 증거로 보기도 하지만 나는 내가
> 인간이라는 사실에 우선 절망한다(간섭할 줄 모르는 인
> 간은 인간이 아니다 인간의 역사는 간섭의 역사다)

시인은 시를 서술의 차원에서뿐만 아니라 주체의 차원, 김수영의 용어를 빌리자면 몸의 차원에서도 써야한다고 믿는다. 사실상 제대로 된 시인은 시를 서술의 차원에서만 쓰지 않는다. 시는 당연히 온몸으로 써야 하며, 김수영의 용어를 다시 한 번 빌리자면, 이런 시에는 당연히 '죽음의 깊이'가 있다. 종이 위에서만 쓰여지는 2차원적 서술에 죽음이 있을 수 있지만, 말 뿐이다. 즉 겉표면만 있을 수 있을 뿐 '깊이'가 있을 수 없다. 온몸으로 쓰는 3차원적 서술에서만 죽음의 깊이가 있으며, 삶을 혁명적으로

변화시키는 독서의 감동이 발견될 수 있다. 서술의 차원에서처럼 주체의 차원에서도 단순화 작업을 통해서 문제를 해결하려는 시도가 있다. 나무를 옮겨 심을 때 떨어져나가는 것이 대부분 잔뿌리인 것처럼, 단순화된 서술에서는 "섬세한 부분"이 떨어져 나간다. 단순화된 주체가 말하는 "배려의 눈길"은 "죽음의 눈길"일 뿐이다. '너'에 대한 배려는 '나'에 대한 배려를 잠시 포기하였기 때문에, '나'를 잠시 죽였기 때문에 가능해지는 일이다. 반대로 '나'에 대한 배려는 '너'에 대한 배려를 잠시 망각하였기 때문에 가능해지는 일이다. '섬세한 부분'을 기억하지 않는다면 '배려'는 '살해'의 동의어다. '너'와 '나'의 '섬세한 부분,' 즉 '너'도 아니고 '나'도 아닌 부분을 찾는 일이 시 속에서 '죽음의 깊이'를 창조하는 작업이다. 그렇지만 너무 어려운 일이다. "내 시에 내가 개입하는 것을 아주 싫어한다"고 김언 시인이 선언하지만, 정직하기 때문에 "싫어하는데도 자꾸 개입한다"는 현실에 눈을 돌리면서 서술과 주체를 단순화시켜버리지 못한다. 왜냐하면, 주체의 개입은 어쩔 수 없기 때문이다. 이 시집, 『숨쉬는 무덤』은 「신체포기각서」와 함께 시작한다. 의도적으로 맨 앞에 배치한 권두시의 제목이 "신체포기각서"라는 것은 시인이 나의 개입을 얼마나 싫어하는지 단적으로 증명해준다. 시의 내용은 다음과 같이 간단하다. "넘어갔다// 오늘부로/ 내 몸뚱아리/ 빈집이 넘어갔다// 그럼 나는?/ 당신 몸밖의 나는?"(전문) 나의 온몸, 몸전체를 포기하는 각서를 쓰고 난 다음에도 질문이 남는다. 그럼에도 불구하고, 당신에게 전부 넘겨버린 다음에도 '당신 몸밖에' 남아 있는 서술하는 '나'의 존재를 완전히 무화시킬 수 없다는 것이다. 어느 순간 나는 그녀의 삶에 무책임하게 개입하여, 그녀의 '섬세한 부분,' 내가 알 수 없는, 어쩌면 그녀 자신도 확실히 알지 못하는 '섬세한 부분'을 해석이란 이름으로, 아니 위선적인 언어를 사용하자면 배려란 이름으로 생략하면서, 그녀를 사랑한다고 주장한다. 그것이 서술된 사랑이며 주체의 사랑이다. 사랑한다면 어느 시간과 공간 속의 주체를 사랑이란 이름으로 구별하여 배려하지 않을 수 없고, 지극히 배려한다면 '섬세한 부분'을 생략하지 않을 수 없고, 그러므로 아이러니하게도 지극한 죽음을 선물하지 않을 수 없다. 주체가 없다면 사랑한다고 말할 수 없고, 주체가 있다면 죽음의 선물처럼 사랑하지 않을 수 없다.

문제는 얼핏 열리고, 이어서 얼핏 닫히는, 그래서 생명의 시작이면서 동시에 죽음의 시작인 사랑이 없다면 인간 주체의 존재는 무의미하다는 것이다. 이는 절망이면서 '복류'(伏流)처럼 희망이 흐르는 절망이다. 괄호가 열리면서 동시에 닫히는 이중작업을 이해하지 못하는 자에게 절망은 절망이고, 희망은 희망이고, 사랑은 사랑이라는 손쉬운 서술법의 주체적 사랑만 존재한다. 그러나 괄호가 이중작업이기 때문에 계속 열리기만 할 수도 있다는 가능성을 이해하는 자에게 절망은 절망이면서 절망이 아닐 수 있기 때문에 사랑은 절망의 낭떠러지 끝에서 한 발자국 더 나아가게 하는 힘이 될 수 있으며, 그리하여 주체는 해방의 시작이 될 수 있다. 이 말은 내 말이면서, 내 말이 아니다. 김언 시인이 다음과 같이 「自序」에서 이미 한 말이기도 하고, 김언 시인이 인용하는 다른 시인의 말이기도 하고, 내가 쓰는 김언 시인의 해설이기도 하고, 한 마디로 우리의 문학사, 아니 인류의 현대문학사를 요약하는 말이기도 하다.

> 복류(伏流)라는 말이 있다. 땅 밑을 흐르는 물길. 마르지는 않고 끊기지도 않고 땅 밑으로 숨어 흐르는 물길. 복류. 우리는 그걸 부박한 이 시대를 버티는 예술이라고도 하고, 혹자는 그걸 우리가 두고 온 모든 인연들의 뒷모습이라고도 한다. 지금 나는 한 시인의 보이지 않는 밑바닥을 보고 있다. 역사나 복류(그가 단순히 해체시인이라는 말은 이 대목에서 막힌다). 땅 밑으로 발 밑으로 그보다 더 아래 가슴 밑으로 흐르는 이 복류를 언젠가 다시 만나리라. 다시 만나는 날, 시인의 무덤에도 꽃은 피고 거기서 한 걸음 더 나아간 곳에 내가 있을 것이다. 한 발만 내밀어도 낭떠러지인 지금.

이런 경지에 이르르면 아내가 무슨 짓을 해도 이쁘다. "안해가 갈수록 이뻐진다/ 바깥날씨가 몰라보게 변했는데/ 변해가는데 안해가 갈수록 이뻐진다/ 바깥양반이 뭐하는 사람이냐고 묻는데도/ 대꾸도 않고 이뻐진다 이래도 되는 건지/ 내가 내 안에서 밥만 축내는데도/ 불평도 않고 이뻐진다 정말 이래도 되는 건지/ 따로 사람을 불러들인 적도 없는데/ 따로 사치하는 걸 본 적도 없는데/ 안해가 자꾸 이뻐진다"(「나의 안해」의 일부). 바보같이 사랑한다고 선언하면서 옮겨 심는 나무의 잔가지처럼 아내의 섬세한 부분을 잘라내 버리던 죽음의 깊이를 통과하면서, 아내에게 있는 '섬세한 부분'이 보이기 시작하는데, 이는 사실 "내가 내 안에서 밥만 축내"면서, 즉 "내가 인간이라는 사실에 우선 절망"하면서 드디어는 '배려'라는 이름의 '간섭'을 포기하였기 때문이다. 아내가 갈수록 이뻐지는 원인은 아내에게 있지 않다. "빚 30만원에 외출을 못하"는 남편 때문에, 그러한 시인 남편이 도달한 '죽음의 깊이' 때문에, 아내는 드디어 "자꾸 이뻐진다," "갈수록 이뻐진다."

내가 좋아하는 김언 시인의 시, 「방명록」은 다음과 같이 새로운 메니페스토처럼 끝난다.

> 그러고 보면 내가 정말 하고 싶
> 은 말은 괄호 밖에 다 있었다(괄호 밖에 있을 때는 안에
> 다 있는 줄 알았었다)끊임없이 들어가는데도(개입하는
> 데도 내가 내 글을 닫지 못한다)는 사실을 어떻게 마무리
> 지어야 할까(처음부터 나는 이 말을 하고 싶었는지도 모
> 른다)모른다? 이보다 더 분명한 말이 있을까(나는 썼다
> 가 계속 지운다)지우는 버릇이 있다

아주 여러 해 동안 나는 혼자 한국문학의 문제점을 해결하는 방안의 하나로 유파(類派, school)가 있어야겠다는 생각을 했다. 나 혼자만의 생각이며, 모이는 것을 싫어하는, 자발적 고독을 무엇보다 중요시하는 내가 생각한 것이니 무슨 현실적 해결책이 될 수 있으랴만, 김언 시인의 시를 보면서 그런 생각이 또 들었다. 한국문학의 가야할 뚜렷한 길 하나가 여기에

있지 않을까하는 생각 말이다. 가야할 길이라면 모두 다는 아니겠지만 여럿이 같이 가야 하지 않을까하는 생각 말이다. 왜냐하면 김언의 「방명록」이 거짓과 탐욕이 난무하는 세계에서 데리다의 양ㅍ지(palimsest)처럼 더불어 말할 수 있는 자를 식별해내는 리트머스 시험지로 사용될 수 있을 지도 모른다는 생각이 들었기 때문이다. 「洙映을 생각함」에서 시인은 "저를 괴롭게 만드는 건 선생의 그 말투입니다/ 선생이 말을 더듬는 이유가/ 생활에서도 말을 더듬는 이유가/ 한 가지도 제대로 말하기 힘든 이 나라에서/ 여러가지도 말하기 싫은 것임을 잘 압니다"라고 주장하면서 리트머스 시험지의 하나로 김수영의 말더듬기를 제시한다. "모른다?"가 '우유부단한 말'이라고 주장하면서 시작된 「방명록」의 결론은 "모른다?"보다 "더 분명한 말" 없다는 것이다. '모른다?'가 우유부단한 말이면서 동시에 가장 분명한 말이 되는 말더듬기는 김언의 시론이면서 시작법이다. 예를 들면, 「나는 밖이다」라는 말더듬기는 "나는 밖이다/ 이렇게 말하는 나는 밖이다/ 속에서 나를 끄집어내는 순간/ 이순간에도 나는 밖이다/ 속의 당신이/ 속의 나를 후벼파는/ 속의 당신이 속의 나를 밀어내는/ 먼저 밀어내는 이 순간에도/ 나는 밖이다/ 속에서 우는 당신을/ 속에서 속에서 찢어버리는/ 이순간에도 나는 밖이다/ 증오가 자라고 독이 자라고/ 속에 죽음이 가득 차는 순간/ 이순간에도 나는 밖이다/ 이미 밖이다"(전문). "나는 밖"이면서, "이미 밖"인 상태야말로 나의 '섬세한 부분'이 살아나는 순간이므로, 말더듬기는 죽음의 깊이를 갖고 있으면서 죽음을 넘어서는 유일한 방안이 아닐 수 없다. 「큐빅과 고딕」은 같은 문제를 주체의 관점에서 검토한다. "대리석에 핏줄을 다 그려넣었는데도 내가 돌 속에서 나올 생각을 하지 않는다 천장에 시퍼렇게 뜬 눈을 받아넣었는데도 내가 지붕에서 내려올 줄을 모른다" 밖이면서도 이미 밖인 상태의 나를 계속 '모른다'라는 단어를 중심으로 서술하지 않을 수 없는 사정이다.

이제 남아 있는 3가지 측면을 급하게 검토해야 한다. 첫째, 복류의 문학사는 어떻게 구체화될 수 있을까. 복류처럼 흘러 내려온다는 시인의 인식 속에서 한국문학사는 과거의 과거성을 포월하며 과거의 현재성으로 구체화된다. 그런 다음 시인은 낭떠러지에서 한 발 더 내딛는 선적 인식이란 화두로 미래의 현재성을 제시한다. 시집의 뒷부분에 수록된 산문인 「불가능한 동격」은 복류의 문학사가 명확한 인식의 소산임을 증명한다. 예를 들면, "그런 점에서 내 안에서 무수히 죽는 죽음에 대해선 등한시하면서 오로지 내용적으로 신생을 부르짖는 상생을 외치는 무수한 서정시를 증오한다. 필연적으로 죽음을 강요하는 자기 글쓰기의 내부는 들여다보지 않고 밖으로만 눈을 돌리는 무수한 서정 시인들을 증오한다. 증오하는데 너무나 증오하는데 증오할 수가 없다. 나 또한 어쩔 수 없는 공범자이므로 살인자이므로. 다만, 들여다볼 뿐이다. 내 안에서 일어나는 무수한 죽임과 죽음의 현장을 측은하게 들여다볼 뿐이다. 왜냐하면 그 현장은 바로 내 삶의 현장이기도 하므로." 김수영 선배의 말더듬기는 공범자 주체의 서술법이었다. 둘째, 업의 개인사는 어떻게 해결될 수 있을까. 끊임없이 괄호가 닫혀가는 「업9業)」은 「방명록」의 자매편이다.

> 시대가 시대를 배신하듯 나는 내 모멸감마저
> 도 사업으로 키운다 이게 사랑이라고 그래도 이게 사랑
> 이라고 눈물을 꾹꾹 눌러 담는 것도 담아서 키워야 하는
> 것도 내게는 사업이다 내가 사랑하는 내 사업이다(끝도
> 없이 사업은 커져가는데 내가 내 글을 여기서 마쳐야 하
> 는 것도 내게는 사업이다 내가 벌이고도 내가 끝내고 싶
> 은 내 사업이다 내가 왜 사업을 벌였는지 모르겠다)

낭떠러지에서 한 발 더 내딛는 선적 인식의 깨달음을 성취하려는 목적이 뚜렷함에도 불구하고 업(業)을 포기하지 않는 것은 시인의 정직함 때문이다. 물질(物質)의 세계에서 깨달음을 성취한다 하더라도, 반물질(反物質)의 세계가 있을 수 있다는 겸손함 때문이다. 내가 전심전력을 다해서 해야 하는 일이 선적 인식뿐만 아니라, '모멸감'이며 누추한 '사랑' 같은 것이

라는 사실을 잊지 말아야 한다.

> 아버지는 글씨를 모으셨다 아버지는 글씨를 모으시고
> 남은 하루까지 글씨를 모으시고 내게는 화분을 남기셨
> 다 아버지, 바닥이 빤히 보이는 아버지, 아버지를 죽이
> 는 힘으로 아버지, 끝도 없이 늙어가는 아버지, 이것도
> 내 말이 아닌 아버지, 아버지의 말은 이제부터가 시작이다
>
> ──「아버지와 화분」(일부)

아버지와 나는 분리되지 않는다. 섬세한 부분을 잊지 않는다면, 분리될 수 없다. "바닥이 빤히 보이는 아버지"를 사랑하는 주체의 누추함이야말로 서술적 힘의 원천이다. 그러므로 "이제부터가 시작이다." 셋째, 김수영의 말더듬기가 어떤 식으로 다시 그렇지만 새롭게 쓰여질 수 있을까. 요컨대 복류의 문학사가 김언 시인 개인의 업에 의해 어떻게 유의미하게, 즉 다른 시인들이 배울 수 있게 전개될 수 있을까. 이제 시작이지만, 이미지와 상징을 사용하는 재현의 아이디어에 의문을 제기하는「초록나무 당신」, 현실적 실현을 위한 구체적 실천 방안을 모색하는「물구나무 당신」, 문학사적/철학적 전개 방안을 모색하는「당신나무 당신」의 노력은 일단「대화나무 당신」에서 다음과 같이 응축된다.

> 미안해요 우리 사이에 대화란 없어요
> 내 방 어디에도 당신은 없어요
> 내가 있고 그녀가 있을 뿐이에요
> 죽은 당신이 있을 뿐이에요
> 오늘도 당신을 죽이고 나만 남아요
> 당신을 죽이고 당신의 아픈 호수를 죽이고
> 내가 살아요 내 새까만 굴뚝이 살아서
> 죽은 당신과 대화를 나눠요
> 죽은 당신과 죽은 당신의 노래를 불러요
> 그래요 내 방 어디에도

당신의 시체가 흘러요
흐르는 시체를 먹고 하루하루
당신의 죽음을 먹고 내가 살아요
내가 살아서 이렇게
나만 살아서 당신을 증언해요
미안해요 우리 사이에
당신이란 없어요(전문)

　나도 시체로 살아 있어서, 즉 숨쉬는 무덤으로 살아 있어서, 살아 있는
자들의 정상적인 관계인 대화는 없다. 대화라고 명명할 수 있는 관계는 만
들지 말아야 한다. 대화는 무식한 폭력의 이름이다. '우리 대화 합시다'는
미국의 이라크 침공이 보여주는 것처럼 찌르는 칼날이며 날리는 총알이
며 떨어뜨리는 폭탄이다. 그러니까 대화를 위해서 서로 일부러 죽이지 말
아야 한다. 왜냐하면 이미/벌써 우리는 다 시체이니까. 숨쉬는 무덤이니
까. 그래서 앞에서 말한 것처럼 김언 시인의 시집을 받고 엽서를 다음과
같이 시작했다. "숨쉬는 무덤이 숨쉬는 무덤에게 보내는 인사 같아서 매
우 기분이 좋았습니다." 숨쉬는 무덤인 독자여, 숨쉬는 무덤인 필자가 숨
쉬는 무덤인 김언 시인의 시집 속에서 매우 기분이 좋았던 것처럼, 그대도
기분이 매우 좋기를 바랄 뿐이다.

11.
나도 달팽이: 함기석『국어선생은 달팽이』

『현대시사상』(1996년 봄호)의 계절평「3.8선 시론」에서 함기석의 시에서 방법적 자각, 쓴다는 것의 의미에 대한 질문을 읽을 수 있다고 쓴적이 있다.

이러한 방법적 자각, 쓴다는 것의 의미에 대한 질문이 시를 만들어내고 있다. 함기석의 질문은 다소 간접적이다. 예를 들면「모자 속엔 벌거벗은 난쟁이가 있다」에서는 "옷장이 꽃병이 되고 시계가 소파가 되는 방이 있다 어느/ 소년의 방이 있다 그 방에선 사물들이 마구 뒤바뀐다"로 시작된다. 사물이 아니라 사물의 이름이 바뀌고 있다. 옷장을 '꽃병'이라고 부르고 시계를 '소파'라고 부른다. 그래서 예를 들면 "아침 여섯시가/ 되면 벽에 걸린 소파가 울리죠"라고 말한다. 그런데 왜 사물의 이름을 바꾸는 것일까.「학교가는 소년」에서 그 이유의 일부를 발견한다.

> 소년은 매일 반복되는 단조로운 하루가 싫다
> 소년은 여러 가지 사물이 되어본다

프란츠 카프카의『변신』의 그레고리 잠자는 자신의 의지와 상관없이 벌레가 된다. 그러나 '변기'나 '구두'나 '전화기'로 변신하는 함기석의 '소년'의 본질은 변하지 않는다. 뭐라 이름붙이든 소년은 여전히 학교 가는 소년이며, 시가 진행되면서 소년은 학교에 간다. 따라서 함기석은 변신을 이야기하고 있지 않다. "매일 반복되는 단조로운 하루"를 벗어나려는 소년의 노력이 "사물의 이름"을 바꾸어 보거나, "명사와 술어"를 바꾸어 보는 형태로 나타나는 이유는 시인이 만나고 있는 문제점 때문이다.

시인 또는 「학교가는 소년」의 시적 화자가 만나는 문제점은 과연 무엇인가. 그리고 왜 그는 "사물의 이름"을 바꾸려고 하는가.

> 소년은 작문숙제 학교가는 소년이 걱정이다
> 소년의 얼굴이 어둡다 다리가 캄캄하다
> 소년은 무거운 가방을 들고 대문을 나선다
> 소년은 대문을 나서며 형용사를 바꾸어 본다
> 소년의 얼굴이 밝다 다리가 환하다
> 소년은 가벼운 가방을 들고 대문을 나선다
> 하루가 지겨운 소년은 하루가 즐거운 소년이 된다
> 소년은 환히 웃으며 하늘과 땅을 바꾸어 본다

「학교가는 소년」의 시적 화자가 직면하고 있는 문제점은 "작문숙제"다. 소년은 작문숙제를 걱정하고 있다. 그래서 안색이 어둡고, 가방이 무겁게 느껴진다. 게으름 때문에 작문숙제를 못한 경우도 있을 수 있다. 그러나 이 경우는 다르다. 작문숙제의 내용이 문제인 듯 보인다. 한국의 학교 교육을 견디어내면서, 또는 견디어낸 다음 이 글을 읽고 있는 자들은 다 아는 사실이다. 한국의 학교는 가끔 얼마나 터무니없는 내용의 작문숙제를 요구하는지. 작문숙제가 '학교가는 소년'의 문제점이지만, 게으름 때문에 발생된 문제점이 아니라는 것은 소년 스스로 해결책을 발견하는 방식에서 밝혀진다. "소년은 대문을 나서며 형용사를 바꾸어 본다." 명사나 형용사 등 문법용어의 개념을 숙지하고 있을 뿐만 아니라 예문을 사용하여 적용할 수 있는 능력을 갖고 있는 소년이, 안색이 어두워지고 가방이 무겁게 느껴질 정도로 걱정을 하면서도 게으름 때문에 작문숙제를 하지 않았을 리가 없을 것이다. '학교가는 소년'이 작문숙제를 하지 못한 것은 그가 너무 모범생이기 때문이다. 거짓말 이외에는 쓸 수 있는 내용이 없는 작문숙제이기 때문이다. 함기석 시인의 첫 번째 시집인 『국어선생은 달팽이』에서 대부분의 시적 화자는 아버지와의 불화, 아버지 살해의 충동을 표나게 드러내고 있다. 이러한 시적 화자에게 예를 들면 "아버지의 사랑"이란 '작문숙제'는 할 수 없는 숙제인 것이다. 「학교가는 소년」의 시적 화자는 보통 소년이 아니기 때문에 '작문숙제'의 모순을 '작문숙제'의 방식으로 해결한다. 즉 '형용사'를 바꾸는 것이다. 왜 안색이 어둡고, 가방이 무겁다고만 생각해야 하는지 질문한다. 그 순간 '작문숙제' 때문에 "하루가 지겨"울 것이라는 예상은 "하루가 즐거"울 것이라는 전망으로 바뀐다. 그리하여 안색이 밝아지고, 가방이 가벼워진다. 이 소년이 보통 소년이 아닌 이유는 "환히 웃으며 하늘과 땅을 바꾸어" 볼 수 있기 때문이다. '작문숙제'라는 문제점을 해결하는 방식이 보통 소년과 다르기 때문이다. "짝꿍" "바바는 신경질을 내며 작문숙제를 쓰기 시작한다." 그러나 '학교가는 소년'은 거짓말로 적당히 쓰기를 거부한다. 그 대신 그는 "웃으며 하늘과 땅을 바"꾼다. 바꿀 수 있을 것이라는 희망 때문에 한국의 학교교육을 '학교가는 소년'은 버틸 수 있을 것이다. 그러나 글을 쓰는 나 또는 글을 읽는 당신처럼 '학교가는 소년'도 끝까지 버틸 수는 없었다.

> 창문과 물고기와 의자가 깔깔거리며 중얼거린다
> 미친 놈, 오늘도 또 지각이겠군!
> 소년도 툴툴거리며 작문숙제를 써나가고 있다
> 학교가는 소년은 이상한 염소를 기른다
> 염소는 빨간 리본을 맨 드럼통처럼 뛰어다닌다
> 염소는 소화기보다도 고집불통이다
> 염소는 내숭쟁이 내 짝꿍 바바다
> 다 쓴 소년은 학교가는 소년을 들고 일어난다
> 바바-에게 큰소리로 첫줄과 끝줄을 동시에 읽어준다

소년은 매일 반복되는 단조로운 하루가 싫다.

여기서 몇 가지 질문이 동시에 떠오른다. 우선, 함기석 시인은 왜 이런 식으로 시를 쓰는가

> 사물의 이름은 인간이 만들어놓은 단단한 감옥
> 인간이 인간만을 위해 만들어놓은 무서운 질서
> 무서운 폭력, 나는 밤마다
> 검은 복면을 쓴 방화범이 되어
> 그 감옥 지하실에 폭약을 설치하고 불을 지른다
> 내 육체 속에서 번식하는 내 아비의 우상들을 죽이고
> 발 아래 침묵하는 대지를 살해한다.
> ──「고유한 방화범」(일부)

시인은 언어 특히 '사물의 이름'이 "인간이 인간만을 위해 만들어놓은 무서운 질서"로서 "단단한 감옥"이라는 인식을 갖고 있다. 따라서 "고유한 방화범"은 시인이다. '방화'란 "무서운 폭력"을 "밤마다" 사용하지만, 현실적 방화범이 아니라 "고유한" 방화범이다. 왜냐하면 매일 밤 "폭약을 설치하고 불을 지"르는 "감옥 지하실"은 "내 육체 속에서 번식하는 내 아비의 우상들"의 집이며, "발 아래 침묵하는 대지"처럼 삶의 기반이기 때문이다. 여기서 「학교가는 소년」의 '작문숙제'가 "아비의 우상들"이 요구하는 "무서운 질서"라는 것을 알 수 있다.

이러한 "아비의 우상들"은 추상적 개념이 아니라 개인사에 접목되어 있는 구체적인 경험이다.

> 소년은 힘껏 가난을 차버린다
> 가난은 골대에 정면으로 맞고 튀어나와
> 소년의 얼굴을 더 세게 때린다
> 코피를 닦으며 소년은 아빠를 차버린다

아빠는 포물선을 그리며 술병 속으로 똑 떨어진다
술병은 아빠를 아파한다 소년은 새벽마다
아빠의 늑골 사이에서 울려나오는 삽질소릴 아파한다
술병 속으로 석탄을 실은 화물열차가 연달아 들어가고
만취한 아빠는 비틀비틀 어두운 술병을 걸어나온다
— 「축구소년」(일부)

"축구소년"은 '가난'을 차버리고 싶다. 그러나 "골대에 정면으로 맞고 튀어나와/ 소년의 얼굴을 더 세게 때"려 코피가 나오게 하는 축구공처럼 '가난'은 피할 수 없다. 화가 난 소년은 '가난'을 가져다 준 "아빠를 차버린다." 그래서인지 '아빠'는 술에 취해 산다. "석탄을 실은 화물열차"를 위해 삽질하는 아빠는 술기운이 사라지는 새벽이 되면 직업병 때문에 "늑골 사이"가 아파 신음한다. '소년'은 '아빠'를 차버리는 것으로 문제가 해결되지 않음을 안다. 이러한 문제점은 개인사적 '아빠' 때문이 아니라, 그 뒤에서 '무서운 질서'를 '단단한 감옥'처럼 강요하는 '아비의 우상들' 때문에 생긴 것을 '소년'은 잘 안다.

'학교가는 소년'의 '작문숙제'와 '형용사'를 바꾸는 새로운 희망의 '작문' 등 '작문'에도 두 가지 종류가 있었다. 아파하는 신음소리를 듣고 '소년'이 마음 아파하는 '아빠'도 있지만 '아비의 우상들'인 '아빠'도 있다. 이 두 번째 종류의 '아빠'는 엑소시스트의 대상이다. '무서운 놀이'의 대상이다.

……(전략)…… 아이들이 삽으로 웅덩이를 판다 무덤을 판다 관을 파묻고는 무덤 위에 하얀 꽃잎을 뿌린다 휘발유를 뿌린다 소녀가 무덤 위에 성냥불을 던진다 순식간에 무덤은 빙산처럼 불타오르고 아이들은 손에 손을 잡고 춤추기 시작한다 둥글게 둥글게 무덤을 돌며 큰소리로 장송곡을 부른다 한 염소머리 소년이 뱀춤을 추며 소녀에게 말한다 정말 즐거웠어 이렇게 재밌는 네 아빠와 엄마의 장례식에 초대해줘서 정말 기뻐
— 「무서운 놀이」(일부)

'아비의 우상들'은 시인의 엑소시스트 대상이다.

　함기석의 첫 시집 『국어선생은 달팽이』에서 시인이 본격적으로 추방하려는 악령은 학교에 있다. 예를 들면 「사냥놀이」에서 악령은 "도덕책"이다.

　　예리한 총성이었다
　　피를 토하며 염소가 즉사했다
　　풀밭은 한 장의 거대한 백색 손수건
　　시뻘겋게 물들어가고 있었다
　　어린 도토리나무가 말했다 참새가 말했다
　　─어른들 짓이야 지금은 사냥철이잖아 개새끼들

이 시집에서 '염소'는 가장 중요한 상징이다. 「학교가는 소년」에서 '소년'은 '짝궁'처럼 '염소'를 기른다. 「무서운 놀이」에서 '소년'의 친구는 '염소머리 소년'이다. 권두시 「지붕 위의 염소」는 대표적인 시적 화자 '소년'에게 '염소'가 얼마나 중요한 존재인지 잘 드러내고 있다.

　　지붕 위에 앉아 바이올린을 켜는 염소 어두운 다락방에서 울고 있는 나를
　　위해 바이올린을 켜는 염소 내 시는 그 어린 염소가 쓴다 ……(후략)…….

이러한 '염소'의 즉사에 대해 소년은 탐문하기 시작한다. 그런데,

　　경찰관이 지나가며 말했다
　　─임마! 그만 잊어버려, 별일 아니잖아
　　어른들이 말했다 모두 다
　　염소고기를 씹으며 소년에게 말했다
　　─난 모르는 일이야 난 총을 쏠 줄도 모르는걸
　　눈 덮인 미끄럼틀이 소리쳤다
　　농구대가 소리쳤다
　　─거짓말 마! 이 더럽고 비열한 놈들아

— 「사냥놀이」(일부)

'무서운 질서'를 '단단한 감옥'처럼 강요하는 '아비의 우상들'이 만드는
것은 '추악한 어른들의 세계'다. 그곳에는 "살해된 자는 있으나 살해한 자
는 없"다. 소년은 깨닫는다. 소년의 세계에도 '아비의 우상들'이 만드는
'추악한 어른들의 세계'가 들어와 있음을 깨닫는다. 그것은 '도덕책'이다.
소년의 악령 추방은 '도덕책' 불태우기의 형식을 택한다.

> 밤마다 눈 내리는 놀이터에 앉아 한 장씩 한 장씩
> 도덕책을 불태우던 소년이 있었다
> — 「사냥놀이」(일부)

'염소'가 죽었다고 해서 '소년'의 전쟁이 끝난 것은 아니다. '주전자'가
있다.

> 염소가 죽었다
> 소년은 염소의 시체를 끌어안고 눈물을 흘렸다
> 대문 옆 칠면조도 살구나무도 눈물을 흘렸다
>
> 소년은 살구나무를 업고 주전자 속으로 들어갔다
> 그곳엔 아름다운 풀밭이 있었다
> 소년은 풀밭에 누워 밤하늘을 바라보았다
> 구름이 달이 소년의 허리까지 내려와 웃어주었다
> 새들이 살구나무로 날아와 노래를 불러주었다
> 풀밭 끝에서 염소가 걸어왔다
> 소년을 무릎에 눕히고는 트럼펫을 불어주었다
> 빗자루에 관한 동화책을 읽어주었다
> 욕쟁이 빗자루 시집 못 간 빗자루
> 소년이 웃었다
> 살구나무가 웃었다

—「주전자」(일부)

'감옥' 같은 학교교육 속에서, 거짓말을 강요하는 '작문교육'을 받아온 '소년'이 어떻게 시적 화자가 될 수 있었을까, 어떻게 시를 쓸 수 있었을까. '주전자' 속에는 해방구가 있었다. 그 속에는 '추악한 어른들의 세계'에 의해 살해된 '염소'가 있어, "욕쟁이 빗자루 시집 못 간 빗자루" "빗자루에 관한 동화책을 읽어주었다." '동화책'은 '학교가는 소년'을 학교교육에서 해방시킨다.

> 그사이, 엄마가 주전자를 들고 주방으로 갔다
> 주전자에 물을 부었다 뚜껑을 닫았다
> 가스레인지에 올려놓고는 불을 붙였다
> —「주전자」(일부)

'아비의 우상들'에 의해 조종되고 있는 '엄마'는 무심코 '주전자'에 물을 붓고 뚜껑을 닫은 다음, 가스레인지에 올려놓고 불을 붙이는 일상행위에 의해 '소년'을 죽이고 '소년'의 희망을 말살시킨다. '소년'은 '주전자' 속으로 들어가는 용감한 행위를 통해서 잠시나마 희망의 세계를 창조해 낸다.

용감한 '소년'에 의해 학교교육의 현장 속에서 혁명이 일어난다. 국어선생과 산수선생이 학생들에 의해 완벽하게 패배하는 『국어선생은 달팽이』에서 가장 통쾌한 사건이 발생한다.

> 당나귀 도마뱀 염소, 자 모두 따라해!
> 선생이 칠판에 적으며 큰소리로 읽는다
> 배추머리 소년이 손을 든 채 묻는다
> 염소를 선생이라 부르면 왜 안되는 거예요?
> 선생은 소년의 손바닥을 때리며 닦아세운다

'배추머리 소년'은 '선생'에게 정면으로 대든다. 당신은 '국어선생'이 아니다. '동화책'을 읽어주는 '염소'가 차라리 진정한 '국어선생'이다. '추악한 어른'인 '국어선생'의 반응은 "소년의 손바닥을 때리"는 폭력이다.

> 창 밖 잔디밭에서 새끼염소가 소리친다
> 국어선생은 당나귀
> 국어선생은 도마뱀
> 염소는 뒷문을 통해 몰래 교실로 들어간다
> 선생이 정신없이 칠판에 쓰며 중얼거리는 사이
> 옅소는 아이들을 끌고 운동장으로 도망친다
> — 「국어선생은 달팽이」(일부)

'동화책'을 읽어주는 '염소'가 이끄는 '아이들'의 혁명이 일어났다. '국어선생'은 "창문을 활짝 열어젖히며 소리친다/ 당장 교실로 들어오지 못해? 이 망할 놈들!" '국어선생'의 표현력은 제한되어 있어 '아이들'을 설득할 수 있는 능력이 없다. '국어선생'은 명령하고 욕한다. '동화책'을 이길 능력이 그에게는 없다.

> 국어선생은 달팽이!
> 국어선생은 달팽이!
> 하늘엔 수십 개 의자가 떠다니고
> 구름 위로 채칵채칵 새들이 날아오른다
> 구름은 아이들 눈 속으로도 흐르고
> 바람은 힘껏
> 국어책과 선생을 하늘꼭대기로 날려보낸다
> — 「국어선생은 달팽이」(일부)

"국어선생은 달팽이!"라고 욕을 하는 독자여! 그대가 글을 쓰는 나와 함께 시인 덕분에 "국어선생은 달팽이!"라고 신나게 욕을 했지만, 과연 그대와 나는 '국어선생'이 아닐 수 있는가? '추악한 어른'이 아닐 수 있는 가? 나도 '달팽이'다. "나도 달팽이!"라고 반성해야 하는 것은 아닌지 모르겠다. 나는 '국어선생'은 아닙니다라고 변명하는 분들을 위해 시인은 「산수시간」을 써놓았다.

> 삼삼은 9 삼사는 12 삼오는 15
> 자 아무 생각 말고 따라해봐! 선생이 말한다
> 교실 밖으로 새끼앵무새가 날아다닌다
> 아이들이 새를 바라보며 중얼거린다
> 제발 우리 좀 구해줘, 여긴 감옥 같아

'산수선생'에 대한 혁명은 '국어선생'에 대한 혁명보다 더 격렬하고, 더 직접적이며, 더욱 집단적이다. 그런 만큼 내가 '산수선생'이 아닌가 질문 하기 전까지 더욱 통쾌하다.

학교교육 특히 교실에서 획득한 혁명이 어떻게 확대될 것인지 질문해야 할 것이다. 「파리잡기 혹은 파리잡기라는 놀이」는 이러한 대답의 중요한 시작이다. 시인은 '파리잡기' 뿐만 아니라 '파리잡기라는 놀이'도 질문한다. 언어 자체에 대한 반성을 동반하지 않는다면 언어에 의한 혁명은 단명할 가능성이 있다.

> 어, 너는 언어야. 언어는 사고를 굴곡시켜 왜곡시켜
> 어, 너는 사고뭉치야 연장통이야 못 끌 칼
> 망치 도끼 가위 헝겊 변압기 너무 어지러워
> 뭐야? 나는 놈들에게 연장통을 통째로 집어던진다
> 놈들은 열린 창문 틈으로 재빨리 도망친다
> 라고 쓴 후 읽어본다 말장난이다 구겨버린다
> 나는 파지와 파리채를 던져버리고 벽에 앉아
> 안과 밖을 생각해본다 천장에 누워
> 시간과 공간과 인간을 생각해본다 우울하게
> 파리와 런던의 거리를 뱃길로 산출한다

몰려다니는 파리의 거리와 우리를 생각한다
　　　　　　　　　　　　— 「파리잡기 혹은 파리잡기라는 놀이」(일부)

‘파리채’라는 ‘연장통’을 집어던지는 절망적인 노력이 실패로 끝나, ‘놈들’이 “열린 창문 틈으로 재빨리 도망”쳐버린 다음, 즉 ‘파리잡기’라는 혁명이 실패한 다음에도 시인에게는 할 일이 있다. 사실 이러한 혁명적 작업은 ‘말장난’일 따름이다. 더욱 중요한 것은 ‘파리잡기라는 놀이’에 대한 반성이다. 시인은 이제 “파지와 파리채”를 집어던져버리고 생각에 잠긴다. 이 틈을 타서 나도 “나도 달팽이!”라는 반성을 집어던지고 삶의 “안과 밖을 생각해본다.”

12.
도시적 감수성 쓰기 또는 읽기:
오규원『길, 골목, 호텔 그리고 강물소리』과 하재봉
『발전소』

오규원의 도시적 감수성은 특히 빛난다. 아니, 빛났다.

> 대방동 조흥은행과 주택은행 사이에는 플라타너스가 쉰일곱 그루, 빌딩의
> 창문이 칠백열아홉, 여관이 넷, 여인숙이 둘, 햇빛에는 모두 반짝입니다.
> ──「대방동 조흥은행과 주택은행 사이」 부분

그런데 그의 일곱 번째 시집에서 시인은 도시적 감수성의 단순한 읽기를 넘어선다. 차라리 도시적 감수성으로 쓰고 있다고 말할 수 있을 것이다. 도시의 중심은 도로다. "동서베를린을 가로지르는/대로의 이름이" "우리말로 옮기자면 보리수 아래"이며, "보리수가 길을 따라가며/대로를 감싸고 있다"는 사실의 발견이 첫 번째 시에 등장하는 이 시집의 제목은 적절하게도『길, 골목, 호텔 그리고 강물소리』다. 도시의 도로는 길로 구성되어 있다.

레스토랑 숲길 앞에 리어카 한 대
놓여 있다 숲길로 가는 사람은 그래도
방해받지 않는다 열린 길이 몇 개나
있다 나는 구태여 길 하나를 막지 않는다
                    ―「잘생긴 노란 바나나」 부분

  대도시의 골목과 호텔이 있는 길이 강물소리 들리는 시골길과 즐겁게
만난다.

두룽에서는 마을로 가려면 흐르는
강을 등에 져야 합니다 함부로
길을 떠나지 않는 집들이 있는 마을은
몸이 들어가는 길이라서
몸에 붙어 있는 두 다리로
걸어서 가야 합니다
                    ―「마을을 향하여」

  도시적 감수성으로 시골길을 쓴다는 설명은 그의 시가 "인간적인 편
견"이나 "낭만적인 관점"이나 "관념적인 세계 읽기"나 "의고주의적 편
견"(「안락의자와 시」)을 벗어나 있다는 주장이다. 롤랑 바르트를 떠올리
지 않더라도 오규원의 시세계가 방법적 확대를 경험하고 있다는 사실을
확인할 수 있다. "모든 '존재의 언어"이며 "인간의 언어"인 "현상"(「自序
」)이란 "어떤 현상에서 눈에 보이는 사실보다 더 무겁고 충격적인 심리적
총량으로서의 사실감"(「무릉日記」)인 바, 이 "사실감"이 어떻게 충격적으
로 시에서 표출되고 있는가. "나는 지금 시를 쓰고 있지 않다 안락의자의
시를 보고 있다"(「안락의자와 시」)는 시론은 "시각적 상상력"에 이미지
를 던져 주면서 "'사물'의 직접적인 취급"을 주장하는 이미지스트의 시론
을 연상시킨다. 그러나 다음과 같이 「지는 해」를 읽어 보면 이미지즘의
은유적 병치가 노리는 상징적 중심의 추구가 발견되지 않는다.

그때 나는 강변의 간이주점 근처에 있었다
해가 지고 있었다
주점 근처에는 사람들이 서서 각각 있었다
한 사내의 머리로 해가 지고 있었다
두 손으로 가방을 움켜쥔 여학생이 지는 해를 보고 있었다
젊은 남녀 한 쌍이 지는 해를 손을 잡고 보고 있었다
주점의 뒷문으로도 지는 해가 보였다
한 사내가 지는 해를 보다가 무엇이라고 중얼거렸다
가방을 고쳐쥐며 여학생이 몸을 한 번 비틀었다
젊은 남녀가 잠깐 서로 쳐다보며 아득하게 웃었다
나는 옷 밖으로 쑥 나와 있는 내 목덜미를 만졌다
한 사내가 좌측에서 주춤주춤 시야 밖으로 나갔다
해가 지고 있었다

오히려 오규원 자신의 주장처럼 환유적 인접성이 뚜렷하다. 그의 "날[生]
이미지"는 은유적 속박을 벗어나 "관념이나 개념을 배재한 상태의 현상"
이라는 사실이 확인된다. 시의 화자 "나"의 앞에는 왼쪽에서부터 강변의
간이주점, 한 사내, 여학생, 젊은 남녀 한 쌍이 있고, 그 너머로 지는 해가
보인다. 시간이 다소 경과된 뒤 다시 한번 묘사를 반복하는데, 나의 "시
야"에 있던 사실들, 사람들이 움직였다. 그러다가 맨 왼쪽에 있던 한 사내
가 시야를 벗어나 사라졌다는 "심리적 총량으로서의 사실감"을 보여 주
는 "카메라의 시각"(「무릉日記」)이 뚜렷하다. 그러니까 「지는 해」라는 시
를 쓰고 있는 것이 아니라 「지는 해」의 시를 보고 있는 셈이다.

물에서 나온 사내가 강을 돌아보며
돌밭에 올라선다 강은
주저하지 않고 사내가 빠져나간
자리를 지운다 대신 땅에 박힌
돌이 사내의 벗은 몸을 세운다
— 「물과 길1」 부분

심리적 사실감을 위한 산문적 표현이나 의인법에 다소 익숙해지면, 화자의 시선 이동이 뚜렷하다. 물에서 나와 돌밭에 선 사내 → 돌아본 강물 → 돌 위에 선 사내의 벗은 몸, 이런 "카메라의 시각"같은 화자의 시선이 이동되는 시가 「입구」, 「안과 밖」, 「무릉」, 「횔덜린의 그 집」 등 시집의 많은 부분을 차지하고 있으며, "동쪽의 자작나무와 서쪽의/아카시아나무 사이의 이 칠십 평의" 뜰에 시선을 고정하고

오후 두 시 나비가 한 마리
저공으로 날았다 나비가 울타리를
넘기 전에 새가 한 마리
급히 솟아올랐다 하강하고 잠자리가
네 마리 동서를 천천히
가로질러 갔다

는 등 시간대별로 변하는 장면을 기록하는 「뜰의 호흡」이나 「1994」, 「1991. 10. 10, 10:10~10:11」 등의 경우도 적지 않다.

이런 "사실감"은 시골에 대한 "익숙한 감흥"을 제공하던 "전통 서정시"의 감수성에 기인하지 않는다.

꾹꾹 아스팔트를 제압하여 승용차가
간다 또 한 대 두 대의 트럭이
이런 사내와 저런 여자들을 썩썩 뭉개며
간다 사내와 여자들이 뭉개지며 감동할
시간을 주지 않고
나는 시간을 따로 잘라내어 만든다

「거리의 시간」에는 "감동할 시간"이 없다. 아스팔트 건너편의 남녀들의 모습이 도로 위를 지나가는 차량에 의해서 잠시 지워진다. 이런 도시적 감수성에는 관습적이고 익숙한 감정이 수동적으로 수용될 여유가 없다. 그

리고 우리는 이런 도시적 감수성을 잊을 수 없다. 강물소리 뚜렷한 무릉과 도원으로 가는 길에서도.

"시적 영향의 불안(해롤드 블룸)"의 선배시인인 오규원의 시세계가 보여 주는 방법적 확대 노력에 대한 자세한 검토는 우리시를 한걸음 앞으로 나아가게 할 것이다. 다만 「조주의 집1」 등에서 시도되는 "불립문자(不立文字)의 언어"의 시세계는 앞서가는 선배시인도 시적 영향의 불안을 안고 따르는 후배시인만큼 아니 그보다 더 어려운 투쟁을 하고 있다는 증거일 것이다. 게다가 만성폐쇄성 폐질환으로 정상인 폐기능의 4분의 1밖에 없는 시인의 휴직 요양하는 상황을 생각해 본다면, 다시 힘이 펄펄 나시기 바라고 기다리는 수밖에 없을 것이다. 시적 영향의 불안이란 후배시인의 얄팍한 이기주의에 다름아니니까 말이다.

* * *

서울은 공룡이다. 오규원의 "레스토랑 숲속"과 하재봉의 락카페 "발전소"가 평화롭게 공존한다. 하재봉은 새로운, 레스토랑이 아닌 락카페의 도시적 감수성으로 서울을 다시 읽는다.

> 섹스?
> 그것은 거짓말이나 비디오 테이프가 아니야
> 나는 즐겨
> 내가 아직 살아 있다는 것을 알려 주는
> 그것은 유일한 오르가슴
> 난 남자애들을 먹고 싶어
> —「긴 머리카락을 갖고 싶어」 부분

절망적이며 말초적인 홍대 앞 오렌지족의 내면 모습이 잔인하게 묘사되어 있다. 그러나 너무 과다한 듯한 성적 묘사에도 그 목적이 있다. 예를 들면 "나로부터 해방된 나"(「번개의 추억」)를 찾아가는 현대판 입사의식(入社儀式 : initiation)이라고 해석된다.

> 날이 밝기 전에는 떠나지 마, 어머니는 거의 매달리다시피 말했다. 가끔 술 취한 아버지가 담에 오줌 누다가 앞으로 고꾸라지기도 하였으나, 달처럼 이쁜 미인은 없다고 내 얼굴을 쓰다듬어 주던 거친 손에서는 못이 박힌 듯 피가 흘렀다.
>
> ──「기차가 또 지나간다」 부분

위에서와 같은 후진적 현실에서 도망쳐 나와 "오픈 카를 타고" "락카페 을로을로"나 "블루스 하우스"나 "레게바 헤븐에 가면"서 "계약 연애"를 하는 오렌지족의 행위는 더욱 절망적으로 빛난다.

> 모든 살아 있는 것들은 죽어 고기가 된다.
> 우리는 누구나 푸줏간에 가지 않으면 안 된다.
>
> ──「푸줏간을 위하여」 부분

"오르가슴"으로 표현되는 또 하나의 탈출구는 "시낭송 퍼포먼스"(「기계도 오르가슴을 느낀다」) 등으로 표출되는 "존재에의 발악"(「비」)인 시를 쓰는 일이다. 이런 섹스와 시, 즉 말이 만나는 장소가 바로 "발전소"다. "자기 몸 이외의 또 다른 무덤"(「기차가 지나간다」), "세계의 중심"(「발전소 : 영업정지」)인 락카페 "발전소"는

> 영업정지 됐어요. 발전소가 문을 닫았다? 그러면 불은 어떻게 켜지고 있는가. 날은 어두워졌지만 가로등과 네온간판과 형광등이 환하게 눈 뜨고 있었다. 전기는 어디서 만들어져 누구에 의해 공급되고 있나. 내가 모르는 또 다른 힘이 세상에 숨어 있다니. 영업허가도 받지 않고서.

그렇다. "발전소를 가동시키는 가장 중요한 원동력"(「나에게 해로운 것들」)

은 "말"이다. 그리고 이 말은 힘이며, 권력이다. 따라서 "몸 밖으로 빠져 나가려다 문턱에 걸려 사출되지 못한 정액 속에서, 전세계의 발전소가 우글거"(「방독면을 사며」)리게 되는 것이다. 또한

발전소가 어디 있어요?

라고 물어 보는 겉보기에 순진한 질문은 "말=힘=권력"이라는 미셸 푸코 나 에드워드 사이드의 논리에 의존한다면 현대의 핵심적 질문이다. 따라 서 "발전소"에 관한 갖가지 논의가 있어야 한다. 예를 들면 「발전소의 위 치에 대한 항사 독해 보고서 : 부분」, 「발전소에 관한 예상 질문서」, 「소비 자의 입장에서 본 발전소」 등은 "발전소=락카페"는 아니어도 "발전소= 대상/물체"로 상정하고 있는데, 「게이바에서 일하는 전(前)발전소」, 「흑 백 TV를 보는 가건물 : 발전소」, 「발전소 결혼식 날」에서 발전소는 사람 이다. 「변명 : 발전소 가상현실」에 이르면 발전소는 말하자면 그저 발전소 일 따름이다. 대체관념을 발견할 수 없다는 말이다.

　　무대는 발전소 바닥과 천장과 벽이 유리로 된 발전소 서로가 서로를 비추는
　　발전소 발렌타인 데이 초콜릿 상자에 가려져 얼굴 보이지 않는 발전소 얼굴은
　　없다

　　오렌지족 행태 보고서에서 "발전소"로 가는 길은 씁쓸하다.

　　무스나 헤어 젤로 삐까번쩍 광을 내도
　　늘어나는 흰머리 감출 수 없고
　　영양크림 머드팩 알로에로 도배를 해도
　　삭아가는 얼굴 숨길 수 없지
　　난 쉰 오렌지
　　이젠 내가 날 먹으며 즐길 수밖에
　　최후에는 내가 날 놀이삼아 즐기며

천천히 껍질 벗겨 먹을 수밖에
삶이 끝날 때까지

— 「늙은 오렌지」 부분

이제, "지금 발전소를 추억"(「한쪽 눈에 안대를 하고 바라본 발전소」)하는 "늙은 오렌지"에게, "내 삶의 한때, 난 발전소에 있었다. 딴 곳보다 더 나쁘지도 않고 좋지도 않은 장소인 발전소에서"라고 회상하는 "쉰 오렌지"에게 무슨 섹스나 무슨 말을 할 수 있을까. 무슨 발전소가 있을까. 오규원 발전소의 말이 생각난다. 그의 말에 내 마음을 싣는다.

확실하지 않음이나 사랑하는 게 어떤가.
詩에는 아무 것도 없다. 詩에는
남아 있는 우리의 生밖에.
남아 있는 우리의 生은 우리와 늘 만난다
조금도 근사하지 않게.
믿고 싶지 않겠지만
조금도 근사하지 않게.

13.

여장남자 시코쿠와 아홉소 씨의 쓸모없는 별:
황병승『여장남자 시코쿠』와『트랙과 벌판의 별』

이광호가 황병승의 두 번째 시집을 위한 해설을 "황병승은 동시대 한국 시의 뇌관이다."라는 문장으로 시작하는데, 황병승의 시세계가 한국 시의 뇌관이었는지 황병승의 첫 번째 시집인『여장남자 시코쿠』가 보여주는 시세계를 둘러싼 평론이 뇌관이었는지 검토할 필요가 있는 상황이 되었다. 필자는 뇌관에 관한 정치적인 논란에 참여하고 싶지 않다. 논란이 많았던 황병승의 시세계를 이해하는 하나의 방법을 제시하고 싶을 뿐이다. 황병승의 두 번째 시집『트랙과 벌판의 별』이 나왔기 때문에 논란이 아닌 연구를 할 수 있을 것이라고 판단하였다.

『여장남자 시코쿠』가 정의할 수 있는(definable) 또는 정의하려고 하는 자세를 취하고 있다면『트랙과 벌판의 별』은 정의할 수 없는(undefinable) 또는 정의하지 않으려는 혹은 정의할 수 없다는 자세를 취하고 있다고 여겨진다. 우선 황병승이『여장남자 시코쿠』에서 정의하려는 내용과 이유를 검토한 다음『트랙과 벌판의 별』에서 정의할 수 없다는 점이 왜 중요해지는 지 생각해 보고, 황병승이 앞으로 가려고 하는 길을 미리 짐작하려고 노력함으로써 황병승을 위한 뇌관을 만들고자 한다. 뇌관 제조자 황병승이 한국 시를 위해 보다 더 폭발력 있는 뇌관을 만들게 할 자극을 주는 것이 평론의 주요 임무 중 하나라고 생각하기 때문이다.

* * *

『여장남자 시코쿠』의 첫 번째 시는 「주치의h」인데 나의 주치의는 내가 "떠나기 전, 집 담장을 도끼로 두 번 찍었다"라고 "수첩 가득 나의 잘못들을 옮겨" 적는다. 페르소나가 자신의 그런 행위에는 "좋은 뜻도 나쁜 뜻도" 없었다고 주장함으로써 나의 문제가 도덕적이거나 윤리적인 차원이 아니라 심리적이며 정신분석적인 차원에서 검토되어야 한다는 점을 암시한다. 주치의h는 타자가 아니라 '나'라는 자아의 또 다른 모습이다. 그렇지 않다면 내가 주치의h의 기록하는 삶을 기록할 수 없을 것이다. 페르소나가 나를 분열하여 주치의h가 내 속에 또 다른 자아로 뚜렷하게 자리 잡게 만든 이유가 두 가지 제시되어 있다. 그 두 가지 이유는 젊은 시인의 첫 번째 시집답게─1970년생 황병승은 2003년 등단하고 2005년 이 시집을 발간하는데, 35살의 나이가 젊은지 여부에 대해서는 논란이 많을 것이지만 첫 번째 시집에서 제시된 문제라는 점을 강조하고 싶다. 그렇다면 '젊은 시인'이라는 말을 빼면 되지 않을까 싶지만, 황병승의 시세계의 매력은 젊다는 점에 있고, 필자는 늙었지만 젊은 시인도 만났지만 젊었는데 늙은 시인도 많이 만나 보았다는 점을 보고하고 싶다. 그리고 시인이라면 젊은 시인이라는 말을 평생 듣는 것이 아주 중요한 목표라고 생각한다.─가족과 여자 친구다. 가족과의 불화는 「no birds」에서도 "─새들이 제멋대로 허공을 날아다니는 걸 견딜 수가 없어요, 여보"라고 말한 다음 "엄마는 매일 저녁 새를 사러 가지요"라고 고발하는 아이의 목소리로 기록된다. 아이는 "─새는 없다고요, 새 따위!// 소리쳐보지만 아무도 나의 말을 듣지 않지요."라고 결론지음으로써 부모와의 불화를 확인한다. 시의 제목이 "새 없음"이라는 한국어가 아니라 "no birds"라는 영어라는 것도 의사

소통 불가능성이 작품의 주제라는 점을 암시한다. 「주치의h」에서 나는 자신의 가족인 아버지와 어머니 사랑하는 누이에게 '제발 그 입 좀 닥쳐요.'라는 소리가 목구멍까지 올라올 정도였기 때문에 집 담장에 도끼질을 하면서 이전과는 다른 자아를 모색하기 시작한다. 바로 그 순간 첫 번째 여자 친구가 나에게 말한다. "네가 기르는 오리들의 농담 수준이 겨우 이 정도였니?" 내가 가족을 떠날 수 있었던 근거가 여자 친구였을 것이며, 자아의 관점에서 설명하자면 여자 친구와 일치하는 자아의 부분이 가족과 일치하는 자아의 부분을 대치할 수 있을 것이라는 믿음이었다. 그런데 "가족들과 함께 하는 침묵의 식탁을 향해" 무자비한 비판을 가하는 여자 친구로 인해 나는 "해가 녹아서 똑 똑 정수리로 떨어지는 기분," 즉 하늘이 무너지는 느낌을 만난다. 그리하여 주치의h가 나의 자아 속에서 지분을 획득하게 된다. "h는 그애의 오물거리는 입술을 또박또박 수첩에 받아" 적기 시작하면서 주치의로서의 임무를 시작한다. 「주치의h」의 뒷부분에서 시집 『여장남자 시코쿠』의 시세계가 본격적으로 시작된다. 시인은 이런 시작이 두 개의 자아의 관계에 관한 고찰이라는 점에서 "이제부터는 연애에 관한 이야기뿐이다"라고 설명하거나 다른 질문의 방식을 아직 찾지 못했기 때문에 "이 시점에서부터는 말이다 부작용의 시간인 것이다"라고 설명한다. 주치의h는 처음에 기록했던 여자 친구의 "네가 기르는 오리들의 농담 수준이 겨우 이 정도였니?"라는 질문의 수준을 벗어나지 못한다. 주치의h는 "낡고 더러운 수첩을 뒤적거리며" 말한다. "이보게 황형, 자네가 기르는 오리들 말인데, 물장구치는 수준이 어느 정도라고 생각하나?" 황병승은 이 서시(序詩)에서 (심리적이며 정신분석적인) 주치의h라는 자아를 대신할 방법을 시(詩)에서 찾고 싶다고 말하고 있다.

"나는 선언의 천재/ 사계절을 저지르며 거듭 태어난 포 스타(four star)"라고 시작되는 「사성장군협주곡(四星將軍協奏曲)」은 새로운 자아를 찾는 과정이 시작되었다는 선언문이다. 내가 "포 스타(four star)," 즉 사성장군(四星將軍)인 이유는 사계절 내내 "죄의 계절"을 보내고 있기 때문인데,

바로 이러한 "나의 실패담"을 노골적으로 고백한다는 점에서 나는 "선언의 천재"다. 내가 그냥 선언하는 사람이 아니라 선언의 천재인 이유가 다음과 같이 제시되어 있다.

> 내부가 훤히 들여다보이는, 차창의 불빛 환한 밤 기차처럼
> 이렇듯 나는 너무 빤하고 선언은 늘 부끄러운 것입니다
> 그러나 나는 선언의 천재
> 모든 것을 선언한 뒤 알 수 없는 사람이 되고 말겠습니다

다시 태어나기 위해서, 즉 새로운 자아를 찾기 위해서는 자아가 분열되어 있는 현실을 인정해야 한다. 이러한 자아의 분열이 "너무 빤하고" "늘 부끄러운" 사실이라는 점을 고백한다는 용기에서뿐만 아니라 "모든 것을 선언한 뒤 알 수 없는 사람이" 된다는 것이 고백의 목표라는 점을 인식하는 지혜로 인해서, 나는 단순히 선언하는 사람이 아니라 "선언의 천재"인 것이다. "결국 빛이 빛을 찾아 헤매는 슬픈 시간"이 "결국 빛이 빛을 모른 체하는 슬픈 시간"이 될 것임을 이미 알고 있기 때문에 천재인 것이다. 그 시간이 오면, 그러한 "다섯 번째 계절"이 오면, "더 큰 죄를 짓기 위해……" "덜컥 나는 다시 태어날" 것이기 때문이다. 이러한 인식이 황병승 협주곡(協奏曲)의 존재 이유일 것이다.

새로운 자아를 찾는 시적 노력이 「서랍」에서는 "소란스런 밤의 장르"라고 정의된다. "나는 지금부터 서랍에 관한 이야기를 꺼낼 것이다"라고 시가 시작되지만, 황병승은 '서랍'이라는 개념어로 정의될 수 있는지 (definable) 확신할 수 없다. 그래서 시인은 "당신은 이미 다 알고 있는 이야기여서 관심이 없거나 혹은 까맣게 잊고 있어서 새로운 이야기처럼 들릴 것이다 서랍에 관한 이야기라……. 그렇지 않은가"라고 독자를 떠본다. 독자가 다 알고 있을 심리적이거나 정신분석적 노력의 일환이라고 해석되거나 아니면 그러한 노력에 대한 새로운 접근법이라고 판단될 수도 있기 때문이다. 현재의 시적 노력이 '서랍'이라는 개념어로 정의될 수 있

을 가능성에 대한 믿음이라는 점에서 시인과 독자는 만난다. 그래서 "당신은 어디 있는가 당신의 침착함이 마음에 든다"라고 시인은 첫 연을 끝낸다. 새로운 자아가 '서랍' 같은 개념어로 응축될 수 있을 것인지 질문되어 있다. 이 시의 마지막 연은 첫 연과 유사한 내용을 제시하면서 그렇지만 시적 노력의 길을 새로운 방향으로 열어젖히지 못하면서 끝난다. 황병승의 이러한 노력을 실패라고 정의할 수 없다. 왜냐하면 소위 '미래파'의 핵심적인 문제점이 새로운 자아 찾기를 새로운 개념어로 대체하는데 만족하는 작업으로 인식되는데 있기 때문이다. 황병승이 멈칫거리는 이 지점이야말로 멈칫거렸다는 사실을 의식적으로 기억해야 하는 지점이기 때문이다.

황병승의 자아 찾기 선언의 시기는 「사성장군협주곡(四星將軍協奏曲)」에서 "다섯 번째 계절"이라고, 장소의 위상은 「서랍」에서 "서랍"이라고, 그리고 문학적 형식은 "소란스러운 밤의 장르"라고 명명된다. 분열된 자아를 넘어선 새로운 자아 찾기의 중요성이 「니노셋게르미타바샤 제르니고코티카」에서는 "열차를 타선 안 돼 진짜 장면은 너의 안에 있어"라는 충고로, 「후지 산으로 간 사람들」에서는 "늘 한 곳으로 몰려다니며 햇빛을 가리지 말라고 서로에게 고함치는" 사람들이 보여주는 '후지 산'이라는 일관된 방향성으로, 「비의 조지아」에서는 "조금 늦게 철이 들었고 아무것도 믿지" 않았던 우리와 마찬가지로 "아버지의 아버지가/ 아버지에게 그것을 보여주었고 죽을 때까지 물고 늘어졌다는 것은/ 죽을 때까지 의심했다는 것이고 우리는 그게 좋았다"라고 나름대로의 전통을 확인하는 장면으로 제시된다.

황병승의 『여장남자 시코쿠』가 '뇌관'이라고 찬사를 받는 이유는 까맣게 잊고 있었더라도 누군가가 상기시켜준다면 이미 다 알고 있는 이야기라고 치부할 수 있는 수준을 넘어서 있기 때문이다. 황병승은 이러한 전환을 「밍따오 익스프레스 C코스 밴드의 변」에서 '변'이란 동음이의어(pun)로 다음과 같이 표현한다.

> 우리는 똥이 막 나오려고 하는 순간의 감정, 이 세상에서 가장 부끄러운 감
> 정으로 음악을 만들었네 사라지려는 힘과 드러내려는 힘의 긴장 속에서 악기
> 를 연주하고 노래를 불렀지 우리가 생각하는, 우리들만의 익스페리멘틀
> (experimental)이라고, 라고나 할까

의사소통 불가능성의 주제를 표현하려는 한국어("새 없음")와 영어("no
birds")의 병치 사례와 달리, 이 시에서는 동음이의어임에도 불구하고 한
자어 변(辯)보다 한국어 변[糞]에 의미의 강세가 주어져있다. 변명이라는
언어보다 똥이 나오려는 순간의 감정이 우리의 실험 정신의 표현이라는
주장이야말로 황병승 뇌관의 요약이다.

　황병승의 시어는 언어의 이야기에서 멈추지 않고 몸의 이야기로 향해
나아간다. 이러한 변화를 설득력 있게 표현하는데 성공한 시가 표제시
「여장남자 시코쿠」일 것이다. 남자가 여장남자로 변해가는 과정의 표현
이 다른 시들에 산견되어 있다. 「키티는 외친다」에서 "우리는 약간의 도
움이 필요해요 우리의 몸이 이상하게 변해가고 있어요 그것을 지켜보는
것만큼 어색한 건 없죠"라고 말하며, 「불쌍한 처남들의 세계」에서 "친구
여 자네를 누나라 불러도 좋을까, 꾸욱 눌러쓰며 말이죠"라고 매형에게
어렵게 고백한다. "매형, 세상에는 참 불쌍한 놈들이 많습니다." 「시코쿠」
에서는 다음과 같이 그 변환의 순간이 묘사된다.

> 시코쿠가 기차에 오르고
> 잘 가 나를 잊지 말아라
> 시코쿠였던 자가 역에 남아 손을 흔든다
>
> 죽을 때까지 어떠한 이름으로도 불려지지 않으리
> 속삭이는 두려움이여 나를 풍차의 ㅣ나라로 혹은 정지

　여장남자로의 자아 변환이라는 메티에르의 충격을 넘어선다면, 시집
전체에서 새로운 자아 찾기의 주제가 일관되게 제시되고 있음을 확인할

수 있다. 「여장남자 시코쿠」 계열의 시가 지금까지 읽어본 다른 계열의 시와의 차이는 몸의 문제가 '서랍' 등으로 정의될 수 있는(definable) 개념 어가 아니라는 점에 있다. 바로 이 지점에서 새로운 자아 찾기를 새로운 개념어로 대체하는데 만족한다는 한계를 갖고 있다고 여겨지는 '미래파' 의 한계를 넘어선다. 시코쿠였던 남자는 역에 남아 손을 흔들고 여장남자 시코쿠가 기차에 오른다. 남자의 몸을 갖고 있는 한 아무리 여장을 하고 있더라도 여자로 불리지 않을 것이기 때문에 죽을 때까지 어떠한 이름으 로도 불리지 않을 각오를 하고 떠나는 여행이다. 새로운 자아 찾기의 불가 능성과 정의될 수 없음보다 더 심각한 문제는 사회적 압력이다. 「시코쿠 만자이(漫才)—페르나 편(篇)」에서 몸의 변환에 관해 "이곳을 떠나는 게... 아파...아프죠 그러니 두려워하지 말아요...두려워하면 느려지고 눈치 빠 른 아버지가 금방 알아채고 말죠..."라고 "일본의 전통 예능. 만담의 한 종 류"인 '만자이'로 공개적으로 고백할 수 없는 개인적이며 사회적인 고통 을 슬며시 드러낸다. 「Cheshire Cat's Psycho Boots-8th sauce—엘리스 부 인의 증세」에서는 보다 노골적으로 나도 "(당신)을 가지고 있어요 댁들처 럼 (당신)이라는 가죽주머니를 나도 가지고 있지요"라고 주장한다. 그럼 에도 불구하고 사람들은 성적 차이에 대해 "양다리"나 "잡년 화냥년"이 라고 비난한다고 사회적 폭력의 양상을 고발한다.

「여장남자 시코쿠」가 황병승의 시집의 성취를 다음과 같이 요약한다.

> 열두 살, 그때 이미 나는 남성을 찢고 나온 위대한 여성
> 미래를 점치기 위해 쥐의 습성을 지닌 또래의 사내아이들에게
> 날마다 보내던 연애편지들

그런데 페르소나가 "그대여 나에게도 자궁이 있다 그게 잘못인가/ 어찌하 여 그대는 아직도 나의 이름을 의심하는가" 그리고 "(그대여 나는 그대에 게 마지막으로 한번 더 강렬한 거짓을 말하련다)// 기다려라, 기다려라!" 라고 힘 있게 주장한다는 점에서 가장 인상적이다.

* * *

　『여장남자 시코쿠』가 정의할 수 있는(definable) 또는 정의하려고 하는 자세를 취하고 있다면『트랙과 별판의 별』은 정의할 수 없는(undefinable) 또는 정의하지 않으려는 혹은 정의할 수 없다는 자세를 취하고 있다고 이 글의 맨 앞에서 연역적으로 요약한 바 있었다. 정의하려고 하는 자세를 갖고 있는「여장남자 시코쿠」에 속하지 않는 계열의 시들에서 정의할 수 없다는 자세를 갖고 있는「여장남자 시코쿠」에 속하는 계열의 시들로『여장남자 시코쿠』의 시세계가 변모해온 것으로 판단된다. 「사성장군협주곡(四星將軍協奏曲)」과「서랍」등「여장남자 시코쿠」에 속하지 않는 계열의 시들에서는 "다섯 번째 계절," "서랍" 그리고 "소란스러운 밤의 장르" 등 새로운 자아 찾기의 시기, 장소와 문학적 형식을 명명하려고 노력한다. 그런데「여장남자 시코쿠」에 속하는 계열의 시들에서 표현하려고 노력하는 몸의 변환은 정의될 수 없다. 황병승의 두 번째 시집인『트랙과 별판의 별』은「여장남자 시코쿠」에 속하는 계열의 시들의 정의할 수 없음의 노력을 이어간다.

　『트랙과 별판의 별』의 서시「첨에 관한 아홉소(inopeso) 씨(氏)의 에세이」는「여장남자 시코쿠」와 다르면서도 같은 유형의 정의할 수 없는 "강력한 거짓"이다. 정의할 수 없는 차원에 관한 시인의 관심이 성적 차이에서 기인한다면 신기(新奇)한 문학 세계일뿐이지만, 세계관의 변화에서 기인한다면 진지한 문학 세계일 것이다.『트랙과 별판의 별』이 신기의 측면에서는「여장남자 시코쿠」의 흔적을 전혀 갖고 있지 않지만, 새로운 자아 찾기의 측면에서는『여장남자 시코쿠』의 시세계를 다음과 같이 이어가고 있다.

　　서서히 아주 서서히 몸속의 세균이 고름으로 흘러내리는 시간들처럼 서서
　히 그리고 나는 완전히 그 어떤 것을 이해했다
　　철, 그러자 그것에 대해 나는 더 이상의 의혹을 품지 않게 되었고 그것을 생

각해도 더 이상 그게 서지 않았다. 그것은 겨우 그런 것이다

페르소나가 새로운 세계관의 현실을 인식하는데 아주 많은 시간이 걸렸지만 성적 취향의 변화처럼 몸 전체로 확실하게 인식하였다고 요약될 수 있을 것이다.

페르소나의 이름은 "나는 그러기를 바란다."라는 뜻을 콩글리쉬(Konglish)로 발화한 영어 표현("I hope so.")인 아홉소다. 아홉소는 발화의 대상인 첨의 사촌 형이다. "첨"은 "처음"을 디지털 시대에 걸맞게 축약해서 발화한 한국어다. "나는 그러기를 바란다."가 "처음"의 사촌 형인 이유가 무엇일까. 「첨에 관한 아홉소(ihopeso) 씨(氏)의 에세이」는 "첨, 우리가 아무것도 모르는 눈빛의 새끼 해마들처럼 인생을 살아갈 수는 없겠지"라는 아홉소의 독백으로 시작된다. 아홉소는 낭만적 상상력에 기반을 두고 미래를 향한 유토피아(utopia)적 희망을 갖고 있는 현 시대를 대표하는 인물이다. 황병승은 동시대가 유토피아적 희망의 목표와 내용에 무의식적으로 동의하고 있으며 그럼에도 불구하고 그 예정된 실패를 슬퍼하고 있다고 진단한다. 그러므로 첨은 낭만적 상상력이 과거로 향할 때 발생하는 노스탤지어(nostalgia)의 이름이다. "내가 없으면 첨, 너도 없다, 그런 생각이 따라왔어" 그리고 "첨 때문에 나는 생각이라는 것을 처음 하기 시작했다"라고 설명되는 이유는 낭만적 상상력의 두 핵심축이 바로 과거(처음)로 향하는 노스탤지어와 미래로 향하는 유토피아(아홉소)이기 때문이다.

「첨에 관한 아홉소(ihopeso) 씨(氏)의 에세이」는 다음과 같이 낭만적 상상력의 현대적 비극에 관하여 정의할 수 없다는(undefinable) 것을 인식하고 있는, 그래서 '에세이'라고 명명된 개인적이며 사회적인 진단이다.

쥬뗌므,라는 발음을 알지? 그 말의 의미가 아니라 그 말의 발음이 끌고 다니는, 쥬와 뗌과 므가 인사시켜준 빛 혹은 선(線)들

그 슬픔으로 가득한……

첨, 나는 너의 사람이 되고 싶어 진심으로, 그럴 수 없겠지만 **우리들 숨 찬 미래** 네가 네 자신을 어리석고 별 볼일 없고 천박하다고 믿었기 때문에 우리 집 창문을 부수고 달아났지 너를 쫓아가 네 주먹의 피를 씻겨주었을 때, 나는 네가 '형' 혹은 '아저씨'라고 불러주기보단 머뭇거리는 두 팔을 뻗어 포옹을 청해주었으면, 하고 간절히 바랐다 진심으로 **우리들 숨 찬 미래** 그럴 수 없어서 너는 그냥 '병신, 난쟁이 주제에' 하고는 부리나케 달아났지

이 시의 정의할 수 없는 낭만적 상상력의 비극을 세 가지 차원에서 검토할 수 있을 것 같아 보인다. 우선 시론(詩論)의 차원에서 "나는 너를 사랑해"라는 뜻의 불어 문장인 쥬뗌므(je t'aime)는 낭만적 사랑의 표현인데 "그 말의 의미가 아니라 그 말의 발음이 끌고 다니는" "그 슬픔으로 가득한" 정의할 수 없는 정서를 표현하려고 노력해야 한다. 두 번째는 개인적 자아 찾기의 차원인바 첨이나 아홉소 등 보통명사의 요약이 아닌 고유명사를 각자가 획득해야 할 것이다. "자신을 어리석고 별 볼일 없고 천박하다고" 믿지 않는 상황이 되어야 그러한 목표가 성취될 것이다. 세 번째의 차원은 새로운 공동체의 구축이다. "우리들 숨 찬 미래"라고 강조되어 있는데, 유토피아가 더 이상 노스탤지어가 우러러 보았던 '형'이나 '아저씨'가 아니라 '병신'이나 '난쟁이'가 되어 버린 상황을 감안한다면 달성 불가능한 목표일 것이다. 『트랙과 벌판의 별』의 시세계가 시론의 차원, 개인적 자아 찾기의 차원 그리고 새로운 공동체 구축의 차원으로 구분지어 설명될 수 있다.

「내 이름은 빨강 마리오는 여름」에 새 시대의 시론이 다음과 같이 제시되어 있다.

트랭퀼라이저tranquilizer라는 상상력이 멈춘 지점에서 길을 물처럼 흐르게 한다

아버지를 만든 건 상상력이다

물속으로부터 저 깊고 어두운 물속으로부터
아직도 나는 앰프와 스너프 필름을 원한다

시인은 낭만적 상상력이 멈춘 지점을 '트랭퀼라이저'라고 명명한다. 그런데 바로 그 지점에서 시세계가 나아가야할 길이 "물처럼" 자연스럽게 전개되기 시작할 것이다. 아버지의 시대가 낭만적 상상력에 의해 만들어졌다면, 시인의 새로운 시대를 위해서는 "앰프와 스너프 필름," 즉 기록과 인화의 새로운 방식이 필요할 것이다. 물론 저 깊고 어두운 내면의 세계 속을 추적해야 할 것이며 이것이야말로 현대 시인의 임무다. (상)과 (하)의 두 편이 있는 「눈보라 속을 날아서」의 눈보라(snowstorm)는 "코카인 파티, 마약에 취해 황홀한 상태를 뜻하는 속어"라고 시인에 의해 정의되어 있다. 「여장남자 시코쿠」의 "강렬한 거짓"을 이해하기 위해서 황병승이 여장남자인지 여부가 중요하지 않은 것처럼, 「눈보라 속을 날아서」를 이해하기 위해서 황병승에게 마약 파티의 경험이 있는지 여부는 중요하지 않다. 이 지점에서 중요한 것은 낭만적 상상력이 멈춘 지점이 '트랭퀼라이저'라고 명명된다는 것이고 '눈보라'가 바로 이러한 '트랭퀼라이저'의 실제 사례라는 "강렬한 거짓"이 황병승의 시론에 있어서 핵심 인식이라는 점이다. 「칙쇼(畜生)의 봄」에서 "주인 없는 개,/ '로맨스'란 똥처럼 달고 냄새를 풍기는 어떤 것/ 어디서든 짖고/ 칙쇼는 먹어버린다"라고 묘사된 칙쇼는 아직도 정신을 못 차리고 낭만적 상상력('로맨스')에 취하는 짐승(칙쇼) 같은 시인들을 비판하는 용어다. 「헬싱키」는 "어디에서……/ 나는 이제 오는 것일까/ 두려움과 예절을/ 조금 아는 얼굴로"라고 시작되는데 더 이상 짐승이 아닌 인간답게 두려움과 예절을 아는 시인이 되려면, 다시 말해서 더 이상 낭만적 상상력에 취하지 않고서도 시를 쓸 수 있는 시인이 되려면 어떻게 해야 할 것인지 질문하고 있다. "이야기의 시대는 끝났다"라고 선언되며 "리듬의 시대"라고 다음과 같이 조심스럽게 정의된다.

한때는 지붕 위에 올라가
사랑하는 여인을 위해
바이올린을 켜기도 했다네
하지만 이제는 못 올라가지
어지러워서

『지붕 위의 바이올린』이란 낭만적 상상력이 풍부한 영화가 있었다. 그 영화를 보면서 필자는 어지러워서 지붕 위에 올라가지도 못 하겠네 생각한 적이 있었는데, 바로 그런 어지러움의 인식이야말로 새로운 시론이 시작되는 '두려움과 예절'의 기반일 것이다.

　「그녀의 얼굴은 싸움터이다」는 개인적 자아 찾기의 차원에 속하는 시 세계를 보여준다. "가령 초침이 예순번째의 걸음을 내딛으며 분침의 등을 밀고/ 분침이 시침을 덮치는 순간처럼// 그녀의 얼굴은 싸움터이다"라고 시작되는데, 정체성(identity)이 공간의 차원에서뿐만 아니라 시간의 차원에서도 고려되어야 한다는 점이 강조되어 있다. 공간의 차원에서 정의될수 있을지도 모를 '얼굴'이란 정체성이 시간의 차원에서는 계속 변한다는 사실을 다음과 같이 지적할 수 있을 것이다. "기침 끝없는 기침처럼 거울을 사이에 두고 두 여자가 서로의 얼굴을 향해 침을 뱉었다"라는 이 시의 마지막 행은 거울 앞에서 단장하는 여자의 얼굴에 대한 가장 서글픈 시적 묘사 중 하나가 될 가능성이 있으며, 문학사적으로 서정주의 「국화 앞에서」와 대척점(對蹠點)에 선다. 정체성이 시간 속에서 계속 변한다면 개인적 자아 찾기는 인간 존재의 근본 원리가 된다. 「마음으로만 굿바이」는 시간 속에 있는 여자의 아름다움, 즉 개인적 자아의 정체성에 대한 페르소나의 두 극단적인 반응을 묘사한다. "차창에 기대어 아름다운 모습으로 잠들었을 때 나는 네가 그 상태로 숨이 끊어져 아름다움을 완성하길 바랐다"라고 말하는 미(美)의 상태보다 "*이 더러운 계집애 이 더러운 계집애, 가랑이 속에 냄새 나는 털을 잔뜩 품고 있으면서! 구역질 나, 싫어 이런 감정*"이라고 강조 활자로 쓰인 추(醜)의 상태가 보다 더 강조되어 있다. 이 시는 "긴 머리 원피스 녹색 타이즈의 소녀여, 마음으로만 마음으로만 굿바이"라고 끝나는데, 페르소나가 마음으로만 굿바이 하는 이유는 개인의 정체성이 말로 정의할 수 없는 순간적인 상태에서만 존재하기 때문이다.

「같이 과자를 먹었지」는 새로운 공동체 구축의 차원에 속하는 시세계를 보여준다. 첨이 아홉소에게 "'형' 혹은 '아저씨'라고 불러주기보단 머뭇거리는 두 팔을 뻗어 포옹을 청해주었으면"하고 바랐던 것처럼, 현재 살고 있는 세계가 "무지개는 걷히고 같이 나누어 먹을 과자 같은 건 어디에도 없는 세계"이기 때문에 "나는 눈을 뜨는 게 싫었고 두려웠다 이것은 아름다움과 슬픔의 끝에서 만난 세계"라는 페르소나의 고백이 기반하는 새로운 공동체의 구축 가능성에 대한 신념을 공유하지 않는다면 시를 계속 쓸 수 없다는 것이 황병승의 주장이다. 이러한 노력은 「멜랑콜리호두파이」에서 "무지개 언덕을 찾아가는 여행"이라고 다음과 같이 정의된다. "배가 고파서 문득 잠에서 깨었을 때/ 꿈속에 남겨진 사람들에게 미안했다 나 하나 때문에/ 무지개 언덕을 찾아가는 여행이 어색해졌다"「눈보라 속을 날아서(상)」은 새로운 공동체 구축을 위한 기나긴 노력의 기록이다. "사람들은 모두 저마다의 비밀을 한두 개쯤 간직하고 있지만/ 그것이 음악이 되기 전에 차가운 동전이거나 혹은 주머니 속의 밀떡"일 뿐이다. 사람들이 모두 저마다 개인적 자아 찾기의 노력을 하고 있지만 그것의 궁극적 성취는 새로운 공동체 속에서 음악처럼 조화를 이루어야 의미 있어질 것이라는 논리의 표현이다. 그 이전에 개인적 자아는 "그저 만지고 싶지 않은 동전이거나 혹은 주머니 속의 끈적거리는 밀떡"일 뿐이기 때문에 공동체를 구축하려는 노력은 누구에게나 요구되는 의무 사항이다. 새로운 시론도 그러한 "음악이 되기 위해 발버둥 치는 아름다운 센텐스sentence"가 되는 것을 목표로 하여야 한다.

「트랙과 벌판의 별」은 정의할 수 없는(undefinable) 또는 정의하지 않으려는 혹은 정의할 수 없다는 자세를 다음과 같이 요약한다. "아름다운 채로 죽은 언니와 이곳에 없는 나의 연인을 위해 열심히 트랙을 돌다 들판에 처박혀 가쁜 숨을 몰아쉬는 쓸모없는 별처럼 미래 같은 건 아무래도 좋다고 생각한다"「여장남자 시코쿠」계열의 시들과『트랙과 벌판의 별』의 시들이 정의할 수 없는 자세를 취하는 이유는 낭만적 상상력이 약속하는 미래가 '쓸모없는 별' 같을 뿐이기 때문이다. '쓸모없는 별'이란 이미지가 황병승의 시세계를 포괄하는 것 같아 보이는 이유는 낭만적 상상력의 효용성에 있어서 우리가 "똥이 막 나오려고 하는 순간"에 살고 있다는 인식에 기반을 두고 있기 때문이다. 낭만적 상상력을 똥 누어버리려는 순간에 살고 있기 때문에 낭만적 상상력의 '별'은 쓸모없는 별이 되어버린다.

* * *

필자가 이 글의 맨 앞에서 황병승이 앞으로 가려고 하는 길을 미리 짐작하려고 노력함으로써 황병승을 위한 뇌관을 만들고자 할 것이며, 이는 뇌관 제조자 황병승이 한국 시를 위해서 보다 더 폭발력 있는 뇌관을 만들게 할 자극을 주는 것이 평론의 주요 임무 중 하나라고 생각하기 때문이라고 설명한 바 있다. 이제 바로 그 뇌관을 만들어야 할 시간이다.

『트랙과 벌판의 별』에서 특기할 만한 사실은 바로 인공적 '트랙'과 자연적 '벌판'이란 현실세계의 등장이다. 이러한 현실 세계가 「저녁의 양(羊)과 올 더 세임(all the same)」에서 "어떤 내밀함," "어떤 안정감"이나 "어떤 리얼함"이라고 정의되어 있다. 여장남자 시코쿠가 "미래를 잊지 않기 위해" 견디던 "골방의 악취를" 기억한다면 그리고 눈보라가 암시하던 코카인 파티를 상기한다면 황병승의 시세계에 난입한 트랙과 벌판은 생경한 현실세계다. 이러한 난입 사건이 다른 사람이 아니라 황병승 본인의 자작극이라는 점을 감안해야 한다.

'들판' 같은 자연은 「썸 비치(some bitch)들의 노래」에서 "사람이 만들지 않은 것./ 사라지지 않는 것, 마미 로봇도 어쩔 수 없는 저 위대한 하늘과 산과 바다……/ 하지만 그런 것은 언제나 공원의 늙은이들처럼 따분하고/ 언제 폭발할지 모르는 다락 속의 자폐아들처럼 두려운 것"이라고 정의되어 있다. 「미러볼」에서는 구체적인 사례를 들어 "'새가 날아간다'라는 문장을 읽으면 우선 날개짓의 듣기 싫은 소리와 깃털 속에 들러붙어 있던 온갖 종류의 세균들이 순식간에 대기를 오염시키는 모습이 떠올라 견딜 수가 없다 "세상의 모든 대화, 세상의 부질없는 모든 대화……"라고 설명된다. 시인은 자연의 현실세계가 세상의 모든 대화 속에 숨어 있어서 피할 수 없다는 사실을 인식하고 있다. '트랙' 같은 현실세계에서 시인은 「어린이날기념좌절어린이독주회」에서 표현된 자녀교육의 과잉 현상이나 「웨이트리스」에서 표현된 "당신들의 멈추지 않는 식욕이 옳았다는 것을" 인정해야만 하는 상황이나 「뽀삐」에서 벌어지는 집단수간의 끔직한 현실을 제어할 길이 없다는 사실을 인식하고 있다. 게다가 이러한 현실세계의 난입이 제대로 된 시 세계로 편입되어야 한다는 요구를 시인은 인식하고 있다. 어떤 것이 제대로 된 시의 경지인가. 황병승은 「문친킨—미치 mitch를 생각하며」에서 다음과 같이 묘사한다. "그저 문친킨 문친킨 일 뿐이겠지만/ 오늘 같은 날은 한 백 번쯤 중얼거렸고/ 역시 문친킨의 힘이란/ 멍청해진 존재를/ 삽시간에 빨아들이는/ 마력을 가지고 있는 것이다/ 누가 뭐래도"

황병승이 우리에게 다음과 같이 약속하고 있는 것 같아 보인다. 『트랙과 벌판의 별』의 시세계에 난입한 듯이 보이는 현실세계가 멍청해진 존재를 삽시간에 빨아들이는 마력의 시세계로 변환될 것이며, 이는 황병승으로 인해 시작된 미래파 논쟁에 대한 우려를 찬사로 바꾸는 전환점이 될 것이다. 이 지점이 황병승의 기회이며 뇌관이라고 믿으며 다음 시집을 기다리기 시작한다. 『트랙과 벌판의 별』의 마지막 시 「잔디는 더 파래지려고 한다」에서 황병승이 바로 이러한 방향으로의 전진을 시작했다고 믿는다. "저 오래된 유리창의 무늬들처럼, 누가 먼저랄 것도 없이 서로를 긋고 지나가는 칼날 같은 무늬들/ 좌에서 우로 위에서 아래로 속삭이는 소리, 안타깝다 그러나 결국 아름답다,/ 온 마음을 다해 가로세로 안달을 하는 이야기들// 주제는 무엇인가 주제에, 주제가, 주제를 모르고 '그는 혹은 우리는'으로 시작하는 이 모든 고백의 홈타운에서 피치 못할 좌절스러움들……"이라고 시작된 이 시는 "죽음이 있기 전에 조금만 쓰자// 그러면 쓴다는 것은, 무엇일까// 잔디는 더 파래지려고 한다."라는 말로 끝난다. '유리창의 무늬'라는 인공적인 현실세계로 시작하여 '잔디'라는 자연적인 현실세계로 끝나면서 '좌절스러움'을 넘어서는 주제의 표현을 전력을 다해서 추구하겠다는 황병승의 약속이며 황병승이 자신의 인생을 위해서 스스로 설치한 뇌관이라고 생각한다.

14.
내가 읽은 박상순 시인: '언어파'의 전개

  나는 언어의 재현 능력을 신뢰하지 않는다. 그리고 나는 이 지점에서 박상순 시인과 만난다. 1990년대 초 어느 날 저녁 ≪작가 세계≫의 최승호 시인을 매개로 나, 이수명과 박상순이 만나 '언어파' 결성을 궁리했었다. 대단한 시작이 아니라 그저 한 번 생각해 보는 정도였는데, 내 경우에는 그때 이론이 아직 명확하게 영글어있지 않아 망설였었다. 그저 그 뿐, 어느 저녁의 몇 시간이었다. 그런데 박상순 시인을 중심으로 한국 시단에 '언어파'가 형성되어가는 모습을 보는 요즈음이다. 박상순의 시세계에 관한 연구가 충분하지 않은 현실을 감안하여, 15―20매의 제한된 원고 분량에도 불구하고 다소 무거운 작업을 전개하고자 한다.

  박상순의 일견 장난스러워 보이는 시 작업에 진정성(眞正性)의 의문을 제기할 수도 있을 것이다. 그러나 언어의 재현 능력을 충분히 신뢰할 수 없게 된 현실을 인식하고 고백하는 것이 현대 시인의 진정한 자세라는 점에서 박상순의 시 작업을 의심스러운 눈초리로 바라보는 자들의 미래는 암담하다. 제1시집,『6은 나무 7은 돌고래』에서 (1) 문제점의 인식 작업과 (2) 해결책의 모색 작업이란 두 단계를 다 읽어낼 수 있었다. "나는 내 몸 속에 갇혀 있다. 내 몸 속에서 나는 하루도 빠짐없이 나의 우상과 만난다. 나의 偶像은 나를 만날 때마다 자신의 모습을 바꾸어 왔다."라고 시작되는 「나는 더럽게 존재한다」에서 '나의 偶像'은 언어의 재현 능력에 대한 관습적 신뢰를 표상한다. 정직하고 능력 있는 시인은 언어적 관습에 안주하지 못한다. 시인의 몸은 어쩔 수 없이 관습적 현실 속에 갇혀있지만, 시인의 정신은 관습적 현실에 절대로 순응할 수 없다. 순응할 수 없게 만드는 끔찍한 현실을 두려워하면서도 '나의 우상'과 씩씩하게 싸워나가야 할 것이다. "그때마다 내 몸 속에 갇힌 내 기억의 모든 존재들이 내 두려움을 먹고 일어나 목숨을 건 피의 싸움을 벌였다. 그리고 내 몸 속 곳곳에 쓰러져 나의 몸을 썩어가게 하였다./ 오늘도 나는 썩어가는 내 몸 속에 갇혀 나의 우상을 만날 것이다." 아마 "나는 몸 밖으로 뛰어나갔다"라고 주장하는 수준까지 악착같이 싸워야 할지도 모른다. 「나는 더럽게 존재한다」는 다음과 같이 끝난다. "나는 여전히 몸 속에 있다. 불타는 내 심장을 뚫고 오늘 나의 우상이었던 큰 쥐는 빠져나갔다. 요동치는 내 몸에서 뒷발을 떼며 큰 쥐는 내게 말했다./ ─더러운 자식, 더러운 자식." 오늘 하루 '나의 우상'과의 전투는 승리로 끝났다. 하지만 나는 여전히 몸속에 있으면서 나는 몸 밖으로 뛰어나갔다라고 말하는 극단적인 모순 어법을 사용하는 대가를 치뤄야만 했다. 언어의 재현 능력을 순진하게 신뢰한다면 깨끗하게 존재할 수 있을 지도 모른다. 그러나 현대 시인은 더럽게 존재하겠다는 투지와 용기를 가져야 한다고 박상순이 권고한다.

박상순이 대학에서 서양화를 전공하고 그림을 그리다가 붓 대신 펜을 잡게 된 계기를 이수명에게 다음과 같이 설명한다. "그는 그림이 시보다 더 의미와 해석의 시선에서 자유로우며, 화가를 버리고 혼자 자랄 수 있는 것이라 말한다. 하지만 그렇기 때문에 미술은 물질을 끌어들여야 하며 이 물질이 작품으로 전환되기까지의 물질적 소요 시간이 그의 자유로운 상상의 이동을 허락하지 못했다고 한다."(「삶 속의 예술을 꿈꾸며─박상순의 근황과 시세계─」) 박상순의 예술적 감성이 추상적인 인식이라기보다 현실에 밀착된 경험에서 기인하기 때문일 것이다. 「자네트가 아픈 날 2」는 "나는 항아리를 만든다. 미술대학을 다닌 솜씨로, 이제는 다 틀어져 버린 솜씨로, 틀어진 항아리를 만든다. 내가 주둥이를 최대한 작게 마감할 동안 그녀는 약을 먹는다."라고 시작한다. 그런데 결국 "이제는 다 까먹어 버린 솜씨로 내가 아는 모든 사람이 다, 담겨질 거대한 항아리를 만든다. 담겨질 사람이 없다. 나는 다시 가로수에 대해 공부한다. 거꾸로 서는 가로수, 날개 달린 가로수, 돌덩이를 삼킨 가로수, 항아리를 삼킨 가로수."라고 결론짓는다. '항아리'의 미술 작업이 불가능한 이유는 '자네트'가 '아픈' 현실적 사연이 훨씬 더 중요하기 때문이다. 「나무를 뱉어내는 항아리」는 '항아리'의 미술 작업이 불가능할 뿐만 아니라 관습적 언어에 기반을 둔 언어 작업도 불가능하다는 점을 지적해 낸다. 십분 양보해서 "항아리는 자꾸 나무를 뱉어내고 있었습니다. 청녹색 높은 하늘은 항아리가 뱉어낸 버드나무의 무성한 이파리들로 가득 메워지고 있었습니다. 항아리는 여전히 땀을 흘리며 천하지간 온 곳을 더운 여름으로 꽉꽉 메워놓고 있었습니다. 하지만 아무도 믿지 않았습니다. 믿고 싶지 않았습니다."라는 전설 같은 사연을 100% 인정한다 하더라도 마지막 문장인 "아저씨! 그런데 아저씨, 항아리가 뭐예요?"라는 순진한 질문에 '벌거벗은 임금님'처럼 거짓된 존재 의식을 고백하지 않을 수 없을 것이기 때문이다. 예를 들면, "그날 아침 나는 학교에 가지 않았습니다/ 우체국 뒷길을 맴돌다/ 수채구멍 속에서 나온 개구리 한 마리를 밟아 죽이고/ 집으로 돌아왔습니다"(「빵공장으로 통하는 철도로부터 4년 뒤」의 제1연)라는 경험이 현실 속에서 어떤 의미를 가지는지 알 수 없기 때문이다. 그래서 그는 나중에 "거미는 도망가고 없었습니다/ 점심은 먹었는지,/ 저녁은 어떻게 먹고 무얼했는지,/ 기억이 나지 않습니다"((「빵공장으로 통하는 철도로부터 4년 뒤」의 제2연)라고 문제점을 인식할 수밖에 없다. 기억이 나지 않는다기보다 도대체 그림은 고사하고 더 모호할 수 있는 언어로도 어떻게 재현할 수 있을 것인지 4년이 지난 뒤에도 엄두가 나지 않기 때문이다. 가난한 유년 시절의 소외 경험을 "나는 홀로 돌아와/ 소리없이 울었다/ 가마니를 쓰고 떠나는 사람/ 오십 개를 그렸다"(「빵공장으로 통하는 철도로부터 3년 뒤」의 마지막

연)라는 그림의 도움을 받은 언어로 재현해 낼 수 없음을 박상순 시인이 명확하게 인식한다는 점에서 박상순의 시세계는 빛난다.

제1시집, 『6은 나무 7은 돌고래』의 진정성은 해결책의 모색 작업을 포기하지 않는다는 점에서 더욱 빛난다. 시인은 「별이 빛나는 밤」에서 "이제 무덤 파는 사람은 <무덤>이라고 부르고, 묘비명을 새기는 사람은 <묘비>라고 쓴다."라고 제안한다. 이 지점에서 "첫번째는 나/ 2는 자동차/ 3은 늑대, 4는 잠수함"이라고 시작되는 「6은 나무 7은 돌고래, 열 번째는 전화기」가 시집의 표제시(表題詩)가 되어야 한다. 제2시집, 『마라나, 포르노 만화의 여주인공』의 「춤—약속」의 제1연에서 해설을 발견한다. 아니, 악착같이, 무리한 작업을 경유하여, 박상순의 '우상'을 구축해내려 한다. 박상순 시세계, 아니 '언어파'의 연구를 활성화하기 위해서이다. "전화—나의 이름—지우고 싶은—바꾼 뒤에도—불리어질—이름—바꾸지 못하고—그—이름에게—온—전화—춤—에 대해—시 한 편—쓸 수 있을까—나는—움직이지 못한다—날으는 물고기—코끼리—흘러가는 구름—하지만—이름을 고치는 대신—나는—움직임을—거부했었다—행동의 죽음." 평자는 이 글을 "나는 언어의 재현 능력을 신뢰하지 않는다. 그리고 나는 이 지점에서 박상순 시인과 만난다."라고 시작했었다. 그럼에도 불구하고 언어의 재현 능력에 의지하여 글을 쓰고 있다. 왜냐하면 박상순 시인과 함께 '더럽게' 존재하지 않을 수 없음을 알기 때문이다. 제1시집에서 "첫번째는 나/ 2는 자동차/ 3은 늑대, 4는 잠수함"이라고 시작되는 '새로운 언어'라는 해결책은 "숫자놀이 장난감/ 아홉까지 배운 날" 시작된다. 「춤—약속」은 성인 세계의 상황이다. 아마도 자연스럽게 춤을 취야 하는 상황인가보다. 그런데 '나'에게 전화가 왔다. 그저 '전화'라고 호명됨으로써 전화가 온 상황에 호출되게 된다. 따라서 '전화'는 '나의 이름'이다. 그런데 '나'는 '춤'을 추지 못한다. 아니 춤을 출 엄두가 나지 않는다. '흘러가는 구름'처럼 추고 싶지만, '날으는 물고기'같이 불가능한 일이다. '코끼리'같아 보일 것이다. 그래서 '나'는 '춤'을 거부한다. 그건 '행동의 죽음'이다. 왜냐하면 '전화'라는 공동체 속의 호명을 행동으로 바꿀 수 있는 기회였기 때문이다. 시인은 질문한다. 그 대신 춤에 대해 시 한 편을 쓸 수 있을까. '전화'나 '춤'을 포괄하는 '시'의 '이름'을 찾을 수 있을까라는 질문은 '숫자놀이 장난감'의 세계를 포월한다.

평자는 제2시집, 『마라나, 포르노 만화의 여주인공』의 변화를 「말했다」에서 읽기 시작한다. "첫눈이 왔다. 그렇게 시작되었다. 그것밖에 몰랐다. 그것만을 생각했다. 그것만을 했다. 앞으로도 하고 뒤로도 하고, 누워서도 하고 앉아서도 했다. 제기동에 가서도 홍제동에 있을 때도 그것만 했다. 잠도 오지 않았다. 쉬지 않고 했다. 처음부터 했다. 끝날 때도 했다."라는 제1연에서 '그것'은 '말했다'이다. '자동차,' '늑대'나 '잠수함' 같은 '단어'의 수준은 해결책이 될 수 없다. 해결책은 '행동의 죽음'이라는 '구문'의 차원에서도 모색될 수 없다. 시인이든 아니든 관계없이 끊임없이, 쉬지 않고, 현실의 문맥 속에서 말해야 하기 때문이다. 이런 현실은 아주 절박하다. 현실의 언어적 관습에 적용될 수 있는 해결책을 발견해내지 못한다면, "당신 어머니는, 당신을 만난다 할지라도 당신을 알아볼 수 없겠지요? 그렇군요. 그래요. 당신 그림엔 당신이 없겠군요. 그렇겠지요."(「빵공장으로 통하는 철도로부터 22년 뒤」)라는 단정적 판결에 무기력할 수밖에 없기 때문이다. 그리하여 우리의 예술 작업은 이제 「우편영화제작소」를 닮아, "시인, 화가, 사진가와 소설가./ 우리는 우리에게 보여줄 영화만을 만든다.// 대충, 그럴싸한 그림엽서를 흉내내어서/ 아무렇게나 상대방의 인생을 늘어놓는다."라고, "아무렇게나 만든다."라고 자탄하지 않을 수 없게 된다.

평자는 제3시집, 『Love Adagio』의 시세계 변화를 시집의 첫 번째 시, 「빨리 걷다」에서 읽었다. 원고 분량의 제한 때문에 "이제 나는 유리병, 동 파이프, 고무 벌레, 붉은 벽돌, 거미줄, 안개, 비상구, 접시, 세탁소, 푸른 항구, 불난 집, 가방, 끈 떨어진 꾸러미, 자동차, 사라진 구름, 발, 발, 발, 밤, 밤, 밤."(전문)으로 시작되는 아무렇게나, 하지만, 정말 잘 만들어진,

시세계를 자세히 읽을 시간은 없다. 하지만, 아무리 시간이 없어도, "아이덴티티는 너무 20세기적이야. 난 움직여. 움직이고 있다구. 하얗게 밀려오는 밤바다의 파도. 이른 아침 7시 50분에 시청사 정문 앞 도로변에 서보면 다 보여. 현대적으로, 21세기적으로, 그렇지만 능숙하게 르네상스식으로도.'(「가수 김윤아」)라는 시대 인식은 1990년대 초 어느 저녁 무심코 시작된 우리의 의미 있는 대화가 아직도 계속되고 있다는 확신을 평자에게 준다. 그가 나와 동시대에 존재하고 있다는 사실이 너무 기쁘다.

15.
언어파가 가는 길:
내가 아는 이수명, 내가 본 이수명

이수명 시인을 위한 ≪시와 세계≫(2007년 봄호)의 특집은 정말 반갑다. 시인들의 특집이 여기저기 많이 나오는데 중요한 시인의 특집은 정작 만나기 힘든 것이 현실이다. 대담과 평론은 다른 분이 쓰신다니 중요한 작업은 다소 뒤로 미루어두어도 되겠다는 판단이다. 이 기회를 이용하여 이수명 시인을 겨우 읽어냈던 혼적 몇 개를 정리해 제시하는 것이 필자의 관심을 강력하게 표명하는 하나의 방법이 될 것이다.

1. 「'언어파'의 전개: 내가 읽은 박상순 시인」(≪시와 세계≫ 2005년 가을호)

나는 언어의 재현 능력을 신뢰하지 않는다. 그리고 나는 이 지점에서 박상순 시인과 만난다. 1990년대 초 어느 날 저녁 ≪작가 세계≫의 최승호 시인을 매개로 나, 이수명과 박상순이 만나 '언어파' 결성을 궁리했었다. 대단한 시작이 아니라 그저 한 번 생각해 보는 정도였는데, 내 경우에는 그때 이론이 아직 명확하게 영글어있지 않아 망설였었다. 그저 그 뿐, 어느 저녁의 몇 시간이었다. 그런데 박상순 시인을 중심으로 한국 시단에 '언어파'가 형성되어가는 모습을 보는 요즈음이다.

이 만남이 내게는 얼마나 중요한지 한국 현대시의 아방가르드 정신을 신서정, 선불교, 언어파, 참여의 정신 등 네 개의 분야로 제시한 「한국 현대시의 아방가르드 정신들」(≪시현실≫, 2006년 봄호)에서 "시는 언어 예술인 바, 예술의 독립적이고 혁명적인 잠재력을 주장하는 아방가르드 시인들이 역사가 우리에게 배정하는 미적 상황에 대한 정확한 인식 작업에 있어서 언어 자체에 대한 반성에 무관심할 리 없다. 한국 현대시의 아방가르드 정신들을 네 가지 측면에서 검토할 때 박상순을 비롯한 '언어파'의 작업을 간과할 수는 없다."면서 위의 인용 부분을 똑같이 인용한 적이 있다. 내가 이수명을 이와 같이 보고 알기 시작했다는 것이 중요하다는 점을 주장하기 위해서 똑같이 다시 한 번 인용한다.

2. 「경험과 문학」(계절평: ≪시와 사상≫ 2002년 여름호)

이번 계간시평 작업에서 얻은 필자의 수확은 이수명의 「어둠의 신발」(『포에지』, 2002년 봄호)이다. 오래 지켜 보아왔지만 그녀의 시세계로 들어가는 입구를 발견하지 못하였는데, 이번에 하나 발견한 것 같은 느낌이다. 그녀가 다소 느긋한 마음으로 열어 보인 것인지, 나의 오랜 응시가 다소의 성과를 거둔 것인지는 계속 검토될 과제이리라.

어둠이 신발을 신고 있다. 어둠 속에 떨어져있는, 끈이 길게 늘어져 있는 신발을, 아무도 신으러 오지 않는 신발을, 천천히 신고 있다. 그 좁은 입구에 어둠의 거대한 발이 들어간다. 건드리지 않고, 소리내지 않고, 신발도 모르게 들어간다. 어둠이 걷는다. 아무도 신으러 오지 않는 지상의 신발을 신고 어둠이 지상을 걸어 나간다.

밤을 새워 글을 쓰거나 책을 읽다보면 어느 틈에 밖이 환하다. 어느 틈에 어둠이 인사도 안하고 사라져버린 것을 발견한다. 눈 밝은 시인은 어둠이 떠날 준비하는 과정을 읽어낸다. 어둠도 길을 떠나려면, 머무르던 자리에서 일어나 신발을 신고 떠날 것이다. 보통 사람의 귀에는 들리지 않는 낮은 데시벨의 소음이지만, 귀신같은 시인은 어둠이 신발 신는 모습을 보고 있다. 어둠이 지상을 걸어 나가는 뒷모습을 말없이 배웅하고 있다. 시인에게는 경험이요, 어둠에게도 새로운 경험일 터이지만, 독자에게는 그저 놀라운 발견일 뿐이다.

3. 「말걸기의 어려움」(계절평: 《시와 세계》 2003년 겨울호)

이수명은 젊은 세대이지만, 「현상 수배」에서 38선을 발견한다(『시와 세계』 2003년 가을호).

> 그는 현상 수배범이다. 많은 사람들이 오가는 넓은 거리의 게시판에 걸려 있다.
>
> 사진 속에서 그는 웃고 있다. 전단지가 햇빛에 누렇게 바래고, 빗물에 얼룩이 져도, 이 손이 뜯고 저 손이 찢어도 웃고 있다. 그는 산산조각 나고 있다. 어느 날 한 쪽 눈이 없어지고, 또 어느 날 한 쪽 귀가 사라졌다. 남은 형체도 검은 펜으로 뭉개지고 있다. 그래도 그는 웃고 있다. 그는 위험 인물이다. 그가 저지른 위험한 일들이 어디선가 또 저질러지고 있다. 어디에서? 그는 어디에 있는가?
>
> 사진 속에서 그는 웃고 있다. 웃으며 그도 자신을 찾고 있다. 그는 위험 인물이다. 그는 자신을 현상 수배한다. (전문)

우리 시대의 38선은 현상 수배된 인물이 대변한다. 주체는 호명(interpellation)

되면서 확정되지 않는다. 주체는 이름 지어지는 과정(naming)인 것이다. 그렇지 않다면, 동성애자들이 자신이 동성애자임을 공공연하게 드러내는 과정(coming out)을 힘들게 겪어나갈 이유가 어디에 있을까. 현상 수배범에게서 배우는 교훈은 인식론적 회의가 없는 사람처럼, 시론을 심각하게 생각하지 않는 시인처럼, 변하지 않는 주체는 인류 사회에 위험한 존재라는 것이다.

4. 「이만식 시인이 읽은 '이 계절의 시'」(≪시와 세계≫ 2006년 봄호)

토르소

이수명

비가 그쳤다.

비가 그친 후에야 비를 목격했다. 비가 더 이상 자라지 않게 되었을 때에

나는 너를 채우고 있었다.
솜뭉치로 너를 메우고 있었다.
나는 너의 육체를 결성하고
너를 정지시켰다.

몸이 되기 위해 너는 감각을 버리고
부동의 자세로 사랑을 했다.
너는 메워졌다.
나는 너를 드러냈다.

내 머리 속에 있는 손들이 나를 떠나
너에게 날아가 앉았을 때

너에게 가서 비로소 너의 형식이 되었을 때에
나는 그쳤다.
내가 그친 후에야 나를 목격했다. 내가 더 이상 너와 교환되지 않았을 때에
　　　　　　　　　　　　　　　　—『문학과 사회』 2005년 겨울호

　'환상시'라고 정의되기도 하는 최근에 발표되는 유형의 시들에서는 현실과의 유대감을 상실해버리는 정도가 너무 심한 경우가 많다. 음(音)이나 색(色)과 달리 언어(言語)는 관습의 체계를 완전히 벗어나버릴 수 없기 때문에 언제나 협상(協商)의 여지를 남긴다. 알 수 없는 듯한 언어를 사용하는 경우에도 이수명의 시에서는 현실의 그림자를 찾아볼 수 있다. 물론 언제나 성공하는 것은 아니지만, 필자는 현실과 환상의 협상 지점을 읽어내는 기쁨을 이수명의 시에서 가끔 경험한다. 환상시든 아니든, 일상의 언어라 하더라도, 언어는 현실과 환상의 협상의 결과물이다. '나'라는 심리적 자아와 사회적 주체가 완전하고 균질한 존재라는 근대적 전제에 대해 의문을 제기한 프로이트와 맑스 이후 모더니즘 문학의 주제가 '나'를 벗어나기는 어려웠다. 삶이 지속되는 한 삶 속에 존재하는 '나'를 정의(定意)하기는 어렵다. 이수명은 이런 사정을 "비가 그친 후에야 비를 목격했다"고 표현한다. '나'라는 존재가 존재하기를 그쳤다고 말하면서 '나'에 관해서 말할 수 없기 때문에 '나' 대신 다른 존재, 죽음의 의미가 너무 심각하지 않아서 충격적이지 않은 언어로 표현할 수 있게 하는 방편으로 '비'라는 존재를 동원하였을 뿐이다. 따라서 비가 그쳤다는 것은 비가 더 이상 자라지 않는다는 것과 동일한 개념이다. 시인은 비가 아니라 내가 그쳤다는 상황을 검토하고 싶기 때문이다. 그런데 여기서 내가 그쳤다는 것은 내가 더 이상 자라지 않는다는 것을 의미하지는 않는다. 성장 발육이 끝난 성인(成人)의 경우에 내가 그쳤다는 것은 내가 더 이상 자라지 않는다는 것과 일치한다기보다 내가 더 이상 너와 교류가 없다는 것을 의미한다. 내가 더 이상 너와 교류가 없어지면서, 너와 나의 환상적인 관계도 일상의 언어에 의한 정의가 가능해진다. 요컨대 현실 속에서는 더 이상 변하지 않는, 추

억 속에서 이미 화석화되어버린 '나'만 남아 있기 때문이다. 5연의 "내 머리 속에 있는 손들"은 추억 속의 손들이다. 그런 추억 속의 손은 아마도 너를 만지던 내 손이었겠지만, 그렇지만 이제 더 이상 너를 만지지 못하게 된 내 손이다. 따라서 나를 떠나 너에게 날아가 앉아, "너의 형식"이 된다. 왜 "내가 더 이상 너와 교환되지 않"게 된 것일까. 저간의 사정이 3연과 4연에 조금 드러나 있다. 사건의 전말을 전부 알 수는 없다. 왜냐하면 너와 나 중에서 누구도 교환의 관계를 의도적으로 파괴한 것은 아니었으니까 말이다. 내가 3연에서처럼 욕심 사납게 요구하였기 때문에 "너는 메워졌다"는 것, 그리하여 "나는 너를 드러냈다"는 것이 고백되어 있다. 내가 너의 육체를 '결성'하고 너를 '정지'시키지 않는 방식으로 너와 '교환'하는 방법을 찾을 수 있을 것인가. 이런 의문에 대한 답을 찾아낸다면 '토르소'에 핏기가 돌아 사람이 되겠지만 결성하고 정지시킬 수 없는 '나'이기에 불가능한 작업이며, 그래서 이수명의 시를 계속 기다리게 된다.

16

다시/다르게 읽기: 김춘수「눈의 기억」

문학사는 다시/다르게 읽는 사람에 의해 계속 쓰여진다. 나는 시인으로
서 선배시인 김춘수의「꽃」을 다시/다르게 읽는다.

「꽃」의 논리

　　김춘수의「꽃」을 읽으며
　　김춘수의「꽃」의 논리를 읽으며
　　김춘수의「꽃」의 권력 지배를 읽는다

　　김춘수가
　　"내가 그의 이름을 불러주기 전에는
　　그는 다만
　　하나의 몸짓에 지나지 않았다."고 말할 때
　　'나'는 '그'의 지배자다
　　"이름은 이름 지어진 사물이 아니라 다른 논리 계형 즉 이름 지어진 사물보
　다 더 높은 단계의 다른 논리 계형에 속한다"는 버트란드 러셀의 논리 계형
　(logical type) 개념에 의하면*

　　따라서

"내가 그의 이름을 불러주었을 때
그는 나에게로 와서
꽃이 되었다."는
'나'의 권력 지배의 완성을 뜻한다

그런데
"내가 그의 이름을 불러준 것처럼
나의 이 빛깔과 香氣에 알맞는
누가 나의 이름을 불러다오.
그에게로 가서 나도
그의 꽃이 되고 싶다."고
'나'를 지배하는 '그'를 찾는다
'나'의 권력에 지배당하는 '그'와
'나'를 지배하는 권력의 '그'가 있다

두 개의 '그'가 있다
지배하는 '그'와
지배당하는 '그' 또는
지배하는 '그'가 되는 '나'와
지배당하는 '그'가 되는 '나'

그래서
김춘수는
'그'와 '그'
'나'와 '나'
즉
'우리'라고 울부짖는다
"우리들은 모두
무엇이 되고 싶다.
너는 나에게 나는 너에게
잊혀지지 않는 하나의 눈짓이 되고 싶다."
사랑은 권력 지배다

사랑이든 뭐든 권력 지배다
우리 모두 서로 지배하고 싶다고
우리 모두 서로 지배당하고 싶다고
그리하여 '눈짓'으로 남아있고 싶다고

소리 높여
소리 높여
주장하는 바입니다

* 그레고리 베이트슨, 『정신과 자연』(서울: 까치글방, 1990), 267쪽. 그런데,
사랑이 권력 지배일 뿐일까. 그리하여, 삶이 권력 지배일 뿐일까. 아, 아, 지배
당하고 싶지 않을 뿐만 아니라, 지배하고 싶지 않다고, 소리 높여, 소리 높여,
주장하고 싶습니다.

나는 또한 비평가의 눈으로 김춘수의 다른 시들을 읽는다. 시인의 눈과
비평가의 눈이 다르지 않다고 믿는다. 비평으로 표현하면 비평가이고, 시
로 표현하면 시인일 뿐이다. 김춘수와 김수영, 문학에 눈을 뜨는 나이에,
김소월만 외우던 눈에 부딪친, 얼마나 엄청난 산맥이었던가. 이제, 김춘수
의 시를 다시/다르게 읽는다. 그만큼의 거리가 생긴 것이다. 문학사를 다
시/다르게 쓴다. 김춘수의 「처용단장 I의 IV」는 유명하다. 무엇인가 가슴
을 후벼 파는 감동이 있다. 말로 표현할 수 없었던 감동을 이기고, 이제 다
시/다르게 읽는다.

눈보다 먼저/ 겨울에 비가 오고 있었다./ 바다는 가라앉고/ 바다가 있던 자리
에/ 軍艦이 한척 닻을 내리고 있었다./ 여름에 본 물새는 죽어 있었다./ 물새는
죽은 다음에도 울고 있었다./ 한결 어른이 된 소리로 울고 있었다./ 눈보다 먼
저/ 겨울에 비가 오고 있었다./ 바다는 가라앉고/ 바다가 없는 海岸線을/ 한 사
나이가 이리로 오고 있었다./ 한쪽 손에 죽은 바다를 들고 있었다.

겨울답지 않게 비가 내린다. 겨울에는 눈이 내려야 하는데, 비가 내린다.

그런 기억이 있었다. 그런 기억을 왜 굳이 기억해내는가. 눈 대신 내리는 비는 여름의 기억을 상기시킨다. 여름에 본 물새는 겨울에 죽어 있고, 여름에 본 바다는 겨울에 죽어 있다. 겨울은 여름의 죽음이다. 시의 화자는 독자와 함께 언제나 현재 시제 속에 있지만, 이야기 속의 화자의 시선은 어린 시절 즉 과거의 화자의 것이다. 어른이 된, 시인이 된 화자가 어린 시절의 기억을 기억한다.(『현대시학』 2001년 2월호에서 윤의섭 시인은 "김춘수 시인은 처용의 시선으로 어린 시절의 자신과 바다를 바라보고 있었던 것이다"라고 요약한다.) 그때는 잘 몰랐었는데, 죽은 겨울 바다의 죽은 물새는 "한결 어른이 된 소리로 울고 있었다"고 말할 수 있다. 물새의 죽음이 상징하는 바다의 죽음을 비언어적으로 겪으면서 어린 시절의 화자는 "한결 어른이" 되는 성장의 과정을 겪었던 것이다. 어린 시절에 경험한 죽은 물새는 울음을 멈춘 물새였다. 그러나 "한쪽 손에 죽은 바다를 들고" 있는 "사나이"가 되면서, 물새가 "죽은 다음에도 울고 있"다는 사실을 알게 되었다. 물새는 왜 죽은 다음에도 우는가, 바다는 왜 죽었는가, 그리하여 해안선에는 왜 바다가 없게 되었는가, 이런 질문에 대한 대답이 "軍艦"이라는 단어 하나로 제시되어 있다. 시인의 고향인 충무 앞바다에 정박한 일본 군함일 것이다. 시인에 관한 자서전적 지식이 없다면 정확한 해석이 불가능하다. 그렇기 때문에 '군함'이 제시하는 의미가 다양해지고 있지만, 반면 시인이 근원적 경험의 현실적 해석을 회피하고 있다는 반증이기도 하다. '처용단장'이라는 시의 제목으로 '무의미시론'의 시인은 시와 비평의 국면에서 공들여 자신의 논리를 구축한다. 이와 동일한 논리로, 『현대시』 1994년 1월호에 실린 「시작메모」에서 김춘수는 "너와 나/ 우린/ 이다지도 슬프게 태어났다"(「만월」)는 것이 무엇을 의미하는지 명쾌하게 설명해준다.

현재가 없다면 나도 없는 것이 된다. 있다고 생각하는 것은 착각이지만, 우리는 이 착각 속에서 일상을 산다. 그러나 문득 문득 나는 없다는 어떤 불안감이 밀물처럼 밀어닥친다. 그때 나는 쓸쓸해진다. 존재의 근원적 쓸쓸함이다.

이런 따위 쓸쓸함에 비하면 다른 것들은 지엽말단에 지나지 않는다. 내가 시를 50년이나 쓰게 된 것은 결국은 이런 따위 쓸쓸함의 감정을 저버릴 수 없었기 때문이다. 그동안의 나의 시는 쓸쓸함의 체계를 세우는 사업이었다. 50년 전과 지금은 기교에 차이가 있을 뿐이다.

김춘수의 최근 시「눈의 기억」(『작가세계』 2000년 가을)을 읽는다. 「처용단장 I의 IV」와 동일한 논리 구조를 갖고 있다.

> 그해 겨울은 아주 늦게 눈이 왔다.
> 총소리는 너무 멀어
> 듣지 못했다.
> 족제비는 눈꽃을 깔고
> 잠자듯이 죽어 있다.
> 가슴패기에 피가 한줌 묻어 있다.
> 죽어서도 눈이 가 있는
> 거기가 어딜까.
> 雜木林 사이 아슴푸레
> 길이 나 있다.
> 간밤에도 족제비가 싸다녔으리,
> 길은 이내 질척해졌다.

이번에도 겨울의 날씨가 비정상적이다. 이번에는 눈이 "아주 늦게" 왔다. 그런 기억이 있다. 물새 대신 "족제비"가 죽어 있었다. 죽어 "있었다"라는 단순 과거가 아니라, 죽어 "있다"는 역사적 현재의 표현으로 과거의 기억을 현장감 있게 묘사한다. 시인이 주장하는 '기교'의 차이다. "눈꽃을 깔고/ 잠자듯이" 또는 "가슴패기에도 피가 한줌 묻어 있다"는 구절들이 더욱 깊은 공감을 유도하려는 '기교'의 산물이다. 그러나 시적 효과의 강화를 넘어서는 표현들이 발견된다. 「처용단장 I의 IV」가 정물화라면, 「눈의 기억」은 활동사진이다. 마지막 행, "길은 이내 질척해졌다"로 "아주 늦게"나마 내렸던 눈이 "이내" 다 녹아버리는 상황의 변화가 제시된다. 눈에 남겨진 발자국 때문에, 곧 녹아버릴 눈 때문에, 즉제비가 죽었다. "너무 멀어" 듣지 못한 "총소리"가 「처용단장 I의 IV」의 "군함"과 같은 역할을 담당한다. 「처용단장 I의 IV」의 화자보다 「눈의 기억」의 화자가 동물의 죽음에 더욱 공감하면서 이제 더 이상 간접적으로 자신의 감정을 표현하지 않는다. 물새와 족제비와 시인이 공유하고 있는 "존재의 근원적 쓸쓸함"에 대한 반발이 노골적이다. "잡목림 사이 아슴푸레" 나 있는 길을 확인하면서, "간밤에도" 싸돌아다닌 족제비를 추모한다. "죽어서도 눈이가 있는/ 거기가 어딜까"라는 질문을 통해 자신의 시를 "존재의 근원적 쓸쓸함"에 대한 대항책으로 확실하고 자신 있게 내세운다. '기교'의 발전이상이다. "죽어서도 눈이 가 있는"이라는 구절은 "거기"를 형용하고 있는데, "있는"이라는 단어는 "거기"의 존재를 긍정해야 사용될 수 있다. 죽어서도 시선이 머물 수 있는 곳이 존재한다는 확신을 전제해야, "거기가 어딜까"라고 질문할 수 있다. 죽어서도 갈 곳이 있다고, 그리하여 "존재의 근원적 쓸쓸함"의 감정을 저버릴 수 있다고 시인이 생각하기 시작하는 것 같다.

"사랑이든 뭐든 권력 지배"이기 때문에 김춘수의 「꽃」이 역사의 배후에 있는 폭력적 지배 이데올로기를 거부하는 자신의 무의미 시론을 정면으로 거부하는 모순을 드러내고 있는지도 모른다는 것이 「「꽃」의 논리」의 주장이었을까, 아니면 폭력적 지배 이데올로기에 저항할 수 없는 허무주의적 태도 이외에 어떤 다른 방법이 있는지 알 수 없다는 김춘수의 논리에 동조하는 것이 「「꽃」의 논리」의 주장이었을까. 「처용단장 I의 IV」의 김춘수와 달리 「눈의 기억」에서 김춘수가 "존재의 근원적 쓸쓸함"을 벗어날 수 있었던 것일까, 아니면 바로 그렇게 순간적으로 "존재의 근원적 쓸쓸함"을 벗어나게 하는 시의 효용 때문에 50년이나 써온 것이 아닐까. 보다 극적이고 직설적으로 되어가는 시적 표현 방식이 기교의 발전일까, 아니면 신념의 상실의 표현일까. 문학사는 다시/다르게 읽는 사람에 의해 계속 쓰인다. 나도 계속 다시/다르게 김춘수 론을 쓸 것이다.

17.
가격표 시론:
서정학『모험의 왕과 코코넛의 귀족들』

1990년대 말의 어느 겨울, 한국은 외환위기를 겪으면서 자본주의를 배운다. 자본주의 체제에서는 자본 즉 돈이 최고다. 모든 것에 가격이 매겨지는 또는 매겨질 수 있는 체제다. 서정학은 자신의 첫 시집인『모험의 왕과 코코넛의 귀족들』에서 "생필품은 그 나름대로의 공정한 가격표"가 있으며, 일금 5,000원 하는 "이 책의 가치는, 지금 현재, 집 앞 슈퍼의 신라면 11.1개 혹은 새우깡 12.2봉지, 또는 SES앨범 4.1개만큼의 가치가 있다"고 계산해 낸다. 자본주의 체제 속에서 시집이 일종의 필수품이며, '공정한 가격표'를 갖고 있다는 점을 부인할 수 없다. 쓰린 속사정이야 어떠하든, 업자들끼리 서로 속내를 털어 놓은 푸념의 수준을 넘지 못한다. 그런데 「시인의 말」의 시작 부분은 다음과 같다.

이 세상의 모든 선생님들께, 내지는, 선생님께, 사랑을 한가득 담아, 혹은, 치사하거나 슬픈 눈빛으로, 또는, 야비하게, 감사나 원망의 인사,

도대체 내가 뭘 하고 있을까, 도대체,

얼핏 보면 첫 시집을 내는 감사한 마음의 인사인 것 같아 보이지만, 뒤이은 가격표의 푸념을 감안할 때, 그렇게 순수하게, 또는, 순진하게 읽혀지지 않는다. 인사하는 감정이 "사랑," "치사함," "슬픔," "야비함," "감사" 또는 "원망"일 수 있다는 것이다. 즉 감정에도 다양한 "가격표"가 매겨질 수 있다. 말하자면, 감정도 "생필품"이므로 "그 나름대로의 공정한 가격표"가 있을 수 있다는 것으로 읽힌다. 자본주의 체제의 "가격표"가 시인의 감정에서도 읽힌다는, 의도적으로 읽으려 한 것은 아니지만, 어쩔 수 없이 그렇게 읽을 수밖에 없었다는 당혹감이 표현되어 있다. "도대체 내가 뭘 하고 있을까, 도대체." 시인은 도대체 무엇을 하고 있는 것일까. 자본주의 체제에 의해 감수성이 영향을 받는 상황 속에서 시인은 어떤 방식으로 시를 쓸 수 있을 것인가 서정학은 자신의 첫 번째 시집에서 질문한다.

현대의 도시는 사막이다. 커피 자판기는 신기루 또는 「오아시스」다. "뜨거운 사막"에서의 위안, "뜨거운 커피"를 획득하는 방법은 정확한 금액의 지급이다. 아무리 "지폐"가 많아도 "동전"이 없으면 신기루 같은 위안도 구입할 수 없다. 자본은 「은신처」를 제공하기도 한다. 치열한 경쟁의 정글 속에서 "적당히 숨은 사람"이 되기 위한 "은신처"는 "동전 몇 개로 숨을 수 있는 곳"이라는 부제(副題)로 정의된다. 은밀한 독백이지만, 문제는 언제나 자본이 부족하다는 것이다.

(동전 몇 개 남지 않았다)

사막이나 정글을 피할 수 없다. 치열한 경쟁에서 도망칠 수 없다. 너무 사람들이 많아 짜증나는 주말을 피해서 「평일의 동물원」에 가보라.

먹다 버린 팝콘은 누구도 집어먹으려 하지 않고, 아무도 구경하지 않는다.
나름대로 평온한 평일은 달력에도 제대로 나와 있지 않고, 사진도 찍히지 않는다

"완벽한 평일 오후의 동물원"에 만족할 수 없다는 것이 문제다. 경쟁이 없는 동물원, 짜증나지 않는 동물원에서 "아무도 구경"하려 하지 않고, "사진"도 찍으려 하지 않는 것이 문제다. 시적 화자와 비교해 볼 일이다. 우리 독자도 어느 "완벽한 평일 오후"에 시간을 내어 실직자처럼 동물원에 가볼 일이다. "구경"을 하고 싶은 마음이 드는지, "사진"을 찍고 싶은 마음이 드는지, 동물원에 가서 점검해 볼 일이다.

자본주의 체제에 침몰해 버린 인간의 경험은 박제되어 있다. 이상(李箱)은 "박제가 되어 버린 천재를 아시오? 나는 유쾌하오. 이럴 때 연애까지가 유쾌하오"라고 오래 전에 설명한 바 있다. 이제 진보의 시간이 흘러 "천재"가 아니라도 "박제"가 될 수 있으며, "유쾌"한 연애를 경험할 수 있게 되었다. 「텔레비전」의 "그녀"는 "오똑한 콧날 약간 붉은 금발"인데, "젖은 머리카락을/ 수건으로 닦으며 의자에 앉는다." "인형 같은 그녀는 저녁을 먹는다." "그녀"와의 연애는 "유쾌"하다. 구차하거나 불편한 요소가 존재하지 않는다. 그리고 "나는 아무것도 먹지 않는다." "텔레비전"의 "그녀"가 저녁을 먹는 동안, "텔레비전"을 보는 나는 "아무것도 먹지 않는다." 나는, "박제"가 된 평범한 "나"는, "그녀"와의 연애가 "유쾌"하다. 이제는 누구나 "박제"가 된다. "연애 편지 전문 발송 대행 대필, 창작법 지도./ 그 또는 그녀에게 꼭 맞는 문장 판매/ 단체를 위한 할인 혜택, 지워지지 않는 특수 잉크"라는 광고의 문구는 현대적 "박제" 방식이다. 여기서 "서투른 글씨로 연애 편지를" 쓰는 "대부분의 깡패"가 "박제"된다. "박제"되었기 때문에, "깡패의 연애 편지는 어떤 방법을 쓰든지, 그녀에게로 전달되는 법이다". "밤 새도록 춤추는 빨간 구두 아가씨"인 「그녀」의 행동도 "박제"되어 있다. 따라서 "아무것도 닳거나 멈추지 않는다." 오랜 시간이 흘렀기 때문에, "박제"의 원인이 명확하게 밝혀졌다. 예를 들면, 「줄리에트 비노쉬」는 어떻게 "박제"되어 우리에게 제시되는가. 그녀는 "브로마이드," "엽서" 또는 "비디오"로 박제되어 있으며, 자본주의 시장 속에 "가격표"와 함께 나와 있다. "나는 그녀를 사랑"하지만, "박제"되어 있는 "줄리에트 비노쉬," "그녀는 나를 전혀 모른다 나는 그녀의 머리카락 들과 전혀 관계가 없다."

자본주의 체제로의 완전한 종속인 "박제"의 과정은 어떻게 진행되는 가. "비천함," "공포," "무력감," "망상" 등의 감정이 "가격표"처럼 "박 제"의 과정으로 제시되어 있다. 남산 기슭에 있는 「호텔 신라」를 걸어서 가 본 경험이 있다면, "검은 승용차가 지나 다니는 아스발트 유리처럼 평 평한" 길을 걸어가면서, 승용차를 타는 경우에 느끼지 못했던 "비천함" 을 경험해 볼 수 있다. "차가운 겨울 바람이 아스발트, 평평하고 튼튼한/ 길을 훑어내고, 종이백이 바람에 흔들리고, 부부같은,/ 종이백, 신라는 왜 저다지도 먼 걸까" 자문하면서, 저 멀리 보이는 "네온사인 HOTEL SHILLA"를 보면서, 자본주의 체제의 낙오자 또는 패배자의 "비천함"을 느껴볼 수 있다. 체제에 완벽하게 순응하면서 종속되는 "박제"의 과정에 필요한 또 다른 감정은 "공포"다. 「일상의 번개」도 "무서워 집밖에 나다 니지 못한 적"이 있는 소시민은, "번개"의 공포 때문에, 너무 무서워 "아 침 거른 적"도 있고, "번개 맞는 꿈에 자다가 가위눌린 적"도 있다. "피뢰 침 꽂고" 다니면 피할 수 있을지도 모르는 "번개" 이외에 "머리카락을 태 워버릴 매일매일의 진지함과 우연들"이 있다. 사실 "자연의 번개"는 피할 수 있을 지도 모른다. 그러나 "진지함과 우연"의 종합인 "일상의 번개"는 어떻게 피할 수 있을까. 이러한 "공포"의 감정은 지하실에서 끝없이 고문 을 당하는 것과 같다. 현재 영종도에서 공사 중인 「인천국제공항」이 완공 되면, 수많은 비행기의 왕래가 있을 것이기 때문에, 희망을 버리지 않고 있다. 그러나 공항이 완공되면서 "단지 문밖의 세상은 끔찍하다"는 안내 방송만 "공항 가득 울려퍼진다"는 사실이 확인될 것이다. "비천함"의 일 상에서 빠져나갈 수 없을 것이라는 "공포"는 "무력감"을 동반한다. 「고양 이, 쥐는 먹을 수 없다」는 배가 고파 울면서도 쥐를 잡아먹을 수 없는 고 양이, "더러운 쥐보다는 우유를 더 좋아"하는 "폐차장"의 고양이를 묘사 하고 있다. "비천함," "공포"와 "무력감"에도 불구하고, 인간이 "박제"의 과정에 순응하는 이유는 "망상" 때문이다.

> 화성에는 뭣 하러 왔수, 어느덧 우리 뒤에도 줄이 늘어서 있다. 푸른색 머리
> 의 소파는
> 연신 궁금해한다 눌러 살겠다는 아빠의 말에 놀라는 표정, 화성은
> 꿈의 별이 아니지, 꿈 없는 자들의 천국,
> 나는 붉은 흙들이 마음에 든다 싸구려 별 화성의
>
> '하루'가 진다.

「화성 이민」을 감행하면서도 "망상" 같은 미래의 희망을 버리지 못하고 있기 때문이다.

　자본주의 체제로의 완전한 종속인 "박제"의 과정이 완성되면서 「비디오 게임/모험의 왕과 코코넛의 귀족들」 속에 있는 "원숭이"와 "나"의 구별이 없어진다.

> 원숭이는 못 들은 척한다. 원숭이는 나무 위에서 코코넛을 던지도록
> 프로그램 되어 있다 원숭이도 달리 방법이 없는 것이다 이미
> 결정되어 있다 원숭이는 내려오지 않는다 내가 올라가는 수밖에 없다

"나"는 자발적으로 "비디오 게임"의 법칙에 순응하면서 종속된다. 왜냐하면, 「컴퓨터, 꿈, 키보드」에 의하면 "프로그램에서; 나의 역할은 신이다"라고 정의되어 있기 때문이다. "박제"의 과정은 필연적인가. 「地球防衛白書」를 자세히 읽어 보자.

> 뭔가 끔찍한 일이 일어났다 나는 울트라 성에서 온 지국의 수호신 괴물들도
> 외계에서 온다 모든 사건은 바깥으로부터 안으로 온다 나는 과거의 포악한 공
> 룡 고지라와 싸운다 고지라도 강하다 그러나 나는 울트라 성에서 온 울트라맨
> 공룡 따위는 적수가 될 수 없다

"지구의 수호신" 울트라맨은 괴물들이 "외계에서 온다 모든 사건은 바깥으로부터 안으로 온다"고 정의하고 있다. 이런 울트라맨의 "비디오"가 "다섯 명의 지구인, 바이오맨(체중 48-88kg사이)"로 바뀐다. 왜 바뀌는지 시인은 설명하지 않고 있다 그러나 문제가 "바깥으로부터" 오지 않기 때문이라는 것을 짐작할 수 있다. "바깥"은 "가격표"를 결정하는 곳이고, "비천함," "공포." "무력감"과 "망상"을 불러일으켜 "나"를 "박제"로 만들려는 힘이다. 따라서 "바깥"을 인정하지 않는다면, "박제"의 과정은 계속 될 수 없다. "박제"의 진보는 중단될 것이다. 시인이 더 이상 "바깥"을 인정하지 않는다면, "바깥"의 노래를 합창하지 않는다면, "울트라맨"에서 "바이오맨"으로의 평화로운 정권교체가 성립될 수 있을 것이다.

18.
악취 시론: 이재무 「나는 어느 새」

1.

흑백논리가 문제다. 너무 정치적이다. 여당과 야당으로 확연하게 구분 지어지는 정치풍토는 대부분의 정치인을 철새로 만든다. 중간에 설 자리가 없기 때문에, '나'의 적이거나 '나'의 아군이 되어야 하기 때문에, 철새가 될 수밖에 없다. 현실세계 속에서 이상을 펼치려는 정치인의 경우, 현실적 입장 표명을 하지 않을 수 없기 때문에, 흑백논리가 지배하는 세계 속에서, '흑'의 진영과 '백'의 진영의 양자택일 앞에서 선택을 해야 하기 때문에, 철새가 될 수밖에 없다는 것을 이해하기 시작한다. 그 '흑'과 '백'이 절대로 불변한다면 철새처럼 옮겨 다닐 필요가 없겠지만, 격동의 현대사를 경험해 온 한국에서 '흑'과 '백'의 절대적 입장 고수는 상상할 수 없는 이상향이다. 문학작품에 관한 논의에서 철새 정치인의 변호를 언급하는 이유는 첫째, 한국에서 지식인과 정치인의 경계를 구분하기 어렵기 때문이며 둘째, 문학인을 포함한 한국의 지식인이 정치적이기 때문이다. 미셸 푸코의 논리를 동원하지 않더라도 '나'의 발언이 사회적 담론 속에서 권력적 관계를 형성한다는 것을 인식하는 것은 어려운 일이 아니다. 글은 권력의 흔적이기 때문에, 글을 쓰는 일은 본질적으로 정치적이다. 한국 지식인의 정치성을 언급하는 이유는 글을 쓰는 일이 본질적으로 정치적이 기 때문이라기보다 한국 지식인이 너무 '현실' 정치적이기 때문이다. 한 국 지식인 사회의 흑백논리가 너무 문제적이기 때문이다. 한국의 지식인 이 문화풍토 때문에 철새가 되는 것 같기 때문이다.

　지식은 편 가르기가 아니다. 적군과 아군을 가르는 작업이 현실 정치 속에서 필요할지라도 지식인의 사고 그리고 그의 글에 영향을 주어서는 안 된다. 아군의 잘못은 사소한 것이고, 적군의 잘못은 과장되어야 한다 면, 도대체 무엇 때문에 글을 써야 하는가. 지식인의 아름다움은 경직된 사고틀에 대한 저항이 필연적일 수밖에 없게 하는 회의와 관용의 정신에 서 발견된다. 누가 아군이고 누가 적군인지 눈을 부라리고 판별하는 자는 지식인이 아니다. 그의 눈에서 회의와 관용의 아름다운 빛을 발견할 수 없 을 것이기 때문이다. 강력한 편 가르기가 진행되는 흑백논리의 세계 속에 서 지식인은 괴롭다. 그러나 글을 읽고 쓰는 것이 자신의 본업이기 때문 에, 그리고 글의 본령은 회의와 관용이기 때문에, 지식인은 현실의 정치적 세계 속에서 주눅이 들지 않는다. 현실적 실패가 지식인을 패배하게 하지 않는다. 현실적 실패와 성공을 넘어서야 한다. 실패가 지식인을 흔들리게 하지만, 성공은 더욱 심하게 망친다. 잠시 질투의 감정을 접어두고 성공한 지식인을 냉정한 눈으로 바라보라. 그리고 성공 속에서도 계속 지식인으 로 살아남아 있는 것이 얼마나 어려운 일인지 살펴보라. 라이너 마리아 릴 케의 『말테의 수기』를 읽어보면, 아직 명성의 단맛을 모르면서 명성을 경 계하는 위대한 문학인의 지혜를 발견한다.

　나는 당신을 조각조각 뜯어서 제멋대로 감탄하고 찬미하고 하는 세상 사람 들과 똑같은 생각을 하고 있었소. 나는 명성이라는 것을 아직 이해하고 있지 않았으니 하는 말이오. 명성이란 오히려 한 사람의 성장해가는 인간을 세상 사람들이 덤벼들어 부수어 놓는 것을 말하는 것이며, 어중이떠중이들이 그 공 사장에 밀려들어 그의 훼방을 하는 것을 의미한다는 것을 나는 아직도 모르고 있었소.

시에 관한 담론이 지식인에 관한 담론과 무관하지 않다. 한국의 현대시는 현실적 성공에 대한 기대와 희망에 크게 오염되어 있으며, 한국의 현대시에 관한 담론이 양자택일적 편 가르기와 흑백논리에서 결코 자유롭지 못한 것 같아 보이기 때문이다. 정치인과 지식인이 현실적 정치논리에 다소 종속되어 있을 수밖에 없더라도, 시를 쓰거나 시에 관한 글을 쓰는 자는 보다 자유로워야 하지 않을까. 시인의 시작품을 선택하여 언급하는 방식이 어느 진영의 방어논리나 공격논리와 부합해야 한다고 생각한다면, 문학인이라기보다 정치인일 것이다. 과연 그러한 삶의 방식이 자신의 지적 성향과 부합한다면 보다 미묘하고 모호한 시를 읽을 것이 아니라, 한국의 현실 정치에 참여해야 할 것이다. 시는 지식인의 회의와 관용을 편협한 것처럼 보이게 만든다. 시는 회의와 관용의 세계를 훌쩍 뛰어넘은 곳에 있다. 그리하여 시는 읽는 자를 진정으로 자유롭게 만든다. 이재무의 「나는 어느 새」를 읽으면서 각자의 자유에 이름을 붙여 보자.

누군가 나를 함부로 버려다오
내 몸 속엔 온갖 눈 먼 벌레 들끓고
내 영혼의 꽃 이미 시든 지 오래
누군가 나를 함부로 짓밟아다오
나는 네 마음의 뜰에 증오의 가시나무 심어 주었고
너는 내 마음의 뒤꼍에 배반의 탱자나무로 서 있다
우리의 가슴엔 불신의 모래알만이 서걱일 뿐
물기 촉촉한 사랑, 밤길 어둠 쓸어주던
무수한 별빛의 구원도 없다
생활의 물굽이 게으른 물고기로
헤엄쳐 오는 동안
나는 어느 새 돈 숭배하게 되었고
나는 어느 새 섹스에 탐닉하게 되었고
나는 어느 새 권력의 눈치 보게 되었고
나는 어느 새 책 대신 비디오 즐겨 보게 되었고
나는 어느 새 동정이니 연민 따위 경멸하게 되었고

나는 어느 새 통일에 대하여는 비용 먼저 따지게 되었고
나는 어느 새 뜻밖의 복권 횡재 꿈꾸게 되었고
나는 어느 새 멜로드라마의 신파조에 감동하게 되었고
나는 어느 새 전위적으로 절망과 허무와 권태와 우울과
친숙해졌고 그러나 치사랑의 수위 넘진 않았고
세상의 온갖 치정, 불륜, 불의가 이해되고 용서되었고
아, 어느 새 나는 부끄럼, 죄의식도 없이 천국의 시민인 양
의기양양 살고 있었고
아, 나는, 어느 새, 내가, 아닌, 나로, 살고 있었다
누군가 악취나는 나를 지구에서 영원히 추방해다오

　시적 화자의 표면적 의도와는 달리 이 시를 읽는 독자의 자유는 "악취
나는 나"의 발견에서 온다. '악취'가 누구에게나 있을 수 있다는 깨달음이
자유를 준다. 누구나 다 "악취나는 나"라는 것을 인식하는 것이 새로운 희
망의 출발점이 충분히 될 수 있다. 문학소녀 취향의 시를 쓸 수 없는 이유
는 "물기 촉촉한 사랑, 밤길 어둠 쓸어주던/ 무수한 별빛의 구원"이 덧없
는 환상이라는 것을 알기 때문이다. "물기 촉촉한 사랑"의 존재를 부인할
수는 없지만, "생활의 물굽이" 속에서 "게으른 물고기"처럼 살아가면서
계속 지켜나갈 수는 없다. 문학소녀의 덧없는 환상 속에서 잠시 아름답게
명멸하던 "무수한 별빛의 구원"은 눈 밝은 시인이 보는 "세상의 온갖 치
정, 불륜, 불의" 속에서 계속 반짝일 수 없다. "영혼의 꽃"을 부정하려는
것이 아니라, "증오의 가시나무"와 "배반의 탱자나무"를 경험하면서 "이
미 시든 지 오래"라는 사실을 인정하지 않을 수 없기 때문이다. '악취'는
강력한 단어다. 그러나 현대의 눈 밝은 시인들이 피할 수 없는 냄새다. 어
려운 경제 사정 때문에 노숙자들을 가끔 만난다. 코를 열고 일부러 가까이
다가서면, 우리가 "부끄럼, 죄의식도 없이 천국의 시민인 양/ 의기양양"
살면서 숨겨두었던 "악취나는 나"를 만날 수 있다.
　'악취'는 회칠한 무덤 같은 거짓된 현대생활의 이면에 언제나 있어 왔
다. T. S. 엘리엇은 보들레르의 '현대성'에 관해 "단순한 일상생활의 이미

지를 사용하거나 대도시의 불결한 이미지를 사용하는 것이 아니라, 이미지를 있는 그대로 제시하면서도 이미지 자체를 넘어서는 어떤 것을 재현하도록 만들면서, 즉 이미지를 강렬함의 첫 번째 수준까지 고양시킴으로써 다른 사람들을 위한 해방과 표현의 양식을 보들레르가 창조해냈다"고 설명한다. 현대생활의 이미지를 부정적으로 묘사하는 것을 넘어서는 단계가 있다는 지적이다.

> 우리가 인간인 이상, 우리가 하는 일은 틀림없이 악하거나 선하다. 우리가 악하거나 선한 일을 하는 이상, 우리는 인간이다. 그러므로 역설적인 방식으로 아무것도 하지 않는 것보다 악한 일을 하는 것이 더 좋다. 적어도, 우리는 존재하기 때문이다.

엘리엇의 해석에 의하면 '악취'는 "악한 일을 하는 것"에 속하기 때문에 "아무것도 하지 않는 것"보다 "역설적인 방식으로" 더 좋은 것이다. "물기 촉촉한 사랑"이 주는 향기 같은 "선한 일을 하는 것"에 속한 희망이 불가능하다면, "아무것도 하지 않는 것"보다 '악취'가 "해방과 표현의 양식"에 더욱 적합하다는 말이다.

시인 이재무는 마지막 행에서 "누군가 악취나는 나를 지구에서 영원히 추방해다오"라고 절규하고 있다. 시인은 "물기 촉촉한 사랑"과 "무수한 별빛의 구원"의 가능성을 버리지 못하고 있다. 시인은 "선한 일을 하는 것"이 현대생활 속에서 가능할 것이라는 신념에서 벗어나지 못하고 있기 때문에 "악취나는 나"의 영원한 추방을 "누군가"에게 요구하고 있다. 세계는 전부 오염되어 있기 때문에 "악취나는 나"를 심판하고 추방할 수 있는 존재가 없다. 니체 이후 신이 죽었다는 것은 상식이다. 따라서 시인은 "악취나는 나"의 추방을 소리높이 외치면서, 실은 "향기나는 나"의 복원을 강력하게 요구하고 있다. 바로 이 지점에서 각자의 세계관과 문학관에 알맞은 자유의 이름이 형성된다. 우선, 시인에 동조하여 현실세계 속에서 "선한 일을 하는 것"이 가능할 것이며, 결국 나는 "향기나는 나"로 되돌아갈 것이고 "물기 촉촉한 사랑"과 "무수한 별빛의 구원"을 만날 것이라고 믿을 수 있다. 현재의 나는 "지구에서 영원히 추방해"버리고 싶은 "악취 나는 나"이긴 하지만 견디고 참으면 유토피아의 복원이 가능할 것이고 시는 그 중요한 작업도구인 것이다. 둘째, '악취'를 냉정하게 맡는 시인도 있다. '악취'가 좋은 냄새는 아니지만 엄연한 현실이기 때문에 "아무것도 하지 않는 것" 이외에 방법이 없다고 판단하여 "불신의 모래알," "증오의 가시나무," "배반의 탱자나무"와 "게으른 물고기"를 시로 엄밀하게 재현하려고 한다. 셋째, '악취'의 현실 속에서 "악한 일을 하는 것"을 받아들일 수 있다. "아무것도 하지 않는 것"보다 현대시의 "해방과 표현의 양식"에 더욱 적합하다고 생각하는 것이다. 각자에게 알맞은 자유의 이름이 있겠지만, 나는 "악취나는 나"이며, 시에 관한 글은 바로 그 '악취'에서 시작해야 한다는 점에는 변함이 없다.

19.
글자 시론: 이탄 「이선영은 아직도 '글자속에 나를 구겨넣고' 있을까」

시는 글자로 써진다. 영감이나 시신 뮤즈가 아니라 글자로 써진다. 시적 영감 또는 시신의 초대로 시를 쓰기 시작할 수 있다. 그러나 시는 글자로 써진다. 시를 쓸 때 눈을 뜨고 쓰이는 글자를 보는 시인들이 있다. 무슨 글자를 쓰는지, 무슨 글자가 쓰이는지, 보지 않고 쓰는 시인들도 있다. 글자를 보는지 여부가 시의 현대성의 척도가 된다. '사랑'이란 단어를 쓰는지 여부가 중요하지 않다. '그리움'이란 글자가 몇 번 사용되었는지 파악할 필요가 없다. 중요한 것은 '사랑'이나 '그리움'이 눈 감은 시인에 의해 쓰였는지, 눈 뜬 시인에 의해 쓰였는지 판단하는 것이다.

누군가 그리워하거나 사랑하는 것은 모든 유행가의 가사에 빈번한 내용이다. 유행가 가사에서 애절하게 표현된 '사랑'과 '그리움'을 우리는 술 취한 눈 감고 읊조린다. 시에서도 '사랑'과 '그리움'을 읽는다. 시의 '사랑'과 '그리움'은 눈 감고 읽을 수 없다. 어째서 '사랑'이며, 왜 '그리움'인지 질문하는 맑은 정신과 만난다. 술 취해 비틀거리는 몸속에서 '사랑'이나 '그리움'의 구절은 맑게 빛난다. 그저 목 놓아 울어버릴 수 없는 '사랑'이며 '그리움'이다. 유행가의 가사를 무시하려는 것이 아니다. 눈 감고 목

놓아 부르는 유행가 가사의 '사랑'이나 '그리움'의 감정도 중요하다. 그러나 시의 '사랑'과 '그리움'은 유행가의 가사와 다른 방식으로 존재한다. 시의 아름다운 구절을 암송하면서 눈을 감는 이유는 마음의 눈을 크게 뜨고 맑은 눈으로 보기 위해서다. 그저 '사랑' 또는 '그리움'이라고 종이 위에 써 보아야 시가 되지 않는다. 시가 되기 위해 종이 위에 쓰인 '사랑' 또는 '그리움'은 최초의 격정적 감정 이상의 것을 요구한다. 격정적 감정의 직접적 토로에 가까운 유행가의 가사보다 조금 더 필요한 것이 있다. 시가 되기 위해 필요한 것, 그것은 무엇일까.

우선, 시인은 원고지 위에 쓰인 자신의 글자를 본다. 자신의 감정과 만나는 표현을 위해 쓰고 또 쓴다. 그런데, 유행가의 가사를 쓰는 사람의 경우에도 사정은 마찬가지일 것이다. 그도 시인처럼 원고지 위에 쓰인 자신의 글자를 보고, 자신의 감정과 만나는 표현을 위해 쓰고 또 쓸 것이다. 사실, 시의 현대성을 고려하지 않는다면 유행가의 가사라는 대중적 시형식과 소위 시라고 하는 귀족적 시 형식을 구별하기가 쉽지 않다. 서양시의 '발라드' 형식은 노동요 또는 노동자들의 유행가였으며, 우리의 '고려가요'도 성적 뉘앙스가 진한 유행가의 가사였을 뿐이다. 유행가의 가사도 아니고, 내가 쓰는 '사랑'과 '그리움'이 고급문화의 양식인 시가 되는 이유는 시가 쓰이는 '글자'에 대한 인식 때문이다. 유행가의 가사보다 시가 우월하다는 주장이 아니다. 유행가의 가사가 아닌 현대시를 쓰는 이유를 추적하고자 하는 것뿐이다. 사실, 가슴 울리는 유행가의 가사가 좀 많은가. 유행가의 가사에 있는 '사랑'과 '그리움'을 우리는 믿는다. 그래, 나도 '사랑'했었다. 그래, 나도 '그리움'을 마신다. 시의 '사랑'과 '그리움'은 전폭적으로 믿을 수 없다. 시인은 자신의 언어가 사용하는 '사랑'에 의심의 눈길을 보낸다. 시인은 자신이 쓴 '그리움'이 정말 그러한지 질문한다. 시인은 자신이 쓴 글자 앞에서 명상에 잠긴다. 유행가의 가사를 소리높이 따라 부르던 독자도 시인의 '사랑'과 '그리움' 앞에서는 깊은 명상에 잠긴다. 과연 '사랑'과 '그리움'은 '사랑'과 '그리움'인가. 얼마큼 같고, 얼마큼 다른가. 시인이 발견한 차이와 독자가 발견한 차이는 또 어떻게 다르고, 또 어떻게 같아서, 시의 감정이 전달되는가.

「이선영은 아직도 '글자 속에 나를 구겨넣고' 있을까」를 쓴 이탄은 시인이다.

> 어느날 아무것도 먹지 못하고 있을 때 글자 속에 자신을 구겨넣는 소리가 밤낮으로 들려왔다. 그 아픔과 그 아득한 몸짓과 그 혼자 있는 방과……. 그러한 것들이 뜨겁게 불타고 있는 것들이 글자 속에서 융해되어 있었다
> 그 이후 아무것도 먹지 못할 때 나의 언어 속에서 점점 식어가는 정신 속에서 신의 얼굴을 보았다 언어의 안과 밖에서 흐르는 군중을 지켜보는 것은, 결국 나의 키를 넘지 못하는 것일까. 과연 그럴까.
> 시간이 지나면서는 글자 하나가 지구만하게 커지고 구겨넣은 것이 아니고 어디다 넣었는지 너무 잘아서 소리마저 들리지 않는 것을 알았다. 나는 몇 년이 흐른 뒤 이 사실을 겨우 알아내었다.

이선영의 두 번째 시집(1996년)의 표제시 「글자 속에 나를 구겨넣는다」는 것의 비밀은 첫 번째 시집(1992년)의 「흘려쓴 글자」에서 시작된다. 이선영은 "업무상의 일로 종이 위에 똑같은 글자를 여러 번 반복해서 써야 했다/ 그 글자가 '떨림'이라는 글자였던 것은 그저 우연에 지나지 않는다/ 되도록 빠른 시간 내에 그 글자 쓰는 일을 마쳐야 했기 때문에" 다급해진 이선영은 "처음엔 곧게 쓴 글자였던 '떨림'이 회수가 거듭될수록 흘려쓴 글자로 변해"가는 것을 알게 되었다. 시인은 질문한다. "미안하다, 내가 흘려쓴 글자인 '떨림'이여/ 내 손이 좀 더 확고한 신념으로 움직이는 손이었어야 했던 것을/ 이제 흘림체의 글자 '떨림'이 갈 곳은 어디인가?" 이선영은 "몇 년이 흐른 뒤 이 사실을 겨우 알아내었다."

> 나는 종이 위에 나를 한 자 한 자 새겨넣는다
> 나는 이러저리 흐트러진 나의 육체를 끌어모아 글자 속에 집어넣고 뚜껑을 꽉 닫는다

한 글자 한 글자 쓰여질 때마다 한 치 한 치 오그라드는 내 육체는 수천 수만
가지 글자들로 다시 태어나고
　　새로 만들어지는 글자들마다에 나의 육체는 자신의 새로운 집을 짓는다
　　나는 수만 채의 집을 거느리고 산다,
　　나의 살점을 나누어 조금씩 떼내어서는 각 집의 관리인으로 둔 채

　　그런데 이즈음 내 육체는 '이 안은 왜 이리 어둡고 갑갑한가?'라고 말한다
　　나는 공들여 지은 내 집을 잃을 위기에 처했다
　　늙어 눈이 어두워진 도장공처럼
　　나는 지금 끙끙대며 나를 글자 속에 구겨넣으려 안간힘 쓴다
　　내 커진 몸집의 풍요를 맛본 내 육체가 더 이상 좁은 집에 살려 하지 않기에

　「글자 속에 나를 구겨넣는다」는 '눈을 감고' 쓰는 시인에서 '눈을 뜨
고' 시를 쓰는 시인으로의 변화를 보여준다. '눈을 감고' 쓰는 시인은 글
자에 대한 전폭적인 신뢰를 보여준다. 시인은 각고의 노력을 통해 "종이
위에 나를 한 자 한 자 새겨넣는다." 시인의 피와 땀으로 쓰인 시와 시집은
성취된 영광의 표현이다. 결국 시인은 "수만 채의 집을 거느리고" 사는 부
자가 될 것이다. 제1연의 시인의 영광은 허상이다. 아무리 많은 시를 갖고
있더라도, 시인은 본래 가난한 족속이다. 이런 명민한 시인의 감각은, 이
런 본능적인 시인의 감각은 시인으로 하여금 "공들여 지은 내 집을 잃을
위기에 처"하게 만든다. 카드로 만든 집처럼, 아무리 높이 쌓아 올렸더라
도 시인적 본능의 가난한 바람이 불면 순식간에 다 무너져 버릴 것이다.
시인은 괴롭고, 당황한다. 이제 다 "늙어 눈이 어두워진 도장공처럼" 나름
대로 시를 만드는 방법에 아주 익숙해져 있는데, 바람, 시원한 바람 한 줄
기에 "수만 채의 집을" 전부 다 날려 버릴 수도 있다는 사실을 알게 된다.
더 기가 막히는 것은 「흘려쓴 글자」 이후 "몇 년이 흐른 뒤 이 사실을 겨
우 알아내었다"는 것이다. "곧게 쓴 글자"가 "흘려쓴 글자"로 변해가는
비밀을 발견하는 과정은 "수만 채의 집"이 되는 시를 쓰는 기쁨이었다. 그
런데 결국 만난 비밀은 "공들여 지은" 시의 집을 유지할 수 없다는 것이

다. 그럼에도 불구하고 이선영은 "끙끙대며 나를 글자 속에 구겨넣으려 안간힘 쓴다." 왜냐하면 "커진 몸집의 풍요를 맛본 내 육체가 더 이상 좁은 집에 살려 하지 않기에."

이선영은 자신의 육체를 놓아 버릴 수 없었다. "글자 속에 집어"넣었기 때문이다. 선배 시인 이탄의 화답이 날카롭다. 1998년 6월 『현대시학』에 발표된 그의 시는 "이 사실을 겨우" 알아내는 데 "몇 년"이 흘렀다는 점을 증명한다. 「이선영은 아직도 '글자 속에 나를 구겨넣고' 있을까」 질문하는 이탄의 시는 "어느날 아무것도 먹지 못하고 있을 때 글자 속에 자신을 구겨넣는 소리가 밤낮으로 들려왔다"고 시작한다. "글자 속에 자신을 구겨넣는" 시인에는 두 가지 종류가 있다. '눈을 감고' 쓰는 시인과 '눈을 뜨고' 쓰는 시인. '눈을 뜨고' 쓰는 시인 이탄은 "글자 속에 자신을 구겨넣는" 것의 의미에 대한 질문이 얼마나 중요한지 알고 있다. 그는 "아무것도 먹지 못하고" "밤낮으로" 질문에 시달린다. 이탄이 제기하는 질문은 이선영이 제기하는 질문보다 훨씬 더 엄중한 의미를 갖고 있기 때문이다. 이탄은 너무 심각한 문제에 봉착하여 있기 때문에 젊은 이선영처럼 육체를 돌볼 겨를이 없다.

이탄은 제2연에서 "신의 얼굴"을 만난다. 시인의 언어가 "점점 식어가는 정신"처럼 확고하지 못하다는 사실을 뼈저리게 깨달으면서 "신의 얼굴"이 저기하는 '영혼'과 '구원'의 문제에 봉착하게 된다. 이러한 절체절명의 문제를 알지 못하는 '군중' 같은, 유행가의 가사 같은 언어만 시인의 "언어의 안과 밖에 흐르"고 있다는 사실을 확인할 따름이다. 시인은 질문한다. "결국 나의 키를 넘지 못하는 것일까. 과연 그럴까." 그렇다면, 과연 그렇다면, 피할 수 없는 절망이다. 자살을 하지 않을 수 없는 절망이다. 흔들리는 언어의 유희일 따름인 시를 무엇 때문에 써왔으며, 무엇 때문에 계속 쓸 것인가. 그저 돌아서는 "신의 얼굴"을 '군중' 속에서 얼핏, 흔적처럼 볼 수밖에 없다면, "아무것도 먹지 못하고" "밤낮으로" 당하는 시의 고통은 도대체 무슨 의미가 있단 말인가.

제3연이 그 대답이다. "몇 년이 흐른 뒤 이 사실을 겨우 알아내었다"는 것이다. "아무것도 먹지 못하고" "밤낮으로 들려"오는 "글자 속에 자신을 구겨넣는 소리"에 시달리는 "몇 년이 흐른 뒤" 시인은 작은 대답을 하나 마련한다. "글자 하나가 지구만하게 커지고 구겨넣은 것이 아니고 어디다 넣었는지 너무 잘아서 소리마저 들리지 않는 것을 알았다." 이선영의 "커진 몸집의 풍요를 맛본 내 육체"를 위해 "글자 하나가 지구만하게 커"지는 것이 해결책이 아니었다. "글자"가 "너무 잘아서" "글자 속에 자신을 구겨넣는" "소리마저 들리지 않는"다는 사실을 "겨우" 알아낸다. 이선영의 육체성이 절체절명의 질문이 아닐 수도 있다는 "이" "겨우" 알아낸 사실은 시인을 다시 숨 쉬게 한다. 그러나, 그러나, 흔들리는 언어는 여전히 흔들리고, 돌아선 "신의 얼굴"은 여전히 돌아서 있다. '눈을 뜨고' 쓰는 시인은 여전히 "아무것도 먹지 못하고" "밤낮으로" "글자 속에 자신을 구겨넣는 소리"에 괴로워해야 한다. 시는 글자로 써지기 때문이다.

20.
절벽 시론: 김혜순 「懸空寺」

절박함이 없는 시는 시가 아니다. 어젯밤 술을 거나하게 마신 사연은 시가 아니다. 세계적 관광명소에 가서 찍은 사진은 시가 아니다. 아무 할 일 없이 동네 골목길을 어슬렁거리는 것도 시가 된다. 즉 경험이 시가 된다. 다시 말하자면 시가 되는 경험이 있다. 그래서 시 같은 경험에 몰두하는 시인들이 많다. 아마추어 시인들의 대표적인 특징은 시 같은 경험에 집착하는 경향이다. 우울하고 고독한 밤의 기억, 어스름 서해안의 황혼, 이별, 죽음 등이 시 같은 경험에 속한다고 생각한다. 그래서 아침밥 먹는 경험이나 똥 누는 사연 또는 우리 집 강아지가 예쁘다는 주장 등은 무조건 시가 안 될 것이라는 편견이 심하다. 그러나 경험은 시가 아니다. 경험은 산문이 되기도 한다. 현대는 산문의 시대, 소설의 시대다. 경험은 수필이 되기도 하고, 희곡이 되기도 하고, TV 드라마 극본이 되기도 한다. 경험, 삶의 경험이 문학적 경험이 되는 관문이 있다. 그 관문을 나는 절박함이라고 부른다. 그 절박함은 마음이 바쁜 정도의 절박함이 아니라 편안한 길 한가운데 가로막고 서 있는 거대한 절벽 같은 절박함이다. 이러한 절박함의 다른 이름은 죽음이다. 그렇기 때문인지, 문학에서 죽음은 흔한 단어다. 편안하게 유람하던 인생의 한복판에 길을 가로막고 서 있는 거대한 절벽에 부딪쳐 있는 자들이, 그럼에도 불구하고 눈을 감고 피하지 않으며,

용감하게, 때로는 우울하게, 때로는 비장하게 돌진하는 것이다. 죽음을 뚫고 지나가듯, 38선을 관통하는 길을 만들듯, 절망적으로 거대한 절벽 앞에서, 기가 막히는 절박함 속에서, 굴하지 않고 버티어 나가는 것이다. 이런 경험이 시다. 어린 독자의 가슴에 평생 잊지 못할 영혼이 울리는 감동을 주는 문학적 경험이다. 문학적 경험을 획득하는 사업은 남성 중심적 표현인지 모르지만 '장부의 일생'을 걸어볼 만한 일이다. "나 커서 대통령 될 거야"라고 희망을 피력하는 어린 소년을 보면서, 문학적 경험의 소유자는 가슴이 뿌듯해야 할 일이다. 대통령이 되는 것만큼 중요하고 장대한 일이기 때문이다. 누가 문학을 패배자의 기록이라고 하였던가. 패배를 뚫고, 누구에게나 죽음이 오듯이, 패배가 예정되어 있는 일상의 삶을 뚫고, 너무나도 가슴 벅찬 승리의 감격을 듣지 못하는 자들일 뿐이다. 거대한 절벽 같은 절박함은 문학을 문학이게 만드는 문지방이고, 감격적인 문학 경험을 위해 필수불가결한 장치인 것이다.

'절벽 시론'을 말하는 이유는 김혜순의 「顯空寺」 때문이다. "시작메모": "현공사는 중국, 山西省 大同 부근 恒山 절벽에 매달려 있다. 특이하게도 유 · 불 · 선이 함께 모셔져 있다. 그러나 이 시에서의 현공사는 이 시의 시적 화자의 머나먼 비유일 뿐." 절벽에 대롱대롱 아슬아슬하게 매달려 있는 듯한 절이 시인의 상상력을 자극한 이유는 중국 관광에서 기억에 남을 만한 멋진 장면이기 때문은 아니다. 그런 시인들이 많다. 기억에 남을 멋진 장면을 사진 찍듯, 사실주의 회화를 그리듯 남겨두기 위해 시를 쓰는 시인들이 많다. 그런 시를 쓰는 자체를 문제 삼고자 하는 말이 아니다. 문제는 자신의 행복에 겨운, 감정에 복받치는 개인적 사건을 잡지에 또는 시집에 넣어 발표한다는 데에 있다. 본격적으로 시를 읽는 독자들을 위한 작품이 아니라는 것이다. 문학애호가의 餘技가 아니라 본격 문학작품이라면, 독자에게 전달되는, 독자가 다가가서 만날 수 있게 하는 장소가 작품 속에 마련되어 있어야 한다. 그 장소를 마련하려는 시인의 노력은 인생 전부를 거는 절박함이나 절벽을 뚫고 죽음을 이기려는 기백으로 38선을 관통하는 길을 만드는 작업으로 나타난다.

김혜순의 절박함이 어떤 모습의 절벽으로 표현되어 있는지 첫 연을 읽어보자.

> 잠든 그를 만져 보았어
> 냉정한 그는 깎아지른 듯 가파르고
> 나는 그에게 간신히 매달려 있지
> 우리 발 아랜 거센 강물의 소용돌이
> 나는 자꾸만 미끄러져, 이미 신발을 잃은 지 오래야
> 잠든 눈꺼풀 속에서도 그의 눈동자는 쉼없이 움직여
> 얼굴 속으로 뇌성벽력이 지나가는 사람 봤어?
> 벼랑 사이에서 그의 꿈이 솟아오르는 날은 운수 좋은 날
> 나는 회오리바람처럼 올라오는 그의 꿈에
> 공중에 흔들리던 내 두 발을 살짝 집어 넣어 보기도 해
> 그러면 어느 새 잠 깬 그는 밀짚모자를 낚아채듯
> 내 머리채를 낚아채지, 그리곤 사정없이 밀어 버려
> 내 손톱은 벼랑을 할켜 잡느라 다 빠졌어

시적 화자인 "나는 그에게 간신히 매달려" 있다. 다음 행, "우리 발 아랜 거센 강물의 소용돌이"라는 구절에서 '우리,' 즉 '나'와 '그'가 '절벽'에 매달려 있다는 것을 알 수 있다. 그러나 '나'가 매달려 있는 '그'도 일종의 '절벽'이다. 따라서 '우리'는 '나'의 복수일 수도 있다. 시적 화자의 작업에 의해 '나'의 개인사적 고뇌가 '우리'의 공동체적 문제점이 된다. "자꾸만 미끄러"지며 '나'는 겨우 '그'라는 절벽에 붙어 있는데, '그'는 "얼굴 속으로 뇌성벽력이 지나가는 사람"이다. '그'는 누구인가? 거대한 존재의 모습을 하고 있는 남성에게 여성 화자가 겨우 붙어 있는 상태는 실비아 플라스의 「巨像」을 상기시킨다. 인용하기에 다소 길지만, 김혜순의 시적 이미지, 더 나아가서 김혜순의 시적 성감대를 이해하는데 필수적인 작업이기도 하다.

나는 결코 당신을 전부 다 결합해내지 못할 것이다.
조각을 잇고, 접착제로 붙이고, 적절하게 끼워 맞춰서,
노새의 울음소리, 돼지의 꿀꿀거리는 소리와 외설스러운 꼬꼬댁 소리가
당신의 거대한 입술에서 계속 나온다.
그건 헛간 마당보다 더 심하다.

아마 당신은 스스로를 신탁이라고,
죽은 자 또는 이런 저런 신의 대변인이라고 생각하는지도 모르겠다.
이제 삼십 년 나는 당신 목구멍에
막혀 있는 개흙을 긁어내려고 노력했다.
나는 더 현명해지지 못했다.

접착제 냄비와 소독제 리졸 들통을 갖고 작은 사다리를 기어오르며
나는 아침개미같이 기어다닌다
당신 이마의 잡초 많은 대지 위로
거대한 두개골 판을 수리하고 벗겨지고
하얀 고분 같은 당신의 눈을 청소하기 위해서.

'오레스테스 신화'에 나오는 파란 하늘이
우리 위에 아치형을 이루고 있다. 오 아버지, 당신은 혼자라도
당신은 '로마광장'처럼 힘차고 역사적이다.
나는 검은 삼나무 언덕 위에서 내 점심 도시락을 연다.
당신의 세로 홈 파인 뼈와 아칸서스잎 장식의 머리카락이 흩어져 있다

지평선까지 오래 된 무질서 속에서.
그런 폐허를 창조하기 위해서는
번개 한 번 치는 것 이상이 필요하리라.
밤마다, 나는 당신의 왼쪽 귀의 원뿔꼴
모양 속에 쪼그리고 앉아 있다. 바람을 피해서.

적색 별과 자두빛 별의 숫자를 세면서.
해는 당신의 혀 기둥 밑에서 솟아오른다.

내 시간은 그림자와 결혼했다.
더 이상 나는 선착장의 얼빠진 바위에
뼈가 긁히는 소리에 귀기울이지 않는다.
　　　―『어느 순수주의자에게 보내는 편지』(이만식 옮김, 고려원, 1994년)

　쉽지 않은 김혜순의 감정을 설명하기 위해서 더 어려운 실비아 플라스를 동원하는 어리석은 작업이지만, 역설적으로 김혜순의 시세계를 이해하는 지름길이기 때문이다. 실비아 플라스의 '절벽'이 되는 '그'는 "아빠, 아빠, 너 개자식, 나는 끝장이다"(「아빠」)라는 절규에서처럼, 표면적으로는 '아버지'다. 그러나 그녀를 자살로 몰고 간 극단적 감정의 제공자는 결국 그녀의 남편인 영국 시인 테드 휴즈였다. 따라서 실비아 플라스와 김혜순의 시에서 시적 화자가 '절벽'처럼 매달려 있는 '그'는 남성이다. 그러므로 시적 화자는 절박한 입장에 놓여 있는 여성이다. 그러나 이들 시적 화자의 태도는 동서양의 지리문화적 차이 그리고 시간적 차이 때문인지 대조적이다. 실비아 플라스의 여성 화자는 부지런하다. 구박을 받으면서도 탈출을 꿈꾸지 않으며, '거상'을 정성껏 청소하는 작업에 열심히 매달린다. 김혜순의 화자도 매달려 있지만, 동양 여성답게 순종적이다. "머리채를 낚아채"어 "사정없이 밀어"버리는 남성적 폭력에 속수무책이라는 표현이 더욱 정확할 것이다. 적극적일 수도 없는 김혜순의 시적 화자는 그래서 더욱 비참하다. 그래도 김혜순의 시적 화자는 자살을 꿈꾸지 않는다. 더욱 강하게 자궁 속에 느껴지는 사랑을 키운다.

방광이 자주 부풀어올라, 찌푸린 하늘처럼
나는 언제까지나 잠든 그의 몸을 벗기려 해
외투, 재킷, 바지, 구두…… . 언제까지나…… .
벼랑에 붙어선 채 나는 그것들과 씨름해
느닷없이 돌멩이들이 날아오르기도 해
잠든 그의 눈꺼풀이 번쩍 열리고, 눈알이 끓어오르기도 해. 무서워
그래도 나는 쉬지 않고 벼랑을 오르고 또 오르지

내 몸 속에서 누군가 제발, 제발 하며
엎드려 절하고 울며 가기도 해, 엄마일까?
나는 젖은 혀로 그의 영혼을 핥아 보려고도 해
밤에는 내 몸 속의 儒, 佛, 仙이 우루루 울기도 하는 걸
그러나 나는 아직도 그의 잠으로 지은 뼈 밖에,
모든 외과 벽에 붙은 인체해부도 위에
간신히 매달린 색색의 살덩어리일 뿐
제발, 잠든 그 입술의 줄무늬 계곡 사이에라도 넣어 줘
나는 울며 불며, 무릎에 피칠갑하며 그의 딱딱한
화강암 입술에 내 입술을 비비지
그러나 그를 깨무는 것은 어느덧 저 화창하게 밝아 오는
아침 노을의 피 한 줌 머금는 것
먼 하늘이 언제나 나보다 먼저 밝아 오지

한국의 여성 김혜순의 귀에 들리는 애원의 소리, '엄마'의 목소리, "그
렇게 투쟁하고 살아야겠니, 그냥 섬기고 살면 안 되겠니, 네가 여자니까
조금 참고 살면 안 되겠니," 이런 주장이 당당하게 표현되는 한국의 후진
성! 그런 후진성에도 불구하고 점진적 개혁은 안 된다. 문학에서는 혁명만
실천가능하다. 죽음을 뚫는, 38선을 관통하는 '절벽' 앞에 선 또는 '절벽'
에 매달려 있는 자의 절박함 이외에는 문학의 길이 없다. 왜냐하면 이는
'영혼'의 문제이기 때문이다.

김혜순의 용기 또는 당당함을 잘 보여주는 또 하나의 작품이 「선풍기
의 살인」(『현대시학』 1998년 5월호)이다. 시체실이다. 시체가 된 여성이
알몸으로 누워 있다. 시적 화자가 보는 시체실의 풍경. 살아 있는 여성이
죽어 있는 여성의 알몸을 본다. 성적 매력이 사라져 버린 몸. 아무도 어루
만져 줄 가능성이 없는 몸. "임종의 입회자는 선풍기뿐"으로 시작되는 이
시는

전력회사와 아직도 연결된 불쌍한 선풍기만

벙어리 증인처럼 그녀의 뺨을 이쪽 한 번
저쪽 한 번 밤새도록 갈기고 있었을 뿐

으로 끝난다. 사체가 썩지 말라고 틀어 놓은 선풍기가 돌아가는 시체실을 눈 크게 뜨고 바라보는 시적 화자, 그리고 그러한 시적 화자를 창조해 내는 시인. 절박한 '영혼'의 문제와 악전고투하지 않는다면 할 수 없는 일이다. 일상은 너무 따뜻해서 봄 같지 않은 봄이다. 아무 생각 없이 들로 산으로 놀러 다닐 수 있다면, 사진기 들고, 스케치북 들고 즐길 수 있는 일이다. 死體야 잘 썩겠지만, 그야 누구나 다 죽는 운명이 아니겠는가. 절박함이 없다면, 편안한 길 한가운데 가로 막고 서 있는 거대한 절벽 같은 절박함이 없다면, 시를 쓰지 않아도 좋다. 시를 읽고 길게, 길게 산문을 쓰지 않아도 좋다.

21.
멀미 시론: 강은교 「봄에 대한 추억 하나」

봄이다. 봄은 여인의 계절이고, 봄은 또한 시인의 계절이다. 이것이 상식이다. 다들 그렇다고 이야기한다. 이런 상식에 나는 익숙하지 않다. 이런 상식들 속에서 멀미가 난다. 멀미는 흔들리는 속에서 흔들리지 않으려고 할 때, 흔들림에 익숙하지 않은 몸이 느끼는 문제적 경험이다. 나의 멀미는 상식과 다르다. 다 흔들리지 않는다고 믿는 속에서, 혼자 흔들린다고 믿기 때문이다. 다들 편안하게 자리 잡고 있는 속에서, 혼자 비틀거린다. 나는 흔들림을 온몸으로 느낀다. 다들 안 흔들린다고 나에게 손을 흔든다. 혼자 하는 멀미. 이렇게 혼자 하는 멀미에 익숙한 사람들이 있다고 믿는다. 그들의 이름은 시인이다. 시인이라고 다 시인이 아니다. 시인이면서 멀미를 하지 않는 사람은 내가 만났던, 내가 만나는, 내가 만날 시인이 아니다. 시인이면서 편안하게 자리 잡고 있는 자는 나에게 시인이 아니다. 그에게 다른 이름을 주고 싶지만, 혼자서 멀미하는 자에게 무슨 힘이 있으랴.

나는 남자 시인이기 때문인지 따뜻해질수록 산문체질이 된다. 같은 번역이라도 여름방학 때 하는 번역은 산문적이고 겨울방학 때 하는 번역은 시적이 된다. 찬바람이 불기 시작해야 시가 몸에 충분히 절어든다. 봄에도 쓰지만, 그때 쓰는 시는 내가 쓰는 시가 아니다. 그건 시가 쓰는 나다. 추워지면 내가 시를 쓰고, 더워지면서 시가 나를 쓴다. 나는 틈나면 공부하고, 산문 쓴다. 그리고 시가 나를 쓸 때를 기다린다. 그래서 봄은 시인의 계절이라는 상식이 개인적으로는 못마땅하다. 내 체질, 어떻게 해 볼 수 없는 내 체질 때문이다.

이 봄에도 나는 봄이 체질에 맞는 시인의 시를 만났다. 「봄에 대한 추억 하나」의 강은교.

> 일찌기 거기 놓아두었던 나비 날개 하나
> 일찌기 거기 놓아두었던 나비 날개의 그림자 하나
> 일찌기 거기 놓아두었던 종소리 하나
> 일찌기 거기 놓아두었던 종소리의 집 하나
> 일찌기 거기 놓아두었던 별 하나
> 일찌기 거기 놓아두었던 별의 길 하나
> 일찌기 거기 놓아두었던 불빛 하나
> 일찌기 거기 놓아두었던 불빛의 마음 하나
>
> 거기서 네가 지금 일어서고 있다.

편안하게 자리 잡고 있는 자들에게도 '봄에 대한 추억'이 있을 것이다. 나에게도 나름대로의 추억이 있다고 주장하는 그들의 언어들을 어떻게 막을 수 있으랴. 그런 언어들이 범람을 하면서, 멀미를 느끼는 시인들을 압박한다. 미셸 푸코, 문화연구, 포스트모더니즘 등의 이론을 동원하지 않아도, 매일, 매순간 온몸으로 겪는 압력이다. 멀미도 하지 않고, 그리하여 압력도 느끼지 못하는 자는 시인이 아니다. 시인의 땅에서 나가라! 그러나 광야의 작은 목소리는 힘이 없다. 그들의 언어는 압도적으로 범람한다. 그래서 불안하다. 혹시 내 멀미가 과장이 아닐까. 만에 하나 내 멀미가 그들이 주장하는 것처럼 가짜가 아닐까. 공연히 호들갑을 떠는 것은 아닐까. 더욱 심해지는 멀미. 억지로 참기 때문에 더욱 심해지는 멀미. 멀미가 심해지는 데도 입을 다물고 있으려 한다.

강은교 시인은 마음이 넉넉하다. 멀미에 시달리던 몸과 마음이 「봄에 대한 추억 하나」에서 쉬어간다. 팔도 주므르고, 다리도, 허리도 쭉 펴본다. 그래서인지 좋아하는 자들이 많다.

편안하게 자리 잡고 있는 자들에게도 '봄에 대한 추억'이 '하나' 쯤은 있을 것이라고 넓은 마음으로 감싸 안는다. 그것이 "나비 날개 하나"일 수도, 어쩌면 "종소리 하나"일 수도, 어쩌면 "별 하나"일 수도, 혹은 "불빛 하나"일 수도 있다는 사실을 받아들인다. "일찌기 거기 놓아두었던" "봄에 대한 추억"의 편린이다. 어느 운명적인 날 들판이나 오솔길을 걷다 우연히 본 나비의 날개, 그 날개가 펄럭이던 순간을 영원히 잊을 수 없을 수도 있다. "나비 날개," "종소리," "별"이나 "불빛" 등 가슴 깊숙이 간직해 둔 추억의 잔상들은 누구에게나 있을 수 있다. 한숨을 길게 내쉬면서, 담배에 불을 붙이면서, 소주잔을 길게 기울이면서, 저기 먼 마음자리에, '거기'에 '일찌기' 무심코 '놓아두었던' 추억을 한 자락 끄집어내는 청승을 시인은 따뜻한 시선으로 바라보아준다.

그러나, 그러나, 가슴 알알한 추억 한 자락, 아니 여러 자락, 소설을 쓰고도 남을 아픈 기억들 같은 것들이 시인가. 그런 기억들을 무진장 소유하고 있다는 것이 시인이 되는 필요충분조건인가. "나비 날개," "종소리," "별"이나 "불빛"의 추억들, 그 아련한 추억을 "일찌기 거기 놓아두었던" 것으로 시는 완성되지 않는다. 그런 작업으로 진정한 시인이 되지는 않는다. 물론 편안하게 자리 잡고 있는 시인은 될 수 있다. 추억을 저 멀리 놓아두고, 편안하게 자리 잡고 있을 수 있다. 그런 시인이나 그런 시는 악전고투의 산문의 대상이 아니다. 그들은 고통을 지불하며 찾아갈 필요가 없는 존재들이다.

넉넉하지만 치열한 시인 강은교는 "나비 날개 하나"가 아니라 "나비 날개의 그림자 하나"를 보아야 한다는 것을 잘 알고 있다. "종소리 하나"가 아니라 "종소리의 집 하나" 속에서 살아야 시인이다. 그리고 "별 하나"가 아니라 "별의 길 하나"를 온몸으로 걸어야 하며, "불빛 하나"가 아니라

"불빛의 마음 하나"를 느껴야 한다는 것을 시인은 알고 있다. 이 순간, 내 몸은 감격으로 떨린다. 이 순간 내 멀미는 길을 찾는다. 순간이지만 내 삶 전체보다 길고 넓은 세계를 만난다. 이런 순간을 위해서 시를 쓰고, 시를 기다리고, 시를 만나는 것이다. "별 하나"는 사적 추억이다. "별의 길 하나"가 시적 추억이다. 혼자 기억하는 "별 하나"의 추억은 시가 아니다. 그 것은 싸구려 감상의 배설물이다. "별의 길 하나"에서 독자는 시인을 만난다. 시인이 만들어낸 '길'을 따라 독자는 시인의 추억과 함께 자신의 추억을 새롭게, 그리고 감격적으로 만난다. 독자는 시인이 고맙다. 지상에서 별까지 가는 길, 그 어려운 공사를 성공적으로 마무리한 시인이 정말 고맙다. 그 환히 열린 "별의 길 하나"에서 "봄에 대한 추억 하나"가 살아난다. 살아 내 앞에 서 있는 너! "별 하나"의 추억과 함께 "일찌기 거기 놓아두었던" 네가 이제 다시 부활하여 내 앞에 서 있다. 저 "별의 길" 끝에 환하게 웃고 있는 너, "지금 일어서고" 있는 너! 왜 시의 제목이 "봄에 대한 추억 하나"인지 이해가 된다. "추억 하나"의 한 구석이 부활하는 데에도 이렇게 힘이 든다. 그런데, 이 추억은 편안하게 자리 잡고 있는 자들이 생각하는 그런 죽은 기억이 아니다. 이것은 눈 앞에서 온몸으로 만나는 부활의 기적의 다른 이름이다. 시인이 만드는, 다들 편안한데 혼자 바보같이 멀미를 하며 비틀거리던 그 시인이 만든 부활의 기적이다. 강력하고 위대한 창조주라는 상식적인 모습이 아니기 때문에 눈 밝은 자들만이 발견할 수 있는 바로 그 시인이 만드는 위대한 탄생이다. 그리하여 그는 "종소리 하나"를 "일찌기 거기 놓아두었던" 것이 아니라, "종소리의 집 하나"를 "일찌기 거기 놓아두었던" 것이라고 말하면서, 쓰면서, 슬쩍 새로운 세계를 창조해낸다. 나에게는 소중한 "종소리"의 추억이 있다고 말할 수 있다. 그리고 그의 주장처럼 "종소리 하나"의 추억이 정말로 소중하다는 것을 인정하자. 그러나 이는 그의 사적 체험을 인정하는 것일 뿐이다. 우리는 그의 존재 밖에 소외되어 있을 뿐이다. 그와 나는 만날 수 없다. 그는 그의 "종소리 하나"의 추억과 함께 거기 서 있고, 나는 육체적으로는 그와 함께 있지만, 실제로는 멀리, 아주 멀리 소외되어 있다. 시인은 달리 말한다. 그는 "종소리의 집 하나"를 단단하게 세운다. 나는 즐겁게 그의 "집"에 들어가 그와 만난다. 그 추억 속에서 그와 나는 서로 나누며 기뻐하고 슬퍼한다. 그는 이제 나와 함께 있다. 그가 힘들여 건설한 "집" 속에. 자 이제 "나비 날개 하나" 대신 "나비 날개의 그림자 하나"를 쓰는 이유를 안다. 그 도약이 얼마나 대단한 것인지 배운다. "불빛 하나" 있던 삭막한 추억의 내면에 "불빛의 마음 하나" 따뜻하게 펼쳐진다. 아, 삶이란 얼마나 아름다운 것인가. "나비 날개 하나"의 박제된 어둠을 견디어 이겨내면 "나비 날개의 그림자 하나"를 아름답게 만날 수 있다. 물론 아무나 이러한 기적적 도약에 성공할 수는 없다.

거기서 네가 지금 일어서고 있다.

선불교에서는 화두가 있어서 그것을 깨닫기 위해서 십 년 면벽 수행 등 온갖 고난을 기꺼이 감당하려 한다. 여기서 목표로 하는 깨달음은 지적 이해가 아니다. 그것은 이승과 저승의 경계를 온몸으로 뛰어넘는, 그리하여 부처가 되는 사건이 되어야 한다. 편안하게 자리 잡고 있는 자들이 주공격 대상이었지만, 멀미를 한다고 다 끝난 것이 아니다. 멀미는 어찌 보면 선불교의 '지적 깨달음' 정도의 수준일 뿐이다. 진정으로 "이승과 저승의 경계를 온몸으로 뛰어넘는 깨달음"을 얻기 위한 시작일 따름이다. 강은교 시인은 여기에서 한 종류의 리트머스 시험지를 제시하고 있다.

거기서 네가 지금 일어서고 있다.

"봄에 대한 추억 하나"의 긴 작업 끝에, 면벽 수행 같은 빈 원고지와의 투쟁 끝에, 깨달음을 시험하는 리트머스 시험지가 놓여 있다. 이제 시인은 묻는다. 추억의 목표였던 "네"가 "거기서" "지금 일어서고" 있는가. "그래 그 옛날의 추억이 생생하게 기억난다"는 '지적 깨달음'의 수준에 도달했는지, 아니면 이승과 저승의 경계를 온몸으로 뛰어넘어 너와 네가 진정으로 만나고 있는지 시인은 질문한다.

심한 삶의 멀미 속에서 만난 「봄에 대한 추억 하나」는 삶을 벗어나 추억 속으로 도망치려는 편안하게 자리 잡고 있는 자들을 넉넉하게 받아들이면서도, 한 편으로 멀미를 하는 자들에게 가는 길이, 가야 할 길이 만만하지 않음을 날카롭게 경고하고 있다.

사족 하나: 강은교 시인의 이 시는 봄의 '서정'을 그린 '순수'의 세계를 보여주고 있는가, 아니면 근대적 '상징'의 세계를 창조하고 있는가, 아니면 이성중심주의의 형이상학적 세계관을 '해체'하고 있는가. 전근대, 근대와 현대는 문학 유파가 아니라 시대구분이다. 그리고 뛰어난 시는 시간의 제약을 벗어난다. 유파를 정하고 이론을 확립하는 것보다 훨씬 더 중요한 것은, 아니 그런 편안하게 자리 잡고 있는 자들의 작업과는 비교가 안 될만큼 귀한 것은 "시가 되는 것" 그리고 "그런 시를 읽는 것"이다.

사족 둘: 같이 발표된 「엘리베이터 속의 꽃잎 한 장」도 읽고 싶었다.

22.

개를 무는 시인: 전원책 「낮술」

전원책의 「낮술」을 읽는 입구로 나는 김수영의 「敵(一)」을 읽는다.

우리는 무슨 敵이든 敵을 갖고 있다
敵에는 가벼운 敵도 무거운 敵도 없다
지금의 敵이 제일 무거운 것같고 무서울 것같지만
이 敵이 없으면 또 다른 敵-來日
來日의 敵은 오늘의 敵보다 弱할지 몰라도
오늘의 敵도 來日의 敵처럼 생각하면 되고
오늘의 敵도 來日의 敵처럼 생각하면 되고

오늘의 敵으로 來日의 敵을 쫓으면 되고
來日의 敵으로 오늘의 敵을 쫓을 수도 있다
이래서 우리들은 태평으로 지낸다

"태평으로 지내는," 우리 자신을 반성하는 방법적 자각의 하나로 敵이
라는 개념을 사용하는 김수영을 패러디하면서, "우리는 무슨 敵이든 敵을
갖고 있다"는 사실을 명심하고 있는 전원책은 결코 태평할 수 없다.

나는 敵을 사랑했다. 적의 共和國, 적의 쓰레기, 적의 女神, 여배우, 작부, 적
　의 法律, 밥과 똥, 적의 軍隊, 적의 노래, 적의 누드, 적의 詩, 그 모두가 進駐한
　나의 집, 過去의 집

　敵이 사법고시/군법무관/변호사의 경력을 포함한 시인의 삶 전부 속에
속속들이 배어 있다는 끔찍한 사실을 시인은 깨닫고 있기 때문에, 김수영
의 경고를, 깨달은 자는 결코 태평할 수 없을 것이라는 자각을 공유하고
있다. 전원책에 의하면, 이 모든 敵의 총칭은 "政府"다. 그래서 그는 선언
한다.

　　나에게 政府는 없다

　　단 한 번도 정부를 상상하지 않았다. 막연한 것들에 둘러싸여 막연한 일로
　싸우다 잠드는, 정말 개 같은 꿈에 시달렸지만

　시인이 자신의 敵의 정체를 얼마나 정확하게 파악하고 있는지, 그리고
얼마나 정확하게 파악하고 있어왔는지, 쓰고 있다. "단 한 번도 정부를 상
상하지 않았다." 상상의 세계, 시인 자신이 힘들고 고통스럽게 추구하여
왔으며, 구축하고 있으며, 구축하여 갈, 그 시의, 상상의 세계 속에는 단 한
조각의 "정부"도 존재하지 않는다. 시인의 삶 구석구석에 敵이 있어 왔으
며, 있으며, 계속 있을 것이라는 사실을 백 번 양보하여 인정하더라도, 그
敵의 상징 또는 상상세계 속에서 그 敵을 대표하는 이름인 "政府"가 존재
하고 있었다고 결코 인정할 수는 없다는 것이 시인의 자존심이며 자부심
인 것이다. 물론 가끔 "개 같은 꿈" 속에서 "막연한" 존재의 형태로 만났을
지는 모른다. 아니, 그런 것들에 "둘러싸여 막연한 일로 싸우다" 잠든 적이
있었을지는 모르지만, 그건 어쨌든 "개 같은" 존재일 따름이다. 시인은

　　단 한 번도 개와 함께 마시지 않았다. 개와 함께 잠들지도 않았다. 꿈 속에서
　비로소 나는 개를 물었다. 나는 상상할 필요조차 없는 싸움에 너무 지쳤다.

인간이므로, "개와 함께" "마시지"도 "잠들지도 않았다"고 자신 있게 말할 수 있다. 혹시 그런 "개"와 같은 "政府"와 조우한 일이 있었다면, 그건 "꿈 속에서"였을 것이고, 그곳에서 시인은 아마 "개를 물었을" 것이다. 사람이, 그것도 존엄성과 자부심을 가진 시인이 "개를" 또는 "개 같은" "정부"를 무는 행위는 정상이 아니다. 그건 "꿈 속에서"나 벌어질 수 있는 일이다. 더군다나 이 전투는 "상상할 필요조차 없는 싸움"이므로 "너무 지쳤다"고 상상세계의 챔피언인 시인이 피로를 호소하는 것은 어쩌면 너무나도 당연한 일일 것이다.

지금까지 진행되어 온 시인의 주장이 전부 타당할지라도, 시인은 사법고시/군법무관/변호사의 경력을 갖고 있는, "政府"로 대표되는 근대국가제도의 핵심적 역할을 하고 있는 현실의 삶을 갖고 있다는 사실을 잊을 수는 없을 것이다. 그래서 그는 「낮술」을 마신다.

> 낮술을 마시다가
> 창 밖의 멀건 이들을 바라다본다.
> 그들이 모두 政府를 가지고 산다는 듯
> 이를 드러내고 웃어본다.
> 벌건 대낮에

말하자면, 낮술을 마시더라도, 이런 상상의 세계와 현실의 세계의 갈등이라는 난관에서 도피하려고 하더라도, 피할 수 없는 처지라는 것이다. 왜냐하면, 이런 고민이 있든 없든 간에 근대국가제도 속에서 만나는 사람들은 누구나 다 소위 "정부"라는 그 제도를 인정하고 있기 때문이다. 따라서 "벌건 대낮"인 것이다. 시인이 술에 취해서 "벌건 대낮"이 아니라, 근대국가제도인 "政府"가 환하게 구성원 모두의 삶 구석구석을 비추고 있는 그런 "벌건 대낮"인 것이다.

그래서 시인은 또 하나의 도피처를 생각해낸다. "政府"의 동음이의어 (pun)인 "情婦"를 생각하면서, 근대국가제도와 이러한 갈등이 없었던 과거를 "상상"한다. 예를 들자면, 내가 사법고시/과거(科擧 : 이 단어는 過去와 동음이의어다)에 합격한 양반의 자제라면

> 집으로 가고 싶다. 過去의 집으로 돌아가 너른 대청이나 수선해서 정부와 퍼
> 질러앉아 제대로 한 번 취해보고 싶다.

고 "상상"한다. 근대와 근대 이후의 세계관 사이에서 갈등을 느끼고 있는 당대의 지식인들이 가끔 이런 상상을 하는 것을 본다. 중세 전통에서 그 편하고도 안이한 해결책을 찾으려고 해보는 경향이 있다. 그저 저기 아직 폐기처분해버리지 않은 "과거의 집," 그 집의 "너른 대청"을 약간 손질만 하면 되지 않겠는가 모색해보는 경향이 있는 것은 사실이다. 그러나 시인의 눈은 보다 밝다.

> 마당에 전나무를 심어놓았다.
> 집의 主人은 따로 있다.

"과거"의 "집의 主人"은 현재의 우리가 될 수 없다. 중세의 전통 속에서 근대와 근대 이후라는 당대의 지식인이 부딪치고 있는 세계관의 갈등에 대한 손쉬운 해결책을 발견해낼 수는 없을 것이다. 이런 사실을 시인은 "마당의 전나무"를 보고 깨닫는다. "마당에 전나무를 심어놓았다." 누가? 누군가 오래 전에! 그 전나무는 자라서 지금 보는 이만큼 큰 나무가 되었다. 이보다 전나무가 작았던 시절로 되돌아가서 그 시절 이 "집의 主人"이 될 수는 없는 것이다. 그때 이 "집의 主人은 따로" 있었다.

전원책의 시세계에서 중세/근대/근대 이후 세계관의 대립에 관한 방법적 또는 방법론적 모색의 진행이 뚜렷하게 읽혀진 적이 없었는데, 느닷없이 「낮술」 같은 시가 우리 앞에 제시되어 있다. 이 "느닷없음"의 이유는

무엇일까? 얼마 전

　　전원책의 「소를 보신 적이 있으십니까」에서 소는 선종의 尋牛圖 사상에서
나오는 바로 그 소인 바, "어느 날 당신이 소를 말할 때/지나온 길 위에서 보았
다고,/그 소가 보이지 않을 즘에/문득 소를 보았다는 것을 깨달았다는 것까지
도/토로하고 나면/부끄럽게/그립고도 그리운 황소가 보이는/밤을 보낸 적이
있으십니까."라는 이 시의 뒷부분이 "종로 네거리나 명동"이란 비천한 일상을
배경으로 하고 있을 뿐만 아니라, 우리의 일상적 언어로 그 깨달음이 표현되
고 있다는 점에서 정신주의나 선시의 새로운 방향이 제시되고 있는 것이 아닌
가 하는 생각이 문득 드는 것입니다.

라고 쓴 적이 있었는데, 혹시, 불교사상의 탐구와 해체철학적 인식이 어디
선가 만나는 것이 아닐까. 그래서, 「낮술」에서 느닷없이 드러난 전원책의
방법적 자각이 있게 된 것이 아닐까 하는 질문을 남겨두고 싶다. 그리하
여, 전원책의 다음 시, 그 다음 시를 기다리고 싶다. 그는 쓰고, 또 쓸 것이
다.

23.

텅 빈 단단함: 서정춘 「竹篇1—여행」

시인이 시를 쓴다. 어떤 시는 살아남고, 어떤 시는 원고지 위에 잠시 머물다가 사라진다. 여기서 선택은 그 시인의 필연에 근거한다.

문학사에서는 우연의 힘을 믿어야 한다. 당대의 대단한 시인이 문학사 속에서도 그 위력을 유지할 수 있을 것인지는 아무도 알 수 없는 노릇이다. 또 먼지에 쌓여 있던 한 예술가의 생애와 그 작품이 화려하게 부활하는 경우도 우리는 자주 만난다. 역사의 수레바퀴에는 우연이 살고 있다.

그러나 어느 한 시인의 작업실에서 그 우연은 힘을 크게 발휘하지 못한다. 느닷없이 시인을 붙들고 놓아주려 하지 않는 경험이 끝내는 시가 되고, 그 시는 시인의 냉정한 시선을 견뎌내야 한다. 그 피할 수 없는 시적 경험과 시인 나름대로의 객관적 판단이 행복하게 만나는 경우가 시인의 경우에도 그리 흔히 있는 일이 아니기 때문에, 시 쓰기의 어려움에 대한 고백이 흘러 넘친다. 시적 경험 또는 시상이 있다고 해서, 그리고 그것이 원고지 위에 쓰여졌다고 해서, 그리고 그 순간 다소 만족스러운 완성이었다고 해서, 한 편의 시로 살아남는 것은 아니다. 시인은 각자 나름대로 자신이 쓴 한 편의 시가 되는 필연의 법칙을 갖고 있기 때문이다.

그런데 그 법칙은 인색하거나 엄격하면 할수록 찬사를 받는다. 서정춘의 경우, 등단 30년에 시 34편의 시집 한 권이라는 가난함에 우리는 즐거

위한다. 그런 그가 『현대시학』 7월호에 자그만치 3편의 시를 발표했다. 그래서 우리는 서정춘의 필연은 무엇일까 질문하고 싶어지는 것이다. 그리고 이 질문은 서정춘 시세계의 전모를 읽으려는 노력과도 연결된다.

왜 이렇게 천천히, 느긋하게 그는 시를 썼을까. 다들 바쁘게 사는, 거의 대부분 시간 없다고 입버릇처럼 말하고 사는, 이 현대라는 시대 속에서, 그는 너무 한가하지 않은가. 그의 행위는 너무 비효율적인 것이 아닌가, 질문하지 않을 수 없게 한다. 그 대답을 나는 그의 시 「竹篇1-여행」(전문)의 "백년"에서 읽었다.

> 여기서부터, -멀다
> 칸칸마다 밤이 깊은
> 푸른 기차를 타고
> 대꽃이 피는 마을까지
> 백년이 걸린다

종착역까지 "백년"이 걸리는 기차를 타고 있다면, 도저히 서둘러야겠다는 마음을 먹을 수 없을 것이다. 바쁘다 또는 시간 없다고 아우성쳐보아야 조바심만 더 해질 뿐 아무 소용이 없을 것이다. 자, 이제부터 "백년"이 걸리는 기차를 어떻게 우리도 서정춘과 같이 탈 수 있을 것인지 궁리해보는 것이 좋을 것이다.

이 기차의 출발점은 「전설」(전문)이 되어버렸다. 너무 오래 전에 있었던 일이기 때문이다.

> 길고 긴 두 줄의 강철 詩를 남겼으랴
> 기차는, 고향 역을 떠났습니다
> 하모니카 소리로 떠났습니다

"하모니카 소리"가 아름다웠던 유년 시절을 떠나야 할 시간이라서 할 수 없이 떠났던 기차, 그 기차가 떠나버린 "고향 역"의 기억은 아직도 생생하다. 그 시절, "젊은 아버지"가 있던 그 시절의 말똥은 "춥고 배고픈 나에게는 따뜻한 풀빵 같았다"(「오늘, 그 푸른 말똥이 그립다」의 일부). 이렇게 "길고 긴" 기억을 끌고 달리는 "푸른 기차"에서는 아무도 내리지 않으며, 예를 들면 白石의 「曠原」(일부)에서처럼 중간 기차역도 기대할 수 없다.

> 멀리 바다가 뵈이는
> 假停車場도 없는 들판에서
> 車는 머물고
> 젊은 새악시 둘이 나린다

서정춘의 기차에서는 白石의 경우처럼 "멀리 바다가 뵈이는" "벌판" 같은 풍경도 발견되지 않으며 "젊은 새악시 둘" 같은 승객도 기대할 수 없다. 그의 기차는 "고향 역"을 오래 전에 떠났으며, "대꽃이 피는 마을까지" 자그만치 "백년"이 걸릴 터인데, "칸칸마다 밤이" 깊다. 대나무 마디마디는 비어 있다. 매듭이 있기는 하지만 캄캄한 마디에는 아무것도 없이 텅 비어 있다. 그렇다. 놀랍게도 서정춘의 기차 속에서는 아무것도 발견할 수 없을 것이다. 그저 "멀다"는 사실 외에 아무런 기대도 할 수 없다. 그러니 시인이 쓸 수 있는 내용이 많지 않을 수밖에 없는 것이다. 서정춘의 시는 꽉 차 있다. 속이 텅 빈 대나무가 알차듯이, 그의 시는 단단하다. 텅 빈 단단함!

만약, 그 기차에 「동행」(일부)이 있다면, 그건 마치 "물돌물 돌물돌"처럼 "함께" 가는 것이리라.

> 어린 물이 어르며
> 어린 돌을 데리고 흘러갑니다
> 모래무덤 끝으로

그리움으로

시인은 말한다. 비록 "젊은 새악시 둘" 같은 승객은 없어도, 비록 대나무 속이 텅 비어 있는 것 같아도, 나름대로 "그리움"으로 꽉 차 있다고, 그렇게 단단하게 단련되어 있다고 말한다. 또 시인은 말한다. "멀리 바다가 뵈이는" "벌판" 같은 풍경은, 그런 객관적 묘사가 가능한 풍경은 시에서 발견할 수 없어도, 이 기차 속에서 "어린 물이" "어린 돌을 데리고 흘러" 가고 있다고, 시인은 말한다.

서정춘의 기차가 도착하는 "대꽃이 피는 마을"은 金宗三의 「聖堂」(전문)처럼 뚜렷한 상징의 모습을 갖고 있지 못하다.

이 地上의
聖堂
나는 잘 모른다

높은 石山
밤하늘
헨델의 메시아를 듣고 있었다

서정춘 시인의 "성당"은 느닷없이 시인을 붙들고 놓아주려 하지 않는 어느 「깊은 밤」(전문)같은 시적 경험이다.

대숲에 이슬 내린 소리 받아 들으니
밤중도 자궁 속 같습니다
아, 전생 같은 오늘 밤

말하자면, "세상은 빗소리로 가득하고/문득 나만 없다"(「雨中」의 일부)는 사실을 확인하는 순간, 또 하나의 "성당"이 지상에 선다. "대숲에 이슬 내린 소리"를 듣고 있다. 깨닫는 "전생" 그리고 "자궁 속"은 서정춘 시인이 이 지상에 힘겹게 일으켜 세우는 "성당"이다.

　시 한 편을 쓰는 일은, 말하자면 생명의 "성당"을 힘겹게 세우는 일은, "백년" 걸리는 기차를 타고 "대꽃이 피는 마을"로 가는 행위다. 서정춘 시인은 결코 느긋하지 않다. 다만 아무런 도움 없이 혼자 힘으로 "성당"을 일으켜 세우는 일이 매번 너무 힘들 뿐이다.

24.

'알'의 상징체계: 정진규「따뜻한 한 몸—알 · 25」

아홉 번째 시집『몸詩』이후 정진규 시인은 '알'이라는 이미지, 또는 상징에 집착하고 있다.

> 땅콩 껍질을 까면서도 나는 알을 깐다고 말한다 땅콩 알을 깐다고 생각한다
> 정확하게는 알 껍질을 깐다이지만 알을 깐다라고 해야 알을 낳는다가 되기 때
> 문이다 낳는다가 좋다 그래야 마음이 놓인다

시인의 말대로 상징체계는 "현대시의 가장 기초적인 문법"이며 상징은 "중재와 유추에 의해 모순적인 것들을 결합시키고 대립의 현상을 없애주는 것"이기 때문에, 이 '알' 시편들을 통해 그가 추구하는 상징체계가 유의미할 것이라고 판단하더라도, 몇 가지 의문점은 남는다. 우선, 예를 들자면, 이 시「따뜻한 한 몸—알 · 25」의 도입부에서 묘사되고 있는 땅콩 껍질을 까는 일상적인 행위를 구체적으로 생각해볼 때, "알껍질을 깐다"라는 표현도 다소 비일상적인 표현이 아닐 수 없을 뿐만 아니라, 그 표현에서 발전된 "알을 깐다," 그리고 "알을 낳는다"는 표현은 많은 무리가 따르는 이미지의 비약이라 아니 할 수 없는 것이다. 그러나 정진규 시인 같은 대가가 표현의 미숙함에 무지할 리가 없을 것이라는 생각의 끈을 놓치

지 않는다면, 그리고 묘하게 파고드는 감동의 기미를 섬세하게 느낀다면, 그저 이미지의 비약이라고 치부해 버리는 "일차적인 의미풀이"에 집착해서는 안 된다는 점이 명확해진다. 이보다 더 큰 질문은 왜 하필이면 지금 '알'인가이다. 예를 들자면, 지난번 시집 『몸詩』의 '몸'은 어쩌고, 다른 단어인 '알'인가일 것이며, 보다 차원 높은 의문점은 이 포스트모던 시대에 상징체계의 위치는 어디일 수 있는가, 말하자면 시대 변화에 민감한 대표적 월간 시잡지의 주간인 정진규 시인이 포스트모던 시대에 '알'이란 상징을 동원하는 무모함, 시대 조류의 역행행위를 도대체 왜 감행하고 있는가 하는 질문이 될 수도 있을 것이다.

얼핏 쉽게 씌어진 '일상시' 같아 보이는 정진규 시인의 '알' 시편들이 제기하는 문학적 질문의 깊이가 만만하지 않음을 강조하기 위해서 몇 가지 질문을 제기하였으며, 그 대답이 진행되면서 이 재미있는 '알' 시편들의 속편들이 어떻게 계속 씌어질 수 있을 것인지 기다리는 즐거움도 나눌 수 있을지 모른다.

정진규 시인의 오랜 시작업을 지켜보노라면 그의 새로운 시세계는 이전의 시세계를 되돌아보게 하며, 또 앞으로 어떤 세계가 전개될 것인지 숙고하게 하는데, 이러한 표현은 바로 위에서 제기한 왜 하필이면 지금 이 시점에서 '알'인가 하는 질문과 포스트모던 시대의 상징체계라는 질문을 달리 말한 것일 뿐이다. 나남문학선이었던 『따뜻한 상징』을 읽다가 왜 하필이면 지금 이 시점에서 '알'인가에 대한 감동적인 대답을 만났다. 1984년에 씌어진 「房과 椅子」는 詩瘦처럼 놓여나지 못하게 하는 어떤 말, 예를 들자면 <房>과 <椅子>의 고민을 표현하고 있는데, "한 편의 시로 이것들을 형상화해야 하겠는데 그것이 이루어지지 않는 것이다. 그만 포기하고 떠나버리고자 하지만 그것들이 내 손목을 잡고 놓아주지 않는다"는 상황이 얼마나 심각했던지 "까닭을 알지 못하는 사무실 친구들이나 집의 아내는 무슨 말 못할 사정이라도 생겼느냐고 물어오기까지 할 정도가 되었다"가 급기야는 "잘 아는 정신과 의사 친구에게도 찾아가 보"게 되는데,

그때 시인을 사로잡고 있던 이미지가 바로 일본 시인 요시노 히로시(吉野弘)의 대표작 「I was born」에서 묘사된 "하루살이라는 벌레의 뱃속에 가득찬 알들의" 모습이었다. 당시 정신과 의사 친구의 진단은 무의미했었는데, 그 후 11년 뒤 1995년 3월 『현대시학』에 「알·2」를 쓴다.

> 청어구이를 먹다가 청어의 알들이 청어의 대가리까지, 아가미 바로 밑까지
> 가득 차오른 것을 나는 보았다 목이 메어서 밥을 먹는 일을 그만두었다

이 시의 해석은 11년 전에 시인 스스로 썼다. "그 알들이 톡톡 하나씩 터지면서 생명의 모습을 짓기도 전에 죽음의 벼랑 밑으로 형체도 없이 떨어져갈 것 같기도 하고 그 알들 속에서 한꺼번에 수만 마리의 하루살이떼들이 날아오를 것 같기도 한 그런 착각에 시달려야만 했다." 그러므로 왜 하필이면 지금 이 시점에서 '알'인가, 또는 많은 무리가 따르는 이미지의 비약이라고 질문할 수 없다. 우리는 더 이상 무지하지 않으므로.

또 하나의 미래를 향하고 있는 질문, 즉 포스트모던 시대에 '알'이 만드는 상징체계의 위치는 도대체 어디인가라는 질문의 대답은 요시노 히로시의 이미지 '알'을 정진규 시인이 왜 이용했는가—정진규 시인은 그만큼 자신 있다. 어떤 일본 시인의 영향을 받은 것이 아니라, 그의 이미지를 내 식으로 소화시켰다. T. S. 엘리엇 식으로 표현하자면 "도둑질했다"고 당당하게 말한다—와 관련된다. 우선, 정진규 시인의 상징체계는 보들레르의 '교감,' 그리고 그의 세계를 이어받은 요시노 히로시와 크게 구분된다.

> 요즈음 추위는 그런 것 때문이 아니라고 하지만, 그들의 문전마다 쌀 두어 됫박씩쯤 말없이 남몰래 팔아다 놓으면서 밤거리를 돌아다니고 싶다 그렇게 밤을 건너가고 싶다 가장 따뜻한 상징, 하이얀 쌀 두어 됫박이 우리에겐 아직도 가장 따뜻한 상징이다

위의 세계가 표현하고 있는 것은 "따뜻한 상징"의 세계다. "절대 순수의

자리에서 던져본 존재에 대한 질문"이며 "서로 다른 객체가 하나로 생명화될 때 비로소 태어나는 황홀한 하나의 질서"인 이 상징의 체계를 시인은 요즈음 '알'이라고 부르고 있는데, 문제는 "그것들을 어김없이 서로의 몸을 통과하고 있음을 보고 있다"로 이어지는 고백의 해석에 놓여 있다. 散文體를 쓰는 이유에서도 이와 비슷한 논리가 전개되고 있다. "이미지 혹은 환상의 영역이라는 것도 의도적인 만들기로 되어져 있을 때보다는 체험적인 인식으로 도출되었을 때 더 시적 설득력을 갖는다는 것을 알고 있는 것이다"는 시인의 본능은 이미 효용을 상실한 모더니즘 상징체계의 문제점을 파악하고 해결해내고 있는 것이다. 그가 '몸'이라고, 또는 그가 "체험적인 인식"이라고 말하는 "따뜻한 상징"의 체계는 서양의 인식체계가 아닌 "우리에겐 아직도 가장 따뜻한" "하이얀 쌀 두어 됫박"의 상징체계를 만들어내고 있다.

> 알이 있다 새가 날아간 자죽이 있기야 하지만 그걸 상처라고 말할 수는 없
> 다 날 수 있다는 것은 가장 좋은 일이기 때문이다 몸 속에 따뜻한 알을 품고 있
> 다는 뜻이 되기 때문이다 새들은 언제나 알 그 자체로 거기에 있다 새와 알을
> 나는 언제나 따뜻한 한몸으로 읽고 있다 낳는다로 읽고 있다

절대적 서양의 상징체계에서는 그게 아무리 "새가 날아간 자죽"이라도 "상처"는 상처인 것이고, 따라서 완벽의 상징이 될 수는 없다. 말하자면 "알 그 자체"라고 부를 수 없는 것이다. 그런데 정진규 시인은 말한다. 아니다! "새들은 언제나 알 그 자체로 거기에 있다." 따라서 "새와 알을 나는 언제나 따뜻한 한몸으로 읽고 있다." 그리고 나는 고개를 끄덕인다. 처음에는 아주 조금, 그리고 조금 더 많이. 그리고 나는 눈을 크게 뜬다. 정진규 시인의 '알'이 "뱃속 가득히 충만해 있어서 가냘픈 가슴 속까지 미치고 있"는 것을 본다. 누구의 뱃속인지 나는 모른다. 왜냐하면 시인은 쓰고, 또 쓸 것이기 때문이다.

25.
눈먼 사랑의 해결책: 최승호 「눈사람 전시회」

이런 「시 속의 행간 읽기/시인이 시인에게」와 같은 짝사랑 연서의 대상으로 최승호 시인이 배당된 것은 다른 시인들이 부러워할 행운이 아닐 수 없을 것이다. 예를 들면 얼마 전 "아직 태어나지 않은 책들은 물렁하다"는 놀라운 진술로 시작되는 「물렁물렁한 책」(『세계의 문학』, 1996년 가을호)을 언급하면서 "아주 좋게 읽었습니다만, 나와 체질이 비슷해서인지 아니면 인간적 친밀감 때문인지 분석이 잘 되지 않습니다"라고 쓴 뒤, 시인을 만나게 되어 그의 의견을 물었더니, "그런 말 하는 사람들이 많아요"라는 위로의 말을 들었다. "인간적 친밀감"에서 비롯된 이유 없는 안타까움의 눈먼 사랑 때문에 냉정한 분석이 잘 안 되는 사람이 많은 것으로 혼자 해석하면서 좋아했다. 이유야 각각이겠지만, 이해타산이 아닌 이유로 최승호 시인을 좋아하는 사람이 많다는 사실을 알 만한 사람은 다 알 것이다. 그래서 최근 시집 『반딧불 보호구역』을 받았을 때에도 가슴 저미는 안타까움 같은 아픔을 느꼈던 것이고, "시인 보호구역"이 있어야겠다는 울분을 삼켰던 것이리라. (꺼칠한 얼굴, 유심히 살펴봅니다//『반딧불 보호구역』앞에/쪼그리고 앉아//머리카락이 조금 이마에//말 못할 사연이면/까마귀에게 나비에게/수박에게 달맞이꽃에게/말 못할 사연이면//천연기념물 되어버린/반딧불, 반딧불처럼/시인 보호구역 있을까/있을까, 있을까,

있을까─최승호 시인에게 보낸 졸시)

그런데 "체질"이 나와 비슷하다는 변명은 아무래도 과장이 지나치다. 체질이란 얼마나 모호한 용어란 말인가. 그저 작품이 좋고 마음에 들지만 분석하기는 싫다는 주장의 한 표현이라고 생각했었는데, 사행시 「눈사람 전시회」를 만나고 나름대로 시인뿐만 아니라 시도 마음 놓고 사랑할 수 있는 입구를 하나 발견했다. 말하자면 최승호의 시세계에 대한 냉정한 분석이 잘 되지 않거나, 하고 싶어지지 않는 이유는 눈먼 사랑 때문만은 아니라는 것이다. 바로 이 점이 그의 시세계의 특징 중 하나라는 것이다. 느닷없이 체질이라는 모호한 용어를 사용하게 만든 이유도 바로 그것이다. 작품을 다시 한 번 읽어보시라.

눈사람들을 옮겨 화랑에 전시하자.
녹는 눈사람이야말로
인간이 만든 지상의 예술 가운데
가장 순결한 걸작들이다.

길지도 않은 4행이 전부, 한꺼번에 밀려든다. 말하자면 "녹는 눈사람"이 행위예술의 걸작으로 전시된 화랑의 이미지가 언덕을 굴러 내려오면서 점점 더 커지는 눈덩이처럼 한꺼번에 펼쳐진다. 그렇다! 최승호의 시는 한 줄씩 분석하면서 읽어야 하는 것이 아니라, 그 시인처럼, 이해타산 없이 전체로, 한꺼번에, 가슴을 열고 받아들여야 하는 것이다.

이제 숙제로 남겨두었던 「물렁물렁한 책」을 행복하게 읽을 수 있다.

아직 태어나지 않은 책들은 물렁물렁하다.
뭐라고 말할 수 없는
반죽덩어리.
죽은 저자의 책과도 분명히 다른
그 누구의 것도 아닌 그것,

침묵덩어리.
식탁 위의 빵덩어리와는 분명히 다른
큼직한 애벌레 같은 그것.

분석하고, 해석해내려는, 그러니까 난도질을 하려는 나의 칼날이 무모한 헛손질일 수밖에 없었던 것이다. 그저 내 가슴에 한꺼번에 치밀고 들어오는 최승호의 시를, 그 시인을, 마음 편히 받아들이자. 그러고 나니, 알겠다. "아직 태어나지 않은 책들은" "식탁 위의 빵덩어리"라기보다는 "큼직한 애벌레" 같은 "반죽덩어리" 또는 "침묵덩어리"라는 사실을 너무도 잘 알겠어서, 고맙다.

1992년 『작가세계』 여름호에 최승호 · 이승훈 추천으로 등단했지만, 봉투에 시 몇 편 넣어 보냈던 것뿐으로, 최승호 시인을 알지 못했다. 그저 캄캄한 어둠 속에서 혼자 쓰고, 혼자 웃고, 혼자 울다가, 처음 만난 문인이 최승호 시인이라는 사실은 나에게 크나큰 행운이었다. 이유도 없이, 그가 그립고, 보고 싶고, 안타까워서, 가끔 세계사 사무실에 갔었던 그해 여름이 문단생활의 시작이었다는 행복을 여기서 고백해야 하지 않을까. 70년대 초 유신의 암울했던 대학시절, 같은 과에 있던 절친한 친구와 도스토예프스키의 『백치』를 읽고, 그 주인공 무이스킨 공작의 한없는 순결함 앞에서 우리는 너무나 부끄러웠는데, 이런 기억이 되살아나는 이유는, 아마도 최승호 시인을 겪으면서 은근히 지상의 생명 어느 것도 해치지 못했던 무이스킨 공작을 마음 속에 떠올리는 사람이 나만은 아닐 것이라는 생각 때문일 것이다.

그런데, 시와 시인이 행복하게 만난다는 점, 부분이 아니라 전체로 말한다는 점은 그의 초기 출세작 「北魚」에서부터 일관된 특징이라는 사실을 확인한다. 예를 들면

밤의 식료품가게

괴괴묵은 먼지 속에
죽어서 하루 더 손때 묻고
터무니없이 하루 더 기다리는
북어들.
북어들의 일 개 분대가
나란히 꼬챙이에 꿰어져 있었다.
나는 죽음이 꿰뚫은 대가리를 말한 셈이다.

라는 구절은 "부분이 아니라 전체로 말하는" 특징이 「눈사람 전시회」의
경우처럼 잘 드러나 있으며,

막대기 같은 생각
빛나지 않는 막대기 같은 사람들이
가슴에 싱싱한 지느러미를 달고
헤엄쳐 갈 데 없는 사람들이
불쌍하다고 생각하는 순간,
느닷없이
북어들이 커다랗게 입을 벌리고
거봐, 너도 북어지 너도 북어지 너도 북어지
귀가 먹먹하도록 부르짖고 있었다.

라는 구절은 "시와 시인이 행복하게 만나는" 즉 시와 현실이 구분되지 않
는, 또는 시와 시인이 잘 구별되지 않는 특징을 잘 드러내고 있는데, 이 사
실은 한 시인의 크기를 판단하는 데 중요한 기준의 하나를 기억하게 한다.
T. S. 엘리엇이 말했던가, 위대한 시인은 평생 한 가지 이야기만 하다 간다
고. 「北魚」에서 「눈사람 전시회」로 이어지는 최승호의 시세계가 분열되
어 있는 것으로 보이지 않는다.
　　오랜만에 서울에 온 최승호 시인은 시집 『반딧불 보호구역』이 된 『달
맞이꽃에 대한 명상』을 갖고 있었다. "유방이 여섯 개 달린 매음녀 젖을
빨듯이. 그는 자동판매기를 오래도록 이용해 왔다"(「자동판매기와의 이

별」의 일부)라는 등의 문명비판에서 자연 속으로의 은둔이나 도피라는 언급이 있었던지, 그 비슷한 질문을 나에게 한 적이 있었다. 그때 자동판매기야말로 유방이 여섯 개 달린 매음녀라는 이미지를 발견한 것을 냉소적으로 기뻐하던 그의 이전 모습에 피곤한 마음과 몸으로 달맞이꽃이나 나비에게 위로를 받았을 것이라는 짐작이 뒤엉키면서, 더 깊은 시세계가 전개되려는 준비일 것이라고, 걱정 마시라고 어줍지 않은 충고를 했는데. 실상, 도대체 문명비판의 날카로운 시세계와 자연친화적 시세계가 어떻게 만날 수 있는 것인지 짐작이 되지 않아서 몇몇 시인의 변화에 당혹감을 느끼고 있던 중이었기 때문에, 내 대답은 틀림없이 공허했을 것이다. 그런데 이제 「눈사람 전시회」와 같이 발표된 「눈사람과의 대화」를 읽으면서, 진짜로 더 깊은 시세계가 바야흐로 전개되는 것을 목격하면서. 그때, 내가 눈먼 고기를 잡았다는 사실을 깨닫는다. 어른이었던 아버지처럼 "손에 죽은 가방을 들고 다니면서/아버지의 가방을 이해한다/나는 눈 내리지 않는 계단들과/술과 납입고지서와/마누라들의 구박을 이해한다"고 최승호는 이제 말할 수 있다. 시인이 속해 있는 세계가 아무리 타락한 곳이라도 나는 속해 있지 않은 것처럼 무책임하게 손가락질만 할 수는 없는 것이다. 그는 이제 "이해한다"고 말할 만큼 크다. 그리고 무이스킨 공작처럼, "천하를 웃는 바보처럼 당당하지 않은가."

최승호는, 그리고 그의 시는, "인간이 만든 지상의 예술 가운데/가장 순결한 걸작"이 될 것이다. 그런데 그 걸작은 "녹는 눈사람"이다. 녹아버릴 안타까움에 눈먼 나는 그것이 걸작이라는 사실도 잊어버리게 될 것이다. 이것의 이름은 사랑, 문학에 대한 사랑이다.

제4부

문학의 현장

1.
3 · 8선 시론

    서평이나 시평을 위해 시집이나 잡지를 읽을 때, 문단이란 무엇입니까 또는 문단에 등단한다는 것은 무엇입니까라는 문외한의 질문을 떠올리지 않을 수 없다. 예를 들면 중국무협소설에서 언급되는 무림 같은 것입니다, 뚜렷한 현실세계 속의 장소가 지정되어 있는 것은 아니지만 무협인들이 만나고, 실력을 겨루게 되는 곳이 무림인 것처럼, 문단도 대강 그렇게 생각해 두시는 것이 좋겠습니다라고 대답하면서, 그렇다면 "천하 제1의 고수"는 어떻게 선정되는 것인지 질문할 것 같아 노심초사했던 것이다. 이는 가치판단을 피할 수 없을 것이므로, 산문적 글쓰기는 글쓰는 사람의 취향과 수준을 드러내기 마련이라는 압박감의 또 다른 표현이다. 계간지의 일부에 인색하게 배치되어 있는 시들을 읽으면서, 무림 같은 시의 문단이 존재하는지 의심이 들 만큼 다양한 존재양식을 만나면서, 산문적 글쓰기의 또 다른 의무가 독서대중과 행복하게 만나고 있는 소설의 상업적 이익과 견주는 수준까지는 아니더라도 다기다양한 시세계가 만날 수 있는 지평이나 광장을 발견해야 하는 것이 아닐까 하는 생각이 압박해 왔다. 이러한 만남의 광장을 생각해 보겠다는 용기가 생긴 이유는 '60년대와 '70년대에 걸쳐 『문학과 지성』과 『창작과 비평』이라는 양대 진영이 형성되면서 여러 갈래로 분화되었던 문학계의 분열상이 인정이나 인맥의 측면에서는 지속되고 있는지 몰라도, 문학작품의 세계에서는, 다시 말해 내면적 세계관의 측면에서는 그 구분이 모호해지고 있는 현재의 상황을 계간지들을 읽으면서 확인했기 때문일 것이다. 『창작과 비평』('95년 겨울호)에서 의미 있게 논의되고 있는 환경문제 대담은 결국 근대와 전근대 또는 자본주의와 전자본주의의 단절된 세계관, 근대와 근대 이후의 "연속이며 단절된" 세계관에 대한 합의를 바탕으로, 환경문제도 "서로 다른 계급세력" 즉 서로 다른 세계관에 따라 언급되는 내용이 다르므로 "환경문제들"이라고 생각하기 시작해야 한다는 논의의 공통분모 찾기로 귀결되고 있으며, 『현대시사상』('95년 겨울호)도 초현실주의라는 모더니즘 사상을 근대 및 근대 이후의 입장에서 그것도 문학과 미술의 관점에서 어울려 논의하고 있다.

이러한 세계관의 수렴 현상이 구체적인 시작품들에서 발견되는데, 『문학과 사회』('95년 겨울호)의 김연신의 「詩를 쓰기 위하여 - 산책」과 『창작과 비평』('95년 겨울호)의 장시천의 「死産하는 노래」, 그리고 『현대시사상』('95년 겨울호)의 함기석의 「학교 가는 소년」은 작품들이 수록되어 있는 계간지들의 문학적 입장에 큰 차이가 있다고 사정되고 있음에도 불구하고 동일한 논의의 광장에서 언급될 수 있을 것 같아 보인다. 이 보편적인 광장의 이름은 "방법적 자각" 또는 "방법론적 자각"이다. 말하자면 이 시인들은 지금 거의 동시에 쓴다는 것의 의미를 질문하고 있다.

김연신은 "詩를 쓰기 위하여" 산책하고 있었는데, "저녁나절 들길"에 "바람이 지나가면서 상쾌한 마음이 차올라"와 만족하였는데,

> 모퉁이를 돌자마자 뒤에서 나를 즐겁게 해 주던/것들이 무엇에 얻어맞았는지 꿕꿕 나자빠지면서/갑자기 아까 분명히 멀어졌던 것들이 앞으로 뒤로 에워쌌었어./흉폭한 얼굴들이었어. 벼랑 끝이었어. 왜 갑자기,/詩를 쓰는 것과 아무 관계도 없는 벼랑 끝을/보여주었는지 아직도 몰라.

갑자기 "벼랑 끝"같은, "흉폭한 얼굴"같은 질문에 부딪히게 되고, 이러한

방법적 자각이 일련의 시작품을 탄생시킨다. "어떤 상상이 노래가 될 수 있을까?" 질문하는 장시천의 경우도 사정은 마찬가지다. "물풀 곁에서/하늘거리다, 문득/소스라치게 여울을 거슬러오를 등푸른 노래"를 아직도 기다리고 있기는 하지만,

> 균열을 노래하는 것이/더 그럴싸할지도 몰라, 추락을 노래하는 것이/떨어지
> 려는 순간의 아찔함이/꽃들을 절정에 이르게 하는지도 몰라

"등푸른 노래"는 이미 "신병"을 앓고 있으며, "뒷골이 추락을 감지하는 순간의/척추의 경련, 그때/몸이 내지르는 비명"이 "노래의 심장"임을 짐작하고 있다. 김연신이 만나고 보게 된 "벼랑 끝"에서 장시천은 "추락을 감지"한 "척추의 경련"을 느끼고 있는데, 이러한 방법적 자각, 쓴다는 것의 의미에 대한 질문이 시를 만들어 내고 있다. 함기석의 질문은 다소 간접적이다. 예를 들면 「모자 속엔 벌거벗은 난쟁이가 있다」에서는 "옷장이 꽃병이 되고 시계가 소파가 되는 방이 있다 어느 난쟁이의 빨간 방이 있다 그 방에선 사물들이 마구 뒤바뀐다"로 시작된다. 사물이 아니라 사물의 이름이 바뀌고 있다. "옷장"을 "꽃병"이라고 부르고 "시계"를 "소파"라고 부른다. 그래서 예를 들면 "아침 여섯 시가 되면 벽에 걸린 소파가 울리죠"라고 말한다. 그런데 왜 사물의 이름을 바꾸는 것일까. 「학교 가는 소년」에서 그 이유의 일부를 발견한다.

> 소년은 매일 반복되는 단조로운 하루가 싫다/소년은 여러 가지 사물이 되어
> 본다

프란츠 카프카의 『변신』의 그레고리 잠자는 자신의 의지와 상관없이 벌레가 된다. 그러나 "변기"나 "구두"나 "전화기"로 변신하는 함기석의 "소년"의 본질은 변하지 않는다. 뭐라 이름붙이든 "소년"은 여전히 "학교 가는 소년"이며, 시가 진행되면서 소년은 학교에 간다. 따라서 함기석은

변신을 이야기하고 있지 않다. "매일 반복되는 단조로운 하루"를 벗어나려는 소년의 노력이 "사물의 이름"을 바꾸어 보거나, "명사와 술어"를 바꾸어 보는 형태로 나타나는 이유는 시인이 만나고 있는 문제점 때문이다. 김연신이나 장시천의 경우처럼 현재 처해 있는 글쓰기의 상황을 벗어날 수 있게 하는 방법적 자각을 "벼랑 끝"에서 느끼는 "척추의 경련"처럼 깨닫고 싶다는 고백을 함기석은 간접적으로 하고 있는 것이다.

이러한 방법적 자각을 보다 체계적으로 설명해 낼 수는 없을까? 여기서 참여와 순수 양 진영에서 자신의 출발점이라고 주장했던 김수영, 특히 그의 "온몸 시론"의 메니페스토였던 「詩여, 침을 뱉어라—힘으로서의 詩의 存在」를 기억한다. "시를 쓴다는 것 — 즉 노래— 이 시의 형식으로서의 예술성과 동의어가 되고, 시를 논한다는 것이 시의 내용으로서의 현실성과 동의어가 된다"고 설명하면서, 김수영은 "시를 논하게 되는 때에도" 시인은 "시를 쓰듯이 논해야" 한다고 주문하는데, 산문적 글쓰기와 시적 글쓰기, 시의 내용과 형식 또는 현실성과 예술성이 어떻게 "온몸"으로 만날 수 있을 것인지 우리같이 뒤에 온 자들은 답답하지 않을 수 없는 것이다. 이러한 논의는 "여직까지 없었던 세계가 펼쳐지는 충격"을 향해 전개되는데, 다음의 다소 긴 인용을 읽으면서 이를 "3·8선 시론"이라고 정의해 본다.

> 「내용의 면에서 완전한 자유를 누리고 있다」는 말은 사실은 「내용」이 하는 말이 아니라, 「형식」이 하는 혼잣말이다. 이 말은 밖에 대고 해서는 아니 될 말이다. 「내용」은 언제나 밖에다 대고 「너무나 많은 자유가 없다」는 말을 해야 한다. 그래야지만 「너무나 많은 자유가 있다」는 「형식」을 정복할 수 있고, 그때에 비로소 하나의 작품이 간신히 성립된다. 「내용」은 언제나 밖에다 대고 「너무나 많은 자유가 없다」는 말을 계속해서 지껄어야 한다. 이것을 계속해서 지껄이는 것이 이를테면 3·8선을 뚫는 길인 것이다. 낙숫물로 바위를 뚫을 수 있듯이, 이런 시인의 헛소리가 헛소리가 아닐 때가 온다. 헛소리다! 헛소리다! 헛소리다! 하고 외우다 보니 헛소리가 참말이 될 때의 경이. 그것이 나무아미타불의 기적이고 시의 기적이다. 이런 기적이 한 편의 시를 이루고, 그러한

시의 축적이 진정한 민족의 역사의 기점이 된다.

잘 알려진 김수영의 시론을 "3 · 8선 시론"이란 이름으로 재포장해서 언급하는 이유는 "헛소리"의 방법적 자각이 지금 여기저기서 발견되고 있으며, 김수영의 방법론적 자각이 드디어, 이제야, 본격적으로 실천되기 시작하지 않을까 하는 희망을 갖고 있기 때문이다. 이러한 김수영의 "3 · 8선 시론"은 롤랑 바르트의 텍스트 개념을 이용하면 쉽게 정리될 것 같아 보인다. 발자크의 소설처럼 독자가 수동적으로 수용해야 하는 "독자적 입장의readerly 텍스트"와 독자의 능동적인 상상력 발휘가 작품 이해에 필수적인 "작가적 입장의writerly 텍스트"라는 이분법에다 후기 롤랑 바르트는 "수용자적 입장의receivable 텍스트"라는 개념을 추가하고 있다. 이는 바로 독자가 그저 "불처럼, 마약처럼, 수수께끼 같은 해체처럼, 받아들일 수밖에 없는 출판 자체가 불가능한 텍스트"라는 개념인 바, 내용과 형식이 자유의 과다 여부를 놓고 투쟁하는 시인의 "헛소리"가 "작가적 입장의 텍스트"를 설명하고 있는 것이라면, "낙숫물로 바위를 뚫는" "이를테면 3 · 8선을 뚫는" "헛소리가 참말이 될 때의 경이"는 바로 "수용자적 입장의 텍스트"라고 말할 수 있을 것이다. 구체적으로 설명하자면, 시인의 방법적 또는 방법론적 자각의 산물이 김수영의 "헛소리"이고 롤랑 바르트의 "작가적 입장의 텍스트"라면, 이러한 방법적 또는 방법론적 자각의 산물인 문학작품이 독자를 "불처럼, 마약처럼" 흔들어 버리는 충격을 기적적으로 제공하게 되는 결과가 김수영의 "3 · 8선 시론"이며 롤랑 바르트의 "수용자적 입장의 텍스트" 이론인 것이다.

지금까지 김연신, 장시천과 함기석의 "헛소리"를 읽었는 바, "3 · 8선을 뚫는" "수용자적 입장의 텍스트"를 찾으면서 여러 "헛소리"들을 읽어 보자.

그런데 박용하의 「은행나무」(『문학과 사회』'95년 겨울호)를 읽으면서 "3 · 8선을 뚫는" 방법이 세계관에 따라 전혀 다를 수 있다는 사실을 발견하게 된다. "불멸이 멸종된 시대에" 살면서도, 은행나무 "밑에만 들어가면 그렇게 편할 수가! 밑에 품! 같다. 보드랍고 탐스러운 여자의 가슴과 젖가슴, 젖가슴과 가슴 사이에 고개를 처박고 있는 기분이 드는 건" 어쩔 수 없는 감정이다. 이제 더 이상 당산나무와 같은 위력을 갖고 있지 않다는 사실을 너무도 뚜렷하게 알고 있으면서도 시인은 그렇게 느끼게 된다, 그렇게 저절로 느끼게 되어 버린 것이다. 김수영 식으로 설명하자면 내용은, 현실성은, 산문적 글쓰기는 "너무나 많은 자유가 없다"고 말하는데, 은행나무는 더 이상 당산나무의 자유가 없다고 선언하는데, 형식은, 예술성은, 시적 글쓰기는 "너무나 많은 자유가 있다"는 사실을 드러낸다. "쓰레기더미나 나뒹구는 것 같은 이 대도시에도 조금만 마음을 바꾸면 나만이 가질 수 있는 비밀의 화원이 있는 법이다"라는 박용하 시인의 발견이 이 시의 "헛소리"를 완성하고 있다. 이러한 중세적 세계관의 복권과 궤를 달리하는 "헛소리" 중의 하나가 엄원태의 계속되는 『소읍에 대한 보고』다. 「한낮의 식당」(『창작과 비평』'95년 겨울호)에서 "아마도 가족이 없거나/얼마간 떨어져 지내는 고등 룸펜"같은 "추리닝 바람의 수염자국이 짙은 사내 하나/맨발에, 뒤꿈치를 구겨신은 구둣발을 외로 꼬아 흔들며/늦은 아침 겸 점심을 느릿느릿 먹고" 있는 것을 관찰하는데, 엄원태는 계몽주의적 휴머니즘의 세계관 속에서 독자의 심금을 울리는 방법론을 사용하고 있다.

> 그는 어쨌거나, 다른 사람들의 염려와 관심에서/한참 놓여나 외롭게 살아왔고,/또 그렇게 살아가다 어느 날엔가, 사라질 것이다/밥을 사먹던 그가/어느 날부터 식당에 나타나지 않는다면/그것은 다만, 사라짐이 아니고 무엇이란 말인가/드대체, 무엇이란 말인가

독자, 당신처럼, 당신의 사라짐만큼 이 보잘것없는 사내의 사라짐도 충격적이고 아프다는 점이 "마약처럼" 느껴지면서, 엄원태의 "헛소리"는 "참말"이 된다. 이어지는 「늦은 오후의 식당」에서는 "날짜를 못이겨 상하기

직전의 반찬들만으로" "처연한 혼자만의 식사를" 하는 "식당 아줌마"를 마치 우리의 어머니인양, 우리의 아내인양 가깝게 만난다, 계몽주의적 휴머니즘의 세계관 속에서.

상징주의 세계관에서도 "참말"이 되는 "헛소리"를 발견할 수 있다. 이진명의 「동명락가사를 못 가보았네」(『한국문학』'95년 겨울호)의 "동명락가사"는 유명한 관광지는 아니지만 꼭 가보고 싶은, 그럴 정도라고 이야기를 전설처럼, 신화처럼 들은 적이 있는 절의 이름이다. 그렇다고 해서 "동명락가사"라는 단어가 상징이라는 의미는 아니다. "상징의 단위는 낱말이 아니라 말이요, 말은 적어도 술부가 있는 문장으로 이루어진다. 물론 어떤 때는 하나의 낱말이 주부와 술부를 이루기도 한다. 그때는 이미 한 낱말이 말이 된다. 여하튼 말로 된 상징의 단위는 한 낱말이 아니라 문장 phrase이거나 담론discours이다"라는 양명수의 정의(「말뜻과 삶의 뜻」, 『문학과 사회』'95년 겨울호, p.1561)에 근거해서 "등명락가사"를 포함하고 있는 "문장이나 담론"을 읽어 보자.

> 검게 이운 해송 숲 고속도로/바다 쪽으로 꺾어진 뜻밖의 작은 길 하나/그 입구에 마법처럼 등명락가사는 서 있었다/마법처럼/숨은 표지판이 하나/아, 저기를, 저기에, 저기로, 하는 사이/차바퀴는 속도밖에 아는 게 없어/마법의 작은 길을 돌이킬 수 없을 정도로 버리고 말았으니/누구에게도 말 못했다/그때 나는 등명락가사의 온몸을 다 보았노라고/순간 스친 표지판만으로도/온몸의 자그마한 방마다 등이 꽃피어 살고 있었노라고

"상징을 통해 의미의 잉여를 남기는 것은 존재 충만에 도달하려는 희망 때문이리라. 상징은 희망의 표현이다. 그러나 늘 아쉬움이다"라는 양명수의 정의에 잘 들어맞는 독서 경험이다. 그러나 이 시가 감동을 주는 이유는 상징적 세계관에 충실하기 때문이 아니라, "너무나 많은 자유가 없다," 즉 등명락가사를 갈 수가 없었다는 내용의 불평과 대립되는 "너무나 많은 자유가 있다," 동명락사사가 "매일 반짝이며 파도쳐왔다"는 형식이 부딪

히는 "헛소리"가 "참말"이 되어, "燈明樂"이 되어, "거기는 꼭, 다시 한 번 꼬옥"하면서 "3·8선을 뚫는" 시 한 편의 기적을 이루어 내기 때문이다.

개별적으로 읽을 때 두드러지던 신기함을 시집으로 모일 때까지 간직하기가 어려운데, 이승훈의 『밝은 방』은 그런 위험에서 벗어나 있다. 그 뛰어난 시집을 읽고 난 뒤 만난 「내 친구 개미」(『현대시학』, '95년 12월호)는 더 재미있었다. 여기서 "재미"라는 단어를 사용하는 이유는 이승훈의 "3·8선을 뚫는" 방법과 관련된다. 롤랑 바르트는 "즐거움pleasure"과 "희열bliss"을 구분해서, "작가적 입장의 텍스트"에 대한 반응과 "수용자적 입장의 텍스트"의 경우를 설명했는데, 소위 근대 이후의 세계관을 드러내는 이승훈의 시세계를 설명하기 위해서, 그의 "바위를 뚫는 낙숫물"의 방법을 읽기 위해서, "불처럼, 마약처럼" 독자의 방어막을 무너뜨리는 "희열"같은 "재미"를 언급하지 않을 수 없는 것이다. '더' 재미있다고 쓴 이유는 제자가 "너무 감상적이라고 발표하지 말라고 했다 난 그의 말을/따랐다 이 시는"하면서 그 시를 직접 인용하여 「내 친구 개미」 속에 포함하고 있다. 발표하지 않겠다고 하면서 실질적으로는 발표하고 있다. "어머니가 안 계시다고 말씀하시래요"에서 어머니와 자식 등 말하는 자와 말을 전하는 자의 지위가 제자와 스승으로 전복된 것을 제외한다면 동일한 구조의 담론이다. "헛소리"가 "참말"이 되어 버렸다. 이 시에 대한 감상으로 "내가 생각해도 감상적이다 아아 난/이다지도 감상적인가? 어린 애들도 아닌 대학교수가/그러나 넌 감상이 무언지 알 거다"라고 이어진다면, 아니 실제로 그렇게 시 속에 씌어져 있는 것을 읽고 있는데, 그렇다면 "헛소리"가 "참말"이 된 것인지, "참말"이 "헛소리"가 된 것인지 어리둥절하다. 그래서 '더' 재미있다, 오금이 저리도록. 근대 이후의 세계관을 드러내는 또 하나의 중견 시인 오규원의 「길」(『문학과 사회』, '95년 겨울호)을 읽는 방법은 다소 다르다. 이 글의 모두에서 문단을 무림에 비유한 바 있었는데,

길에서는 다리를 놓고 다리 위로 가는/길이 하나 있었다/메꽃이 기는 산기
슭에서는 띠풀이나/칡덩굴의 길과 함께 가지 않는/길이 하나 있었다/하늘을
나는 새가 참고하지 않는/사마귀가 함부로 가로지르는 길이 하나 있었다

라는 구절을 읽으면서, 필자가 다른 곳에서 행했던 산문적 글 읽기에 대한
응답으로 이 시를 읽지 않을 수 없었다. "오규원의 새로움은 '하나의 길'
을 상정하는 상징적·모던적 길찾기를 쉽게 벗어나 있다는 사실에서 발
견됩니다. 하나의 길이라고 표현되는 자아 또는 인간 주체를 벗어나기가
그렇게 쉬운 일은 아니거든요"(『현대시』, '95년 10월호)라는 필자의 발언
에 대해, '하나'의 길 찾기를 보여주는 오규원의 시는 시인의 의도와는 상
관없이 질문이 아닐 수 없는 것이다. 중국무협지 식으로 표현하자면, 필자
에게 무의적으로 출수된 공력을 맞받아쳐야 하는 입장에 놓여 있는 것이
다. 필자의 글에서 주목해야 할 구절은 "쉽다"와 "쉽지 않다"는 표현인
바, 상징적·모던적 세계관의 은유적 속박을 벗어난 환유적 인접성이 뚜
렷한 그의 시세계가, 근대 이후의 문명과 문화가 몰려오는 현실 속에서,
문화계 인사의 대부분이 전근대나 근대의 세계관 속에 갇혀 있는 상황인
데도 불구하고, 근대이후 문화세계를 제시하고 있다는 감탄이 "쉽게 벗어
나 있다"는 표현인 것이며, 실상 "하나의 길이라고 표현되는 자아 또는 인
간 주체를 벗어나기가" 쉬운 일은 아니라는 표현이 이번의 "길"이라고 설
명할 수 있을 것이다. 자아나 인간 주체를 벗어나기가 얼마나 어려운지는
위에서 언급되었던 이승훈의 「내 친구 개미」에 가슴 저미게 표현되어 있
다.

그러나 넌 감상이 무언지 알 거다 벽 거울이 있는/카페에 앉아 늦은 밤 맥주
를 마시는 이승훈 씨는 지친/모양이다 넌 지쳤다는 말이 무언지 알 거다 지친
다음에/지친 다음에 찾아오던 오한도 웃음도 알 거다 난 지금/보도 블록 위에
서 만난 너를 생각하며 이 시를 쓴다 넌/내 친구니까

"내 친구"는 "이승훈 씨"다. "내 친구 개미"는 이제, 이 근대 이후의 세계관 속에서 해체되어 버린 자아 또는 인간 주체인 "이승훈 씨"인 것이다. 이제는 없다는 것이 확인된, 실제 하지 않는다는 것이 증명된 자아 또는 인간 주체 외에는 지친 내가 불러 볼 사람이, 친구가 없다.

2.
소음 시론

참을 수 없다. 견딜 수 없다. 아, 너무 구태의연하다. 무언가 대규모 혁명이 있어야겠다. 그 혁명이 구체적으로 필요하다. 그 필요성을 온몸으로 느낀다. 이런 충동에 시인은 자신을 던진다. 시도 결국 "예술"의 한 분야인 것이다. 그러나 지저분하지만 끈질긴 일상은 시인을 놓아 주지 않는다. 혁명은 단 한 번의 전투로 승리를 결정짓는 행위가 아니다. 이 끈적끈적한 일상의 늪에서 혁명의 꿈은 시들어 간다. 혁명의 도구가 너무 불완전하기 때문이다. 일상의 때가 덕지덕지 붙어 있는 언어는 너무나도 산문적이다. 시어poetic diction의 존재를 주장해 보지만, 그저 목소리를 크게 높일 때, 잠시 그때뿐, 저 거칠고 요란한 "소음" 속에서는 작은, 아주 작은, 들릴 듯 말 듯, 작은 "예술"의 흔적만 얼핏 볼 수 있을 뿐이다. 세련된 예술적 창조와 작품 속에서 어쩔 수 없이 발견하게 되는 찌꺼기는 전부 다 지워 버릴 수 없는 살아 있음의 구질구질함이다. 조금 지독하게 이야기하자면, 소위 백마를 탄 기사는 소녀의 꿈, 그녀가 답답한 일상에서 기원하는 혁명의 구체적인 결실이었을 것인데, 결국 누구인가, 그는? 아무리 미화하더라도 덜렁거리는 욕망을 달고 있는 볼품없는 몸매의 사내일 뿐! 그렇다고 "소음"이 일상의 전부는 아닐 것이다. 그렇게 생각하고, 그렇게 믿어야, 포기하지 않고 살아남을 수 있다. "예술"이 있다고 단언할 수는 없지만, 그래도 내일을 믿는 것처럼 "예술"을 얼핏 보았다고, 그걸 "소음" 사이로 얼핏 들었다고 생각하거나, 때로는 믿는 것이다. 시인은, 그리고 그의 충실한 독자는, "예술"을 강력히 주장하는 것도 용기지만, "소음"을 말하는 것도 그에 못지않은 기개요, 용기인 것이다. "소음"을 말하는 것이 바로 참여, 시의 현실 참여다. "예술" 속에서 만나는 그 찌꺼기, 그 구질구질한 "소음"은 바로 시인의 참여 정신의 발로인 것이다.

여기까지 쓰고 나면, 김수영의 「반시론」을 읽어야 한다.

> 그전에는 무엇을 쓸 때 옆에서 식구들이 누구든지 부스럭거리기만 해도 신경질을 부렸는데 요즘은 그다지 마음에 걸리지도 않고, 오히려 훼방을 좀 놀아 주었으면 하는 생각이다. 그것이 약이 되고 작품에 뜻하지 않은 구멍대의 역할을 해 주기도 한다. 잡음은 인간적이다. 그것은 너그러운 폭을 준다. 잘못하면 몰살을 당할 우려가 있지만, 잡음에 몰살을 당할 만한 연약한 詩는 낳지 않아도 후회가 안 될 것 같다.

김수영의 "잡음"과 "詩"가 바로 지금까지 검토해 온 "소음"과 "예술"에 대응한다. 이제 고백하자, "소음"도 김수영에게 도둑질한 "詩"라는 것을.

김수영의 산문집을 자세히 읽으면 "소음"이 그의 시론에서 아주 중요한 역할을 하고 있다는 사실을 발견하게 된다.

> (1) 소음에 시달림을 받고 신경질이 날 때면 나는 이 장면을 생각하면서 약으로 삼고 있다. 그러나 내가 정말 멋있을 때는 이런 소음의 모델 장면도 생각이 나지 않고 일에 열중하고 있을 때일 것이다. 정신이 집중될 때가 가장 멋있는 순간이다. 그러니까 죽을 때가 가장 멋있는 때가 될 것이고, 그리고 보면 사람은 적어도 일생의 한 번은 멋있는 때를 경험하게 된다. 따라서 모든 사람은 멋쟁이라는 멋의 평등의 귀결이 나오게 된다.
> (2) 禪에 있어서도, 바깥에서 들리는 소리가 까맣게 안 들렸다가 다시 또 들릴 때 부처가 나타난다고 하는 말이 있는데, 이 홈이 바로 헨델의 망각의 음일 것이다.
> (3) 시를 쓰는 도중에도 나는 소음을 듣는다. 한 1초나 2초 가량 안 들리는

순간이 있을까. 있다고 하기도 없다고 하기도 말하기 어려운 문제다. 이것을 말하면 「문학」이 된다.

김수영의 시론을 "소음시론"이라고 바꾸어 불러도 손색이 없을 지경이다. 이 "소음시론"에 대한 해설은 이미 이 글의 첫 부분에서 썼다.

그런데, 왜 갑자기 이 시점에서 김수영의 시론인가, 그리고 이런 「계절평」에서 왜 시론을 언급하는가 등의 질문에 대한 대답이 있어야 한다.

「계절평」을 쓰기 위해서 열권이 넘는 계간지의 시들을 천천히 읽는다. 여기서 한 편, 저기서 한 편 선택한다. 내가 이 시들을 선택하는 이유는 무엇일까. 나에게 좋은 시라고 여겨지는 이유는 무엇일까. 어떤 시인의 경우, 이번에 드디어 내 마음에 드는 시를 발표했다면, 그 기준은 무엇인가. 친분 관계, 혈연, 지연, 학연 등 설명이 불가능한 이유를 배제한다면, 얼핏 느껴진 인상impression 이외에 무슨 이유로 결정했는지, 어떤 시론이 글읽기의 배후에서 작동하였는지, 자신을 분석해서 독자에게 드러내 보여 주어야 하지 않을까 하는 생각이 들었다.

그래서 잡지의 시들에 대한 글읽기를 마친 다음, 나 자신의 글읽기에 대한 글읽기를 시작했다. 그 배후에 있을지도 모르는 시론을 밝혀 내기 위해서. 그러다, 김수영을 다시 만났다. 아니, 좀더 자세히 설명하자면, 우리 시를 읽으면서, 자크 데리다, 롤랑 바르트 등의 해체 이론을 계속 기억했던 것이고, 그러한 이론을 구체적으로 김수영에게서 읽었던 것이 아닌가 하는 생각이 떠올랐다. 예를 들자면, 어디선가 바닷가 갈매기가 사람을 따라오는 것을 보고 그건 "분명히" "외로움" 때문이라고 단정하는 시를 만났는데, 산문적 일상에 대한 거만한 해석이라는 판단이었다. 갈매기가 "분명히" 외롭다고 단정하려면, 그 시의 화자, 아니 적어도 시인은 그 시의 외부에, 말하자면 텍스트의 외부에 위치해야 한다. 그 시가 말하는 경험에 의하면 화자/시인은 바닷가 갈매기와 같이 있었고, 그렇게 같이 있었기 때문에 어떤 감정이나 인식을 경험했을 것인데, 시를 쓰는 순간, 시인/화자는 그 경험의 외부에 위치하여, 그 경험을, 그것도 갈매기의 경험을 단정적으로 표현했던 것이다. 갈매기는 "분명히" 외로움을 겪고 있다고. "텍스트의 외부는 없다"는 자크 데리다의 말을 비판적 시읽기에 잠시 적용해 본 것인데, 김수영도 똑같은 내용을 아름답게 정리해 놓은 바 있다.

> 모든 사물을 외부에서 보지 말고 내부에서 볼 때, 모든 사태는 행동이 되고,
> 내가 되고, 기쁨이 된다.

텍스트의 내부에서, 예를 들자면, 갈매기와 함께 시적 경험을 겪고 있다면, 갈매기는 "분명히" 외로울 것이라고 거만을 떨 수는 없을 것이다. 그렇게 "분명히" 그러하다고 시인/화자가 선언하는 순간, 독자가 개입할 여지는 사라진다. "행동"과 "기쁨"의 기회가 없어지는 것이다. 내부에 있기 때문에 전체를 다 파악할 수 없으니까, 그렇게도 무능하니까, 독자여 그대의 도움이, 그대의 적극적인 "행동"이, 그러한 글읽기라는 "행동"에서 나오는 "기쁨"이 필요하다고 말하지 않는다. 한없이 열려지는 문학적 가능성이란 세계의 철문이 쿵 닫혀 버린다. 어디서고 시인/화자의 인간적/문학적 겸손을 만날 수 없는 것이다. "텍스트의 외부는 없다"는 입장에서 "분명한" 판단을 발견할 수는 없다. 말하자면 독자/텍스트/작가 어느 곳에서도 소위 객관적 판단의 기준을 발견할 수 없을 것이라는 예감이 있다. 누구도 세계를 전부 다 읽을 수 없기 때문에, 우리는, "예술"을 지향하는 우리는, "소음"의 존재를 인정할 수밖에 없다. 아니 그 "소음"과 같이 살아가는 "예술"만이 "예술"의 유일한 모습일 것이라는 아픈 사실을 받아들여야 한다. "명확한" 판단의 부재 속에 끊임없이 계속되는 괴로움은 "분명한" 글쓰기가 불가능하다는 깨달음의 표현이다. 따라서 쓰고, 또 쓰고, 또 쓴다.

이제 「계절평」을 쓰면서 "1996년 봄호"들을 다시 읽는다. "소음"의 존재에 강력히 저항하면서, 그것을 지워 버릴 수 있다고 믿으며, 실제로 "소음"을 지워 버리려고 노력하는 괴로운 "예술"의 모습이 뚜렷한 김정란의 「이미지들」(『작가세계』)은

어젯밤/잠들기 전에/거대한 검은 벨벳 장미 하나가/눈앞에 떠올랐다/꽃잎 가장자리는/야광 장식으로 테가 둘러져 빛나고

있었다고 묘사한다. "장미가 떠 있었던/(어떤) 어두움" 같았던 삶 전체를 "아주 어둡고 아주 밝은," 말하자면 삶의 무게를 벗어난 순수의 세계인 "예술"의 "신비"가 승리의 환희로 밝혀 주고 있다고 강조한다. 시인은 이 순간만이라도 "삶이라는 신비"에 기쁨 "겨워라" 노래한다. "소음"에 절어 있는 삶 때문이 아니라 "예술" 때문에. 잠시 동안의 승리일지라도 모든 대가를 치를 만큼 가치가 있을 바로 그 "예술" 때문에. 이런 신념에도 불구하고 시인은 불안하다. 이어진 「여자의 말」에서 "여자"는 "(여전히 쓰면서) 난 망할지도 몰라. 난 '당대'라는 걸 통 모르겠거든. 당대라는 건 날 한 번도 매혹한 적이 없어. 난 이미 살아 버렸거나 아니면 아직 한번도 살아 본 적이 없어. 나는 천 살이거나 마이너스 천 살이야"라고 고백한다. "여자"가 말하는 망할 위험의 원인인 "당대"는 우리 식으로 표현하자면 일상 및 그로 인해 발생하여 글쓰기를 방해하는 "소음"인 것이다. 김정란과 전혀 다른 세계관을 갖고 있는 신경림의 당대적 상황도 이와 유사하게 설명될 수 있다. 예를 들자면 「덫」(『창작과 비평』)은 "기둥을 세우고 서까래를 얹는다/벽을 들여 바르고 지붕을 씌운다/이렇게 스스로 만든 집에서 한30년/나는 자못 만족해서/글도 쓰고, 책도 읽는다"라고 시작하는데, 여기서 말하는 "집"은 김정란의 순수의 세계와는 세계관이 다르긴 하지만, 그래도 일상에 대항하면서 굳건히 세워진 "문학" 또는 "예술"의 세계라는 점에서 공통점을 지닌다. 이 시는 '90년대에 들어서서 참여파 문인들의 보편적 정서가 되어 버린 후일담 문학의 일종이다. 계몽 철학에 기반을 둔 리얼리즘의 "거울"이 이제 그 효력을 상실했다는 뼈아픈 자각이 이 시에서도 뚜렷하다. "그러나 세월이 지나 그 집이/비도 바람도 막지 못하게 되었을 때/나는 비로소 허물 생각을 한다/지붕을 거두고 벽을 턴다/서까래를 치우고 기둥을 들어 낸다." 그러므로 지금까지 있었던 "예술"의 세계에 대한 전면적인 반성이 실시되고 있다. "집"은 이제 "허물"어 버려야

한다. 이 글의 첫 부분을 다시 인용하자면 "참을 수 없다. 견딜 수 없다. 아, 너무 구태의연하다. 무언가 대규모 혁명이 있어야 겠다"고 느낀다. 새롭고 더욱 건강한 "예술"의 세계가 다시 태어나야 되지 않겠는가 희망하는 것이다. 김정란의 "검은 벨벳 장미"같이 "빛나는" 이미지는 아닐지라도, 무언가 다른, 혁명적 변화 끝에 새롭게 태어날 "예술"의 세계를 은근히 기대하는 것이 소위 후일담 문학의 세계를 지탱하는 힘일 것인데, 신경림 문학의 깊이는 실로 이러한 헛된 희망을 보이는 제3연에서 드러난다.

> 그러고는 이 나라를 반 바퀴는 도는
> 멀고 지루한 여행을 떠난다
> 하지만 돌아와 나는 절망한다
> 기둥도 벽도 형체도 없는 그 집이
> 오두마니 제자리에 서 있는 것을 보고

새로운 "예술"의 혁명적 건설이란 미래에 대한 기대는 무참히 무너져 버리고, 일상 속의 "소음"처럼 불안스러운 잔해만을 발견하게 되는 것이 "당대"의 잔인한 현실이다.

　이런 절망적 표현들은 "예술"에 대한 절대적 신앙에서 비롯된 것일 뿐이다. 시를 쓰는 도중에도 "소음"이 들리는 것이 현실이며, "한 1초나 2초 가량 안 들리는 순간"이 있는데, 그걸 말하면 "문학"이 된다는 김수영의 설명을 다시 기억해 내면서, "소음" 속에서 얼핏 성취된 "예술"적 완성을 추구하는 건강한 시편들을 여럿 만날 수 있었다. 이기철은 "내, 삶의 빛깔을 말할 알맞은 말이 없어/나는 때로 이같이 먼 비유에만 의존"한다고 (「그 손은」, 『문학과 사회』) 절망을 토로하면서도, 바로 이어진 「사람들은 모두 같고 같지 않다」에서

> 그들의 피부는 같지 않고 그들의 언어는 같지 않다
> 그들의 얼굴은 희거나 검고 잿빛이거나 갈색이다

그들의 말은 색슨이거나 뱅골, 슬라브이거나 라틴어다
그러나 그들은 같은 시간에 일하고 같은 시간에 아이를 키우고
같은 모습으로 책 읽고 같은 모습으로 잠든다
그들은 모두 한 여자의 남편, 한 남자의 아내
밤이면 남편은 아내 곁에, 아내는 남편 곁에 잠든다

라고 새로운 시대인 "당대"의 새로운 휴머니즘적 세계관을 드러낸다. 사람들이 "같지 않다" 즉 평등하지 않다는 일상의 "소음"을 뚫고 사람들이 "같다" 즉 평등하다는 "예술"을 성취해 내는데, 생래적인 것처럼 여겨 오던 인종 차별이나 인종간의 장벽 등을 벗어나는 방법이 "사람들은 모두 같다"는 도덕적 주장에 의해서가 아니라 "사람들은 모두 같고 같지 않다"는 "소음"을 포용해 낸 새로운 "예술"적 세계관의 순간적 완성을 통해서 성취해냈다는 점이 자랑이다. "사람들은 모두 같다"는 말이 어쩐지 공허한 주장이 되어 버린 "당대"에 "사람들은 모두 같고 같지 않다"는 시적 성취는 "사물의 내부"에 들어가 "행동"이 되고 "기쁨"이 된다. 김광규의 「지나가 버리는 길」(『시와 시학』)에서도 유사한 시적 성취를 만난다. "햇빛 눈부신 아침 나절이나/저녁 어스름 속에/쫓기듯 오고 가는 길/흙 한번 내 발로 밟지 않은 채/다가왔다 멀어지는 땅/길 막히면 자동차 속에서/교통방송 다이얼 돌리다가/무심코 지나가 버리는 길"은 출퇴근 자동차 운전을 하며 스쳐 지나가는 그런 평범하기 이를 데 없는 일상의 장소에 대한 묘사다. 여러 곳에 눈길을 주어야 하는 피곤한 운전자의 눈에 가끔 아무 의미도 없이 "소음"처럼 들어 왔던 이 "지나가 버리는 길"에 무어 그리 대단한 의미를 부여할 수는 없을 것이다. 그저 "먼 빛으로 눈익은 경치"일 뿐이고, "빨리 달려갈수록 내게서 멀어"지는 그렇고 그런 일상의 "소음"일 뿐이지만, 그 "소음"이 "시"의 몸이고 살이라는 사실을 확실히 깨닫게 된 시인은 이 "하찮은 느낌" 속에서 얼핏 완성된 "시," "예술"이 문학의 세계를 크게 넓히는, 그래서 인류에게 더욱 큰 자유를 가져다주는 용기 있는 "행동"이며, 그래서 크나큰 "기쁨"이라는 점을 잘 알고 있다.

언젠가 덤불로 뻗어 기어가서
닿고 싶은 곳

그리하여 시인은 "기어가서"라도 그 "지나가 버리는 길"에 한번 도착하
고 싶은 것이다. 시인의 이런 피나는 노력으로 인해 독자인 우리는 이미
그곳에 도착해 있다. 시인의 "행동"은 독자의 "행동"이 되고 삶을 크게 해
방시키는 "기쁨"이 되었다. 장석주의 「충북상회」(『세계의 문학』)는 큰소
리로 읽어 보면, 왜 이 시가 "기쁨"을 주는지 그 "리듬"만으로도 뚜렷하게
알 수 있을 만큼 좋은 시다.

충북상회, 구름 위에 있다
충북상회, 책상 위에 엎드려 잠들었다 깨 보면 공중에 성처럼 떠 있다
충북상회, 귀머거리와 임산부가 걸어 내려간 꾸불텅한 저 길끝에 있다
충북상회, 살인자와 광인이 지나간 거리 모서리에 있다
충북상회, 백수 시절 운동화 구겨 신고 휘파람 휘휘 불며 라면 사러 가던 곳
충북상회, 라면과 담배와 두부와 콩나물과 고등어를, 때로는 구름과 흘러간
시간과 추억을 팔던 곳
충북상회, 주인 아저씨가 금성 라디오를 틀어 놓은 채 신문을 읽고 있던 곳
충북상회, 어디에서도 살 수 없는 청춘과 연애와 가난이 있었다
충북상회, 벌써 20년 전에 문 닫았다

이 시에서는 "예술"이 "소음"을 두려워하지 않고 있다. "소음"이 모두 사
랑스러운 "예술"이 되고 있다. "충북상회"는 고향이 경상남도라면 "경남
상회"일 그 흔하디흔한 고향 골목 어귀의 구멍가게다. 고향의 흔적 속에
서는 지저분한 일상의 "소음"이었더라도, 피곤한 삶의 "책상 위에 엎드려
잠들었다"가 꿈속에서 만나게 되면 모두가 "예술"이 되어 버린다. "소음"
가득 찬 일상 속에서 얼핏 한숨 쉬다 우연히 잠시 만나게 되는 고향은 특
히 한국인에게는 "예술" 그 자체일 따름이다. 그러나 그 "예술"인 "충북
상회"가 "당대" 속에서 "유사 충북상회"로 변질되었으며, "진짜 충북상

회"는 "언제나 하나밖에 없다"는 시인/화자의 주장은 독자를 "행동"하게 하지 않으며, 독자에게 무언가 "기쁨"을 주기에는 다소 부족하다. 이는 시인의 문제가 아니라, 공기 중에 가득 차 있는 "소음" 속에서 "예술"이 버틸 수 있는 한계가 거기까지라는 안타까운 현실이 그대로 드러나 있는 것일 뿐이다.

"바깥에서 들리는 소리가 까맣게 안 들렸다가 다시 또 들릴 때 부처가 나타난다"는 김수영의 "소음시론"을 다시 정리해 보자면, "소음"이 "한 1초나 2초 가량 안 들리는 순간"이 "예술"의 순간이며, 그런 다음 다시 "소음"이 "예술"을 감싸 안으면 예술적 완성의 경지를 달성한다고 설명될 수 있을지도 모른다. 몇몇 시인들은 자신들 나름대로 다른 이름으로 그것을 부르고 있겠지만, 이 "소음시론"을 의식적으로 실천하고 있는 것 같아 보인다. 이선영의 경우 첫 시집과 「글자 밖에서」라는 시가 여러 편 발견되는 두 번째 시집 사이에서 "소음시론"적 자각, 그것도 혁명적인 전환이 있었던 것이 아닌가 추측된다. 『문학정신』의 「내 육신과 영혼은」을 읽어 보면

> 내 육신과 영혼은 다정하게 지내질 못한다
> 이를테면 이렇다
> 집 밖에는 왠지 행복하지 않은 나의 영혼이 있다
> 집 안에는 행복하길 간절히도 바라는 나의 육신이 있다
> 집 밖으로 보퉁이째 내몰린 내 영혼은 집안에 있는 나의 육신을 목청껏 부르며 나오라 하지만 내 육신은 귀머거리다
> 이미 나는 육신의 뜻을 좇아 나를 푹! 파묻었다

라는 육신/영혼, 집 안/집 밖, 행복/불행의 대립 구도가 "소음"/"예술"의 대립 구도와 1대1 대응될 뿐만 아니라, 이 시가 시론이기도 하면서 시인/화자 자신의 삶에 대한 기록이기도 하다는 사실을 발견하게 된다. 그런데 삶의 묘사이면서 동시에 시에 대한 검토라는 설명은 보통 좋은 시라는 증

거인 것이다. 이 글의 앞부분에서 그 동안 기다렸는데 "이번에 드디어 내 마음에 드는 시를 발표했다"고 언급한 시인은 김상미다. 그녀가 이번 달에 발표한 좋은 시 여러 편 중에서 「어머니의 편지」(『현대시사상』)는 고백적이다. "애야, 지금이라도 늦지 않으니" "세세 만년 행복하게" 살 생각을 해보라는 "어머니의 편지"가 시인을 지배하는 압도적인 일상이며, 그 일상의 너구나도 시끄러운 "소음"인데, 그녀는

> 네 세계가 아직도
> 말할 수 없이 아담하고 점잖고 예쁜 새장과 같다면
> 네 안으로 어떤 시집이든 절대 들여놓지 말아라

고 말하면서 "한 1초나 2초 가량" 안 듣는다. "시집"가라는 "어머니의 편지"라는 일상의 "소음"에 대해, "불온한 그림자"인 시인들의 "시집"을 이미 마음속에 들여놓았다는 고백이란 형식을 취하고 있는 "예술"의 세계를 이용해서 지워 버린다. 이는 김수영이

> 죽어 가는 자기를 바라볼 수 있는 자기가 아니라, 죽어 가는 자기 - 그 죽음의 실천 - 이것이 현대의 순교다. 여기에서는 image는 바라볼 것이 아니라, 자기가 바로 image이다. 이러한 의미에서 그것은 image의 순교이기도 하다.

라고 설명하면서 칭찬했던 "새로움"의 모습인 것이다. 보다 본격적인 「개미」는 제1부에서

> 니 방에는 개미가 많습니다. 나는 호랑이보다 개미들을 더 무서워합니다. 그걸 아는 하느님이 자꾸만 내 방으로 개미들을 내려보내나 봅니다. 나는 미안해, 미안해, 정말 미안해 하면서 개미들을 죽입니다. 방을 훔칠 때마다 젖은 걸레에 묻어 나오는 개미들의 시체, 끔찍합니다. 나는 그렇게 조그맣고 착한 것들이 무섭습니다. 조그맣고 착한 것들이 내 삶의 행간 사이사이에 느닷없이 뛰어들어 내 눈과 마음 얼룩지게 만드는 것이 무섭습니다.

"조그맣고 착한 것들"이라고 묘사되는데, 이는 그것이 "내 눈과 마음을 얼룩지게 만드는" "소음"이며, 이 "소음"은 아무리 지우려 해도 계속 만날 수밖에 없는 운명적 일상의 모습이라는 사실을 밝혀낸다. 김상미의 문학적 성취는 "소음"의 발견 너머에 있다. 그 "소음"이 겉으로 얼핏 보기에 아무리 "조그맣고 착한 것"같아도, 그건 "방을 훔칠 때마다 젖은 걸레에 묻어" 나올 만큼 자신의 삶을 구체적으로 형성하고 있으므로, 아주 심각한 문제라는 사실을 시인은 밝혀냈다. "소음"은 내 몸의 일부이기도 하기 때문에, "부처를 만나면 부처를 죽이는" "임제종"의 각오가 없으면, 아니 아무리 그런 지독한 대오 각성의 각오가 있더라도, "소음"을 잠시라도 지우는 것이 얼마나 "끔찍"한 일인지 시인은 잘 알고 있다. 시인은 "소음시론"을 파악하고 있을 뿐만 아니라, 그것을 시로 써 내고, 그것을 온몸으로 살아 내고 있다.

  "소음시론"을 말하면서 오규원과 이승훈을 빼놓을 수 없다. 지난 봄호에 오규원의 「길」에 관해 자세히 언급한 적이 있었는데 그것에 대한 "대답"인 것처럼, 『시와 시학』에서 「길(2)」를 발견했다.

> 경운기가 흙을 움켜쥐며 따라가는 길이
> 그 길 곁 우거진 고마리들이 허리 아래로
> 물을 숨기고 있는 길이 고마리들이
> 물에 몸을 두고 물을 보내는 길이
> 자작자작 이끼가 올라가는 길이

얼핏 "하나의 길"을 옹호하는 듯 보일지도 모를 위험이 내포되어 있던 지난번 "길"에 대한 보완책으로, "하나의 길"이란 맹목적이고 절대적인 "예술"에 대한 신앙은 "경운기," "고마리," "이끼"가 다니는 "여러 개의 길"이란 "소음"을 전제로 하고 있다는, 그리고 이 "소음"이 피할 수 없는 현실이라는 사실을 강조하기 위해서 현명하게도 「길(2)」를 시인은 이어서 읽게 해 주었다. 같은 잡지에서 만난 이승훈의 「답장」은 필자의 편지에 대한 "답장"이다. 지금 이승훈 시인과 필자는 "예술"을 만들기 위해 "소음"을 만들고 있다. 아니 어쩌면 "소음"이란 현실을 만들어 내기 위해 "예술"을 만들고 있는지도 모른다. 이승훈의 「답장」에 대한 필자의 "답장"은 『시와 사상』(1996년 여름호)을 위해 필자가 쓴 이승훈의 『밝은 방』에 대한 서평인 「나는 누구인가/나는 있는가」에 이어져야 한다. 그러므로 조금 기다려야 한다. 이 시끄러운 "소음" 속에서. 이 "소음"이 다시 "한 1초나 2초 가량 안 들리는 순간"을 기다리고, 그런 다음 쓰고, 그리고 "다시 또 들릴 때"까지 기다릴 것이다. 그리고 쓸 것이다. 쓰고, 또 쓸 것이다. 어떤 때에는 산문을, 그리고 어떤 때에는 시를.

3.
경험과 문학

시 쓰기를 잘 하면 고급 관리가 되어 집안을 일으킬 수 있었던 조선시대 과거제도의 전통 때문인지, 일본 제국주의에 의한 봉건 조선의 붕괴 이후 문학 특히 시 읽기를 공유하면서 근대국가 의식을 형성하게 되었던 전형적인 근대국가 형성과정의 기억 때문인지, 현대의 한국사회에서 시인은 특별한 대접을 받는다. 시인입니다 라고 말하면 묘한, 아, 부럽다 라는 느낌이 섞인 감탄사를 받는 경우가 대부분이다. 교수라고 말하면, 자신의 직업이나 직위와 대비해서 키 재기를 하고 있는 게 표정에 역력하게 드러나는데, 시인이라고 말하면 무장해제의 태도가 뚜렷해진다. 직업이 아니면서 직업을 초월하며, 게다가 성직자의 거리감도 배제된 말하자면 지고지선의 신분으로 대접받고 있는 것이 한국 시인의 현실이다. 원고료는 쥐꼬리보다 작고, 발표 지면은 없고 등등 온갖 표면적인 불평에도 불구하고, 아니 다른 신분과 달리 그런 불평도 현실적인 것이 아니라 애교스러운 것으로 들리기도, 받아들여지기도 한다. 이제, 시인의 의무를, 한국인의 무비판적인 사랑에 보답하는 길을 제시하고 싶기 때문에, 아니, 한국인의 시인에 대한 기대가 너무 비현실적이라는 점을 지적하고 싶기 때문이다. 이제, 한국의 문학이, 특히 시가 한국인의 삶 속에서 같이 살아 숨 쉬어야 할 때가 된 것이 아닌가하는, 아니 너무 늦은 것이 아닌가하는 주장을 하고 싶기 때문이다.

아이오와 대학교에서 개최하는 국제창작프로그램의 한국 측 참가자로 선정되어, 작년 가을학기를 미국에서 보내게 되는 바람에 9월 11일 뉴욕 테러사건을 생생하게 경험하는 기회를 갖게 되었다. 최근 중국 민항기의 김해공항 추락사고가 뉴스를 암울하게 장식하는데, 한국에서는 얼마 전까지만 해도 안전을 도외시한 압축성장의 여파로 온갖 대형 사건사고를 경험한 바 있었기 때문에, 또한 북한 측의 테러공격을 경험한 적도 있었기 때문에, 미국 국민의 반응을 흥미롭게 관찰할 수 있었다. 다른 경과는 자세히 보도된 바 있을 터이지만, 필자에게 가장 충격적이었던 것은 미국의 국민이 경험한 본토에 대한 최초의 직접적인 공격이라는 미국의 역사상 유래 없는 비극적 사태에 직면하였을 때, 다양한 인종으로 구성되어 있는 미국인의 공감을 유도하며 위로해주는 두 가지 원천이 있었는데, 그 하나는 물론 청교도 국가인 미국의 기독교였고 다른 하나는 놀랍게도 시(詩)였다는 사실이다. 비극적 사건의 사실적 보도의 격렬한 파도의 파고가 어느 정도 가라앉자마자, 주요 신문과 잡지는 시가 비극의 당사자뿐만 아니라 미국 국민 전체의 마음을 얼마나 위로하고 격려하고 있는지 생생하게 증언하기 시작하였던 것이다. 사건의 원인 분석이나 보복 공격의 시나리오 이외에 비극의 당사자가 겪는 삶의 허무감, 논리적으로 설명되지 않는 어이없는 현실은 산문적으로 취급될 수 없다는 국민적 공감대가 형성되어 있었다. 사고공화국이라고까지 자조하는 한국의 비극적 사건의 당사자들을 시가 아니면 무엇이 위로하고 격려할 수 있겠는가. 이런 중차대한 임무를 한국인의 거의 무비판적인 사랑을 받고 있는 시가 감당하지 않는다면 직무유기가 아닐 수 없다는 충격적인 인식이 있었다. 지금은 시의 죽음을 애도해야 할 시점이 아니라, 시의 부흥을, 시가 종교와 더불어 한국인의 영혼이 머물 수 있는 근거지가 되도록 전력을 기울여야 할 시점이라는 것을 명확히 인식하였던 것이다.

노벨문학상 수상자, 폴란드 출신의 시인 비스와바 심보르스카는 세계

무역센타의 불타는 층에서 손잡고 뛰어내리는 사람들의 사진을 보고 「9월 11일」에서 다음과 같이 쓰고, 또 뉴욕 시민들이 넓은 강당에 모여 그 시가 낭송되는 것을 듣는 장면을 상상해보시라.

> 사진이 그들을 삶 속에 잠시 정지시켰다
> 그리고는 이제 그들을 잡아둔다
> 지상 위에서 지상을 향한 채로.
> 충분한 시간이 있다
> 머리칼이 축 늘어지고
> 열쇠들과 동전들이
> 호주머니에서 떨어질 시간이. (일부)(필자 역)

이런 행사가 사건 직후부터 미국의 전역에서 지금까지 끊이지 않고 간헐적으로 계속되고 있다고 상상해보시라. 지금 언급된 뉴욕 집회의 일자는 2002년 3월 12일이며 3월 16일자 더 뉴욕 타임즈의 기사였다. 최근 영국 엘리자베스 여왕의 모후가 사망하여 성대한 장례식이 있었는데 그 장례식장의 주요 행사로 추모시를 읽었고, 더 놀라운 사실은 그 추모시가 인터넷 상에 떠돌던 무명인의 시였다는 것이다.

> 그녀가 떠났기에 눈물 흘릴 수 있지만, 그녀가 살아 있었기에 미소 지을 수 있습니다.

> 그녀가 다시 돌아오기를 눈 감고 기도할 수 있지만, 눈 뜨고 그녀가 남긴 모든 것을 볼 수 있습니다. (일부) (필자 역)

더 이상 세계를 압도하는 군사력도 경제력도 갖고 있지 않은 영국이지만 대영제국의 위풍이 살아있음을 느끼지 않을 수 없다. 여왕 모후의 성대한 장례식에서 무명의 일반 국민이 쓴 시를 자랑스럽게 대표적인 추모시로 낭독하는 문화적 자긍심 앞에서, 시를 쓴다는 것이, 그리고 시를 읽는다는 것이 얼마나 중요하고 의미심장한 작업인가를 뼈저리게 느끼지 않을 수 없다. 작년 세계의 영화계를 휩쓴 미국의 영화 『반지의 제왕』과 영국의 영화 『헤리포터』가 단순히 뛰어나고 재능 있는 한 소설가에 의해 우연히 창작된 산물이라고 판단한다면, 이들 작품 뒤에 단단하게 자리 잡고 있는 문화적 힘을 간과하고 있는 것이다.

2002년 봄에 읽을 수 있었던 시작품에 대한 평을 하는 자리에서 새삼스럽게 문학적 열등의식을 노골적으로 드러내는 이유는, 이제 한국 문학, 특히 한국의 시가 도약해야 하는 역사적 사명을 부여받고 있는 시점이 아닌가하는 의견을 동료 시인들에게 제기하고 싶었기 때문이다. 봄의 시를 즐겁고 기쁘게 감상하기 전에 쓴 소리 한 마디만 더 해야겠다. 금년 봄 학기 고려대학교에서 <번역연습> 강의를 맡게 되면서, 자연스럽게 한국의 번역 현실을 반성하게 되었는데, 본인 스스로 번역작업을 하면서 번역이 완벽할 수 없다는 점을 누구보다도 더 잘 이해하고 있다고는 생각하지만, 문학적 상상력을 갖추지도 못한 번역자가 있다는 점을 지적하지 않을 수 없다. 전문번역가가 문학적 상상력의 부재나 빈곤을 드러낸다면, 도대체 우리의 문학은 어디에 존재할 수 있을까하는 자괴감을 감출 수 없었기 때문이다. 번역에서 실수는 있을 수 있다. 그러나 문학작품을 문학작품으로 읽지 못하면서도 전문번역가가 될 수 있는 현실은 영국과 미국에서의 문학, 특히 시의 위치와 비교해 볼 때 너무 극단적으로 대비된다. 예를 들어 다음과 같은 구절을 읽어보시라. 개인적인 비판을 원하지 않기 때문에 출처는 밝히지 않는다.

　　크리스가 돌아왔다. 이제 출발해야 할 시간이다. 크리스가 모터사이클에 올라타자 그들 부부는 먼저 시동을 걸고 출발하면서 실비아가 손을 흔들었다. 나는 그들이 앞서서 가는 것을 보았다. 그들은 점점 멀어져 갔다.

무의미한 행동의 묘사처럼 읽혀지는데, 번역자가 원문을 그런 수준에서 읽었기 때문이다. 여기서 나는 크리스와 실비아의 아버지인데, 어린 크리스가 언제나 늦장을 부리기 때문에, 크리스가 오는 것이 출발의 신호가 된다. 또한 실비아와 그녀의 남편이 결혼생활에서 겪고 있는 갈등의 해결에 도움을 주려고 노력하지만, 뜻대로 잘 안 되는 내막을 행동의 묘사를 이용하여 표현한 부분이다. 이러한 문학적 상상력에 의한 읽기를 상상할 수 없는 사람이 전문번역가의 역할을 하고 있다는 점을 지적하고 있는 것이다. 다음은 동일한 부분에 대한 필자의 번역이다. 번역에 있어 완벽한 결정판이란 불가능한 꿈이지만, 최소한 문학적 상상력에 의한 읽기가 반영되는 수준에 도달되어 있어야 한다고 주장할 수는 있을 것이다.

> 곧 크리스가 돌아왔고 출발할 시간이었다. 크리스가 준비하고 모터사이클에 올라타는 동안, 그들이 큰 길로 빠져나갔는데 실비아가 손을 흔들었다. 우리는 다시 고속도로로 올라섰다. 그리고 나는 저 앞에서 그들이 다시 거리를 벌리면서 멀어져가는 것을 보았다.

2002년의 봄에도 우리의 시인들이 자신의 몫을 지키며 알찬 결실을 이루어내고 있는 현장을 지켜보았다. 최정례는 「빗방울」(『문학동네』 봄호)에서 아프카니스탄 사람들의 경험에 동참하고 있었다.

> 차창에 와 비틀거려 그 짐승이 감염된 듯 그 짐승이 쉴새없이 튀어나오는
> 후렴과 같이 찾아와서 원망하며 느릿느릿 흘러 (일부)

시인의 눈에는 빗방울이 차창에 부딪혀서 비틀거리는, 쉴 새 없이 찾아와 차창에 부딪혀서는 원망하는 눈빛으로 느릿느릿 쓰러지는 짐승으로 보인다.

> 그 짐승의 아이가 덫에 걸려 두 팔을 휘저으며 얼굴을 문지르며 포탄의 빗
> 길 네거리 차장에 들러붙어 그네들이 쓰러져 전쟁의 해는 선포되었고 얼굴이
> 뭉개진 그네들이 막무가내로 쳐들어와 멀리서 가까이서 (일부)

이 시는 2001년 9월 11일 테러 공격에 대한 대응책으로 미국에 의해 전쟁의 해가 선포되었고, 아프카니스탄의 탈레반 정권에 대한 응징이어야 함에도 불구하고, 정작 전쟁 피해의 당사자는 빗방울처럼 무심한 아프카니스탄의 국민이었다는 인식에 근거한다. 시인이 타고 있는 차가 네거리에 서자, 잊고 있었다는 듯 차창에 몰아치는 빗방울은 "얼굴이 뭉개진" 아프카니스탄의 무고한 국민들, 그리고 더 나아가서 미국의 국민들의 모습으로 다가온다. 신호등에 의해 보호받고 있는 평화로운 도시의 네거리에서 빗방울이 들이치지 않는 뽀송뽀송한 자동차 속에 앉아 있다 해도, "막무가내로 쳐들어" 오는 인식, 그들의 전쟁만이 아니다, 시인이여, 너의 전쟁이기도 하다는 인식을 벗어날 수 없다. 시인의 경험은 국경을 초월한다. 그렇기 때문에 평화를 노래할 자격이 있다. 『현대시학』 3월호에서 발견한 유홍준의 「앉아서 오줌누는 남자」는 "제발 변기 밖으로 소변 좀 떨구지 말"라는 "아내의 지청구에, 제기럴 앉아 오줌싸는 게 습관이 된지 벌써 수삼 년"의 경험을 객관적으로 기록한다. 앉아서 오줌 누는 것의 문화적 해석에 대해서 화자는 판단을 유보하면서 독자의 참여를 권유한다. 시인의 경험은 자아를 초월한다. 그렇기 때문에 자신의 인식의 한계를 넘어서는 내용을 노래할 자격이 있다. 같은 책에서 언제나 재미있는, 그래서 사랑하고픈, 김영승의 「생각 없이 살지 말자」를 발견한다.

> 酒滯엔
> 사과와 파를 함께 달인 물이 좋다 하여
> 사과 한 개와 파 몇 뿌리를 달여 마셨다
>
> 酒滯엔
> 禁酒가 최곤데 애꿎은
> 사과와 파를 함께 달인 물이나 마시고
> 누워 있다 보니
>
> 생각 없이 산 세월이

자랑스럽기도 하고 그럭저럭
후회되기도 한다 (일부)

김영승의 시는 리듬을 타며 끝까지 읽어내야 하는데, 지면사정으로 전부 인용하지 못하여 아쉽다. 하지만, 술 고파 하는 육체를 어찌하지 못하는 시인의 모습이 눈에 선하다. 어찌 생각 없이 살았으랴. 육체가 생각 없이 살도록 강요했을 뿐이고, 그러한 육체의 주장이 문화사적으로 정당하게 귀 기울만한 가치가 있다는 것을 시인은 "생각 없이" 생각할 수 있었던 것이기 때문에, "자랑스럽기도 하고 그럭저럭/ 후회되기도 하"는 것이리라. 시인의 경험은 자신이 통제할 수 있는 육체를 초월한다. 그렇기 때문에 자신의 육체의 한계를 넘어서는 내용을 노래할 자격이 있다. 지금까지 '초월'이란 단어를 세 번 사용하였는데 사실, '포월'이란 단어가 더 적절하다. 최정례의 경험이 국경을 '초월'하는 것이 아니라, 국경을 포함하면서도 초월하기 때문에, 즉 '포월'하기 때문에 의미가 있으며, 유홍준의 경험이 자아를 '초월'하는 것이 아니라 자아를 '포월'하기 때문에 의미가 있고, 김영승의 경험이 육체를 '초월'하는 것이 아니라 '포월'하기 때문에 더욱 의미있는 시가 된다.

『시와 사상』 봄호에서 전윤호는 「그녀가 아프다」는 안타까운 사연을 간접경험 한다.

사랑은 어렵다
상대보다 한 발 더 가까이 다가서는
그녀에게 사람들은 비겁하다
그늘에 숨어서
뚜벅뚜벅 계단을 올라가는 뒷모습을 보면서
깨닫는다
나 때문에
그녀가 아프다

시인은 자신의 시로 비겁한 자신의 자아를 넘어선다. 그럼으로써 시인의 현실적 누추한 존재성에도 불구하고 시는 언제나 아름답게 빛날 것을 기대할 수 있다. 사실, 우리 자신이 비겁하다고 시인의 반성에 동참하지 못한다면, 시를 읽을 자격이 없는 것이리라. 같은 책에서 김춘추의 「면장」을 재미있게 읽었는데, "외가 쪽으로 가까운 형님뻘 되는/ 육순 형님 면장"이 "땅따먹기에 정신이 없는 조무래기들/ 머리를 쓰다듬어 주시며/ 니 커서 머 할끼고 물으시곤 하시는게/ 취미시다." "종수 생수 홍기 …… 우리 일곱 명 중/ 여섯 명이나 대통령이 되겠다는 것인데/ 이러다가는 나라에 대통령이/ 너무 많을 것만 같아 나는 모기소리/ 만한 목소리로 간신히 면장을 지원했다"는 사연이다. 시인이 아니라면, 시인이 될 재목이 아니라면, 어찌 대통령을 마다하고 면장이 되겠다고 나서겠는가. "옥양목 두루마기에 근장이 썩 어울리는" 육순 형님 면장의 마음을 미리 헤아리는 아름다운 가음씨가 아니라면, 어찌 시가 존재할 수 있겠는가 말이다. 이 지점에서 전윤호의 '그녀'와 김춘추의 '나'는 만나는데, 그리하여 '그녀'는 시인의 이름이 된다.

『현다문학』 4월호에서 2002년 신춘문에 당선자 특집을 만났는데, 심은희의 「눈」에서 저력을 읽었다.

눈이 내린다

가벼움을
치욕처럼 여기며
부 들 부 들 떨어진다

가벼움을 저지시키기 위해
바람과 맞설 무게 따위를 갖기 위해

눈은 솜털보다 못한 온 힘으로
자신을 꾹꾹 억누르느라

온몸을 휘청댄다

내가 나일 수밖에 없는 데까지 나아가는
완 / 전 / 부 / 정

나는 그 불가사의한 싸움을 오래오래 지켜보았다

투쟁의 고삐를 결코 늦추지는 않지만
지나치게 피로한 나머지 죽어버리는 이른 생애를

눈이 그치고
시신(屍身)들 위로 하나 둘 사람이 모여 선다

눈이 내리는 모습의 묘사가 간결하면서도 정교하다. 눈은 "솜털보다 못한 힘으로/ 자신을 꾹꾹 억누르느라/ 온몸을 휘청"대고 "부 들 부 들 떨어진 다." 이러한 눈의 "불가사의한 싸움"은 시적 성취로 인해 자신의 의미 영역을 확대한다. 그게 무엇이든, 여성이든, 흑인이든, 동성애자든, 피식민 지인이든, 피지배계층의 패배가 확실한 투쟁의 모습으로 독자의 마음 속에서 의미가 확산되기 시작하는 것이 시적 성취도의 증거라고 판단된다. 지난 겨울 동안의 시적 성과물이 봄호에 발표되기 때문인지, 또 다른 눈의 시, 윤제림의 「지하철에 눈이 내린다」도 재미있게 읽혔다(『창작과 비평』 봄호).

강을 건너느라
지하철이 지상으로 올라섰을 때
말없이 앉아 있던 아줌마 하나가
동행의 옆구리를 찌르며 말한다
눈 온다
옆자리의 노인이 반쯤 감은 눈으로 앉아 있던 손자를 흔들며
손가락 마디 하나가 없는 손으로

차창 밖을 가리킨다
눈 온다
시무룩한 표정으로 서 있던 젊은 남녀가
얼굴을 마주 본다
눈 온다
만화책을 읽고 앉았던 빨간 머리 계집애가
재빨리 핸드폰을 꺼내든다
눈 온다 (일부)

지루한 일상에 느닷없는 축복처럼 내리는 눈의 모습이 기억에 새롭다. 그러나 이 시의 뒷부분, "한강에 눈이 내린다./ 지하철에 눈이 내린다./ 지하철이 가끔씩 지상에 올라서주는 것은/ 고마운 일이다."는 다소 무반성적이다. 지하철에게 감사해야 할 일은 아니다. 그리고 보면, "눈 온다"가 반복되는 장면의 묘사에서도 의도적인, 다소 만화적인 과장이 눈에 띈다. 사실, 시인은 현실을 잊고 잠시 눈 내리는 감사함에 폭 빠져버린 경험을 이야기하고 있다는 점을 이제야 깨닫는다. 그렇다면, 지하철에게도 감사해야지.

같은 책에 있었던 김영무의 짧은 시 「오늘 아침 나뭇잎은 조용하고」는 오래 가슴에 남는다.

오늘 아침 나뭇잎은 조용하고
새들은 분주하다
내일 아침 나뭇잎은 부산하고
새들은 조용할 것이다.

산문적 해설을 덧붙일 필요가 있을까. 가슴에 담아두었다가 가끔씩 꺼내어 반추해보면 될 것이다. 모든 종교를 다 좋아하고 다 믿는다고 말할 수 있는 입장이지만, 백양사에서 보내온 달력을 옆에 두고 산다. 4월의 화두는 "봄날의 온갖 꽃 누굴 위해 피는가"인데, 김영무의 시와 아주 잘 어울리는 맑은 경험이다. 언어가 이쯤 되면 경험에 봉사하는 수준을 벗어난다. 언어가 경험을 포월하고 있다.

『현대문학』3월호에서 장석남의 「매화꽃을 기다리며」를 읽다가 그의 출세작 「새떼들에게로의 망명」을 다시 꺼내 읽었다.

> 찌르라기떼 가고 마음엔 늘
> 누군가 쌀을 안친다
> 아무도 없는데
> 아궁이 앞이 환하다 (일부)

이런 가슴 저미게 슬픈 따뜻함을 매화꽃을 기다리는 시인의 언어에서 또 읽는다.

> 後日, 꽃이 나와서, 그 빛깔은
> 무슨 말인가
> 무슨 말인가
> 그 그림자 아래 나는 나 하나만이 아닌 여럿이 되어 모여서
> 그 빛깔들을 손등이며 얼굴에까지 얹어보는 수고로움
> 향기롭겠다 (일부)

1991년의 시와 똑같은 강도와 완성도로 정서를 유지하며 시를 쓰고 있는 시인이 믿음직스럽다.

『포에지』봄호의 시 두 편을 읽는 것으로 마감해야겠다, 더 많은 시들을 의미있게 읽었지만 말이다. 박서영은 다가오는 「여름」을 강렬하게 선체험 하게 해준다.

> 꽃은 솟구친다
> 한 떨기 붉은 젖을 내놓고
> 찬란하게 찢어진다

빵 틀처럼 쉬지 않고
벌에게 나비에게 먹을 것을 준다
손 델 수 없을 정도로 뜨거운 꽃
막 자궁에서 떨어진 태아처럼
붉은 꽃, 칸나
목을 따 주시오!
이런 표정으로 겨우 매달려 있는
붉디붉은 꽃을 보며
산부인과에 아이를 지우러 간다
여름 끝에서 마지막까지 참았는지
툭, 꽃 모가지 떨어진다
얼마나 많이 참았는지
한 번 뒤돌아보지도 않는다

화자의 낙태의 경험이 붉은 칸나의 낙화와 교묘하게 얽히는데, 사실 여름 꽃은 봄꽃처럼 수줍고 부드럽게 떨어지지 않는다. 그런 강렬한 생명의 여름이 다가오고 있다.

이번 계간시평 작업에서 얻은 필자의 수확은 이수명의 「어둠의 신발」(『포에지』, 봄호)이다. 오래 지켜 보아왔지만 그녀의 시세계로 들어가는 입구를 발견하지 못하였는데, 이번에 하나 발견한 것 같은 느낌이다. 그녀가 다소 느긋한 마음으로 열어 보인 것인지, 나의 오랜 응시가 다소의 성과를 거둔 것인지는 계속 검토될 과제이리라.

어둠이 신발을 신고 있다. 어둠 속에 떨어져있는, 끈이 길게 늘어져 있는 신발을, 아무도 신으러 오지 않는 신발을, 천천히 신고 있다. 그 좁은 입구에 어둠의 거대한 발이 들어간다. 건드리지 않고, 소리내지 않고, 신발도 모르게 들어간다. 어둠이 걷는다. 아무도 신으러 오지 않는 지상의 신발을 신고 어둠이 지상을 걸어 나간다.

밤을 새워 글을 쓰거나 책을 읽다보면 어느 틈에 밖이 환하다. 어느 틈에 어둠이 인사도 안하고 사라져버린 것을 발견한다. 눈 밝은 시인은 어둠이 떠날 준비하는 과정을 읽어낸다. 어둠도 길을 떠나려면, 머무르던 자리에서 일어나 신발을 신고 떠날 것이다. 보통 사람의 귀에는 들리지 않는 낮은 데시빌의 소음이지만, 귀신 같은 시인은 어둠이 신발 신는 모습을 보고 있다. 어둠이 지상을 걸어 나가는 뒷모습을 말없이 배웅하고 있다. 시인에게는 경험이요, 어둠에게도 새로운 경험일 터이지만, 독자에게는 그저 놀라운 발견일 뿐이다.

4.
새로운 미디어와 문학

시인은 새로운 환경, 특히 새로운 미디어의 계속된 도전에 직면하여 왔다. 글쓰기의 도구가 붓에서 연필, 펜, 타자기 그리고 퍼스널 컴퓨터로 변하는 과정 속에서 시조는 문학의 중심에서 밀려나버렸다. 필자의 경우 시는 퍼스널 컴퓨터로의 변화를 무리없이 감당해냈지만, 평론은 펜으로만 써졌다. 평론을 다 쓴 다음, 타자수처럼 원고지에서 컴퓨터 화면으로 미디어를 옮기는 작업을 하여야만 하였다. 더 어이가 없는 일은 전공논문이나 번역은 퍼스널 컴퓨터로 작업하는 것이 더욱 타당하다고 판단하였다는 것이다. 누가 판단하는 것인지, 누가 동의하는 것인지 알 수는 없지만, 이번 「시와 사상」 가을호를 위한 계절평의 경우에는 펜을 사용하지 않기로 마음먹었다. 지금 바로 이 순간, 퍼스널 컴퓨터의 화면을 보면서 글을 쓰고 있다. 필자의 글이 어떻게 바뀔 것인지, 필자 자신도 궁금하다.

그런데 이러한 미디어의 전환은 필자 자신의 개인적 경험에 국한되지 않는다. 최근 멀티포엠아티스트 장경기의 『마고』가 상업영화로서 개봉되었는데, 조선일보 김명환 기자(2002년 6월 7일)에 의해 다음과 같은 혹평을 받았다.

'마고'의 테마란 무척 옳은 말씀이다. 하지만 너무나 많은 예술들이 걸러내

닳고 닳은, 그래서 우리 뇌리를 때리지 못하는 테마이기도 하다. 화법이나 양식도 진부하다. 자연의 어머니인 마고로부터 탄생한 인류의 방황, 사이버세계의 폐해, 환경오염, 전쟁, 핵, 강간 등의 혼돈을 그려내고 있지만, 완성도 면에선 역부족이다.

시골집 가마솥에서 허연 김이 올라오는 장면 뒤에 원폭투하 버섯 구름이 올라오는 장면을 이어붙여 편집하는 식으로 뭘 설교하려는지가 빤한 표현이 남발되고 있다.

그런 식의 표현은 예술적 형상화라기보다 단순한 직설(直說) 그 자체다. 음미할 여운도 울림도 없다. 영화가 드러내는 문명-반문명의 도식은 너무 상투적이고, 현실 인식은 치열한 대신 순진하다.

환상문학은 최근 한국문학의 화두 중 하나다. 따라서 김명환 기자의 지적은 새로운 미디어를 직간접적으로 받아들이는 환상문학의 새로움에 대한 도전이다. 도대체 무엇이 새로운가. 무엇이 새로울 수 있는가. 2002년 6월 16일자 뉴욕 타임즈(http://www.nytimes.com)에서도 환상문학에 관한 기사를 읽을 수 있다. 『스파이더맨』, 『스타워즈-두 번째 에피소드』, 『해리포터와 마법사의 돌』과 『반지의 제왕』 등 새로운 유형의 영화의 성공에 대한 분석이다. 이들 영화에서는 영웅무용담, 로망스와 모험서사 등 환상문학이란 오래된 장르가 디지털 기술이란 미디어의 진보에 의해 새롭게 활용된다. 환상문학은 사춘기 청소년의 심리상태를 반영하면서 순수의 회복을 목표로 한다. 퇴행적 상상력을 갖고 있다. 문제는 『마고』의 경우 실패했는데 미국과 영국의 영화는 상업적으로 성공했다는 것이다. '현대문명을 향한 구원의 영상시'라는 『마고』의 선전지에 수록된 「태초의 사랑」의 첫 연은 다음과 같다.

참 이상한 일이지요.
당신 향한 그리움의 손들이 먼 허공을 향하면
그걸 사람들은 나무라 불러요.
당신 향한 그리움이

당신 떠나간 데로 달려가면 길이라 부르고,
당신 향한 그리움이 깊어지면 강이라 부르지요.

전형적 형태의 서정시일 뿐이다. 김명환 기자의 지독한 질책을 받을 정도
로 메시지의 결함이 심각해 보이지는 않는다. 적어도 영화관에 가서 직접
영화를 보지 않은 사람들에게는. 2002년 6월 13일, 강북 어느 개봉관의
열 명도 안 되는 관객 속에서 젊은 여성이 목소리를 늦혀 친구에게 다음과
같이 말했다. "내가 이제까지 본 영화 중에서 최악이야. 돈이 아까워서 끝
까지 보았지." 도대체 영화의 무엇이 이렇게까지 격렬한 거부의 반응을
일으키는 것일까.

마샬 맥루한은 『미디어의 이해』(박정규 옮김)에서 "미디어는 메시지
다"라고 말한다. "테크놀로지가 점차로 새로운 인간-환경을 창조"하기에
"인간의 지식과, 지식을 얻는 과정은 그 중요성에서 동일하다"는 주장이
다. 메시지만 중요한 것이 아니라, 메시지를 담는 미디어도 동일하게 중요
하다는 것이다. 『마고』의 메시지 자체에 심각한 문제가 있는 것은 아니
다. 미디어에 대한 고려가 부족하다. 미디어의 영향을 받아 변형된 메시지
가 아니다. 서정 시인의 목소리만 드높다. 영화의 결론 부분이며 네 번째
에피소드인 「빛알 아리랑 시대」는 변학도의 춘향 심판을 연상시키는 군
국주의적 체제를 미래의 실천 방안으로 제시한다. 환경오염, 폭력과 강간
등이 과격하게 처단된다. 반면 영미의 환상영화는 독자나 시청자의 참여
가 요구되는 만화책, 텔레비전과 컴퓨터 게임 등 쿨 미디어에 기반을 둔
다. 16세기의 인쇄 테크놀로지에 의해 동질화된 문자문화 사회가 형성되
고 개인주의와 내셔널리즘을 만들어내어 19세기의 공업 테크놀로지로 발
전했다고 맥루한은 서구 근대사를 정리한다. 그런데 20세기의 전기 테크
놀로지가 환경의 혁명적 변화를 일으키고 있다는 것이다. 정보의 양과 정
밀도가 높은 '핫' 미디어에서 낮은 정세도(精細度) 때문에 독자나 시청자
의 참여도가 높아지게 하는 '쿨' 미디어로의 변화다. 라디오, 영화나 책은
핫 미디어에 속하고, 텔레비전이나 만화는 쿨 미디어에 속한다. 쿨과 핫은

미디어의 불변하는 속성이 아니다. 예를 들어 "프란시스 베이컨은 핫한 산문과 쿨한 산문을 대조시켜 글을 쓰기 때문에 문장이 싫증나는 일이 없다"고 설명된다. 질서정연하게 쓴 것은 핫한 산문이고, 경구와 같은 간결한 관찰은 쿨한 산문이다. 범주를 넓혀서 "후진국은 쿨이고 선진국은 핫이다. 한편 도시인은 핫이고 시골 사람은 쿨이다"라는 식으로 적용되기도 한다. 맥루한의 논리를 적용하면, 최근 영미의 환상영화는 영화라는 핫 미디어를 만화책, 텔레비전과 컴퓨터 게임이라는 쿨 미디어에 접목한 장르로서 20세기 전기 테크놀로지에 의해 변화된 환경을 반영한다. 맥루한은 "군국주의"가 19세기 공업 테크놀로지의 결과물임을 강조한다. 『마고』에서는 공업 테크놀로지의 문제점인 환경오염, 폭력과 강간 등에 대한 해결책이 군국주의적인 모습으로 제시된다.

그러나 이러한 논리가 우리의 실정에 맞지 않을 수 있다. 고려되어야 할 우리의 특성이 있는 것이다. "기계화와 전문화의 문화가 그다지 침투되지 않은 후진국가는 전기 테크놀로지에 대하여 선진국보다 잘 적응하여 그것을 보다 쉽게 이해할 수 있다"는 논리는 한국의 핸드폰과 인터넷의 번성 현상을 설명해준다. 기존 정보의 축적이 적은 쿨한 후진국이 핫한 선진국보다 새로운 미디어에 쉽게 참여할 수 있다. 그럼에도 불구하고 후진국이 역사의 진보에서 우위를 점하게 되었다고 판단할 수 없다. 또 하나 영미 선진사회의 역사 발전은 계속적이었기 때문에, 환상문학이 회복하려는 순수의 목표에 대한 공감이 쉽게 형성될 수 있다. "새로운 정보가 홍수처럼 밀어닥쳐 습관을 바꾸고, 새로운 종류의 정보가 한없이 생겨나면 당연한 결과로서 갖가지 계층의 구별은 심리적으로 무너진다." 공업 테크놀로지의 발전, 즉 근대화가 완성되지 않은 후진국의 경우 공업 테크놀로지의 발전 전략과 전기 테크놀로지의 발전 전략이 둘 다 중요하다. 문화의 잡종성이 후진국의 특징이다. 그리하여 『마고』의 서정시가 회복을 목표로 하는 순수의 양상이 불명확할 수밖에 없고, 이에 따라 영화의 결론 부분에서 긍정적 해결책을 제시할 방법이 없었다. 이러한 문제점에 직면하여 어머니의 맹목적이고 원시적인 사랑의 자세가 제시된다. 그런데 어머니의 품에 안겨 있는 성인 남자의 나체는 모자의 순수한 사랑이 아니라 근친상간의 이미지를 보여준다.

새로운 미디어와 문학은 우리 시대의 중요한 화두이기 때문에, 한국영화 『마고』의 문제점을 길게 검토하였던 것인데, 사실 외국의 경우에도 상황은 그리 낙관적이지 못하다. 미국 아이오와 대학교의 국제창작프로그램(IWP)에서 금년도에는 "새로운 미디어 시"(New Media Poetry)라는 주제로 세미나를 개최하는데 http://www.uiowa.edu/~iwp/newmedia/index.html이라는 인터넷 주소로 들어가 경험해 볼 수 있다. 한국의 경우에도 "장영희 중공업"(http://www.yhchang.com)이라는 웹 아티스트의 활동을 발견하였다. 인터넷의 초보자인 필자가 제공할 수 있는 정보에는 한계가 있겠지만, 『마고』가 제기한 문제점에 대한 해결책이 발견되지 않는다. 대부분의 경우 미디어가 메시지라는 맥루한의 논리와 달리 그저 미디어라는 형식을 이용한다는 입장을 취하고 있기 때문이다. 작년 초인가 선재미술관의 미국 현대미술가 초대전에서 요절한 한국 화가의 비디오 아트 작품을 보았는데, 아주 철학적인 질문이 제기되어 있었다.

시전문지 「시와 사상」의 계절평을 위해 맥루한을 동원하고 새로운 미디어를 언급하는 이유는 이런 관점에서도 우리 시의 다양성을 읽어낼 수 있었기 때문이다. 맥루한은 철도와 무선망을 대비하며 공업 테크놀로지와 전기 테크놀로지를 비교한다. "철도에는 종점과 커다란 도시 센터가 필요하지만, 전력은 농가에서도 중역실에서도 마찬가지로 얻을 수 있으며, 어디가 센터가 되어도 상관없고, 커다란 집합 조직도 필요하지 않다." 이러한 관점에서 구석본의 「기차를 타고」(『작가세계』 여름호)를 읽기 시작한다. "차창에서 바라보는 먼 풍경은 잘 보인다/ 먼 하늘과 산은 스스로를 천천히 뒤집으며/ 자신의 몸을 보여주는 것이다/ 은밀하게 드리워진 그늘까지 보여준다". 맥루한이 "인쇄물이 요구하는 것은 통일된 모든 감각

영역이 아니라, 고립되고 분리된 시각 능력뿐"이라고 말할 때, 시각중심주의가 공업 테크놀로지의 핵심 문제점임을 지적하는 것이다. 구석본은 시인의 명민한 감각으로 공업 테크놀로지의 산물인 기차로 하는 여행의 핵심 행위가 차창을 통해 먼 풍경을 바라보는 것임을 지적한다. 여행의 순진한 기록이 아니다. "창가를 스쳐 지나가는 것은 잘 보이지 않는다/ 가까우면 가까울수록 몸을 보여주지 않는다"라고 이어지는 제2연의 논리는 나무, 자동차나 사람이 스쳐 지나가는 풍경의 묘사에 머물지 않는다. 공업 테크놀로지의 시각중심주의가 갖고 있는 문제점의 지적이다. 시인이 자신의 인식에 확신을 갖고 있다는 사실은 제3연의 기차가 터널 속으로 들어가는 경험의 묘사로 확인된다. "시계의 초침처럼 째깍거리던 기차 바퀴 소리가/ 풍선처럼 부풀어/ 거대한 확성기를 통해 울리고 있다/ 야광으로 째깍거리는 나의 생이/ 한 세상 속을 지나고 있다". 터널의 어둠은 시각을 마비시킨다. 확성기를 통한 것처럼 기차 바퀴 소리가 크게 들린다. 그리하여 시인은 시각중심주의의 세계와는 또 다른 세상을 경험한다. 이제 터널이 끝나더라도, 이러한 전복적 경험은 사라지지 않을 것이다. 화자인 나는 더 이상 기차의 승객으로 만족하지 못한다. 가까이 스쳐 지나가던 나무, 자동차나 사람 등과 똑같이 자신이 기차 문명의 희생물이 되는 운명을 갖고 있음을 깨닫는다. "아니, 내가 그들 가까이 다가가/ 잠시 관념으로 출렁이다가/ 허공으로 지워질 것이다". 다음과 같이 시작되는 오세영의 「짓거리」(『시와 사상』 여름호)는 구석본의 시보다 더 직설적이다. "총이란 원래/ 살생을 목적으로 만든 무기임에도/ 하늘에다 대고 쏘면서 일컬어/ 축포라고 한다." 공업 테크놀로지의 핵심 생산품은 무기이며, 공업 테크놀로지의 사회는 군국주의로 귀착된다. 시인은 무의식적으로 사용되는 '축포'라는 언어가 감추고 있는 공업 테크놀로지의 뻔뻔스러움을 고발한다.

텔레비전을 비롯한 영상 매체 등 전기 테크놀로지의 바깥은 없다. 플라톤 이래의 형이상학적 이데올로기를 통해서 전기 테크놀로지를 관념적으로 규정하고 비판할 수 없다. 이 지점에서 "텍스트의 외부는 없다"는 데리다의 논리와 만난다. 전기 테크놀로지에는 초월적 공간이 없으며 따라서 객관적 비판이 불가능하다. 맥루한은 텔레비전에서 얻어진 "느낌은 개념이라든가 관념에 기초를 두는 것이 아니라, 시청자의 마음 속에 자연적으로 스며드는 것이며, 설명하기 어려운 것이다"라고 예를 들어 설명한다. "텔레비전은 시각적 미디어라기보다는 깊은 상호작용 속에 우리의 모든 감각을 참가시키는 촉각적 · 청각적 미디어이다." 데리다는 동일한 내용을 『에코그라피』(김재희.진태원 옮김)에서 철학적 용어를 사용하여 다음과 같이 설명한다.

> <현재성>이 준거하고 있는 <현실>이 아무리 독특하고 환원불가능하고 완강하며 고통스럽거나 비극적이라 하더라도, 이는 항상 허구적인 공정을 통해 우리에게 도착합니다. 우리는 경계를 늦추지 않는 반(反)-해석과 저항 등의 노고를 통해서만 이를 분석할 수 있습니다. 당대의 철학자에게 날마다 신문을 읽어야 함을 환기시켰다는 점에서 헤겔은 옳았습니다.

이러한 관점에서 제47회 현대문학상 수상자 특집 최승호의 「궤적」(『현대문학』 5월호)을 읽어볼 수 있다.

> 그 궤적들을 보려면
> 서울을 빠져나가야 한다
> 서해안고속도로를 지나야 하고
> 서해대교를 건너야 한다
> 그 궤적들을 보려면 바닷가를 걸어야 한다
> 심심해야 하고
> 주위가 텅 비어 있어야 한다
> 모래에서 모래로 뻗어나간 그 궤적들은 사실
> 누구에게 보이기 위한 궤적이 아니다
> 서해비단고둥이
> 둥근 껍질을 끌고 기어간 뒤에
> 흔적은 그대로 드러난다

배밀이의 흔적 같은 것
짤막한 탯줄 같은 궤적이 있다
구불구불한 궤적도 발견된다
드넓게 펼쳐진 질에서 자궁 속으로
끌려들어가는 여러 갈래 탯줄들처럼
끈끈한 궤적들이 뻗어나가는 곳,
거기 그 누구도
바로 세울 수 없는 수평선과
흐린 바다가 있다 (전문)

서해비단고둥의 궤적이 서해안고속도로나 서해대교와 시각적으로 대비된다면, 관념적인 독서 경험이다. 최승호는 서해안고속도로나 서해대교를 비판하고 있지 않다. 자연과 대비되어 비판되는 문명이라는 이데올로기적 개념이 사용되지 않는다는 것이 최승호 시인의 뛰어난 면이다. 서해비단고둥은 문명을 극복하기 위한 초월적 자연의 이미지가 아니다. 서해안고속도로나 서해대교도 일종의 궤적이기 때문이다. 이는 촉각적인 관점에서의 독서 경험이다. 서해비단고둥의 궤적은 흔적같이 쉽게 사라질 수 있는 것이고, 서해안고속도로나 서해대교는 쉽게 사라지지 않는 궤적이지만, 궤적이라는 관점에서는 여전히 동일하다. 거대한 바다의 "그 누구도/ 바로 세울 수 없는 수평선"의 관점에서 본다면, 서해안고속도로나 서해대교도 쉽게 사라질 수 있는 궤적일 따름이다. 이러한 궤적의 본질을 보기 위한 전제조건이 제시되어 있다. "그 궤적들을 보려면 바닷가를 걸어야 한다/ 심심해야 하고/ 주위가 텅 비어 있어야 한다". 요컨대 개념이나 관념을 배제할 수 있어야 한다는 것이다. 최승호의 시를 읽으면서 독자가 느끼는 경험은 맥루한이 설명한 것처럼 "마음 속에 자연적으로 스며드는 것이며, 설명하기 어려운 것이다." 궁극적으로 시는 해설될 수 없으며 설명될 수 없다. 정말로 좋은 시는 읽으면 그 느낌이 마음 속에 자연스럽게 스며든다. 이러한 경험과 만나는 새로운 철학은 플라톤의 형이상학일 수가 없다. 새로운 철학의 대상은 신문에서 읽는 것 같은 일상경험과 다르지 않다. 그러므로 당대의 철학자라면 날마다 신문을 읽어야 한다는 헤겔의 말에 데리다가 동의한다. 최승호는 날마다 신문을 읽는 우리 시대의 철학자다.

성미정의 「하루에도 몇 번씩 당신의 빠쪽한 보랏빛 콧수염을 꺼낼까 말까 갈등하는 당신의 안해가」(『현대시학』5월호)도 최승호의 시와 유사한 궤적을 그린다.

그런데 어느날부터인가 당신의 빠쪽한 보랏빛 콧수염은 보이지 않았지요. 어디서 잃어버렸는지 기억도 없고 더 이상 찾지도 않았지요 사실은 결혼한 사내가 빠쪽한 보랏빛 콧수염이나 매만지고 있어선 안 된다…… 당신이 자는 척하고 있을 때 제가 몰래 떼어 버렸지요 그리곤 그 일에 대해 서로 아무 말 하지 않았지요 오늘도 당신은 넥타이로 만든 어색한 콧수염을 달고 집을 나서고 그런 당신의 뒷모습을 볼 때면 저는 안주머니 깊숙이 숨겨둔 당신의 빠쪽한 보랏빛 콧수염을 꺼낼까 말까 갈등하지요 하루에도 몇 번씩 (일부)

"빠쪽한 보랏빛 콧수염: 鮎川信夫의 시 「어느 기념사진에서」의 한 구절"이라는 주(註)가 달려 있다. 데리다는 "허구적인 공정을 통해 우리에게 도착"하는 문학을 경계해야 한다고 지적한다. 성미정의 시의 특징은 허구적 공정이 발견되지 않는다는 점이다. "빠쪽한 보랏빛 콧수염"이라는 아주 독특한 표현은 鮎川信夫의 시 「어느 기념사진에서」의 한 구절이라고 시인이 고백한다. 시작업의 공정이 명료하게 고백되어 있다. 데리다가 요구하는 "경계를 늦추지 않는 반(反)-해석과 저항 등의 노고"의 산물이다. 결혼한 남편의 좌절의 표현인 '넥타이'에 대응하는 이미지를 발견해내는 능력이 부족하여 '빠쪽한 보랏빛 콧수염'이라는 구절을 어느 일본 시인에게서 차용한 것은 아니다. 허구적인 공정에 대한 경계를 늦추지 않겠다는 의지의 표현이다. '빠쪽한 보랏빛 콧수염'이 아무리 뛰어난 시적 이미지 같아 보여도, 허구적인 공정일 따름이라는 인식의 표현이다. 이러한 시인의 노력에 의해 '빠쪽한 보랏빛 콧수염'이라는 시적 이미지보다 '당신의 아내'의 갈등하는 마음이 독자의 마음 속에 자연스럽게 스며든다. 개념을 동원하여 설명할 수는 없는 어려운 성취인 것이다. '당신의 아내'가 독자의 마음 속에서 자신의 아내로 바뀌면서, 자신의 아내의 갈등을 보다 넓게 이해하기 시작한다. 조정의 「말에 대한 일기」(『황해문학』 여름호)도 같은 궤적을 그리고 있다. 개인적인 사정을 묘사한다기보다 맥루한과 데리다가 지적하고 있는 것처럼 문화사적인 의미를 갖는 집단적 노력의 산물이다. "마루에 앉아 책을 읽을 때/ 드롭스 같은 낱말을 꺼내 두터운 혀 위에 녹일 때/ 나는 그만 은밀하여/ 개들에게 미안하다/ 더불어 사는 가족끼리 알아듣지 못하는 말을 해서는 안 된다". 책은 정보의 양과 정밀도가 높은 핫 미디어라서, '두터운 혀'로 천천히 녹여야 하는 '드롭스 같은 낱말'을 갖고 있다. 개에게 사용될 수 없는 '핫'한 말이다. "두 마리 개와 나는/ 고요하고 그립고 가엽게 밥을 덜어주거나 똥을 치"우는 '더불어 사는 가족'이다. 그러나 책의 말은 나에게만 의미가 있다. 개에게는 다른 종류의 말, 즉 '쿨'한 말을 사용해야 한다.

> 바다에 외길이 떴다
> 중얼거리는 내 혀를 개가 단박 물어뜯는다
> 말보다 힘이 세다
> 내가 알아듣기 쉬운 말로 아프게 물어 버리는 개여
> 너를 위하여 사전을 버렸다
> 참 잘 했다 (일부)

"바다에 외길이 떴다"는 책에서 읽는 정세도가 높은 '핫'한 말이다. "더불어 사는 가족끼리 알아듣지 못하는 말을 해서는 안 된다"고 반성한 화자의 각오에 반(反)하는 말이다. 따라서 개에게 혀를 물린다. 그 개의 혀가 표현하는 것은 책의 말과 다른 말이다. "말보다 힘이 세"며, "내가 알아듣기 쉬운 말"이다. 나는 개에게 알아듣기 어려운 말을 했는데, 개는 나에게 알아듣기 쉬운 말을 한다. 개가 요구하는 것은 '쿨'한 말이다. 개를 위하여, 또 다른 존재와의 관계를 형성하기 위하여, '핫'한 말의 체계만 갖고 있는 사전을 버려야 한다. "참 잘 했다"는 칭찬을 받을 수 있는 일이다. 조정 시인은 '말에 대한 일기'를 써서 자신이 어렵게 획득한 교훈을 의식적으로 기억하고자 한다. 데리다의 '허구적인 공정'이 '책'이라는 '핫'한 말로 표현되어 있다. 그리고 날마다 읽는 신문 같은 일상적인 일기가 조정 시인에 의해 '허구적인 공정'에 대한 경계를 늦추지 않겠다는 의지의 표현이 된다. 조정은 또 하나의 훌륭한 우리 시대의 철학자다.

장석남의 자세는 보다 신중하다. 데리다가 요구하는 "경계를 늦추지 않는 반(反)-해석과 저항"이 만만하지 않은 작업임을 충분히 이해하고 있다. 어쩌다 개에게 혀를 물리는 우발적 사건이 아니라 우리의 삶 전체를 투여해야 하는 전면전이다. 「산에서 우는 작은 새여」(『세계의 문학』 여름호)는 속세를 벗어나 김소월의 「산유화」를 읽는다는 낭만적 환상이 "아무리 독특하고 환원불가능하고 완강하며 고통스럽거나 비극적이라 하더라도" 경계를 늦추지 말아야 할 '허구적인 공정'임을 가슴 아프게 지적한다.

> 성밖 막다른 골목 어귀에 자리 잡고 살지만
> 번거롭다, 밥이나 먹고사는 일이야 간단할 것인데
> 이 눈치 저 눈치 며칠째 이 소시민(小市民)을 얽어맸다
> 나비라도 한 마리 훨훨훨훨훨 지나가라
> 내 말 끌고 가라, 아무 말 하고 싶지 않다
> 사람 소리 드문 산속으로나 들어갈까?
> 그러나 거기는 세상을 엿본 자나 들어갈 수 있는 곳!
> 세상을 관통한 자만이 들어가 피빨래를 해서 들꽃으로
> 들꽃으로 낭자히 널어놓는 곳!
> 지난해엔 「산유화」를 읽으며 잘 살았지
> 산에 사는 작은 새여,
> 지금도 꽃 피고 꽃 지는가?
> 지금도 지금도 꽃 피고 꽃 지는가? (일부)

"세상을 엿"보고 "세상을 관통"하는 작업이 전제되기 때문이다. 아주 끔찍한 요구다. 다른 세상, "피빨래를 해서 들꽃으로/ 들꽃으로 낭자히 널어 놓는 곳"으로 들어가는 작업이기 때문이다. "지난해엔," 즉 예전에는, 이런 삶의 끔찍한 비밀을 모를 때에는, '허구적인 공정'에 만족하며 "잘 살았"다. 이제 시인은 다시 질문해야 한다. '허구적인 공정'이 아닌 김소월의 「진달래」의 의미는 무엇인지 질문해야 한다. 독자에게 다시 읽기가 강요된다. "산에 사는 작은 새여,/ 지금도 꽃 피고 꽃 지는가?/ 지금도 지금도 꽃 피고 꽃 지는가?"라는 질문은 더 이상 낭만적 환상에 머물지 않는다. 그 꽃이 "피빨래를 해서" 만들어진 꽃이라는 사실을 알고 있기 때문이다. "산에 사는 작은 새"와 같은 처지에 놓인 소시민(小市民)인 시인은 독자에게 동참을 요구한다. 피빨래의 결과물인 들꽃이 아직도 피고 아직도 지고 있는지 질문한다.

김왕로는 지금 세상을 '관통'하며 '피빨래'를 하고 있다. 「사이버 거리에서 울다」는 시인이 만든 끔찍한 '들꽃'이다(『시와 사상』 여름호).

> 어떻게 여길 빠져나가야 하는지 어떻게 여길 들어 왔는지
> 출구와 입구가 보이지 않는다
>
> 사이버 계절에 익은 과일에서 그리움에서도 사이버 냄새가 난다
> 어떤 대화에나 사이버 냄새가 난다 칼날보다 예리한 날이 서 있다
> 사이버 지축을 울리며 우우 지나가는 사이버 누우떼
> 사이버 거리에 비가 내려도 사이버 가로수가 젖지 않는다
> 젖지 않아 싹 틀 수 없는 사이버 초목
> 젖지 않아 부드러움이 없는 사랑
> 끝없이 지루한 사이버 섹스 (부분)

삶이 '허구적인 공정' 자체가 되어버렸다. 세계의 묘사라기보다 삶의 기록이다. 산문적인 기록의 언어가 사용된다. 사이버 세계는 시인의 작품 세계일뿐만 아니라 시인의 현실이다. 그는 정말로 '피빨래'를 하면서 시를

쓴다. 데리다가 '반(反)-해석과 저항'을 요구하는 이유다. '반(反)-해석'은 시의 측면에서, '저항'은 삶의 측면에서 요구된다. 전기 테크놀로지의 세계에는 바깥의 공간이 없다. 초월적 공간이 없으며 객관적 비판이 불가능하다. 김왕로는 다른 시인들처럼 전기 테크놀로지 시대의 소시민이며 시인이다. 이러한 정황은 맥루한에 의해 다음과 같이 냉정하게 설명된다.

> 우리를 나르시스처럼 잠재의식과 마비의 상태에 빠지게 하는 원인은 우리가 매일 사용하는 우리 자신이 갖고 있는 테크놀로지와의 지속적인 접촉에서 찾아진다. 테크놀로지와 지속적으로 접촉함으로써 우리 자신을 그 테크놀로지의 '자동제어장치화'시키고 있는 것이다. 이와 같은 대상, 이와 같은 우리 자신의 확장물을 일단 사용하게 되면, 우리는 그것을 우상으로서, 혹은 이류의 종교로서 섬기기 위하여 봉사하지 않으면 안 되는 것도 그 때문이다.

그러나 대응책도 제시되어 있다. 맥루한이 제시하는 대응책은 예술가를 중심으로 한다. 맥루한의 정의에 의하면, "과학 분야이건 인문 분야이건 어떤 분야에 있어서도 자기 행위와 그 시대의 새로운 지식이 갖는 의미를 파악하는 인간"은 예술가다. 왜냐하면 "예술가는 새로운 테크놀로지의 타격으로 의식 작용이 마비되어 버리기 전에 감각의 비율을 조정할 수" 있기 때문이다. 이승훈 시인이 최근에 나온 자신의 시집, 『인생』을 보내 주었다. 그는 「自序」에서 "나의 무가치가 나의 가치이고, 나의 무의미가 나의 의미이다. 나도 나를 인정하지 않고, 나도 내가 쓴 시를 모르고, 나도 나를 이해할 수 없다. 왜냐하면 이해할 게 없으므로."라고 말한다. "새로운 테크놀로지의 타격으로 의식 작용이 마비되"는 것을 거부하는 몸짓이다. 데리다의 용어를 사용하자면, '허구적인 공정'을 경계하는 발언이다. 우리의 시인들이 사태를 정확하게 파악하고 있다는 점에서 마음이 든든하다. 시인 고은은 「적」(『창작과 비평』 여름호)의 뒷부분에서 "나의 적은/ 천년 동안/ 네가 아니라/ 옛날이란다// 옛날의 성현 따위 태고 따위/ 거기 돌아가지 않으리라// 나의 일상 찰나찰나들 오직 숭고하리라/ 미풍도 오라/ 태풍도 오라/나의 벌거숭이 현재 여기 있어라"라고 말한다. 『마고』가 의지하는 소위 '마고성 율려시대'라는 태고의 역사나 『스파이더맨』, 『스타워즈―두 번째 에피소드』, 『해리포터와 마법사의 돌』과 『반지의 제왕』 등 새로운 유형의 영화가 활용하는 영웅무용담, 로망스와 모험서사 등 환상문학이란 오래된 장르가 갖고 있는 퇴행적 상상력의 한계를 명확히 인식하고 있다.

맥루한이 예술가에게 기대하는 다음과 같은 역할은 마음에 부담이 될 만큼 막대하다.

> 우리가 아무리 극심한 기술변혁의 와중에 서 있다 하더라도 예술의 본래 목적을 왜곡할 필요는 없을 것이다. 우리는 오히려 예술의 영원한 목표를 지속해 나갈 수 있을 것이기 때문이다. 우리는 이미 우리들의 테크놀로지를 우리 자신이 변화시킬 때마다 그에 따라 우리의 목표를 변경시키는 것이 얼마나 쓸모없는 일인가를 충분히 알고 있다.

이렇게 부담스럽게 자랑스러운 역할을 우리의 시인들은 잘 해내고 있다. 크게 두 가지 관점에서 우리 시인의 대답이 정리될 수 있다. 우선, 정현종 시인이 「흰 종이의 숨결」(『동서문학』 여름호)에서 "흔히 한 장의 백지가/ 그 위에 쓰여지는 말보다/ 더 깊고,/ 그 가장자리는/ 허공에 닿아 있으므로 가없는/ 무슨 소리를 울려 보내고 있는 때가 많다./ 거기 쓰는 말이/ 그 흰 종이의 숨결을 손상하지 않는다면, 상품이고/ 허공의 숨결로 숨을 쉰다면, 명품이다."(전문)라고 말한다. 백지의 차원을 넘어서는 자신의 언어가 허공과 만나는 힘을 갖고 있음을 시인이 자각하고 있다. 또 하나의 대답은 김춘수의 「第5番 悲歌」(『세계의 문학』 여름호)에서 읽을 수 있다.

照顧脚下,

길을 가면 발밑에 맨홀이 있다.

들여다보고 들여다봐도
맨홀 저쪽은 보이지 않는다.
보이지 않는 너는
보이지 않는 쥐라기의 새와 함께
맨홀 저쪽에 있다.

길을 가다 자칫
맨홀 키대로 발이 빠진다. 멋모르고
누가 뚜껑을 닫자 그때
나도 이미 아쉬운 듯 맨홀 저쪽으로
가고 있었다. 거무튀튀, 아니
희끄무레

(믿기지 않아라,
누근 나이 겨우 40에
귀신이 보인다고 했는데,) (전문)

김춘수의 정의에 의하면, 시는 "다리 아래의 세계를 비추어 돌아보는(照
顧脚下)" 작업이다. 시인이 가는 길의 발밑에는 뚜껑이 열린 '맨홀'이 있
다. '맨홀'은 다리(脚) 위의 세계와 다리(脚) 아래의 세계를 연결하는 문지
방, 데리다의 용어를 사용하자면 '경첩'(hinge)이다. 시인은 두려워하지
않고 죽음의 세계를 "들여다보고 들여다보는" 용감한 소시민이다. 비록
저쪽의 세계, 이승의 세계, 죽음의 세계를 볼 수 있는 능력은 없지만 말이
다. 시인은 "쥐라기의 새"도 있는, 그만큼 오래된 죽음의 세계를 들여다보
려고 노력한다. 그 이유는 '너'가 있기 때문이다. 시인의 사랑은 구석본의
경우처럼 기차를 다시 제대로 이해하게 만들고, 오세영처럼 축포의 아이
러니를 고발하게 만들고, 최승호처럼 서해비단고등을 당당하게 일으켜
세우고, 성미정처럼 아내의 갈등을 아름답게 만들고, 조정처럼 사전을 버
리고 개의 말을 받아들이게 만들고, 장석남처럼 「산유화」를 다시 제대로
읽게 만들고, 김왕로처럼 사이버 거리에서 울게 만들고, 이승훈처럼 모르

겠다고 말하게 만들고, 고은처럼 벌거숭이 현재를 끌어안게 만든다. '허구적인 공정'이 작동되면서 '맨홀'이 닫히려고 하자, 시인은 용감하게 "맨홀 저쪽으로" 간다. 나이 겨우 사십에 귀신이 보인다고 누군가 말했었지만, 그건 귀신을 구경했다는 헛소리였다. 시인은 괄호 속에서 말하지 않는다. 우리의 시인들은 허구적인 공정을 경계할 뿐만 아니라, 허구적인 공정을 온몸으로 벗어난다.

5.
시적 감동의 방향성

공적인 시 읽기에서는 시적 감동의 방향성을 고려하지 않을 수 없습니다. 우리 시의 건강성의 정도를 가늠하는 작업이며 나아갈 방향을 제시하는 작업이기 때문입니다. 필자에게 감동을 주는 시는 대부분의 경우 근대적 자아와 주체에 대한 의문을 제기하는 장면을 포함하였습니다. 최하림이 「메아리」(『창작과 비평』 2003년 여름호)에서 찾아 헤맨 '우물'은 "산모퉁이를 돌아 논가 외딴 우물을 홀로 찾아가선 가만히 들여다봅니다.// 우물 속에는 달이 밝고 구름이 흐르고 하늘이 펼치고 파아란 바람이 불고 가을이 있습니다.// 그리고 한 사나이가 있습니다./ 어쩐지 그 사나이가 미워져 돌아갑니다."로 시작하는 윤동주의 「자화상」의 전통을 이어갑니다.

　　오래된 우물에 갔었지요 갈대숲에 가려 수시간을 헤맨 끝에 간신히 바위 아래 숨은 우물을 발견했습니다 마을 장로들의 말씀으로는 성호 이익 선생께서 파셨다고도 하고 성호 문하에서 파셨다고도 하고 그보다 오래전 사람들이 파셨다고도 했습니다 아무려면 어떻겠습니까마는 좌우지간 예사 우물은 아닌 것 같았습니다 나는 천천히 고개를 숙이고 벌컥벌컥 물을 마신 다음 우리가 살아야 할 근사한 이유라도 있는 것이냐*고 가만히 물어보았습니다
　　우리가 살아야 할 근사한 이유라도……이유라도……
　　하고 메아리가 일었습니다 그와 함께 수면이 산산조각 깨어지고 얼굴이 달

아났습니다 나는 놀래어 일어났지만 수면은 계속 파장을 일으키며 공중으로
퍼져가고 있었습니다

　*한 편의 시도 발표하지 않은 채 외롭게 스스로의 생을 마감한 여림의 유작
시 한 구절.
　나는 그를 가르친 적이 있다. (전문)

윤동주가 '우물'을 들여다보며 근대적 자아를 찾았다면, 최하림의 '우물'
속의 자아는 이제 깨어져 달아나버립니다. 사실, 우리가 살아야 할 근사한
이유라도 있는지 몰래 질문하지 않을 수 없는 시대인 것이지요. 다른 잡지
(『동서문학』 2003년 여름호)에 발표된 「가을 광활」에서 최하림은 이 문제
의 어려움을 "나는 소름 끼친다/ 나는 피 흘린다/ 끝없이 광활한 들녘에서
우리는 아무도 가만히 서 있을 수 없다"(부분)라고 다시 강조합니다.
　이런 근대적 자아에 대한 회의는 "아무튼 여기까지 왔다 나는 한 번도
나를 본 적이 없고 하얀 눈이 문득 나를 본다 여름 매미 없고 눈 내린 저녁
여기가 어딘가 늦은 저녁 아무데나 보고 절 한 번 한다"(전문)라고 말하는
「눈 내린 저녁」의 이승훈에게는 문제의 본질입니다. 저는 이승훈의 주장
에 동의합니다. 나는 한 번도 나를 본 적이 없습니다. 어쩌다 문득 눈이 내
리면, 갑자기 비가 퍼부으면, 그러면, 내면의 세계가 있는 나의 존재를 얼
핏 느낍니다. 그래서 누군가에게 감사하고 싶습니다. 이승훈은 아무데나
보고 절을 한 번 하는군요. 그래요. 그렇게 절 한 번 하고, 지나가는 게 삶
인가봅니다. 그래서 이승훈은 같은 잡지(『황해문화』 2003년 여름호)에 실
린 「無住」에서 삶의 우연한 존재성을 불교적으로 이해하게 되었나봅니
다.

　　시절 인연 시절 인연이 있을 뿐 춘천에서 서울 온 게 인연 왕십리에서 밥 먹
　는 게 인연 바위산에서 아이들 가르치는 게 인연 서초동에서 머무는 것도 인
　연이다 오늘 우는 매미 소리도 인연 비 그친 저녁 그대 만난 것도 인연 그대와
　싸운 것도 인연 지난 가을 팔 다친 것도 인연이다 내가 업이 많아 비 맞고 바람

속을 떠돌지만 세상이 萬緣이다 돌멩이 하나 세울 수 없고 돌멩이 하나 버릴
수 없다 無住여 (전문)

'시절 인연,' 즉 우연한 인연만 가능하기에 '머물지 못하고'(無住) 떠도는
시인의 의식은 무시간적인 깨달음보다 근대적 자아의 불확실성에 기인하
겠지요. 불교의 핵심 교리가 해탈이 아니라 연기라고 주장하시는 분도 있
지요. 깨달은 자에게는 다 같고 못 깨달은 자에게는 다 다르기 때문에—아
니 그 반대인가, 아니면 그 반대의 반대인가—별 의미 없는 주장이지만,
그래도 인연이 현대 불교의 인식 세계에서 그만큼 중요하다는 증거겠지
요.

　최승호도 어느 정도는 불교적 세계관에 기대어 근대적 자아의 해체를
「조개껍질」(『시와 세계』 2003년 여름호)로 설명합니다.

　　1
　　물렁물렁한 것이 떨어져나가고
　　딱딱한 것만 남아 있다
　　텅 비어 열린 곳에는 모래들이 흘러들었다

　　이 조개껍질 속에 한때
　　고독한 삶이
　　있었다

　　웅크리면서 펼치는
　　우주적인 우연성의 무늬들이 있었다

　　그 무늬를 빚은 질료들의 목록;
　　산호 뿌리, 끄덕새우 껍질, 말미잘 등, 등등
　　물론 거기에 반죽과
　　연금술이 필요했을 것이다

2
감각을 벗어나
미끄럽게 흘러가는 어떤 흐름을
전혀 느끼지 못하면서 살아 간다

이를테면 먼지의 울음소리
오래된 고요의 냄새
은하수의 질감 같은 것

조개껍질과 무늬는 서로 떨어지지 않는다
살가죽에 수놓은 海馬文身과도같이
죽은 뒤에도 잘 지워지지 않는 무늬

그러나 무늬들도 차츰 지워져간다
마치 흐름소리들이
들리지 않는 어떤 부드러운 흐름을
조용히 뒤따르는 것처럼 (전문)

제1부는 조개가 '물렁물렁한 것'과 '딱딱한 것'으로 구성된다는 설명으로 시작되는데, 실제로는 시인의 자아 인식이지요. '고독한 삶'이라는 근대적 자아의 끈질김이 '조개껍질'로 설명됩니다. 조개의 몸은 이미 사라져버리고 없지만 조개껍질에 삶의 흔적을 남겨둔다고, 시인은 자신의 존재성에 비추어 생각합니다. 근대적 자아의 해체 상황을 흔쾌히 받아들이는 시인은 제2부에서 조개껍질에게, 아니 돈, 명예, 권력, 작품 등 조개껍질의 무늬처럼 사후에 남아있을 지도 모를 것에 집착하는 독자에게 넌지시 충고합니다. 감각을 벗어나 미끄럽게 흘러가는 어떤 흐름이 있는데, 집착하면 그런 건 전혀 느끼지 못하면서 살아가게 된다고 말이지요. 그렇게 악착같이 집착하더라도 세월이 가면 결국 조개껍질의 무늬들도 차츰 지워져버린다고 말이지요. 그러니 차라리, 이를테면 먼지의 울음소리, 오래된 고요의 냄새, 은하수의 질감같이 들리지 않는 어떤 부드러운 흐름을 조용

히 뒤따르는 것이 더 의미가 있겠다고 말이지요. 최승호의 충고는 같은 잡지에 실린 「죽뻘」에서 더 힘이 있습니다. "죽뻘에서 죽는다는 것은/ 배설물처럼 죽뻘에 반죽이 되는 것이다/ 죽뻘에는 무덤이 없다 설령 있다고 해도/ 무덤들은 죽뻘에서 뭉개져 죽뻘이 되었을 것이다"라고 시작되는데, 너무 신이 나서 시인과 어디 죽뻘에 가서 같이 뒹굴고 싶을 지경이랍니다.

오규원(『시와 세계』 2003년 여름호)은 「봄과 나비」에서는 "나비 한 마리 급하게 내려와/ 뜰의 돌 하나를 껴안았습니다"라고, 「나무와 햇볕」에서는 "산뽕나무 잎 위에 알몸의 햇볕이/ 가득하게 눕네/ 그 몸 너무 환하고 부드러워서/ 곁에 있던 새가 비껴 앉네"라고 근대적 자아의 의미를 잊고 날이미지를 바라본 기록을 제시합니다.

김지하는 「땅거미」(『현대문학』 2003년 7월호)에서 무의미를 넘어서는 길을 모색합니다. "하늘엔/ 해 없고// 먼 곳 흰 강물줄기 안 보인다// 돌아가야 살 길/ 뛰어넘어야 숨쉴 틈// 엇/ 한 자리// 타고 스며라 타고 스미듯/ 도리어/ 가야만이// 산다// 하늘엔/ 해 없고// 먼 곳 흰 강물줄기 안 보인다."(전문) 이젠 더 이상 근대적 투쟁이 가멸차게 요구되는 어둠의 세상이 아니므로 새벽에 떠오르는 해를 공식적으로 기다릴 수는 없겠지만, 그래도, 그럼에도 불구하고, 도리어 가야만 산다고 생각합니다. 어떻게 가야 할 것인지가 문제겠지요. 돌아가거나, 뛰어넘거나, 타고 스미듯 가거나, 하여튼 가야 한다고 주장합니다.

정현종은 그런 방법의 하나로 「충족되지 않은 상태의 즐거움」(『동서문학』 2003년 여름호)을 제시합니다. "무슨 욕망이든/ 충족되지 않은 상태는 즐길 만하다./ 그 상태는/ 충족에서 얻을 수 있는 것과 비교할 수 없는/ 또 불만에서 얻을 수 있는 것과 비교할 수 없는/ 이상하게 술렁거리고/ 항상 시작하고 있는 것 같고/ 시간이 무슨 싹과도 같이 느껴지는/ 그런 상태의 소용돌이 속에 있게 한다.// 충족되지 않은 상태의 즐거움이여."(전문) 근대적 자아는 욕망이 충족되지 않으면 불만을 느낍니다. 그런데 정현종은 충족되지 않은 상태 그 자체를 즐거움으로 받아들이는 새로운 자아관이 있을 수 있다고 제시합니다. 욕망 충족이 아니라 욕망 불충족을 목표로 하는 새로운 인생관입니다. 그런 인생관을 받아들이면, 삶이 얼마나 즐거운지 모른다고 시인은 자신 있게 말합니다. 같이 발표된 「간단한 부탁」은 그런 즐거운 삶의 위력을 보여줍니다.

> 지구의 한쪽에서
> 그에 대한 어떤 수식어도 즉시 미사일로 파괴되고
> 그 어떤 형용사도 즉시 피투성이가 되며
> 그 어떤 동사도 즉시 참혹하게 정지하는
> 전쟁을 하고 있을 때,
>
> 저녁 먹고
> 빈들빈들
> 남녀 두 사람이
> 동네 상가 꽃집 진열장을
> 들여다보고 있는
> 풍경의 감동이여!
>
> 전쟁을 계획하고
> 비극을 연출하는 사람들이여
> 저 사람들의 빈들거리는 산보를
> 방해하지 말아다오.
>
> 저 저녁 산보가
> 내일도 모레도 계속되도록
> 내버려둬 다오.
> 꽃집의 유리창을 깨지 말아다오. (전문)

미국의 이라크 침공이 임박했을 때, 그리고 그 이전에 팔레스타인과 이스라엘의 폭력적 보복사태가 심화될 때, 그리고 그 이전에 9.11사태가 발생했을 때, 그리고 그 이전에 또 어떤 형태의 잔인한 폭력을 이용하는 근대

정치적 행위가 실천될 때, 세계 도처에 있는 친구들이 이메일을 보내 함께 평화를 요구하는 성명서를 내자 혹은 주장을 하자고 연락을 했는데 썩 마음이 내키지가 않았습니다. 목소리 높혀 주장하는 것이 마음에 들지 않았기 때문입니다. 대규모 폭력에 반대한다는 명분이 있더라도 억압적인 모습의 행위에는 아무리 소규모라도 동참하고 싶지 않았습니다. 힘이 없기 때문에 소규모로 억압 행위를 할 뿐이 아닌가하는 의식이 있었기 때문입니다. 힘 있는 자들, 대규모의 근대적 권력을 소유한 자들이 사용하는 방식과 같은 종류의 방식을 사용하며 항의한다면 그게 무슨 효과가 있겠는가, 무슨 대안이 되겠는가 하는 생각이 들었기 때문입니다. 전혀 다른 방식으로, 그렇지만 뉴욕의 나비의 날개 짓이 아마존 강의 폭풍우를 일으키게 되는 그런 방식으로, 전혀 새로운 세계관을 대안으로 제시해야만 의미 있는 영향력을 행사할 수 있을 것이라고 믿었기 때문입니다. 아주 큰 소리로 떠드는 사람을 제압하는 방식이 아주 작은 소리로 같이 떠드는 것은 아니기 때문입니다. 새로운 세계관의 휴머니즘이 요구되는 시대입니다. 엉뚱한 해설 같지만, 정현종은 욕망 불충족의 즐거움이란 세계관에 근거하는 간단한 부탁이란 작은 방법으로 근대의 전쟁을 막을 수 있다고 주장합니다. 악을 쓰고 깃발을 휘두르는 반대의 데모라는 풍경보다, 저녁 먹고 빈들거리던 남녀 두 사람이 동네 상가 꽃집 진열장을 들여다보는 풍경이 전쟁 반대의 효과에 있어서 훨씬 더 힘이 넘치기 때문입니다.

문정희는 "경기도 양주 윤씨 분묘에서 발견된 350년 전의 소년 미라에게"라는 부제를 달고 있는 「소년 미라」(『문학과 의식』 2003년 여름호)에서 정현종의 예상보다 문제가 더욱 심각하다고 주장합니다.

> 아들아, 너를 어이 땅에 묻으리
> 꽝꽝한 땅에다 네 맑은 눈을
> 아침 햇살 빛나던 은구슬 치아를
> 벌써 책장 넘기던 의젓한 일곱 살
> 아까운 내 보배를 어이 묻으리

하늘이 가라앉고
땅 위의 모든 온기가 사라졌도다
이 목숨 끊어지는 날까지
다시는 입을 일 없는 아비의 비단 도포
언 땅에 깔고
올올이 애통한 어미의 속저고리 벗어
너를 싸노니
너 죽인 병도 여기까진 따라오지 못하리
에미 애비 검은 숯이 되어
천 길 절벽 되어 굴러 떨어질 때
해와 달도 함께 꺼져버렸으니
시간이 어디 있어
내 아들을 범접할까. (전문)

자식 앞세우는 부모보다 더 불행한 부모는 없다지요. 문정희는 한국 여성의 저 깊은 사랑의 마음으로 350년의 세월을 뛰어넘습니다. 정현종의 근대를 극복하려는 해결책은, 아니 누구의 해결책도 인간의 운명인 죽음이란 훨씬 더 심각한 질문에 대답하지 못하고 있지요. 그럼에도 불구하고, 아니, 그렇지 때문에 더더욱, 지금 여기의 문제에 충실해야 하는 지도 모르겠네요.

　김언희(『시와 세계』 2003년 여름호)는 「벙커A」에서 다음과 같이 근대적 폭력이 전쟁터에만 국한된 것이 아님을 직격탄처럼 쏘아붙입니다.

　그것은, 어디에나, 있고, 그것을, 무엇이라고 부르든지 간에, 극장이라, 부르거나, 유치원이라, 부르거나 간에, 그것은, 도살장이고, 도살장임에, 틀림없고, 그것을, 모르는 사람은, 아무도, 없다, 그것들의, 공공연한 용도를, 사무치는, 용도를, 모르는 사람, 역시, 없다, 어떤 간판을, 달았든지 간에, 거기서, 벌어지는, 일들이, 자신의 집, 안방에서, 또는 욕실에서, 가전(家傳)의, 도살기구들이 흔들거리는, 그곳에서, 벌어지는, 일들과, 흡사하다는, 것을, 모르는 사람은, 없다, 그 섬뜩한 항등식, 무엇을, 대입해도 성립되는, 도살의, 등식을, 모른 사

람, 또한, (전문)

누구나 다 아는 상식인데 모르는 척 하는 태도가 더 문제라는 주장입니다. 근대 세계＝도살장이라는 섬뜩한 항등식은 누구나 안다는 것이지요. 그래요, 미셸 푸코가 이미 명확하게 설명한 바 있지요. 근대 체제는, 그것이 병원이든 학교이든 군대이든, 원형감옥(파놉티콘)이라고 말이지요. 김언희는 섬뜩하게 극장이든 유치원이든 어떤 간판을 달았든지 간에, 안방이든 욕실이든, 무엇이라고 부르든지 간에 도살장임에 틀림없다고 확실히 못을 박습니다.

윤성학은 「김신조가 온다」(『창작과 비평』 2003년 여름호)에서 근대 세계의 문제점이 확연히 들어나는 지점을 지적해내는데 성공합니다.

게릴라들이 왔다

청와대를 향해 돌진하던 중
불꽃이 오가는 야간 시가지 전투가 벌어졌다
수도경비대가 청와대 위로
조명탄을 쏘아올렸을 때
그들은 환하게 피어나는 하늘을 올려다보며
짧게 한숨을 지었을 뿐
적의 중심
그 두개골을 바수려고 달려온 담대함이
스러지지 않는다
중심을 건드려 전체를 흔들기 위해
게릴라들이 밤길을 왔다

김신조가 마지막으로 생포되었다
박정희를 도끼로 까러 왔시오
중심을 강타하는
어마어마한 적의가 한반도를 휘감았다

누군가 중심을 건드리지 않아도
지금 이렇게 흔들리고 있다
그러나 언젠가 내 가운데 갇혀
스스로를 깨지 못할 때
중심에서부터 전체가 함께 굳어갈 때
그때
그가 올 것이다 (전문)

9.11 사태 때 나는 미국에 있었습니다. 사건은 뉴욕과 워싱톤에서 벌어졌고, 나는 국제창작프로그램의 일원으로 아이오와 대학교에 있었지만, 공포감은 그곳에서도 절정에 달했습니다. 진주만을 공격받은 적은 있지만, 미국 본토에 공격을 받은 것은 처음이었기 때문이었습니다. 나는 그때 들리지도 않을 것이 분명했지만, 우리의 김신조 경험을 생각하면서 많은 인명피해라는 비극에도 불구하고 마음이 굳어지는 사태는 피해야 한다고 강연 때마다 주장을 했습니다. 김신조 이후 우리는 주민등록증을 만들고 예비군과 민방위를 만들고 반상회를 실시하고, 안보에 두려움을 느껴 북한의 통제 체제를 닮아가기 시작했습니다. 들리지는 않겠지만, 미국의 지식인 청중에게 마음이 굳어지는 사태는 어떻게든 피해야 한다고, 그렇지 않으면 더 많은 비극을 만들어내게 될 뿐이라고 주장했지만, 미국은 테러를 예방한다는 명목으로 억압적이고 폭력적인 조치를 더욱 강화해나갔습니다. 아프카니스탄에서 그리고 이라크에서, 이제는 북한을 언급하며 선제공격의 전략을 적용해나가고 있습니다. 외부의 폭력에 의해서는 폭력이 직접적으로 도달하는 지점에서만 피해를 입지만, 그로 인해 강화된 내부의 폭력이 만들어내는 결과는 예측하기 어려울 정도인 것입니다. 윤성학은 미국의 이라크 전쟁이 중심에서부터 전체가 함께 굳어갈 때 또 다시 나타나는 김신조 같은 상황이라고 지적하면서, 우리 자신의 중심의 상태를 시의적절 하게 질문합니다.

　김언은 「고가도로 아래」(『현대문학』 2003년 7월호)를 다음과 같이 시작합니다.

> 오래 길을 걷다 보면 머리 위에도 길이 보일 때가 있다. 몇 년을 하루같이 걸
> 어와서 올려다보던 길, 한동안 찾지 않은 이 길을 두고 사람들이 고가도로라
> 고 부르는 그 아래에 내가 있을 확률이 높다 (부분)

고가도로의 아래에 서 있는 모습을 묘사하는 것 같지만, 김언은 의뭉스럽
게 탈근대적 대안을 제시하고 있습니다. 이 의미 있는 첫 연의 핵심 단어
는 '확률'입니다. 보통 내가 고가도로 아래에 있다고 말합니다. 그런 나는
근대적 자아와 주체를 자동적으로 전제합니다. 김언은 내가 고가도로 아
래에 있더라도 그건 '사실'이 아니라 '확률'일 뿐이라고 지적하면서 근대
적 자아와 주체가 요구할 수 있는 욕망의 충족 요구를 원천적으로 봉쇄합
니다. 그리하여 김언은 '오늘'을 얘기하는 방식으로 우리 모두의 「다음날」
(『동서문학』2003년 여름호)인 죽음을 다음과 같이 얘기합니다.

> 내가 아는 한 사람은 죽어서도 관을 들고 다닌다 걸으면서 대부분의 죽음은
> 잠재웠지만 그 스스로 일어서서 잠들었지만 그는 관을 들고 다닌다 그리고 서
> 있는 동안에는 모든 불안의 모델이 되어주었다 내가 아는 한 사람, (부분)

왜냐하면 김수영이 말한 '죽음의 깊이'는 시적 감동의 방향성이 어느 쪽
인가에 상관없이 항상 추구해야 하는 깊이이기 때문입니다.

6.
말걸기의 어려움

    슬라보예 지젝이 왔었다. 나는 2003년 10월 12일 한국철학회가 주최하는 특별강연, "파국과 함께 살아가기"(변문숙 번역)에만 참석할 수 있었다. 유고슬라비아의 지젝은 열정적인 제스처를 통해서 한국의 철학자들에게 말을 걸었다. 손을 들었지만, 내게는 기회가 주어지지 않았다. 기회가 주어진 다른 철학자들은, 그럼에도 불구하고, 지젝에게 제대로 말을 거는데 실패하는 것 같아 보였다. 지젝은 껍질을 깨뜨려 열면 작은 플라스틱 장남감이나 작은 조립식 장난감을 발견하게 되는 달걀 초콜릿, 대부분 동물 형상을 하고 있는 내부가 빈 설탕 케이크의 형태인 달콤한 후식, '내가 알 수 없는 어떤 X'라는 프란시스 후쿠야마의 개념, 리들리 스콧의 『에일리언』 같은 공상과학 공포 영화 절정의 순간에 입 또는 직접 가슴을 통해 인간의 신체를 뚫고 나오는 인간 신체에 침투하여 내부로부터 그것을 지배함으로써 그것을 식민화하는 외계의 괴물 등 우리 주체의 중심부가 겉모습에 의해 채워진 공허라는 것을 경험적으로 증명하는 사례들로 인간의 "본질"을 해방시키기 위해 역사적이고 우연적이며 "비본질적인" 피복을 제거하려는 소위 "전체주의"의 상징물을 설명한다. 역설적으로 들리겠지만 전체주의뿐만 아니라 자유주의도 이런 믿음을 공유한다는 것이 지젝의 통찰력이다. "심층적으로 똑같이 취약한 인간들이라는 점에서 우리는 모두 동등하다"는 심오한 인도주의적 통찰의 저변에는 "심층적으로 우리가 이미 동등한데 표면적인 차이 때문에 굳이 다툴 필요가 있었는 가?"라는 냉소적 태도가 깔려 있다. 자신이 빈곤한 걸인과 똑같은 열정, 두려움 그리고 사랑을 공유한다는 사실을 통렬하게 깨달은 속담 속의 백만장자처럼 말이다. 지젝은 이런 실수를 현대 서구 소비 사회에서의 "이성의 몰락"을 비판하면서도, **동시에** 같은 사회를 지구 전역에 만연한 전체주의와 타락한 독재체제들의 바다에 떠있는 외로운 자유의 섬으로 옹호하였던 1950년대의 서독의 호르크하이머에게서도 발견한다. 그럼에도 불구하고 우리가 아무 대비도 하지 않는다면 핵전쟁이나 환경적 재앙 등은 발생할 것이고, 우리가 할 수 있는 모든 것을 한다면, 몇몇 예견할 수 없는 사고를 제외하곤, 재앙은 발생하지 않을 것이다. 왜냐하면 우리는 그 재앙이 가능하다는 것을, 심지어는 개연적이라는 것을 **알고** 있지만, 그것이 정말 발생하리라고는 **믿지** 않기 때문이다. 따라서 파국의 전망을 그려 놓고, 우리의 예방 조치의 성공이 바로 우리로 하여금 행동하도록 만든 그 예상을 우스꽝스럽고 부적절한 것으로 만들기를 희망하면서, 파국을 방지하려고 행동하는 것, 즉 인류를 구하기 위해 과도하게 돌연한 공포를 퍼뜨리는 사람의 역할을 영웅적으로 떠맡는 작업을 해야 한다고 지젝은 열정적으로 주장했다. 인간의 본질적인 도덕적 존엄성은 궁극적으로 항상 가장된 것이기 때문이다. 윤리에 관한 20세기의 중요한 교훈은 모든 윤리적 자만심을 버리고 윤리적으로 행동할 수 있는 행운을 겸손하게 받아들여야 한다는 것이다. 신학적인 용어로 표현하면, 자율성과 은총은 서로 대립하는 것이 아니라 한데 얽혀 있다. 즉 우리가 도덕적 행위자로서 자율적으로 행위할 수 있다면 우리는 은총에 의해 축복을 받고 있는 것이다. 그리고 파국의 전망에 직면할 때에도 우리는 같은 은총과 용기의 결합에 의존해야 한다는 것이 지젝의 결론이었다. 지젝에게 하고 싶었던 질문은 다음과 같다. 파국이 이미 여기에 와 있다고 하더라도 우리가 살아가기 위해 그 속에서 살아야 하는 윤리적 긴장 상태를 포기할 수는 없다. 그런 긴장 상태야말로 글쓰기나 말걸기, 즉 윤리의 기반이기 때문이다. 그러므로 행운이 있다면 회고적으로만 윤리적으로 정당화될 수 있다는 지젝의 주장은 독백의 범주를 벗어나기 어렵다. 수사학적인 관점에서는 옳지만, 의도는 전달되지 못한다. 따라서 칸트적인 의도의 중시와 공리주의적이며 헤겔적인 결과의 중시를 전자는 너무 나르시시스트적이라는 관점에서 후자는 너무 감당할 수 없는 부담이라는 점에서 둘 다 거부하는 윤리적 전쟁의 필요성은 한쪽으로 치우친 주장이다. 둘 다 거부하는 관점에서 한나 아렌트가 악의 평범성을 말한다면, 둘 다 수용하는 관점에서 엠마누엘 레비나스가 타자의 얼굴이 요구하는 무한한 윤리를 말하고 있기 때문이다. 강연의 전략적인 이유 때문인지, 세계관의 한계 때문인지 지젝은 자신의 특별강연의 주제를 지탱하는 두 개의 축 중에서 하나만을 표나게 강조하였다. 그렇지만 둘 다 거부하고 그리고/또한 둘 다 수용해야 한다는 자크 데리다의 세계관에 자신이 크게 빚지고 있다는 점을 지젝이 전혀 언급하지 않았다는 것은 나 스스로에게 설명이 불가능했다. 그래서 질문을 하기 위해, 손을 들었지만 내게 기회가 주어지지 않았다. 말걸기의 어려움!

결국 지젝에게 말을 걸지 못하고, 서강대에서 걸어 나와 한국과 일본 현대미술의 견인차 역할을 해왔다고 평가받는 이우환에게 말을 걸러, 아니 이우환의 작품에게 말을 걸러 호암갤러리와 로댕갤러리를 찾았다. 예술가의 장점이 여기에 있다. 이론가에게 말을 걸기 위해서는 손을 들고 10여분 발언의 기회를 받는 사회적이며 관습적인 절차를 거쳐야 하지만, 예술가에게는 언제나 말을 걸 수 있다. 작품은 내가 말을 걸기 전에, 내게 말을 건다. 내가 알아들을 수 있는 말로, 내가 알아들을 수 있는 수준에서! 그렇지만, 이곳에도 말걸기의 어려움이 있다. 예를 들면 로댕갤러리의 입구를 들어서면서 바로 만나는 「지각과 현상 B」는 크고 작은 자연석 3개가 작은 동산만한 솜더미 속에 파묻혀 있는 1970년/2003년도의 작품이다. 작품이 열정적으로 수행하는 강렬한 말걸기 작업에도 불구하고 말문이 막히거나 대답이 궁해진다. 이우환의 말걸기에 나름대로 대답하면서, 독자에게 말을 걸고자 한다. 우리의 산에서 만나는 그런 자연석들이다. 등산을 하면서 발부리에 채이거나 밟고 지나가는 그런 자연석들이다. 그때 자연석들은 흙 속에 파묻혀 있다. 조심하지 않으면 발부리에 걸려 넘어지면서 등반 중 부상을 당할 수 있기 때문에 조심스럽게 존재를 확인하면서 발걸음을 옮긴다. 이때 우리는 흙 속에 파묻혀 일부만 들어난 자연석의 존재를 인식하지만, 흙은 배경으로만 인식할 뿐이다. 흙과 자연석의 관계망 속에서만 자연석은 존재할 수 있다. 그런데, 우리의 자아와 주체에 위협이 될 수 있는 자연석은 나름대로의 정체성(identity)을 갖는다고 인식하면서도, 그 관계망이라든가 흙의 정체성은 인식하지 못한다. 사실 자연석과 흙의 정체성이란 우리의 자아나 주체가 요구하는 논리틀일 뿐이지도 모른다. 자연석과 흙은 자신의 정체성을 주장하지 않고, 그저 관계망 속에서만 존재하기 때문에 자연일 것이다. 그리고 바로 우리는 그런 자연을 찾아서 힘들여 등산을 하는 것이리라. 흙 대신 하얗게 빛나고 뭉실뭉실한 솜을 사용함으로써 이우환은 말걸기의 어려움을 극복한다. 이런 예외를 제외하고 이우환은 대부분의 경우 자연의 돌과 산업재료의 철판을 사용하여 '관계항' 시리즈를 전개한다. 한국인에게 말을 거는 유고슬라비아인 지젝의 특별 강연과 연결하여 이우환의 미술을 언급하는 이유는 특히 '조응' 시리즈에서 동서양의 관계항을 모색하고 있기 때문이다. 캔버스에 유채로 된 260x776cm 크기의 1994년도 작품인 「조응」은 흰색 캔버스 4개가 자연스럽게 병풍처럼 이어져 세워져 있다. 왼쪽에서 첫 번째 캔버스에는 아무런 그림도 없고, 두 번째 캔버스에는 세 개의 커다란 붓질 자국이 그려져 있다. 이 붓질 자국은 캔버스를 바닥에 눕혀 놓고 이우환이 캔버스를 가로지르는 판 위에서 페인트칠하는 붓으로 한 번 물감을 묻혀서 위에서 아래로 한 번에 내리그어서 만들어낸 것이다. 세 번째 캔버스에는 두 개의 커다란 붓질 자국, 그리고 네 번째 캔버스에는 하나의 커다란 붓질 자국이 위에서 아래로 그려져 있다. 캔버스와 유화라는 서양화적 도구를 사용하였지만, 동양적 병풍의 이미지가 노골적으로 드러난다. 캔버스를 바닥에 눕혀 놓는 작업태도는 물감이 흘러내리지 않고, 바로 이런 붓질 자체의 궤적을 뚜렷하게 드러냄으로써 동양적 붓질의 느낌을 만들어내려는 의도에서였을 것이다. 지젝이 서양에서 동양에게 말을 걸기 위해 버팔로 대학교에서 날아와 자신의 사상적 궤적을 회고한다면, 이우환은 동양에서 서양에게 말을 걸기 위해 미술 작업을 했던 것이고 이제 고향에서 그 세월을 회고하는 전시회를 열고 있다.

『시와 세계』(2003년 겨울호)의 계간시평을 쓰는 자리에서 얼핏 관계없어 보이는 내용을 아주 길게 언급한 이유는 이번 계절의 시단에서 말걸기의 어려움을 호소하는 시인들을 너무 많이 만났기 때문이다. 그리고 이런 말걸기의 어려움이야말로 현대문학의 기본 특징이기 때문이다. 시만 쓰면 되는 것이 아니라 시론도 같이 써야 하는 어려움이야말로 현대문학에 종사하는 자들의 업보일 것인데, 이런 업보가 사실은 동서양을 막론하고 최대의 문화적 화두를 수행하는 막중한 작업의 모습이기 때문이다. 예를 들면 조하혜는 「우리」(『시와 세계』, 가을호)에서 "시는 거짓말하지 않는다/ 시는 거짓으로 도망치고 싶을 때/ 세상의 거짓이 너무 초라해 보일 때/ 시는 거짓말처럼 존재한다"고 자랑스럽게 말한다. 그래서 "한 번도 만나지 못한 당신과 내가/ 한 십 년, 아니 한 평생을 붙어산 부부처럼/ 어제 밤에도/ 한 세상 베고 누워/ 시 한 줄 읽으며/ 함께 늙어가고 있어라"라고 말할 때, 나는 지젝과 이우환을 만났던 것처럼 조하혜를 만난다. 지젝이나 이우환이나 조하혜를 한 번도 만나지 못했지만, 한 평생을 붙어산 부부처럼 그렇게 가까운 사이인 것처럼 말을 건다. 같은 책에서 박상배는 사랑노래를 시작한다. 「연가1」는 다음과 같다. "기가 막히게 예쁜/ 밤하늘의 여자들을/ 곁에 앉히고서// 많은 별들을/ 술처럼 마신다// 은빛 파닥이던/ 믿음의 노래들은/ 어디서 잠자고 있나// 사랑과 아픔은/ 지금 어느만큼/ 밝아오고 있나// 바람도 일다가 가고/ 쬐그맣게/ 표현의 입들이// 재재거리다가/ 토라져 또한 가고/ 남은 건// 오직 술/ 술처럼/ 고여 있는// 별의 바다/ 한 밤에/ 깊이 깊이 빠진다//"(전문). 시론의 고뇌 없이 자연스럽게 시를 쓸 수 있다고 재재거리며 주장하다 토라져 가버린 쬐그만 표현의 입들이 감당할 수 없는 세계이다. 물론 은빛 파닥이던 믿음의 노래가 주던 사랑과 아픔의 기억이 없을 수는 없다. 고진하는 그런 아픔을 「무늬」(『녹색평론』9-10월호)에서 다음과 같이 노래한다. "처서 지나/ 여름내 끼고 살던 죽부인과 이별하고/ 곰팡내 나는 이불을/ 햇볕 좋은 마당/ 빨랫줄에 펴 널었지./ 습(濕)한 내 영혼도 펴 널었어./ 포도나무 옆/ 개집 속에/ 아직 눈도 못 뜬/ 흰 강아지들을/ 긴 혓바닥으로 핥고 또 핥는/ 어미개를 보다가,/ 어미개의 혓바닥은/ 눅눅한 습기를 말리는/ 햇볕에 해당하겠구나/ 하는 생각도 했어./ 혓바닥이 핥고 지나간 뒤에/ 나타나는/ 뽀송뽀송한 무늬,/ (내 영혼의 무늬도 저렇듯/ 뽀송뽀송한 적이 있었던가)/ 흰 강아지들의 무늬를 보다가/ 그만 눈물이 났어!"(전문) 고진하가 흘리는 '눈물'과 박상배의 '사랑과 아픔'은 다정하게 만난다. 평론의 즐거움은 이렇게 서로에게 말걸기를 시키는 작업에도 있다. 인연의 습기를 말리는 어미의 혓바닥을 향한 눈물겹게 아픈 사랑의 고백이야말로 생태적 동양사고의 기본이다. 강은교는 시인이 「정거장」이라고 말한다(『황해문학』 가을호). "나는 정거장,/ 팻말 하나 오두마니 서 있는 작은 정거장// 정다운 기차 오늘밤도 경적을 울리며 떠나는구나// 걷기 시작한다/ 하도 만져서 때묻은 별 하나"(전문). 강은교의 "하도 만져서 때묻은 별 하나"는 바로 고진하의 '눈물'과 박상배의 '믿음'이다. 다음과 같은 천양희의 「전업 시인」(『현대문학』 10월호)은 시론적 요구를 망각할 수 없는 시인의 고달픈 작업에 관한 보고서이다. "생의 가지에 뿔을 걸고/ 허공에 뜬 채 잠을 자다가/ 사람의 그늘에 깃들어 살면서/ 흐리고 어둔 날에만 어슬렁거리다가/ 세상이 내뿜는 수증기를 머금으려고/ 한 장뿐인 제 자존심을 갈기갈기 찢다가/ 끝없는 생각으로 하늘을 볼 땐 두 눈을 크게 뜨고/ 땅속을 볼 땐 한쪽 눈을 감아보다가/ 기발한 발상으로 놀라운 발견을 하기 위해/ 나그네처럼 떠돌다가/ 매혹과 환멸 속을 넘나들다가/ 변신하려고 변모하려고 몸부림치다가// 끈질기게 어렵게 살아야 하다니요/ 쉽게 썩어지는 것을 부끄러워하다니요/ 마음에 망명

정부 하나 있어야 하다니요// 시린 하루가 저물다 가는/ 전전긍긍하던 것들이 업이 되었다니요"(전문). 같은 책에서 송찬호는 이런 시인의 책무가 성가시게 힘들기도 하지만, 코끼리 떼를 흰 종이 위로 건너오게 하는 대단한 기적을 만들어내기도 한다고 자부심의 일단을 드러낸다. "대체 書記된 자로서의 책무란 얼마나 성가신 일인가 언젠가 나는 길을 잃고 헤매는 코끼리떼를 흰 종이 위로 건너오게 한 적이 있었다"(「記錄」의 일부). 허수경은 「여름 내내」(『문학동네』 가을호)에서 그런 기적, 즉 사과나무, 구름, 하늘조각 등 세상 전부를 포월해내는 '책'이라는 경험을 여름 내내 했다고 자랑한다. "사과나무 아래서 책을 읽었습니다, 책 제목……, 기억나지 않아요. 사과가 아주 작을 때부터 읽기를 시작했습니다, 점점 책종이가 거울처럼 투명해져서 작은 사과알들을 책을 읽으면서 볼 수 있었습니다, 점점 책종이가 물렁해져서 책 주위에서 어슬렁거리던 사과알들이 책 안으로 들어갔습니다, 활자도 사과알을 따라 책 안으로 들어갔습니다, 책은 물렁해졌어요, 물렁해진 책의 제목이 기억나지 않아요, 사과알이 든 물렁한 책을 여름 내내 읽고 있습니다, 나무에 매달린 사과알들이 다 사라지고 난 뒤, 나무가 책 안으로 들어왔습니다, 집과 새와 구름이 들어왔습니다, 해가 그리고 내 위의 하늘조각도……, 책은 무거워지고 더 물렁해지고, 여름 내내 책을 읽고 있었습니다, 사과나무도 구름도 해도 하늘조각도 사라지는 자리에서"(전문). 이승훈 선생님이 보내신 대표시론, 『시적인 것은 없고 시도 없다』(2003년 집문당)를 읽으며, 김춘수와 이승훈의 무의미나 무의식이야말로 시론을 쓰지 않을 수 없는 현대문학의 인식을 표현하는 것에 다름이 아니었다는 사실을 확인했다. "비대상은 대상이 존재하지 않는다는 사실을 의미한다. 대상이 없다는 것은 한 편의 시에서 시인이 노래하고 있는 대상이 분명치 않다는 뜻도 되고, 우리가 전통적으로 알고 있는 자연세계나 일상세계가 시 속에 드러나지 않는다는 뜻도 된다"(19쪽). '전통적으로 알고 있는 자연세계나 일상세계'만을 대상으로 취급하는 시는 시론적 고민을 하지 않기 때문에 이승훈은 전근대적이라고 비판한다. (사실, 근대와 현대의 용어는 혼용이 가능하다. 계몽의 기획, 즉 근대성이 계속되기에 중세와 구별된다는 시대 구분의 관점에서는 근대라고 할 수 있고, 근대 부르주아 자본주의를 비판하는 관점을 강조하면 현대라는 용어가 더 적합하다. 이승훈의 비판 대상이 중세적 시세계이기 때문에 전근대적이라고 규정해도 된다.) "대상의 세계가 어떻게 존재할 수 있는가에 대한 인식론적 회의가 한 번도 제대로 제기되지 않았다는 점을 그동안 나는 전통적인 한국시의 한 가지 한계로 생각하고 있었다"(20쪽). 무의미와 무의식은 시론적 고민이 요구되는 문학사적 소명을 강조하는 전략적 비평 용어였던 셈이다.

이승훈은 "감상의 논리에서 말끔히 벗어나기에는 나는 아직도 지나치게 감상적인 데가 많은지 모르겠다"(31쪽)고 반성하는데, 이승훈 시세계의 지배적 정서인 우울, 우수나 불안은 '전통적 한국시'의 진영에서 지적하는 사항이기도 하다. 김홍성도 「남자와여자, 적과동지」에서 동일한 정서를 보고한다(『문학동네』 가을호). "아직도 부정할 수 없는 건,/ 내가 여전히 슬프다는 거다.// 우스운 일인지도 모르지만/ 무표정한 사람들 속에서 나 혼자 슬프다는 거다."(일부) 그런데, 김춘수의 「만남을 위한 콘티」를 읽어보자(『현대시학』 10월호).

> 너무 멀리 가지마
> 고개 하나 넘으면
> 별이 있고 아직도
> 반딧불이 있다.
> 아기너구리 엄마 엄마 울고 간 여름밤이 있고
> 마디풀이 있다.
> 얼굴 감춘 마디풀이 아직도 네 발등에
> 초가삼간 집 한 채 지으리,
>
> (가지말라 가지말라고,) (전문)

'콘티'[continuity]는 '촬영[방송]용 대본'[script]이다. 김춘수의 시로 이 승훈의 우울을 변명, 아니 주장할 수 있다. 산길을 걷다가 마디풀(벼를 '쌀 나무'라고 명명했던 서울 촌놈인 나는 마디풀이 뭔지 모른다. 아마도 풀 의 매듭을 지은 모습이 아닐까, 시인의 상상력 때문에 고맙게도 추경험할 수 있을 뿐이다.)이 발등에 걸린 경험을 기억하는가. 발등에 걸린 마디풀 의 모습은 초가삼간 집 한 채 같아 보인다. 마디풀은 바쁜 걸음을 방해한 다. 그런데 시인은 너무 멀리 가지 말라는 충고를 읽어낸다. 왜냐하면 별 이 있고 아직도 반딧불이 있고, 아기너구리 엄마 엄마 울고 간 여름밤이 있기 때문이다. 무의미나 무의식을 전략적으로 주장해야 하지만, 시나 시 론이란 언어적 작업으로 무의미나 무의식을 성취할 수 없다. 본질적으로 패배가 예정된 허무한 작업이기 때문에 불안하거나 우울하거나 우수에 젖을 수 있다. 그러나 이런 불가능성이야말로 시인의 성실성을 보증한다. 시론적 작업을 하면서 쓰는 시가 전통적 완결성을 달성할 수 없는 것은 자 명하기 때문이다. 그리고 완결적 구조의 불가능성을 변명할 필요가 없다. 아니, 차라리, 완결적 구조가 가능하다는 주장이야말로 인식론적 회의도 하지 못한다는 고백일 뿐이다. 김종길은 「새벽에 잠이 깨어」에서 이런 인 식론적 회의가 W. B. 예이츠와 같은 현대영문학의 수준을 달성하고 있음 을 확인시켜준다(『시와 사상』 가을호).

늙은이에겐
새벽잠이 없다.

너무 일찍 잠이 깨었을 때면
한 잠 더 청하려고 해도 보지만
어름거리는 사이에 시간만 빨리 흐른다.

새벽잠을 깬 늙은이의 귀에서 나는
시냇물 소리인지 비 듣는 소리인지―
그러나 창을 열어보면 비는 오지 않는다.

늙으막의 온갖 망칙한 일들이
저무는 구름 송이로밖에 보이지 않는다는
육십대 전반에 시인 예이츠가 내다본 죽음의 순간*

그 순간을 나는 새벽 침상에서 응시하고 있지나 않은지,
내가 누린 이승의 시간이 한 순간 여울물 소리를 내며
귓전을 울리며 흐르는 동안.

예이츠에겐 저녁과 새벽이 다르지 않았다.
어느 쪽이나 해와 달이 빛을 섞는 특별한 시간이었다.

* 예이츠의 작품 '탑주'(The Tower)의 끝부분

늙도록 시를 쓰는 선배 시인들이 우리에게 있다는 것은 얼마나 행복한 일인가. 김종길은 구조적 완결성이 없더라도 우울해 하거나 불안해하지 말라고 권고한다. 예이츠의 경우에서처럼 인식론적 회의을 통해서 저녁과 새벽이 어느 쪽이든 해와 달이 빛을 섞는 특별한 시간이라는 인식에 도달하게 해준다는 것이다. 아, 이제 처음 시를 쓰는 새벽의 시인에게나 혜안을 성취한 저녁의 시인에게나, 어느 쪽이나 특별한 시간이라는 인식은 너무나도 고마운 발견이다. 이제, 마음 편히 늙을 수 있다. 그러므로 마음 편히 죽을 수 있을 것이다.

배창환(「길을 잃다」, 『생각과 느낌』 가을호)은 "단오날 백초효소 담그려고 자루 하나 달랑 들고 산을 오른다. 백초는 백초라, 온갖 풀이 약풀인데 뜯으려니 그래도 독 있을까 겁이 난다." 단오날 백가지 풀로 담근 효소가 효험이 최고라는 민속적 견해에는 '백'이 의미하는 완결적 구조를 기반으로 한다. 그런데 시는 인식론적 회의를 기반으로 하기 때문에, 시인은 자크 데리다가 '파르마콘'이란 용어로 제시한 것처럼 독과 약의 이분법적 구분이 그리 뚜렷하지 않다는 인식을 피하지 못한다. 그래서 "눈 익은 녀석만 골라 몇 잎씩 뜯고 나니 눈앞에 풀들이 길을 숨긴다." 뚜렷한 풀의 길

을 찾을 수 없게 되어버린다. 인식론적 회의가 필연적으로 초래하는 우울/ 우수/불안의 상태에 도달하게 된다. 그런데 바로 이 지점에서 시의 기적이 발생한다. "아는 풀이 더 없으니 백초고 뭐고 다 집어치우고 내려가자, 생각하니 풀들이 갑자기 길을 열어 준다. 그 틈에 단오쑥 쑥대머리나 북북 뜯어 자루에 넣는데, 해 떨어졌다 뻐꾹, 뭐 하노 뻐꾹, 자꾸만 재촉하는 뻐꾸기 핑계 삼아 숲을 빠져 나오다."(전문) 단오 날 백초효소, 즉 시적 구조의 완결성은 놀랍게도 시론이란 인식론적 회의의 길을 통해서만 제대로 이루어 질 수 있는 것이다. 남진우는 「베니스에서 죽다」에서 "서른여섯을 넘긴 다음부터/ 거울 앞에 서지 않는다 거울에 비친 내가/ 내게 무슨 말을 할지 모르기 때문이다/ 혹은 내가 거울에 비친 내게 무슨 말을/ 할지 모르기 때문이다"(일부)라고 인식론적 회의를 거울처럼 정면에서 직면한다(『문학동네』가을호). 이혜자는 「이상한 실수」에서 인식론적 회의가 시뿐만 아니라 삶 자체의 현대적 양상이라는 점을 지적한다(『생각과 느낌』가을호). **"필름 없는 사진기 셔터를 누른 것처럼/ 서른 해를 넘어 살았는데 산 흔적이 없다"**(일부). 그럼에도 불구하고 다음과 같이 불안/우수/우울의 감정에 구애받지 않고 담담하게 받아들인다. "드디어 오늘은 이렇게 말했다/ (아가, 이 사람은 이미 죽은 사람이야)/ 어제 우리가 후하고 불어버린 개미처럼 사라졌다고/ 나의 사진을 보면서"(일부). 그래서 노향림은 다음과 같이 살 속에다 못을 박는 것 같은 고통의 「몸」이라도 인식론적 회의만 있다면, 몸의 폐허를 보는 대신 시린 하늘, 즉 닿을 수 없는 높이에서 너무 환한 빛으로 가볍게 떠 있는 죽음을 볼 수 있다고 주장한다(『현대시학』10월호). "고통은 살 속에다 못 박는 일이다.// 탕 탕 허리 뒤 어느 벽에// 척추 두 번째 뼈에 못을 박나 보다.// 시간이 휘두르는 사나운 망치에// 내 몸은 이미 절반쯤 부서져 나갔다.// 어느 때는// 천천히 눈 떠보면 몸의 폐허 대신// 시린 하늘이 거기 보일 뿐.// 닿을 수 없는 높이에서 너무 환한// 빛으로 죽음이 가볍게 떠 있을 뿐."(전문)

시론을 동반하는 시의 힘은 세상을 당당하게 만날 수 있게 한다. 젊은 세대에게 쉬운 일이라도 나이든 세대에게 어려운 일이 있는 법이다. 그럼에도 불구하고, 허만하는 다음과 같이 「소양호.44번 국도」에서 시의 힘으로 38선을 당당하게 읽어낸다(『시와 세계』 가을호). "선은 너무 가늘어 눈에 보이지 않았다. 선은 연초록 옥수수 잎새 위에 떨어지는 초여름 햇살보다 가늘었다. 38선 표지석을 스칠 때 숨을 죽인 채 웅크리고 있는 물빛을 보았다. 칡 줄기에 발이 묶인 채 세상을 그대로 받아들이는 엷은 체념을 머금고 나를 쳐다보던 이름모를 산짐승의 눈빛. 흐르지 못하는 물길이 속울음을 삼키는 그때 연푸른 물빛을 스치는 마른번개."(전문) 38선 표지석을 지나친 경험이 있는가. 놀라운 일은 그저 표지석일 따름이라는 것이다. 민족분단이란 한국현대사 비극의 원인이지만 표지석일 뿐이다. 더군다나 38선은 그저 보이지도 않는 추상적인 선일뿐이다. 분단의 비극을 체험한 시인은 그곳에서 '숨을 죽인 채 웅크리고 있는 물빛'을 본다. 하지만 38선에 막혀 속울음을 삼키며 흐르지 못하는 물길 위를 스치는, "연푸른 물빛을 스치는 마른번개"를 읽어낸다. 인식론적 회의에 기반을 둔 시론이 성취하여 제우스의 마른번개처럼 38선을 돌파하는 기적의 현장이다. 이런 기적의 경험이야말로 개인출판인 『송상욱시』를 17호까지 만들어내게 하는 힘일 것이다. 이수명은 젊은 세대이지만, 「현상 수배」에서 38선을 발견한다(『시와 세계』 가을호).

그는 현상 수배범이다. 많은 사람들이 오가는 넓은 거리의 게시판에 걸려 있다.

사진 속에서 그는 웃고 있다. 전단지가 햇빛에 누렇게 바래고, 빗물에 얼룩이 져도, 이 손이 뜯고 저 손이 찢어도 웃고 있다. 그는 산산조각 나고 있다. 어느 날 한 쪽 눈이 없어지고, 또 어느 날 한 쪽 귀가 사라졌다. 남은 형체도 검은 펜으로 뭉개지고 있다. 그래도 그는 웃고 있다. 그는 위험 인물이다. 그가 저지른 위험한 일들이 어디선가 또 저질러지고 있다. 어디에서? 그는 어디에 있는가?

사진 속에서 그는 웃고 있다. 웃으며 그도 자신을 찾고 있다. 그는 위험 인물이다. 그는 자신을 현상 수배한다. (전문)

우리 시대의 38선은 현상 수배된 인물이 대변한다. 주체는 호명(interpellation)되면서 확정되지 않는다. 주체는 이름 지어지는 과정(naming)인 것이다. 그렇지 않다면, 동성애자들이 자신이 동성애자임을 공공연하게 드러내는 과정(coming out)을 힘들게 겪어나갈 이유가 어디에 있을까. 현상 수배범에게서 배우는 교훈은 인식론적 회의가 없는 사람처럼, 시론을 심각하게 생각하지 않는 시인처럼, 변하지 않는 주체는 인류 사회에 위험한 존재라는 것이다. 최승호 시인이 11번째의 시집, 『아무것도 아니면서 모든 것인 나』(열림원)를 보내주었다. 「재 위에 들장미」를 읽고 또 읽었다. 사실 처음에 첫줄로 쓰려고 했던, 시의 마지막 행은 "들장미는 중생대의 아침 노을을 연상시킨다"였다. 그런데 왜 이것을 첫줄로 쓰지 못하였던 것일까? 인식론적 회의가 없기 때문이었다. 들장미가 중생대의 아침노을과 1대1 대응된다는 시적 연상이 갖고 있는 위험을 감지하였기 때문이다.

> 들장미는 재 흘러내리는
> 철로변에 있었다
> 그것은 피사체가 아니었다
> 마음은 사진기계가 아니었다
> 나는 잠시 걸음을 멈추었다
> 들장미라는 말이 떠오르기 전에
> 들장미가 있었다
> 그것은 분석의 대상이 아니었다
> 나는 향기로운 한 송이 인간이 아니었다
> 우울하게 나는 다시 길을 갔다
> 그 뒤로도 이십 년을 무겁게 나는 걸어왔다 (일부)

들장미를 피사체로 생각하고 찍는 사진기계 같은 마음을 벗어나면서, 들장미가 분석의 대상이 아니라는 인식을 처절하게 하게 되면서, 그리하여 인식론적 회의가 있는 나는 향기로운 한 송이 인간이 아니라는 사실을 우울하게 깨닫게 되면서, 최승호의 시적 인생은 비로서 시작되었던 것이다. 이번 계절의 시단에서 말걸기의 어려움을 호소하는 수많은 시인들을 만나면서, 우리의 현대시가 얼마나 알차게 영글어가는지 발견할 수 있어서 아주 행복했다.

7.
신서정

김종길과 김춘수, 2명의 원로에 의해 한국시의 나아갈 방향에 관한 화두가 제시되면서 2004년의 새해가 밝았다. 김종길은 「시에 있어서의 특수와 보편」(『현대문학』 1월호)에서 동아시아 현대시의 문제점을 다음과 같이 개괄한다. "이렇게 볼 때 시인의 기본적인 주장이나 체질이야 어떠하든 역작이라고 할 만한 훌륭한 작품들은 복잡한 텍스처를 가짐으로써 특수성에 치중한 것들이다. 그것은 스트럭처(Structure), 즉 전체적인 구조를 중시하는 서양 현대시에 있어서 특히 그러하다. 이 점에 있어서 동아시아의 시는 전통적으로 취약했다고 볼 수 있는데, 특히 표의문자를 매재로하는 한시의 경우 시형은 자연히 짧아지게 되고 그것은 표음문자로 표기되는 한국시나 일본시에도 영향을 주어 그것들도 주로 단시형(短詩型)을 채택하게 만들었다고 볼 수 있다. 이와 같이 음절수가 적은 단시형이 복잡한 텍스처를 가지기는 매우 어렵기 때문에 전통적인 동아시아의 시는 일반적으로 단순한 텍스처를 갖게 된 것이다." 이상을 비롯하여 김춘수, 김종삼, 황동규 및 정현종 등이 한국시에 "'울면서 웃는' 종류의 시로서 주로 어조를 미묘하게 조절하"며 "새로운 어조, 새로운 태도를 도입"하고 "공통적으로 한국시의 보편의 외연을 넓히고 내포를 재조정한 것은 그들이 소피스티케이션(Sophistication), 즉 새로운 시각과 새로운 세련을 통해서였지 새로운 텍스처를 통해서였다고 말하기 어렵다"고 김종길은 한국 현대시 '전통'의 성취와 한계를 평가한다. 요컨대 "예술이나 문학에 소양이 있는 사람은 그것에 대한 감각을 갖추고 있지만 그것이 어떠한 것인가를 개념적으로 설명하지 못하는 경우가 많다"는 것이다. 한국시의 나아갈 방향, 즉 T. S. 엘리엇이 말한 '정말로 새로운' 전통을 형성하려면, "작품을 의미 있고 가치 있게 만드는 보편성이라는 것을 알기 쉽게 개념화할 길"을 찾아야 한다고 김종길은 주문한다. 김춘수는 「파롤과 랑그, 혹은 시와 이성」(『현대시학』 1월호)에서 다음과 같이 김종길과 거의 유사한 주문을 한다. "한국 당대(Contemporary)의 시가 위에서 말한 언어의 그런 따위 연관성을 체험하게 된 것은 극히 최근의 일이다. 그러나 아직도 그런 체험을 의식의 레벨로까지 끌어올리지 못하고 있다. 요즘 젊은 시인들 중에 얼른 보아 시니피앙의 놀이처럼 보이는 시들을 쓰는 경향이 있다. 물론 이런 경향에도 시인에 따라 뉘앙스와 밀도와 시적 성취도에 있어 현저한 차이를 보게도 된다. 그러나 일괄해서 이런 경향은 이성의 붕괴, 관념과 현실의 붕괴를 뜻하게 된다. 다르게 말하면 시인이란 주체가 시를 쓰고 있지 않다는 것이 된다." "예술에 대한 감각이 진정한 것이 되려면 무엇보다도 개인적 기호에 연유하는 편견으로부터 벗어나야" 하며, 그런 보편성을 알기 쉽게 개념화할 길을 찾아야 한다는 김종길의 주문과 현대적 언어인식에 기인하는 체험을 의식의 레벨로까지 끌어올려야 한다는 김춘수의 주문이 다르지 않다. 김춘수는 "시에 대한 의식이 아직도 농경시대를 맴돌고 있는 新世代도 있는 듯한데, 그 상태는 위족 아나클로니즘으로 밖에는 말할 수 없을 듯하다. 서정을 말하되 서정주의로 흘러서는 안 된다는 뜻이다"라는 '사족'을 친절하게 덧붙이고 있다. 육체적 나이가 신세대일지라도 정신적 나이는 농경시대일 수 있다는 말이다. 시에 대한 의식의 수준이 달라져야 한다는 주문이며, 이런 보편성 요구의 개념화 방안이 2004년의 벽두에 제시된 한국시의 화두가 되어야 한다고 생각한다.

김춘수는 자신의 시, 「찢어진 바다」(『현대시학』, 1월호)에서 "서정을 말하되 서정주의로 흘러서는 안 된다는 뜻"을 구체적으로 제시한다. "비가 오고 눈이 오고/ 바람이 불고/ 물새들이 울고간다./ 저마다 입에 바다를 물었다./ 어디로 가나,/ 네가 떠난 뒤/ 바다는 오지 않는다./ 새앙쥐 같은 눈을 뜨고/ 아침마다 찾아오던 온전한/ 그 바다."(전문) 첫 4행은 '서정주의,' 즉 '서정'이 모든 것을 지배하는 세계관의 표현이다. 비가 오거나 눈이 오면서 바람도 부는데, 저마다 입에 바다를 물고 있는 것처럼 울며 오가는 물새들과 자신을 동일시하는 센티멘털리티를 드러낸다. 그런데 이어지는 3행은 그런 체험을 의식의 레벨로 끌어올린다. 인간과 자연을 동일시하는 '서정'의 체험은 시적 화자인 '나'와 떠나버린 '너'의 정서적 일체감에 근거한 것이었다. 그러나 바다는 어디에도 가버리지 않았다. 단지 그런 서정적 정서를 다시 찾기가 쉽지 않을 뿐이다. 그래서 마지막 3행은 아직도 포기되지 않은 '서정'이 어떤 것인지 제시한다. 왜 바다가 새앙쥐 같은 눈을 뜨고 아침마다 시적 화자에게 찾아왔었는지 질문할 권리가 누구에게도 없다. 왜냐하면 그건 시적 화자에게 있어서 바다가 '온전'했던 서정적 순간의 특수한 경험의 이미지이기 때문이다. 보편적 서정의 특수한 표현이 되면서, 우리 시의 보편성의 테두리를 넓히고 있다.

김종길과 김춘수의 화두에 답하기 위해 미셸 푸코와 자크 데리다를 먼저 읽는다. 푸코는 "합리적인 가치나 객관적인 형태에 의존하는 모든 규준에서 벗어나 있는 것으로 관찰되는 인식이 실증성의 근거를 갖고 있으며, 그리하여 점진적으로 완성되는 역사가 아니라 오히려 가능성의 조건으로서의 역사를 분명하게 드러내 보이는 영역, 그런 인식론적인 영역"을 에피스테메(episteme)라고 정의한다. 푸코는 에피스테메라는 용어를 사용하여 근대의 인식론적 역사를 네 단계로 나눈다. 그리고 근대 인식론사의 첫 번째 단계, 중세 이후에서부터 16세기말까지의 시기를 위한 근대 최초의 인식 체계인 유사성의 에피스테메(episteme)가 르네상스의 특징이다. "세계는 그 자체 안에 닫혀 있었다. 즉, 땅은 하늘을 반영했고, 사람의 얼굴에는 창공의 별이 반영되어 있었다. 식물의 줄기 내에는 인간에게 유용한 비밀이 닫겨져 있었다. 회화는 공간의 모방이었다. 또한 표상—지식을 위한 것이든 쾌락을 위한 것이든—은 일종의 반복의 형태로서, 즉 인생의 무대나 자연의 거울로서 이루어졌다." 이러한 유사성은 적합성(convenientia), 모방적 대립(aemulatio), 공감(sympatheis) 그리고 다음과 같이 설명되는 유비(analogie)라는 네 가지 특징으로 구별된다. "유비에 의해 점령된 공간은 실제로 방사(放射)의 공간이다. 인간은 모든 면에서 유비에 의해 둘러싸여 있다. 그러나 역으로 인간은 자신이 받은 곳에서 이러한 유사(類似)한 것들을 세계 속으로 되돌려 보낸다. 인간은 조화의 위대한 받침점이며, 관계들이 집중하고 다시 한 번 반영되는 중심이다." 두 번째는 이성에 의해 말과 사물의 분리가 진행되는 17세기와 18세기 고전주의 시대의 재현의 에피스테메이며, 세 번째는 1785년부터 20세기 초까지 근대의 역사성의 에피스테메이고, 네 번째는 당대(當代)의 에피스테메다. 푸코에 의해 자신 있게 제시되지 않은 네 번째 에피스테메는 포스트모더니즘이라고 불리는 경향이 있다. 두 번째 에피스테메에서 세 번째 에피스테메로의 변화가 계몽의 이성에서 낭만과 모더니즘으로의 변화라는 친숙한 용어로 다음과 같이 설명될 수 있다. "이성을 통한 자율적인 자유 의지는 계몽사상이 적용된 인간 내부에 있는 개념이다. 개념화할 수 없지만 실제로는 신성한 힘이라고 여겨지는 낭만주의의 상상력 개념에 의해 도전받는다. 자유는 이제 상상력과 이성이라는 본질적인 형식을 통해서 발견될 것이다. 하지만 관념론의 은유적 틀이 약화되면서, 자율의 개념이 자아에서 내면적 일관성이 있으며 자기충족적인 체제로 여겨지는 (신비평의 모더니즘 구축에서 절정에 달하는) 예술 작품 자체로 전이되기 시작하였다." 전통에 대한 모더니즘과 포스트모더니즘의 태도는 다음과 같이 대조적이다. 모더니즘에서 의미, 전통, 일관성 등의 거대한 '상실'로 경험했던 것이 포스트모더니즘에 의해서 단순한 전환이나 변화로 경험된다. 고급문화, 서구 경험의 우월성이나 '현존의 형이상학'이라는 가정에서 볼 때에만 '상실'이라고 여겨진다. 그러나 이는 맨 처음부터 받아들이지 않았어야 했던 태도다. 모더니즘의 경우에는 전통의 상실이 고뇌의 대상이지만, 포스트모더니즘의 입장에서는 단순한 전환이나 변화일 뿐이다.

　근대 인식론적 역사의 네 단계가 변증법적 발전 과정의 절차를 따라 직선적으로 진보했다고 말할 수 없다. 인간의 수정란이 분열하면서 처음에는 물고기의 모습을 드러내며 인류사의 발전 과정을 재 반복하는 것처럼, 두 번째 에피스테메가 내면에 첫 번째 에피스테메를 포함하면서 초월하고, 세 번째 에피스테메가 내면에 두 번째 에피스테메를 포함하면서 초월하고, 네 번째 에피스테메가 내면에 세 번째 에피스테메를 포함하고 초월한다. 차연(差延)이 차이(差異)와 지연(遲延)의 합성어인 것처럼, '포월'(包越)은 포함(包含)과 초월(超越)의 합성어이다. 자크 데리다가 직접 사용하지는 않았지만 '감싸고 넘어가기'라고 번역될 수 있는 필자의 신조어이다. 차이(差異)라는 공간적 구분 논리가 갖고 있는 로고스중심주의를 벗어나기 위해 지연(遲延)이라는 시간적 구분 논리가 추가되어 차연(差延)이라는 새로운 합성어가 해체론을 위해 형성된 것과 같은 논리가 적용된다. 로고스중심주의의 차이라는 공간적 구분 논리의 한계를 벗어나기 위해 현재 속에 포함된 과거라는 시간적 구분 논리가 추가된 개념이다. 해체론과 신학의 관계를 설명하면서 데리다는 포월의 개념을 다음과 같이 간접적으로 사용한다. "차연은 모든 존재론적이며 신학적인, 즉 존재신학적인 재전용(再專用)의 상태로 축소될 수 없을 뿐만 아니라 존재신학, 즉 철학이 자신의 체계와 자신의 역사를 산출하는 바로 그 장소를 개방하여 준다. 요컨대 차연은 존재신학이나 철학을 포함(包含)하면서도 돌이킬 수 없게 초월(超越)한다." 데리다의 『죽음의 선물』(The Gift of Death)에서 포월의 개념이 다음과 같이 간접적으로 제시된다. 고대의 플라톤적 종교가 원시의 주신제적(酒神祭的) 종교를 합체(合體)하였고, 중세의 기독교적 종교가 고대의 플라톤적 종교를 억압(抑壓)하였다. 소크라테스의 죽음은 플라톤적 종교의 책임감의 승리이며, 책임감과 신앙이 결합된 결과가 '죽음의 선물'이다. 주신제적 종교가 플라톤적 종교에 의해 합체되고 복속되고 노예화되더라도 멸절(滅切)되지는 않는다. 내면에 살아남아 자유의 자극이 된다. 책임감 있는 새로운 자유의 경험 속에 주신제적 종교가 포장(包裝)된 채 남아 있다면, 고대의 초자연적인 힘이 지속(持續)되고 있다면, 합체되어 지배되고 있다면, 새로운 종교는 "결코 순수하거나, 진정(眞正)한 것이 되거나 또는 완전하게 새로울 수 없다." <u>고대가 원시를, 중세가 고대를 포월하는 과정으로 역사적 진보가 진행되었다. 과거의 합체나 억압이 완벽하게 수행될 수 없기 때문에, 순수하거나 완전한 새로움은 불가능하다. 과거의 잔여물이 언제나 남아 있다.</u> 한국의 경우 기독교와 유사한 수준의 고급종교인 불교의 사찰(寺刹)에 포월되어 있는 고대의 주신제적 종교의 상징인 삼신각(三神閣)을 그 예로 들 수 있다.

　미셸 푸코의 근대 인식론적 역사의 네 단계 에피스테메를 전용하여 2004년 겨울 한국시의 서정이 어떤 식으로 전개되고 있는지 살펴보고, 자크 데리다의 '포월'을 전용하여 '신서정'의 방향, 즉 김종길의 용어를 사용하자면 "작품을 의미 있고 가치 있게 만드는 보편성을 알기 쉽게 개념화할 길"이나 김춘수의 용어를 사용하자면 "의식의 레벨로까지" 끌어올려진 현대적 언어 인식에 기인하는 체험을 제시하고자 한다. 장준환 감독의 영화, 「지구를 지켜라」는 이런 시대적 요청에 부응하는 예술적 작업의 결과이다. 지구상의 모든 부조리함, 특히 자신을 둘러싼 모든 불행한 일들이 외계인의 소행이라고 믿고 외계인을 납치해서 고문하고 안드로메다 왕자를 만나 지구를 구하고자 고군분투하는 병구의 이야기이다. 첫 번째인 유사성의 에피스테메는 소위 순수한 서정의 수준인바 서커스의 줄 타는 소녀이며 '순수한 사람'인 순이와 병구의 사랑으로 표현되는데, 본 영화가 다 끝난 뒤 '만드신 분들'의 명단이 화면의 오른쪽에서 흘려 내려가는 동안 화면의 왼쪽에서 작은 TV 화면으로 서럽고 쓸쓸한 과거처럼 제시될 뿐이다. 두 번째인 계몽적 이성의 에피스테메는 근대사회의 문제라는 관점에서 제시된다. 강 사장은 사회의 악을 대변하는 캐릭터이며 비정한 사업가이자 철면피한 인물이다. 그러나 사회로부터 소외당한 청년 병구나 힘없고 버림받은 순이에 대한 연민어린 감독의 시선에도 불구하고 강 사장의 납치가 근대사회의 문제의 해결책이 아니며 그렇다고 해서 납치범의 체포가 더 좋은 해결책인 것도 아니다. 이러한 두 번째 에피스테메의 사회적 정의감이란 정서는 순이와 병구의 사랑이란 서정적 정서, 즉 첫 번째 에피스테메를 포월한다. 이성적 해결책이 난경(難境)에 봉착하면서 한국 영화의 상상력의 한계에 도전하는 장준환 감독의 예술적 시도가 돋보인다. 두 번째 에피스테메인 계몽의 이성이 낭만적 모더니즘 예술작품의 서정이란 세 번째 에피스테메에 의해 포월된다. 할리우드의 슈퍼히어로처럼 강력한 파워나 특수병기를 갖고 있지 않은 대한민국 최초의 지구 수호자인 병구는 외계인이 지구를 위협해 사회가 혼란에 빠졌다는 개인적인 확신—강 사장이 머리털로 우주와 신호하는 안드로메다 왕자였다는 사실이 영화 속에서 확인이 되며, 바로 이 안드로메다 왕자의 분노로 인해 영화 속에서 지구는 멸망한다—과 물파스, 때밀이 수건과 텔레파시 차단 모자라는 의도적 조악함을 통해서 할리우드의 산뜻한 해결책이 너무 심한 과장임을 드러낸다. 병구의 비밀기지국이 광부들이 오랫동안 써온 때묻은 목욕탕이라는 점도 상상력에 대한 감독의 신뢰를 드러낸다. 그러나 장준환 감독은 "외계인을 소재로 하고 있지만 외계인에 관한 얘기는 아니다"라고 주장함으로써 낭만적 모더니즘이란 세 번째 에피스테메에 안주할 수 없다는 점을 확실히 한다. 병구가 과대망상증 환자의 경계를 넘나든다는 점, 외계인에 의해 파괴되기 직전 우주에서 바라본 파란 지구가 아름답다는 점 등은 한국시에 관해 김종길이 언급한 "'울면서 웃는' 종류의" "새로운 어조, 새로운 태도를 도입"하였다는 평가에 부응한다. 그러나 그것이 "새로운 텍스처를 통해서였다고 말하기 어렵다"는 한계가 있다는 점에서는 한국시의 현실과 일맥상통한다.

"산산히 부서진 이름이여!/ 허공중에 헤어진 이름이여!/ 불러도 주인 없는 이름이여!/ 부르다가 내가 죽을 이름이여!" 「초혼」의 첫 부분처럼 극적 사건의 전개는 잊혀지지만, 해소되지 않는 수수께끼 같은 정서는 끝까지

남는다. 이것이 김종길이 말하는 '보편성'이며 김춘수가 말하는 '서정'의 원형이다. 허만하가 「고니의 실체」(『현대문학』 2004년 1월호)에서 "엷은 비구름의 이동처럼 하늘을 건너는 수십 마리 퍼덕임 소리 가운데서 가장 외로운 한 마리가 시옷자 편대의 선두에서 낯선 공기의 밀도를 헤치고 있다. 날개가 무게를 가지기 시작하는 피로의 극한에서 고니가 다시 날개를 치는 것은 시원의 풍경에 대한 세찬 그리움 때문이다."(일부)라고 자신 있게 진술하는 이유는 첫 번째 유사성의 에피스테메에 대한 확신 때문이다. 인간과 고니의 유사성에 간극이 없기 때문에, 허만하는 고니의 '실체'를 말할 수 있다고 생각한다. 나태주에게는 그런 정도로 확고한 신념이 없지만 그런 세계관을 포기할 수는 없다. 그래서 「쪼끔은 보랏빛으로 물들 때」(『문학사상』 2004년 1월호)를 "나 이미 오래 전에 남의 아버지 되어버린 사람이지만/ 아직도 누군가의 어린아이 되고 싶은 때 있다/ 세상에 바람맞고 혼자가 되어 쓸쓸할 때/ 그늘 넓은 나무는 젊은 어머니처럼 부드러운 손길을 뻗쳐 나를 감싸 주시고/ 푸르른 산은 이마 조아려 나를 내려다보며/ 젊은 아버지처럼 빙그레 웃음 지어 보이신다/ 짜아식 별걸 다 갖고 그러네/ 괜찮아, 괜찮아, 조금만 참으면 된다니까"(일부)라고 시작할 수 있다. 인간이 언제나 자연의 중심이라고 주장할 수는 없겠지만, 나무나 산과 교통하던 어린 시절의 기억이 무엇보다도 중요한 서정의 핵심이라는 것이다. 고진하는 「악양 시편 4─姑蘇城에 올라」(『작가세계』 2003년 겨울호)에서 첫 번째 에피스테메가 근대적 일상생활 속에 위로의 형태로 남아있다는 사실을 지적한다. 그건 남몰래 터무니없는 소원처럼 간직하는 '귀의처' 같은 것이며, 힘든 등산 끝에 사찰에서 떠 마시는 '샘물 한 모금' 같은 것으로 아직도 남아있다고 시인은 지적한다.

최영숙의 「옷 벗는 여인」(『창작과 비평』 2003년 겨울호)은 두 번째 에피스테메에 속한다.

여인이 벗는 것은 '옷'이라기보다 '유사성'이 제공하던 원초적 서정의 방패일 것이다. 이제 계몽적 이성의 깨인 눈으로 자신을 다시 바라보니, 여성적 신비는 사라져버리고 "깊고 검은 음부와/ 물기 없는 유방과/ 아이를 낳은 칼자국이 선명한 주름진 뱃살의 중년여인"이라는 사실, "남자도 여자도 아닌 아줌마"라는 가슴 아픈 사실을 인식하지 않을 수 없다. 박후기의 「움직이는 별」(『창작과 비평』 2003년 겨울호)도 동일한 에피스테메에 속한다. "도시가 팽창을 멈추는 날은/ 오지 않을 것"이라는 계몽적 이성의 인식과 더불어, 우주의 별들과의 교감이 위태롭게 된다는 사실을 시인은 안다. "보일 듯 말 듯" "멀어져 가는 별들의 뒷모습"이 "위태롭게 빛나더라도," 근대 가족을 구성하는 "젖은 눈망울 반짝이는 어린 것들"에 대한 책임감 때문에, 근대 세계의 시인은 어쩔 수 없이 유사성의 에피스테메를 포기하면서 "더욱 깊숙한 어둠 속으로" 들어가지 않을 수 없다.

세 번째 에피스테메는 예를 들면, 낭만적 서정을 드러내는 모더니즘 작품인 강은교의 「그 마당의 나무에서 들리다」(『현대시학』 2004년 1월호)에서 뚜렷하다. "사방에서 문들이 쾅쾅 닫힌다 눈까풀들이 펄럭인다/ 온 하늘에 쨍그랑거리는 소리들/ 별과 별들 오늘 밤/ 서로의 살을 튕기는 소리// 아야아// 아무도 그대의 가슴녘까지 갈 수 없구나."(전문) 첫 번째인 유사성의 에피스테메와 결정적인 차이점은 '유비'의 관계가 이미 벌써 주어져 있다는 사실을 믿지 않는다는 점이다. 오늘 밤 별과 별들이 서로의 살을 튕기는 소리가 시인에 의해 작품 속에서 '아야아'라고 구체적으로 제시된다. 자기충족적인 예술 작품의 체제로 유비의 세계를 제시하려는 시도이다. 따라서 "아무도 그대의 가슴녘까지 갈 수 없"다는 실패가 예정되어 있다. 그래서 정진규는 「지워진 걸 지우지는 못했다―시인 朴在森을 그리다」(『당대비평』 2003년 겨울호)에서 지워져 있는 시인 박재삼을 다시 지우지 못하는 예술 작품의 실패를 자탄한다. 계몽적 이성의 근대적 힘이 새로 놓은 남해대교가 박재삼이 아름답게 그려놓던 삼천포 앞바다라는 유비의 세계를 지워버렸다. 자기충족적인 예술 작품의 체계로 유비의 세계를 복원할 수는 없다는 사실을, 그런 실패를 시인은 기어코 인식하지 않을 수 없다. 권혁웅은 「요괴인간의 추억」(『현대시학』 2004년 1월호)에서 가난했던 어린 시절 만화가게의 TV에서 보았던 '요괴인간'이란 만화영화가 자기 충족적 예술 세계를 갖고 있었음을 증언한다. "요괴인간은 늘 악마, 유령, 좀비, 늑대인간과 싸웠다 적들의 목록을 간추리는 일은 당신에게 맡기겠다 엄마가 돼지인지 돼지들의 엄마인지도 눈 밝은 당신의 몫이다 다만 내가 어둠의 세력이었다는 사실만은 분명했다. 사람이 되는 게 쉬웠으면 그들이 출연할 때마다 노래를 했겠는가 이 말이다"(일부) 나태주의 추억의 서정적 세계가 유사성의 에피스테메에 속한다면, 권혁웅의 추억의 서정적 세계는 낭만적 상상력의 에피스테메에 속한다. 시인의 추억이 각각의 특수한 개인적 경험에 따라 이와 같이 서로 다른 에페스테메에 속할 수 있다는 점을 인식한다면, 다른 시인에게 자신의 에피스테메를 강요할 수 없을 것이다. 김춘수의 용어를 전용하자면 자신의 에피스테메를 강요하는 '서정주의'로 흘러서는 안 되며, 각자의 추억이란 보편적인 '서정'을 말할 수 있을 뿐이다.

진은영의 「러브 어페어」(『세계의 문학』 2003년 겨울호)는 두 번째 계몽적 이성의 에피스테메와 세 번째 낭만적 상상력의 에피스테메의 중간에 서 있다. 요컨대 세 번째 에피스테메에 포월된 두 번째 에피스테메가 뚜렷하게 드러나 있다. 제1연에서 진은영은 미국 제국주의에 희생되는 멕시코와 이라크의 청년에 대한 이성적 분노를 근대의 결혼 제도로 해결하려는 계몽적 태도를 보여준다. 그러나 그러한 행위의 근거가 낭만적 상상력의 힘이라는 점을 다른 어조의 제2연에서 밝힌다. 연애사건(love affair)은 사실상 낭만적 상상력에 기반을 둔 계몽적 이성의 행위인 것이다. 같은 책에 수록된 함성호의 「무지에 대하여」도 같은 고민을 드러낸다. 나의 집은 오늘을 위한 집인가 아니면 "내일을 위한 집"인가. 나의 집은 계몽적 이성의 판단에 기초한 오늘의 필요를 위한 집인가 아니면 낭만적 상상력에 근거한 내일의 희망을 위한 집인가. 아무도 알 수 없다. 왜냐하면 나의 집은 오늘을 위한 집이면서 내일을 위한 집이기 때문이다. 홍윤숙의 「적막 2」(『창작과 비평』 2003년 겨울호)에는 세 개의 에피스테메가 혼재되어 있다. 아니 세 번째 에피스테메거가 두 번째 에피스테메 그리고 그 속에 첫 번째 에피스테메를 포월하고 있다. 시인인 '나'는 숲을 한 편의 서사시로 읽는 낭만적 상상력이란 세 번째 에피스테메를 추구한다. 잡초 덤불에 빠지면서 들꽃들을 짓밟고 "풀대궁을 사정없이 꺾는다." 그 순간 수억 년 동안 잠들었던 공룡 같은 첫 번째 유사성의 에피스테메를 기억하지 않을 수 없다. 비경(秘境)의 숲 속에서 경험하는 알 수 없는 오싹한 두려움 같은 것이다. 낭만적 상상력에 의한 자기 충족적 예술작품의 세계로는 유사성의 에피스테메와 같은 경지에 도달할 수 없다는 것이다. 그런 실패에도 불구하고, 시지프스처럼 처음부터 다시 반복해서 자기 충족적 예술작품의 완성을 추구하지 않을 수 없다. 이 시에서 '신발'은 계몽적 이성이 만들어낸 근대적 도구의 상징이다. 자유의 완성에는 이성뿐만 아니라 상상력도 요구된다.

네 번째 에피스테메는 현재 한국시에서 아방가르드의 역할을 담당한다. 김영승은 「님과 벗」(『시와 세계』 2003년 겨울호)에서 낭만적 서정을 '때'라고 부른다. "오래간만에 沐浴을 하니 때(垢)가 한 말(斗)이다. 으이드러워……// 그러나 내 몸은 깨끗하다// 그런 것이다/ 몸과 마음을 닦는다는 것은// 그 한 말 때로 한 가마솥/ 밥을 지어// 範行이 주면// 範行이는 한 가마솥 뚝딱/ 먹어치우고// 장가를 가리라// 별은 뜨고/ 나는 또 그 별 뜬 운동장을 걷는다. 춥게"(전문) "號가 畦瀆인 나의 오랜 친구 趙範行을 말하는데, 아직까지 장가를 못갔다."라는 주(註)가 첨부되어 있다. 우리가 낭만적 서정을 상실한 것이 아니라 낭만적 서정이란 '전통'처럼 먼 처음부터 받아들이지 않았어야 했던 태도라는 사실을 김영승은 안다. 주기적으로 목욕을 하며 몸과 마음을 닦는 것처럼 당대의 포스트모던 에피스테메를 의도적으로 인식하도록 노력해야 한다. 하지만 진은영이 노래한 것처럼, 낭만적 서정이 없으면 연애사건(러브 어페어)은 불가능하다. 친구인 조범행이 장가를 가려면, 즉 근대 가족제도를 만들려면, 낭만적 서정('때')이 있는 것처럼 흠뻑('한 가마솥')받아들여야 할 것이다. 자신은 낭만적 서정을 벗어나려고 노력하는 시인이 자신의 친구에게 그런 낭만적 서정을 받아들이라고 권고해야 하는 난경(難境)에 봉착해 있다. 이런 난경은 하늘에 떠 있는 별 같아서 피할 수 없다. 그 별 뜬 운동장을 걷는 시인처럼 벗어날 수 없다. 그래서 아방가르드 시인은 "춥다." 정현종은「시가 막 밀려오는데」(『세계의 문학』 2003년 겨울호)에서 낭만적 상상력의 에피스테메에 속한 시는 아무리 막 밀려오더라도 쓰지 않을 것이다, 아니 쓸 필요가 없다는 입장을 명확히 한다. 이제는 낭만적 서정에 근거하지 않은 전혀 다른 시를 써야만 하며, 그러기 위해서는 낭만적 상상력의 작업을 단호히 거부해야 한다고 늙도록 시를 쓰는 정현종은 후배 시인들에게 강력하게 권고한다. 이승훈은「화려한 당신이 좋아」(『세계의 문학』 2003년 겨울호)에서 낭만적 상상력의 거부가 절대로 비극적이지 않다는 점을 보여준다. 낭만적 상상력을 포기하더라도 시인은 불쌍한 당신이 되지 않는다. 차라리 "화려한 당신"이다. 나는 없어지고 마침내 당신이 되기 때문이다. 자기 충족적 예술작품의 생산을 위해 인내할 필요가 없기 때문이다. 펑펑 아낌없이 쏟아지는 여름 햇살이 보여주는 것처럼, 낭만적 상상력의 낭비가 차라리 구원이 될 수 있다. 왜냐하면 자기 충족적 완성의 개념이야말로 맨 처음부터 받아들이지 말았어야 했던 터무니없는 인간적 구속이었기 때문이다. 최정례가「밤이 내려와」(『동서문학』 2003년 겨울호)에서 "누구는 자연이 불러주는 대로/ 받아 쓰기만 하면 시라는데/ 나는 시인이 아니라서/ 아무런 소리도 안 들"린다고 말할 때, 성미정이「시는 지의류의 어떤 것이라 생각하던 시절」(『시와 세계』, 2003년 겨울호)의 주(註)에서 지적하듯이 제1연에 인용된 "다까미 (高見順)의「나의 기대」(『현대일본시집(IV)』, 탐구신서, 류정역, 1984)의 한 구절인 "사상의 음습을 증발시켜/ 하나의 물질이 되고 싶다/ 하나의 맛스러운 물건이 되고 싶을 뿐이다"에 반발하여 제2연에서 "다까미 상 그래도 제 경우엔 음습을/ 조금 남겨두고 싶습니다 약간의 물기는 있어야 그게 무에든 싹터 오르지 않겠습니까"(일부)라고 주장할 때, 눈 밝은 당대의 시인이라면 낭만적 상상력의 에피스테메에 만족할 수 없다는 점을 보여준다.

김종미는 「비와 사과」(『시와 세계』 2003년 겨울호)에서 낭만적 상상력이란 세 번째 에피스테메를 쉽게 벗어날 수 없다는 사실을 인식한다. 당대의 신서정은 과거의 서정을 대체하지 않으며 포월한다. 신서정은 과거의 서정을 포함(包含)하면서도 돌이킬 수 없게 초월(超越)한다. 과거의 서정은 멸절되지 않는다. 내면에 살아남아 자유의 자극이 된다. 책임감 있는 새로운 자유의 경험 속에 과거의 서정이 포장(包裝)된 채 남아 있다면, 과거의 서정이 지속(持續)되고 있다면, 합체되어 지배되고 있다면, 신서정은 결코 순수하거나, 진정(眞正)한 것이 되거나 또는 완전하게 새로울 수 없다. 이러한 과거의 서정을 김종미는 이 시에서 '사과'라고 부른다. '비'는 '사과'를 돌이킬 수 없게 포월한다. 배문성이 「사라진 남자」(『동서문학』 2003년 겨울호)에서 "삶으로부터 도망쳤음에도 그 전과 똑같이 살아가고 있다면 새로운 삶을 시작했으나 그 삶이 다르지 않다면 그는 어떻게 사라진 것인가."라는 수수께끼 같은 질문에 뒤이어 "아무리 새로운 삶을 시작해도 또다시 과거와 같은 삶을 계속하는 것./ 그럼에도 그만한 수고를 들일 가치가 있다고 확신하는 것."(일부)이라고 자문자답할 때, 시인은 네 번째 에피스테메의 '포월'이 현실 속에서 복잡하게 구현되는 모습을 묘사하고 있을 뿐이다. 이선영은 이런 작업의 어려움을 뼈저리게 깨닫고 있다. 그래서 그녀는 「유리창」(『문학사상』 2004년 1월호)에서 두려움의 노래를 부른다. "유리창이 부서져 내리는 날 그 잘디잔 파편들과 함께/ 내 영혼도 산산이 바닥에 떨어져 내릴 것이다/ 그러니 삶의 투박하고 거친 손들이여 제발/ 나를 밖으로 꺼내려 들지 말라/ 나는 유리창에 고요히 담긴 자이다"(일부).

근년의 우리 시에서 특히 보편성이 희박하고 특수성에만 치우쳐서 난해해지거나 어불성설이 되고 만 작품들이 흔히 눈에 뜨이는데 "그것들은 주로 이른바 포스트모더니즘을 표방하는 사람들에 의하여 쓰이고 있는 것 같다"는 김종길의 비판을, "요즘 젊은 시인들 중에 얼른 보아 시니피앙의 놀이처럼 보이는 시들을 쓰는 경향이" 있는데 "이런 경향에도 시인에 따라 뉘앙스와 밀도와 시적 성취도에 있어 현저한 차이를" 보이고 있지만 "사회도 정서도 심리도 존재론적 알레고리마저도 없"는 허무한 작품을 쓰는 경우가 많다는 김춘수의 비판과 같은 맥락에서 읽을 수 있다. 데리다도 "신중한 패러디 없는, 글쓰기의 전략 없는, 붓의 차이나 간격 없는, 문체 없는 위대한 전복은 반대편의 소란스러운 주장으로 다시 돌아"온다고 경고한 바 있다. 네 번째의 포스트모던 에피스테메라는 당대의 신서정이 과거의 서정을 단순하게 대체하지 않는다는 사실을 명심해야 한다. 신서정은 과거의 서정을 포함(包含)하면서도 돌이킬 수 없게 초월(超越)한다. 데리다가 "패러디는 늘 어디선가 무의식에 등을 댄 순진성을 전제로 하고, 비지배력의 현기증은 의식의 상실을 전제로 한다"고 말하면서 "전적으로 계산된 패러디는 고백이거나 법전일 것이다"라고 비판할 때 김종길과 김춘수의 비판과 만난다. 실비아 플라스의 시가 단순한 고백이 아닌 이유는 무의식에 등을 대고 있기 때문이며 순진하기 때문이다. 작품을 지배할 수 없다고 놓아버리는 의식의 상실이나 현기증이야말로 김수영이 말한 문갑이 달칵 닫히는 소리일 것이다. 왜냐하면 과거의 서정은 멸절되지 않고 내면에 살아남아 자유의 자극이 되기 때문이다. 신서정은 결코 순수하거나, 진정(眞正)한 것이 되거나 또는 완전하게 새로울 수 없기 때문이다.

8.
치열한 현재와의 대결

　이달의 시를 전부 현장(?)에서 점검하려고 노력했습니다. 결국 10권의 잡지를 구입했습니다만 이렇게도 발표할 지면이 많았었는지, 이렇게 읽을 시가 많았었는지 새삼 놀랐습니다. 시인의 입장에서 내 시가 읽는 사람을 지겹게 하거나 졸리게 하지는 않았었는지 깊이 반성하지 않을 수 없었습니다. 월평을 시작하면서, 자신이 평가하는 문학작품의 선정과 이해에 있어서 자신의 취향은 물론 수준을 드러낼 것이라는 압박감은, 문학적 글쓰기가 작품과 동등한 위치를 차지하기 위해서 나름대로의 고뇌를 지니고 있어야 할 것이라는 입장에서, 너무나도 당연한 조건이라는 사실을 확인하게 됩니다.

　시 평론과 이론에서 일가를 이룬 유종호 교수가 실은 나도 시인임을, 아니 계속 시인이어 왔음을 드러내는 즐거운 시간이 있었습니다. 시인 유종호에 대한 평가와 자리매김을 위해서는 조금 더 기다려야 하겠지요. 신인들의 새로움을 발견하는 재미도 있었지만 늙도록 시를 쓰는 시인들의 시가 여전히 좋았습니다. 『현대시학』의 60년대 시인 특집을 주의 깊게 읽었습니다. 새로운 시대, 새로운 세계관에 적극적으로 대응하려는 편집 자세들도 인상이 깊었고요.

　이렇게 통괄적으로 읽으면서 독자가 읽을 보람을 느끼게 하고, 글쓰기에 참여하게 할 뿐만 아니라, 감동을 받게 하는 시를 발견하는 기쁨이 얼마나 큰 것인지 새삼 확인하였습니다. 그야말로 시 만세요, 시인 만세입니다. 그리고 시인들이 30대니 40대니 50대니 하는 세대 구분보다는 세계관에 따라 더 쉽게 구별된다는 사실을 발견하였습니다. 예를 들어 중세적, 계몽적, 모던적, 포스트모던적 등으로 세계관에 따라 구분해서 읽는 재미를 알게 되었습니다. 이렇게 구별해보니 선배 시인이 미래에 속해 있고, 후배 시인이 과거와 더욱 가까운 경우를 많이 발견하게 되었습니다. 말하자면 나이와 세계관이 불일치한다는 사실을 지적하고 있는 것입니다. 그 대표적인 예로 오규원을 들 수 있습니다. 선배 시인의 아주 새로운, 포스트모던 세계관을 제7회 이산문학상 수상시집인『길, 골목, 호텔 그리고 강물소리』에서 만나게 됩니다.『현대시사상』에 서평을 쓰기도 했지만, '호텔'이란 단어를 수록 시의 제목에서 뿐만 아니라 내용에서도 발견할 수 없었는데,『문학동네』에서「호텔」을 보게 됩니다. 이러한 사소한 발견에도 기뻐할 수 있는 수준의 작품이 한국에 있다는 것도 기쁨이고, 이러한 사소한 발견의 의미를 생각해 볼 수 있게 하는 수준의 작품을 쓰는 시인에게 감사드리고 싶습니다.

오규원의 새로움은 '하나의 길'을 상정하는 상징적, 모던적 길 찾기를 쉽게 벗어나 있다는 사실에서 발견됩니다. 하나의 길이라고 표현되는 자아 또는 인간 주체를 벗어나기가 그렇게 쉬운 일은 아니거든요.「떠도는 당신」(『현대시학』)에서도 계속되고 있는 이승훈의 모색은 부르주아적 허위를 발견하고, 주체와 자아에 대한 깊은 회의로 인해 심한 우울에 빠져 있으면서도 "이승훈씨를 발견하자!"(「1995년의 편지」)고 외치면서 "누가 뭐래도 난 당신이 좋단 말이야!/당신 가슴에 상처를 내는 년들은/모조리 죽여버릴 거야!"라고 고백하는데, 실상 자아/주체를 쉽게 벗어날 수 없게 만드는 것이 우리네 현실입니다. 시집의「잘생긴 느란 바나나」에서 오규원은 레스토랑 숲길 앞에 리어카 한 대 놓여 있는데 "숲길로 가는 사람은 그래도/방해받지 않는다 열린 길이 몇 개나/있다 나는 구태여 길 하나를 막지 않는다"라고 길에 대한 새로운 시각을 확인시켜 줍니다. 「호텔」에서도 호텔이 매달려 있는 길과 강과 물이 있다는 소문 즉 강물소리가 있는 길 그리고 그 사이에 둑이 병치되어 있습니다. 이 시야말로 시집『길, 골목, 호텔 그리고 강물소리』라는 제목에 가장 어울리는 시 같은 데 누락이 되어 있었습니다. 게다가 이 시를 재미있게 만드는 요소는 이런 길들, 즉 "둑이나 호텔을 허물면서 하얗게 존재"하는 안개입니다. 이 호텔은 대도시의 그것이 아니라 시골길에 느닷없이, 볼품없이 존재하는 소위 러브호텔인 듯합니다. 시골의 안개 속에서 "잠깐씩" 보이는 도시적 호텔이 선명하게 제시되어 있습니다. 시골길과 강물소리가 도시적 감수성으로 쓰이면서 골목 및 호텔과 상징적 의미의 제시 없이 병치되어 있는 것입니다.

기억이 지탱하는 현실, 과거가 받쳐주는 현재라고 표현될 수 있는 전통서정적 세계관은 한국 시단의 대다수를 점유하고 있는 중세적 세계관이며, 고향, 어머니, 친구 등의 단어가 대표하는 그리운 자연친화적 세계입니다. "나를 부축해 일으켜주"고 "몸져누웠을 적엔 잠을 거르며 간호해주"는 고향 바다(「바다새」, 김성오, 『현대시』)의 한국적 서정은 "언제부터인가 그 바다가 보이지 않았다/돌아간 것일까?"의 상실감과 어울려 심금을 울립니다. 윤석산의 「지글거리고 싶은 중년의」는 일상화된 서정입니다. 십여 년 전 친구와 즐기던 "연탄불 위의 지글거리는 돼지고기가/먹고 싶다"는 생각이 갑자기 났습니다. 이제 먹고 살만 하게 된, 비만을 걱정하게 된 처지에 돼지고기가 먹고 싶은 것이 아닙니다. "살점 위로 오가는 젓가락들의 살아 있는 行步" 같은 기억, 추억이 그리운 것입니다. 전통서정이 고향이나 어머니 같이 먼 곳에 고이 모셔져 있진 않습니다. 젊은 시절의 돼지고기같이 한국인 각자의 삶 속에 구체적으로 녹아 있는 것이지요. 그렇기에 눈물을 글썽이게 하는 위력이 있는 것이겠지요. 바쁜 현대의 현재 속에서 십여 년만의 친구 전화 같은 통로를 통해서 전통서정은 다시 자신의 자리를 요구합니다. 그러면서 깨닫습니다. "세상은 결코 변한 것이 아니다./다만/그쪽을 향해 어깨들이 반쯤 기울어져 있을 뿐이다." 자본주의적, 모던적 또는 포스트모던적 세계 쪽으로 어깨만 반쯤 기울이고 있었을 뿐, 그때 그 사람, 그때 그 세계, 전통서정이 계속 있어 왔다는 자각입니다. 어머니도 어린 시절의 어머니로, 고향도 어린 시절의 고향으로 그 모습 그대로 마음 속에, 기억 속에, 추억 속에 남아 있다는 확인입니다. 이런 세계관에 동의하든, 동의하지 않든 간에 "오늘, 올 성긴 석쇠 위 한 점 살점으로, 아아 문득 다시 지글거리고 싶다"는 심정을 한국인이면 이해하지 못할 수는 없을 것입니다. 박의상의 「이력서」나 「1등육」(『현대시』)에서도 친화적 세계관을 발견하게 되는데 「여자가 운다」 등 너무 맑고 깨끗해서 더욱 아프게 가슴을 찌르는 기억/추억의 아이러니를 만나게 됩니다.

"또 다른 체온의 내가 생길 수도 있겠다"는 전망은 모던적 세계관의 표현, 말하자면 상징의 탄생입니다. 『문학과 사회』의 송종규는 상징적 시세계를 다양하게 보여줍니다. 님이나 그대에 대한 중세적 복종이 아니라 대상에 대한 주체적 추구, 나와의 일치 모색이 치열하게 전개되고 있습니다. 「상징은 아름답다」고 고백하기도 합니다만, 예를 들면 「영산홍」 한 그루를 받아들이기 위해서 "영산홍 곁에서/몇 밤을 지새우고 나서야 나는 겨우, 그 꽃을 내 안에다 옮겨 심을 수 있었다 꽃은, 붉은 그늘을 내게 주고 나는, 진눈깨비 내리는 작은 창을 그에게 주었다 오랜 어둠과 천둥 소리의 끝에 영산홍의 작은 꽃망울들이 몸 안에서 혀를 내밀기 시작했다"는 거추장스럽고 복잡한 절차를 거치면서, 새로운 존재로, 또는 새로운 언어로 받아들입니다. 따라서 "내 몸의 상처"라고 부를 수 있는 언어와 사물의 새로운 결합 방식입니다. 잔인한 효율성 추구라는 현실 속에서 "제때 꽃 피우지 않는 영산홍 한 그루"는 "정원을 손질하시던 아버지"에 의해 잘립니다. 이 새로운 상징의 세계 속에서, 「좌회전」 신호로 어긋난 네가 "우주의 한바퀴를 돌아, 新生의 푸른 시간을 퍼덕이며" 돌아오는 한없는 기쁨의 "절정"을 만날 수 있습니다. 이러한 세계관은 "그대가 별이라면/저는 그대 옆에 뜨는 작은 별이고 싶습니다"(「그대가 별이라면」, 이동순, 『현대문학』)의 단아한 전통적 세계관과 단절되어 있는 것이겠지요. 이런 상징의 세계는 아름답지만, 그러한 "언어와 인식의 새로운 집합 방식에" 눈뜰 때까지 「말들의 무덤」(송종규)에 갇혀 있어야 한다는 끔찍한 전제를 깔고 있습니다.

『세계의 문학』의 김영승은 또 다른 모던적 세계관을 보여줍니다. 송욱의 『하여지향』이나 김지하의 『오적』 등을 잇는 풍자의 무언가 모를 통쾌함이 느껴집니다. 연탄 200장에 "김장김치가 큰 물통으로 하나 가득 또 남아" 있는데, 골치 아프게 "오후에 어머니가 동치미 한바께스를 또 들고 오셨다"고 너스레를 떠는 「희망 501」이나 "좋은 아버지가 되고자 하는 사람들의 모임"이 서울에 있으니 나는 "내 고향 인천에다가" "나빠사" 즉 "나쁜 아빠일 수밖에 없는 사람들의 모임"을 만들어야겠다는 「희망 579」의 풍자에는 긴장감이 팽팽합니다. 더욱 절망적인 희망 혹은 더욱 희망적인 절망이 되는 이러한 긴장감은 사회에 대한 일방적인 공격이나 자신에 대한 일방적인 연민으로 무너지지 않는다는 점에서 재미있다, 통쾌하다, 시원하다는 즐거움, 신난다는 기쁨이 느껴집니다.

『현대시학』에서 읽는 정진규의 알시편들도 아름다운 상징의 세계를 몸으로 알을 "품고" 그리고 "부화"시키고 있습니다(「熱愛의 書―알·6」). 초콜릿을 든 할아버지나 바나나를 든 할머니가 아닌, 아무것도 들고 있지 않은 엄마 품으로 달려드는 손주를 보면서, "알집"을 발견하는 시인은 상징의 "튼튼하게 비어 있는" 둥근 모습 「아, 둥글구나―알·17」을 자꾸, 자꾸 확인하고 발견하고 있습니다.

저는 윤재철의 작품을, 소위 80년대식 또는 계몽사상적 참여문학이 정치적 헤게모니를 상실했다는 위기감을 느끼면서, 그런 절망의 표현이 시와 소설로 표 나게 전개되는 현재의 상황 속에서, 계몽적 문학세계의 건강함을 보여주는 한 특출한 예로 보고 싶습니다. 상업적 목적을 고려하지 않는다면 문학은 유행의 산물이 아닌 것이지요. 90년대에 소위 80년대식을 유지한다는 것이 문제가 될 리 없을 것입니다. 시대적 요구가 지속되고 있다면, 전통서정적 작품세계처럼 힘차게 살아남을 수 있을 것이라고 믿습니다. 「집·항문」은 따뜻한 유머가 돋보입니다. 얼마나 집과 일체감이 느껴지면, 몸이 먼저 알고, 항문이 열리려고 하겠습니까. 집을 아는, 즉 집과 하나가 되는 생리현상은 말과 사물이 행복하게 일치하던 계몽적 세계관의 포근함의 표현입니다. 거대한 역사의 주도권을 획득하는 데에 있어서 계몽적 세계관이 포스트모던 시대에 혼란을 겪고 있지만, 「어떤 역사」, 일제시대에, 그 험하다던 일본에 가서 노역에 종사하다가 귀국해서 봉급과 보너스로, "논 사고 소 한 마리까지 사서 장가들고/젊은 시절의 기반을 잡았다"는 믿기지 않는 어떤 개인의 역사는, 그런 역사의 주도권은 존재하고 있다는 확인도 발견됩니다. 「집·어은리」도 이런 관점에서 읽으면 무척 재미있으며, 편안하고도 적절하게 구사된 산문적 리듬이 시적 각성의 전개를 지원하고 있습니다. "뒤 울안 굴뚝 곁에 쭈그려 앉아/낮질을 하고 있는데" 느닷없이 개구리 한 마리 불알을 "들이박고는/똥구멍 밑으로 빠져나갔다"는 1부의 기록에서 불알과 똥구멍은 바로 집의 가장 은밀한 곳, 그냥 집이 아니라, 내 집, 어은리에 있는 내 터전을 강조하고 있는 것이지요. 그래서 2부의 대립이 긴장감을 띠게 됩니다. "풀숲 사이로 느린 커브를 그리며/내게로 곧장 기어"오는 개구리를 뱀이라고 생각하게 됩니다. 그래서 "대가리부터 세모졌나 밋밋한가" 보아야 하고, 결국 개구리라는 사실이 확인되어 "안도"하는데, 말과 사물이 일치하던 계몽적 세계관에 대한 위험은 아직 구체화되고 있지 않은 셈이지요. 그래서 "이놈아 이게 니 집인 줄 알어/내 집이여 내 집"하고 투덜거리면서 행복해 하는 것이지요.

이런 계몽적 세계관을 『문학동네』의 황인숙의 작품들에서 만납니다. 윤재철과 정치적 성향에서는 좌우의 반대쪽에 서 있어서, 황인숙은 자본주의의 부르주아적 휴머니즘을 받아들이고 있지만 말과 사물의 일치를 신봉하던 계몽적 세계관이라는 점에서는 같은 시대에 속해 있다고 생각하는 것이지요. 예를 들자면 「말의 힘」에서 "파랗다. 하얗다. 깨끗하다. 싱그럽다./신선하다. 짜릿하다./자유롭다"를 "기분 좋은 말"이라고 생각합니다. 모던적, 상징적 세계관에서 보면 "파랗다"를 무조건 "기분 좋은 말"로 분류할 수 없으며, 바로 그런 일체감에 의문을 제기하고 있으며, 포스트모던적 세계관에서 보면 도대체 누구의 기분이 좋은 것인지 질문하지 않을 수 없을 것입니다. 이런 일체감은 "기분 좋은 말"의 범주를 형용사에서 명사로, 동사로 확대해 갈 수 있게 합니다. "시원하다. 달콤하다. 아늑하다. 아이스크림. 팥빙수./얼음. 바람. 아아아. 사랑하는. 달린다." 결국 시인은 말들을 먹고, 만지고, 핥고, 깨물어 볼 수 있습니다. "머리 속에 가득 기분 좋은/느낌표를 밟아보자. 만져보자. 핥아보자./깨물어보자. 먹어보자. 맞아보자!" 이는 환멸을 알 수 없는 "순수한 영혼"의 세계(「영혼에 대하여」)이며, 영혼은 "나뭇가지를 샅샅이 훑고 다니는 바람"이라고 생각하는 것입니다. 또한 바람도 바람으로 존재하거나, 상징으로 존재하지 않습니다. "바람소리가 좋군!"하는 사람의 목소리, "네 목소리를 흉내내어" 바람이 붑니다. 나는 그저 따라하면 됩니다. "바람소리가 정말 좋군!"(「방과 꿈」)

저는 이번 기회를 이용해서, 제 말씀은 발표된 거의 전부를 읽게 되는 이런 기회를 이용해서 무언가 한국 시인들을 다 포용하는 이해의 틀, 해석의 틀을 발견해보고 싶었습니다. 그런데 세대적 구분 대신, 세계관적 구분을 동원해서 읽어오면서 다소 도식적인 손쉬운 해결책이 아니었는가 하는 반성을 하게 됩니다. 중세적 세계관, 계몽적 세계관, 모던적 세계관, 포스트모던적 세계관으로 구분해서 대답을 해오면서, 시인 개개인의 폭넓은 시세계를 이해의 편의를 위해서 크게 제한한 것이 아니었던가 하는 점검을 하게 됩니다. 한 시인의 시세계가 중세적, 계몽적, 모던적, 포스트모던적이라는 임시방편적 시대구분에 제한될 수 없을 것임은 틀림없는 사실이며, 그러한 제한을 뛰어넘는 장관을 구경하는 재미가 시를 읽는 즐거움이기도 한 것이니까요. 그러나 전체적 이해와 해석을 시도하는 출발점으로써 세대적 구분 외에 다른 틀을 마련해보고 싶었던 것이며, 그 성과는 이제 천천히, 세심하게 계속 검토해가야 할 것으로 생각합니다. 그러나 무엇보다도 나 자신 형용사 하나로 못 박히는 시인이 되고 싶지 않은 처지에 많은 시인들을 그것도 인상깊게 읽은 시인의 작품들을 단도직입적으로 분류한 행위는 문학적 글쓰기가 작품의 생산만큼 고통스럽고 끊임없이 반성적이라는 사실을 확인시켜줍니다. 또 하나, 역사적 시대 구분은 물론 고대→중세→근대 등으로 할 수 있지만, 한국현대문학사가 18세기말이나 19세기초부터 시작되었다고 볼 때, 중세적 세계관 그리고 다양한 근대적 세계관이 현재 한국문학에 혼재되어 있다고 판단할 수 있으며, 근대적 세계관의 분류는 다소 논란의 여지는 있지만 시론적으로 계몽적, 모던적, 포스트모던적이라고 구분해 보았습니다. 근대적, 혹자에 따라서는 현대라는 단어를 사용하기도 하는 등 혼란이 정리되지 않고 있는 상황이기는 하지만, 이런 혼란을 혼란이라고 방치하기보다는 일단 구분하고 정리하기 시작해야 하지 않겠는가, 그리고 그런 구분이 작품의 해석과 이해에 도움을 주고 문학작품의 세계를 넓힐 수 있다면 우선 괜찮은 것이 아닌가 하는 생각이 들었던 것입니다. 반성이 너무 길고 깊은 듯 하지만, 이제 시작일 따름입니다. 거의 전부를 사랑으로 감싸안으려는 이번의 '이달의 시 현장 점검'은 강렬한 시도와 그에 상응하는 심각한 질문을 저에게 제시하고 있다는 점에서 저는 만족스럽습니다.

잘 분류가 되지 않았다는 설명이 좋은 것인지, 나쁜 것인지 누구도 판단할 수 없을 것입니다. 예를 들자면, 「성난 꽃」의 경우 뱀 잡기와 병신 인터뷰에 대한 사실주의적 묘사와 내가 몰고 달리는 "성난 꽃"과 "피 흘리는 아름다운 도시"의 상징적 표현이 접속되어 있습니다. 또 하나 예를 들자면, 「허공·8」(『현대시』)에서 박상배는 부부싸움의 모습을 유머러스하게 묘사하고 있는데, "나의 말씀은 영영 가고/너의 말씀만 살아남아/시부렁거리고 있다"는 남편은 입을 굳게 다물고 아내만 불평을 늘어놓는 장면이고, "서로 토라져 누운 방/그래, 너는 대답이 없다/너의 말씀은 영영 가고"는 남편이 말 하는데 아내는 통 이야기를 안 하려는 장면입니다. 부부싸움이란 정녕 이런 모습이겠지요. 아주 사실적이지요. 그런데 그 가운데에 위치한 연인 "뿌리에 물을 주지 않아도/잘도 자라나는 것이었다/말씀을 타고 앉은 말씀"이라는 묘사와 마지막 연의 "말씀을 눌러 앉은 말씀/정말 깜깜 불통이다"를 읽으면서 부부싸움의 사실적 묘사 이상의 내용이 있음을 감지합니다. 말씀의 허무함, 말의 무력함에 대한 자각이 뚜렷합니다. 따라서 부부싸움의 사실적 묘사인지도 의심스럽습니다. 무력하고 허무한 언어는 사실적 묘사를 불가능하게 할 것입니다. 그러면 모던적, 상징적 모색입니까 아니면 포스트모던적 시도입니까. 아직 확실하게 알 수 없습니다. 계속 기다리면서 박상배의 다음 시를 읽는 재미가 여기에 있다고 생각합니다.

한 두 시인만 더 언급하겠습니다. 최승호의 「물렁물렁한 책」(『세계의 문학』)을 아주 좋게 읽었습니다만, 나와 체질이 비슷해서인지 아니면 인간적 친밀감 때문인지 분석이 잘 되지 않습니다. 『현대시학』의 유용주 신작 소시집을 무척 재미있게 읽었습니다. 계몽적 휴머니즘의 세계관이 농민적, 민중적 산문의 리듬에 실려 있습니다. 「닭이야기」나 「막소주맛」 등은 미당의 질마재 신화를 연상하게 합니다. 보다 더 직설적이고, 더 거칠기는 하지만 역시 대단히 재미있었습니다.

9.
의식의 잠열과 언어의 빙정

　두 달째 많은 시들을 의무적으로 읽으면서 좋은 시를 구분해내는 기준은 무엇일까 질문하지 않을 수 없었습니다. 예를 들면 일상적 산문이나 진부한 이미지가 나쁜 시의 특징인 것 같아 보입니다. 그렇지만, 최근에 재미있게 읽은 스티비 스미스(Stevie Smith)의 시선집 말미에 "내가 조심하지 않는다면 이건 시가 될거야"라는 편지의 한 구절을 발견합니다. 저도 최근 편지로 시작된 산문이 시가 되어버리는 경험을 여러 차례 하였거든요. 시와 산문을 단호하게 구분할 수 있는 방법은 없는 것 같습니다. 또 하나의 문제, 진부한 이미지의 경우인데, 가령 산뜻한 이미지의 '인상'이 담겨져 있는 몇 행을 발견했다고 해서 그 시를 좋은 시라고 판단할 수는 없을 것입니다. 이런 문학적 난관에 대한 해답은 언제나 문학작품 속에서 발견됩니다.

　이번 달에 나온 황동규의 『풍장』이 그 문학적 대답의 일부였습니다. 죽음이 피할 수 없이 다가온다고 끊임없이 상기시키는 일상 속에서, 초월의 도피가 불가능하다는 사실을 깨달으면서 발견한 삶의 황홀을 노래한 황동규의 아름다운 시편들을 저는 '발견의 시학'이라고 정의합니다. 시인의 말대로 변화는 자유이며 해방이지만, 그런 시인의 작품은 새로운 세계관이 우리 독자의 눈앞에 환히 열리는, 아니 우리의 몸이 바뀌는 기쁨인 것입니다. 그렇습니다. 일상적 산문과 진부한 이미지의 함정을 벗어나는 방법은 시적 표현과 산뜻한 이미지라는 평면적 대응이 아니라, 새로운 세계관의 열림, 즉 자유와 해방을 약속하는 변화인 것입니다. 저의 글읽기에 있어서 황동규의 『풍장』 속으로 들어가는 입구는 「풍장·12」입니다. "소금쟁이처럼" "이 세상 가볍게 떠돌기"라는 1연의 "탈골여행"의 결과는 2연의 "아 안 보이던 것이 보인다./콘크리트 터진 틈새로/노란 꽃대를 단 푸른 싹이/간질간질 비집고 나온다./공중에선/조그만 동작을 하면서/기쁨에 떠는 새들."이란 '발견의 시학'이 됩니다. 이는 "어느 날 누워 깊은 잠들 때" 시인의 삶과 우리의 "머릿속을 꽉 채울 숨결 무늬"인 것입니다.

진부하고 답답한 현장에 대한 또 하나의 통쾌한 문학적 대답은 소월시문학상을 수상한 천양희의 시편들이었습니다. 아니 그의 시편들이라기보다 그의 시인으로서의 역정이었습니다. "30년 무명, 4번째 시집"에서야 드디어 자신의 목소리, 자신의 시세계를 당당하고 확고하게 굳혔다는 사건은 "시를 왜 쓰는가"라는 평론이나 시론의 질문이 얼마나 무모한 것인지, "시는 어떻게 쓰는가"라는 유파나 이즘의 추구가 얼마나 헛된 것인지 통쾌하게 드러내고 있습니다.

이번 달에 노벨상 수상자 발표가 있습니다. 이번에도 탈식민주의적 글쓰기 분야에 문학상이 수여되었습니다. 아일랜드 시인 셰이머스 히니 (Seamus Heaney)가 수상자였는데 "서정적 아름다움(lyric beauty)"과 "인종적 깊이(ethnic depth)"가 그 근거였습니다. 이 두 문학적 덕목은 사실 한국의 시인들에게서도 풍부하게 발견되는 것입니다. 특기할만한 사실은 어느 신문기사에 의하면 죤 에쉬베리(John Ashbery)가 후보자에 오른 또 하나의 영미시인이었다고 합니다. 그는 해체시인입니다. 80년대 황지우 등의 격렬한 관습적 형태파괴실험에 대해 해체하고 명명해서 그 용어를 사용해오고 있습니다만 에쉬베리의 경우, 후기 롤랑 바르트, 자크 데리다, 미국의 예일학파 등의 포스트모던 해체철학을 기반으로 하고 있습니다. 한국에서는 아직 뚜렷한 해체의 유파가 형성되지 않고 있지만, 에쉬베리의 노벨상 후보 언급은 포스트모던 해체시가 세계적 조류임을 명백히 증명한다는 점에서 특히 저에게는 반가운 사건이었습니다.

"저 언덕으로 오르는 길도 가지 못하고/우유부단 시간 위에 앉아/되돌아보는 재미를 벌써 알아버린/겉늙은 쓰레기" 같다는 공광규의 반성은 발표되는 우리 시의 많은 부분에서 발견됩니다. 예를 들면 박성룡이 「연」(『문학사상』)에서 "끝내는 간신히 이어진 연줄마저 끊어져 버린 연(鳶)"처럼 "그렇게 많은 세월들 하늘 끝으로 날아가버리고, 지금은 빈 얼레만 내 손에 남아 헛바퀴를 돌고 있"다는 "어떤 통곡소리 같은 아픈 목소리"가 발견됩니다. 박성룡의 「연」의 뛰어난 점은 이를 "세월이라든지, 춘추(春秋), 일월(日月)과 같은" "하찮은 낱말"에서 "말하자면 풍화되고 퇴색된 이런 낱말들에게서까지" 느껴낸다는 것입니다. 얼핏 보면 "단순한 시간의 섭리들이 이젠 또렷한 일상의 실체로 떠올라 점점 구체화되고 있는 것"입니다. 그런데 도대체 무엇을 상실한 것일까요. "절대의 한순간/숨겨 지니던 날개를 퍼득여/창공으로 솟아오른다면/이로서 완벽한 새요 여타는 전혀 상관이 없다"는 김남조의 「새」(『현대문학』)가 보여주는 자존심일지도 모릅니다. "찬란한 깃털"이 아니어도, "심지어/신의 신비한 촛불/따스한 객박이 아니어도" 괜찮은 그런 문학세계의 당당함에 대한 신뢰에 대한 의심이 스멀스멀 어느 틈에 솟아올랐는지도 모를 일입니다. 이는 또한 박용하의 「아침 못에 갔다 온 아침」(『문학사상』)이 만드는 세계이기도 한 것입니다. 나무도 "예전처럼 세 그루는 서" 있었고 "아무 일도 없었다"고 보고할 수 있는 "아침 산책길"이었는데, 전혀 새로운 경험을 하게 됩니다. 이 시는 그런 경험에 대한 기록인 바, 말이 거의 필요 없어지는 경계지대를 시인은 바로 시라는 문학적 방법으로 행복하게 발견합니다. "말이 필요 없는 풍경이다/때론 말이 풍경을 다친다/우리는 단지 걷다가 왔다/아침못은 외딴 곳에 있었지만/잘 정돈된 화단 같았다/아무 일도 없었지만/너무나 많은 일이 일어난/아침못에 갔다 온 아침/아름다움이 아람드리 나무처럼 적막했다". 아끼고 아껴 쓴 말이 행복하게 아침못의 정경과 만나서 일상과는 다른, 번잡한 일상을 벗어난 아름다움을, 아름다움의 세계를 구축해냅니다. 그 세계는 "아람드리 나무"처럼 단단해 보입니다. 반성과 회상의 시편들 중에서, 윤홍선의 「죽은 시인을 생각하며」(『현대문학』)를 발견합니다. "나보다 나이 어린 한 시인이 죽었을 때 나는/부끄럽고 미안했다/그가 살아 있을 때/그의 시를 제대로 읽지 않았고/슬픈 그의 눈빛에 대해 한번도 묻지 않았다/그가 검은 잎을/입 속에 물고 있는 것을 알지 못했다." 윤홍선이 생각하는 죽은 시인은 물론 기형도입니다. 죽어서, 아니 죽어서도 빛나는 시인, 기형도. 우리는 그의 작품 앞에서 전율하지 않을 수 없습니다. 그러나 그가 빨리 죽었다는 사실, 즉 그의 요절이 우리의 관심일 수 없습니다. 죽음은 언제나 빨리 오는 것이고, 죽은 자는 언제나 아쉽게도 먼저 간 것이니까요. 따라서 죽었다는 사실이 우리의 관심의 대상이 아닙니다. 그러니 누구든 행여 기형도나 그 누구의 흉내를 내어 죽어서는 안 될 것입니다. 그렇게 죽은, 또는 죽을 사람이 있다면, 행여나 그런 사람이 있다면, 그건 쓸데없는 개죽음일 따름입니다. 제대로 된 시라고 생각했던 것이, 결국 휴지조각으로 판명되어버린다면 더욱 문제일 것입니다. 그러니 뛰어난 시가 될 가능성을 향해 될 수 있는 한 살아남아 고통을 피하지 않고 늙도록 시를 쓸 일입니다. 그렇게 할 수 없는 사정이라면 그야말로 안타까운 일이지요. 그러므로 "죽음이 지나간 후에도/시는 각자의 삶의 잘려진 시간일 뿐/외로움의 얼굴만 보여주는/시간의 가로등 같은 것이었다/한점의 浮漂였다"고 말할 수 있는 것입니다. 회상이나 반성이 새로운 깨달음에 도달할 수 있도록 시인을 도와주고 있는 경우겠지요.

박서원의 「실패」를 읽는 방법은 여러 가지이겠습니다만, 저는 그녀의 최근 시집 『난간 위의 고양이』와 제가 번역한 바 있는 실비아 플라스 시선집을 그 경로로 택하겠습니다. "아빠, 아빠, 너 개자식, 나는 끝장이다"라는 인상적인 행으로 끝나는 '아빠'의 전투적 지독함이 느껴지는 플라스의 자유와 해방을 향한 몸짓은 정치적 페미니즘의 입맛에는 맞지 않습니다. 어느 고대 그리스의 희극에서처럼 남녀 간의 전쟁이 불가능하다는 것을 깨달았기 때문인지, 플라스에게 있어서는 자신을 버리고 떠나버린 남편 테드 휴즈에게 맹목적으로, 무의식적으로, 기다리고, 매달리는 자신에 대한 자학이 두드러졌습니다. 박서원의 경우에도 남성중심 사회 속에서 살아야 하는 여성의 자의식이 두드러집니다. 시집의 첫 번째 시「파티」를 읽어봅니다. "희롱하는 술잔과 사랑의 즐거움으로 찢겨져나간 드레스/음악은 멋도 모르고 손가락이 흥에 겨워/손님들도 멋도 모르고 잔을 부딪치네 건배! 건배!/나는 그때 보았네 하나의 예감이었던/내 유년의 공작새가/깃털마다 파란 피를 적시며 푸드득 날아가는 것을/벌써 보았네 그 누구의 어깨 위에도 앉아서는 안된다는 것을". 한국의 여인네들에게는 플라스가 갖지 못한 의지처가 있습니다. 그 하나가 '아이'라면, 다른 하나는 바로 '유년'입니다. 유년의 기억이 "이달의 시 현장점검"으로 읽는「실패」에서 두드러집니다. 씀바귀, 유년 시절에 땅에서 캐내던 봄풀, 달래, 냉이, 씀바귀의 기억이 되살아납니다. 그래서 지금의 땅, '백지' 위에 소중하게 모종합니다. 하늘에서 비도 내릴 것입니다. "백지에서 싹이 난 씀바귀를/내 소중한 땅에 모종한다/가랑비가 온다"가 바로 그런 의미입니다. 이건 어쩌면 흐트러진 삶의 '제자리'를 찾아낸 것뿐일지도 모릅니다. 그러나 여성에게는 무한한 행복이 되기도 합니다. "나를 사로잡는 행복의 돌연함/내가 늘 한복판에서 투우하는 소가 되는 것은/그것을 사랑하는 힘 때문/난 한 번도 실패한 적이 없다." 플라스와는 비교도 되지 않는 혹독한 차별 속에서 더 강인할 수 있는 한국 여인의 힘은 유년의 기억, 그리고 '아이'에게서 옵니다. 시집의「생리불순」에서 그녀는 자신의 '양수'를 굽어보면서, "물살을 가르며 번창하는 아이들," 미래의 아이들을 발견합니다. 그래서 "그래, 난 언제나 완벽한 여자였던 거야"라고 단언할 수 있게 됩니다. 이런 당당함이 "간음"을 위해서 "사내들은 용기가 필요하리라"고 남여 자세의 역전을 이끌어낼 수 있게 하는 것인지도 모릅니다.

조영서의 "신작 소시집"(『현대시학』)에서 저는 서정시의 아름다움을 발견하는 기쁨을 누렸습니다. 대만 중부에 있는 일월담(日月潭)에 다녀온

기행시 10편을 읽었습니다. 그의 "시인의 對話"는 『현대시학』 권말에서 매달 만나는 정진규의 絅山詩室詩話처럼 날카롭고, 깨끗하고, 시원한 산문이었습니다. 세계여행이 자유로워지면서 다른 나라를 여행한 내용이 시가 되는 경우를 많이 보게 되는데 이번 조영서의 기행시는 경치나 문화에 압도당한 자신만의 신기한 경험 이야기를 공개적으로 보고하는 것과는 달리 마치 제대로 익어 나온 과즙 같은 서정시의 본류가 느껴집니다. "4박5일 동안 물결소리와 바람소리와 또 햇빛과 별빛을 벗삼아 더불어 숨을 쉬었습니다. 때로는 빗소리가 밤물결을 달래는 귓속말로 들려왔습니다"라는 자연과 혼연일체가 된 전형적 서정 시인의 느낌이 그의 시편들에서 발견됩니다. 선정된 시의 제목인 「暈」은 '현기증 날 훈'이라는 한자어입니다. 눈이 아찔하며 어지러움을 의미하는데, 日暈은 햇무리, 月暈은 달무리를 의미합니다. 일월담에서 멀지 않은 곳에 있는 뱀처럼 생긴 도요지, 사요(蛇窯)를 관광한, 그리고 그 도요지에서 구워내진 명품 도자기 항아리를 미리 눈앞에 그려보는 내용입니다. 눈이 아찔하며 어지러울 만큼의 아름다움을 일월담에서, 사요에서, 그리고 사요에서 구워내질 항아리에서 발견하고 있습니다. 중국이나 한국의 도자기는 서양식 아름다움의 기준으로 완성되지 않습니다. 산과 물과 꽃과 하늘과 바람과 흙이 같이 어울려, 모이고, 불길을 같이 받아 타야지 동양적 도자기의 아름다움이 완성된다는 사실을, 자연 아니 우주와의 "신묘한 상관관계"를 깨달은 시인이 느끼게 됩니다. 그리하여 "항아리는 하늘을 닮았다"는 것을 증명할 수 있게 됩니다. 장인의 예술적 아름다움이 자연과 우주의 아름다움과 합일되면서 동양적 서정을 완성시키는 것이지요. 이런 도자기의 예술적 형성과정을 깨닫는 시인이기에, "―日月은 水里蛇窯까지 구렁이 기어가듯 구불구불 산/길을 풍광 싣고 넘어다녔다"는 일월담에서 수리사요까지의 기행문에서, "―바람은 水里蛇窯 너머 뱀등을 타고 빛과 향기를/동, 서, 남, 북으로 실어날았다."라는 자연과의 합일을 느끼게 됩니다. 항아리가 구워지는 과정처럼, 시인의 예술적 장인정신에 자연과 우주와의 교감이 덧붙여져서, 도자기의 동양적 아름다움과 잘 어울리는 한 편의 시가 되고 있습니다. "항아리가 타다 남은 하늘을 담"을 것처럼, 이 시도 "타다 남은 하늘을 담"고 있습니다.

박상순의 「앵두나무, 앵두나무」를 그가 『문학사상』에 발표한 「불이 열리는 나무」와 같이 읽으면 더욱 재미있습니다. 그곳의 "시작 메모"에서 박상순은 "인간은 상상력을 통해 세계와 교신한다. 그것은 내계(內界)를 외화(外化)하고 외계(外界)를 내화(內化)하는 것이다. 그 과정은 외계의 한 대리물을 의식의 대리자로 삼아 선택된 대리물에 자신을 투영시키는 것이다."라고 자신의 시작 방법을 밝히고 있는데 「앵두나무, 앵두나무」에 이를 적용해봅니다. 여기에서 앵두나무가 2번 반복된 이유는 실제로는 1그루 있는 앵두나무를 2그루의 앵두나무로 읽어내기 때문입니다. 하나는 내계(內界)가 외화(外化)된 앵두나무이고, 다른 하나는 외계(外界)가 내화(內化)된 앵두나무인 것입니다. 조금 풀어서 설명하면, 어린 시절 고향의 추억처럼, 염소우리 옆에 앵두나무가 한 그루 있었습니다. 옛 이야기 속에 나오는 것같이 넓은 마당에서 "장닭이 내 어깨를/냅다 쏘고 달아나던" 어린 어느 날, 울다 지쳐 "쓰러진 나를 업어 잠재우던 앵두나무"는 외계(外界)가 내화(內化)된 앵두나무, 염소우리 옆 앵두나무가 "뒤 뜰에서 뿌리채 걸어나와" 내 속에 들어와 살게 된 앵두나무입니다. 그런데 이 시의 첫 행인 "염소우리 옆에 집을 지었다. 마루를 놓고 방을 꾸몄다"와 같은 사건 아니 작업을 위해서는, 그 앵두나무를 다시 마음 밖으로 끌어내서, 즉 내계(內界)를 외화(外化)시켜서, 겨우 밖으로 끄집어낸 앵두나무를 "행여 놓칠세라 튼튼한 끈으로 나무를 받쳐들고/염소우리를 지나 한 바퀴, 또 한 바퀴 돌아/집을" 나서야 하는 것입니다. 집에서 상여가 나갈 때 송장이 떠나기 억울해 하는 듯이 살던 자리를 맴돌다 나가는 것처럼 염소우리를 "한 바퀴, 또 한 바퀴 돌아 집을" 나서는 앵두나무는 내계(內界)에서 확실히 외화(外化)된 앵두나무인 것입니다. 따라서 제목의 "앵두나무, 앵두나무"는 일상사적 사건 속에는 염소우리 옆의 앵두나무 한 그루를 두 번 반복해서 불러본 것에 지나지 않지만, 세계가 마음속에 들어와 살던 시절과 마음이 세계 속으로 들어가야 하는 시대라는 시간 개념을 도입하면, 적어도 2그루 아니 그 이상의 앵두나무가 당연히 존재하는 것입니다. 문제는 "그 앵두나무를 뿌리채 뽑아/포크레인을 부르고, 내 키보다 깊은 구덩이를 파고/그 칙칙한 구덩이 속에/앵두나무를 던졌다"는 사실에 있는 것이 아니라, 그런 끔찍한 행위로 인해 더 이상의 앵두나무는 없다는 점에 있는 것입니다. 염소우리 옆의 앵두나무만 없어진 것이 아니라, 앵두나무가 더 이상 '발견'되거나 '발명'될 수 없게 되어버린 것입니다. 여기서 앵두나무는 그저 한 그루의 나무가 아니라 세계와 마음을 오가면, 박상순 식으로 표현하자면 외계의 내화와 내계의 외화라는 과정을 오가면, 생성될 수 있을 수많은 앵두나무인 것입니다. 앵두나무를 보호하자! 자연을 보호하자! 이런 식의 단순한 구호의 수준을 훨씬 벗어난 뛰어난 환경시 한 편을 만나고 있다고 여겨집니다. 아니, 환경시를 넘어서는, 우리에게 새로운 세계관이 열리는 그런 시 한 편을 보고 있습니다. 금방 뽑아버린 앵두나무가 한 그루가 아니었다는 사실을 뒤늦게 깨닫고, "앵두나무, 앵두나무/내가 그 나무를 흙구덩이 속에 버렸다/이제 앵두나무는 영원히/더 이상의 나를 발명하지 못한다"라는 끔찍한 죄과를 알게 되었을 때, 더 이상 마음 편히 '자동차의 엔진을' 켤 수 없을 것입니다. 수많은 앵두나무를 버린 지금, 빨리 어디로 갈 수 있을 것입니까? 특히 외화(外化)된 내계(內界)를 폐기처분해버린 지금!

추가로 관심이 가는 시를 한두 편 더 언급한다면, 우선 함기석의 「산수 시간」(『현대시학』)이 무척 인상 깊었습니다. 장경린의 「利子」나 하재봉의 「발전소」 등 명사의 주술적 반복 사용을 통한 자본주의적 세계관에 대한 반발 모색과 맥을 같이 하고 있으면서도, 함기석은 동사를 중심으로 사용하려는 시도를 하고 있다는 점에서 흥미롭습니다. 예를 들면 감옥 같은 학교 교육에 대한 비판과 해방을 모색하는 이 시에서 "새는 창문을 넘어 교실로 날아든다/금붕어 소년이 재빨리 새를 가방에 감춘다/선생이 소년에게 묻는다 삼삼은 얼마지?/파란 하늘이다 앵무새가 대답한다/아이들이 까르르 웃는다/왜 대답을 않는 거지? 어서 말을 해봐!"라는 2연의 앞부분을 읽을 대, 선생과 학생 사이에 해방의 상징인 새가 끼어든 구조라고 읽는 것보다, 선생의 '묻는다'라는 동사와 '대답한다'라는 동사의 대립적 관계, 그리고 소년의 '감춘다'라는 동사와 아이들의 '웃는다'라는 동사의 발전적 관계에 관심을 집중하는 것이 이 시를 읽는 묘미를 더 해주는 것 같습니다.

또 한 시인을 더 언급하자면 『현대문학』과 『현대시』에서 만난 전원책의 시들이 의미 있었습니다. 얼마 전 정신주의나 선시에 관심이 집중된 적이 있었습니다. 추상적 포즈가 난무하였을 뿐 현대적 일상에서도 그 의미를 더해가고 있는 우리의 중요한 불교 전통인 선종의 깨달음에 대한 갈증을 해소해주지는 못하였던 기억이 있습니다. 전원책의 「소를 보신 적이 있으십니까」(『현대시』)에서 소는 선종의 십우도(十牛圖) 사상에 나오는 바로 그 소인 바, "어느 날 당신이 소를 말할 때/지나온 길 위에서 보았다고,/그 소가 보이지 않을 즘에/문득 소를 보았다는 것을 깨달았다는 것까지도/토로하고 나면/부끄럽게/그립고도 그리운 황소가 보이는 밤을 보낸 적이 있으십니까."라는 이 시의 뒷부분이 '종로 네거리나 명동'이란 비천한 일상을 배경으로 하고 있을 뿐만 아니라, 우리의 일상적 언어로 그 깨달음이 표현되고 있다는 점에서 정신주의나 선시의 새로운 방향이 제시되고 있는 것이 아닌가 하는 생각이 문득 드는 것입니다.

10.
소설의 언어와 영화의 언어

1.

　「전리」와 「녹천에는 똥이 많다」의 소설가 이창동은 「초록 물고기」와 「박하사탕」의 영화감독이다. 이창동은 이야기라는 점에서 "소설 쓰는 것하고 영화 만드는 걸 별로 다르게 생각해 본 적이 없다"고 말한다. 그러나 첫째, 영화가 군사독재의 종식으로 인한 리얼리즘 소설의 위기 극복 방안이었다는 고백과 둘째, 이야기의 전달 양식이 신화→서사시→연극→소설→영화의 방향으로 진화해왔다는 논리는 소설의 언어에 대한 신뢰감의 상실을 드러낸다. 이창동의 예술적 변신에 대한 검토는 소설의 언어가 예술적 효용성을 상실했는지 아니면 이창동 문학의 문제 더 나아가 리얼리즘 문학의 문제 해결 방안으로 영화의 언어가 제시되었는지 밝혀줄 것이다. 영화의 언어가 소설의 언어를 대치할 것인지 아니면 영화와 소설의 언어가 상호 대화를 통해서 더욱 풍요로워 질 것인지의 전망은 이창동 개인의 예술적 질문의 범위를 넘어서는 중요한 문제다.

2.

1983년도의 등단 작품인 중편 소설 「전리」의 병원 복도 묘사와 2000년도의 영화 「박하사탕」에서 영호와 순임이 15년여만에 다시 만나기 직전 병원 복도 씬의 시나리오는 소설의 언어와 영화의 언어의 차이를 극명하게 드러낸다.

> 낡은 병원 건물의 3층 복도에 깃든 어둠은 회복할 수 없는 깊은 내상을 입고 있었음에 틀림없었다. 수술 환자가 숨을 내쉴 때마다 독한 에테르 냄새를 풍기는 것처럼 늦여름 밤의 무더위와 크레졸 냄새, 그리고 온갖 악취가 불길한 정적과 함께 그곳에 뒤엉켜 있었다. 복도 천정에 군데군데 붙은 형광등의 흐릿한 불빛이 그 탁한 어둠을 우울하게 침식하고 있을 뿐이었다.

소설가의 표현 의지와 화자의 상황 인식이 어둠에서 "회복할 수 없는 내상"을 읽어내고, 정적을 "불길"하게 만들고, 어둠을 "우울"하게 채색한다. 「박하사탕」의 경우 더욱 절망적인 상황이다. 무의식 상태의 순임과, 만남 이후 "인생을 이렇게 망쳐놓은 놈"에 대한 타살 의지를 완전히 버리게 되는 영호의 중환자실 장면이 몽타쥬로 제시되기 전에 영호가 병원 복도에서 기다리고 있다.

> (종합병원의 긴 복도. LONG SHOT.
> 벽에 붙은 긴 의자에 앉아 있는 영호. [중략] 그 동안 환자들, 간호원들이 지나가기도 한다.)

앙드리 바젱이 "영화 언어의 역사에 있어서의 변증법적 진보"라고 주장하는 '공간의 깊이'가 사용된다. 영상은 장치, 분장이나 연기의 양식과 화면구성을 의미하는 조형술과 극적 논리에 따라 시간 속에 영상들을 체계적으로 조직해 놓는 몽타쥬로 이분된다. 몽타쥬는 예술로서의 영화를 탄생시킨 대표적인 영화의 언어다. 그러나 바젱에 의하면 「시민 케인」과

네오리얼리즘 영화에서 몽타쥬에 의존했던 극적 효과들이 이미 선택되어진 화면구성 속에서 배우의 이동에 의해 생겨난다. 이러한 공간의 깊이는 카메라조차도 고정시킨 채 전 장면이 단 하나의 숏으로 처리된다. 몽타쥬의 표현주의를 대치한다기보다 감동의 효과를 강화하는 영상의 리얼리즘을 공간의 깊이가 제공한다. 영호와 순임의 중환자실 몽타쥬의 감동, 순임의 눈물은 무심한듯한 복도 씬의 공간의 깊이에서 준비되었던 것이다. 「박하사탕」의 상황이 「전리」의 경우보다 더 절망적이지만, 소설의 비장한 어조 대신 공간의 깊이라는 영화의 언어가 작위적이며 상투적인 감정의 강요를 피할 수 있게 한다. 인터넷 홈페이지에 소개된 이 장면의 에피소드는 소설과 영화의 차이를 실감나게 보여준다.

> 이때 「박하사탕」의 투자회사인 유니코리아의 최인기 실장과 영화연구소 김혜준 소장이 촬영장에 찾아와, 스텝들을 격려하고 즉석에서 환자 역을 맡아 주었다. 촬영이 계속 이어지는 동안 화장실은 가야하지만 기껏 완성한 분장을 지울 수는 없는 일, 목과 코에 호스를 끼운 상태로 병실을 나가는 최인기 실장을 보고, 병원 복도를 지나다니던 사람들은 중환자가 멀쩡하게 일어나서 걸어 다니는 모습에 깜짝 놀라기도.

3.

이창동의 소설은 이데올로기적 의도가 강력하기 때문에 지나치게 작위적이다. 기승전결의 도식적 구조가 "내가 쓴 글들이 뭔가 서툴고 엉성하다는" 고백의 원인일 것이다. 일상의 평범한 모습과 함께 소설이 시작된다[기(起)]. "마장동 시외 버스 주차장 앞 공중 전화 박스 안"에서 전화 거는 장면의 자세한 묘사로 「전리」가, 늙은 시누이와 올캐의 일상적 대화로 「소지」가, 전철로 퇴근하며 이복동생을 자신의 새 아파트로 데리고 가는 장면의 묘사로 「녹천에는 똥이 많다」가 시작된다. 영화의 경우에도 사정은 크게 다르지 않다. 객차와 객차 사이의 승강구에 서서 담배를 피우는 제대군인 막동이의 묘사가 「초록 물고기」의 시작이며, 「박하사탕」의 첫 번째 시퀀스 「야유회」는 "어색하면서도 소란스럽고, 적당히 유치하면서도 뻔뻔"스러운 "한국 사람들의 야유회"의 일상적 묘사로 시작된다.

기승전결의 플롯 구조는 갈등의 양상을 표현한다. 내재되어 있는 갈등이 심화되면서 이야기가 본격적으로 전개된다[승(承)]. 「초록 물고기」와 관련된 통역을 통한 영어 인터뷰에서 이창동은 "폭력의 일상성, 폭력의 평범성"그리고 "폭력의 보편성을 보여주고 싶었다"고 말한다. 미애를 괴롭히는 시골 불량배들에게 참견하다가 주먹과 발길질의 폭력을 당한 막동이가 자신의 제대기념 방패를 동원한 폭력으로 대답한다. 이러한 폭력 행위는 미애를 위한 기사도적 행위로 배태곤에게 제시된 막동이의 이력서다. 막동이와 여동생의 만남도 쫓고 쫓기는 추적 신 같으며, 판수의 도전에 각목으로 뒤통수를 치는 보다 강화된 폭력이 직책의 상승을 보장한다. 공갈자해단의 주역이 되어 출세하게 하는 자신과 타인을 가리지 않는 폭력이 "깡다구"라는 평범한 용어로 한국사회에 정착되어 있다. 이창동의 경우, 내재되어 있는 갈등의 이름은 폭력이다. 「전리」에서 전화 거는 구본수의 바지 속에 선배 김장수의 뼈가 있다. 소설 속에서 언급된 인물들이 동의하는 바에 의하면 김장수의 죽음에 대한 살아남은 자들의 책임은 "공범자"의 수준이다. 소설의 제목 「전리」는 김장수의 뼈가 "다른 종족과의 싸움에서 얻은 전리품"이라는 "위악적이고 냉소적인" 표현이다. 김장수에 대한 간접 폭력 의식 때문에 김장수의 애인이었던 오미자와의 성교 행위 직전 김장수의 뼈를 보여줌으로서 오미자의 직접 폭력을 유발한다. 남녀 간의 성교도 대화의 충분조건이 되지 못하는 것이 한국의 상황이다. 운명적으로 내재되어 있는 폭력적 현실이 「소지」에서 강간당한 아들을 낳아 기르게 하며, 「진짜 사나이」와 「하늘등」에서 공권력이 행사하는 무자비한 폭력에 의문을 제기할 수 없게 만든다. 「박하사탕」에서 시민군과 진압군이 칼빈 소총과 M16 소총으로만 대화하기 때문에, 신병 김영호의 "쏘기 위한 것이 아니라 쫓기 위한" 사격에 의해 역광 속의 윤순임이었던 무고한 여고생이 살해된다. 고문의 폭력 때문에 박명식은 영호의 언어적 질문을 이해하지 못한다.

> 영호　나 너한테 마지막으로 한 가지 묻고 싶은 게 있어.
> 　　　　(박명식의 일기장을 집어 들고)
> 　　　　너 정말 삶이 아름답다고 생각하냐?
> 박명식　예?
> 영호　너 여기 일기 보니까 그렇게 썼대. 삶은 아름다운 거라고. 정말 그렇
> 　　　게 생각해?
> 　　　　　── 박명식, 눈물에 젖은 얼굴로 말없이 영호를 쳐다보고만 있다.

전형적 플롯 구조의 전환점은 화자의 계몽적 인식에서 시작된다[전(轉)]. 「초록 물고기」의 배태곤이나 「녹천에는 똥이 많다」의 홍준식처럼 "꿈도 이상도 없이 그저 벌레처럼" 더럽고 비굴하게 "시궁창 속에서 구데기같이" 살다가, 준식의 아내처럼 "거짓의 삶"을 인식하면서 내면의 변화가 시작된다.

> 그처럼 안정된 생활, 잠잘 곳을 걱정하지 않고 일자리를 잃고 쫓겨나게 될까 두려워하지 않아도 되는 안온한 생활─더도덜도 말고 그가 바란 것은 바로 그런 생활이었다. 그러나 막상 그것이 이루어지고 나니까, 어처구니없게도 아내는 그렇게 살아서 무슨 의미가 있느냐고 말하고 있는 셈이었다. 23평의 아파트, 따뜻한 물이 나오는 욕실, 거실에 놓여진 금붕어를 키우는 수족관─그런 것들이 한낱 쓰레기 위에 세워진 눈가림의 속임수라는 것이었다.

거짓된 삶의 인식은 당사자에게 극적인 사건이 아닐 수 없다. 준식의 아내는 이혼을 요구하고, 「초록 물고기」의 마지막 장면에서 미애가 "와도르 까사미 까미 구르와도르" 등 주문을 외울 겨를도 없이 "알 수 없는 신음소리"를 내며 막동이의 희생 위에 성취된 자신의 거짓된 일상을 고발하는 큰 나무 '사진'을 찾는다. 마지막 순간에 미애 혼자 거짓된 삶의 계몽적 인

식에 도달하게 된다는 사실은 「초록 물고기」의 인식의 깊이가 기승전결의 전(轉)에서 멈춘다는 것을 의미한다. 배태곤이 주장하는 "젊은 놈"의 꿈이 미애의 말처럼 "개똥철학"이며 "거짓말"이고, 둘째와 둘째 처의 부부싸움은 가족식당이 무의미한 꿈이었음을 증명한다. 따라서 막동이의 풋풋한 사랑이나 미애의 장미 빛 스카프가 '초록 물그기'의 순수성을 획득하지 못한다. 이창동의 의도와 달리 "다리가 빨갛고 물고기가 초록으로 보일 수" 있는 "사물을 순수하게 보는 시절"의 모습을 위한 예술적 형상화에 실패하여 관객이 공감할 수 있는 여지가 적다. 막동이가 아파트 단지에서 옛날을 회고하는 롱숏의 경우 도시 개발 사업으로 인한 막동이 가족의 해체라는 비극성이 뚜렷하게 부각되어야 한다.

> 막동이 형, 여기가 옛날 우리 땅 아냐? 옛날에 여기가 아카시아 천지였는데.
> — 막동이는 삭막한 아파트 건물들 사이에 망연히 서 있다.

감독의 의도에도 불구하고 아파트가 "삭막"하게 보이지 않고 막동이가 "망연히" 서 있는 것 같지 않다. 「전리」에서 정적을 "불길"하게 만들고 어둠을 "우울"하게 채색하던 소설가의 문제점이 답습되고 있다. 미애의 경우처럼, 깨달음은 격렬한 감정적 반응을 유발한다. 「진짜 사나이」에서 소설가 화자가 "까닭 모를 부끄러움"을 느끼고, 「전리」에서 구본수가 "견딜수 없는 부끄러움" 때문에 "참을 수 없"는 울음을 터뜨리고, 「소지」에서는 "저 뱃속 깊숙이 또아리를 틀고 있는 오장 깊은 곳에서부터 견딜 수 없이 뒤틀리며 뻗쳐오르고 애쓰던 것이 순식간에 튀어 나와"버린다. 「하늘등」에서 순혜는 자신이 폭력의 일상성에 동참하고 있다는 사실을 깨닫는다.

> 천형사였다. 그녀가 경악한 것은 새삼스럽게 그에게 당했던 끔찍한 고통이 떠올라서가 아니었다. 지금 그녀의 눈앞에 보이는 그가 너무나 사람 좋고 순박해 보인다는 사실 때문이었다. 얼굴에 굵은 주름을 잡은 채 뒷머리를 긁적

이며 웃는 그 선량하고 꾸밈없는 웃음. 그녀는 그것을 도저히 믿을 수도, 이해할 수도 없었다. 주여. 자신도 모르게 그녀의 입에서 비명 같은 소리가 튀어나오고 말았다.

「박하사탕」에서 형사들이 고문 작업 사이에 짜장면과 짬뽕을 먹으며 자식 걱정을 하고 유행가를 "달콤하게" 부른다. 「초록 물고기」에서 미애의 격렬한 감정적 반응을 유발한 것은 '사진'이었다. 「운명에 관하여」의 시계, 「전리」의 뼈, 「하늘등」의 별, 「박하사탕」의 사진기 등은 도달한 인식의 깊이에 따라 다소 차이가 있지만 깨달음의 상징이거나 깨달음을 촉발하는 효과(trigger effect)를 갖는다.

기승전결 플롯 구조의 마지막은 작품의 주제와 관련된다[결(結)]. 이창동 소설의 작위적 상투성은 이데올로기 지향적 결말에서 기인한다. 「전리」에서 자살을 선택하는 대신 구본수가 김장수의 뼈를 15층 아래로 던져버린다.

새장에서 풀려난 조그만 새처럼 그것은 허공 중에 높이 솟구쳐 올랐다가 사라져 갔다. 깊은 물 속에 빠져들어간 듯 바닥 없는 정적 속으로 가라앉아 갔다.
그러나 그 다음 순간 나는 똑똑히 들을 수 있었던 것이다.
그것은 이 세상의 무서운 잠을 단숨에 날려 보낼 어마어마한 폭음이었다.

김장수의 뼈는 죄책감의 상징이며 촉발제다. 그것이 구본수 개인에게 어떤 의미를 갖든 "이 세상의 무서운 잠을 단숨에 날려 보낼" 힘이 있다고 믿기 어려우며, 김장수의 뼈를 던져버리는 것이 도피책 이상의 어떤 해결책이 될 수 있는지 알기 어렵다. 단지 소설가 이창동이 확실하고 명확한 해결책을 제시해야 한다는 강박관념에 시달리고 있다는 점을 짐작할 수 있을 뿐이다. 이런 무책임할 정도로 소박한 결말이 이복형을 조건 없이 받아들이는 「친기」의 경우나 아무런 대안 없이 "모든 거를 털어놓아야" 한다고 생각하는 「소지」에서도 나타난다. 이러한 양상의 정점은 「하늘등」

의 결말 부분이다.

> 다음 순간 신혜는 얼음을 뒤집어쓴 것 같은 오한과 함께 자신의 내부에서
> 뭔가가 혼돈을 뚫고 깨어나는 것을 느꼈다. 하늘에는 저 별이 있고 나는 여기
> 이렇게 서 있다. 아무도, 그 무엇으로도 저 별의 자리를 빼앗지는 못하리라. 그
> 리고 내 가슴속에도 어떤 세상의 힘으로도 빼앗지 못할 별이 하나 있으리라.
> 그래, 난 이렇게 살아 있다. 그리고 살고 싶다는 감정이 벅차도록 가슴에 파고
> 들었다. 문득 그 별이 그녀의 눈앞에까지 날아와 부서졌다. 어느샌가 까닭을
> 알 수 없는 눈물이 흐르고 있었던 것이다.

아름답고 감동적이기는 하지만, 지상에서 유토피아의 건설이 가능하다는
시대착오적이며 무책임하게 낭만적인 이데올로기적 결론일 뿐이다. 이렇
게 극단적으로 긍정적인 결말과 정반대되는 내용이 「진짜 사나이」, 「용천
뱅이」, 「운명에 관하여」 그리고 「녹천에는 똥이 많다」에서 제시되고 있
다.

> 가자, 하고 그는 어둠 속을 바라보며 자신에게 설득했다. 이 어마어마한 쓰
> 레기의 퇴적층 위, 온갖 오물과 증오와 버려진 꿈들을 발 아래에 두고 저 까마
> 득한 허공에 아슬아슬하게 매달린 23평짜리의 내 보금자리를 향해.

아내가 '거짓의 삶'을 인식하고 이혼을 요구하고 있는 상황인데 준식에게
는 그저 견디는 것 외에 대책이 없다. 「초록 물고기」의 미애나 「박하사탕」
의 형자나 경아처럼 무기력하다. 극단적 긍정과 극단적 부정이 함께 결말
로 제시되는 이유는 무엇일까. 이데올로기 속에 갇혀 있기 때문이다. 이념
은 타협을 용서하지 못한다. 긍정과 부정의 이분법, 적과 아군의 구분만
존재할 뿐이다. 이러한 인식의 문제점을 이창동은 영어 인터뷰에서 가족
개념으로 설명한다.

> "그래요, 깡패들이 가족을 형성하지요, 그런데 깡패들만 가족이 아니죠,"

그가 말했다. "한국에서는 재벌도 가족 구조를 갖고 있지요. 그들 스스로 가족이라고 부르죠. 한국은 전체적으로, 사회가 일종의 큰 가족 같아요. 군사 '가족'이나 구조인지, 회사 가족인지, 깡패 가족인지 문제가 되지 않아요. 어떤 구조든지, 기반은 폭력이죠."

가족은 합리적 설명을 요구하지 않는다. 내 가족인지 아닌지만 구분한다. 한국 사회의 전근대적 이데올로기가 결말 부분에서 극복되지 못한 채 드러나 있다. 극단적 긍정이든 극단적 부정이든 자신의 이데올로기에 봉사한다면 문제될 것이 없다는 태도의 표현이다. "현실의 고통을 보다 철저하고 정직하게 파헤쳐 내지 못하고" 있다는 자책이나 "내 글 속에 과연 얼마나 가치있는 의미들이 들어 있을까 하는 의심"은 소설가 이창동의 용기가 부족하거나 비겁하기 때문에 생기는 것이 아니라 예술적 형식과 인식의 한계 때문에 발생한 것이다. 본고의 주장은 「박하사탕」의 영화 언어를 통해서 해결책의 일단이 구체적으로 제시되었다는 것이다.

4.

이창동 감독은 「박하사탕」의 기자회견에서 "젊은 관객들이 순수했던 순간을 보며 의지에 따라 좋은 미래가 올 수 있다는 메시지를 읽어주면 좋겠다"고 말한다. 「전리」에서 「초록 물고기」에 이르는 소설과 영화의 주제와 동일한 내용이다. "20년이라는 시간을 역류해서 마지막엔 20년 전의 어느 순간, 한 인간의 인생에 있어서 가장 아름답고 순수했던 때의 모습에서 멈추게"된다는 영화의 스토리 라인은 "잃어버린 아름다움과 순수한 사랑을 찾아"간다는 종전의 주제를 유지하고 있는 듯하다. 그러나 "「박하사탕」은 어떤 작품인가?"라는 질문에 이창동 감독은 다음과 같이 대답한다.

한 마디로 설명하기가 좀 어려운 영화다. 이 말은 「박하사탕」이 대중에게 쉽게 다가가기가 어려울지도 모른다는 불길한 전조를 갖고 있다는 것이기도 한데.. 사실 영화는 단순하게 설명되는 것이 좋다. 아주 간단하게 누가 어떻게 해서 어떻게 되었다는 이야기. 그런 짧은 축약 속에 사람들이 '아, 알겠다!'면서 흥미도 느끼고 매력적인 공감을 유발할 수 있는 것이 좋은데 불행히도 「박하사탕」은 그렇지가 않다. 여하튼 내가 감독으로서 영화를 찍어봐야겠다고 생각했을 때, 처음 내 머리 속에 있던 이야기다.

양자택일의 단순성이 이데올로기적 국면의 특징이라면, 「박하사탕」의 이야기를 영화로 만들어야 한다고 판단했던 이유는 지금까지의 주제가 갖고 있던 이데올로기적 지향의 명료성과 도식성으로 풀어낼 수 없는 요소가 존재했기 때문이다. 일곱 번째 시퀀스 「소풍」에서 첫 번째 시퀀스 「야유회」에 이르는 스토리 라인은 극단적 부정의 결말을 갖고 있는 「진짜 사나이」나 「초록 물고기」와 크게 구별되지 않는다. "나, 다시 돌아갈래"의 절규는 "날자, 모든 것을 버리고 날아오르자"는 「하늘등」의 유토피아적 모토와 근본적으로 동일한 주제의 표현이다. 첫 번째 시퀀스의 마지막 신에서 영호의 얼굴이 클로즈업되는 시간이 끔찍하게 길다. 기차가 상하행선으로 달리고, 첫 번째 기차가 반대방향으로, 굴속으로 달려 들어가, 가리봉 봉우회의 야유회에 참석한 옛 친구들이 무식하고 거친 어조로 또는 냉소적인 어조로 영호의 운명을 품평할 시간을 넉넉하게 제공할 뿐만 아니라, 그 중 한 친구가 가까이 밑에까지 다가와 영호의 마지막을 한껏 애도할 수 있게 한다. 요컨대, 자살한다는 것이 생각처럼 그렇게 간단명료한 사건이 아니라는 점을 영상은 뚜렷하게 보여준다. 이 부분을 소설 「전리」의 추락사 묘사와 비교해본다.

갑자기 창 밖으로 뛰어내리고 싶은 충동이 일어났다. 몸은 눈 깜짝할 사이에 낙하해서 마침내 길바닥에 부딪치고 말 것이었다. 아무리 15층 높이라 하더라도 시간은 그리 오래 걸리지 않을 것이다. 어쩌면 소리를 지를 틈도 없을 것이다. 내 얼굴은 으깨어져 길바닥에 입을 맞추고 말 것이다. 그와 같은 모습들이 생생하게 떠오르면서, 나는 내 몸에 와 닿는 아스팔트의 그 단단하고 차가운 촉감까지를 느낄 수 있었다.

소설의 언어가 "생생하게" 쓰려고 하더라도, 「박하사탕」에서 경험한 영화의 언어에 의해 수정되어야 한다. 영호의 절규를 통해서 "소리를 지를" 시간이 충분하며, "눈 깜짝할 사이에 낙하"한다거나 "시간은 그리 오래 걸리지 않을 것"이라고 생각할 수 없다는 것이 영화의 언어에 의해 확인되었다. 이 장면을 영화로 찍는다고 가정해보면, 클로즈업되던 영호의 절규하는 얼굴 모습을 기억하면, 낙하하는 시간도 계획과 달리 너무 끔찍하게 길 것이다. 이것은 단지 영화의 언어와 소설의 언어의 차이점에서 기인하는 것이 아니다. "모든 것을 버리고 날아오르"는 자유는 욕망의 무게 때문에 완벽하게 실현될 수 없다. 인생을 깨끗하게 정리하기 위해 권총을 구입한 영호가 커피를 마신다.

(고개 마루에서 지나가는 운전자에게 커피를 파는 개조한 트럭. 김영호가 커피를 기다리며 커피 아줌마와 웃으며 이야기하고 있다.)
아줌마 천원 받아도 비싼 거 아니예요. 요 밑에 휴게소에서는 천오백원인데, 여긴 경치가 더 좋잖아요.
영호 (커피를 받아 한 모금 마시며) 맞아요. 바다가 쫙 보이는 게 경치 죽이는데! 커피맛도 죽이고! (주머니를 뒤져 돈을 찾다가) 아이고, 큰일났네!
아줌마 왜요?
영호 깜빡하고 돈을 안 갖고 왔네. 카드밖에 없는데 (난감한 표정으로 여자를 본다.)
아줌마 (의심스러운 시선으로 영호를 보며) 잘 찾아보세요.

소크라테스는 죽음의 자리에서 닭 한 마리의 빚도 갚으려고 노력한다. 완전한 논리에 기반을 둔 완벽한 자유의 모습이다. 그러나 과연 가능할까. 욕망이 있는데, 완전한 자유가 가능할까. 자살 직전의 영호가 거짓말까지 하면서 커피 한 잔의 욕망에 허덕인다. 타살이든 자살이든 단순명료한 해결책이 될 수 없다는 사실이 예상치 못한 과거, 윤순임과 사진기의 출현으로 증명된다.

「박하사탕」의 각 시퀀스는 나름대로 기승전결의 플롯 구조를 갖는다. 일상의 모사[起]→일상 속에 내재된 폭력적 갈등의 구조[承]→계몽적 깨달음으로 인한 자유 가능성 제시[轉]→인식 획득의 실패[結]. 세 번째 시퀀스 「삶은 아름답다」는 점프 컷(jump cut)으로 운전하며 세 통의 핸드폰 대화를 하는 영호를 보여주는데[起], 아내 홍자와 운전학원 강사의 러브호텔 정사 현장을 폭력적으로 해결한 다음 자신은 여직원과 카섹스를 한다[承]. 식당에서 자신이 고문했던 박명식을 '장난'스럽게 만나면서 "삶은 아름답다"는 구절을 기억하게 된다. 1979년 가을, 윤순임과 만나던 순수 시대의 흔적을 갖고 있는 말이다[轉]. 새 아파트의 집들이에서 아내 홍자가 너무 길게 기도를 하여 참을 수 없게 된 영호가 슬며시 나가버린다. 영호를 찾아 아파트 광장에까지 나온 홍자가 급히 서둘다 슬리퍼가 벗겨져 절둑거리는 장면을 롱숏으로 보여준다[結]. 몽타쥬로 이어지다가 마지막 씬은 롱숏으로 바쟁이 설명하는 공간의 깊이를 표현한다. 몽타쥬의 표현주의가 의미의 단일성을 전제로 한다면, 공간의 깊이는 의미의 애매성과 불확실성을 강화하면서 사건을 총체적으로 포착하려는 리얼리즘 정신에 충실한 기법이다. 영호가 "삶은 아름답다"를 기억함으로서 깨달음의 자유를 획득했는지, 홍자가 어색한 걸음걸이로 이인삼각의 부부생활을 계속 유지할 수 있는지 질문하면서 끝난다. 물론 앞에서 본 두 번째 시퀀스 「사진기」에서 영호가 홍자에게 문전박대 당하는 장면을 기억하고 있기 때문에, 부정적 결말의 뉘앙스가 뚜렷하다. 네 번째 시퀀스 「고백」도 유사한 구조를 갖는다. 영호의 아침식사라는 일상의 묘사로 시작되지만[起], 영호의 일상이 민주화 억압을 위한 고문이라는 폭력적 갈등의 구조를 드러낸다[承]. "삶은 아름답다"라는 박명식의 일기 구절로 인해 영호의 내면이 흔들리고 경아의 옥탑방에서 순임에 대한 첫사랑을 그리워하면서 운다[轉]. 전환점에서 격렬한 감정의 표현이나 촉발제가 발견된다.

경아가 무의미하게 기다리는 아름다운 실루엣 촬영과 영호가 갑자기 다리를 저는 롱숏으로 인식 획득의 실패가 표현된다[結].

각 시퀀스마다 기승전결의 형식 구조가 반복된다는 것이 무엇을 의미하는가. 영화의 마지막 장면에서 만나는 영호의 순수한 눈물이 「박하사탕」 전체가 보여주려는 감동과 희망의 원천이라는 것이 이창동 감독의 설명이다. 그러나 각 시퀀스의 전환점에서 작은 감동과 희망의 순간들을 경험했었다. 요컨대, 스무 살의 순수한 사랑만 있는 것이 아니다. 심지어 자살하기 사흘 전까지도 윤순임의 사진기와 자신이 구입한 박하사탕을 통해서 욕망의 일상에서 자유로울 수 있을 가능성을 영호가 제시받는다는 사실을 기억해야 한다. 「박하사탕」이 단순하지 않은 이유는 자유의 가능성이 일상 속에서 제시되고 있다는 새로운 발견 때문이다. 「박하사탕」이 지금까지의 형식으로 쓰여질 수 없었던 이유는 이데올로기의 도식적 명료성을 효과적으로 거부하면서 능동적이고 적극적인 관객의 관여를 통한 감동의 가능성을 높일 수 있는 형식을 영화의 언어가 제공해주기 때문이다. 몽타쥬가 영화 예술의 언어라면 공간의 깊이는 리얼리즘 소설의 서사적 깊이를 도입한 새로운 언어이며, 그로 인해 "마침내 감독이 영화 속에서 글을 쓰고 있다고 말할 수 있게 되었다"고 바쟁이 설명한다. 「박하사탕」이 달성한 다중적 시선은 영화의 소설적 언어라고 말할 수 있는 공간의 깊이에 힘입은 바가 크기 때문에, 소설가 이창동이 영화감독 이창동으로 변신했다기보다 이창동의 예술세계가 유연해지고 풍요로워지는 기회가 열렸다고 평가할 수 있을 것이다. 이러한 형식적이며 인식적인 성취를 바탕으로 새로운 리얼리즘 소설을 쓰게 될 것인지, 새로운 영화를 제시할 것인지 기다릴 수 있게 되었다고 보고할 수 있어 기쁘다. 이창동은 소설의 언어가 한계에 봉착하자, 「초록 물고기」의 영화 언어로 그러한 한계를 확인한 다음, 「박하사탕」의 영화 언어로 새로운 가능성을 열었다. 소설의 언어가 이러한 성취로 혜택을 볼 것임은 두 번 말할 필요도 없을 것이다.

11.

선시의 현대성:
송준영 『현대 언어로 읽는 선시의 세계』

1. 선불교 법통의 승계.

가. 인문학의 위기와 선불교 연구.

2006년 9월 26일 인문학 부흥 방안을 모색하기 위한 '인문학 주간' 행사가 학술진흥재단과 전국인문대학장단의 주최 하에 열렸는데, 전국 80여개 대학교 인문대학장들이 인문학의 위기에 대처하자는 주장을 담은 성명서를 발표했다. 이에 대해 신승환 가톨릭대 교수는 "인문학은 본성상 현재를 위기로 인식하고 그 위기를 성찰하는 학문"이라고 전제하면서 "이러한 위기 선언이 동감을 얻지 못하는 까닭은 그 선언이 일면적이며 위기의 원인에 대한 성찰이 결여되어 있으며, 극복 방안이 지극히 자기중심적이기 때문"이라고 평가한다(≪경향신문≫ 10월 12일자). 여러 해 전 '문학의 위기'라는 주장에 대해 내가 「反詩論의 반시론」으로 반박한 바 있는데, 마찬가지 맥락에서 현재 크게 강조되는 인문학의 위기도 관습적으로 인정되어온 분야에서만 크게 느껴질 뿐, 어찌 보면 새로운 형태의 인문학이 태동하고 있는 상황일지도 모른다. 예를 들어 몸이 되는 언어인 힙합 음악, 언어가 되는 몸인 비보이의 브레이크 댄스 등은 기존 인문학의 연구 분야에 포함되어 있지 않다. 무협소설에 관한 평론을 썼던 아직도 그리운 평론가 김현의 용기와 지혜가 필요한 시대인 것이다. 온라인 세상에서는 '몽골리안포스'라는 이름의 바람정령마법사로 이름을 날리는 세계 정상급 게이머로써 소설가 이인화가 속해 있는 디지털 세상에서는 현재까지의 인문학으로는 충분히 설명할 수 없는 새로운 공동체의 권력 구조가 형성되고 있는 중이다.

선불교도 관습적으로 인정되어온 인문학의 대표적인 분야일 것인데, 인문주간 학술제에서 "참선이 뭐냐는 주제로 박사 학위를 받은 사람이 한 시간도 참선을 안 해봤다"(《중앙일보》 9월 27일자)라는 지적을 받고 있는 실정이다. 송준영의 589쪽짜리 대작 『현대 언어로 읽는 선시의 세계』(푸른사상, 2006년)는 바로 그런 지적에 대한 훌륭한 대답이다. 송준영은 1965년 선문에 든 이후 30여년간 동암성수, 탄허택성, 퇴옹성철, 고송종협, 서옹상순 등 제조사를 참문하였고 서옹선사에게 7년간 일곱 차례 서래밀지(西來密旨)를 묻고 수법건당(受法建幢)하였기 때문이다.

『선시의 세계』의 서평은 누구에게나 부담스러운 작업이다. 선의 세계는 지식뿐만 아니라 체험이 먼저 요구되는 분야이기에 아는 사람만이 아는 소리를 할 수 있다. 1998년 8월 백양사에서 개최된 한국선 국제학술대회에 참가하기 위해 참사람 수행결사에 동참함으로서 알게 된 선의 세계에 있어서 실제 수련의 중요성을 잘 알고 있기 때문이다. 송준영이 선시 해석자의 자격에 대해 "선시는 말과 생각이 끊어지고(離言絶慮) 마음의 길이 멸해지는(心行處滅) 곳에서부터 전개되는 까닭에 선시의 번역은 해박한 지식을 뛰어넘어 그 보따리를 벗어놓은 사람, 선의 일미를 가늠할 수 있는 사람의 몫입니다"(17-8쪽)라고 말할 때, 그는 『선시의 세계』를 읽는 작업이 독자의 선적 깨달음의 깊이를 자신과 견주는 작업이라고 주장하고 있는 것이다. 선승(禪僧)이 아닌 송준영의 강점은 일반적인 선승(禪僧)과 달리 자신이 체험적으로 도달한 선의 세계를 지식의 관점에서 풀어내고 있다는 데에 있다. 그리하여 불교 시 연구의 범주에서 교시(敎詩)를 배제한 이유를 다음과 같이 명확하게 제시한다. "선시가 생명 그 자체를 움직이는 그대로 포착하려고 하는데 비해, 교시는 움직임의 흔적을 지적으로 추상화하여 일반화하려고 하기 때문이라 생각 듭니다. 곧 선시는 생명의 최고를 구체적인 것 실체적인 것 가운데 구현하려고 하고, 교시는 그 움직임으로부터 벗어나 상대적으로 대상화하여 눈앞의 세계를 고착화하려고 애쓰기 때문일 것입니다. 이것은 일반적인 집단화된 종교의 정신세계와 선사상의 차이에도 해당하는 내용입니다."(11-2쪽) 송준영의 혜안은 불교 전체를 연구하는 대신 연구의 초점을 다음과 같은 선불교에 집중하는 데에서도 나타난다. "선종은, 선불교는 6조 혜능을 중시조로 하는 사상 집단임이 분명합니다. 이 혜능선 즉 조계선의 시원이라 할 수 있는 자성게의 포인트인 본래무일물(本來無一物)을 시원이라 해도 과언이 아닐 것입니다."(11쪽) 왜냐하면 불교가 오랫동안 관습적으로 인정되어온 인문학의 분야라면 선불교야말로 그런 인문학의 위기를 타개할 수 있는 핵심 분야이기 때문이다.

나. 서옹(西翁) 스님의 인가.

송준영은 자신의 깨달음을 "그럼 30여년 넘게 찾은 것이 무엇인가 하는 질문에 본래 잃을 것이 없으므로 얻은 것조차 없다는 것을 알았을 뿐이지요. 이젠 저 밑에서 올라오는 희미한 의심만이 사라졌다고 말할 수 있을 뿐이지요."(20쪽)라고 요약한다. 송준영이 30여년의 수련 끝에 알게 되었다는 "본래 잃을 것이 없으므로 얻은 것조차 없다"는 것이 바로 조계선의 시원이라 할 수 있는 자성게의 포인트인 본래무일물(本來無一物)의 번역이라는 점을 기억한다면 그의 주장이 얼마나 당당한지 놀라지 않을 수 없다. 문제는 "저 밑에서 올라오는 희미한 의심만이 사라졌다"는 경지를 판단하기 어렵다는 데에 있다. 왜냐하면 그것보다 높은 수준의 경지에 서지 못한다면 화두(話頭)의 '의심'이 아니라 '희미한' 의심이 무엇인지 그리고 그 희미한 의심만이 '사라진' 경지는 어떠한지 알 수 없기 때문이다. 따라서 공인(公認)된 선사(禪師)의 인가(認可)가 중요해진다.

송준영은 백양사 방장 서옹 스님의 인가를 받았다. 아주 중요하고 드라마틱한 에피소드이기 때문에 인용하지 않을 수 없다.

> 10시쯤 백운암 조실에 드니 제주도에서 올라온 법화원에 계시는 시몽스님이 앉아 있고, 당시 스님의 시자가 있는 듯하다. 스님은 반가워하시며 나에게 몇 가지 물건을 주시며 징표로 삼으라고 하셨다.
> 고방선사의 『벽암록』과 스님 직접 친필로 현토하신 『신심명』, 수처작주(隨處作主)라고 쓴 스님의 대필 글씨, 스님이 직접 수결 낙관한 스님의 저서 서옹연의 『임제록』 그리고 백양사 법맥을 인쇄한 계보 첩. 그리고 「시 송월조거사(示 宋越祖居士)」라고 쓴 진리의 노래를 주셨다. 그 게송은 아래와 같다.(576쪽)

내용의 번역본을 인용하자면 다음과 같다(한자 생략). "송월조거사에게/ 마음을 열어보이다// 부처와 조사를 초월하니/ 이 사람이 진인이다/ 면밀한데서 일보 이동하니/ 날으는 용을 보도다/ 진리의 향주머니를 따서 깨뜨리니/ 온 나라가 훈훈하고/ 하늘 틈을 버선목 뒤집듯 열으니/ 맑은 바람이 울부짖도다// 임신년 8월 15일 서옹"(576쪽) 이 시에서 서옹 스님은 송준영 거사의 깨달음의 경지가 "부처와 조사를 초월"한 '진인(眞人)'의 경지에 이르렀다고 인가한다. "면밀한데서 일보 이동"했다는 표현은 "저 밑에서 올라오는 희미한 의심만이 사라졌다"고 주장하는 경지를 인정하시는 내용이다. 뒤이은 에피소드는 더욱 놀랍다.

> 게송을 주시며 말씀하셨다
> "내가 네 이름을 하나 지었지. 월조야, 월조."
> 옆에 잠자코 있던 인사차 조실방에 들린 시몽스님이 '월조는 달월 비칠 조 자입니까,' 하고 물으니 스님께서 '아니야 뛰어 넘을 월자에 할아비 조자야' 하시었다.(576쪽)

조상을 뛰어넘었다는 뜻의 월조(越祖)라는 이름이 상징하는 바는 아주 크다. 황룡 선사의 게송에 '월조'라는 구절이 나오는데 다음과 같다. "내 손과 부처의 손 모두 드노니/ 선객들은 곧바로 알아차려라/ 무기를 쓰지 않고 이르는 곳/ 그 자리에서 초불월조하리라"(466쪽) '월조'는 '초불(超佛)'과 의미가 같으므로 부처를 초월한다, 즉 뛰어넘은 자리에 있다는 해석이 가능해지기 때문이다. 서옹 스님의 이와 같은 인가로 송준영, 아니 월조 취현(醉玄)은 선불교의 법통을 계승하게 되며, 선승(禪僧)이었다면 조실 스님이 될 수 있는 위치에 올라서는 77대 조사가 된다는 사실을 송준영의 친절한 설명에 의해서 필자는 겨우 이해할 수 있었다.

2. 현대 언어로 읽는 선시의 세계.

가. 21세기 종교성의 모색.

19세기와 20세기 서양 사상의 선구자들이 사상적 돌파구를 찾기 위해서 불교 사상을 검토했다는 단편적인 연구가 있어 왔다. 송준영은 "당대의 이름난 선사인 스즈끼 박사는 중세기 기독교의 신비주의자 에크하르트의 말을 인용한다. '내가 그 안에서 하느님을 보는 그 눈은 그 안에서 나를 보는 눈과 같다.'는 선의 불이사유(不二思惟)인 반야지혜(般若智慧)를 표현하는 말이 된다."(557쪽)고 지적하면서 기독교적 신비주의 신앙과 선적 깨달음의 연관성을 암시한다. "선은 인위적인 생각이나 논리적인 이해 차원에 넘어서서 있다. 아니 생각이나 이해와 똑같이 서로 침범하지 않는 언어나 문자 밖에 덤덤히 자존(自存)하기 때문이다. 선은 우리가 이해하고 만들어진 어떤 철학적 종교적 범주에 맞추어도 적합하지 않다."(556쪽) 기존의 철학적 종교적 범주에 적합하지 않은 선불교야말로 21세기 종교성의 모색에 있어서 중요한 기반이 될 수 있다. 송준영의 다음과 같은 혜안처럼 선이 불교라는 종교 이전에 있었다면, 아니 인류가 생기기 이전부터 있었다면 선에서 21세기의 종교성을 찾아내야 할 것이다.

> 억지로 굳이 말하자면, 선은 역사상 일컫는 불교 이전부터 있었습니다. 아니 인류가 생기기 이전부터 있었다 말할 수 있겠지요. 바로 이 선을 인류의 정신 테두리로 틈입시켜 그의 후예들에 의해 성립시킨 원조, 석가조차도 『화엄경』에서 "신기하고 신기하다. 모든 생물 무생물이 불성을 가지고 있구나"하였는데, 여기서 불성은 만물이 가지고 있는 스스로의 성품을 말합니다. (10쪽)

무엇이라 이름 붙이든 '만물이 가지고 있는 스스로의 성품'에 관한 이해야말로 종교의 핵심이 아닐 수 없기 때문이다.

나. 21세기 문학성의 모색.

송준영은 선시의 수사법에 관한 지대한 관심을 다음과 같이 표명한다. "젊은 시절 조금한 시공부의 욕심을 또 떨치지 못하고, 늦게나마 내가 본 세계를 시로 담아보겠다는 욕망이 다시 일게 되었습니다. 이 없는 것을 언어문자로 유형화시켜야 한다는 것에 대한 갈등을 오래 겪어야 했지요. 그건 그렇고, 사실 내가 쓰고자 하는 것은 한 마디로 현대선시인 전위선시입니다. 서구의 긴장과 부조화로 팽배한 문장과 언어의 건축은 우리 선시적 오랜 사유와 결합하므로 전개되는 세계에 대한 갈망이 만들어내는 시입니다."(20쪽) "서구의 긴장과 부조화로 팽배한 문장과 언어"를 "선시적 오랜 사유와 결합"하려는 전위선시의 작업이야말로 상징으로 대표되는 서구의 수사법이 봉착한 난관을 극복할 수 있는 대안이기 때문이다. 송준영은 상징의 시대적 한계성을 다음과 같이 지적한다. "사실 서구의 상징은 무한한 해석의 가능성을 간직하고 있는 암호의 숲으로 생각하는 경향이 다분하지요. 이 상징이란 말은 불교에서 말하는 색즉시공 공즉시색(色卽是空 空卽是色)의 사유법인 선적인 사유법과는 근본적으로 다른 것입니다. 선의 도리는 본질과 물질적 현상을 따로 구분하지 않습니다. 선시에서 실상이란, 상징에 남아있는 논리적 고리를 단절시킴으로 우리와 같은 중생의 분별간택심을 초월시키려는 아니 제자리로 환지본처하게 하는 불립문자(不立文字)의 표징일 뿐이지요. 곧 선시에서는 단어, 시구 혹은 선시 자체가 낱낱이 암시적 상징이 아닌 끝없는 실상으로 형성됩니다."(14쪽) 선시의 수사법이 문학적으로 상징적 수사법의 대안이 되는 이유는 선시의 단어, 시구 또는 선시 자체가 암시적 상징의 체계를 초월하는 실상이기 때문이다. 선시는 모순적 어법에도 불구하고 "서구의 쉬르와 같이 자동기술에 의해 무작위로 씌어진 것이 아닌, 무자성을 철저히 깨친 선사들의 명료함에서 흘러나온 노래이어서 무한실상을 한량없이 휘두르고 있"기 때문이다(15쪽).

다. 21세기 종교와 문학이 함께 나아가야 할 방향의 모색.

송준영은 21세기 종교성의 모색과 21세기 문학성의 모색이 전위선시에서 만날 수 있다고 믿는다. 왜냐하면 "선과 시는 종교와 문학의 서로 다른 영역에 속하여 그 성질 면에서 융화될 수 없지만 앞의 시에서 보듯이 선사들은 깨침의 경지를 시로 표현한다. 이것은 시와 선의 서로 상보적 발달을 보며 선사들은 시에다가 선리를 담고, 시인들은 선리와 선취를 시에 받아들이고 선리로 시작 이론을 세웠다."는 전통이 있기 때문이다(24쪽).

그러나 송준영에게 "반상합도에 의해 새롭게 만들어지는 시를 그려 보여주고 싶다는 욕망"이 있지만, "아직 미숙하여 제대로 표현해내지는"(21쪽) 못한다고 반성하지 않을 수 없는 이유는 전통선시에서 전위선시로 넘어가는 길을 아직까지 찾아내지 못했기 때문이다. "시와 선이 합해질 수 있는 이유를 밝힌 논지"로 『현대 언어로 읽는 선시의 세계』589쪽 전체에서 유일하게 제시된 사례가 중국 명대의 시론가 서정경(徐禎卿)의 『담예록(談藝錄)』의 일부일 뿐인데 다음과 같다. "이치를 대략 말하지 않고 사물의 상태를 형상화하여 이치를 밝히며, 도를 헛되이 말하지 않고 그 그릇의 쓰임(器用)을 묘사하여 도를 싣는다. 형이하의 사물을 들어 형이상의 이치를 밝혀, 고요하고 텅 비어 형상이 없는 것을 사물에 가탁하여 일으키고, 황홀하여 조짐이 없는 것이 자취를 드러내어 눈에 보이듯 한다. 비유하면 무극과 태극이 응결하여 하늘과 땅(兩儀) 태양, 소음, 태음, 소음(四象)이 되는 것과 같다."(35쪽) 전통선시와 변별되는 전위선시를 위한 시론으로 제시된 것이 중국 명대의 시론의 일부분의 인용일 뿐이라는 점은 "현대 언어로 읽는 선시의 세계"라는 제목을 무색하게 만든다.

"현대 언어로 읽는 선시의 세계"라는 제목을 제안하여 채택하게 만든 당사자로서 필자에게도 책임이 없다고 말할 수 없기 때문에 전위선시를 위한 시론 구축의 두 가지 방향성을 제시하고자 한다. 첫째, 전위선시는 논리가 아닌 실상 위에 구축된다는 선시의 전통을 계승해야 한다. 왜냐하면 전위선시는 선시 자체의 전위성을 드러내는 작업이기 때문이다. 선과 선시의 다음과 같은 특징 자체가 전위적이기 때문이다. "선은 그 장점이 실생활 자체를 여과 없이 보여줄 뿐만 아니라, 여과 없다는 그 자체를 말한다. 그래서 선시의 이해는 그 변두리에 있다고 판단되는 선화(禪話) 속이 바로 요체다. 마치 『금강경』이 서양에 처음 전해져 번역되어졌을 때, 심오하며 철학적이고 종교적인 교리로만 가득 차 있지 않고 왜? 짧고 중요한 경문에 '밥을 빌러가고 밥을 나누어 먹고 발을 닦고 똑바로 앉고' 같은 일상사가 기록되었는지 납득을 못한 것과 같은 이치라 하겠다."(36쪽) 둘째, 격의불교의 다음과 같은 전통을 부활시켜야 한다.

　　처음 불교가 중국에 들어왔을 때는 격의(格義)라는 방법에 의해 이해되어졌다. 격의불교는 기존의 노자, 장자의 사상을 차용하여 불교를 이해하는 방법이다. 가령 『도덕경』 제40장에 '천하의 모든 만물은 유에서 생하고 유는 무에서 생한다'(天下萬物於有 有生於無)라는 말은 대승불교의 공사상을 노자의 무라는 용어로 이해하는 계기가 된다. 불교가 처음 중국에 유입되었을 때 불교의 열반(nirvana)을 무위(無爲)로, 보리(bodhi)를 도(道), 진여(tathata)를 본무(本無)라고 격의적으로 수용 번역되었다. 곧 노자 장자의 사상을 빌어 불전을 번역하고 불교를 이해한 것이다.
　　인도의 불교와 중국의 불교는 전자가 명상을 통해 현실의 괴로움을 초월하려 했기 때문에 인식론적 논리가 발달하게 되었다면 이와는 반대로 후자는 그 국민성에 기인되는 행동적이고 현실적인 직관이 발달했다. 그런 까닭에 직관적으로 체험하고 실천하는 실제적인 종교정신이 발달하게 된다. 곧 불교의 궁극적인 경지를 어떻게 체득하고 실참실수(實參實修)하느냐 하는 문제가 바로 참선과 같은 수행법으로 발전을 봄으로 선종의 태동을 보게 된다.(57쪽)

격의불교의 성립 경과를 자세히 인용한 이유는 바로 지금이 '현대 언어,' 즉 서양 사상의 용어나 체계에서 새로운 격의불교의 방안을 찾아내야 하는 시대라는 역사적 인식 때문이다. 5조 홍인(弘忍)의 생몰연대는 601 – 678년이고, 신수(神秀)는 605 – 706년이며 6조 혜능(慧能)은 638-713년이다. 모든 생물 무생물이 불성을 가지고 있다는 궁극적 깨달음의 내용은 석가 이래로 변함없어 시간의 흐름에 영향을 받지 않지만, 1300여 년 전의 언어를 변함없이 그대로 사용하면서 현대의 독자들이 이해할 수 있는 전위선시의 시론을 제시할 수는 없다는 점을 강조하고 싶기 때문이다.

공인된 선사에게 인가받지 못한 수준에 있는 필자에게 주어진 과제는 엄청나다. 이제 겨우 문제의 제기에 성공했는데, 앞으로는 월조 거사가 달성하여 589쪽에서 제시한 선적 깨달음을 현대 언어로 정리한 다음 그로 인해 파생된 과제와 해결의 방향성을 구체적으로 제시해야 하기 때문이다.

3. 삼단논법.

가. 불립문자의 이해.

5조 홍인의 법통 승계를 위한 다음과 같은 대중 법문은 선불교가 본격적으로 시작되게 만든 질문이다.

세상 사람들은 삶과 죽음의 문제가 가장 큰 중요한 문제다. 그런데 너희들

은 종일토록 다만 복전만 구하고 생과 사의 고달픈 바다에서는 벗어나려는 생
각이 없는 것 같다. 자성이 미혹하다면 복을 가지고 어떻게 생사를 벗어날 것
이라고 생각하는가. 너희는 각자의 지혜를 스스로 살펴 자기 본심인 반야의
성품으로 게송을 하나씩 지어 나에게 가져오너라. 만일 큰 뜻을 깨친 사람이
있으면 법과 옷을 전하여 제6대조로 삼을 것이다. 지체하지 마라. 생각으로 헤
아린다면 핵심을 놓칠 것이고 견성한 사람은 말 아래에 모름지기 볼 것이니,
이런 사람은 칼싸움하는 진중에도 볼 수 있다.(27쪽)

공인된 선사에게 인가받는 수준으로까지 생사의 문제를 벗어나는 최고
수준의 종교적 인식의 양상은 "생각으로 헤아린다면 핵심을 놓칠 것이고
견성한 사람은 말 아래에 모름지기 볼 것이니"(思量 卽不中用 見性之人
言下須見)로 요약된다. 이러한 핵심적 요지의 중요성은 "대중에게 존경을
받는 아주 정신적 깊이가 있고 진정한 믿음과 겸손을 지닌"(28쪽) 것으로
평가되던 교수사 신수에게 홍인이 "무상보리는 언하에 자기 본심을 깨달
아야 하며 직관에 의해 자기 본성을 보아야 하네."(無上菩提 須得言下 識
者本性 見者本性)라는 기준에 의거하여 실패라고 평가하는 장면에서 두
드러지게 드러난다(29쪽).

'말 아래(言下)'에서 파악해야 하는 핵심 사안이지만 말로 표현하라고
요구받는다는 점에서 선의 대표적 사상적 특질인 불립문자, 교외별전(教
外別傳), 직지인심(直指人心), 견성성불(見性成佛)이 드러난다. 혜심은
『선문염송』의 「서문」에서 불립문자의 중요성을 다음과 같이 강조한다.
"세존과 가섭 이후에 대대로 이어받아 등불과 등불이 다함이 없이 차례차
례 비밀히 전함으로써 바른 전법을 삼으니, 바르게 전하고 비밀히 준 자리
는 말로서 표현치 못할 바는 아니나, 말로는 미치지 못하는 바가 있기 때
문에 비록 가리켜 보이는 일이 있어도 문자를 세우지 않고 마음으로써 마
음을 전할 뿐이었다."(52쪽) 그러나 "불립문자의 전체적 이해는 언어나
문자에 매달리지 않아야 하며, 단지 불립문자란 자구에 집착하여 고지식
하게 문자를 사용하지 않는 것에만 매어달리는 편집된 생각의 노예가 되

지” 말아야 한다는 데에 이해의 어려움이 있다(37쪽).

어느 날 밤에 정각을 이루고
어느 날 밤에 열반에 들지만
이 두 중간에서
나는 아무것도 말한 바가 없다

안으로 몸소 증득한 법으로서
나는 이와 같이 말한다
시방 부처님과 또한 나의
모든 법은 차별이 없다

석가모니는 정각을 이루고 열반에 들기까지 45년 동안 8만 4천 법문으로 지
칭되는 대기설법(對機說法)을 남겼다. 그럼에도 불구하고 ‘나는 아무것도 말
한 바가 없다’고 자신이 말한 바를 부정하고 있는 이 게송은 분명 언어초월 사
상을 역설적으로 강조하고 있다.(50쪽)

대기설법은 “시방 부처님과 또한 나의 모든 법은 차별이 없다”는 “몸소
증득한 법”의 경지에 이른 석가모니께서는 아무것도 말씀하실 필요가 없
었지만 대중을 위한 자비의 마음에서 기회에 맞추어 말씀을 해주셨다는
것을 시사한다. 선과 선시의 이해와 해석에 있어서 핵심 문제는 불립문자
인데 어떻게 문자로 선사상을 표현할 수 있는가라는 질문으로 귀착된다.
그런데 “불립문자란 문자를 사용하지 않음이 아니라 문자에 대한 집착이
없어야 함을 말한다. 그럼 어떻게 하여야 문자를 사용하되 집착하지 않고
사용하는 것이 되는가 하는 것이 문제이다. 바로 문자를 쓰되 적합하게 매
어달리지 않고 사용할 수 있을까. 이것은 지혜와 관계가 있다. 반야바라밀
과, 곧 지혜의 완성은 중도이고 견성이다. 자성(自性)을 본 사람은 지혜를
완성한 사람이어서 모든 사물에 자연 응답하며, 또 응답을 할 줄 안
다.”(39쪽)

나. 삼단논법의 전개.

송준영은 서옹 스님의 인가를 받는데 결정적인 공헌을 한 자신(송취현)의 『반야심경강론』에서 통일논리로서의 삼단논법을 다음과 같이 전개하고 있다.

불경 전반에 자성본원의 무자성을 밝히는 변증법적 논리 구현, 바로 통일논리를 밝히기 위해 삼단논법을 전개하고 있는데, 이는 바로 일체의 삿됨을 깨뜨리고 올바름을 드러나게 하는 파사현정(破邪顯正)하기 위함이다. 몇 가지 경론에 나타나는 삼단논법을 정리할 것 같으면 다음과 같다.

> 원래적 입장─色性是空 空性是色─空諦─有無─山是山 水是水
> 사상적 표현─色不異空 空不異色─假諦─非有非無─山是水 水是山
> 체험적 결괴─色則是空 空則是色─中諦─亦有亦無─山亦是山 水亦是水

> 색즉시공 공즉시색은 『반야심경』의 표현이고 공가중(空假中)의 삼체(三諦)는 천태종의 2조 혜문이 나가르주나의 『중론송』에 얻은 반상합도고, 유무 비유비무 역유역무는 『열반경』에 불성 비유비무 역유역무 유무합고(佛性 非有非無 亦有亦無 有無合故)에서 근거한다. 그리고 선시에서도 본래적인 산시산 수시수와 사상적 표현인 산시수 수시산인 경지와 실참실수한 뒤에 나타나는 산역시산 수역시수의 확연한 경계를 노래한다.(237-8쪽)

이를 다음과 같이 지식, 지혜와 예지로 구분할 수도 있다. "이를테면 knowledge는 경험을 갖지 않고 얻어진다면, wisdom은 삶의 경험을 통하여 얻어진다. 그러나 prajna는 존재 자체의 자발광(自發光)으로 '본질에서 솟는 근원적인 예지'다. 곧 분별함이 없는 상태에서 솟는 지혜인 무분별지(無分別智)다."(44쪽)

혜능은 『육조단경』에서 삼단논법을 다음과 같이 해석해준다. "그대들의 마음이 이미 선과 악에서 벗어났다면, 깍은 듯한 공허에 떨어지지 말도록, 앞과 뒤가 끊기는 고요를 지키며 즐기는 경지에 빠지지 않도록 주의해야 합니다. 그대들은 오로지 학문을 넓히고 많은 견문을 쌓도록 애써야 합니다. 그러면 스스로의 본심을 깨달아 모든 깨달은 이의 근본 이치를 알게 될 것입니다. 그렇게 되면 다른 사람과의 사귐에 있어서 화합이 자연 이루어지고 나와 남이라는 생각이 없어지게 됩니다. 바로 보리에 이르러, 움직이지 않는 우리의 진심을 깨달을 것입니다."(46-7쪽) 혜능의 "친절하고 인간적인 말"(46쪽)은 이미 선과 악의를 벗어난 첫 번째 단계 이후, 즉 두 번째와 세 번째 단계에 설명을 집중하고 있다. 두 번째 단계에서는 공허와 고요에 침잠하지 말아야 스스로의 본심을 깨닫는 학문적 진전을 성취할 수 있음을 강조하고, 세 번째 단계에 이르러 움직이지 않는 우리의 진심을 깨달으면 나와 남이라는 생각이 없어진 화해의 세계를 달성할 수 있다고 격려한다.

우리 시대의 선사 서옹 스님은 『벽암록』을 해설하면서 다음과 같이 명확히 밝히고 있다.

> 그 자리는 우리의 심식(心識)으로 되어 있는데, 공부에 깊이 들어가면 모두가 무심의 경계가 된다. 곧 무심의 경계가 되어서 우주 대자연과 차별이 없는 절대경지에 들어간다. 그러나 참선은 그것이 그치지 않고 더 정진을 하면 아뢰야식(8식: 무의식)을 완전히 타파한 부처의 반야지가 된다. 그리고 부처의 경지도 타파하고 초월하여 자유자재하게 된다. 이것을 평상심시도(平常心是道)라고 한다. 배고프면 밥 먹고 목마르면 차 마시고 자유자재하게 되어야 선의 구경인 낙처(落處)인 것이다.(57-8쪽)

지식으로 파악되는 심식의 제1단계를 넘어선 무심의 경계에 이르러 우주 대자연과 차별이 없는 제2단계 지혜의 절대경지에 들어간다. 서옹 스님이 제시하는 선적 깨달음의 제3단계, 반야지에 관한 설명은 아주 구체적이다. 아뢰야식, 즉 무의식을 타파하면 부처의 경지를 초월하여 자유자재한 삶을 살 수 있게 된다는 것이다. 이러한 평상심시도는 백장(百丈)의 불락인과(不落因果)와 불매인과(不昧因果)로도 설명된다. "불락인과는 현상계를 초월하여 괴로움에 시달리지 않고 정신적으로 초월자가 되어 신통묘용이 자재하다는 의미로 읽히고, 백장이 말하는 불매인과는 인과법칙에 밝다, 혹은 인과를 알아 지혜롭다는 의미로 풀린다. 다시 말해 자성을본 견성한 사람은 초월의 불변성과 현상계의 변화성도 한 눈에 간파할 수있는 반야의 지혜를 갖춤으로써 자재(自在)로운 마음을 갖는다. 이런 마음의 소유자는 '범(凡)/성(聖)'이 무너지고 '내(內)/외(外)'가 밝게 뚫려 불이(不二)의 세계에 산다. 이것은 석가모니가 초전법륜(初轉法輪)에서 말한 중도(中道)가 아니고는 불가능한 일이다."(209쪽)

다. 혜능의 대법: 지식에서 지혜로 가는 길.

지식의 제1단계에서 지혜의 제2단계로 가는 길도 험하기만 하다. 다음과 같은 이유 때문이다. "우리의 직관에 의해 보여 지는 세계는 단순하고명쾌하다. 사실 이것을 언어문자를 통하여 전달하기란 쉽지 않다. 언어와문자는 제1의(第一義)를 다시 한 번 되새겨 정리하여 보여주기 때문일 것이다. 활발발한 이 순간의 이미지를 한 겹 되새기고 논리적으로 정리하므로 생기는 문제점. 우리가 본 모든 사물이 보여주는 1차적 심상의 세계가2차적인 정리 이해의 세계로 변화하는데서 오는 착오는 말할 수 없을 정도로 크다. 언어문자의 한계는 우리를 영원히 눈뜬장님으로 만들뿐 아니라 영원히 언어문자의 테두리 안에 가두고 만다. 누구나 언어와 개념의 세계의 복잡다단한 굴레에 빠져들면 그 한계 안에 거주할 수밖에 없다는 것을 알면 우리에게 한층 자유로워질 것이다."(263-4쪽) "흔히 지식을 선가에서는 알음알이라 한다. 머리 하나만 이해되고 통달되어 아는 기술적 지식과 달리 선적 체험은 정신적 지혜와 육체적 경험, 머리와 마음을 모두통하여 증장(增長)시킴을 의미한다."(41쪽)

혜능은 『육조단경』에서 지식을 여의고 지혜로 나아가는 방법인 대법(對法)을 석가모니의 대기설법(對機說法)의 응용 방안으로 다음과 같이 제시한다. "나아가고 사라짐에 양변을 여의고 일체 법을 설하는데 자성을 여의치 말아야 한다. 그리고 법을 묻는 사람에게 설법은 반드시 쌍으로 하여 대법을 사용하여 오고 감에 서로 원인이 되게끔 하여 마지막에 두 법이 다 제거되어 다시 갈 곳이 없게 해야 한다.'고 말한다. 이것은 혜능이 말하듯이 '유(有)를 물으면 무(無)의 의미로 대답하고 범상한 것을 물으면 성스러운 것으로 말하고, 또 성스러운 것을 물으면 범상한 것으로 대답한다. 이렇게 두 극단의 상호 관계에서 중도의 의미가 드러난다.'"(37-8쪽) 이런 원리는 "『금강경』 제7분의 '여래가 설하신 법은 모두 취할 수도 없고 법도 아니그 법 아닌 것도 아니다. 왜냐하면 일체의 현성은 모두 함이 없는 가운데 차별을 두기 때문이다'에 사상적 근거를 둔다."(113쪽)

송준영은 진리 추구 과정에서 지식과 지성인의 한계에 대해 다음과 같이 한탄한다.

> 인간의 이항적 관습의 장애는 지금도 소를 채찍질하여 영원히 멈춤이 없는 수레를 몰고 가는 지성인과 지성인의 끝없는 행렬을 보는 것.
> 아, 우습다! 지금도 소에다 채찍을 치는 거와 같이, 좌선으로 부처를 이루고자하는 어리석은 부처들이여, 정녕 우습구나.(122-3쪽)

> 지식에서 지혜로의 전환이 아무리 강조되더라도 합리성을 포기하고 비합리성을 옹호하는 것으로 오해되어서는 안 된다. "선을 잘못 이해한 선학자들은 선은 어떤 비합리성을 그 근본 원리로 하고 있다고 생각한 것 같은데, 이런 잘못된 태도는 합리성을 최선인양 숭배하는 것보다 잘못이 적지 않다고 생각한다. 선종의 오가칠종의 조사들은 '합리/비합리'를 초월해 있다."(497쪽)

라. 반상합도(反常合道)의 줄탁동시(啐啄同時)와 하화중생(下化衆生)의 이상.

일반적인 불교의 종파, 교학 위주의 교종이나 다른 종파들이 대상화된 불교를 일반화하려는데 반해, 선은 현실이나 생명 그 자체를 활활발발한 그대로를 포착하여 주체가 되려 한다. 신수의 경우처럼 망상을 벗어남을 수도하는 것이 교학의 이상으로 생각하지만, 선에서는 혜능의 경우처럼 "성범의 분별심을 벗어나므로 무명(無明), 실성(實性)이 둘이 아님의 경계에서 '함이 없는 행위'(無功用)가 된다."(103쪽) 선의 언어는 선문답이라는 용어에서도 드러나듯이 "동문서답, 논리의 맥이 끊기는 것을 말한다. 바로 논리의 대화가 아니고 직관에 의한 대화이기 때문이다."(155쪽) 예를 들어 "운문(雲門)의 일자관(一字關)은 선학인이 묻는 질문에 대한 즉각적인 반응, 아니 무의식적인 반응이라 할 수 있다. 운문은 질의자의 정신 상태와 요구를 그 질문에서 직관적으로 느낀 반사작용으로 봄이 타당하다. 이것은 말로 표현할 수 없는 것을 환기시키고자 하는 운문의 가르침의 방법 중의 하나일 뿐이다."(497쪽) 왜냐하면 "우리의 언어는 단지 현상세계와 사물과 사물이 끝없이 대립하고 융화하는 사이에 가유(假有)해 있을 따름이다. 가유해 있는 흔적을 우리는 자성 위에서 마음대로 사용할 뿐이다. 견성한 사람은 언어로 유희하되 마음에 흔적이 남지 않는다."(45쪽)

"당착적인 모순어법은 선사들이 이원적인 상대세계에서 그들이 보았던 일원적인 세계관을 표현하는데 사용한 주된 수사법이다. 이들은 일상적인 것을 비틀고 돌이키고 융화시켜 다른 수승된 일원론적 세계관을 보여준다. 곧 반상합도(反常合道)의 솜씨를 능수능란하게 사용하는데, 이것은 우리를 더 심원한 세계로 몰아넣기에 족하다."(80쪽) "절대 진리를 묻는 사람에게 여릉의 쌀값은 어떻던가? 하는 반문은 반어적인 대답. 이 되묻는 대답은 선사로서 납자를 제접하는 능숙한 솜씨는, 인간의 관념과 개념, 관습으로 뒤덮여 있는 두꺼운 벽을 깨는 줄탁동시(啐啄同時)의 비범하고 매혹적인 수법으로 읽힌다."(88쪽) 예를 들어 "선시의 석녀(石女), 목작(木鵲), 니우(泥牛), 목인(木人) 등은 바로 우리가 만들어낸 이항대립적인 언어로는 표현되지 않는 진리 당체를 우회한 실상의 표현이니, 주체이며 바로 그곳에 만날 때만이 계회(契會)되는 그 표현을, 현실로 존재하지 않는 이것을, 이렇게 밖에 나타낼 수밖에 없는 선사들의 곤혹스런 표현이다. 물론 이런 표현들은 결국 이항대립적인 세계를 일원의 세계로 환지본

처(還至本處)시키고자 하는 선사들이 오랜 세월을 두고 형성시킨 언어 형식들이다."(70-1쪽)

선종에서 가장 근본적인 동시에 보편적인 원칙이 되는 핵심사상은 일상생활에서 긍정적인 태도다. "선종의 매력은 무위에 자재하는 노장사상을 뛰어넘어 후대에 확암(廓庵)의 「십우도」에서 입전수수(入鄽垂手)로 나타나며 이어서 활활발발한 선화와 법거량, 고함소리, 몽둥이질과 거침없는 실제의 행위로 나타난다는데 있다. 이것이 오늘날에 와서는 행위하고 머무르그 앉고 눕고 말하고 침묵하고 움직이고 고요한(行住坐臥語黙動靜) 모든 생활이 선일 뿐이다라고 말한다. 바로 현실 생활의 찰라지간에 번득이는 지혜, 이것이 선이다. 삶의 끄트머리에서 반야의 검으로 삶을 재단한다."(130쪽) 다른 종교와 "불교가 다른 것은 상구보리(上求菩提) 후에 하화중생(下化衆生)과 자리(自利) 후에 이타(利他)에 모든 낙처(落處)가 있다."(133쪽)

4. 송준영이 도달한 깨달음의 경지와 앞으로의 전망.

가. 송준영이 도달한 깨달음의 경지.

나보다 더 많이 진전된 깨달음의 경지에 있는 필자의 저서에 나타난 깨달음의 경지를 어떻게 평가할 수 있을까? 그저 그가 도달한 깨달음의 정점이라고 여겨지는 지점들을 지적하면서 독자의 평가를 기다리는 수밖에 없지 않을까 하는 생각이다.

형식의 측면에서 송준영 자신이 제시한 다음과 같은 선시의 수사법을 가장 잘 반영한 부분을 『선시의 세계』에서 읽어내는 것이 한 방법일 것이다. "선시의 수사법은 압축, 절연, 기상, 모순, 병치, 사물의 가탁에 의한 형상화 등 현대시의 수사법과 거의 동일하다고 봅니다. 그러나 특히 많이 나타나는 수사법은 모순적 어법입니다. 선사의 모순적 어법은 스스로 깨친 세계를 문자로 보여주어 미혹한 중생들을 깨닫게 하기 위한 선사들의 간절한 노파심의 발로입니다."(12-3쪽) 다음은 영운(靈雲)의 오도송이다. "30년 동안 검을 찾던 나그네여/ 몇 차례나 잎 지고 가지가 돋았던가/ 복사꽃 한 번 보고 난 뒤엔/ 아직까지 두 번 다시 의심치 않네."(271쪽) 송준 영은 이 오도송을 분석하면서 마지막 2행을 위해 자신이 제시했던 수사법 을 다음과 같이 훌륭하게 적용한다.

> 3행에서 "복사꽃 한 번 보고 난 뒤"(自從一見桃花後)란 시구에서 보듯이 복 사꽃을 한 번 본 다음은, 4행에서 "아직까지 두 번 다시 의심치 않네"(直至如 今更不疑)라고 했는데, 도대체 복사꽃을 어떻게 보았단 말인가. 문제는 복사꽃 이 문제이다. 복사꽃은 피었고, 복사꽃은 피고, 복사꽃은 필 것이다. 이렇게 설 정되는 복사꽃은 시간과 공간 속에서 분별되는 복사꽃이다. 이 분별의 복사꽃 은 관념과 합리적인 약속 아래 복사꽃일 뿐이다. 어제에 본 복사꽃, 지금도 보 고 싶은 복사꽃, 내일에도 필 복사꽃, 창경원에서 본 복사꽃, 어린 날 고향산천 에 피던 복사꽃일 뿐이다. 그러나 3행에서 영운이 '한 번 본 복사꽃'은 영운과 복사꽃과 대립적인 분별이 끊어진 복사꽃이었고, '영운(自)/복사꽃(他)'이 무 너진 무간(無間)의 복사꽃이니, 바로 영운 자체이다. 이것은 자성본원에 영회 이며, 진여 실상 자체인 절대 현재의 이 찰나에 한 몸이 되니, 다시는 의심을 갖지 않는 4행의 이유다.(272쪽)

내용의 측면에서 송준영이 제시하는 선의 경지를 가장 잘 반영한 부분 에 있어서 필자는 『선시의 세계』의 두 부분을 읽고자 한다. 하나는 줄탁동 시(啐啄同時)의 장면이고 다른 하나는 하화중생(下化衆生)의 장면이다. 무착(無着)의 '전삼삼후삼삼(前三三後三三)' 설화에 대한 송준영의 다음 과 같은 해석은 줄탁동시가 구체적으로 어떻게 진행되는지 그 비밀의 일 단을 드러내 보여준다.

> 우리는 항상 '흑/백'의 판가름의 세계를 살아왔고, 이항대립적인 가름에 답 을 선택하게 하였고 또 선택해왔다. 그러나 실제의 삶은 총체적이다. 시간과

공간 속에서 인연되어지는 전성전일(全性全一)한 삶을 살고 있다. 이런 사유에 던져지는 벽력같은 말 "저기 셋, 여기 셋 정도." 무언가 정답이 없는, 정답을 내기 위한 정신작용에 문제가 생기므로 오는 멍청함. 여기에 우리는 사량(思量)하는 잣대를 잃는다. '전삼삼 후삼삼'은 일반적으로 '범인과 성인이 동거하고, 용과 뱀이 뒤엉켜서'(凡聖同居 龍蛇混雜) 여기 한 무리, 저기 한 무리 무리지어 있다 쯤이 아니겠는가. 그러나 여기서는 문수가 일깨우고자 하는 것, 곧 우리를 자성본원으로 계합시키려는 음흉한 의도가 숨어 있으니, 조심해야 한다.(280쪽)

보명(普明)이 지은 「십우송」의 '10. 쌍민(雙泯)'은 다음과 같다. "사람과 소 보이지 않고 자취 묘연한데/ 밝은 달빛 머금고 만상이 비었어라/ 만약 그 중 분명한 뜻 묻는다면/ 들꽃 향기로운 풀 절로 무성하다 하리." 확암(廓庵)의 「십우도」에서 입전수수(入廛垂手)와 동일한 맥락인데, 이를 해석하면서 송준영은 하와중생의 경지가 진유의 세계임을 다음과 같이 입증한다.

> 이 진유의 세계를 알고자 하는가?
> 바로 "들꽃 향기로운 풀 절로 무성하다"(野花芳草自叢叢)라고 표현되어지는 묘유의 세계다. 이 세계는 일상사의 원래적 입장인 '유/무'가 '비유(非有)/비무(非無)'의 사상적 탐구 뒤에 나타나는 현상을 거쳐 다시 '역유(亦有)/역무(亦無),' 즉 체험적 결과로 나타나는 세계가 바로 4행의 '야화방초자총총'이다.『열반경』에 "불성은 있는 것도 아니고 없는 것도 아니니, 또한 있는 것은 있고 없는 것은 또한 없는 것이니 바로 있고 없고가 융합된 까닭이다"(佛性 非有非無 亦有亦無 有無合故)라고 말하는 세계다.(296쪽)

나. 앞으로의 전망.

송준영의 대작(大作)『현대 언어로 읽는 선시의 세계』를 읽으며 기대했던 21세기 종교성과 문학성의 모색에 대한 해결책이 충분히 찾아지지 못했기 때문에 계속적이며 집단적인 노력이 요구되는 상황이다. 첫째, 송준영이 목표로 하는 전위선시는 논리가 아닌 실상 위에 구축되는 선시의 전통을 계승하기 위해 계속 노력해야 한다. 선과 선시는 바로 그 자체로 전위적이기 때문에 전위선시는 선시 자체의 전위성을 드러내는 작업이다. 둘째, '현대 언어,' 즉 서양 사상의 용어나 체계에서 새로운 격의불교의 방안을 찾아내야 하는 역사적 인식이 그러한 작업의 기반이 되어야 한다. 모든 생물 무생물이 불성을 가지고 있다는 궁극적인 깨달음의 내용은 석가 이래로 변함없어 시간의 흐름에 영향 받지 않지만, 1300여 년 전의 언어를 그대로 사용하면서 현대의 독자들이 이해할 수 있는 전위선시의 시론을 제시할 수 없기 때문이다.

송준영은 자신이 선불교의 법계도(法系圖)를 최초로 완벽하게 정비하여 부록으로 제시했다고 설명한다. 향후 지속될 송준영의 작업에 큰 희망을 걸 수 있는 근거를 두 가지 제시할 수 있을지도 모르겠다. 그 하나는 선불교 5가7종을 다음과 같이 현대 언어로 개괄할 수 있는 전문지식을 갖고 있기 때문이다. "5가7종은 선종 종파의 총 명칭이다. 종지나 교의에 의하여 나누어진 것이 아니라, 단지 각 문의 선풍이 달라서 갈라 부른다. 위앙종은 완숙하고 조동종은 세밀하며 임제종은 통쾌하고 운문종은 고고하며 법안종은 간명하다. 그리고 각 종파의 성쇠는 법이 강하고 약함에 있지 않고 사람을 얻고 얻지 못함에 있다."(244쪽) 또 하나 보다 중요한 근거는 송준영이 조사선의 변화와 발전 과정을 다음과 같이 구체적으로 제시하고 있기 때문이다.

우리는 앞 장에서 본 6조 혜능이 말하는 '마음을 알아 성품을 보는 식심견성(識心見性)'의 성(性), 그리고 그의 제자 하택 신회가 주장하는 '지지일자중묘지문(知之一字衆妙之門)'이라 하는 지(知), 이 지자(知字)는 6조의 성자(性字)보다 동태성을 띤다. 그리고 마조의 '평상심시도(平常心是道)'나 즉심즉불(則心則佛)의 심자(心字)는 앞의 이 지자(知字)보다는 더 작용의 의미를 가진다. 다음 조주나 임제에 이르러는 훨씬 형상화되고 동태적인 표현을 하여 구체화시키고 있다. 이를테면 임제의 무위진인(無爲眞人)이나 이 선화에 보이는 '진주

의 큰 무우'가 그 예다. 조주에 이르러 보이지 않는 자성의 편재를 그의 구순피
선으로 형상화하여 납자의 면전에 확연히 보이고 있다. 조주야말로 대시인의
면목을 유감없이 보여준 선사라 할 것이다.(335쪽)

송준영은 선종의 변화가 표현의 형상화와 동태성이 강화되는 방향으로
진행되어 왔음을 지적한다. 이는 송준영의 현대 언어로 선시를 읽는 작업
이 현대 언어로 선을 읽으려는 작업과 직결된다는 올바른 역사 인식에 기
반을 두고 있음을 드러내 보여준다.

12.
즐겁고, 재미있게, 기쁘게 시를 읽기위하여:
이만식 『하느님의 야구장 입장권』

첫 시집 『시론』에 이어서 나온 『하느님의 야구장 입장권』을 즐겁게, 재미있게, 기쁘게 읽는 방법을 찾으려 하는 것은 중고등학교의 입시지옥에서 만났던 어쩌다 가끔씩 가슴에 닿기도 하지만 대부분의 경우 그저 졸리고 하품 나게 만들던 시의 경험을 격퇴하는 것, 그래서 우리의 삶을 그만큼 풍요롭게 할 진정한 시의 세계를 다시 흔쾌히 받아들일 수 있는 길을 모색하는 것이다.

한 편의 시는 한 장의 그림처럼 혹은 하나의 인간처럼 하나의 세계요 우주다. 따라서 그 속으로 들어가거나 그곳에서 나올 수 있게 하는 출입구도 하나가 아니다. 시집에 첨부된 해설도 이 시집을 만나는 하나의 방법이고, 포스트모더니즘의 철학인 해체론을 경유하는 어려운 길도 있지만, 그저 편안하게, 글자 그대로 마음을 열고 우연히 내게 찾아온 시 한 편부터 만나, 야 재미있구나, 그것 참 즐겁구나, 나를 기쁘게 하는구나라고 감탄하는 것이 시집의 세계를 오가는, 무엇보다 중요한 출입구일 것이다.

내가 섬에 있다

또는 내가 섬이라면
나는 섬 밖으로 나가려 한다
적어도 나의 일부가 나가려 한다

조용히
팔을 뻗어
누군가의 손을 잡으면
마음이 편할 것이다, 그것을

누구는 희망이라고 부르고
누구는 사랑이라고 부르고
누구는 자유라고 부르겠지만

섬 밖으로 나간 뒤
이름을 알 수 있겠지

지금
나는 섬에 있다
또는 내가 섬이라면
나는 섬 밖으로 나가려 한다
적어도 나의 일부가 나가려 한다

「섬 밖으로」의 전문이다. 섬에 가본 경험이 있으신가? 섬에 가면 섬사람들이 있다. 육지에 사는 우리는 자신을 육지 사람이라고 부르지 않는다. 섬사람들의 말에서, 그들의 태도에서, 나는 끊임없이 '섬 밖인' 육지를 읽었다. 그런데, 어찌 보면 나도, 그리고 이 글을 읽고 있는 당신도 그런 섬사람을 닮아 있다. 자신에게 만족하지 못하고, 섬사람처럼 즉 내가 섬에 있는 것처럼 섬 밖으로, 적어도 나의 일부가 나가고 싶어 한다. 나가서 굳건하고 견고한 육지 위에 서 있는 친구라는 이름의 그대, 연인이라는 이름의 그대, 가족이라는 이름의 그대를 만나고 싶다. 그래 "조용히/ 팔을 뻗어

/ 누군가의 손을 잡으면/ 마음이 편할 것이다"라는 희망이 있다. 이것을 때로는 자유라고 부르기도 하고 심지어 사랑이라고도 부른다. 그러나 끊임없이 육지를 이야기하는 섬사람들이 여전히 섬에 살고 있는 것처럼, 당신도, 나도 섬을 벗어날 수 없다. 따라서 우리는 그 '조용히 팔을 뻗는 행위'의 이름을 알 수 없을 것이다. 그저 가끔, '적어도 나의 일부가' 나가고 싶을 따름이다.

『하느님의 야구장 입장권』의 출입구 중의 하나로 「섬 밖으로」를 선정하여, 나름대로 시의 세계를 드나드는 길을 하나 개척하여 보았다. 시가 완성된 다음, 창조주 시인도 그저 하나의 독자일 뿐이다. 나는 이 시의 리듬이나 말의 울림이 좋다. 여러분도 다시 한 번 소리내어 읽어보시기를!

지도 교수를 맡고 있는 경원영어연구회(KEC)의 시화전을 위해 매년 가을이면 특강을 했었는데, 그것을 위해 썼던 「詩란 무엇인가 도대체 어떻게 쓸 수 있을까」같이 어려운 주제의 길고도 긴 시도 있으며, 단상에 앉아 졸업식 정경을 묘사한 「졸업식에 부쳐」나 수년 전에 있었던 어느 학생의 가슴 아픈 이야기 「지영이가 또 아프다」 등 근무하는 경원전문대학이 낳은 시편들도 있다. 시가 어느 위대한 자의 거창한 이야기가 아니라는 말을 하고 싶은 것이다. 예를 들어, 1993년 7월 21일자 『스포츠 서울』의 「서울 요지경」을 다음과 같이 읽을 수 있다. ( )안의 글은 필자가 첨가한 것인데, 스포츠 연예 일간지의 타락성을 비판하는 시, 「유혹의 학교」의 일부다.

난 복한한 그 선배가 너무 싫었어. (내 몸과 내 맘에 들지 않았어. 내겐 더 기회가 있을 지도 몰라. 저녁마다 거울 앞에서 감탄하는 내 몸매를 좀 보라고. 아, 참 당신은 볼 수 없겠구나. 보고 싶지?) 능구렁이 같은 웃음두 싫었고 나와 친구를   어대는 (이 사람보다 내 맘과 내 몸에 드는 사람이 뜨겁게 본다면 얼마나 좋을까) 야비한 시선도 싫었다구.

시의 재미, 기쁨 또는 즐거움이 그리 멀리 있지 않음을, 그리고 읽는 즐거움이 발견되면 쓰는 즐거움도 생길 것이라는 말을 하고 싶은 것이다. 다음의 「웃는 아내의 얼굴보다」는 그저 읽으면 이해가 되고, 누구나 충분히 쓸 수 있을 그런 시다.

> 잠자는 딸이 예쁘다
> 동그란 얼굴이 예쁘다
> 꿈을 꾸는지 찡그린다
> 밉지 않게 찡그리는 딸
> 웃는 아내의 얼굴보다 예쁘다

물론, 시는 그저 재미있기만 한 농담과는 다르다. 거기에는 무어랄까 깨달음, 그것도 '잔인한' 깨달음이 있다.

> 아이는 잔인하다
> 심심해서 거미를 죽인다
> 개구리에게 돌을 던진다
> 아비가 죽으면 떠난다
> 아니, 생명은 잔인하다
> 개구리가 되어서 소리치지 마라
> 소가 불쌍해서 고기를 먹지 않는다면
> 뜯기는 풀이나 곡식의 비명은 어떤가
> 그런 소리는 들리지 않는가
> 아이는 잔인하다
> 심심해서 거미를 죽인다
> 먹을 만큼만 죽여야 한다면
> 먹다버린 만큼은 살려야 하는데
> 쓰레기에서 살아가는 생명이 있다
> 아이는 잔인하다
> 나는 잔인하다
> 아이는 모른다

이 시의 제목은 물론 「아이는 잔인하다」다. 그리고 이 시의 내용은

584 해체론의 시대

<나는 잔인하다/아이는 모른다>다. 심심해서 곤충을 죽이는 아이들이 잔인하다는 생각이 들 수가 있다. 예전에 '로망스'라는 아름다운 선율의 오래된 프랑스 영화를 보면서도 그런 생각을 했었다. 그런데 사실은 아이는 모르면서 잔인한 것이다. 왜냐하면 생명은 그 자체로 이미 충분히 잔인하기 때문이다. 먹이 사슬에 얽혀 있기 때문에, 서로의 비명은 식사 시간의 음악 반주 소리일 따름이다. 표제시 「하느님의 야구장 입장권」에도 그런 잔인한 그렇지만 너무나도 기쁜 깨달음이 있다. 프로 야구 시즌이 시작되는 초봄, 아직은 쌀쌀한 날씨에 두산이나 LG를 응원하러 잠실 구장을 찾는 사람들 중에 하느님은 없을 것이다. 그는 9회 말 투 아웃 만루의 상황에서 홈런이 나와 역전을 할 것인지, 그렇지 않을 것인지 그 결과를 미리 알고 있을 터이니 무슨 재미로 야구 구경을 할 것인가. "그러니 하느님이 아닌 게 얼마나 다행이람." 그러다가, 북한산을 걷다가 알게 되었다. "하느님이 야구장 입장권을 돈 주고 살 수도 있다는 사실을."

내려오다가 꽃봉오리들을 만났다 진달래가 되려는 꽃봉오리들 개나리가 되려는 꽃봉오리들 그런 꽃봉오리들이 자신의 색깔을 조금씩 보여 주고 있었다 결과를 알면서도 아니 결과를 알기 때문에 더욱 기뻤다

문학에 관심이 큰 사람들을 위한 재미있는 사족 한 가지. 한양대학교 이승훈 교수의 시집인 『밝은 방』을 받고 「쓴다는 것, 계속 쓴다는 것은 과연 무엇인가」라는 시를 써 보냈는데, 그가 「답장」이란 시를 답장으로 써서 발표했다는 문단사적 이야기가 이 시집에 숨어 있다.

13.
특집 대담: 이만식의 시세계

　1. 이만식 선생님 안녕하세요? 지면으로 만나 뵙게 되어서 또 다른 영광입니다. 선생님은 1992년 『작가세계』에 「매력적인 이유」외 4편의 시를 발표하시면서 늦은 나이에 문단에 데뷔하셨는데요. 처음 시를 쓰게 된 동기나 선생님의 학창시절, 문학과 관련된 이야기를 듣고 싶습니다.

　첫 시집 『시론』에 수록되어 있는 「아버지의 여자」는 고등학교 2학년 때까지의 삶의 요약입니다. 제 나이 또래의 사람들 대부분이 겪었던, 그리고 지금도 많은 사람들이 겪고 있는 도시 빈민의 힘든 생활상을 다시 한 번 길게 이야기할 필요는 없을 것입니다. 나이에 비해 어려보이기 때문에 유복한 삶을 살았을 것이라고 지레 짐작하시는 분들을 많이 만난 편이기 때문에, 웬만한 삶의 어려움은 다 겪어보았다고 말하는 것으로 정리하는 것이 좋겠습니다. 꼭 하나 언급하고 싶은 유년 시절의 사건이 있습니다. 창신 초등학교 3학년이었는데, 학교 친구들과 재잘거리며 집으로 돌아가던 시장 한복판에서 죽음을 만났습니다. 아주 밝은 대낮이었는데 뚜렷한 형태는 갖추고 있지 않았지만 틀림없이 죽음이라고 명명할 수 있을 존재와 직면했습니다. 물론 옆에 있던 친구들은 저의 사정을 전혀 알지 못했습니다. 그런 이유 때문이었는지 아니면 공덕 초등학교 5학년 때 별로 잘 살지도 못하던 집안이 철저하게 망해버린 다음 도망쳐버린 아버지를 대신하여 가족들(병들어 죽어가던 어머니, 곱사 여동생, 초등학교 1학년 남동생, 1살짜리 막내 여동생)과 함께 (친척들의 도움도 거의 없이) 죽지 않고 살아내느라고 힘들었기 때문인지 아주 밝고 명랑했던 소년은 사라져버렸습니다.

어린 시절부터 막연히 아인슈타인을 동경하던 이과생이었지만 대학 입학원서를 쓰려는 순간 의대나 공대 등 이과에 속해 있는 어느 학과에도 가고 싶은 마음이 전혀 들지 않아서 엄청난 고집을 피워 문과에 속하는 학과에 지원하기로 하였습니다. 용산 고등학교 3학년 때 담임이셨던 '거북이' 선생님을 비롯하여 여러 선생님들의 물적·심적 지원이 없었다면 어림도 없는 도전이었지요. 우여곡절 끝에 서울대학교 사범대학 영어과에 입학하여 (가난한 학생으로 소문이 나서 대학원 시절까지 학과에 2명 배정되는 장학금을 독차지하기는 했지만, 부업을 구하기가 쉬워졌기 때문에) 다소 삶의 여유가 생기게 되면서 나도 모르게 시를 쓰기 시작했습니다. 대학 4년 동안, 아니 대학원에 다니면서도 습작을 했는데 등단해야겠다는 생각은 들지 않았습니다. 평생 그저 혼자 쓰고 읽겠다는 생각뿐이었지요. 제 기질 때문인지 혼자서 읽고 쓰는 세월이 아주 길었습니다.

핏덩이로 만났던 막내 여동생이 대학교를 졸업하던 해인 1987년, 1살이었던 딸과 3살이었던 아들 그리고 아내와 함께 백호주의에 대한 편견을 불식시키려는 목적에 한시적으로 선정했던 호주 의회가 선정한 장학생이 되어 시드니 대학교로 유학을 떠났습니다. 곱게 자란 아내에게는 심한 고생이었지만, 공부에 전념하고 살 수 있게 되니 다시 시적 감성이 터져 나오기 시작했습니다. 본격적으로 시를 쓰기 시작한 이유는 처조카인 소정의 죽음입니다. 『시론』에 수록된 「소정아, 너는」이 그 결과물입니다. 유학 가기 직전 만성신장병으로 고생을 했었는데 도착한 직후 죽어가는 소정을 만났습니다. 꽃다운 나이에 죽어가는 소녀를 보면서 할 수 있는 일이라고는 시 한 편 쓰는 것 말고는 아무것도 없었습니다. 1990년 12월 귀국하여 대학에 자리 잡고 난 다음 말이 통하는 사람, 진심으로 대화할 수 있는 사람이 그리웠습니다. 그래서 정리도 잘 안 된 한 묶음의 시를 『작가세계』에 보냈는데 '눈 밝은' 최승호 시인께서 잘 읽어주신 셈이지요. 등단 사연을 굳이 밝히는 이유는 제가 등단하던 1992년 무렵 최승호 시인께서 『작가세계』를 통해 등단시킨 시인들이 한국문학에 기여하는 바가 많다는 점을 지적하고 싶기 때문입니다.

2. 등단하시고 2년 만에 제목이 『시론』이란 시집을 내셨는데 특별히 『시론』이란 제목을 붙이게 된 이유와 시에 대한 열정에 대해 들려주세요.

등단을 위해서 『작가세계』에 한 묶음의 시를 보냈는데, 처음 만나자마자 최승호 시인께서 과분하게도 시집을 내자고 하셨습니다. 문단에서 처음 만난 인사가 '눈 밝고' '마음 깨끗한' 최승호 시인이었다는 사실은 저에게 큰 행운이었습니다. 등단한 다음 문단의 혼탁한 현실로 인해 마음에 상처입고 그로 인해 문학에 대한 신념이 흐려지는 분들을 나중에 많이 보았기 때문입니다. "진심으로 하고 싶은 말을 쓰지 못한다면 쓸 필요가 없다. 그럴 수 없다면 현실적인 혜택이 별로 없는 글을 무엇 때문에 계속 써야 하는가." 이런 시건방진 주장을 웃으며 받아들여준 최승호 시인이 돌이켜 생각해보면 너무 고맙습니다. 제가 문단의 현실에 대해 비판적인 글을 많이 쓰기는 하지만, 한국문학의 미래에 대한 희망이 굳건한 이유입니다.

'시론'이란 시집의 제목에 대해서는 두 단계의 해석이 요구됩니다. 첫째, 윌리엄 워즈워드(Wordsworth)가 『서정 담시집(Lyrical Ballads)』에 「서문」을 쓴 이후 시론이 없는 근대의 시인은 오래 살아남을 수 없었다는 것이 저의 문학사적 인식입니다. 누구도 자신의 시집을 쓰레기더미 속에서 우연히 발견하고 싶지는 않겠지요. 저도 마찬가지입니다. 25세 이후에도 계속 시를 쓰려면 '역사 인식(historical sense)'이 있어야 한다는 T. S. 엘리엇의 주장도 같은 맥락에서 해석될 수 있습니다. 예를 들어 '아름답다'라는 단어를 쓰는 경우에도 아무 생각 없이 그렇게 쓴 다음 자신의 생각대로 해석되기를 바랄 수는 없습니다. 순수한 감성만으로 시인이 되기는 어려운 시대입니다. 물론 그렇게 될 수 없다는 말은 아닙니다. 그런 기적이 가능한 분야가 바로 문학이겠지요. 그리고 그런 시대가 과거에 있었습니다. 무릉도원이라고 불리는 황금시대가 그립지 않은 시인은 없을 것입니다. 공동체 전체의 사고 체계가 거의 동일한 시대라면 반성적 사고 없이 느낌대로 쓰면서도 전달의 과정을 의심할 필요가 없을 것입니다. 소위 중세(中世)라고 통칭되던 그런 시대는 이제 어디에서도 발견되지 않습니다. 중세(中世)의 부활(復活)을 꿈꾸는 시인들이 있는데, 근대에 대한 반성의 양상으로 중세의 특징이 부활되는 것이지 중세적 사고 체계가 부활되는 상황은 아니라는 점을 지적하고 싶습니다.

설명이 어쩔 수 없이 길어지네요. 고려해야 할 단계가 하나 더 있기 때문입니다. T. S. 엘리엇의 주장을 T. S. 엘리엇 자신의 논리보다 더 확대해야 하는 상황이기 때문입니다. 당대를 포스트모던 시대라고 부르기도 합니다. 이 용어는 오해를 불러일으킬 소지가 충분합니다. 하버마스는 근대의 기획(Modern Project)이 끝나지 않았다고 주장합니다. 저는 하버마스의 포스트모더니즘 비판에 일리가 있다고 생각합니다. 포스트모더니즘은 모더니즘의 효용성을 전면적으로 부인하고 있지만 근대적 발전 과정이 아직 완료되지 않았기 때문입니다. 제가 제4장 「페테스부르그: 저개발의 모더니즘」을 번역했던 버만(Berman)의 『현대성의 경험』의 부록의 제목은 「모더니즘은 왜 아직도 문제인가」입니다. 근대(modern period)와 근대성(modernity)의 두 개념은 구분되어야 합니다. 20세기에 정점에 다다른 근대라는 시대는 문제를 많이 갖고 있습니다. 하지만 근대를 대체하는 새로운 시대가 본격적으로 작동되는 상황은 아니라는 것이 저의 판단입니다. 근대성(modernity)이 당대의 문제를 해결하는 잣대로서 더 이상 기능하지 않는 상황이기 때문에 포스트모더니티(postmodernity)가 중요해집니다.

근대라는 시대는 아직 종료되지 않았는데 포스트모더니티가 더욱 중요해진 상황입니다. 이런 시대적 특징의 혼재(混在)가 당대의 대표적인 현실입니다. 보다 자세한 논의에는 한 권의 책이 필요할 정도입니다.

제대로 쓰려고 하면 모든 시가 '시론'이 될 수밖에 없다는, 모든 의미 있는 시는 시론을 포함하고 있을 수밖에 없다는 인식을 드러내는 '시론'이란 시집의 제목이 나름대로 어쩔 수 없는 선택이었다는 설명으로는 충분하였기 바랍니다.

3. 시드니에서 생활과 자크 데리다의 해체론이 「나로 하여금 본격적으로 시」를 쓰게 만들었다고 하셨는데 거기에 대한 선생님의 자세한 말씀을 듣고 싶습니다. 그리고 시드니에서 선생님의 문학적 생활과 어떤 공부를 하셨는지요.

오랫동안 습작하면서도 발표하지 않은 이유에 대해서 생각을 많이 해보았습니다. 1972년 대학에 입학하면서부터 영문학을 공부하고 한국어로 시를 쓰기 시작하였는데 1992년 등단할 때까지 20년 동안 문학을 떠난 적은 없었습니다. 돌이켜보면서 이유를 찾아보는 수밖에 없는 상황입니다.

우선 시드니 대학교로 유학을 떠날 때까지 먹고 사는 문제에 몰두하지 않을 수 없는 상황이었습니다. 어린 나이에 어느 추석날 아침 가족을 굶겨야 하는 처지에 놓여 본 적이 없는 사람은 이해하기 어려울지도 모릅니다. 가족의 생계를 책임져야한다는 인식이 너무 부담스러웠을지도 모릅니다. 그래서 호주에서의 유학 생활이 남들 보기에는 어려워보였겠지만, 내 아이들과 아내만 책임지는 상황이 되면서 삶의 여유를 되찾았습니다. 삶의 어려움이 문제가 아니라, 개인적으로 감당할 수 있는 정도가 문제겠지요. 어쨌든 삶의 개인적 어려움이 감당할만해지면서, 성찰의 시간이 찾아왔습니다.

정치적인 측면에서의 해석이 더 중요하게 여겨집니다. 1972년은 박정희 대통령의 유신(維新)이 시작되던 해입니다. 주변의 선배나 친구들이 자유를 위해 광장이나 감옥으로 용감하게 나아갔습니다. 그렇지만 전부 다 그런 것은 아니었습니다. 미래의 행복을 위해서 조용히 공부만 하던 선배나 친구도 많았습니다. 조셉 콘래드의 『서구인의 눈으로(Under Western Eyes)』의 할딘(Haldin)과 라주모프(Razumov)의 상황입니다. 문단은 『창작과 비평』의 참여론과 『문학과 지성』의 순수론으로 양분되어 있었습니다. 그런데 저는 김수영도 김춘수도 다 너무 좋았습니다. 할딘의 폭력혁명론에 동조하는 마음도 있었지만, 라주모프의 교육준비론을 부정할 수는 없다고 생각했습니다. "어둠이 사라지는 새벽만 기다릴 것이 아니라 정치가가 아닌 학생인 우리는 대낮의 과업을 준비해야 하는 것이 아닌가." 이렇게 말하고 있으니 회색분자로 여겨졌을 것입니다. 우리 집만 가난한 것이 아니라 1960년대 보릿고개의 상황을 겨우 벗어난 1972년의 한국인들은 대체로 아주 가난했습니다. 자유가 가난을 벗어나게 할 수 없다는 생각이 들었습니다. 지식인들이 옳지만 성급하게 주장하는 자유의 필요성을 국민들이 전혀 이해하지 못하고 있다고 생각했습니다. 대화를 원하는 공장 노동자들을 만났지만 온정적 자본주의 단계 이상의 대안을 제시할 수가 없었습니다. 가난을 벗어나는 방법이 다소간의 억압을 수반하더라도, 그것을 묵인하지 않을 수 없는 역사적 단계가 있을 수 있다는 생각을 전면적으로 부정할 수는 없었습니다. 가난을 어느 정도 벗어난다면 국민 전체가 전면적 자유를 요구하지 않을 수 없는 역사적 단계가 올 것이라는 믿음이 있었습니다. 이러저런 암중모색은 있었으나 공적인 발언을 할 수가 없었습니다. '혼란' 이외에 무엇을 써야 할 지 알 수 없었습니다. 그러다가 시드니 대학교 영문과 대학원 과정에서 자크 데리다를 만났습니다. 해체론의 도입기였기 때문에 교수와 학생이 어울려 공부하는 세미나가 딱 한 번 개설된 적이 있었습니다. 데리다를 읽으면서 이분법을 벗어나는 학문의 길과 문학의 길을 찾아냈습니다. 그때 쓴 시가 『시론』의 마지막 시, 「나의 언어」입니다. 오스트레일리아에서 계속 살고 싶어 하는 아내를 끌고 무작정 귀국한 이유는 바로 한국어의 속삭임 때문이었습니다. 길고도 긴 설명이 필요하겠지만, 프리쵸프 카프라 (Fritjof Capra)의 『현대 물리학과 동양사상(*The Tao of Physics*)』을 1979년 읽었기 때문이기도 할 것입니다.

4. 선성님의 시편들을 읽다보면 일상적인 사소함에서도 예리한 눈빛에서 건져 올려낸 쓸쓸한 웃음이 환한 고독처럼 묻어 있는데요.「『하나님의 야구장 입장권』이야기」시편의 구절처럼 시가 그저 재미있기만 한 농담과 다르게 깨달음, 그것도 '잔인한' 깨달음이 있어야 하다고 하신 선생님 말씀이 의도된 시 쓰기의 방법인지요.

『시론』의 「악처의 역사」나 「아내는 더 무서운 적이다」에서 드러나는 '쓸쓸한 웃음'으로 인한 사연이 많습니다. 시집이 상재된 뒤 다정하게 다가와서 아내와 사이가 나빠서 힘들겠다고 어떤 시인에게 위로를 받아본 경험도 있습니다. 국제 창작 프로그램(IWP)의 한국대표로 아이오와 대학교에서 2001년 2학기를 보냈습니다. 시 낭송회에 참여하여 영어로 번역한 내 시를 읽고 다녔습니다. 웨스턴 일리노이 대학교의 시 낭송회가 끝난 뒤 어떤 미국 노파가 내 시에 대한 불만을 토로하였다는 뒷이야기를 들었습니다. 아내를 욕한다는 것이지요. 「아내는 더 무서운 적이다」에서 저는 아내를 욕하지 않았습니다. 물론 "어떤 이유로도 아내는 더 무서운 적이다"라고 주장하였지만, 그리고 "세상 살면서 만나는 적은 무섭지 않다"고 설명하였지만, 그래도 저는 아내를 욕하지 않았습니다. 아내가 아닌 세상 살면서 단나는 다른 적들은 내가 "가끔 고개를 옆으로 흔드는 이유가 무엇인지 끈질기게 조사하지 않는다, 자비로운 당신은 나를 빠져나올 수 없는 고독 속에 내버려둔다, 자비로운 당신은"이라고 감사할 수 있게 합니다. 그러나 사랑하는 아내는 내가 가끔 고개를 옆으로 흔드는 이유가 무엇인지 끈질기게 조사합니다. 자신의 터무니없는 소리에 대꾸도 없이 고개를 옆으로 흔들어도 세상 살면서 만나는 적들은 끈질기게 조사하지 않습니다. 그렇게 끈질기게 조사하는 사람은 이 세상에서 나를 사랑하는 아내뿐입니다. 만약 이유 없이 냉소적인 태도의 근거를 아내가 끈질기게 조사하지 않는다면, "빠져나올 수 없는 고독 속에 내버려둔다"면, 그것이야말로 문제가 아닐까 생각합니다.

이런 설명은 시가 쓰인 다음에 시작됩니다. 시 쓰기에 있어서 의도된 방법은 없다고 생각합니다. '의도'는 시 쓰기에 없다고 생각합니다. '의도'가 있으면 저는 시를 쓰지 못합니다. '의도'를 잊고 넘어서려고, '의도'가 지나간 뒤를 기다립니다. 김수영이 자신의 시, 「잔인의 초」의 "시작 노우트"에서 말합니다. "포기의 소리가 들린 뒤에 시작된다. <한번 잔인해봐라>의 첫 글자, <한> 이전에 포기의 소리가 들렸다. 죽음의 총성과 함께 스타트한 詩." 물론 시 쓰기의 '의도'가 있습니다. 다른 사람들의 오해처럼 내가 아내를 욕하고 싶었는지도 모릅니다. 그리고 기쁘게 '의도'를 생각했을 것입니다. 그렇지만 '의도'를 갖고 있는 한, 저는 시를 쓰지 못할 것입니다. 나중에 시가 쓰인 다음에 '의도'를 상기(想起)할 수는 있을 것입니다. 『나는 정말 아주 다르다』의 뒷부분에 시집의 해설 대신 삽입된 「『하나님의 야구장 입장권』이야기」는 이만식 시인을 해설하는 이만식 평론가의 말들입니다. 부제(副題)처럼 누구도 읽어주지 않는 (세상의 모든 예술가들이 이런 박탈감에 시달리고 있다는 사실은 잘 알려져 있지요. 이 글은 학교 신문을 위해 썼던 것인데 시집의 해설 대신 넣어두면 좋겠다는 생각을 오래 전부터 하고 있었습니다. 이런 설명도 "그저 재미있기만 한 농담"과 다르다는 사실을 알고 있습니다만 체질인지 어쩔 수 없네요.) 이만식의 두 번째 시집을 "즐겁게, 재미있게, 기쁘게 시를 읽기 위하여" 이만식 평론가가 동원하는 말들입니다. 시가 쓰인 다음 그 시에 대해 말한다면, 그건 시인의 말이 아니라 평론가의 말입니다. 제 시에 관해서 제가 쓴 평론이라도 그저 어떤 평론가의 의견일 따름입니다. 그런 관점 속에서 이만식의 깨달음에는 잔인하다는 특성이 있다는 사실을 발견했던 것입니다.

5. 현실을 소멸한 내면이 들어 있는 첫 시집『시론』시집을 이승훈 시인은 절망이 해학을 낳는다고 말씀하시면서, 이때의 해학이란 데리다적인 의미를 함축한다고 하셨는데 거기에 대한 선생님의 견해도 궁금합니다.

이승훈 선생님과의 인연도 대단합니다. 개인적으로 친한 사이는 아닙니다. 아니 그렇다고 해서 친하지 않은 사이는 아닙니다. 희한한 정의(定意) 같아 보이지만 차라리 공적으로 친한 사이입니다. 이승훈 선생님과 저는 저의 등단 이후 약속이나 한 듯이 똑같은 방향으로 문학적 작업을 하고 있습니다. 서로 자세한 의견 교환 없이 살고 있다가 조우(遭遇)하면 놀랍게도 비슷한, 아니 똑같은 방향으로 작업하고 있었다는 사실을 깨닫게 됩니다. 자크 데리다의 해체론을 소개하던 초기(初期)의 사연은 시집의 해설에 자세히 기록되어 있습니다. 중기(中期)의 사연은 이승훈 선생님의「비빔밥 시론」에 언급되어 있습니다. 후기(後期)의 사연은『시와 세계』를 중심으로 현재진행형입니다. 시집 해설인「즐거운 세기말의 풍경」은 명문(名文)입니다. "시론을 시로 쓴 것이 아니라 시쓰기와 시론쓰기의 경계가 하나의 허구임을 강조하기 위해서이리라. 그런 점에서 그는 실험적인 시인이며 전위적인 시인이다"라는 '시론'에 관한 설명은 제가 앞에서 쓴 쓸데없이 긴 설명보다 훨씬 더 재미있습니다.
다소 길지만, 질문하신 구절이 포함된 부분을 다시 한 번 인용하겠습니다. "식민지 시대의 시인 이상(李箱)은 절망이 기교를 낳는다고 했거니와 세기말을 살고 있는 이만식의 경우에는 절망이 해학을 낳는다. 이때의 해학이란 데리다적인 의미를 함축한다. 데리다는 <웃음만이 변증과 변증론자를 초과한다. 웃음은 의미에 대한 절대적 포기에서 터져나온다>고 말한다. 이만식의 시에서 읽을 수 있는 웃음은 그런 점에서 이성중심주의나 헤겔적인 역사주의에 대한 절대적 회의를 환기한다. 쉽게 말하면 의미에 대한 절대적 포기를 노린다."

우선, 이상과의 차이점은 시대적 차이만 있을 뿐이라고 생각합니다. 「해체론의 시대」(『시와 세계』 2003년 여름호)에서 분석했던 바와 같이 "근대의 생활 속에서, 이상은 자신의 도덕성이 19세기를 극복하지 못했다는 사실을 깨닫는다. 근대사회의 윤리적 척도를 모색하려는 의도와 달리 중세적 도덕성의 잔존을 확인한다." 이 정도의 갈등에서는 '절망'이 우러나지 않습니다. 「선에 대한 각서1」에서처럼 근대문명의 기반인 유클리트 기하학에 대한 절망, "'입체'와 '운동'의 모더니티에 절망한 의식의 산물이 무엇이 될 것인지" 이상은 알 수 없었기 때문에 절망합니다. 왜냐하면 "이상 문학의 모더니티는 부정확한 가설에 근거"하고 있었기 때문입니다. 저의 경우에도 사정은 그렇게 크게 달라지지 않았습니다. 시대의 변화라는 관점에서 볼 때 80여년의 세월이란 그렇게 크지 않기 때문입니다. 저에게 잔존하여 있는 중세적 도덕성 때문에 선배들과 친구들의 충고에도 불구하고 굶어죽을지도 모를 가족을 버리고 대학을 졸업한 뒤 공부하기 위해 유학을 떠날 수 없었습니다. 10년 뒤에야 공부를 다시 시작할 수 있었습니다. 이상과의 차이는 단지 제가 80년 뒤에 태어났다는 사실에서 기인합니다. 저는 근대 문명이나 모더니티에 절망한 의식의 산물이 무엇이 될 것인지 어느 정도 짐작이 되는 포스트모던 시대에 살고 있기 때문입니다. 그래서 이상처럼 내면에 잔존하여 있는 중세적 도덕성과 모더니티에 '절망'하면서도 '기교'에만 의지하지 않을 수 있습니다. 대안(代案)은 모르지만 인류가 대안을 찾아 나섰다는 사실을 알고 있기 때문에 '해학'적 자세를 취할 수 있는 것입니다.

이승훈 선생님과 저의 입장에는 미묘하지만 중요한 차이점이 있습니다. 데리다가 "웃음은 의미에 대한 절대적 포기에서 터져나온다"라고 말하지만, 그럼에도 불구하고 데리다 또는 데리다와 함께 제가 이승훈 선생님의 말씀처럼 "의미에 대한 절대적 포기를 노린다"고 말할 수는 없기 때문입니다. 근대 문명의 '의미에 대한 절대적 포기' 상태가 터져나오는 순간이 있습니다. 그런 순간이 시 정신의 각성(覺醒)이 됩니다. 그것을 '절대적 회의'에 입각한 '해학'이라고 정의할 수도 있겠지요. 그렇지만 의미에 대한 절대적 포기를 "노린다"라고 말할 수는 없습니다. 의지와 관계없이 의미에 대한 절대적 포기를 할 수밖에 없는 순간이 있습니다. 그럼에도 불구하고 의미에 대한 절대적 포기를 노릴 수는 없습니다. 근대 문명의 의미는 구차하지만 그래서 충분하지 않지만, 계속 살아가야 하는 인류에게 여전히 필요한 도구이기 때문입니다. 데리다는 모더니티를 포기하지 않습니다. 이 점이 순진한 포스트모더니즘과 다른 점이며, 바로 이 지점에서 저는 데리다를 지지합니다. 데리다는 하버마스와 대화할 수 있습니다. 그리고 방향성(方向性)에 있어서는 데리다가 옳지만 그의 짧은 인생에서 그가 제시한 방향성에 인류가 동의한 이후 인류의 역사를 어떻게 전개할 것인지 설명하지 않았다고 생각합니다. 그건 후진(後進)인 우리의 몫이라고 생각합니다.

6. 선생님께서는 세 권의 시집을 내셨는데요. 첫 시집 『시론』이어 두번째 시집 『하나님의 야구장 입장권』은 3년 만에 그리고 세 번째 시집 『나는 정말 아주 다르다』는 늦게 9년 만에 출간하셨는데 특별히 시집이 늦은 이유와 이번 시집을 묶고 나신 감회가 있다면 들려주세요.

박상순 시인의 도움으로 2005년도에 민음사에서 나온 『나는 정말 아주 다르다』의 원고를 준비할 때 또 다른 출판사와 시집 발간 협의가 구체적으로 진행되고 있어서 발표된 작품들 중 일부를 그쪽 원고에 포함시켰는데 불행히도 보류되었습니다. 그래서 본의 아니게 문학지에 발표되었던 시편들이 이번 시집에 포함되지 못하게 되었습니다.

제 시집을 묶으면서, 그리고 다른 분들의 시집을 읽으면서 제가 갖고 있는 기준은 10편입니다. 한 권의 시집에서 다시 읽을 만한 시가 10편정도 있으면 성공이라고 생각합니다. 제 시집에 대한 평가는 다른 분들의 몫이고, 그런 평가에 귀를 기울이겠지만, 시 쓰기가 점점 더 재미있어져갑니다. 그리고 앞의 두 시집보다 목소리에 자신감이 더 붙어있는 것 같아 기분이 좋습니다.

7. 선생님의 시편 곳곳에는 우리들의 현실적 일상이 낯설지 않게 그려져 있어서 편한 친밀감을 느끼게 합니다. 어, 어, 하면서 읽고 싶어집니다. 그런 느낌은 세 번째 시집인『나는 정말 아주 다르다』속에는 해학과, 풍자, 유희, 해체를 이야기하시면서 더 진하게 현실을 다루셨는데 거기에 대한 이야기 듣고 싶습니다.

아이고, 평론가처럼, 제 시를 이야기해야겠네요. 아니, 시인처럼, 시인으로써 제 시를 이야기해야겠네요.『시론』의「몸에 잘 맞는」이란 시에 다음과 같은 구절이 나옵니다. "요즈음 때때로 옷이 몸에 꼭 잘 맞는다/ 그런 적이 없었는데/ 그저 입어야 되니까 입나 보다/ 몸에 맞는지 별 생각없이 그저 걸치고 다녔는데/ 양복도 몸에 꼭 맞는 느낌이다" 그리고 "몸에 맞는 세상/ 몸에 꼭 맞는 세상을/ 만나고 싶다"라고 썼습니다. 제 시가 제 몸에 꼭 맞게 되기 바랍니다. 아니 제 몸에 꼭 맞는 시만을 쓰게 되기 바랍니다. 어떤 기교를 사용하더라도 제 몸에 잘 맞는 시를 쓰고 싶습니다. 그리고 세 권의 시집을 내는 동안 제 시가 점점 더 제 몸에 맞게 되는 것 같습니다. 그게 제 기쁨이지요.

이번 시집에서 제가 좋아하는 시는 표제시인「나는 정말 아주 다르다」입니다. 다른 사람을 계속 만나면서 저에 대한 그 사람의 수용 태도가 "저어하다―무시하다―반발하다―경악하다―수용하다"로 변하는 것을 지금도 관찰하게 됩니다. 공동체의 합의된 인식 체계가 존재하지 않는 파편화된 현대 사회 속에서 인간관계가 깊어지면서 다른 자아에 대한 수용 태도가 어떻게 변하는지에 관한 기록입니다. 오스트레일리아의 원주민, 애보리진에 대한 저의 태도 변화에서 시작된 성찰입니다만, 지금도 이런 변

화를 자주 발견하게 됩니다. 저에 대해서 어떻게 생각하세요. 아직도 저어
하시는지요. 아니면 반발하는 단계에 계시는지 궁금합니다.

8. 70년대에 선생님께서는 T. S 엘리엇에 관심을 가지고 자세히 읽기
시작하셨다고 하셨는데 자세히 읽게 된 다른 계기가 있는 것인지, 아님 그
당시 우리나라의 사회적 현상이나 정치적 현실이 크게 반영된 것인지요.
그리고 「나는 정말 아주 다르다」의 시편에서 엘리엇의 영향을 받은 한국
의 시인이라고 자부하고 계신데요. 간단한 설명을 듣고 싶습니다. 선생님
의 시편 「울지 않았다」에서 아버지의 죽음에 관한 시를 발표하면서 죽음
을 정말로 슬퍼하고 있는 것인지, 아니면 죽기 전에 이미 아버지라는 존재
가 자신에게 아무런 의미가 없었다는 사실을 깨닫는 자기연민의 울음은
아닌지, 라고 의문을 가지셨는데요. T. S 엘리엇이 「아버지가 없는 시대의
아버지」였다는 것과, 관계가 있는 말씀을 듣고 싶습니다. 혹 이 질문이 그
당시 선생님의 젊은 시절의 정치적, 시대적 배경과도 관계가 있는 것인지
도 궁금합니다.

한국 T. S. 엘리엇 학회 창립 10주년을 기념하는 『T. S. 엘리엇을 기리
며』라는 책에 「아버지 없는 시대의 아버지」라는 제목의 글을 쓰면서
"1970년대 초부터 시작된 T. S. 엘리엇 자세히 읽기를 30년이 지난 지금
까지 왜 아직도 끝내지 못하고 있는가. 그리고 또 하나의 질문이 있다면
엘리엇의 연구가 나의 시작(詩作)에 어떠한 영향을 미쳤는가일 것이다"라
는 문장으로 시작했습니다.

가족사적으로 저에게는 아버지가 없었습니다. 이런 상황에 처했던 사
람들은 많겠지요. 그리고 1970년대의 대학생들은 정치사적으로 아버지
를 부정할 수밖에 없었습니다. '우리의 남루한 역사!'라는 자조를 벗어나
려고 노력하던 시대이니까요. 제가 사적인 이야기를 쓴 유일한 글인 「아
버지가 없는 시대의 아버지」까지 찾아 읽으셨다니 사전 조사가 정말 철저

하시네요. 저의 답변이 그런 성실성에 부응하고 있는지 반성하게 됩니다. 우선 그 글의 개요를 정리해야 할 것 같습니다. 1970년대 초 대학생들은 조국 근대화의 개발 독재 앞에서 '독재'는 반대하지만 '개발'은 반대할 수 없었던 시대의 딜레마 앞에 서 있었습니다. 글을 쓰면서 발견하게 된 사실은 "나에게도 다소 충격적인 대답이지만, 개발 독재의 상황 속에서 당황하고 있던 대학 초년생에게 T. S. 엘리엇이 '아버지가 없는 시대의 아버지'였다"는 것입니다. 「울지 않았다」에서 저는 고백합니다. 아버지가 죽었다는 사실 앞에서 '동생'은 울고, '나'는 울지 않습니다. 사실은 아버지가 죽은 훨씬 뒤의 일입니다. 동생은 아버지를 생각하며 웁니다. 아니 어쩌면 아버지 같았던 나를 보고 우는 지도 모릅니다. 그러나 나는 울 수 없었습니다. 내 앞에서 울고 있던 '동생'이 아버지의 죽음을 정말로 슬퍼하고 있는지, 아니면 죽기 전에 이미 아버지라는 존재가 자신에게 아무런 의미가 없어졌다는 사실을 깨닫는 자기연민의 울음은 아닌지 질문하고 있었기 때문입니다. 동생에게 나는 아버지 같았습니다. 나를 보고 울 때 동생은 아버지를 보고 울고 있는 셈입니다. 내가 더 이상 아버지 같지 않다는 사실 때문에 울고 있는 셈입니다. 내가 아버지가 아니라는 사실에 정말로 슬퍼하고 있는 것인지, 아니면 더 이상 자신에게 아버지라는 존재가 없다는 사실에, 즉 자기연민 때문에 울고 있는지 질문하고 싶었습니다. 아버지의 죽음 앞에서 우느냐 울지 않느냐가 문제가 아닙니다. 울고 해소해버릴 수 없다는 사실이 더욱 중요합니다.

'아버지가 없는 시대'라고 쉽게 이야기합니다. 이건 정치적 상황에서 기인하기도 합니다. 독재적 존재 이외에 수범적(垂範的) 인물이 없는 사회였기 때문입니다. 지금은 상황이 더욱 악화되어버렸습니다. 자유를 위해 모든 것을 희생하던 영웅들이 무기력하다는 사실이 폭로된 시대이기 때문입니다. 그럼에도 불구하고 죽어버리지 않고 계속 살아가기 위해서는 '아버지'가 필요하다는 사실을 깨달았습니다. 그만큼 나이가 들어버린 것일까요. 보수화되어버린 것일까요. 아닙니다. '아버지'를 포기한다면 지금까지의 역사(歷史)를 포기하는 것이 되어버리기 때문입니다.

T. S. 엘리엇의 알 수 없는 매력이 무엇인지에 대해 T. S. 엘리엇 연구자들 사이에서도 논란이 많습니다. 그런 논란에 대한 대답의 하나를 다음과 같이 제시한 바 있습니다.

"그러면 우리 갑시다, 그대와 나,/ 지금 저녁은 마치 수술대 위에 에테르로 마취된 환자처럼/ 하늘을 배경으로 펼쳐져 있습니다."(이창배 역)에 걸려들었을 때, 현대 영시의 시적 기교에 매료된 것은 아니었다. 그건 나중에, 한참 뒤의 이야기일 뿐이다. 모호하기 이를 때 없는 현대 사회에 첫발을 내딛는 젊은이가 삶의 방향을 더듬거리며 찾을 때, 어렵게만 보이는 시 구절들의 배후에서 어쨌든 진실하게 살려고 노력하라는 엘리엇의 진심어린 충고가 그 젊은이의 마음에 전달되었기 때문이었던 것이다.

T. S. 엘리엇에 관한 연구를 계속하는 이유, 조셉 콘래드의 소설들을 읽는 이유, 엘리엇을 강의하신 피천득 선생님을 계속 기억하는 이유. 이런 인물들을 끈질기게 기억하는 이유는 '아버지'이기 때문이 아닐까 하는 생각을 지울 수 없습니다.

9. 세 권의 시집 속에 위트나 유머가 순간적으로 폭발적인 웃음을 자아내게 하는데 그런 장치가 의도된 것인지, 아니면 많은 독서량과 작품을 쓰시면서 돋에 밴 경향인지요.

저는 항상 두 사람을 생각합니다. 김수영과 데리다! 이 두 사람이 저보다 앞에 있어서 저는 행복합니다. 그들의 길이 올바르다고 생각합니다. 그리고 저는 그들의 길을 이어나갈 작정입니다. 그들이 걸어가다가 인간의 유한성 때문에 멈추어선 그 자리에서 그들의 길을 이어나갈 수 있게 되기 바랍니다.

설명을 위해서 김수영을 다시 한 번 인용하지 않을 수 없겠군요. 김수영의 "시작 노우트"에서 '詩'라는 제목의 시작 부분입니다. "아아 행동에의 계시. 문갑을 닫을 때 뚜껑이 들어맞는 딸각소리가 그대가 만드는 시속에서 들렸다면 그 작품은 급제한 것이라는 의미의 말을 나는 어느 海外詞華集에서 읽은 일이 있는데, 나의 딸각소리는 역시 행동에의 계시다." 저도 시를 쓰면서 김수영이 말한 그런 '딸각소리'를 찾습니다. 그게 "순간적으로 폭발적인 웃음"을 자아낸다고 말씀하시는 그 순간일지 모르겠습니다. 그렇다면 저는 행복한 시인입니다. 제가 시를 쓰면서 더할 수 없는 행복 속에서 들었던 그 '딸각소리'가 전달된 것인지도 모르기 때문입니다.

10. 사막이 아름다운 것은 어딘가 오아시스가 있기 때문인데요. 문학에서의 오아시스는 무엇이라고 생각하시는지요. 그리고 선생님의 시에 대한 매력은 어떤 것인지 듣고 싶습니다.

전략적으로 데리다를 중심으로 하는 해체론을 주로 인용하고 있기 때문에 생길 지도 모르는 오해를 불식시키기 위해서 한 가지 더 언급하겠습니다. 일제 시대 부터 있었던 학교였기 때문인지 용산중학교에는 요즈음의 구립도서관만한 도서관이 있었습니다. 중학교 1학년 때부터 도서관에서 거의 살다시피 했었는데, 시가 무엇인지도 모르면서 중학교 3학년 때에는 김소월의 시 거의 전부를 공책에 옮겨 적으며 암송하였습니다.

데리다는 중요한 인물입니다. 저는 21세기의 데카르트라고까지 생각합니다. 동양의 지식인에게는 특히 중요한 사상가입니다. 그래서 저는 데리다를 중시합니다. 물론 데리다가 한 일은 방향을 가리킨 것뿐이었다고 폄하할 수도 있습니다. 그 방향으로 나아가면서 길을 닦는 일은 우리가 할 일이겠지요. 그래서 해체론을 중심으로 이론적 작업을 전개하고 있습니다.

해체론은 근대시의 매력이라고 할 수 있는 서정(抒情)의 힘을 축소시킴니다. 서정의 힘은 '향수(nostalgia)'와 '유토피아,' 즉 플라톤적 이데아에서 나옵니다. 질문의 요점은 이 상호모순되는 두 개의 방향성, 즉 근대시를 쓰는 시인이라는 입장과 해체론을 중심으로 하는 이론가로서의 입장이 어떻게 조화될 수 있는가라고 생각합니다. 저는 조화를 노리지 않습니다. 그렇다고 해서 갈등을 즐기고 있는 것도 아닙니다. 좀 더 구체적으로 표현하자면, '향수'와 '유토피아'를 포기할 수 있는 상황이 아니라는 사실을 잘 알고 있기 때문에 이론적으로도 신서정(新抒情)의 입장을 옹호합니다. 그게 무조건적인 이데아를 주장하는 것이 아니라는 전제가 있기는 합니다. 한국문학의 네 가지 방향성을 설명하는 「한국 현대시의 아방가르드 정신들」(『시현실』 2006년 봄호)에서 아방가르드의 양가성을 전제하기는 하였지만 선불교, 언어파, 참여의 정신과 함께 신서정을 언급하였습니다. '양가성'이 전제된다면 '향수'와 '유토피아'는 아직도 유의미합니다.

11. 앞으로의 일정을 말씀해주세요.

우선 사무적인 이야기부터 하겠습니다. 한국영어영문학회에서 주관하여 태학사에서 발간되는 영미어문학 시리즈의 일환으로 『해체론의 문학과 정치』가 곧 나올 것으로 예상하고 있습니다. 민음사의 권유로 세계문학전집을 위해서 잭 케루악(Jack Kerouac)의 『길 위에서(On the Road)』와 케인(James M Cain)의 『포스트맨은 벨을 두 번 울린다(The Postman Always Rings Twice)』를 번역했고 발간을 기다리고 있습니다. 그리고 그동안 써온 평론도 정리하여 첫 번째 평론집으로 묶어야겠다는 생각도 하고 있습니다.

영문학자로서의 학문적인 측면에서는 국내 학회에서의 활동뿐만 아니라 영국 조셉 콘래드 학회와 미국 T. S. 엘리엇 학회에서도 계속해서 논문을 발표할 계획이 있습니다. 새롭게 시작되는 영문학 총서의 발간위원장을 맡아 한국영문학 발전에 기여하려고 노력하고 있습니다. 그 외에도 동도서기(東道西機), 즉 서양적 논리에 의한 동양 사상의 해석 분야에서 제가 기여할 수 있는 바가 있을 것이라고 판단합니다. 외국문학에 관한 학문적 연구가 다른 분들의 문학평론 작업과 변별되는 관점, 즉 다를 수 있는 입장, 말하자면 한국문학의 해석을 보다 풍요롭게 하는데 기여할 수 있는 기회를 저에게 제공해 줄 수 있을 것이라고 판단합니다.

웬일인지 언제나처럼 바쁘게 진행되는 이러한 모든 일상적인 작업에도 불구하고, 저는 무엇보다도 시인이라는 사실이 가장 자랑스럽습니다. 시인은 직업도 아니고 벼슬도 아니지만, 저는 시인이 아니면 아무것도 아니라고 믿습니다. 보잘것없는 삶의 일상의 많은 부분을 차지하고 있는 이 모든 연구와 작업이 보다 더 좋은 시인이 되기 위한 저 나름대로의 방법론이라고 변명하고 싶습니다.

12. 바쁘신 중에서도 두서없는 질문에 응해주셔서 감사합니다. 마지막으로 지금 문학을 하고 있는 문학인들, 후배들과 나누고 싶은 이야기가 있으면 들려주세요.

쉽지 않은 시대입니다. 감성뿐만 아니라 이성도 요구되는 시대입니다. 천재성만으로 쓸 수 없는 시대입니다. 이런 시대에 문학을 하고 있는 문학인들에게 찬사를 보냅니다. 전달이 거의 불가능해 보이는 언어를 포기하지 않는 문학인들은 찬사를 받아 마땅하기 때문입니다. 글을 쓸 때마다 이런 찬사를 쓰지 못하는 이유는 우리의 임무가 막중하기 때문입니다. 한국문화의 창달을 넘어서서 세계문화의 창달이 우리의 몫이라고 생각하기 때문입니다. 그래서 시간의 여유가 있으면 기꺼이 도움이 되고자 노력하여 왔으며, 앞으로도 그럴 작정입니다. 문학은 대장부가 평생의 사업으로 삼아도 좋을 만큼 정말로 훌륭한 일이 되었기 때문입니다. 그만큼의 자부심을 갖고 만날 수 있게 되기 바랍니다.

14.

이만식 시인이 읽은 '이 계절의 시'(2005년 겨울호)

숨도

이기철

오늘은 나와 함께 걸어가는 모든 목숨에게
경건한 목례를 드리자
초톤에 내린 이슬에 세수하고
첫 새벽 불어오는 바람에 머리를 감으며
햇빛 외엔 아무도 밟은 적 없는 숲을 지나

꽃은 들판의 한 가운데서 피고
새는 하늘의 문을 두드리며 노래한다
우리가 작은 꽃삽으로 채송화를 심는 것은
거기가 지구의 중심이 되기를 바라기 때문이다
내 발 닿은 땅이 삶의 한복판이 되기를 바라기 때문이다
아침이 하늘의 빗장을 열고
뜨거운 빛을 땅으로 끌고 올 때
땅 의에 서식하는 모든 것
꽃 피고 열매 맺는 모든 것을 나는 노래한다

내가 걸었던 이 길과 저 들판에서
태어나고 자라고 잉태하는 것을 나는 노래한다

언젠가는 저 버드나무가 사람과 함께 걸어가리라
스무 층 아파트, 마중 나온 빌딩
그 계단들이 광목 필이 되어
우리의 발 아래 비단길을 펴리라
움직이는 시청, 노래하는 공장
손뼉치는 벼, 휘파람 부는 도랑물을 나는 노래한다
황금 깃이 자라는 새, 봉지 터지는 나뭇잎
말하는 돌, 알 품은 뜸부기, 물 위에 선 두루미
사막을 달리는 사자, 혼자 가는 무소
손짓하는 선인장, 회귀하는 연어
부리로 삭정이를 몰고 오는 집 짓는 까치를
나는 노래한다

언젠가는 인간이 개미의 왕국에 조공을 바치러 가는 날이 올 것이다
언젠가는 인간이 일벌의 제국에 사신을 보낼 날이 올 것이다
저 목숨을 위해 비상하는 벌들, 황조롱이들, 되새떼들
다수가 지배하는 땅 위의 날들

인간이여, 나태하지 말라
바다 밑에 일용할 양식이 있고
하늘 위에 거주할 집이 있으니,
한 순간도 일을 멈추지 않는
1경 마리의 개미떼들, 벌떼들
낳고 자라고 번식하는 목숨들
저것들이 인간의 스승이다
경건하게 저 삶의 소리를 들어라
이 끓고 번쩍이는 태양 아래서
　　　　　　　　　—『현대시학』 2005년 9월호

** 마지막 연의 '낙태하지 말라'는 '나태하지 말라'의 오식(誤植)인 것으로 믿어 교정했다. '思惟를 담을 그릇이 나에겐 시밖에 없다'는 부제(副題)로 이기철의 '정오의 순례'가 연재 중이다. 사유의 진전을 위해 자극적인 말을 걸고 싶다. "나와 함께 걸어가는 모든 목숨에게/ 경건한 목례를 드리자"는 제의에 반대할 수는 없을 것이다. 그것이 무엇이든, 인간 이외의 다른 모든 존재가 인간을 위해서만 존재한다는 사상에서 나온 겸손의 포오즈(pose)이기 때문에 문제가 된다. 우리가 "작은 꽃삽으로 채송화를 심는 것은/ 거기가 지구의 중심이 되기를 바라기 때문"이 아니다. 채송화를 위해서 그리고 채송화와의 만남을 기리기 위해서 심는다. 그리고 지금 이순간, 내 발 "닿은 땅이 삶의 한복판이 되기를" 바랄 수는 없다. 그러면 심겨져서 더 이상 움직일 수 없게 된 채송화의 존재 의미는 다른 곳으로 발을 옮기는 나의 발걸음과 함께 없어지게 된다. 인간중심적 이념은 시라는 이름으로 "언젠가는 저 버드나무가 사람과 함께 걸어가"게 만들어야 한다고 강요하고, 돌이 말하고 선인장이 손짓하게 만들어야 한다고 시인을 사유하게 만든다. 이기적 이데올로기는 지구라는 아름다운 혹성에 인간과 어우러져 존재하는 다른 모든 존재자에게 적절한 권리를 부여하는 넉넉한 행복을 상실하게 만든다. 그래서 그게 개미든 벌이든, 누구라도 이기기 위해 나태하지 말아야 한다는 조국 근대화의 목소리를 시로 쓰게 된다.

아버지의 평온

박정남

내 마실 가는 발자국 소리
붙잡고 있는 아버지 사랑방을 나와
그 여자 집을 찾아가고 있을 때
아버지 잡아와 내가 방에 가둡니다
내가 깊이 들어 있는 아버지를 모조리 가둡니다

아버지 여기 얌전히 계셔요
내 마실 가는 발자국 소리 나는 아버지 여기 제발
얌전히 계셔요 한 번도 소원대로 아버지 방에 깊이
갇히신 적 없지만 아버지 늘 가족들의 말소리와 발자국 소리에
갇혀서 더 먼 곳으로 더 먼 술집으로 더 먼 여자에게로 가시던
아버지는 더욱 우리 가족들에 꽁꽁 묶여서 꼼짝달싹도 하지 못하시고
연애 한 번 하지 못하시고 벌겋게 눈시울만 적시고
나를 닮은 아버지 눈 내리는 날 병원에서 밖을 내다보고 계십니다
"아버지 퇴원하시면 같이 낚시도 가고 노래방에도 가요."
참으로 눈 내리는 것 바라보시며 아버지 눈에 덮여 가시며
내 몸을 온전히 빠져나가 그날 평온하신 것
처음 보았습니다

—『현대시』 2005년 10월호

　　** 아버지와 아들의 관계라는 가족 내부의 세대간 갈등은 근대 문학의
대표적 주제 중 하나다. 박정남은 마지막 5행에 묘사된 바와 같이 아버지
가 꼼짝도 못하게 되어 병원에서 밖에 눈 내리는 것만 하릴없이 내다보고
있는 상황, 아들이 "아버지 퇴원하시면 같이 낚시도 가고 노래방에도 가
요."라고 마음 평온하게 주절거릴 수 있는 상황, 즉 아버지와 아들의 관계
에 대한 인식에 있어서 객관적인 거리감을 심리적으로 확보할 수 있게 된
첫 번째 상황을 이용하여 나를 닮은 아버지를 자신의 문학적 주제로 등장
시킨다. 내 안의 아버지가 평온해지는 순간, 아버지에 관한 미학적 작업을
시작할 수 있기 때문이다. 1행의 "내 마실 가는 발자국 소리"는 게마인샤
프트에서 게젤샤프트로 진출하는 출세(出世)의 모습인데, 근대적 개인의
의식 속에서 가족적 폐쇄 사회를 배신한다는 사춘기적 죄의식으로 표현
된다. 배신하지 않을 수 없는 아들은 아버지를 자신의 무의식 저편 속에
얌전히 가두어두려고 노력하지만, 근대 가족 제도를 포기하지 않는 한, 아
버지에 대한 사랑을 포기하지 않는 한, "한 번도 소원대로 아버지 방에 깊
이/ 갇히신 적은 없"게 된다. 그런데 심리적 객관성을 확보할 수 있게 된

지금에 이르러서 돌이켜보니 아버지가 더욱 심하게 갇혀 있었다는 사실을 깨닫게 된다. "아버지는 더욱 우리 가족들에 꽁꽁 묶여서 꼼짝달싹도 하지 못하시고/ 연애 한 번 하지 못하시고" 사셨다는 것을 인식하게 되면서 '아버지의 평온'과 내 속의 '아버지의 평온'은 조화롭게 완성된다. 이에 따라 2행-4행의 "붙잡고 있는 아버지 사랑방을 나와/ 그 여자 집을 찾아가고 있을 때/ 아버지 잡아와 내가 방에 가둡니다"라는 애매모호한 묘사가 절묘한 표현력의 결과라는 점을 인식할 수 있게 된다. 나의 탈출기이기도 하지만 아버지의 탈출기이기도 하기 때문이다. 내가 게마인샤프트를 완전히 벗어나지 못하게 붙잡는 원인이 아버지였지만, 게젤샤프트 속에 있던 아버지가 잃어버린 완전한 게마인샤프트를 찾아가고 있다가 붙들리게 된 원인이 아들인 나였기 때문이다.

수달의 죽음

김용락

찜통같이 무더운 7월 말일 밤 여덟시 경
대구 화원읍 월배정수장 앞 길가에
큰 쌀자루 같은 게 떨어져 있었다
지나가던 시민이 그 자루를 들어보니
그건 쌀자루가 아니라
비단같이 매끄러운 피부를 가진 수달이었다
커다란 둔기에 머리를 맞고 목뼈가 부러진 채
뇌진탕으로 고통스럽게 죽어가고 있었다
우연히 이를 발견한 시민 우래구 씨
정신 없이 119, 112에
또 동물보호협회에 전화를 돌렸다
그러나 119에서는 규정상 동물은
구급차 후송이 되지 않는다는

냉정한 대답만 돌아왔다
112는 수달 발견지가 성서인가 화원인가 하고
관할권에만 관심을 보였다
동물보호협회는 휴일이라서 그런지
내내 전화가 불통이었다
우여곡절 끝에 습지보전연대의 도움을 받아
야간동물 전문병원으로 옮기려 했지만
그 전문병원 또한 변두리 소읍 화원읍이 아닌
대구광역시 도심 중구에 단 한 곳만 있었다
이렇게 한 시간 여를 빙빙 도는 통에
일곱 살짜리 수달은 부상당한 자신을 놓고
인간들이 벌이는 그 이상한 놀음을 지켜보면서
마침내 천천히 숨을 거두었다
수달이 숨을 거두자 경찰, 수달발견자, 목격자,
병원의사, 생태보호단체 관계자, 신문기자
게다가 대구시 공무원까지 모여들기 시작했다
인간들이 이 어린 수달에게 붙여준 이름은
천연기념물 제330호,
그래서 인간들은 자신이 만든
이 법적 천연기념물의 死因을
공식적으로 서류절차에 서명해야 했기 때문에
황급히 모여든 것이었다
이 모든 사람들에게 죽어 가는 수달의 고통은
애초부터 관심이 없었는지도 모른다
아니 그 수달이 바로 자신의 또 다른
모습이라는 것에도 관심이 없는 것처럼 보였다

— 『시작』 2005년 가을호

** 생태학적 관심이 유행적 경향이 되어 가고 있지만, 철학적 인식의
깊이를 담지하고 있는 작품은 드물다. 김용락의 '수달의 죽음'은 아름다
운 자연 속의 수달이 죽었기 때문에 불쌍하다는 심정적 차원에서 머물지

않는다. 롤랑 바르트가 제기한 부르주아 사회의 이데올로기 자체에 대한 반성적 인식과 연결된다. 롤랑 바르트가 「도미니시 혹은 문학의 승리」(『신화론』)에서 문제 삼고 있는 도미니시 사건의 개요는 다음과 같다. 1952년 알프스 산기슭에 있는 작은 도시에서 캠핑하던 드뤼몬드라는 영국인 일가족 세 명이 피살되었다. 당시 77세의 농부 가스통 도미니시는 기소되어 자신의 아들들의 불리한 증언에 의해 범인으로 지목되어 사형선고를 받는다. 특기할 만한 사실은 도미니시가 구사하는 어휘가 35개에 불과했다는 것이다. 1994년 그 당시 불리한 증언으로 아버지를 곤경에 처하게 했던 아들 귀스타브가 42년간의 침묵을 깨고 마침내 진실을 밝히고 오명을 씻고자 이 사건을 프랑스 최고재판소에 재심을 청구하여 받아들여진다. 롤랑 바르트는 도미니시 노인이 '보편적인' 심리의 이름으로 유죄 판결을 받았고 경찰의 심문, 재판부의 심리나 기자의 기사 등이 사용하는 심리학이 사실주의 문학의, 전원 이야기의 가면을 쓰고 있었다는 점을 지적한다. 롤랑 바르트는 "피고의 죄질의 정도가 어떠하든 간에, 우리 모두가 위협받고 있는 테러, 즉 권력이 우리에게 빌려 준 언어만을 들으려 하는 권력 자신에 의해 심판받는 테러의 장면"이라고 정의한다. 롤랑 바르트의 신화론은 신화는 역사에 의해 선택된 빠롤이기 때문에 고대의 신화건 현대의 신화건 오직 역사적 근원만을 가질 뿐이라는 관점에서 부르주아적 인간의 의사자연적 일상에 기능하는 현대의 신화를 폭로하는 정치적인 행위이다. 신화가 현대의 부르주아 사회를 지원하는 기호학적 체계라면, 시는 부르주아 이데올로기에 반항하는 아방가르드적 기호학적 체계의 선봉에 설 수 있다. 김용락의 지적처럼 "경찰, 수달발견자, 목격자,/ 병원의사, 생태보호단체 관계자, 신문기자,/ 게다가 대구시 공무원까지" "이 모든 사람들에게 죽어 가는 수달의 고통은/ 애초부터 관심이 없었는지도 모른다." 그렇지만 롤랑 바르트의 도미니시처럼 "그 수달이 바로 자신의 또 다른/ 모습이라는 것에도 관심이 없는 것처럼 보였다"고 김용락이 정확하게 지적한다. 아들 귀스타브가 42년간의 침묵을 깨고 마침내 진실을 밝히려고 아버지 도미니시의 언어를 만들어내기로 하는 것처럼, 이제부터 김용락에게 기대할 것은 수달의 언어일 것이다. 생태학적 관심을 표명하는 수많은 문학 작품을 통해서 우리가 마침내 만들어내야 할 것은 수달을 천연기념물 제330호로 제정하고 수달은 잊어버린 인간의 언어가 아닌 '수달' 자신의 언어일 것이다.

바늘구멍

김상미

그는 떠나고/ 나는 남아 화장을 한다/ 분을 바르고 립스틱을 칠한다/ 현대시는 너무 어려워/ 너무 많은 단어를 필요로 해/ 곱게 화장한 얼굴 위로 어느새 내려앉은 그늘/ 연륜이란 이럴 때 필요한 거야/ 삶이 죽음보다 가치 있다는/ 건전한 정신의 그렇고 그런 소유자들처럼/ 청바지 대신 원피스를 입는다/ 아직은 예쁜 두 다리/ 그래도 시 쓰기는 해볼 만한 유일한 즐거움/ 그는 떠나고/ 나는 남아 구두끈을 다시 맨다/ 가장 적은 수의 단어로 가장 풍만하고 깊은 시를 써야 해/ 보르헤스나 레이몬드 카버처럼/ 아니아니, 카프카나 이상처럼/ 그러나 희망이 있을까/ 또 다시 질풍노도의 시간이 찾아올까/ 예출불허의 순간…/ 다시 나와 만날 수 있을까/ 그는 떠나고/ 나는 남아 외출을 한다/ 빨간색 원피스를 입고, 붉은 구두를 신고/ 도시의 구름 위를 지나 풀밭으로/ 입안에 아직도 남아 감도는 이별의 쓰디쓴 맛/ 그 너머/ 더 멀리/ 아주 멀리/ 바늘구멍 속으로…

― 『시와 세계』 2005년 가을호

** 좋은 시는 시론(詩論)을 함유하고 있다. 문학은 일종의 관습(慣習)인데, 현대 문학의 관습은 통일되어 있지 않다. 현대시의 경우에는 쓰여질 때마다 그 작품에 알맞는 문학적 관습을 선택하는 작업이 의식적으로든 아니면 암시적으로든 진행된다. 자신의 개인적 관습을 확립하고 그에 따라 작품을 계속 생산하는 경우도 있고, 유파(類派)의 집단적 관습을 수용

하여 그에 따라 작품을 계속 생산하는 경우도 있지만, 현대인의 유동적인 삶이 고정된 개인적 관습이나 집단적 관습으로 쉽게 해석 · 이해 · 설명되지 않는다는 점을 감안하면, 시론의 함유가 두드러진 작품이 좋은 문학 작품이라는 비평적 판단은 유의미하다. 김상미는 문학 평론에서 원고의 매수를 줄이기 위해 사용하는 시행(詩行)의 전환을 표시하는 사선(/)을 문학 작품인 '바늘구멍'에서 두드러지게 이용함으로써 자신의 시론적 작업의 흔적을 남겨둔다. 이렇게 두드러진 시론적 형식은 '바늘구멍'의 내용을 파악하려는 독자로 하여금 사선(/)이란 문학적 관습이 이 작품에서 특별히 두드러지게 사용된 이유를 해석 · 이해 · 설명하도록 강요한다. '바늘구멍'의 3개의 차원이 교차(交叉) 직조(織造)되어 있다. (1) 시의 내용적 차원: 그는 떠나고 나는 남아 있다. 죽지 않고 살아남기 위해 바늘구멍만한 희망이라도 필요한 상황이다. 청바지 대신 원피스를 입다가 두 다리가 아직은 예쁘다고 자위하지 않을 수 없다. 나는 외출을 하기 위해 분을 바르고 립스틱을 칠하고 빨간 원피스를 입고, 붉은 구두를 신는다. 도시의 구름 위를 지나 풀밭으로 갈 수 있을지 알 수 없지만 말이다. (2) 시의 형식적 차원: 너무 많은 단어를 필요로 하는 현대시는 너무 어렵다. 가장 적은 수의 단어로 가장 풍만하고 깊은 시를 써야 하기 때문이다. 보르헤스, 레이몬드 카버, 카프카나 이상의 수준을 뛰어넘어야 시가 살아남는다는 기준이 제시되어 있지만 말이다. (3) 앞에서 제시된 두 개의 차원이 공존하는, 말하자면 시와 시론이 어우러져 있는 차원: 삶이 죽음보다 가치 있다는 그렇고 그런 건전한 정신의 소유자들처럼 연륜이 있어야 삶과 시의 너무 어려운 요구조건 앞에서 버티고 존재할 수 있다. 진정한 삶과 시의 순간, 다시 나와 만나는 그런 예측불허의 순간, 질풍노도의 시간이 또 다시 찾아올 것이란 희망이 필요하다. 지금의 삶과 시, 그 너머, 더 멀리, 아주 멀리, 바늘구멍 속으로 들어가는 것 같은 관습의 혁명이 계속 요구될 것이라는 사실을 눈 밝은 김상미는 잘 알고 있다. 참고로 김상미는 대학교를 나오지 않았는데도 뛰어난 현대시를 쓴다. 대학교를 나오지 않았다는 사실 때문에 김상미는 알게 모르게 너무 많은 피해를 입는다. 나는 그렇게 생각하지 않지만 김상미는 바로 이 사실 때문에 TV에 초대받지 못한다고 생각한다고 얼핏 내게 말한 적이 있다.

화창

김영승

폭우 쏟아진 뒤
이 화창,

그게 죽음이리라

나의 죽음이리라.

고추잠자리는

疊疊 열두 폭 치마 찢어질 듯 짓푸른
얼음 같은 깊은 하늘과
1:1로 同等하고
자체로 沈黙이다

赤卒*아, 너 산타클로스냐?
나한테도 크리스마스
선물을 주는구나
神의 음성이다.
*赤衣使者, 고추잠자리의 別稱, 小而赤者曰赤卒一日絳一古今.註
―『시와 세계』 2005년 가을호

** 박의상 시인의 비어할레 출판기념회에서 김영승 시인에게 느닷없

이 다가가 내가 당신의 시를 선호하는데 아직 기회가 닿지 않아서 평론을 쓴 적이 없다고 말한 적이 있다. 그래서 "작고 붉은 놈이라서 적졸(赤卒)이라고 부르는데 누구는 진홍색[絳]이라고도 한다"는 각주(脚註)의 출전을 알지 못하면서도, 게을러서 찾을 생각이 없으면서도 김영승의 '화창'을 어거지로 읽는다. 아주 어거지는 아닌 것이 김영승의 시세계가 드러내는 '죽음의 깊이'를 강조하고 싶기 때문이다. '죽음의 깊이'는 지금까지 표나게 강조된 적이 없고 김수영 자신도 자세히 설명하지 않지 않았지만 김수영 평론의 핵심어라고 생각하기에, 선호하는 시인을 선별하는 잣대가 되어온 개념이다. 이 시는 "나는 사라진다/ 저 광활한 우주 속으로"라는 박정남의 「종시(終詩)」를 생각나게 한다. 무언가 심리적이거나 정서적으로 완벽한 순간이 오면, 예를 들어 잠을 푹 자고 일어났는데 어쩐지 세상만사가 다 제자리에 놓여 있는 것 같은 순간이 오면, "아, 지금, 죽어도 되겠다."는 생각이 퍼뜩 떠오른다. 김영승은 이런 느낌을 폭우가 쏟아진 뒤 어느 화창한 날씨 속에서 발견했다. 그래서 제목이 '화창한 날씨'가 아니라 '화창'이다. 그건 '죽음'이라고 정의할 수 있을 것인데, 다른 사람의 죽음인지 확신할 수 없기 때문에 '나의 죽음'이라고만 말해둔다. 김영승의 '나의 죽음'이라는 정의가 이만식의 '나의 죽음'이라는 정의와 지금 만나고 있는데, 이게 모두의 '죽음'과 만나면 그저 '죽음'이라고 정의할 수 있을 것이다. 끝없이 읽는 작업의 행복한 결과를 예측하면 그렇다는 말이다. 이런 '화창'을 인식(認識)에서 시(詩)로 전환시키기 위해 대표적인 이미지가 필요한데, 그게 바로 고추잠자리다. 왜냐하면 고추잠자리가 '침묵(沈黙)'의 상징인 것 같아 보이기 때문이다. 첩첩 열두 폭 치마같이 찢어질 듯 짓푸르면서도 얼음같이 깊어 보이는 하늘은 보편적인 죽음의 모습이다. 가볍게 하늘거리며 날아다니는 고추잠자리가 그의 침묵(沈黙) 때문에 하늘과 1대1로 동등(同等)하다는 느닷없는 시적 인식이 시인 김영승은 고맙다. 고맙다고 말할 수 있는 대상이 없기 때문에 크리스마스 선물과도 같다. 그렇다면 고추잠자리는 산타클로스다. 그리고 이런 시적 산물은 바로 신(神)의 음성의 표현일 것이다. 인간 언어의 불완전성 때문에 이런 자신감은 완벽하지 않다. 왜냐하면 고추잠자리가 붉은 색인지 아니면 진홍색인지도 가려지지 않은 상태이기 때문이다. 김영승의 '화창'에서 이만식이 읽어낸 '죽음의 깊이'가 고추잠자리의 색깔에 관해 모호하게 정의를 내릴 수밖에 없는 언어의 한계에도 불구하고 모두에게 공감이 될 수 있는 시대가 올 수 있을까.

공부

안도현

황초롱이 한 마리 공중에 떴다, 16층 창밖에 정지 상태다
내 눈썹 높이와 한 치 어김없는 일직선이다
생각하니, 허공에 걸린 또 하나의 팽팽한 눈썹이다
이 높이까지 상승기류를 타고 그는 순식간에 떠올랐겠으나
엘리베이터에 휘청휘청 실려 온 나, 미안하고, 또 괜히 무안하다
그는 왼쪽에서 미는 구름과 오른쪽에서 미는 구름을 양 날개 속에 숨겼다
위에서 내리누르는 바람과 아래에서 떠받치는 바람을 발톱 끝에 말아 쥐었다
그는 침묵하고 있다, 입을 다물고 있는 동안 부리는 더욱 단단해지고 날카로워졌다
나는 낡아가는데,
그는 오만한 독학생 같다
세상의 책에다 밑줄 하나 긋지 않고 있다, 밑줄 같은 건
먼 산맥의 능선과 굽이치는 강물에다 일치감치 다 그어두었다는 듯
그는 날쌘 황초롱이, 나는 조롱 한번 해보지 못하고 쭈글쭈글해졌다
별을 따기 위해 홀로 빛나기 위해 하늘의 열매를 탐해 공중에 뜬 게 아니다
그는
벽을 치고 창을 달고 앉아 있는 나하고는 상관없이
내리꽂힌다, 시속 이백 킬로미터나 되는 속도로, 땅 위의 한 마리 들쥐 때문

이 아니라

내리꽂혀야 하므로, 그는 나를 조롱하듯 내리꽂힌다

—『문학사상』2005년 10월호

** 이 시의 제목이 '공부'인 이유를 생각하다가 '나의 주 예수에게'라는 부제(副題)를 갖고 있는 영국 시인 제라드 맨리 홉킨스(Gerard Manley Hopkins, 18444-89)의 시, "황초롱이(The windhover)"가 기억났다. 아주 어려운 시인데, 그래도 비교를 위해서 다음과 같이 번역해보았다.

나는 오늘 아침 아침의 총아(寵兒)를 눈으로 추적하였는데, 일광(日光)
왕국의 황태자, 얼룩덜룩한 새벽이 끌어낸 매, 자신을
바로 밑에서 받쳐주는 한결 같은 공기를 타고 평탄하게 달려가다가, 저기
저
높은 곳에서 성큼 건너뛰다가, 그가 어떻게 날개를 물결치듯 제어하며 황홀
경 속에서
고리 모양으로 도는지 보라! 그러더니 떨쳐서, 휙 방향을 바꾸며 떨쳐서 나
아가는데
마치 스케이트의 뒤축이 구부러진 활처럼 부드럽게 휩쓸고 지나치는 것 같
았네. 돌진과 활공이 커다란 바람을 격퇴하였네. 숨어있던 내 마음이
새[鳥]로 인해 각성되었다. 실재(實在)의 성취, 그리고 지배여!

동물적 아름다움과 용맹과 행동, 오, 풍채, 긍지, 깃털, 바로 이곳에서
버클이 딸깍 채워지네! '게다가' 그런 다음 그대로부터 터져 나오는 열(熱),
더
사랑스럽다고 1조 번이나 말해졌는데, 더 위험하다네. 오 나의 기사(騎士)
여!

놀랄 만한 게 아니라네. 순전하고 꾸준한 걸음으로 쟁기질해 내려가면 고랑
이
반짝인다네, 그리고 푸르고 쓸쓸한 잔화(殘火)만 남아, 아 사랑하는 그대여,
떨어져서, 스스로의 굴욕이 되어, 그리고 금빛 주홍색의 깊은 상처를 남긴

다네.

안도현의 묘사력이 홉킨스의 그것에 뒤지지 않는다. 짧은 지면에도 불구하고 외국 시인의 시를 전문(全文) 인용한 이유는 홉킨스의 시가 힘이 있는 이유를 석명(釋明)하기 위해서이다. 안도현같이 감동을 주는 묘사력의 시인들에게 종교적 철학적 깊이를 요구하기 위해서이다. '괜히' 무안하다고 묘사하는 선에서 멈추지 말고 시인이 '황초롱이'에게 '왜' 미안한 마음이 드는지, 독자를 위해서 시인의 시세계가 보다 더 깊어졌으면 하는 소망 때문이다. '같아요'라는 어미(語尾)가 너무 빈번하게 사용되는 요즈음이다. "나는 밥을 먹고 싶어요." 대신 "나는 밥을 먹고 싶은 것 같아요."라고 사람들이 아무런 거리낌 없이 말하는 이유 중 하나가 문화인(文化人)들이 보다 더 깊은 문화의 세계를 추구하지 않기 때문이 아닌가하는 자괴심(自愧心)이 있기 때문이다. 홉킨스는 예수회 신부였다. 그의 시세계는 자신의 내면 속에서 충돌하는 '시인'과 '신부'의 갈등을 중심으로 전개된다. 완전한 신앙이 불완전한 언어로 완벽하게 표현될 수 없기 때문이다. 불교의 불입문자(不立文字) 논리와 크게 다르지 않다. '황초롱이'는 자연 속에서 완벽하다. 시인이 이런 완벽함을 어떻게 표현해낼 수 있을까 '공부'하지 않을 수 없다고 안도현은 말한다. 그 말에 전적으로 동의하면서 그의 재능을 사랑하기에 더 나아가서 종교적 철학적 깊이가 드러나기를 바라지 않을 수 없다.

인간은 태어나서 살다 죽는다

이승훈

겨울 오버 입고 강의실로 들어갔지 오버 입은 채 출석 부르고 새학기 첫 시
간 무슨 말을 하나? 속으로 중얼대고 말을 꺼낸다 난 봄이 싫어요 봄은 춥고 봄

이 오면 강의도 해야 하니까요 학생들은 말 없이 나를 처다본다 인문관 4층 추운 봄날 오전 그런데 학생들 부탁이 하나 있어요 오늘 강의는 오전 열 시 반에 시작해서 열두 시에 끝나죠? 그런데 난 오전 열 시 반까지 학교 오는 게 너무 힘이 들어요 난 오후 체질입니다 학생들이 웃는다 오전엔 아무것도 못해요 그러니까 다음 주부터는 오전 열한 시에 시작합시다 이번 강의는 목요일 열 시 반부터 열두 시까지 월요일 한 시부터 두 시 반까지입니다 그럼 모두 몇 분입니까? 한 학생이 말한다 180분이요 그래요 180분은 세 시간이죠 옛날엔 세 시간짜리 강좌는 한 시간과 두 시간으로 나누었는데 언제부턴가 90분과 90분으로 나누었습니다 한 시간과 두 시간으로 나누면 60분 120분이지만 강의는 50분 100분이면 됩니다 난 두 시간 강의를 계속 못하고 중간에 한 번 쉽니다 그러니까 목요일 강의는 열한 시에서 열두 시까지 60분 월요일 강의는 한 시에서 두 시 반까지 90분 모두 150분이면 됩니다 교수는 100분 내용을 50분에 할 수도 있고 50분 내용을 100분에 할 수도 있어요 그리고 오전 열한 시에 시작하면 학생들도 얼마나 좋아요? 학생들이 다시 웃는다 추운 봄날 오전 첫 강의 시간 그냥 나올 수도 없고 난 칠판에 현대시의 이해라고 쓴다 원래 이 강좌 이름은 현대시론이었는데 학생들이 어렵다고 해서 이름을 현대시의 이해라고 했습니다 이해가 어렵다면 현대시의 산책이라고 붙여야 할 겁니다 산책도 어렵다면 현대시의 사랑 현대시와 놀기 혹은 놀자 현대시야! 그런 이름을 붙이게 되겠죠 학생들이 또 웃는다 그런데 현대시의 이해는 문제가 많아요 이해의 주체가 누구입니까? 당신의 이해라면 이해의 주체는 당신이죠 그러므로 정확한 표현은 현대시에의 이해 혹은 영어로는 understanding poetry입니다 의식의 바다는 누가 주체이고 누가 객체입니까? 이때는 의식과 바다가 동일시되고 따라서 소유격형 은유가 됩니다 그럼 현대시의 이해도 소유격형 은유입니까? 현대시가 이해이고 이해가 현대시입니까? 내 말은 계속된다 그리고 이해란 무엇입니까? 과연 이해가 가능합니까? 우리는 타자를 이해할 수 있습니까? 모든 이해는 주체성, 욕망을 토대로 하고 한편 주체성은 객체를 전제로 하고 욕망은 충족되지 않기 때문에 욕망입니다 그러므로 욕망은 환상으로 충족되고 환상은 허구입니다 결국 공부한다는 건 우리의 삶이 허구라는 것 그러나 이 허구가 없다면 우리는 살 수 없다는 것을 깨닫는 과정입니다 난 칠판에 이해, 욕망, 환상, 허구라고 쓴다 한이 없습니다 이 정도로 끝냅시다 추운 봄날 오전 첫 강의 시간

—『세계의 문학』 2005년 가을호

** 나도 오후 체질이다. 이승훈 시인과 나는 이상하게 일치하는 게 많다. 서로 뚜렷하게 협의한 바 없었는데도 비슷한 체질 때문인지 비슷한 시론을 형성하게 되었다. 아니, 사실 서로 다른 점이 뚜렷하기 때문에 비슷한 점에 관심이 가는지도 모른다. 이 시는 두 부분으로 나뉘는데 첫 번째 부분은 추운 봄날 오전 첫 강의 시간에 들어가 학생들에게 오전 강의 시간을 오후 강의 시간으로 바꾸자고 설명하는 과정을 지리멸렬하게 설명하는 과정이다. 나는 이 부분, 이승훈의 시인다운 부분이 더 마음에 든다. 두 번째 부분은 이승훈의 평론가다운 부분인데, 이 시의 제목인 '인간은 태어나서 살다 죽는다'도 '인간은 태어나서 산다'는 부분과 '인간의 살다 죽는다'의 두 부분으로 나눌 수 있고 아직 살아있는 나는 당연히 '죽는다'는 두 번째 부분보다 '산다'는 첫 번째 부분을 더 좋아한다. 온갖 발버둥에도 불구하고 인간은 죽는다. 그러므로 나도 죽는다. 따라서 두 번째 부분도 자세히 읽어야 한다. 살아있는 한 우리의 욕망은 계속된다. 따라서 욕망은 현실적으로 충족(充足)되지 않는다. 욕망이 잠시 충족된 것 같은 느낌은 욕망이 끊임없이 발생하기에 환상이다. 즉 거짓, 강의식 용어를 사용하자면 허구(虛構)다. 결국 공부한다는 것, 즉 시를 쓰고 평론을 쓴다는 것은 "우리의 삶이 허구라는 것 그러나 이 허구가 없다면 우리는 살 수 없다는 것을 깨닫는 과정"이라고 첫 강의의 결론을 맺는다. 그런데 "이 정도로 끝냅시다"는 강의의 언어이지만, 그 뒤로 이어지는 "추운 봄날 오전 첫 강의 시간"은 시의 언어다. 요컨대, 아직도 살아있는 오후 체질의 몸의 언어다. 삶이 허구라고 주장하였지만 오후 체질 욕망의 거짓 없는 몸이 아직 살아남아 있었다. 이 지점에서 가까스로 현대시(現代詩)가 되었다.

어느날 나도 운동권이 되어

　　　　　　최영철

팍팍한 시절 다 보내고 뒤늦게 운동권이 되어
한 시절 운동권이었던 운동권들의 고뇌를 생각느니
오직 한 가지 저지선 뚫고 전단 뿌리고
화염병 던지며 백골단 피해 허겁지겁 달리던 그때처럼
나는 지금 과다한 목표 앞에 땀 흘리며
젖 먹던 힘까지 다 짜내 달리고 있다
이렇게 뛰면 못 넘어설 게 없다며 주먹 불끈 쥐고
이렇게만 가면 세상 거머쥐지 못할 게 하나도 없다며
겁 없이 겁 없이 나아가다 기진맥진 엎어지고 뒷덜미 잡혀
죽을 힘으로 내뺐을 그때의 운동권을 생각하고 있다
누가 뒤에서 쫓아오기라도 하는 것처럼 누가 길 가로막고
불심검문이라도 하는 것처럼 이러다가 죽을지도 몰라
그냥 달려도 될 모퉁이를 돌고서도 자꾸자꾸 내빼고 있었던
한 시절을 생각하고 있다 벌써 희미해진 옛생각에
나는 자꾸 과격해져 스포츠센터의 운동기구를 넘어서 가고 있다
죽어도 좋다고 생각했던 길을 피해 용케 그 반의 반도
미치지 못한 사이길로 나는 그냥 달려가기만 하다가
들어올리기만 하다가 밀어내기만 하다가 잡아당기기만 하다가
덜컥 덜미 잡혀 주저앉을지도 몰라
해방가를 부르지도 못하고 승리의 노래를 부르지도 못하고
풍년가를 부르지도 못하고 무르팍이 깨져 코피가 터져
엉엉 쓰러져 울다가 어머니의 따스한 젖가슴이 그리워
걸음을 늦추다가 나는 분해서 헬스클럽 강사의 핀잔에
번쩍 정신이 들었는지도 몰라
바로 나아가기만 하면 되는 운동권도 되지 못하고
숨고 구르고 담을 타고 뒷걸음을 치다가 영 억장 무너지면
까마득한 저 끝에서 뛰어내리기도 했을 운동권은
더더욱 되지 못하고 내 걸음은 오래전 선각자들과
그들이 넘어간 가파른 자갈길을 생각하고 있는지 몰라
돌격 앞으로 누가 뒤에서 채찍을 휘두르지 않았는데도
누가 저 멀리 당근을 던져놓지 않았는데도
마구 달음박질하며 오직 한 가지 생각뿐이었을

이러다가 내가 죽을지도 모른다는 생각 같은 건 하지도 않았을
죽으면 안 된다는 생각 같은 건 하지도 않았을
선각자의 선각자들 뒤를 이어
나는 지금 마구 헐떡거리며 달려가고 있다
오직 한 가지 이러다가 숨이 차
머리 꼭대기까지 숨이 차 주저앉기 전에
이 짓거리를 그만두어야겠다는 생각을 하고 있다
다 살자고 하는 짓인데 이 짓거리를 하다가 죽으면
사람들이 얼마나 웃을까 하는 생각을 하고 있다
눈앞에 한 가지 오직 희망뿐이었던 절망뿐이었던
시절을 생각느니 한때 운동권이었던 청년을 사랑한 적이 있는
티 없이 맑았을 어느 봄날을 떨치려고 주먹 쥐고 이 앙다물고
런닝머신의 속도를 올리는 아녀자들 사이에서
한 번도 운동권이 되어보지 못한 운동권의 비애를 생각느니
한 번도 운동권이 되어보지 못한 운동권의 비겁을 생각느니
— 『문학수첩』 2005년 가을호

** 운동권의 피로감을 표현하는 후일담 문학이 유행한 적 있다. '후일
담(後日談)'이란 용어가 마음에 들지 않았다. '후일(後日)'은 사태 완료 이
후의 시대를 의미하는바 이런 용어의 공용(共用)은 지식인 계층의 목표상
실감의 방증이기 때문이다. 그리고 '사후(死後)' 문학처럼 후일담 문학이
평론가의 용어일지언정 작가의 그것이 되어서는 안 되기 때문이다. 언제
나 현재진행형인 삶에서 후일담 문학이란 패배의식의 표현일 뿐이다. 목
표가 너무 단순하고 순진했기 때문이었다. 그래서 참여시가 자연스럽게
서정시로 변모했던 것이리라. '어둠'이 지나 '새벽'이 온다고 해서 자동적
으로 유토피아의 세상이 도래하지는 않는다. IMF 사태 직후 조선일보가
'다시 뛰자'라는 구호로 시대의 분위기를 선점하려 한 적이 있다. 열심히
뛰지 않아서가 아니라 방향 감각을 상실했기 때문에 봉착한 경제적 파국
상태였는데도 말이다. 최영철의 시는 의미 있는 후일담 문학을 목표로 한
다. 최영철은 스포츠센터의 운동기구 중 하나인 런닝 머신 위에서 "마구

헐떡거리며 달려가"다가, "과다한 목표 앞에 땀흘리며/ 젖 먹던 힘까지 다 짜내 달리"다가, 이게 바로 "바로 나아가기만 하면 되는 운동권"의 알레고리라는 사실을 깨닫는다. 그리고 체중 감량의 성공 또는 실패라는 단순. 소박한 목표만 공유하는 헬스클럽 강사의 핀잔 속에서 "눈앞에 한 가지 오직 희망뿐이었던 절망뿐이었던" 시절을 반성한다. "다 살자고 하는 짓인데 이 짓거리를 하다가 죽으면/ 사람들이 얼마나 웃을까 하는 생각을 하고 있다"는 반성은 기존의 후일담 문학의 피로감을 극복하고 있다. "한 시절을 생각하고 있다 벌써 희미해진 옛생각에/ 나는 자꾸 과격해져 스포츠센터의 운동기구를 넘어서 가고 있다"는 깨달음에는 달리는 힘이 배어있다. 목표가 틀렸던 것이 아니라 목표가 너무 단순하고 순진해서 무의미하게 과격했었다는 깨달음은 유토피아의 세상을 포기하지 않게 하는 힘이다.

울어라 봄바람아

김용택

강변을 너무 오래 걸어서
내 발등에는
꽃잎이 아닌
풀잎이 아닌
이슬이 아닌
핏방울이 떨어진다
산을 너무 오래 바라보았는가
산에 기대고 선 내 슬픈 등을
산은 멀리 밀어낸다
봄이 와서
꽃들은 천지간에 만발하고
나는 길을 잃었다

너는 어디에서 꽃 피느냐
인생은 바람 같은 것이어서
나는 흩날리는 꽃잎을 뚫고 강변을 걸어 온 것 같구나
그래도 나는 꽃핀 데로 갈란다
막히고 허물어져 사라진
강변 길을 찾아 걸어 온
슬픈 내 발등을 들여다보며
슬픈 발등을 자꾸 쓰다듬으며
울던 날들,
강변을 너무 오래 걸어서
강변을 너무나 오래 걸어서
내 발등에는
풀잎이,
이슬이 아닌
붉은 핏방울 같이 서러운 꽃잎들이
날아와 엉킨다
불어라 봄바람아
울어라 봄바람아

　　　　　　　　—『시작』 2005년 가을호

　** 처갓집이 경상남도 하동에 있어서 김용택의 시의 배경을 사랑한다. 그런 인연이 없더라도 섬진강의 정취에 감탄하지 않는 한국 사람은 거의 없을 것이다. 봄이 와서 꽃들은 천지간에 만발하고 시인은 막히고 허물어져 사라진 강변길을 찾아 너무나 오래 걷는다. "산을 너무 오래 바라보았는가/ 산에 기대고 선 내 슬픈 등을/ 산은 멀리 밀어낸다"는 표현은 정말로 오랫동안 강변길을 걸어본 경험에서만 나올 수 있는 표현이다. 강변을 걸으며 건너편 산을 계속 오래, 그것도 너무나 오랫동안 바라보면서 걸으면, 내가 산에 등을 기대고 선, 그러니까 내가 산과 일체가 된 것 같은 느낌이 드는데, 그와 동시에 멀리 있음을 더욱 뼈저리게 느끼게 되기도 하기 때문이다. 인간이 자연의 일부이기는 하지만, 주체성을 포기하지 않는 한,

예를 들면 죽어서 지수화풍(地水火風)으로 돌아가지 않는 한 자연과 일체가 될 수 없다. 서정적 인식의 바탕에 깔려 있는 슬픔의 원인이다. 주체성을 포기하지 않는 한, 즉 언어를 포기하지 않는 한, 불편하지 않은 자연과의 일체감을 성취할 수는 없다. 따라서 문학적 형식의 측면에서 27행의 "붉은 핏방울 같이 서로운 꽃잎들"이 6행의 "핏방울"로 너무 손쉽게 대체(代替)된 것이 아닌가 하는 의문이 든다. 그리고 문학적 내용의 측면에서 "너는 어디에서 꽃 피느냐"라고 천지간에 만발한 꽃에게 자문(自問)한 다음 "인생은 바람 같은 것이어서/ 나는 흩날리는 꽃잎을 뚫고 강변을 걸어온 것 같구나/ 그래도 나는 꽃핀 데로 갈란다"라고 멋있게 대답하는데, '꽃핀 데'로 독자 대중과 함께 갈 수 있는지 질문하지 않을 수 없다. 봄바람이 분다는 것은 언어적 관습에 기반을 두고 있는 상식적 표현이지만, 봄바람이 운다는 것은 언어적 관습을 넘어서는 표현이기에 한국의 서정시는 컴퓨터 게임과 힙합에 몰두하고 있는 독자 대중의 동의도 얻어야 하는 과제를 안고 있다.

지긋지긋이 지극하다

강연호

지긋지긋한 게 어디 세 끼 밥 먹는 일뿐이랴
다들 별고 없다는 안부조차 지긋지긋해질 때
세상은 어디 국경이라도 넘어보라는 듯 고요하다
쓸 만한 사람은 죄다 넘어갔다던 시절이 있었지
쓸 만해서 그들이 건너간 게 아니라
넘어가서 쓸 만해진 것 아닐까
지긋지긋하다는 것은 간절하다는 것
깊은 고요는 못 이룬 열망을 감추고 있다
세월은 여전히 고봉밥처럼 지긋지긋을 퍼담겠지만

비손은 부질없어야 더욱 빛나는 법이다
간절한 비손이 허드렛물을 정화수로 바꾸듯이
지긋지긋이 모여 삶은 지극해진다
모월모일 어디 국경이라도 넘어보라는 고요속
삼가 지긋지긋한 밥심으로 쓴다
지긋지긋이 지극하다

— 『문학과 경계』 2005년 가을호

    ** '비손'은 신에게 손을 비비면서 소원을 비는 일이란 사전적 정의를 갖는데, 허드렛물을 사용하더라도 정화수로 바뀌는 비손의 이미지는 무척 여성적이다. 일제 말기 후진국 지식인이 찾아낼 수 있었던 정치적 대안(代案)은 많지 않았다. 그로 인해 해방 직후 공산주의의 허상(虛像)에 대한 신념 때문에 북으로 넘어갔던 뛰어난 지식인이 많았다. 그런 정황에 빗대어 강연호는 "쓸만한 사람은 죄다 넘어갔다던 시절이 있었지/ 쓸 만해서 그들이 건너간 게 아니라/ 넘어가서 쓸 만해진 것 아닐까"라고 질문하는데, 현실정치적 문제 제기라기보다 남성적 세계관의 허구성의 지적이다. 세상은 더 이상 극적으로 혼란스럽지 않기 때문이다. 다들 별고 없다는 안부조차 지긋지긋할 정도로 뻔해지고, 세상은 어디 국경이라도 넘어보라는 듯 고요하기 때문이다. 강연호는 "지긋지긋하다는 것은 간절하다는 것"이며 "깊은 고요는 못 이룬 열망을 감추고 있다"는 대안을 제시하면서 더 이상 극적이지 않은 세상을 사는 법을 제시한다. 그것은 "비손은 부질없어야 더욱 빛나는 법이다"라는 지극히 여성적인 인식의 지극히 남성적인 표현으로 정리된다. '지긋지긋하다'는 여성적 표현에서 삶에 대한 지극한 사랑을 읽어냄으로써 "지긋지긋이 지극하다"는 쓸만한 대안이 제시된다.

페루게 가서 죽는다*

박남준

새를 보면 가끔 새들이 돌아가 죽는다는
페루의 바닷가를 떠올렸다
지리산 실상사 수월암 앞
산비둘기 두 마리 전깃줄 위에
_____&_____
_____&_____

삶이 그렇게 저마다의 외줄기나 평행의 줄다리기라고
내게 말하는 것일까
멀리 천왕봉 푸른 그늘이 서늘한 소나무 숲 아래
담배 한 개피 깊이 태워 문다
아름다운 시절은 한때이런가
_____&_____
_____

누가 너를 얽매고 있느냐 남아 있는 새
바람이 불고 전깃줄이 휘청거린다
산비둘기 한 마리 오래도록 흔들린다 그러다가 다시

_____
_____

처음부터 그랬다
거기 전깃줄 위 누가 누가 살았던가

* 로맹가리의 단편 「새들은 페루에 가서 죽는다」 인용

—『시작』 2005년 가을호

** __ 또는 & 등 문장 부호가 사용된 이유는 언어가 아니기 때문이다.

지리산 실상사 수월암 앞에서 산비둘기 두 마리가 전깃줄 위에 앉아 있는 모습을 보았다. 산비둘기는 무심하게 전깃줄 위에 앉아 있는데 인간은 자신의 언어로 그 산비둘기를 포획하려 한다. 그런 인간의 언어는 언어적 관습에 기반을 둔다. 인간의 언어적 관습 속에서 지리산 실상사 수월암과 로맹가리의 단편에 등장하는 폐루의 바닷가가 이어지면서 무심코 앉아 있는 산비둘기를 포박한다. 시인은 생생하게 살아 있는 산비둘기를 "새들이 돌아가 죽는다"는 폐루의 바닷가라는 죽음의 이미지로 포박하려고 한다. 이러한 문학적 전유 속에서 산비둘기가 "삶이 그렇게 저마다의 외줄기나 평행의 줄다리기라고/ 내게 말하는 것일까"라고 시인이 쓸 수 있다. 그리하여 시인으로 하여금 "아름다운 시절은 한때이런가"라고 명상하면서 "멀리 천왕봉 푸른 그늘이 서늘한 소나무 숲 아래"에서 "담배 한 개피 깊이 태워" 물게 한다. 두 마리 중 한 마리가 날아가자 시인은 남아 있는 한 마리에게 "누가 너를 얽매고 있느냐"라고 말을 건다. 오래도록 남아 있던 산비둘기 한 마리가 날아가 버리자, 시인은 만족스럽게 "처음부터 그랬다 / 거기 전깃줄 위 누가 누가 살았던가"라고 시의 결론에 도달한다. 이로서 시의 해석이 끝난 것일까? 아니다. 언어가 아닌 __ 또는 & 등의 문장 부호가 굳이 사용된 이유가 밝혀지지 않았기 때문이다. 필자가 「청각적 상상력의 억압: 윌리엄 워즈워드의 시세계」(『영어영문학』 2000년 여름, 제 46-2호, 481-506쪽)라는 논문에서 힘들게 설명할 만큼 복잡한 작업의 바탕 위에 박남준의 시세계가 구축되어 있다. 박남준은 낭만적 상상력의 희망이 망상일지도 모른다는 의혹을 잔재주인 것처럼 보이는 문장 부호의 사용 속에서 드러내고 있는데, 이런 고뇌가 현대 서정시의 갈 길을 여는 힘이 될 것이라고 믿는다.

만능사 제2호점

김원경

홍릉수목원 가는 길목에는 만능사 2호점이 있지요 그곳은 못 고치는 게 없어요 어긋난 열쇠, 끊어진 가죽벨트, 닳은 구두 굽, 싸구려부터 명품까지 모두 다 취급해요 심지어는 나쁜 습성들도 고쳐 주는데, 고칠 수 없는 것도 이곳에 오면 고칠 수 있다나 뭐라나 혹시 예고편이 나오고 본편은 나오지 않는 드라마를 당신은 본 적이 있나요

한대 비포장도로의 바람으로 살던 장씨가 딱 맞는 아버지의 신발을 신은 이야기예요 아버지의 신발을 신지 않으려고 단 한번도 아버지에게 반항하지 않은 그가 아버지에게 반항하는 순간, 아버지가 되는 이야기예요

아버지가 되는 일은 참으로 쉬운 일이지요 신발이 맞지 않아도 괜찮아요 만능사가 있으니까요 발을 자르거나 늘려서 맞춰준다지요 거리 가로수는 다리가 잘릴까 봐 잎을 돌돌 말아 이른 동면에 들어갔어요 정착한다는 것은 바람의 멱살을 잡았다가 옷걸이에 걸어두는 일인가 봐요

포개진 자화상*이 두 겹으로 분열되는 밤, 만능사 주인은 고치다만 미스 김의 하이힐을 매만져요 양 뒤축이 바깥으로 비스듬히 닳아 있는 하이힐을 보며 이 닳아빠진 살들아, 아, 아, 하며 구두 뒤축에 깊고 단단하게 박힌 금속의 심지를 뽑아내곤 새 것으로 갈아 끼워요 망치질이 어긋날 때마다 금속이 말향고래처럼 신음 소리를 내요 만능사 주인은 만능해서 아버지가 되기도 하고 애인이 되기도 해요 하지만 정작 자신의 변장이 서투르다는 것은 잘 몰라요
  *에곤 실레(Egon Shiele)의 이중자화상

—『중앙일보』2005년 9월 22일

** 2005년 중앙신인문학상 시 부문 당선작이다. 게재 일자가 확실하지 않아 인터넷 검색을 하다가 댓글에서 경희대 문예공모 시 부문 가작이어

서 신문과 인터넷으로 발표된 바 있었다는 사실을 알게 되었다. 게다가 이해존 씨의 경우에 "동일한 시편으로 이곳저곳의 심사자리를 기웃거리는 것도 삼가야 한다"는 언급이 심사평에 있다는 사실도 확인하게 되었다. 당선의 합법성 논란 여부에는 관심이 없다. 작품에만 관심이 있을 뿐이다. 그럼에도 불구하고 이런 사실들을 구체적으로 언급하는 이유는 '순수문학(純粹文學)'이 '대중문학(大衆文學)'에 대치된다는 사실 하나만으로 문학상(文學償)이나 문학기금(文學基金) 등 사회적으로 특별한 대접을 받고 있는 상황을 반성해볼 수 있는 기회이기 때문이다. 먼지와 소음이 심한 도로에 콘테이너 박스로 위태롭게 존재하는 구두 수선점을 찾아가 본 적이 있었는가? 수선점 아저씨의 자신감에 깜짝 놀란 적이 있다. 허름하기 이를 때 없는 점포를 찾아 들어가며 얼핏 느끼게 된 연민(憐憫)과 너무나도 대조적인 자신의 수선(修繕) 능력에 대한 자부심(自負心)이 인상적이었다. 김원경은 그런 자부심이 "예고편이 나오고 본편은 나오지 않는 드라마" 같이 빈약한 기반 위에 서 있다는 사실을 인식하고 있다. 경희대 국문과 4년 재학 중인 여성 시인은 젊은 나이에도 불구하고 아버지, 즉 성인이 되어버리는 일의 쉽고 어려운 양면성을 표현해내는데 성공했다. "정착한다는 것은 바람의 멱살을 잡아다가 옷걸이에 걸어두는 일인가 봐요"에서 '봐요,' 즉 '그런 것 같아요'를 놓치면 안 된다고 노파심에서 한 마디 해야겠다. 왜냐하면 시인은 "정작 자신의 변장이 서투르다는 것"을 잊어버리면 안 되기 때문이다. 그런 서투름의 인식이 현대시의 슬픔이기도 하고 기쁨이기도 하다.

15.
이만식 시인이 읽은 '이 계절의 시'(2006년 봄호)

이성민을 만나다

최종천

가끔 나를 못생겼다고 구박하던 다정한 친구 이성민
그를 이 십 년도 더 지나서 신설동 근처에서 만났다
나는 시를 낭송하러 거기에 갔었다
여전히 허름한 내 옷차림을 보더니
지금도 용접을 하고 있느냐고 물었다
놈의 어울리지는 않지만 말쑥한 정장을 보니
계급 상승에 어지간히 애 쓰는 모양이었다
여자들이 남자를 보면 먼저 손을 본다나
직업이 무엇인지를 알려고, 놈은 밤마다
두 손에 바세린을 흠뻑 바르고 고무장갑을 끼고 잔다고 했었다
놈의 손은 정말로 윤이 나고 예뻤었다.
놈은 또 맞선에 대비하여
상식백과사전을 열심히 읽기도 했었다
지금 무슨 일을 하느냐고 물으니
기독교와 관계되는 장사라고 한다

놈이 우리 몇에게 알려준 기상천외의 비법은
돼지 비계를 사다가 삶아서
가운데를 칼로 적당히 절개하여
거기에 발기한 성기를 삽입하면 효과가 있다는 것이었다
우리는 막걸리를 뿜어내며 웃었지만
포장마차 아주머니는 단호하게 말했다 차라리
그만 그만한 애인을 만들어 어서 장가들 가라고
궁색하고 가난한 삶은
그 방법이 능률적이지 못한 까닭에
부유한 삶보다 더 리얼한 법이다
손님을 만나야 한다며 허우적허우적 걸어가는 뒷모습이
그런 데로 그럴 듯해 보였다
놈의 그 윤기 나고 예쁘던 손도 주름이 밀리고 있었다
30여 년 전 꽃값을 달라고 따라다니던 누나뻘의 아가씨와
저기 노벨극장 앞에서 호떡과 자장면을 사먹던 일
자리싸움에 얻어 터져가며 구두를 닦던 겨울이 생각났다
미생물들의 움직임을 현미경으로 보고 있으면
장바닥의 사람들보다 더 분주하다.
이 성민 그를 이렇게 만나다니……

— 『현대시』 2005년 12월호

** 누구나처럼, 그러니까, 최종천처럼, 나도 그런 적이 있었다. 옛친구를 느닷없는 시간에 느닷없는 장소에서 만난 적이 있었다. 근대사회에서 추억은 쓸쓸하기 그지없다. 궁색하고 가난한 삶이 부유한 삶보다 자본주의 사회의 본질을 더 리얼하게 드러내기 때문에 이성민과의 만남은 의미 있는 오브제가 된다. 자리싸움에 얻어 터져가며 구두를 닦던 유년시절과 주체할 수 없는 성적 욕망에 시달리던 청년시절을 같이 보냈던 옛친구, 이성민은 이제 기독교와 관계되는 장사를 하며 어울리지는 않지만 말쑥한 정장을 입고 있어서 그런 데로 그럴 듯해 보인다. 여전히 허름한 옷차림을 하고 있지만 자본주의 체제에 얽매어 분주한 사람들을 현미경으로 보는

미생물들의 움직임으로 인식하는 정서적 객관성을 확보한 나도 나름대로 시인의 자부심을 갖고 있다. 그가 계급 상승의 단계에서 친하게 만났던 동반자였을 뿐이었던가, 아니면 가끔 나를 못생겼다고 구박하던 다정함이 있던 그리고 지금도 있을 수 있는 친구인가. "이 성민 그를 이렇게 만나다니……."라는 질문이 이 시의 마지막 행인데, 최종천 개인의 질문일 뿐만 아니라 누구나의 질문일 것이다. 그래서 의미있는 시가 되었다고 필자는 믿는다.

이 가을 환벽당* 간다

정진규

군둥내가 난다고 하시겠지만 추억에 대하여 한 말씀 드리고자 한다 추억의 실물은 대체로 배반자이지만 추억은 그런 적 없다 사람인 실물은 늘 떠났고 추억은 다시 찾아와 이렇게 눈물겨웁게 하니까 슬프다 추억에 관한한 나는 실물보다 관념을 더 믿게 되었다 추억은 관념이니까 떠나간 실물들아 떠나간 너희들 때문에 눈물겨운 거니 늘 다시 찾아와 주는 추억 때문에 눈물겨운 거니 그 정답은 내가 더 잘 알고 있다 이 가을에 추억을 들추게 된 나를, 비켜가지 못하는 나를 누가 눈물 글썽이며 한참 바라보고 있다 이 가을 한 벌 내 낡은 입성이여 춥다 그래도 그때 그곳이 조금은 따뜻하다 터진 자리를 꿰매는 손길이 있다 아니 갈 수 없다 이 가을 담양 환벽당 간다 뒷마당 꽃무릇*들 뜨거운 몸짓 한창이었다 그때

  * 환벽당(環碧堂): 담양 소쇄원 근처 송강 정철의 고택.
  * 꽃무릇: 상사화(想思花) 또는 석산화(石蒜花).

— 『시와 시학』 2005년 겨울호

** 추억이 관념이면, 추억은 슬프다. 관념은 실존하지 않기 때문이다.

관념의 현존에 대한 신념이야말로 서정의 핵심이다. 노스탤지어는 유토피아와 더불어 서정의 정서를 지탱하는 두 개의 축이다. 있을 수 없는, 즉 '실물'이 될 수 없는 '관념'이 있다고 믿으면 슬플 수밖에 없다. 그리고 으스스해지는 가을이 아니어도 추울 수밖에 없다. 그렇지만 군둥내가 난다고 비웃을 수는 없다. 왜냐하면 '실물'만 있고 '관념'은 없다는 유물론자는 너무 무섭기 때문이다. 그런 건 아직 시(詩)가 아니다. 왜냐하면 알 수 없는, 그래서 갈 수 없는 '너'에게 다가가려는 따뜻한 마음이 없다면 열심히 살아가야 할 이유도 없기 때문이다.

착한 개

김행숙

착한 개 한 마리처럼
나는 네 개의 발을 가진다

흰 돌 다음에 언제나 검은 돌을 놓는 사람
검은 돌 다음에 흰 돌을 놓는 사람
그들의 고독한 손가락

나는 네 개의 발을 모두 들고 싶다, 헬리콥터처럼
공중에

그들이 눈빛 없이 서로에게 목례하고
서서히 일어선다

마침내 한 사람과 그리고 한 사람

—『문예중앙』 2005년 겨울호

** 두 개의 장면이 교차(交叉) 직조(織造)되어 있다. 바둑 두는 두 사람을 묘사하는 2연의 장면이 4연과 5연으로 이어지는데 리얼리즘에 충실하다. 4연에서 바둑시합이 끝나는 장면, 즉 대국자들이 눈빛을 교환하지 않으면서 서로에게 목례하고 서서히 일어선다고 묘사되는데 바둑기사들의 모습이다. 바둑 두는 사람들을 묘사하는 2연의 3행에서 '고독한 손가락'을 표나게 설명한 이유가 드러난다. 바둑시합의 TV 중계에서는 바둑기사들의 손가락이 주로 비쳐진다. 바둑시합의 승패가 가려지면 두 대국자의 반응이 두드러지게 방영된다. 5연에서 '과'와 '그리고'라는 연접 접속사를 비문법적일 정도까지 반복 사용하여 "마침내 한 사람과 그리고 한 사람"이라고 묘사하는 이유는 바둑기사라는 사회 속의 역할(役割) 뒤에 있는 인간 자체의 존재성을 강조하고 싶기 때문일 것이다. 1연과 3연의 '나'에 관한 진술은 TV 중계 바둑시합의 묘사와 무관한 것 같아 보인다. 인간임에 분명한 '나'는 1연에서 제목에서 강조된 바와 같이 '착한 개'의 이미지를 갖는다. 그저 착한 개의 이미지만을 갖고 있는 것이 아니라, '네 개의 발을 가진다'라고 묘사되기 때문에 잘 믿어지지는 않지만 '나'는 '개'라고 진심으로 주장되는 것은 아닐까하는 의문이 제기되지 않을 수 없다. 그런데 그냥 '개'가 아니라 '착한 개'라고 주장되는 이유는 무엇일까. 바둑기사의 묘사가 '착한 개'라는 제목의 작품 속에 교차 직조되어 있다는 사실은 두 묘사의 연관성을 고려하지 않을 수 없게 만든다. '한 사람과 그리고 한 사람'이라는 인간됨의 전체성의 관점에서 인정받아야 함에도 불구하고 바둑을 두는 '고독한 손가락'만으로 인정받는 현실을 바둑기사들이 기꺼이 받아들이는 이유는 바둑기사가 사회 속에서의 역할(role)이라는 사실을 인정하기 때문이다. 요컨대 '나'도 사회 속에서의 '역할'을 받아들이고 있기 때문에 사회 속에서 살아낼 수 있을 것이다. 그 '역할'을 '개'라고 명명할 수도 있을 것이다. 왜냐하면 시(詩)니까. 오래 전 재벌그룹의 기획실에서 잠시 근무할 때, 재벌그룹 회장이 임원들을 개의 종류로 구분하여 역할 분담을 시키는데 자신은 '불독'이라고 고백했던 그 재벌그룹 회장의

수양아들이라는 소문이 있었던 상무이사가 생각난다. 그 상무이사도 '착한 개'였던 것이다. 김행숙의 지적처럼 대부분의 사람들이 '개'일 뿐만 아니라 '착한 개'라는 서글픈 사실을 받아들여야 할 것이다. 그러나 3연에서처럼 자신의 네 개의 발을 거꾸로 공중에 들어 헬리콥터처럼 날아가버리고 싶다는 생각을 아무리 '착한 개'라 하더라도 가끔 하지 않을 수 있겠는가. 그 상무이사가 자신이 재벌그룹 회장의 '불독'이라고 고백하던 순간, 사회 전체에 대한 알 수 없는 불만을 터트리던 나에게 그가 하고 싶던 말이 바로 자신도 가끔은 '헬리콥터'가 되고 싶다는 것이었는지도 모른다. 그리고 김행숙은 이런 깨달음이 있다면 우리의 현실 속에서 '헬리콥터'가 될 수 있는 순간을 많이 발견할 수 있다고 5연에서 지적한다. 바둑기사가 자신의 '역할'을 끝내고 '마침내 한 사람과 그리고 한 사람'으로 돌아가는 순간을 발견하는 것이 그리 어렵지 않을 것이기 때문이다. 그런데 과연, 그럴까? 그렇게 어렵지 않을까? 이런 '헬리콥터'(1955년)는 김수영이 이미 점잖게 언급한 적이 있다. 비록 나중에(1968년) 자신이 '착한 개'라고 슬며시 고백(「性」)하기는 했지만 말이다.

추상화 보는 법

장옥관

한사코 보는 것만 보려 한다
수석 취미 가진 사람은 알리라 강바닥에서 주워온 돌에 박혀 있는 온갖 무늬
우리는
한사코 무언가를 떠올리려 한다
누가 말릴 것인가 국화빵에서 국화를 피우려는 그 집요함을,
신기한 것은
제목 붙이고 설명 곁들이고 난 뒤에는
누구든 이의를 달지 않는단 사실

아무리 어르고 쥐어박아도 다르게 볼 수 없다는 사실
뭐든 보려면 제대로 봐야 한다는데
디자인이 좋아 사온 로가디스 기성 양복
굵은 몸통 기어코 끼워 넣으려는 나의 정신은,
살색 의수에 끼워놓은 꽃반지 같다

                          —『문예중앙』 2005년 겨울호

    ** 장옥관의 반성은 2000년대 초 한국의 정치적, 사회적, 문화적 상황을 겨냥한다. 이미 낡아버린 좌우(左右) 이념(理念)의 틀을 벗어나지 못하면서도 반성하지 않는 한국의 정치는 국내외적으로 난관(難關)에 봉착해 있고 한국의 지식인 사회는 자본주의적 진보 욕망 이외의 대안을 설득력 있게 제시하지 못하고 있는데, 근본적인 문제는 문화적 난경(難境)에서 기인한다. 디자인 좋은 로가디스 고급 기성복에 굵은 몸통을 맞추어 기어코 끼워 넣으려다 장옥관은 자신의 정신이 로가디스라는 관념(觀念)에 구속되어 있다는 사실을 깨닫는다. 이런 허접스러움은 로가디스 때문이 아니라 관념에 구속되어버린 시인의 정신에서 기인한다. 그리고 이런 반성이 개인적 차원의 고백의 수준을 넘어서서 문학작품이 되는 이유는 관념, 더 나아가서 이념에의 구속이 우리 문화의 본질적인 문제점임을 시인이 파악해냈기 때문이다. 수석 취미에서처럼 국화빵이란 단어에서 '국화'라는 관념을 포착해내려는 것 같은 악착스러움이 문화적 국면 어디에서나 발견되는 문제라는 지적이 의미있기 때문이다. 한사코 보는 것만 보려는 시각의 한계를 벗어나서 제대로 보는 방법은 어떤 것인지 질문해야 한다. 이는 시(詩)의 문제일뿐만 아니라 비평(批評)의 문제이기도 할 것이다. 이런 난경에서 현대시와 현대비평은 만난다.

우리 이대로 지지고 볶으며

최영철

달엘랑은 가지 말아요...화성엘랑은...우리 이대로 우리 여기서 같이 종말을
맞아요...당신이 짓밟아놓은 내가...내가 올라탄 당신이...고름 질질 흐르는
걸...검은 피 넘치도록 철철 흐르는 걸...두고 볼 수 없어요...숨넘어가는 몸부림
을 멀리 두고 죽을 순 없어요...서로...눈이라도 감겨주어야지요...부스럼딱지...
천지를 뒤덮는 걸 우리 손 잡고 같이 즐겨요...같이 들쑤셔요...제발...나알...버
리고 당신만 살겠다고...화성엘랑...달엘랑...또 다른 매음굴엘랑 가지 말아요...
우리 이대로...우리 손 잡고...지지고 볶으며...이대로 지랄발광 물어뜯고 할퀴
며...천년...백년...십...년 같이 살아요

날 이렇게 짓밟고...있는 대로 있는 대로 다 들쑤셔놓고...미숙아를...기형아
를...부모...이름도 없는 사생아를...산더미로 쌓아 놓고...당신만 살겠다고...멀
고...머...언...달엘랑은...곱디고운 화성엘랑은 가...지...말...아...요

—『문예중앙』 2005년 겨울호

** 여자가 로맨틱한 분위기를 잡으려고 보름달을 바라보며 "달이 밝
죠."라고 말하니 감 못 잡는 숙맥인 남자가 "보름달이니까요." 했다는 싱
거운 농담이 생각난다. 낭만적 측면이 사랑의 본질이라는 주장에 대한 동
의가 없으면 이런 농담은 농담이 되지 못한다. 최영철은 이런 농담이 더
이상 농담으로 받아들여져서는 안 된다고 주장한다. 그리고 필자는 이런
최영철의 주장이 짓궂은 농담이 아니라고 생각한다. 대부분의 동화(童話)
는 "그들은 결혼을 했습니다. 그리고 행복하게 살았습니다."라고 끝난다.
결혼을 해버린 사람들이여, 사랑의 결실인 결혼을 하고 나서 정말로 지금
도 계속 행복하게 살고 있는가 질문하지 않을 수 없다. 불륜(不倫)이 TV에
넘쳐나고 공권력의 집중 단속에도 불구하고 성매매가 성행하는 한국의
현실은 사랑에 대한 동화적 믿음, 즉 낭만적 신념의 문제점을 적나라하게
드러낸다. 우리의 사랑을 유지하는 비결은, 그래서 행복하게 살아가는 비

결은, '그리고 행복하게 살았습니다.'라고 믿어버리는 것이 아니라, 별로 자랑스럽지도 않은 육체를 가지고 이 지저분한 현실 속에서 우리의 사랑을 이어가려고 매순간 끊임없이 노력하는 것일 뿐이리라. 그러니 더 이상 달을 보고, 아니면 화성을 보고 사랑을 약속하지 말자. 우리의 사랑이 달이나 화성에 있다고 믿는다면, 그건 매음굴에 가는 핑계가 될 뿐이다. 그저 이곳, 이 비천한 현실 여기에서 우리 생긴 그대로 죽을 때까지 같이 살아가겠다는 신념만이 사랑을 구해낼 수 있을 것이다. 낭만적 신념이 사라져버린 상황이기 때문에 갈등이 생기면 어쩔 수 없이 서로 지랄발광하며 물어뜯고 할퀴고 지지고 볶으며 살아가야 하지만, 그리하여 천 년, 백 년은커녕 십 년도 장담할 수 없는 상황이기는 하지만, 이런 서글픈 인식 이외에 낭만적 사랑에 대한 대안이 발견되지 않는 상황이다. 최영철이 이런 비참한 현실을 들춰내는 이유는 2연에서 표나게 지적하고 있는 것처럼 낭만적 사랑에 대한 무비판적인 신념이야말로 우리 사회의 사랑의 문제점인 사생아의 원인이기 때문이다.

자카르타, 밥먹으러가자

김종미

끝도 시작도 없는 여름이 사는 곳, 적도 근처 자카르타에 가서
미안하다 말 한마디 남기고 돌아온다
식물은 동물을 닮고
동물은 식물을 닮은 곳
그중에서도 식물인 듯 동물인 듯 알 수가 없는
표정들의 사람들을 떠나오면서
나는 왜 이렇게 미안한가
나는 이 땅을 배고프게 만든 자본주의의 딸이었다

미안하다라는 말은 매연 속에서 피어난다
매연 냄새에 코를 박고
메이드 인 코리아에 환호하는 꽃들에게
물 한번 주지 못하고 왔다
쉽게 피고 쉽게 지는 적도의 꽃들처럼
사는 방법이 그렇게 쉬웠을 사람들에게
누가 덧셈을 가르쳤나
곱셈 나눗셈을 가르쳤나
나는 자본주의의 딸
석유 한 방울도 안 나오는, 방점처럼 작은 지도의 나라
찬란한 자본주의 아니면 먹고 살 길이 없는
코리아의 딸
해가 질 때면 더 아름다운 자카르타, 밥먹으러가자, 밥먹으러가자
　　　　　　　　　　　　　　　—『시와 반시』 2005년 겨울호

　**　미국에는 자신이 제국주의자라는 현실을 이해하지 못하는 이상한
전통이 있다. 영국에서 독립한 식민지였기 때문인지, 프랑스나 영국과 달
리 미국은 자신의 제국주의적 행위를 제국주의적이라고 인식하지 못하는
경우가 많다. 프랑스나 영국의 태도는 다르다. 다들 그렇게 하는데 제국주
의적 행위면 어떠냐는 뻔뻔함이 있다. 이라크 점령이 이슬람 세계에 대
한 제국주의적 침략 행위임에도 불구하고 미국의 정치인들은 민주주의의
정착을 위한 정치적 결단이라고 정의한다. 미국의 국제정치적 인식의 문
제점을 지적하는 이유는 한국의 경우에도 사정이 별로 다르지 않아 보이
는 경우가 많기 때문이다. 한강의 기적이라고 불리는 압축 성장의 과정으
로 인해 일제 식민지의 경험이나 보릿고개의 경험을 개인적으로 기억하
는 세대들이 아직도 살아있기 때문에 자신의 행위가 제국주의적이라는
현실을 이해하지 못하는 경우가 많다. 한국의 기업이 인도네시아에 가면
제국주의 국가의 기업과 다르지 않다는 사실을 한국인들이 인식하지 못
하는 것 같아 보인다. 천연자원이 없어 '찬란한 자본주의 아니면 먹고 살

길이 없는' 것이 한국의 사정이지만, 그럼에도 불구하고, 인도네시아에 가면 김종미는 다른 자본주의 국가와 별로 다를 바 없는 한국 자본주의의 딸이다. 제국주의를 의도적으로 내부에서 비판해야 하는 이유는 제국주의적 침략의 과정이 피지배자들에게 쉽게 드러나지 않는다는 점에 있다. 최빈국 시절 한국인이 메이드 인 유에스에이에 환호했던 것처럼 자카르타의 딸들은 메이드 인 코리아에 환호하고 있는 현실이다. 찬란한 자본주의를 포기하지 않으면서도, 즉 자본주의적 진보의 과정을 포기하지 않으면서도, 다른 제국주의자들처럼 되지 않을 수 있는 길은 무엇인지 한국의 자본주의는 지금 질문해야한다. 한국 자본주의의 딸 김종미는 자카르타의 딸에게 '미안하다'라고 말하고 '밥먹으러가자'고 권유하며 반성의 과정을 시작한다.

외출들

이옥진

　여러분, 이리하여 오늘은 진실로 사랑하는 남편과 자식을 제일 먼저 죽이고 지금까지 알게 모르게 속 썩이던 년놈들도 차례차례 모두 죽여 버립시다. 저마다 속눈썹을 휘날리며 오전 10시 30분, E마트 홍보용 관광버스에 올라 마음이 벌써 불콰해진 아파트 여자들, 마늘 계란 농장으로 견학간다 오징어 땅콩보다 심심하던 생이 갑자기 흥청거린다. 비가 오면 대순가. 진저리 나는 생이 마구 재채기를 해댄다. 저마다의 신발 위에 한 겹 덧신은 하루, 잔뜩 껴 신은 푸른 하늘 아래 양계장 울타리는 너무 비좁다. 참다 못한 쥐포도 춤을 추고 맥주병도 덩달아 춤을 춘다. 어화디야, 상사디야, 이름난 안동 헛제삿밥을 한상 받고 앉아 이름 없는 산귀신도 되어 보고, 오래 전에 죽어버린 자신들도 만나보고 날마다 십오만 개의 무정란 알을 낳는 초저밀 고층 아파트를 힘껏 밀어 버린다. 칸칸마다 터지는 노란자위 생, 잔뜩 취해 늘어선 여자라는 세상 붙박이 가구들, 저마다 옳거니 진저리 치는 해방된 하오엔 반질반질 갈고 닦던 오랜 장식품의 허리들이 으스스 무너져 내린다. 아무래도 여자들은 여기저기서 한동안 새가 되어 날 것이다. 훨 훨 훨, 가볍게 눈먼 새들이 차곡차곡 포상으로 문화상품권을 받아들고 삼삼오오 귀가하는 기우뚱 가는 옆구리에 SK 주유소 우산 하나, 해태 초콜릿 한 봉지, 알알이 포도주스 캔 두 개, 유산균 야구르트 한 병, 의성 마늘 계란 한 세트가 목을 대고 대롱거린다. 종일 죽여도 죽지 않는 남편과 가족에게 불콰히 차례차례 돌아가는 늦은 봄밤 고층 아파트 뒷골목, 아직도 세상은 대낮 같다.

— 『詩로 여는 세상』 2005년 겨울호

** 아줌마 시인들이 많다. 필자도 마흔 다 되어 등단한 아저씨 시인이기 때문에 아줌마 시인들의 잦은 등단에 대해 불만을 말할 처지는 아니다. 하지만 그 많은 아줌마 시인들이 자신의 책무를 소홀히 하는 것은 아닌가라는 불만은 있었다. 이옥진의 「외출들」을 읽으면서, 드디어 아줌마의 시각에서 아줌마의 문제점을 노래하는 시를 발견했다는 기쁨이 있었다. 아줌마의 문제점을 정확하게 읽어내는 것은 남편과 자식의 문제점을 제대로 발견해내는 중요한 과정이기 때문에, 그리하여 한국 근대 가족제도의 문제점과 해결책을 찾아내는 시작점이기 때문에, 그리하여 우리 모두의 개인적 행복을 알차게 성취해낼 수 있는 길을 모색할 수 있기 때문에 정말로 중요하다. E마트가 기업 홍보를 위해 아파트 아줌마들을 위한 마늘 계란 농장으로의 관광여행을 제공한다. 아줌마들의 '외출'이다. 관광버스 안에서 쥐포와 맥주가 제공되고 점심으로는 안동 헛제삿밥이 제공된다. 안동까지의 여행은 하룻길이 아니기 때문에 이 시가 어느 하나의 '외출'에 대한 리얼리즘적 묘사가 아니라는 점이 드러난다. 이옥진은 아줌마인 자신의 여러 '외출들'을 하나의 시로 표현하고 있다. 이옥진이 관광여행 내내 남편과 가족을 죽이려고 노력했다고 고백하는 것 같지는 않기 때문에—외출 기간 동안 실제로 그런 행위를 했다 하더라도, 아니 그런 행위는 하지 않았지만 그런 행위를 하고 싶었다고 말하면서 남편이나 가족과 쓸데없는 분란을 일으킬 필요는 없기 때문이다. 나도 남편의 입장에서 이런 시를 여러 편 쓴 적이 있는데, 한국에서뿐만 아니라 미국에서도 시인과 독

자들에게서 아내와의 사이가 정말로 나쁜 것으로 오해를 받은 적이 많기 때문에 이옥진의 입장을 이해한다. 아니, 내 시에서 아내를 욕하면 그게 내 아내를 욕하는 것이라고 왜 당연히 생각하는지 정말 너무 황당했기 때문이다─이옥진이 이야기하는 '외출들'은 자신의 여러 '외출들'의 종합 선물세트일 뿐만 아니라 자신이 관찰한 다른 아줌마들의 여러 '외출들'의 종합 선물세트일 것으로 판단된다. 왜 이런 아줌마 시가 지금 중요한가. 한국의 아줌마들, 특히 도시의 고층 아파트에 사는 아줌마들의 갈등 구조를 명확하게 드러내기 때문이다. 문제점을 명확하게 인식할 수 있어야 해결책이 모색되기 시작할 수 있기 때문이다. 아줌마들의 심적 갈등은 "진실로 사랑하는 남편과 자식을 제일 먼저 죽이고" "잔뜩 취해" "진저리 나는 생"을 벗어나 "새가 되어" 날아가버리려는 행위로 표현된다. 왜냐하면 아줌마들이 하나같이 "종일 죽여도 죽지 않는" 그 남편과 자식을 위해 "옆구리에 SK 주유소 우산 하나, 해태 초콜릿 한 봉지" 등 하찮은 물건을 꼭 끼고 본능적으로 고층 아파트로 돌아가기 때문이다. 한국의 아줌마들이 '외출들'이나 수다들에서 임시 미봉책을 발견하지만, 그런 본능적이며 개인적인 노력에 의해서 한국 근대 가족제도의 전형적인 문제점에 대한 해결책이 발견되지 않을 것이라는 전망은 이옥진의 「외출들」을 자세히 읽게 만든다.

김정미도 아닌데 '시방' 이건 너무 하잖아요*

김민정

1항, 2항, 3항…… 10항까지 나아간 수학선생님이 점 딱 찍고 '시방'이라 발음하는데 그냥 웃겼어요. 왜냐, 여고생이니까. 고향이 충청도라는 거? 몰랐어요. 허리 디스크 수술이요? 제가 왜 무시를 해요, 마누라도 아닌데. 다시는 '시방' 때문에 웃지 않겠습니다, 칠판 앞에 서서 반성문을 읽어나가는데 뭐시냐 또 웃기지 뭐예요 풋 하고 터지는 웃음에 다닥다닥 잰걸음으로 바삐 오시는 선생님······ 부디 서둘지 마세요, 했거늘 저만치 앞서 밀려나간 슬리퍼를 어쩌면 좋아요. 좀 빨기라도 하시지 얻어맞아 부어오른 볼때기에 발냄새가 밸까 때타월로 볼때기를 문지르니 그게 볼터치라 했고 내 화장의 역사는 그로부터 비롯하게 된 거랍니다.

　* 김정미의 노래 「이건 너무 하잖아요」

—『문학과 사회』 2005년 겨울호

　** 표준말은 서울 중류층의 언어라고 정의되지만, 사실은 문화 권력이 정하는 것이다. 정치 권력을 지원하는 문화 권력이 교과서에서 배워야하는 표준말을 결정한다. 누구라고 명확하게 지적할 수는 없지만 이런 식으로 근대사회는 정치하게 조직되어 있다. 근대사회의 조직 구조를 위반하면 즉시 그것의 파괴적인 위력을 경험하게 된다. '시방'이란 수학 선생님의 충청도 사투리에 터트리는 여고생의 웃음에는 무의식적인 비웃음의 근거가 있으며 그 웃음에 대한 수학 선생님의 분노에도 명확하지는 않지만 근거가 있다고 생각할 수 있을 것인지 김민정은 질문한다. 헌법에 국민 저항권이 있음이 명기되기 시작한 지 얼마 되지 않은 한국 사회의 근대적 조직 안에서 부당한 권위에 저항할 수 있는 용기를 가질 수 있을 것인지 김민정은 또한 질문한다.

토르소

이수명

비가 그쳤다.

비가 그친 후에야 비를 목격했다. 비가 더 이상 자라지 않게 되었을 때에

나는 너를 채우고 있었다.
솜뭉치로 너를 메우고 있었다.

나는 너의 육체를 결성하고
너를 정지시켰다.

몸이 되기 위해 너는 감각을 버리고
부동의 자세로 사랑을 했다.
너는 메워졌다.
나는 너를 드러냈다.

내 머리 속에 있는 손들이 나를 떠나
너에게 날아가 앉았을 때
너에게 가서 비로소 너의 형식이 되었을 때에

나는 그쳤다.

내가 그친 후에야 나를 목격했다. 내가 더 이상 너와 교환되지 않았을 때에
— 『문학과 사회』 2005년 겨울호

   ** '환상시'라고 정의되기도 하는 최근에 발표되는 유형의 시들에서는
현실과의 유대감을 상실해버리는 정도가 너무 심한 경우가 많다. 음(音)이
나 색(色)과 달리 언어(言語)는 관습의 체계를 완전히 벗어나버릴 수 없기
때문에 언제나 협상(協商)의 여지를 남긴다. 알 수 없는 듯한 언어를 사용
하는 경우에도 이수명의 시에서는 현실의 그림자를 찾아볼 수 있다. 물론
언제나 성공하는 것은 아니지만, 필자는 현실과 환상의 협상 지점을 읽어
내는 기쁨을 이수명의 시에서 가끔 경험한다. 환상시든 아니든, 일상의 언
어라 하더라도, 언어는 현실과 환상의 협상의 결과들이다. '나'라는 심리
적 자아와 사회적 주체가 완전하고 균질한 존재라는 근대적 전제에 대해
의문을 제기한 프로이트와 맑스 이후 모더니즘 문학의 주제가 '나'를 벗
어나기는 어려웠다. 삶이 지속되는 한 삶 속에 존재하는 '나'를 정의(定意)
하기는 어렵다. 이수명은 이런 사정을 "비가 그친 후에야 비를 목격했다"
고 표현한다. '나'라는 존재가 존재하기를 그쳤다고 말하면서 '나'에 관해

서 말할 수 없기 때문에 '나' 대신 다른 존재, 죽음의 의미가 너무 심각하지 않아서 충격적이지 않은 언어로 표현할 수 있게 하는 방편으로 '비'라는 존재를 동원하였을 뿐이다. 따라서 비가 그쳤다는 것은 비가 더 이상 자라지 않는다는 것과 동일한 개념이다. 시인은 비가 아니라 내가 그쳤다는 상황을 검토하고 싶기 때문이다. 그런데 여기서 내가 그쳤다는 것은 내가 더 이상 자라지 않는다는 것을 의미하지는 않는다. 성장 발육이 끝난 성인(成人)의 경우에 내가 그쳤다는 것은 내가 더 이상 자라지 않는다는 것과 일치한다기보다 내가 더 이상 너와 교류가 없다는 것을 의미한다. 내가 더 이상 너와 교류가 없어지면서, 너와 나의 환상적인 관계도 일상의 언어에 의한 정의가 가능해진다. 요컨대 현실 속에서는 더 이상 변하지 않는, 추억 속에서 이미 화석화되어버린 '나'만 남아 있기 때문이다. 5연의 "내 머리 속에 있는 손들"은 추억 속의 손들이다. 그런 추억 속의 손은 아마도 너를 만지던 내 손이었겠지만, 그렇지만 이제 더 이상 너를 만지지 못하게 된 내 손이다. 따라서 나를 떠나 너에게 날아가 앉아, "너의 형식"이 된다. 왜 "내가 더 이상 너와 교환되지 않"게 된 것일까. 저간의 사정이 3연과 4연에 조금 드러나 있다. 사건의 전말을 전부 알 수는 없다. 왜냐하면 너와 나 중에서 누구도 교환의 관계를 의도적으로 파괴한 것은 아니었으니까 말이다. 내가 3연에서처럼 욕심 사납게 요구하였기 때문에 "너는 메워졌다"는 것, 그리하여 "나는 너를 드러냈다"는 것이 고백되어 있다. 내가 너의 육체를 '결성'하고 너를 '정지'시키지 않는 방식으로 너와 '교환'하는 방법을 찾을 수 있을 것인가. 이런 의문에 대한 답을 찾아낸다면 '토르소'에 핏기가 돌아 사람이 되겠지만 결성하고 정지시킬 수 없는 '나'이기에 불가능한 작업이며, 그래서 이수명의 시를 계속 기다리게 된다.

태양의 족보

정병근

근친상간과 골육상쟁의 저 유서 깊은 패륜은
가령, 내셔널지오그래픽 식으로 말하자면 그게 다
무자비하면 할수록 외경스런 자연의 섭리란다
그러면서 순환하는 거라고, 인간은 그저 겸허하게 지켜보면서
뭔가를 궁구해야 한다고 나도 가끔 테레비를 보면서
아이들에게 자연과 생명의 경이 따위를 햐, 햐, 가르치곤 하는데
그런 아비를 심드렁하게 쳐다보는 아이들의
눈빛에는 벌써 불신과 권태의 낌새가 묻어 있다
저 눈빛이 언젠가는, 반드시, 화근이 될 것이다
음모와 반란, 살육과 숙청, 분서와 갱유로 얼룩진 아비의 역사가
저들에게 들통나는 날엔 나도 무사하지 못할 터, 설마 싶지만
(설마가 키운 방심 때문에 결국 그는 비참한 최후를 맞는다)
나는 그게 불안하여 아이들이 더 울룩불룩해지기 전에
대책을 세워야겠다고 뭔가 단단한 것을 손아귀에 틀어쥐고
최후의 순간까지 놓지 않으리라 결심해보는 것인데,
저 아이들이 고개를 빳빳하게 쳐들고 아비를 추궁할 때쯤이면
어쩔 수 없이 나의 한 시절도 서서히 저물어갈 것이다
엎드려 숙제하고 있는 아들놈의 뒤통수가 무섭다
놈은 이미 살생부 명단을 짜고 있는지도 모른다
가훈을 써서 벽에다 걸어두려는데 마땅히 쓸 말이 생각나지 않는다
아비이면서 가장인 나는 아이들에게 무엇을 물려줄 것인가
경착륙이냐 연착륙이냐, 露宿이냐 家宿이냐가 내 운명의 핵심일 터인데
일치감치 讓位하고 수렴청정이나 할까 궁리해보다가
난데없이, 갑자 무오 기묘 을사년 들의 숱한 옥사를 생각하다가
햇빛 때문에 살인을 했노라던 한 서양 소설 주인공을 떠올리곤
그만 픽, 웃음이 나오는 것이었다 아파트—
순장의 거대한 무덤 위로 모래 바람 분다 멸망이 코앞이다

— 『문학과 사회』 2005년 겨울호

** 가훈(家訓)을 제출하라는 초등학교 아들의 숙제 앞에서, 「동물의 왕국」 같은 TV 프로그램을 같이 보며 마음 편하게 아비 노릇을 해오던 화자는 근대 가족제도의 이념(理念)이 정말로 무엇이었는지 질문하지 않을 수 없게 된다. 원시 시대나 중세와 지금의 사정이 그리 다르지 않다는 생각이 얼핏 들기도 한다. 도대체 아버지라는 게 뭐란 말인가, 내가 왜 그런 이데올로기의 핵심 요원이 되어야 한다는 말인가라는 반발감이 생기면서, 어머니의 사망 소식에 아무런 감정적 영향도 받지 않고 햇빛 때문에 살인을 했다고 주장하던 『이방인』의 주인공 뫼르소를 기억해낸다. 가훈을 생각해야만 하는 사정 때문에 자신이 가부장제도의 핵심인 바로 그 아버지라는 사실을 기억하게 되고, 그 아버지라는 존재가 외경스런 자연의 무자비한 섭리인 패륜의 대상이라는 사실을 인식하게 되면서, '태양의 족보'가 바로 패륜의 족보이며 현대의 아파트가 고대 순장(殉葬)의 거대한 무덤과 다를 바 없다는 깨달음에 도달하게 된다. 재미있는 그리고 끔찍한 우리의 우화(寓話)다.

蛙禪

김신용

날 어두워져, 거실의 불을 켜니
유리창에 쬐그만 청개구리 한 마리가 붙어 있다
바깥의 풍경이 날것으로 비치도록 만든 커다란 유리창에 달라 붙은
그 앙징맞음에, 아내는 형광 같은 탄성을 터트리고
저것이 떨어지면 어쩌려고?하는 시선을 잡아 맨, 내 눈길에도 아랑곳없이
청개구리는 자신의 숨기고 싶을 부분까지 온통 내비치며
미끄러운 유리의 面에 달라붙어, 꼼짝도 하지 않고 있다
자신에게는 까마득한 낭떠러지와 같을 직벽의 유리창
그 유리창에 달라붙어 臥禪이라도 즐기고 있는 것인지

자신에게도 날것으로 비쳐 들 실내와 풍경을, 月숲이듯 감상하고 있는 것인
지
　네 개의 발바닥과 볼록한 배를 투명한 유리에 밀착시키고, 미동도 하지 않
고 있다
　바람에 불려와 달라붙은 젖은 나뭇잎처럼
　차가운 겨울밤이 아무리 기침을 해도 떨어지지 않을, <마지막 잎새>쯤 되
는 것처럼
　그러나 자세히 보니, 마치 빙벽을 오르는 클라이머처럼
　조금씩 조금씩 자리를 옮겨가고 있다
　그러니까 유리창의 불빛을 좇아 날아드는 날벌레들을 향해, 눈에 띄지 않게
움직이고 있는 것이었다
　아직 어려,
　풀숲에서 먹이를 찾는 법을 채 익히지 못한 것 같은
　청거구리
　불빛을 향해 작은 날벌레들이 모여드는 투명한 유리의 표면이
　식탁이 된, 앙징맞은 식욕의
　禪, 그 움직임의
　삼매경.
　수직의 콘크리트 담벽에도 발자국 찍는 담쟁이 넝쿨의 작은 별들처럼

　온통 날것으로 달겨드는, 그 아슬아슬한 생에의 微動―.
　　　　　　　　　　　　　　　　　　　　—『시와 세계』 2005년 겨울호

　**　필자는 김신용 시의 힘이 인생의 체험에서 나온다고 믿는다. 아직
어려 풀숲에서 먹이를 찾는 법을 채 익히지 못한 쬐그만 청개구리가 불빛
을 향해 모여드는 날벌레들을 먹으려고 커다란 유리창의 투명하고 미끄
러운 표면에 달라붙어 꼼짝도 하지 않고 있다. 그런 청개구리의 앙징맞은
움직임에 아내는 탄성을 터트리지만, 김신용은 선(禪)을 생각한다. 청개구
리가 엎드려있으니 와선(臥禪)이고 청개구리가 선(禪)을 수행하고 있으니
와선(蛙禪)이다. 왜 선(禪)인가. 선은 삶의 진정한 의미를 숙고하는 불교적
수행 방법이다. 김신용은 청개구리의 식욕을 향한 삼매경을 선이라 명명

하는데, 이는 수직의 콘크리트 담벽을 악착같이 기어오르는 담쟁이 넝쿨과 같이 온몸으로 투신하는 생을 향한 아슬아슬한 노력이기 때문이라고 주장한다. 식욕(食慾)을 찬양하는 노래는 많지만 김신용의 시처럼 힘이 실려 있는 경우는 드물고, 게다가 선(禪)의 경지에까지 이르도록 경배하는 시는 더욱 드물다. 김신용의 잘 알려진 유년시절과 청년시절의 어려운 삶의 체험에서 터져나오기 때문에 김신용의 시에서 욕망은 보기 드물게 아름답다.

冬至

서대경

　길은 말라 있었다 바람 불자 빙판에 엉긴 비닐조각들 일제히 휘날렸다 쓸쓸해하는 애인의 손을 잡고 여관에 들어섰다 여관 문 앞에서 그녀가 뒤를 돌아보았다 골목 모퉁이를 급히 돌아가는 사내가 보였다 나는 그녀의 손을 가만 감싸쥐었다 날이 쉽게 저물었다 여관방 유리창은 미세한 정적을 머금은 잔금들로 가득했다 그녀가 기침을 하며 몇 개의 얼음을 뱉어냈다 잔금들이 환하게 빛났다 멀어져 가는 나는 상관할 것 없어 그녀의 머리를 어루만지며 조용히 속삭였다 그녀는 말없이 세면대의 수도꼭지를 틀었다 엷은 김이 방 안을 채웠다

　투명한 정사가 시작되었다 그녀가 내 위로 난폭하게 올라섰다 나는 고양이처럼 소리를 내었다 전봇대 곁에 서서 담배에 불을 붙였다 희미한 불빛이 흘러나오는 여관 창문을 올려다보았다 그녀의 머리칼이 얼핏 보이는 것 같았다 그녀와 나는 내가 이곳에서 그들을 엿보며 서성이고 있다는 것을 안다 거리는 너무 추웠다 나는 옷깃을 목 깊숙이 끌어올린다 나는 그녀를 쓰러트리고 그녀의 위로 올라선다 그녀가 내 목에 팔을 감으며 미안해, 미안해 속삭였다 흐느끼는 목소리 나는 그녀의 차디찬 입술에 내 입술을 포갠다 네 잘못이 아냐 네 잘못이 아냐 그녀의 목에서 욱욱 사무치듯 얼음이 올라왔다 혀 끝에 달라붙는

뜨거운 얼음

　나는 눈을 감았다 뜬다 나는 그들의 동작을 하나 하나 볼 수 있다 나는 내가 그녀의 전신을 으스러지도록 안으며 속으로 속삭이는 파란 소리를 들을 수 있다 나는 그녀와 나를 나의 문법에서 이탈시킨다 나는 그녀와 나의 슬픔을 향해 그녀와 내가 벌이고 있는 투명한 정사를 향해 더듬더듬 속삭인다 너희들의 잘못이 아냐 너희들의 잘못이 아냐 담뱃불이 꺼진다 어느새 가로등이 켜져 있다 저편에서 골목 모퉁이를 돌아오는 그녀가 보인다 전봇대에 기댄 채 그녀는 내게서 담배를 받아 든다 우리는 말없이 서로를 응시한다 여관 창문에서 침대 삐걱이는 소리가 희미하게 들려온다 우리는 천천히 그 골목을 빠져나간다

　　　　　　　　　　　　　　　　　　　　　　　—『시작』 2005년 겨울호

　** 서대경의 「冬至」에서는 영화적 상상력이 두드러진다. 관객의 눈앞에서 전개되는 장면이 2연에서 다음과 같이 리얼리스틱하게 묘사된다. 주인공인 내가 전봇대 곁에 서서 담배에 불을 붙이고 희미한 불빛이 흘러나오는 여관 창문을 올려다본다. 그녀의 머리칼이 얼핏 보이는 것 같다. 그녀는 아마도 내가 이곳에서 그들을 엿보며 서성이고 있다는 것을 알지도 모른다. 거리는 너무 추웠고 나는 옷깃을 목 깊숙이 끌어올린다. 그런데 나는 왜 동지(冬至)의 추운 밤 여관 밖에서 서성이는가. 그녀와 내가 공유했던 여관에서의 시간에 대한 기억을 잊을 수 없기 대문이다. 1연에서 묘사되는 그런 아픈 추억 때문이다. 길은 말라 있었고 바람 불자 빙판에 엉긴 비닐조각들이 일제히 휘날리던 때 쓸쓸해하는 애인의 손을 잡고 여관에 들어섰던 기억 때문이다. 여관 문 앞에서 그녀가 무심코 뒤를 돌아보았던 기억 때문이다. 그런데 이제 나는 그녀와 같이 여관에 들어서는 대신 무심코 뒤를 돌아볼 그녀의 시선을 피해 골목 모퉁이를 급히 돌아가는 사내가 된다. 2연과 3연에서 '투명한 정사'라는 용어가 반복되는 이유는 여관방 유리창이 미세한 정적을 머금은 잔금들로 가득하더라도, 내가 눈을 감든 뜨든 간에, 그녀와 내가 벌이는 정사와 다를 바 없을 그들의 동작을 투명하게 읽어낼 수 있기 때문이다. 다시 말하자. 서대경의 「冬至」에서

영화적 상상력이 두드러지지만, 영화적 상상력을 넘어서는 시적 상상력이 더욱 두드러진다. 왜냐하면 영화적 상상력으로 "나는 그녀와 나를 나의 문법에서 이탈시킨다"라고 말할 수 없기 때문이다. 전봇대 곁에 서서 여관 창문을 올려다보는 '나'는 그녀를 쓰러트리고 그녀의 위로 올라서던 '나'와 다르다는 사실을 깨달았기 때문이다. 여관 창문에서 침대 삐걱이는 소리가 희미하게 들려온다 하더라도, 그건 전혀 다른 '나와 그녀'다. 그래서 시적 상상력의 힘으로 '나'는, 아니 '그녀와 나,' 즉 우리는 이제 천천히 그 골목을 빠져나갈 수 있는 것이다.

수행평가

김언희

* 옆 페이지의 정답을 잘 읽고, 그 정답에 적절한 질문을 작성하시오.

(주관식 서술형)

질문 1.   정답 1. 가족 사냥

질문 2.   정답 2. 수음을 능가하므로

질문 3.   정답 3. 터럭답게 윤기와 웨이브가 있는 시

질문 4.   정답 4. 수정 구슬에 비치는 썩은 말 대가리

질문 5.   정답 5. 나무랄 데 없는 염증

질문 6.   정답 6. 알루미늄 호일에 싸 놓은 만년설 위의 레프트오버

질문 7.   정답 7. 고약한 냄새가 나는 늪으로 변해간다

질문 8.   정답 8. 화염방사기로 구운 고기

질문 9.   정답 9. 광대버섯, 독우산광대버섯, 혓바닥까지 썩은 두엄먹물버섯들

질문 10.   정답 10. 의자를 끌고 산책을 한다 개 대신

질문 11.   정답 11. 낙원의 개껌

질문 12.   정답 12. 지옥의 입구에 까는 환영 매트로 쓸 수 있다

질문 13.   정답 13. 손을 대는 곳마다 불 탄 자국이 남을 때

질문 14.   정답 14. 마요네즈에 버무린 한 세트의 성기

질문 15.   정답 15. 음부처럼 가리고 살아야 하는 것

질문 16.   정답 16. 위독한 꾀병

—『시와 세계』 2005년 겨울호

** 김언희는 아방가르드를 위한 혹은 아방가르드의 학습을 위한 '수행 평가'를 제시하고 있다. 친절한 언희씨다. 아방가르드라기보다 문학, 더 나아가 예술의 기본 조건이라고 주장하고 싶다는 점에서 필자의 성향을 미루어 짐작할 수 있으리라. 질문에서 대답, 그것도 정답으로 이어지는 과정에 대한 참을 수 없는 반발이야말로 문학을 비롯한 문화예술적 성향의 기본 조건이기 때문이다. 질문이 먼저 있고, 그런 질문에 대한 정답을 찾는 작업은 정치가나 사업가의 몫이다. 친절한 김언희에 의해 시와 비평의 현대성을 평가하기 위한 리트머스 시험지가 제시되어 있다. 예를 들어 '정답 11. 낙원의 개껌'의 '질문 11.'은 무엇이 되어야 하는가. 낙원(Paradise)에 개껌이 있을까. 낙원에 개는 있을 수 있겠지. 왜냐하면 원하는 것은 무엇이든 있는 곳이 낙원이니까. 따라서 낙원에는 틀림없이 개가 있을 것이다. 왜냐하면 사람들이 개를 좋아하니까. 그런데 과연 '개껌'은 있을까. 낙원이니까 있을까. 그런데 '개껌'이 있다는 생각이 낙원이라는 개념과 어울리지 않는 것 같아 보인다. 다소 비틀린 생각을 하고 있기 때문에 소중한 '낙원'의 개념이 흔들리고 있는 것은 아닐까하는 질문을 할 수 있다. 예를 들면 미친놈이 아니고서야 "의자를 끌고 산책을 한다 개 대신"이라고 말하지는 않을 것이다. 게다가 10번의 정답이라고 주장하지는 않을 것이다. 그런데 그럴 수도 있지 않을까하는 생각이 들기도 할 것이다. "정답 8. 화염방사기로 구운 고기"는 전투 중인 경우라면 그런 상황이 있을 수 있다는 생각이 들기도 한다. "정답 15. 음부처럼 가리고 살아야 하는 것"은 내 도덕적이거나 윤리적인 양심을 찌른다. "질문 15."는 누구에게도 밝히고 싶지 않은, 아마도 염라대왕 앞에 가서 울면서 고해성사를 해야할 사건일 것이다. 질문에서 정답으로 가는 과정이 아니라 정답에서 질문으로 가는 과정도 있다. 바로 그런 것이 현대의 문화적 반성의 핵심적 양상이라는 주장이 김언희의 시에 효과적으로 표현되어 있다. 각자의 성향에 따라 누구는 아방가르드적이라고 평가할 수도 있고, 누구는 예술가의 너무나도 당연한 기본적 태도라고 주장할 수도 있겠지만 말이다.

평화로 가는 길은

이해인

이 둥근 세계에
평화를 주십사고 기도하지만
가시에 찔려 피나는 아픔은
날로 더해갑니다
평화로 가는 길은
왜 이리 먼가요
얼마나 더 어둡게 부서져야
한줄기 빛을 볼 수 있는 건가요
멀고도 가까운 나의 이웃에게
가깝고도 먼 내 안의 나에게
맑고 깊고 넓은 평화가 흘러
마침내 하나로 만나기를
간절히 기도하며 울겠습니다
얼마나 더 낮아지고 선해져야
평화의 열매 하나 얻을지
오늘은 꼭 일러주시면 합니다
　　　　　　　　　—『중앙일보』 2005년 12월 19일

　　** 이 시를 쓰신 분이 부산 성베네딕도 수녀원의 이해인 수녀님이라는 사실을 알지 못한다면, 답답해서 질문하지 않을 수 없을 것이다. 아니 "평화의 열매 하나 얻을지 오늘은 꼭 일러주시면 합니다"라고 도대체 누구에게 질문하십니까라고 반문할 수 있을 지도 모른다. 이해인 수녀님은 "기도는 우리가 알고 있는 마지막 위안의 몸짓이다"라고 늘 말씀하신다고 해설에 인용되어 있다. 시가 언어일 뿐이라면, 문학적 기교의 산물일 뿐이라면, 시는 존경받을 자격이 없다. 시는 언어를 넘어선다. 그리하여 시는 기도가 된다. 시를 쓰고 읽으려는 자세를 나태하게 만들지 않는다는 전제 하

에서 시는 기도가 되어야한다. 중세적 종교와 근대적 이성이 힘을 잃어가는 혼란의 시대이기 때문에 시는 더욱 기도가 되어야한다.